D1066344

LA RAPPORTÉE

De l'adversité à la fortune

ÉDITION DU CLUB QUÉBEC LOISIRS INC.
© Avec l'autorisation des Éditions Arion Enr.
© Éditions Arion Enr., 1992
Dépôt légal — Bibliothèque nationale du Québec, 1996
ISBN 2-89430-171-5
(publié précédemment sous ISBN 2-9800645-6-4)

Imprimé au Canada

CÉCILE FORTIER KEAYS

LA RAPPORTÉE

De l'adversité à la fortune

roman

REMERCIEMENTS

Mes remerciements sincères vont à cette formidable équipe qui a supervisé cette imposante oeuvre littéraire. Myriam Deschênes, Marie-Luce Fortier, Rita Garneau, Laurette Langlois, Jeanne Simard et Odile Tremblay. Leur soutien constant, leur aide indispensable ont fait en sorte, qu'une part du succès de ce roman, leur appartient.

À vous, Dolorès et Gaétan Levasseur qui, dès le début, par votre enthousiasme, avez si bien su m'encourager à continuer.

À vous tous, mes hommages respectueux et reconnaissants.

Cécile Fortier Keays

AVIS

Toute ressemblance des gens ou des événements n'est que pure coïncidence.

En hommage à ceux qui, comme mes parents, ont mis au monde quinze enfants et plus; ces si nombreuses familles appelées la revanche des berceaux.

Chapitre I

Une lettre

Une femme, debout derrière sa grande table de cuisine, laisse courir un moment son regard sur la plaine offerte à ses pensées et relève une mèche rebelle décrochée de son peigne. Ses cheveux bruns, retenus par un chignon sur sa nuque, et son corps gracile lui donnent des airs de grand peuplier, comme ceux piqués devant sa maison.

— Tiens... une voiture s'en vient, constate Annette, distraite par l'allure fatiguée du cheval.

Préoccupée, elle vérifie le contenu des carnets de coupons, qu'elle dépose religieusement sur le coin de la grande table, recouverte d'un tapis ciré jaune et vert: des coupons de rationnement. Grâce à eux, elle pourra acheter de la farine, du sucre et de la mélasse pour un mois. Damnée guerre venue chambarder la vie de tous les jours! On dit que plusieurs ne mangeraient pas à leur faim. L'odeur familière des deux douzaines d'oeufs en omelette, avalés au déjeuner et de la montagne de patates rôties filtre encore dans la pièce et la rassure. Par bonheur, sa famille ne sera jamais de ce nombre. Par les temps qui courent, la joie ne flâne pas sur les routes. Car la guerre étire son agonie à n'en plus finir. Tout le monde se demande quand elle finira, le visage penché sur l'incertitude et la morosité. Depuis quatre ans qu'elle persiste à poursuivre sa terrible dévastation, sans jamais donner de répit ni de trêve.

Annette, songeuse, constamment préoccupée par les vents du large surgis à l'improviste et ancrés à la berge de sa vie, s'agite. Perturber le calme de son foyer, la rend nerveuse et vulnérable. Mais les orages tumultueux de la route terrestre n'ont pu ébranler, heureusement, les pans solides de sa grande demeure. Peu importe les nuages, elle tiendra le coup envers et contre tous. Hélas! Les humeurs de la guerre, immergées dans sa vie campagnarde, la rendent taciturne.

Le rationnement. Cette nouveauté imposée par le gouvernement et infiltrée chez elle, la bouleverse et l'inquiète. Ses yeux, captifs de ces affreux carnets de rationnement, aux couleurs différentes pour chaque aliment, se chagrinent et sa tête fulmine. Quand sa tête s'enflamme, sa pensée dégringole les marches de son cerveau en saute-mouton et les mots surgissent de sa bouche, comme ils peuvent.

Les enfants permettent de nourrir les adultes. C'est une honte! Je me demande quelle tête de linotte a inventé un pareil système. Un vrai déshonneur! Du monde profite de la situation pour augmenter la famille. En tout cas, ce n'est pas mon cas, songe-t-elle, retournant les feuillets identifiés au nom de chaque membre de sa famille. De la farine, on pourrait s'en procurer au moulin. Du sucre, ce n'est pas nécessaire pour vivre. De la mélasse non plus. Quand au sel... Au moins, si Odilon voulait se passer de mélasse. Mais non. Il n'a même pas honte de se présenter au magasin avec ces coupons. Des fois, je n'arrive pas à le comprendre; lui, d'habitude si orgueilleux. De l'orgueil à la mauvaise place, on le sait bien!

— Tout le monde le fait, Annette. Pourquoi on s'en priverait? affirme la logique de son mari.

— Damnée guerre, soupire-t-elle. Si elle peut finir. Tout est devenu si cher. Rien est achetable. Le beurre a encore grimpé le mois passé, réussit à comprendre Odilon qui s'habille, dans le bruit des assiettes sales qui s'empilent. Le beurre est maintenant rendu trop cher. Trop cher pour l'utiliser, comme dans le temps, au début de son mariage; il se souvient si bien. Le beurre étant à vingt-cinq cents la livre, il s'en servait pour graisser les essieux des voitures, au lieu d'acheter la graisse de roue à trente sous la livre. Il relève la tête. La voix d'Annette interrompt sa pensée.

— Si notre famille n'avait pas poussé si dru, j'aurais continué à baratter le beurre. Pas moyen avec notre marmaille! lance-t-elle à son mari occupé à lacer ses bottes.

Tu exagères Annette. Notre famille n'est pas si grosse! Qu'est-ce que tu as à te plaindre encore, à matin? enfile la tête silencieuse d'Odilon, heureux de fuir l'orage avant qu'il crève.

La porte refermée sur lui, une autre journée s'annonce splendide, il doit en profiter.

Le sol des idées d'Annette, jonché de complaintes et de vaines tentatives pour s'imposer, se noircit, aussitôt le ménage interne effectué. Elle broie du noir. Nager dans l'eau trouble amplifie ses craintes. Tant de monde dans cette maison tirait à hue et à dia. Quelle porte avait-elle laissée entrebâillée, pour faire entrer ce brouhaha? Un souvenir funeste monte, se cramponne à ses obscurités, se fixe au mur de sa mémoire et alourdit son coeur. Le beurre. Le satané beurre! Elle se revoit en train d'argumenter avec la grand-mère sur le sujet.

— Le beurre acheté est meilleur.

— Vous auriez dû continuer à faire le beurre, Annette! Ouais, vous auriez dû, insiste la voix acariâtre de l'ancêtre à la chevelure blanchie qui lui a concédé un petit coin, quand ils se sont mariés. Dans mon temps...

Dans vot'temps Grand-mère, songe Annette vexée, vous viviez sur des planchers rudes recouverts de catalognes tissées au métier que vous laviez une fois par année, et que vous étendiez à la pluie battante. Puis dans vot'temps, les hommes décidaient, point final! Je le sais, je l'ai lu l'autre jour quand, par hasard, le testament du grand-père m'est tombé sur la main. Tout était écrit. Même après la mort, il conduisait. Le vieux papier vous avait défendu de vous remarier, sous peine de perdre vot'terre, Grand-mère. C'est curieux que vous n'en parlez pas de ce bout de vot'temps. Je comprends pourquoi vous êtes si piquante parfois. Faute de mari, vous êtes tombée sur le pognon. Le pognon, c'est difficile à lâcher, hein! En tout cas, vot'temps puis mon temps; c'est deux! Je n'ai pas envie de vivre par en arrière. Je vous aurai à l'usure Grand-mère. Je suis patiente.

Oui, quand Annette se fâche, sa langue fourche et les mots sortent tout croches. Elle n'y peut rien.

Son regard, branché un moment sur le dos recourbé de la vieille aigrie, reprend son orbite. Elle explique.

— Je manquais de sel. Le beurre acheté est salé et meilleur, avance Annette, sa colère remisée aux portes de ses lèvres.

— Le beurre baratté se fait sans sel! Le sel, ce n'est pas bon pour les méninges et c'est un caprice inutile.

Annette s'était tue. À quoi servait ce langage sans queue ni tête. Elle trouvait que le beurre doux goûtait fade. Au début, elle s'était efforcée d'en manger, sans rechigner. Plus tard, en cachette, elle salait une petite partie, qu'elle gardait jalousement derrière la huche à pain, ce qui faisait rougir le visage de sa grosse belle-mère, à l'autorité déjà émoussée.

Cette fâcheuse histoire de beurre avait terni leurs relations. Le dernier bébé règle le problème. Annette cesse de faire le beurre. Odilon impose le beurre apporté du village et fabriqué à la beurrerie. Six mois plus tard, la baratte est remisée au grenier, au grand déplaisir de l'ancêtre, désolée d'avoir une bru gaspilleuse, en ces temps si difficiles.

* * *

De leurs douze années de mariage, six enfants ont germé et quatre ont vu le jour. Le premier pousse déjà «en orgueil», assure Grand-mère à sa soeur, tellement il a grandi. Odilon a trimé son saoul pendant ces années. Il a reconstruit la grange, longue et spacieuse: la plus grosse du village, à la mesure de ses ambitions démesurées. Ensuite, il a agrandi trois fois le carré de la petite maison paternelle, devenue une immense demeure à trois étages, dont six chambres doubles occupent le premier étage. De quoi loger, comme toujours, la plus imposante famille des environs.

Odilon, le mari d'Annette, de trois ans son cadet, dernier d'une famille décimée par la grippe espagnole, se berce un moment. Il ramasse au creux de sa main, des graines de tabac tombées de sa pipe et les met dans son sac, fabriqué l'an dernier avec une vessie de cochon séchée tout l'hiver, sur la corniche du poêle. Jadis, son père avait fait les mêmes gestes, ramassé des graines semblables tombées de sa pipe en plâtre.

Son père: envolé un jour de janvier, foudroyé par une indigestion aiguë; un pâté au suif trop savoureux, avalé un soir à la hâte, au retour d'une partie de cartes chez Pierre Brochu, un voisin. Son père:

habile draveur, côtoyait le danger la hache à la main, mouillé du matin au soir et souvent, du soir au matin. Chaque année leur apportait son lot de récits fantastiques mêlés de drames épouvantables.

Alors âgé de douze ans, de longues années s'ensuivent, ardues. Odilon passe de dernier-né à soutien de famille, sur une terre grande comme ses mains et pauvre comme la gale. Il se dit que, si la chance lui sourit, un jour il aura plein de petits lui barrant les jambes et plein d'argent lui tombant des poches.

La première guerre lui enlève son frère aîné, dès que ce dernier atteint ses dix-huit ans. Il s'enrôle, en cachette de sa mère éplorée, impuissante devant un fils ingrat, épris de liberté et d'aventures. Aujourd'hui, il comprend que Félix avait fait un bon choix. Le lopin de terre, trop petit pour les onze occupants, avait poussé Félix vers l'enrôlement pour se faire vivre. Il était devenu un homme. Sa décision prise, rien ne l'avait ébranlé. Pas même les pleurs de sa mère ni les larmes de ses frères et soeurs. Puis, la guerre terminée, un mois après la démobilisation, il franchit de nouveau la porte du retour pour découvrir, au cimetière de son village, sept des siens fauchés par la mort. Son arrivée soutiendra le courage de sa pauvre mère, anéantie par la désolation. Par ce fléau de la grippe espagnole, petits ou grands disparaissent, sans discernement. Entre juillet et octobre de cette année 1918, soixante-deux personnes de son village en meurent. Félix avait encore dix-huit ans. Il s'était enrôlé déjà depuis dix mois. Les folles années s'ensuivent dans le plaisir et la joie. Découvrir le monde féminin sublime ses nuits d'ivresse insensées. La belle vie n'a plus de fin. Il butine de «fleur en fleur», d'un pas alerte et insouciant. Sa mère regimbe et il se cabre. Sur un coup de tête, un bon matin, le fils libertin part continuer vivre ses rêves, loin, très loin, à l'abri des soubresauts maternels. Tant pis pour la misère noire, sa mère se débrouillera. D'ailleurs Odilon, son jeune frère, a pris la peau d'un homme. Lui, il ira se laver les pieds dans le Pacifique et ne reviendra plus. Nous sommes alors en 1920, c'est le temps. À la maison, on s'efforcera de ne plus compter sur lui.

La vie s'égrène, petit à petit, dans le grand tourbillon de la guerre et de l'après-guerre. La fougue de la joie déborde.

Odilon, dans la force de l'âge saute la clôture le dimanche et hume les odeurs féminines enchanteresses. Un jour, on lui présente Annette. Une belle fille dépareillée qu'on dit «à l'aise»; son père étant laitier attitré de la grande ville. Le «coat à queue» est loué pour le mariage exceptionnel, réussi par Odilon. Sa mère fait la moue en apprenant que sa future bru est plus âgée que lui. Un inconvénient vite estompé par la classe de la future famille d'alliance. Grand-mère s'endette pour se montrer à la hauteur de ce nom aux contours bondés de docteurs et couronné d'un juge. Rien de trop beau pour maquiller la réalité de ce mariage, bordé d'une haie de villageois curieux, nourris d'envie et de convoitise.

Odilon amène sa bien-aimée en voyage de noces à Montréal, chez sa soeur Bella-Rose: une parvenue dans le grand monde. La présence visuelle de la guerre dilue leur joie, fouette leur naïveté et ramène les tourtereaux au bercail, deux jours plus tard. Annette tombe de haut. La brusque réalité apparaît. Apprendre à côtoyer l'infortune, puis apprivoiser la débrouillardise, devient son boulot quotidien.

Elle avait cru son Odilon «dans les moyens». Comme tout le monde, elle découvre la présence indubitable de la Dépression. La terrible grande Dépression. Tout comme chez elle, le monde vivote. L'aisance de son père n'est plus qu'artifice. De la fausse brillantine. Non. Ses parents ne roulent plus sur l'or. Les comptes s'accumulent et les dettes rugissent. Son père a failli mourir. Une violente crise de coeur a quasiment emporté ce brave homme. Le commerce est à vendre, mais aucun acheteur ne se montre intéressé. La disette monétaire ulcère la vie et la contamine à petit feu.

Chez Odilon, il y aura toujours de quoi manger à sa faim, se dit-elle, les pieds ancrés dans le quotidien. Rassurée, elle se met à apprendre son métier de femme et de bru contestée. Une nouvelle vie se dessine, difficile et biscornue. Un soupir, un long soupir naît de ses entrailles agitées. Elle replie ses dentelles de jeune mariée et les dépose dans son grand coffre neuf, en cèdre, entre les broderies et les laines de son trousseau, ne sachant quand elle les ressortira. L'homme partageant sa vie, pénètre dans la chambre à pas dansants, un sourire aux lèvres, toujours prêt à l'amour. Ils feront un premier enfant qu'elle perdra en route. Ce contretemps momentané, effacé par la brise de leur réconfort mutuel, ils se reprendront. Ce sera le début d'une belle famille.

* * *

Odilon, songeur, ressasse ses années de mariage. Plusieurs! Une douzaine: parsemées de labeur, de ténacité et de foi. Sans la foi, que seraient-ils tous devenus? songe la grand-mère, égrenant machinalement son chapelet. Des quêteux. Des quêteux exécrables et malpropres, comme il en vient si souvent. La vieille regarde son fils et s'émeut. Ce garçon n'a jamais flanché à la barre du devoir. Le contraire de ce... de ce Félix ingrat, parti au loin, je ne sais où, probablement marié, qui n'ose pas se montrer le bout du nez. Il s'est envolé un jour et n'a plus donné signe de vie. Valait mieux l'oublier. L'effacer de nos têtes. À jamais! À tout jamais!

Pélagie. Vois-tu ce que tu fais en ce moment? dit une voix en elle. Tu parles encore de lui. Tu y penses chaque jour. As-tu oublié?

Non, je n'ai pas oublié. Oublier? C'est demander l'impossible à une mère. Je le sais.

Les enfants nous sont prêtés, Pélagie. Comme toi, ils doivent quitter le nid paternel. Partir était son choix, sa décision. Accepte-le. Un jour, il te reviendra, concède encore la voix de son coeur. Prie. Prie. C'est tout ce que tu as à faire.

J'use des chapelets, sans jamais être exaucée. Le bon Dieu m'a peut-être mise sur la liste noire? Qui sait?

Secoue-toi ma vieille. Ta foi. Tu la portes où?

Odilon se racle la gorge, remet la grand-mère au présent. Silencieuse, elle se faufile dans ses appartements, méditer le chemin parcouru.

Odilon, triste, regarde sa femme amaigrie et se désole. La tristesse perpétuelle ancrée au fond des yeux d'Annette, le chagrine. Il redouble d'ardeur et de vaillance. Il sème un bébé, deux, pourquoi pas trois. Annette, débordée, se transforme. Il enfouit entre les murs nouvellement érigés de sa demeure agrandie, le reste de déception incrusté dans le regard de celle qu'il aime. Enfin, malgré la guerre et la Crise, il voit surgir des étincelles de joie dans la vie de sa femme. Il ferme les yeux, aspire de l'air à pleins poumons, gonfle sa poitrine.

Alors, alors seulement, il ressent pour la première fois, le goût et les arômes du bonheur. Désormais, il dormira en paix. Nul événement ne viendra ternir la profondeur de l'amour qu'il éprouve dans la semence d'un autre bébé, qu'il vient de déposer dans sa terre humaine si fertile. Près de lui, Annette dort paisiblement du sommeil du juste. À la pénombre, leur étreinte a atténué dix ans de vie, sur le visage radieux d'Annette, endormie, entre ses bras robustes et chauds.

* * *

Une voiture pointe au loin. Annette étire le cou en direction du chemin. Le cheval a grossi. Elle perçoit distinctement la bave écumante de la gueule de la bête et frissonne.

— Où sont les coupons? demande Odilon, la ramenant autour de sa table à moitié ramassée.

— Les voilà, assure-t-elle, toujours prête à combler les moindres désirs de son maître. La liste d'épicerie est à l'intérieur du premier carnet, enfile-t-elle, comme une discrète prière pendue au bon vouloir de son mari.

Chaque matin qu'Odilon part pour la beurrerie, elle suit le même rythme, s'impose le même recueillement et espère que son mari n'analysera pas la feuille noircie de nécessités, devant sa mère présente, enveloppée d'un silence suspect et d'un regard accusateur.

Il prend les livrets, les dépose dans la poche intérieure de son «capot de chat sauvage», met ses grosses mitaines de cuir et disparaît dans le froid mordant de l'hiver.

Annette sourit, soulagée. Cette fois encore, son mari s'est rangé de son côté. Elle sait qu'il apportera tout ce qui est écrit sur la liste d'épicerie.

Déçue de n'avoir pu biffer au crayon quelques demandes farfelues de sa bru, la grand-mère retourne à son domaine, sans bruit.

— La prochaine fois, murmure la voix vieillotte et aigrie, la prochaine fois, je m'y prendrai autrement.

Le souvenir de cette terrible dispute, des années passées, entre Annette et elle, lui pique encore le coeur. La grand-mère avait espéré garder les goussets de la bourse encore bien des années. Cinq années n'avaient pas suffi à vaincre sa méfiance, envers cette jeune femme vaillante mais légère, aux désirs parfois frivoles et irréfléchis, croyait-elle.

Annette, ce matin-là, sans le dire, décidée d'être dorénavant maîtresse chez elle, s'était levée sur le mauvais pied, avait pris d'assaut le secteur des finances supervisées par sa belle-mère, avait détenu son mari en otage, hurlant sa colère de n'être pas reconnue à sa juste valeur, avait ordonné à Odilon de choisir entre sa mère et le porte-monnaie revendiqué.

À quoi bon ressasser les cendres, songe la grand-mère triste. La justice n'est pas de ce monde, se murmure-t-elle, la porte de sa chambre refermée sur sa rogne.

Attentive au départ précipité de son mari, Annette le surveille par un trou minuscule non givré de la vitre de porte, aux pentures emmitouflées de neige. Il salue Anatole, le postillon, qui remonte dans son berlot rouge, faisant une tache dans le manteau immaculé de la plaine. Elle déteste cette grosse brute qui transforme tout en laideur. N'eut-été la joie de recevoir de belles lettres, elle éviterait de poser un regard sur cet homme laid et joufflu, éveillant en elle cette étonnante et incompréhensive aversion. Pensive, elle suit la pauvre bête qui se faufile dans les sillons de la paroisse: la Petite et la Grande Grillade, le Trait-Carré, le Bras, Jean-Guérin, Bois-Clair, le Bord-de-L'eau, Saint-Jean-Baptiste, Saint-Patrice et hoche la tête. Tout ce monde qui attend et espère ce fainéant. Il ne le mérite pas.

— Réjean, avant de partir pour l'école, voudrais-tu prendre le courrier? Anatole vient tout juste de passer, défile la voix maternelle routinière, répétée à chaque matin presque à la même heure, pour son fils aîné poussant à vue d'oeil.

* * *

Le temps a amplifié sa petite famille qui remplit maintenant sa maison. La vie prend de l'âge sur les têtes flétries, à l'échine recourbée. À la dérobée, peu à peu, Grand-mère et tante Justine, sa soeur, s'éclipsent et se blottissent dans un îlot de prières et de recueillement. Tenter de convaincre Dieu d'arrêter la guerre devient leur unique préoccupation.

La guerre. Une si vilaine plaie, venue du bout du monde, contaminer leur quotidien. La course aux mariages cessée, la vie reprend son sillon. Collée à leur peau, cette horrible calamité les envahit, grossière. Sur le perron de l'église, à la beurrerie, chez le forgeron, au bureau de poste, avec le bedeau, chez le croque-mort, devant la maison du docteur, partout à un moment donné de la journée, quelqu'un parle de guerre. La boule de laine des nouvelles radiophoniques, entre deux rigodons de la Bolduc, roule dans tous les sens. Un voisin déserteur est repris, un ami revient éclopé pour la vie, un parent est disparu, un frère est blessé sur le champ de bataille, un autre est mort. Le gâchis de la vie n'en finit plus de se renverser.

Des noms étrangers apprivoisés font partie du décor et des conversations: Mussolini, Churchill, Mackenzie King, Hitler, les Alliés, De Gaule, le 22e régiment, Pétain, Spoteurs, Lénine, Camilien Houde, Staline, enrôler, Goering, déserteurs, Hess, Provosts, Pie XII, mobiliser, Roosevelt, nazisme, Pearl Harbor, fascistes, que de mots, que de mots. Chacun les brode à la mesure de sa mémoire ou de son entendement ou de la douleur qui les déchire. Des heures sombres coulent sur la vie emmêlée qui ne semble plus retrouver le sens de son enfilade. Pour Annette, un seul nom existe au fond de son coeur. La guerre revêt le visage de celui qu'elle a aimé en secret, symbole de sa petitesse, de sa laideur réelle ou imaginaire, de l'impossible: Félix Beaubien, son beau-frère, enrôlé à Vancouver dans un régiment anglais et parti au Front gagner la seconde guerre. Comme si le souvenir de sa participation à la première n'avait pas suffisamment torturé ceux qui l'aimaient et l'attendaient.

Quand est-ce que ça va finir? songe Annette penchée sur sa petite fille collée à la grande table de cuisine, occupée à faire surgir des dessins et des formes humaines comiques, sur le dos d'une page du calendrier nouvellement remplacée.

— Qu'est-ce que tu fais ma fille?

— Des... répond l'enfant envolée dans son monde. Toi tu fais boire le chat, toi tu manges des fleurs, toi tu dors debout.

— Manges des fleurs. Dors debout! Tu es encore partie dans les nuages, hein? Qu'est-ce qu'on va faire de toi?

— Une «catalogueuse», maman. Je vais faire des catalogues. Beaucoup de catalogues. Comm'ça les enfants vont s'amuser.

— À les découper comme toi, sans que ta mère ait pu se mettre le nez dedans, hein? Et les histoires que tu inventes?

— C'est un secret.

— Un secret, ça ne se dit pas, hein! rassure la mère heureuse, sa pensée subitement captive de ce mot. Non à aucun prix! Même si c'est lourd à porter.

Érika sourit, amusée, contente de leur commune complicité. Elle lève un moment ses prunelles noires, sous l'orage de bruits de cuisine l'arrachant à ses dessins et ses découpures. La pile d'assiettes en tôle croule par terre avec fracas.

— Tornon de torvis! Quand est-ce qu'on va agrandir cet évier-là? lance Annette, rabougrie par tant d'années de déception. Depuis longtemps, elle picorait ce détestable inconvénient. À croire que ces menuisiers étaient des nains! continue son dépit. Faire un évier si bas, si petit. Quand t'as pas de talent.

— T'as pas de talent, hein maman? reprend Érika empressée de tout ramasser.

La porte s'ouvre grande. La fillette se frotte les bras sous la pelletée de froid que vient de faire entrer son frère, avec les lettres du postillon. Elle pose un regard confiant sur sa mère affairée à démêler, sentir, défricher ou goûter les joies de l'événement. Nourri, le tourbillon intarissable de son imagination se laisse vivre. Un monde fabuleux se lève, l'envahit, l'emporte vers l'inconnu. L'inconnu pourtant ancré aux paroles maternelles prononcées un instant passé. Le postillon.

Chez elle, le postillon marque un événement important du jour. Il les accroche au monde. Chaque lettre reçue suit un voyage dans

chaque tête. Loin ou proche, quelque part, quelqu'un assis au bout de
la table comme sa mère, pense à leur écrire. Un pont d'amitié se tisse
entre l'univers et eux. De la visite, à l'horizon, les surprendra peut-
être.

Annette, cette grande femme brune, embourbée de marmaille
et si fatiguée de donner trop d'elle-même, se parle tout bas, sans attendre de réponse. Son regard suit le postillon se dirigeant vers la forêt.
Ses mains, qu'elle essuie tout le temps, ont usé un coin de son tablier
à franges, brodé.

— On gèle sans bon sens, aujourd'hui! Regardez!

De multiples yeux enfantins s'attardent maintenant sur le vieux
cheval maigre, dont le souffle fait bouger les flancs de la bête. Ah les
froids d'hiver! Leur mère ne mentait pas. Une mère ne ment jamais, se
dit Érika, confuse de douter de la sienne.

Annette, silencieuse, voudrait secourir cette bonne bête. La
pauvre a tant, tout à faire. Tirer la lourde voiture, enjamber les bancs
de neige, trotter, trotter sans cesse, traîner ce gros plein de gras, de
boisson et de couvertures.

— La peau de la carriole pèse, dans le moins, cinq à six livres,
pense Annette avec compassion pour le cheval maigre et vieux.

Ah ces hommes sans pitié! Tout ce qu'ils pensent à faire; c'est
des enfants! Ah! pour ça... Pendant que de l'autre bord on s'époumone
à tuer le monde, nous autres, on s'évertue à en faire d'autres. Le
monde vire fou. Les femmes ne sont pas mieux. Des vraies poules
mouillées!

Les gestes du postillon brouillent ses pensées.

— Pauvre cheval. Si ce fainéant d'Anatole le laissait marcher
un peu. Regardez comme il le fesse!

Annette espère un répit pour la pauvre bête malmenée mais il
se fait attendre.

Cette fois, les enfants s'alignent devant la table de cuisine et
sympathisent avec elle. Attentifs, le corps droit comme des piquets de
clôture, leurs frimousses suivent le trot du cheval qui fuit les oreilles
dans le crin et disparaît à l'orée de la forêt percée par la route. Réjean,
insensible à ces doléances, remet son bonnet de laine bleu foncé, ses

mitaines jaunes, ouvre la porte et laisse l'immense nuage de froid, se faufiler entre ses jambes.

Comme à chaque fois, Annette s'essuie les mains sur un coin de son tablier, s'assied, parcourt les dépliants familiers. Des comptes. Rien que des comptes! Une fine enveloppe s'échappe du paquet et tombe sur le tapis ciré.

— Tiens... Je ne connais pas cette écriture?

La filée d'enfants l'entoure maintenant, ivres de curiosité. La face joufflue d'un personnage usé la surveille au coin droit de l'enveloppe. Abbot. Trois sous. Canada. Elle grimace.

— Ouch! Fais attention Bruno. Tu m'écrases le pied. Va jouer plus loin.

Elle étudie la fine plume, la soupèse, la sent, la retourne dans tous les sens et l'ouvre religieusement.

— Qui c'est maman?

— Une minute voyons, Érika, insiste-t-elle, sans regarder l'enfant. Des lignées de mots dessinent un sourire sur son visage que la fillette boit à pleins yeux. Puis, son rire sonore engloutit sa fourmilière. La petite déborde et court tirer la queue du chien étendu devant le poêle. Il montre ses crocs et hausse le ton. Il est si rare le rire d'Annette qu'il gêne, intimide.

— Érika. Laisse le chien tranquille! ordonne-t-elle, sa tête creusée au fond de la lettre.

Cette lettre contient des secrets à connaître. Ils les répéteront tant et tant que leur mère rira tout le temps. Érika faufile son nez sous le long bras maigre déposé sur la table.

— Allons, pousse-toi un peu, veux-tu?

Accrochée à son sourire, Annette remise la lettre dans la poche de son immense tablier et lui dit.

— Tante Christine s'en vient la semaine prochaine.

— Tante Christine, c'est laquelle?

Annette frotte ses pieds ennuyés sur le plancher verni et usé, puis cherche une réponse parmi la pile de lettres qu'elle refait. Il y avait si longtemps qu'elle n'avait eu de ses nouvelles. Presque heureuse de se sentir enfin oubliée de cette femme, voilà que la brume opaque du passé, de nouveau, recommençait à s'infiltrer dans sa vie, malgré elle. Une vie qu'elle avait tissée de grande simplicité, de constant oubli de soi, d'un bonheur tout simple. Elle regarde ses marmots attentifs, sans les voir.

Mais qu'ils sont donc senteux! À quoi bon leur dire la vérité? reprend une voix en elle. Qu'est-ce que ça peut faire s'ils ne savent pas. Ils sont encore jeunes... heureusement. Devenus grands, ils auront oublié. Tout oublié. Le monde n'y pensera plus. Tout le monde. Les vieux qui savent seront morts. Tous morts. Quant aux autres? ... On perd la mémoire avec le temps. Pis moi? Peut-être que mes os ne me feront plus mal. J'ai trop bien caché le papier pour qu'on le trouve un jour. J'ai bien fait de ne pas le brûler. La Vierge Marie décidera ce qu'il faudra en faire, en son temps.

Elle jette un coup d'oeil vers la chambre près du salon fermé. Elle sait. La statuette de Notre-Dame-du-Cap se trouve à sa place, comme elle l'a déposée, sur la commode de grand-mère. Personne ne pense à cette statue. Elle non plus. C'est défendu d'aller fouiner chez elle. Foi d'Odilon!

Pauvre elle. Ses lunettes lui font défaut. Il faudrait pourtant se décider à lui en acheter d'autres.

La voilà qui s'amène. Son pas, qui traîne la patte, gruge le coeur d'Annette. Une bonne vieille dans le fond, insiste le trouble qui l'habite et que sa maisonnée agitée n'arrive pas à atteindre. Et Félix blessé au combat, qui revient au printemps d'un hôpital de Londres...

À grands coups de balai, Annette entreprend de secouer ce malaise obscur venu s'infiltrer dans son intérieur chaviré. Félix, ce garçon magnifique, rencontré par hasard dans une rue de la ville, en aidant son père, laitier, la tourmente. Félix, de quatre ans son aîné, pour qui elle est tombée en pâmoison. Ces balbutiements juvéniles la font rêver en secret. Qui sait? Peut-être la remarquera-t-il un jour? Le balai s'accroche sous une patte de table. Un coup brusque le libère, Annette revient sur terre. Un si vieux souvenir! Tant d'eau a coulé inutilement sous les ponts. Sous son visage renfrogné, une haine quasi imperceptible ose se pointer le nez.

Tout le réconfort de ma vengeance est là! fermente une voix en elle, aussitôt engloutie dans les sons de cuisine.

Les yeux tenaces de sa fillette collés sur elle comme de la gomme de sapin, l'obligent à nettoyer l'atmosphère.

— Vous ne connaissez pas tante Christine. Elle n'est jamais venue ici.

Les prunelles enfantines s'agrandissent et s'illuminent.

— Une tante Christine comme moi, s'écrie la petite. L'enfant se dandine de plaisir en léchant son doigt, fourré en cachette, dans le sucrier posé sur la table, près de l'assiette à pain.

— Oui, ma chérie. Comme toi. Mais bien plus grande.

— Une tante neuve?

— Si tu veux. Elle n'est pas une vraie tante.

— Pourquoi qu'elle vient d'abord, demande Bruno.

— Elle vient pour me voir et vous connaître. J'étais son amie à l'école. Elle restait chez son oncle, notre voisin, parce que sa mère était trop malade. (Des mots, des mots; des menteries, des menteries). Ça fait longtemps, vous savez.

— Comment longtemps? insiste toujours le garçon intrigué par cette histoire jamais racontée.

— Longtemps.

— En tout cas, je l'appelle pas ma tante si c'en est pas une vraie.

— Ôte ton gros doigt dans ton nez. C'est plus important mon garçon.

Sa joie anticipée d'avoir, peut-être, des nouvelles de... Félix, dissimulées entre les lignes de la mystérieuse lettre, se refroidit sous l'assaut des questions enfantines tenaces.

Honteuse, elle cache son visage dans l'ouvrage à accomplir. Elle attise le poêle pourtant plein, pèle les patates tête basse, reprend le balai, monte faire les lits, se morfond de la lenteur du jour. Ses mensonges embrument son esprit, ses gestes et ses yeux où se mêle enfin la brunante précoce. Elle la laisse pénétrer soulagée, sur ses omissions, son labeur et ses marmots. La nouvelle a troublé l'esprit de ses enfants, partis et revenus de l'école, leur tête obsédée par l'image de cette tante mystérieuse. Le soir tombé d'un coup, vers quatre heures, l'apaise. Elle bénit l'absence de son mari et de ses deux jeunes partis faire le «train» à l'étable. Abritée sous ce paravent, elle réussit à retrouver son calme; toute pressée de questions qu'elle est et dont elle souhaite se soustraire ardemment.

— Allez jouer, j'ai à faire. Je n'ai pas le temps. Tannants! Vous êtes assez tannants, des fois! Les filles, allez me chercher des patates à la cave.

— Réjean, fais-tu tes devoirs tout de suite?

— J'aime mieux après le «train», maman.

— Bon, concède Annette exténuée et lasse de se battre avec son imaginaire ou de se défendre contre un ennemi futur.

La présence de cette lettre impose son souvenir, son mystère. La visite attendue, les excite, les perturbe. Le désir de connaître et d'apprendre des choses sur cette tante neuve les garde tout ouïe, tout yeux.

— Vous la connaissez encore?

— On se souvient longtemps d'une personne comme celle-là. Tu verras Érika.

Ce soir, ce petit bout de femme si précoce pour ses six ans, l'exaspérait profondément.

— Papa. Il la connaît?

Le mot, la phrase était lâchée. Odilon ignorait cette partie de sa vie bien enfouie dans les profondeurs de sa mémoire. Personne ne devait savoir ce bout de route personnel. Le flot de questions enfantines forçaient Annette à éclaircir l'ambiguïté, à se forger une opinion et inventer des réponses devant toute éventualité fâcheuse ou imprévue.

— Non. Mais, il l'aimera, vous verrez.

Le dos à la chaleur diffuse du poêle chauffé à blanc, l'oblige à bouger. Pensive, la hanche droite appuyée au comptoir de l'évier de cuisine trop petit, elle traverse du regard, le banc de neige caressé par une poudrerie rugueuse et folle, happée par un vent rageur, perdue dans la nuit envahissante. Elle pénètre, timide, dans l'étable.

Qu'est-ce qu'ils font? Comment leur dire? Par où, par qui, par quoi commencer?

Fonceuse, elle déteste cette situation imprévue et incommode. Sa tête bouillonne.

Sept heures moins vingt, lui répond l'horloge.

La nuit tombée, neuf couverts vides patientent sur la nappe à carreaux pour le repas du soir.

Ils devraient être là pourtant, pianotent ses doigts nerveux sur le rebord de la fenêtre.

La neige, soudain, crisse sous des pas proches. Un dernier coup d'oeil à la grange endormie, la rend nerveuse. Elle va, vient en mouvements emmêlés et brusques. Elle s'approche d'une tablette clouée au mur au-dessus de sa tête et tourne un bouton. La voix familière d'un homme remplit la pièce. Chaque soir, pendant quinze minutes, le soldat Lebrun apporte de sa voix nostalgique, une parcelle de réconfort, un soutien moral, un souffle d'espoir. Il chante un récit de guerre ou un amour perdu.

VIENS T'ASSEOIR
PRÈS DE MOI
PETITE AMIE.
DIS-MOI SINCÈREMENT
QUE TU M'AIMES.
ET PROMETS-MOI
QUE TU SERAS
L'AMIE DE PERSONNE
QUE MOI.
AUJOURD'HUI PARENTS
ET AMIS.
JE VIENS FAIRE
UN DERNIER ADIEU.
JE DOIS QUITTER
MON BEAU PAYS.
LE PAYS
OÙ J'AI CONNU L'AMOUR.

Un à un, derrière la porte, des manteaux épais se pendent et répandent leur odeur animale. Un vent d'orage colle à leur peau, à leur visage.

Qu'est-ce qui s'est passé? songe Annette embourbée dans son malaise obscur. Le silence, entre eux, tombe à point. Encore une satanée dispute, je suppose.

Le choc des ustensiles nourrit l'atmosphère lourde. La guitare radiophonique se tait. La soupe a fui. La blanquette fume et sent bon. Le plat chaud, déposé à la hâte sur la table, lui brûle les mains et la fait reculer. Accroché au coin d'une chaise, le tablier laisse tomber la lettre. Bruno voit l'incident.

— La lettre! Maman, la lettre est tombée.

Elle foudroie le garçon du regard. D'un geste insouciant et étudié, elle ramasse la tache blanche sur le doré du sol grafigné et surveille les frimousses assises adossées à la fenêtre, immobiles, captivées par son geste.

— On ne parle pas la bouche pleine, Christine. Bruno, lèche pas ton assiette.

La vie, soudain, dans sa tourmente interne, semble avoir perdu son fil. Elle se sent dépourvue devant le mensonge à amplifier.

— Allons. Dépêchez-vous de manger, les grands. Vous allez être en retard pour vos devoirs, réplique Annette, aux enfants les yeux pointés vers elle.

«On parle pas en mangeant. Taisez-vous, pis videz vos assiettes, pis mangez vos croûtes!» aurait ordonné Odilon agacé, s'il n'avait pas été si préoccupé par Séraphin, l'avare à la radio.

Videz vos assiettes, mangez vos croûtes! Bruno fait la moue. Il déteste cette phrase. Surtout le début. Manger du gras et du «croquant», il en est incapable.

Annette avait réglé cet épineux problème, en émiettant chaque rôti de boeuf pour enlever toute substance douteuse et avait coupé tout le gras de porc possible. En sourdine, la paix réapparue, les enfants silencieux et immobiles regardaient leur père avaler toutes... toutes ces choses qui leur roulaient dans la gorge et leur donnaient le haut-le-coeur. Impuissants à comprendre, leurs regards jetaient sur leur mère indulgente, une nuée d'admiration et de reconnaissance.

Les croûtes de pain s'avalent toutes seules. Pourquoi en parler? se demande Annette.

Le pain. Odilon vénérait le pain. Elle se souvient quand elle faisait son pain, comment il mangeait ses grosses croûtes dorées avec plaisir et respect. Il prenait le gros pain chaud, le séparait en deux en silence. Impatient, à l'aide de son couteau de poche, il se coupait une tranche grossière, la beurrait et la mangeait en buvant son thé chaud. Plus tard, quand la boulangerie remplaça ses mains, les enfants rechignèrent un moment sur la mollesse de la croûte et certains firent la moue. Il eut tôt fait de dissoudre l'indiscipline. Le moment de déposer le pain sur la table était spécial et unique. Elle le regardait surveiller la manière dont les enfants le sortait du tiroir. Debout, à sa place, il attendait que le pain soit mis sur la table avant de s'asseoir. Si un enfant avait le malheur ou l'étourderie de le malmener, il les reprenait en disant: «Le pain est bénit. Faites-y attention.»

* * *

Annette se tait, une main dans sa poche camouflant la précieuse missive. Coupables, la file d'yeux retombent muets dans chaque assiette. Odilon, l'âme absente, prisonnier de Séraphin Poudrier, l'avare radiophonique épris de combines ratoureuses qui, de sa voix éraillée, emberlificote les habitants naïfs des Pays d'en Haut, rate l'incident. Bruno, le lourdaud, grimpe sur la berceuse et tombe. Odilon lui ordonne de se fermer le clapet. Annette disparaît dans la pièce voisine sécher les pleurs de l'enfant. Deux marmots aux yeux englués de sommeil la suivent. Le programme fini, la vaisselle lavée, en silence il faut écouter les nouvelles de la guerre, puis réciter à genoux la longue prière du soir. Enfin les piles de devoirs et de leçons commencent. La promenade de brassées de bois surgit ensuite de la cave et gonfle le caveau vide par des petits bras vigoureux. Odilon raconte l'histoire du grand-père qui donnait un sou à chaque brassée montée et qui déposait le sou sur la tablette de l'horloge; toujours le même.

Personne n'arrive à la trouver drôle. Travaux accomplis, sa nichée s'effiloche petit à petit. Annette, enfin seule, relit la lettre et ferme les rideaux sur un jour très exténuant.

Dehors, l'hiver hiverne.

Chapitre II

Examen de conscience

Trempée mais heureuse, Érika nage dans le plaisir d'une journée à la cabane à sucre remplie à satiété; il faut quand même étudier. Sa tête, ailleurs, répète des prières latines. *Pater noster qui es in caelis. Ave Maria gratia plena Dominus tecum benedicta tu in... in... benedicta tu in...* Elle les a encore oubliées! Elle reprend le *Confiteor*. Une prière très importante pour arriver à pouvoir se confesser et faire sa première communion. Qu'elle a hâte! Elle en rêve la nuit. Tante Bella-Rose, la soeur de son père, lui a promis une belle robe blanche et des bas blancs neufs, et des souliers en cuir «patente» noirs, et un voile, un voile... immense qui descendra sur ses longs cheveux, et formera un chemin que personne n'osera souiller après son passage, fabule encore son imagination fertile. Elle doit savoir par coeur, ces prières.

Et la prière des défunts que ton papa récite chaque soir. Tu l'oublies peut-être, Érika?

De profundis clamavi ad te Domine; Domine exaudi vocem meam. Fiant aures tuae intendentes in vocem deprecationis meae. Meae? ... Pis l'*Angélus*, le *Gloria Patri*, le Je crois en Dieu, les dix commandements, les sept commandements de l'Église, tu les sais, hein?

La différence entre un péché véniel et mortel, tu t'en rappelles? No: 203 hein? continue le supplice de sa mémoire.

Le no: 203 de ton catéchisme qui demande: Que faut-il faire pour bien se préparer à recevoir le sacrement de pénitence?

Cinq choses. Voyons ces cinq choses, se dit maintenant l'enfant, en faisant sécher ses mitaines sur la porte ouverte du fourneau.

1: Examiner sa conscience.

2: Avoir le regret de ses péchés.

3: Prendre la ferme résolution de ne plus offenser Dieu.

4: Confesser ses péchés au prêtre.

Elle se passerait de ce numéro quatre. Comment faire? Le regarder ou baisser les yeux. Sa mère dit qu'il ne regarde personne, qu'il ne fait qu'écouter. Une chance! Jamais elle n'osera avouer ses péchés s'il la regardait.

5: Accepter la pénitence que le prêtre impose.

Le plus facile, voyons.

La maîtresse dit que la contrition est la clé du salut. La contrition? Catéchisme no: 207. Elle se souvient. Qu'est-ce que la contrition? Je sais la réponse! se dit-elle, son goûter servi sur un bout de la table. La contrition est une douleur et une détestation du péché qu'on a commis et la résolution de ne plus le commettre, répond sa tête, entre deux bouchées de pain trempé dans le sirop d'érable. Et la communion Érika. La communion?

Je me souviens!

No: 271 Que faut-il pour faire une bonne communion?

1: Être en état de grâce.

2: Avoir une intention droite.

3: Être à jeun depuis minuit.

No: 274 de ton catéchisme. En quoi consiste le jeûne requis pour la sainte communion? Il consiste à n'avoir ni bu ni mangé depuis minuit. Ouais... Elle raffole des patates et des cretons, le matin.

Demain elle fera sa première confession. Elle devra affronter ce mystérieux univers pour la première fois, songe-t-elle, soucieuse.

Commencer sa vie par une communion sacrilège et ensuite se présenter au sacrement de pénitence, on n'a jamais vu ça, diraient les commères.

1: ...conscience.

Elle a désobéi à sa mère trois fois, s'est mise en colère après sa soeur, puis... puis... Elle pense que c'est tout. Ah oui! Elle oubliait. Dimanche passé. Une journée qui n'aurait jamais dû exister. Elle a été communier après avoir bu une gorgée d'eau. Son père la regardait avec des gros yeux et elle a eu peur. Peur qu'il pense qu'elle soit une mauvaise fille, très mauvaise fille en restant assise au fond de leur banc d'église. Alors, elle s'est levée et a marché vers la sainte table derrière lui, en automate. Elle a fermé les yeux et sorti la langue comme le lui avait montré la maîtresse, puis a tourné les talons, la bouche pleine de misère, la tête basse et le coeur gros. Gros comme le péché qu'elle venait de commettre. Elle n'avait pas le droit. Qu'est-ce qui lui a pris? Elle ne comprend pas. En revenant à son banc, elle n'a pas osé lever les yeux vers lui. Elle les sentait si gros et ses joues si pourpres. À la fin de la messe, un regard à la dérobée lui a montré qu'il n'était pas fâché. Elle ignore pourquoi. Dans la voiture, il s'est mis à chanter en l'examinant.

Je n'ai pas hâte d'arriver à la maison. Il me pense bonne? Tellement bonne que je ne peux pas attendre le moment précis, un dimanche de plus. Il s'imagine que je suis une sainte, peut-être? Une sainte en perspective et cela le fait sourire. En dedans, je sais que je ne le suis pas. Comment appelle-t-on le péché que j'ai fait? Comment M. le curé va prendre une telle bêtise? Je suis mieux d'arrêter de chercher, sinon mon panier va déborder. Il devient pesant. Assez pour moi en tout cas. De si gros péchés. Qu'est-ce que le prêtre va dire? S'il avait les yeux plus petits.

Comme elle est misérable.

2: ...regret.

Bien sûr qu'elle a du regret. Comme tout le monde voyons. Sinon, ils recommenceraient? Pourtant ils recommencent. On les voit en file près des confessionnaux, à côté de l'autel de Saint-Joseph ou à la sacristie, qui attendent leur tour. Comment ça qu'ils recommencent? Le monde n'a pas de regrets? Elle ne comprend pas.

Ne cherche pas, Érika, souffle sa voix intérieure. Attends de grandir.

Dimanche prochain, oui dimanche prochain, ce sera sa première communion. Pas la vraie, la fausse. Celle des apparences. Car, la première s'est déroulée en catimini. Dans un geste stupide, inconcevable, inexpliqué. Qu'elle n'arrive pas à comprendre.

Ne cherche pas, attends d'être grande, lui ordonneraient les adultes.

Qu'elle regrette tant. Qu'elle aimerait pouvoir effacer de sa mémoire, sans avoir à l'avouer au confessionnal. Faudra qu'elle pile sur son orgueil en entrant là. La maîtresse dit que l'orgueil est le principal et le plus tenace des péchés capitaux. Elle qui se croyait exclue de ses griffes, voilà qu'elle se sent aux prises avec cette vilaine bête.

Ah! Oui, je la dompterai! Le coeur gros, la tête lourde et les oreilles molles: tant pis! Ensuite, allégée par mon panier vidé, j'irai faire ma première communion, l'âme en paix. La hâte me pique partout. Quel beau jour à venir! se dit-elle résolue.

— Érika, avant de te rendre à l'étable, monte «serrer» les bas à leur place.

— Oui, maman.

La grosse pile de bas disparaît en tourbillons joyeux. Elle agrippe le dernier bas de laine écrue et le frappe sur le coin de la porte encombrante de l'armoire, qui se referme tout le temps. Elle ne remarque pas l'ampoule électrique oubliée par sa mère au fond du bas. Un bruit sec la saisit. Elle réalise l'ampleur du désastre. Le précieux objet, si utile à sa mère, vient de se casser. Un bref regard jeté autour d'elle et la voilà qui retourne le bas, le secoue et jette les éclats au fond d'une haute boîte de carton pleine de linge à rapiécer, posée à côté de la machine à coudre.

En silence, le coeur rempli d'espérance et lourd d'une inquiétante appréhension de ce qui peut arriver, elle redescend à la cuisine. Comment réparer cette nouvelle erreur, la nourrira la journée entière.

Le lendemain, elle voit sa mère chercher désespérément son ampoule pour boucher un talon de bas et qui, finalement, se résigne à reprendre le dos de sa main, comme dans le temps où la lumière n'existait pas.

— Tu n'aurais pas vu mon ampoule, Érika? Je l'ai cherchée toute la journée.

— Non maman, répond elle, se sentant coupable. Vous n'en avez pas une autre?

— J'ai fait le tour de la maison et pas une n'a brûlé depuis longtemps.

— Ça fait exprès, hein, maman?

— Je n'vais pas en prendre une bonne pour le plaisir, Érika. Papa ne serait pas content. Pour lui, les ampoules c'est sacré.

Sacré, reprend la voix silencieuse d'Érika. Oui, la lumière est sacrée pour son père. Elle recule le temps et se souvient le jour où la lumière est arrivée. Le soir, il faisait si clair partout que c'en était épeurant. Grand-mère ne pouvait s'y habituer. Au crépuscule, elle se réfugiait dans sa chambre et mijotait ses pensées, seule, à la lueur sécurisante de sa lampe à l'huile. Tante Justine, elle, avait foncé dans la grande nouveauté et s'était montrée enthousiaste devant cette si fabuleuse découverte. Finies les grosses têtes sur les murs. Finies les lampes sautillantes les empêchant de faire quoi que ce soit. Finis les couchers à sept heures du soir, six mois par année. Finie la pompe à l'eau gelée l'hiver, plantée sur le bord de l'évier de cuisine, qu'il fallait remplacer par de la neige fondue. Finie l'eau de la rivière charroyée aux animaux, chaque jour, dont le trou gelait à mesure. Fini le gramophone à bras qui chantait tout croche. Finie la lampe capricieuse, empestant l'huile, éteinte au moindre soupir de l'air, dont il fallait nettoyer le globe chaque matin ou presque. Finie, finie.

Érika revoit ces hommes, subitement arrivés un midi sur la côte à Anselme Dubois, qui plantent des poteaux en bordure du chemin. Ils grimpent comme des oiseaux, pourtant, ils n'ont pas de griffes. Si. En les examinant bien, elle voit une courroie placée sur leurs bottines à la cheville, qui pointe à l'intérieur de leurs jambes, comme des pics. De vrais ergots de coq! Puis, ils étirent de longs fils qu'ils suspendent au bout de leur curieuse route. Ils installent une boîte métallique grise, munie d'une horloge automatique qui tourne silencieuse. Un homme faufile l'intérieur des bâtiments, d'une laine noire rigide et perce les plafonds, d'où sortent d'étranges choses qu'il appelle: ampoule électrique. Son père ne cesse de lui ingurgiter une foule de questions.

— Tout est possible maintenant. Il suffit d'y penser.

L'homme agite un bouton et hop! Magie! Incrédulité. La lumière jaillit du plafond. Un vrai soleil. Vrai de vrai, puisqu'ils ne peuvent pas le regarder en face. Odilon active le bouton magique.

Merveille! L'excitation frise l'hystérie. Tout le monde veut essayer le manège. Odilon refuse. L'homme oblige les enfants à manier le bouton, chacun leur tour.

— Si elle fait défaut on le saura tout de suite.

Le miracle prend ensuite des allures de réalité coutumière. L'électricité devient une chose comme une autre.

Un matin, malgré la guerre, Odilon revient de la beurrerie, un radio sous le bras. Subitement, le monde entier entre chez les Beaubien. Leur émerveillement déborde. Des jours et des jours, assis autour du précieux appareil, la maisonnée adulte va à l'école de la vie. Le soir, les disputes ont changé de formes et de raisons. Le chapelet se bat pour survivre. Mais Odilon, en bon chef de famille, dilue l'insurrection et reprend le fil de son autorité, un brin émoustillée. Dorénavant, rien ni personne n'osera déranger le chapelet en famille; pas même la radio qui se taira. Odilon éteint la lumière et répand de sa voix monocorde, plein de ferveur sur leurs prières. Comme autrefois, le sacré de leur foi se trouve protégé.

Deux mois plus tard, Odilon reçoit un compte de la Shawinigan Power. Il faut payer la magie, le merveilleux, le miracle: l'électricité. Grand-mère rechigne.

— Je te l'avais dit Odilon, que tu payerais pour. Je te l'avais dit! Tu ne m'écoutes pas. Personne ne prend garde à ce que je dis dans cette maison. Pas surprenant que tout marche mal! Toute cette lumière! Tant de gaspillage!

Si Annette mettait du sien, songe-t-elle renfrognée dans son passé. Dans mon temps, on vivait avec du bon sens.

— Grand-maman, reprend Annette devinant les pensées de la vieille grincheuse, au moins vous saurez quand votre Félix reviendra. La radio, ça dit toutte. Toutte, affirme-t-elle, incertaine de ses dires.

Elle se devait à tout prix, de trouver le moyen de l'attendrir pour la mettre de son bord.

— Vous pensez? interroge la vieille, soudain sensible aux paroles de sa bru, parfois détestable, mais au coeur si tendre.

Odilon paye le compte, mais il ordonne de moins dépenser de lumière. Il apporte des ampoules moins fortes du magasin général et insiste auprès d'Annette d'éviter de travailler trop longtemps le soir à la machine à coudre à pédale. Oui, les ampoules électriques et le pain, pour lui, c'est important.

— On se promène dans la lune en plein jour ma fille? souligne Annette taquine.

Érika sourit en lissant de son pied un cercle imaginaire, sur un coin du plancher verni et usé. Elle revient de loin. Malgré tout, son voyage ne lui a pas apporté de solution, à l'ampleur de son problème. Elle a cassé une ampoule et sa mère doit se résigner à attendre une autre ampoule brûlée. Elle décide de monter au grenier. Il lui semble qu'un homme avait installé la lumière dans cet endroit peu fréquenté. À la sauvette, elle grimpe au troisième étage et voit en toute lettre écrite au plafond, la réponse à ses inquiétudes. Ouais... l'ampoule est haute. Elle tire une vieille commode vide, poussiéreuse et grimpe. Tout branle. Elle se brûle les doigts et redescend. Sa robe s'accroche à un clou sorti de vieillesse, d'un coin du meuble.

— Oh! Un trou dans ma belle jupe bleue, soupire-t-elle, penaude, scrutant du doigt l'affreux accroc, la bouche grande ouverte de stupéfaction. Que faire?

Elle a maintenant deux problèmes.

La vieille commode replacée, elle se dirige triste et désemparée à sa chambre et enlève sa seconde bêtise. Assise sur le côté de son lit, elle mûrit des plans, élabore des idées, trace des issues entre les doigts de ses mains posées sur ses genoux, qui circulent autour de l'horrible trou.

Que faire? En parler à maman. Simple, tout avouer. Pauvre maman. Elle si grosse et si fatiguée. Pourtant, là se trouve l'unique solution. Je sais. J'ai trouvé.

À la course, elle se dirige vers la porcherie. Au milieu de l'allée, attend l'objet convoité. Par bonheur, il en reste une à chaque bout. Donc, personne ne s'en apercevra. Elle marche, incertaine, les bras en équilibre, sur le bord des enclos longeant l'allée de la porcherie.

Le cri strident des hideuses truies la fait tomber dans l'auge plein de déchets de cuisine. En larmes, elle va se cacher sous la galerie et pleure à torrents, le visage enfoui dans sa jupe puante. Une ampoule cassée, sa robe brisée, ses bas remplis de bouette et sentant le suri; une journée réussie! Très réussie! Une liste de péchés ajoutés à la première. ...pas drôle. Non ce n'est pas drôle du tout.

À la pénombre, en retrait, transie, du creux de son petit coin, elle aperçoit son père. Silencieuse, elle ose se montrer le bout du nez. Personne ne comprendrait l'océan de misères qui l'habitent.

— Le soir tombe, les enfants. Venez, entrons, ordonne Odilon, relevant son collet de chandail.

Heureusement que le soir tombe, songe Érika. Au moins, dans son lit les malheurs ne s'accumuleront plus. Demain, oui demain elle doit faire sa première confession. Regrets, ferme propos. Elle referme ses yeux enflés, humides de son trop lourd secret. Menteuse, hypocrite, lui assure l'écho de ses pensées.

La nuit reprend le fil, là où elle l'a laissé et lui façonnera mille et une manières de s'en sortir.

* * *

Le lendemain matin, Odilon est très nerveux. Sa pipe a l'air d'une cheminée de maison dans les gros froids d'hiver. Il va, vient dans la cuisine, sans dire un mot, ou se berce comme le balancier de la vieille horloge grand-père. Érika a peine à croire que sa première confession le dérange à ce point. Tout à coup, il se lève, sort en vitesse, puis il revient avec la jument grise.

— Les enfants, embarquez. Vous allez chez cousin Charles. Les jeunes, installez-vous en arrière près de vos frères. Les deux grands, prenez le siège avant. Cousin Charles va vous expliquer. Tiens, conduis Réjean.

Tout d'abord, ils n'avaient jamais été seuls chez cousin Charles, en milieu de semaine. Puis, cette absence de leur mère au déjeuner les intriguait. Érika pensait qu'elle était malade. Pourtant son père avait répondu négativement. C'était un non brusque qui en disait long. Il ne voulait pas être achalé. De plus, il leur avait défendu d'aller la voir avant de partir.

— Vot'mère est fatiguée à matin. Laissez-la dormir, ordonne-t-il en paradant la cuisine de long en large, les mains dans le dos.

Pourtant, leur mère s'était levée bien des matins, fatiguée. Sans qu'il y fasse attention? Sa colère et son agitation leur clouent le bec. Elle n'ose même pas lui parler de sa confession et elle monte en voiture docile et obéissante.

Silencieuse, elle songe à tout ce charivari, les yeux plantés dans le trou de sa robe qu'elle a dû revêtir à la hâte. Pour elle, le supplice continue, le jour se lève pire que la veille.

Sans avoir pu comprendre le pourquoi de ce voyage insolite par un jour d'école, les voilà en route pour traverser la rivière. Une rivière encore en furie par l'assaut des neiges fondues, à peine dégonflée du printemps. Érika a peur. Son coeur se serre.

Qu'est-ce qui peut bien se passer de l'autre bord, pour que leur père les jette dans le péril de même?

Tout semble si mystérieux; étrange.

Avant de se mouiller, la jument brune, les oreilles dans le crin, écoute, nerveuse, le son sournois et traître de l'onde qui les glace. Que faire? Retourner? Que dira leur père? Son image bourrue des mauvais jours ne leur indique rien qui vaille. Advienne que pourra. Réjean claque le cordeau sur les fesses de l'animal qui se cabre. Le silence s'assied au milieu d'eux. Érika pense très fort.

À côté d'elle, le reste de la famille, à plat ventre sur la plate-forme de la voiture, regarde les roues se faire un chemin dans l'eau. Christine se frotte un doigt sur ces roues inventant des petites chutes, Bruno, le menton dans ses petites mains, surveille la magie de l'eau former une toile incolore, sans cesse brisée, entre les rayons de la roue. Ils ne réalisent pas que la peur tue les sons dans la gorge d'Érika. La voiture flotte et la jument en arrache pour se maintenir en route.

Je vous salue Marie pleine de grâces. Aidez-nous.

Réjean n'ose pas regarder en arrière. Tenir les cordeaux solidement, c'est ce qui importe. L'animal nage à présent. Il lui semble qu'ils prennent un temps infini à accoster. La bête se bat, courageuse.

La voiture frappe un gros caillou. La famille se ramasse d'un coup sur le côté droit, pêle-mêle.

— Tenez-vous bien! hurle Pierre les mains incrustées dans les côtés du siège, son regard piqué sur les petits, derrière.

Toute insouciance a disparu. Agrippés solidement au siège, ils espèrent un dénouement. Maintenant, la peur et le silence courent entre eux. Enfin, le valeureux animal pose un pied sur terre et s'arrête. Dans un délire communicatif, les enfants s'enlacent nerveux. La peur et le silence sont restés dans la rivière. Ils attendront, tenaces, leur retour.

— Vous reviendrez pour souper, avait conclu Odilon en claquant la fesse de sa main, pour faire partir la jument.

Pour souper, pour souper. Ce sera long, étire la curiosité insatisfaite d'Érika.

Neuf heures.

Cousin Charles les reçoit, sans poser de question. L'oeil coquin, le regard complice à sa femme, il s'occupe de la jument qu'il attache dans l'étable.

Elle examine amusée et attendrie, l'envers du décor de leur maison où plane le souvenir d'une mère, soudainement absente et habillée de mystères.

— Éva, je pars. Je les amène.

— Allez. Je garde le p'tit.

Il les assoit sur les poches d'avoine et les voilà en route pour le moulin à farine, situé juste au pied de la grande côte croche qu'ils viennent de monter. Le long du chemin menant au moulin, coule un profond chenal creusé par les hommes, qui se cache sous le vert feuillage adossé à la montagne, traverse sous le moulin, fait tourner une immense roue piquée sur le mur donnant sur la rivière et disparaît dans le cours d'eau.

À l'intérieur du moulin, les hommes, blancs de farine, pèsent, remplissent, referment et manient des gros sacs, sans se lasser. D'une main, ils les manipulent si aisément, qu'on les croirait remplis de plumes de poules comme nos oreillers blancs. Des montagnes de sacs naissent. Cousin Charles les trouve plus pesants qu'eux, car il doit s'aider de son dos. Une fois la voiture remplie, il les prend par la main et les amène voir la chute. Le bruit, la force qu'elle met à jeter son eau dans l'abîme, la saisit. Elle se frictionne les bras. Attirée par le trou, Christine s'avance plus près. Cousin Charles la retient.

De retour, cousine Éva s'installe au piano. Eux assis par terre, ne voient que les pattes du banc, caché par le gros arrière-train qui dépasse de chaque côté. Les doigts légers de la cousine coulent sur les notes d'où naissent de douces mélodies. La petite s'imagine mal ce postérieur en train de danser les danses carrées, comme l'affirme sa mère.

Midi.

— Érika tu pleures?

— C'est aujourd'hui ma première confession.

— Tu l'as manquée, comprend Éva la mine déconfite, le regard piqué sur l'horloge. Il est midi. T'en fais pas. M.le curé comprendra tout ce que ton papa lui expliquera dimanche. Rassure-toi. Oh! Ta belle robe? s'écrie cousine Éva devant le trou agrandi dans la tête de la petite. Viens. Allons dans ma chambre.

Érika, emmurée dans sa peine, suit la chaleureuse grosse femme.

— Enlève ta robe et attends-moi ici. Je fais disparaître ce vilain accroc.

Elle sourit. Le pire du matin tournait au mieux. Ses larmes séchées, un superbe bouilli rassasie leur appétit. Sa confession retardée pour une raison que personne ne lui a encore expliquée, le trou de sa robe évaporé, il lui reste à trouver une ampoule.

— Cousin Charles, je peux aller voir vos poules Bendy? Maman dit que les plumes du coq sont superbes.

Qui sait? Il traîne peut-être une ampoule brûlée quelque part?

Au déclin du jour, ils déroulent le trajet à l'envers, devant l'oeil attentif de leur charmant cousin venu les surveiller. La rivière, un brin assagie, a dilué leurs peurs, vaincues le matin. Grandis par une riche expérience, ils saluent le cousin et pressent le cheval. La traversée fut bonne. Au retour, la belle surprise d'une jolie petite soeur neuve, les accueille.

Dans son panier à repriser, sa mère trouvera l'ampoule brûlée donnée par le bon cousin Charles, lors d'un jour d'anniversaire de la naissance d'Angélique. Le bébé des bébés, comme se plaît à l'appeler Annette, leur mère.

Dans la tête d'Érika, le reste de la semaine cultivera la manière d'apprivoiser M. le curé, au confessionnal, pour bien lui faire avaler ses gros péchés.

* * *

Le printemps battu en retraite, l'été fringant court partout.

Un mardi, le chien King tient la famille éveillée une partie de la nuit. Exaspéré, Odilon sort du lit, descend chemise en main, pour tenter de faire taire cet animal de malheur, caché sous la galerie. Peine perdue, il jappe à s'égosiller. Tout à coup, il voit le troupeau dans les carottes et les fraises mûres du jardin. Leurs queues gesticulent au rythme de leurs gueules.

— Debout tout le monde, venez m'aider!

Érika décide de regarder le spectacle, bien assise sur la galerie. Annette, jaquette blanche longue, fait figure d'ange à la ferveur de la pleine lune. Le champ où retournent les vaches se trouve en face. La fillette voit courir et courir la jaquette blanche ça et là. La jaquette devient soudain ronde comme une boule et se relève. Elle a rapetissé de moitié. Le taureau vexé gratte la terre. Elle n'a que le temps de se lancer à travers la barrière en bois, les cornes du boeuf la fracasse avec fureur. Odilon intervient la bêche en main et lui assène un bon coup sur la tête. La ferveur de l'animal refroidie, il redevient docile et se noie dans la nuit. Annette essoufflée, monte les marches la langue sèche et le souffle coupé, sa jaquette à peine retombée.

— Allez vous coucher vilains malcommodes! leur ordonne-elle, empêtrée dans son horrible gêne de s'être montrée, aussi nue, devant ses enfants.

Au matin, Érika trouve King allongé sous l'escalier, immobile, la gueule remplie de longues aiguilles noires qui ne veulent pas céder aux coups de pattes répétés. Elle l'amène sur la galerie où il s'étend doucement, la queue et le museau à terre, l'oeil triste. Son père arrive avec ses pinces et lui enlève, un à un, ces horribles poils de porc-épic logés jusque dans son palais noir. L'opération terminée, le chien pose son regard sur Odilon, se lève, se secoue et court vers la rivière. Il est sauvé.

L'automne a rempli la famille de bonheur. La moisson a été belle et abondante.

— Les animaux vont être gras cet hiver, les enfants. Pareil bon foin à manger! fait-il en claquant maintes fois ses bretelles sur ses épaules.

Il a coupé sa récolte en quinze jours, grâce au beau temps. Un record. Tout le monde en parle sur le perron de l'église, le dimanche. Mais hélas! Les pluies diluviennes de la saison s'abattent subitement sur la terre. Il ne peut que labourer une partie de son champ. Il le terminera le printemps prochain. Dès novembre sonné, la gelée s'installe.

— Réjean, à matin tu m'apportes les haches. Je traverse chez Adjutor, le forgeron, les faire aiguiser. Demain, on commence à bûcher.

Il sort porter ses bidons de crème à la beurrerie.

Odilon adore la forêt. Ce qu'il en sait des choses, raconte Érika à une dame sur le perron de l'église. Couper le bois dans le décours de la lune; le bois reste sain et le son est différent. Dans le croissant, le bout est noir. Plus la bûche est gelée, mieux elle se fend. Il connaît différentes manières d'affiler les haches, selon l'usage. Mince pour bûcher et gouffre pour fendre. Il dit qu'il y a une manière spéciale d'allumer un feu. Des écorces, des frisettes de bouleaux pour partir le feu, ensuite, du bois coti ou des rondins par-dessus. Une bûche en plus, pour la nuit. Il bûche une année à l'avance. Le bois «bobé» est acheminé près de la grange où il sera coupé en corvée par temps perdu, à la saison morte. Oui, il en sait des choses son père. La semaine dernière, il a été élu marguillier de la paroisse. Comme elle est donc fière de le voir assis dans un beau banc fait spécialement pour lui et ses deux copains. Ils sont tellement importants qu'ils trônent en face de la chaire. Il passe la quête à la grand-messe.

Ce n'est pas une farce! Ôtez-vous de là! Oui, monsieur. Donnez vos sous noirs. C'est mon père qui les ramassent! Il le mérite bien. Depuis le temps qu'il trime. Il dit qu'il n'a pas signé son nom mais il a fait une croix; c'est plus important et plus vite fait. Perdre son temps; oh, non jamais! Il dort parfois l'après-midi l'hiver, leur mère dit qu'il reprend le sommeil perdu l'été. Alors, il ne flâne pas, il emmagasine, renchérit-elle enjouée.

* * *

L'Avent; les boucheries.

Certains jours, des hommes entrent, sortent à toute minute laissant pénétrer une vapeur froide qui court autour de la maisonnée. Pour un, c'est l'eau bouillante à tenir chaude. Pour un autre, c'est des allumettes qui manquent, ou le sel, ou le poivre oublié, ou le couteau à boucherie à raiguiser. Il est hors de question de pénétrer dans la porcherie, avant l'âge de huit ans. Les oreilles collées à la porte croche, les petits écoutent les cris perçants du cochon, en se demandant ce qui se passe. Ils frissonnent de douleur pour le pauvre animal.

— Érika, apporte la poêle de maman et viens ramasser le sang pour faire le boudin.

Recevoir ce grade est pour eux fierté et honneur. Elle enfouit bien loin sa peur et se présente, tremblante à la porte, les oreilles remplies de ces cris qu'elle ne veut pas entendre. Ils tiennent le porc qui se débat. Elle ne voit pas très bien. Elle croit qu'on le lave à l'eau bouillante.

— Érika apporte ta poêle.

Son coeur bat à se rompre. Elle ne sait pas lequel de la poêle ou de son coeur elle doit retenir. Les yeux mi-fermés, elle obéit. À côté de l'épaule gauche, presque en dessous du cou, il y a un grand trou. Elle comprend et elle ramasse ce qui coule. À sa mère, qui lui ouvre la porte, elle donne sa grande poêle écarlate.

— Tu en as beaucoup, nous aurons du bon boudin!

Sa mère n'est pas drôle. Elle n'aimera jamais le boudin.

Le porc pendu par les pattes de derrière, les hommes s'amènent à la maison. Odilon sort sa carafe de vin ou de bagosse qui fait surgir des histoires et des rires à profusion. Érika se tait pour cacher son ignorance et elle rage de ne rien comprendre. Ils se lavent les mains les uns après les autres. Annette prépare la tête à cuire. Odilon fouine dans son chaudron.

— De la tête fromagée avec des patates rôties, c'est impayable pour le déjeuner, hein, Annette! lance Odilon, lui pinçant une fesse.

Le jour, le porc pendu s'étire. Il allonge sa viande qui blanchit. La viande, ensuite coupée en morceaux, est déposée dans un immense baril en bois, dont on sépare chaque rangée par du gros sel. Annette désosse et emboîte les morceaux les plus maigres. Réjean attise le feu sous un immense chaudron en fer noir. Ils déposent les boîtes de conserves dans l'eau bouillante pendant une heure et le tour est joué. La famille aura de la viande au goût unique, tout l'hiver. Les salaisons finies, Odilon rejoint la corvée. Annette, jamais à court d'idées, fait avec la panne du porc, du savon du pays dans le même gros chaudron.

— Tu vois ma fille, rien n'est perdu comm'ça. Aide-moi à monter les barres de savon dans la petite armoire du passage. Tu sais, celle du tricotage de tante Justine? Corde-les bien.

Ce qu'elle en connaît des choses, maman! Autant que papa, songe Érika heureuse.

Le jour de la beurrerie, Odilon apporte ses jambons au boucher du village qui les fumera une partie de l'hiver. Quel festin pour Pâques en perspective. Annette dit qu'ils sont chanceux d'avoir tant de nourriture. Ils ont juste un peu souffert de la Crise. Pas même assez pour expier leurs péchés, renchérit-elle.

L'Avent marque aussi la cuisson des pâtisseries. Annette fait des montagnes de beignes, cuisine des piles de tartes à la ferlouche qu'elle appelle tartes aux raisins, des pâtés à la viande, des cretons qu'elle met congeler dehors dans de grands coffres de bois, sur la galerie. Que d'ouvrage, que d'ouvrage! La senteur les suit jusqu'à l'école. Une déception les dévore. Ils n'ont pas le droit d'en manger une. C'est l'Avent. Et l'Avent est un temps de jeûne et de sacrifices. Tout comme les quarante jours de jeûne avant Pâques. Ils le savent.

L'Avent et le Carême: deux périodes propices à l'expiation de leurs péchés, indispensables à l'essai de devenir, non pas des saints, c'est trop difficile, mais seulement meilleurs. Que la vie est belle!

Tout l'Avent, la famille a espéré une lettre de tante Christine. Dès que le postillon arrive, ils courent à moitié habillés à la boîte à lettres. Annette leur crie de se boutonner; ils n'écoutent pas. Chaque jour elle se reprend. Ils restent fidèles à leur désobéissance, la seule complicité de leur mère; ils ignorent pourquoi. Le courrier renferme des piles et des piles de lettres. Des cartes de Noël. De très belles. D'autres plus... plus pauvres. L'un d'eux conserve le timbre pour l'envoyer aux missionnaires. Annette trouve en toutes choses, une bonne action à accomplir.

Noël entre en douce, se faufile dans le froid mordant de la campagne et va mourir sur un jour replié sur lui-même. Tante Christine n'est pas venue. Annette dit qu'elle ne pouvait pas quitter son commerce. Une déception de taille. Pour une fois qu'il y aurait eu du changement aux fêtes. Et Annette qui n'avait pas pu aller voir sa mère, une seconde année de suite. La brave grand-mère Veilleux avait été opérée à l'automne et l'anémie s'était mise de la partie. Le docteur lui avait ordonné le grand repos. Un supplice affreux. Elle qui ne connaissait plus ce mot, depuis la mort de son mari. Un grand désappointement pour Annette qui voyait sa mère une fois par année, quand c'était possible. Il faisait si bon chez cette grand-mère. Elle vivait seule avec ses quatre fils. Ils avaient le diable au corps, ces oncles. Puis la table! La table! Un festin de roi. Sans mentir. De la liqueur, des gâteaux achetés tant qu'ils en voulaient. Seul le mal de ventre, trop plein, ralentissait l'ardeur des palais et de la gourmandise. Noël avait été bien triste. Si triste! Tante Bella-Rose avait rempli le vide du décor, comme de raison. Elle avait mangé les pâtés à viande d'Annette et ses tartes à la ferlouche en compagnie d'Odilon, dans la salle à manger. Annette, en bonne servante qu'elle était, avait rempli les assiettes de semaine sur la table de cuisine, une joie forcée collée à son visage. Le reste des siens manquait de dignité, on le sait, pour accompagner la famille d'Odilon dans la salle à manger, qui ne servait qu'à les recevoir. Puis, usée de se retenir, Annette avait pleuré. Ce fut un Noël bien triste.

Chapitre III

Mort de Grand-mère

Après les conférences de Yalta en février, Annette, nourrie d'espoir, continue d'agrandir son vocabulaire. La radio oscille entre la victoire et la capitulation, l'espérance et le découragement. Malgré le six juin dernier, qu'on surnomme:«jour le plus sombre de la planète», où les Alliés débarquaient en Normandie, l'hiver 1945 s'annonce meilleur. Les Allemands marquent des signes de fatigue.

— Les Alliés gagnent encore du terrain Grand-mère, lui soumet Annette enthousiaste.

La vieille l'écoute peu. Jamais elle n'a pu s'habituer à ce langage étrange devenu coutumier et presque une raison de vivre. Butée derrière le mur de son silence, elle écoute ces habitants si simples, dont la bouche malhabile emprunte les mots du «grand monde» et se demande perplexe, où cela va les mener tous.

— Un jour on dit ça, le lendemain... conclut-elle, lasse de ces haines vides de sens.

Des guerres, elle en avait subies plus qu'une. Déjà cinq ans que cette «vlimeuse» durait. Combien de fois avait oscillé le thermomètre des nouvelles durant ces longues années? Combien de soldats avaient payé de leur vie, dans ces batailles qui n'en finissaient plus? Non. Plus rien ne ranimerait ses espoirs. Elle attendra dans une sorte de docile soumission, la fin, qui, un jour, se pointera du doigt.

Ses pas lents et lourdauds usent à petit feu le seuil de porte, la séparant de la famille bruyante d'Odilon, son fils. Replongée dans son silence familier, elle entreprend de faire la causette à sa soeur Justine assise devant elle, le regard plongé dans le tricot à terminer. Justine n'avait pas le temps pour se morfondre et s'interroger inutilement.

Veuve depuis deux ans, elle se disait que ces sept ans à dorloter et soigner ce mari malade avaient suffi. Le temps de se mettre à l'ouvrage pour cette jeune nièce embourbée de travail valait bien tous les larmoiements journaliers de sa pauvre soeur, occupée à se plaindre et se faire plaindre. La bonne Justine, sans répondre, jette un regard biaisé, vers celle qui la met hors d'elle, tant de fois par jour. Il suffit de dire blanc sur une chose pour se voir répondre noir. Alors de rage et de dépit, Justine tricote. Annette, sa nièce, la trouve vaillante sans bon sens. La rage la pique sans bon sens!

— Voyons Pélagie! Tu ne vas pas sortir à matin par ce temps, sans t'habiller, réplique Justine incrédule.

— J'vas juste chercher un paquet de croquignoles dans le coffre dehors sur la galerie.

— Faire ça pour des cretons n'a pas d'allure. Des plans pour attraper ton coup de mort!

* * *

Le coup de mort est bel et bien arrivé. Il a frappé Grand-mère en plein coeur.

Tante Justine avait eu beau lui dire et lui répéter de mieux se vêtir, mais Grand-mère pensait que sa santé de fer vaincrait les pires hivers. Ce jour-là, le froid redouble d'ardeur et torpille le corps vieillot de la femme téméraire et la glace d'un seul coup. Trop tard, elle en avait fait qu'à sa tête!

— Pas des cretons, des croquignoles, arrive à dire Pélagie, entre deux fortes secousses de tremblement et de toux.

— En robe! Dehors en janvier.

Pélagie, frictionnée par sa soeur Justine en colère, parvient à se remettre sur pied. Chaque hiver, les manies de l'une et les soins de l'autre amusent la famille. Elles leur paraissent comme une sorte de besoin brutal de se dire leur affection. D'abord la chanson entonnée en début de janvier se poursuit en février, parfois en mars, lorsque la température se met du bord de tante Justine. L'année passe et le refrain resurgit la nouvelle saison froide installée.

— Tu aurais dû. Tu devrais. Pélagie, j'te comprends pas.

L'éternelle rengaine prend fin. La bouche tombante de tante Justine se tait.

Odilon attelle la jument grise et ramène le docteur Paradis. Assis dans l'escalier du passage, les enfants silencieux écoutent en vain, le langage du médecin. Un après-midi au retour de l'école, tout le monde pleure. Érika veut aller s'étendre sur le couvre-pied de sa grand-mère. Pierre l'arrête.

— Va pas là!

— Je veux la voir.

— Papa ne veut pas. Il y a du monde avec elle.

Du monde? Quel monde? Ah oui, ce cheval qui attend. Des voix neuves bousculent sa petite tête. Des hommes vêtus de noir, gantés de gris s'affairent au salon frigide, agitent les lieux humides de tristesse.

— Ils partent l'embellir, lui répond sa mère.

Le lendemain, ils la ramènent tout endimanchée.

Elle rage. À quoi bon la mettre belle, si elle ne peut plus lui parler ni la toucher ni lui demander des beurrées de cassonade.

Les jours suivants, c'est noir de monde à la maison. On se murmure les détails de la fin d'une vie.

Érika écoute ses pensées fouineuses se répandre dans ce grand espace interdit, occupé par deux soeurs épouvantables: Grand-mère et tante Justine. Grand-mère, cette courte et grosse femme encline à dominer tout le monde, se heurte à tante Justine, une grande personne svelte et effacée. Généreuse et bonne, elle tente, sans cesse, d'atténuer les écarts de conduite de sa soeur aînée, disparue hier, hélas!

Le chat sous le panneau du poêle, en boule sur le tapis tressé, n'ose miauler. Le chien étendu derrière, tape de la queue sur le plancher, le museau entre ses deux pattes, les yeux tristes ou inquiets de ce qui se passe.

Grand-mère dort, couchée dans une grande et belle boîte grise ouverte à moitié. Elle impose le silence.

Érika monte sur les pointes des pieds et n'arrive pas à saisir la portée de cet étrange sommeil qui les bouscule tant. D'un saut, elle aperçoit le nez. Il lui donne la frousse.

— Le sommeil du juste, dit M.le curé, venu exprès lui fermer les yeux.

Juste un petit sommeil ou un grand? Non, un petit sommeil comme elle prend chaque midi. Pas un grand. Il ne faut pas que ce soit un grand. La brune enfant a encore envie de s'étendre à côté d'elle et de manger ses délicieuses beurrées de graisse de rôti et de cassonade.

Pierre la prend par le bras et l'éloigne.

— Pourquoi Grand-mère se réveille pas?

— Est morte Érika, est morte! enfile le garçon, ses pensées enfermées en lui.

— Morte?

— Morte.

— Comme mon chien Puceron?

— Comme ton Puceron noir.

— Pis ça?

— Ça c'est une tombe.

Une tombe au salon? Il se passe des choses importantes, car jamais personne ne va au salon. Seulement pour la visite du prêtre à l'automne. Non, elle a beaucoup de misère à comprendre.

Sur le grand mur du centre, quelqu'un a installé un superbe rideau de velours bleu, éclairé par un crucifix bleu lumineux qui ne cesse de l'attirer, tellement il est beau.

Le grand-père et la grand-mère de leur père doivent être insultés de se faire voiler le visage de la sorte. Eux qui aimaient voir tout ce qui se passait dans cette pièce.

Dans sa tête, Érika continue son monologue.

Son père leur a ordonné de s'endimancher un jour de semaine. Il faut voir le lit inoccupé de la grand-mère dormant dans sa tombe à côté, recouvert de leurs beaux vêtements et de leurs bas alignés sur le couvre-pied, du plus grand au plus petit. Déshabillé, le lit se recouvre tout de suite d'un énorme tas de manteaux; les uns en linge, les autres en longs poils doux, doux. En sourdine, leurs joues se frottent sur cette couverture si invitante et douce. Puis, ils essaient ensuite les chapeaux, gros ou petits, chics, chics.

De l'autre côté du mur, Grand-mère dort toujours dans son beau lit en satin blanc.

— Si on jouait à cache-cache parmi tout ce monde debout. Hein?

Ce qui est dit est aussitôt fait. Quelqu'un leur caresse la joue en continuant de jaser. D'autres se retournent, agacés; leurs yeux, soudain devenus aussi gros que les grelots de voitures, les crucifient.

Cousine Laura et tante Justine pleurent. Odilon sanglote. Longtemps Érika reste prostrée, assise seule sur une marche d'escalier, bouleversée de voir couler la rivière masculine de peine, ne sachant que faire pour l'arrêter. Sa tristesse l'anéantit. Quand elle sera grande, elle sera détestable toute sa vie. Personne ne pleurera son départ. C'est trop bête de ne pas savoir comment faire cesser les pleurs de son père. Un bébé, oui; mais un père...

Plein de personnes les visitent pendant deux jours. Parmi le monde qui rit et conte des histoires et d'autres qui versent des larmes, les marmots se sentent quelqu'un dans leurs plus beaux atours.

— Le fun est aux vaches, répond Onésime à sa femme déconfite par tant de plaisir, de manque de pudeur et de bonnes manières.

— Baisse le ton. Rire aussi fort. T'as pas peur que la morte vienne te visiter?

— Voyons ma vieille. Des sornettes de Grand-mére. Tu vas pas te mettre à croire ces histoires-là?

— J'sus pas certaine. En tout cas, j'y penserais deux fois.

N'empêche qu'Onésime avait maintenant perdu toute envie de s'amuser ou de rigoler à haute voix. Il replia sa jambe sur l'autre et se mit à écouter son voisin. Alma, sa femme, se sentit rassurée.

Installée dans sa voiture, Grand-mère disparaît une seconde fois pour ne plus revenir. Le nez collé aux carreaux givrés, ils tentent de voir le plus possible cette étrange parade de voitures qui s'organise. Ils parviennent à peine à conserver leur trou qui se gèle à mesure. La dernière berline fuit lentement, emporte au loin le son des grelots pleureurs dans le ciel froid de l'hiver. Dans le coeur d'Odilon, une couche de glace a recouvert sa peine. Le village entier tentera de la faire fondre.

Ce lundi matin, des hommes sortent l'aïeule décédée. Il fait un froid de loup. Pour la circonstance, les chevaux ont recouvert leur gueule d'une jolie barbe blanche. Douze voitures suivent leur grand-mère en tête de la marche funèbre. La poudrerie court, impudique et arrogante, sur la neige durcie et fouette les sabots des bêtes. Les gens meurtris se camouflent, recroquevillés sous les épaisses peaux de carriole. Autour, le vent hurle sa douleur et maquille le silence triste du monde, en fuite dans leur intérieur.

Dans le salon, il ne reste plus que le beau rideau de velours et le crucifix éteint. Le prie-Dieu a cessé de recueillir les larmes et les prières de ceux venus s'agenouiller. Il se tient en retrait. Vide, il semble insignifiant.

Érika cause à son silence où une voix se lève. Vous auriez dû vous habiller pour aller chercher ces croquignoles, mémére.

La maison s'est soudain couverte de silence. Les pièces closes ont perdu de leurs attraits. Le bruit de leurs chicanes les rendait si invitantes.

Tante Justine effilée, assise au bout de la table de cuisine, un chapelet brun enlacé dans ses mains froides et moites, laisse couler le flot de son chagrin. Elle n'a pas voulu participer au cortège.

— Ce serait aussi mon coup de mort. Une à la fois c'est assez, avait-elle répondu à Odilon, compréhensif.

Le poêle, rempli par Annette avant son départ, sirote ses rondins verts. Sa complainte ajoute du fiel sur la blessure béante faite à la maison.

Le chat, parti se cacher derrière le poêle, dort à côté du chien.

La maison, dont les yeux habillés de givre s'alourdissent, craque de partout sous la gifle du froid mordant de février. Dehors, la poudrerie valse et tante Justine grelotte.

— Va me chercher du bois, Érika.

Or, le poêle est plein. Elle tire la berçante près du fourneau et jette le «capot de chat» usé qu'utilise son père pour la glace, sur les épaules de sa bonne tante. Rien n'y fait. Tante Justine grelotte toujours. Dorénavant, nul n'arrivera à colmater la fêlure de son coeur moulé aux caprices d'une soeur dominante, disparue. De frêle ossature, elle devient presque squelettique.

Annette profite d'une visite d'Anaclet, un voisin, devant qui son mari n'ose élever la voix, pour ouvrir délicatement la porte de la cuisine qui sépare les immenses pièces habitées, jadis, par ces deux vieilles soeurs; de si grands appartements pour si peu de monde. Eux qui sont neuf dans une seule pièce. Doucement, les petits se glissent dans cet espace nouveau et vaste encore vierge à leurs ébats et montent à la chambre de tante Justine.

Sa douceur ruisselle de partout dans ce refuge orné de fines broderies à la touche fragile. Assis autour d'une minuscule table ciselée et lustrée comme un miroir, ils entreprennent ensemble la longue route des menues confidences, captivés par la course folle de ses doigts magiques sur les aiguilles à tricoter. Elle demande à Annette de vider une armoire du deuxième étage pour remiser son tricotage. Des monticules de bas pour ne pas dire des montagnes, sont rangées sur les huit tablettes triangulaires; des bas aux grandeurs et couleurs multiples, des camisoles de laine naturelle si chaudes et si indispensables aux trajets scolaires à pied des jeunes. Des mitaines épaisses et des foulards variés s'amoncellent sur des tablettes larges à souhait.

Odilon élève les moutons et les tond, Annette lave, fait carder et file la laine que tante Justine tricote à un train d'enfer, hachurant ainsi sa solitude.

Cela n'a pas suffi.

Elle eut pu vivre enfin! Finies les chicanes futiles de sa soeur Pélagie pour des peccadilles. Loin la misère. Oublié le dévouement de longues années passées auprès d'un mari paralysé. Non. Qu'il est difficile de sortir du puits des dominés. Trouvait-elle une forme de bonheur? Une sorte de renoncement sublime sanctifiant? Elle tricote sans regarder, si vite, si vite! Il leur semble la revoir travailler étant jeune fille dans les «factories» de Minneapolis où elle avait rencontré son Napoléon. Son agilité contraste avec le désarroi de son coeur miné de solitude.

— Que l'hiver est donc long c't'année! leur rebat les oreilles, son incessante complainte.

Une fois les armoires remplies pour six ou sept ans, elle perd l'appétit et s'éteint doucement, sans bruit, au commencement de l'été. L'oeuvre de sa vie: le bien-être des autres, était accomplie.

Encore aujourd'hui, quand Érika regarde cette armoire remplie d'elle, il lui vient un pincement au coeur. Que de bons souvenirs. Une tante dépareillée. La main toujours prête à ouvrir sa boîte de tôle fourrée de biscuits maison si bons, si bons. Que dire de ses toasts dorées arrosées au sirop d'érable qu'elle leur faisait manger à sa table, en pleine Dépression et à travers les nouvelles de guerre. De quoi faire se retourner la grand-mère dans sa tombe! Et sa soupe crème de tomates. Ah! Ah! Tant de ces choses inaccessibles à leur table. Comment oublier sa délicate main leur démêlant les cheveux chaque matin pour l'école. Que de patience elle avait usée devant l'assaut des poux légués par un quêteux; repoussant guenillou! Grand-mère avait levé les bras au ciel et s'était exclamée:

— C'est un sort! Le gueux nous a jeté un mauvais sort!

Il avait été question de couper les cheveux des enfants. Mais tante Justine s'était objectée. Les autres avaient eu beau dire et redire sur le sujet; c'était elle qui les peignait le matin. Lui enlever ce bonheur? Jamais de la vie! Elle décide son neveu Odilon de lui apporter de l'huile de charbon du village. Chaque après-midi au retour de l'école, elle peigne ces innocentes petites têtes, les peigne jusqu'à épuisement de ses mains et des poux.

Une semaine plus tard, le souvenir des poux est à jamais mort et enterré.

À l'école, les Beaubien écoutent d'un silence complice les doléances de la maîtresse, au sujet des poux qu'Anatole, le voisin, a laissé tomber sur son cahier de dictées en pleine classe.

Le pauvre... !

Chapitre IV

Du bouleau pour l'enfer

L'hiver a enlevé deux mailles à la famille Beaubien. Ses épaules ont perdu leurs cheveux gris majestueux. Huit! Ils sont seulement huit maintenant autour de la table.

Odilon pensif ronge son frein. La maison vidée, beaucoup de place pour d'autres enfants attendait; beaucoup moins pour les excuses. Penaud, il entre à l'église la mine basse. Il ne sait plus sur quel pied danser. Au confessionnal, M.le curé lui demande s'il fait son devoir conjugal. Il répond:

— Pas toujours.

Alors la colère de Dieu se répand implacable dans sa conscience et se glisse sur l'hostie avalée, entre le pardon accordé et le manque de repentir. Quoi faire? Il se sent fatigué à la moelle.

Un coup fatigué, l'endormitoire te prend et l'envie de serrer ta femme se perd, songe-t-il les épaules affaissées, préoccupé par ce dilemme insoluble.

— Pis Annette qui chiale d'icitte à demain. On dirait qu'elle a mangé de la vache enragée, pense-t-il.

Il se sent «viré à l'envers» et ne comprend pas pourquoi. Sa mère le suit partout, même morte.

— Mes chers paroissiens, le bonheur se trouve dans les familles nombreuses. Remplissez vos berceaux. Remplacer nos valeureux soldats est un devoir qui vous incombe, crache chaque dimanche le bon curé éreinté par ses exhortations. Ceux qui osent désobéir à ces paroles d'évangile, sont du bouleau pour l'enfer.

— Encore un peu et je vas être obligé de m'acheter un parapluie Phydime, avoue Odilon debout sur le perron de l'église, en train de fumer une bonne pipée.

— Ou changer de banc d'église, mon Odilon. Les crachats c'est comme l'eau bénite, ça surprend! rigole l'aubergiste peu scrupuleux, qui tapote l'épaule de ce brave cultivateur si honnête qu'il n'arrive pas à sourire. Où t'es venu l'idée de te mettre sous la chaire, de même?

— Ravale tes paroles! Ce banc appartenait à mon père! Je ne le changerais pas pour tout l'or du monde, tu sauras, mon Phydime.

L'homme ricane et tapote le dos d'Odilon, outré. Le calme reprend sa place en lui. Il reprend son dialogue.

— À entendre le curé, on croirait que le village entier s'est vidé pour aller à la guerre. Le sais-tu Odilon, combien de soldats sont partis du village?

Odilon hoche la tête. Bonne question. Il en connaît trois, p't'être quatre.

— J'ai aucune idée.

— T'as un frère soldat. Tu devrais le savoir? Comme tu es chum avec le curé, demandes-y donc pour voir. On dirait qu'il en sait plus que tout le monde de la paroisse, là-dessus.

Odilon pique un oeil vers Cléophas Blanchet qui approche et engage la conversation sur un animal malade. Il a d'autres chats à fouetter pour le moment, que celui de compter les garçons du village partis à la guerre. Annette. Car Odilon a le coeur noyé. Si Annette pouvait une bonne fois entendre M. le curé. Elle verrait comme c'est important d'écouter ses sermons. Mais non. Elle trouve mille excuses pour ne pas venir à la messe le dimanche. Tantôt c'est le poêle à chauffer, tantôt c'est le bébé à surveiller...

Du bois pour l'enfer si Annette continue à ne pas venir à l'église, c'est certain, se dit Odilon songeur et triste. La pensée que sa femme puisse brûler un jour du feu éternel le rend morose. Elle ne mérite pas un tel châtiment.

— Du bouleau pour les flammes éternelles, mon brave, promet M.le curé à son tour.

Odilon se sent déjà cuire tout rond. Pourtant il n'est pas d'é-querre avec M.le curé. Il a fait son grand possible. Hélas, le ber reste vide. Il trime du matin au soir, sans arrêt. Et son monde travaille fort.

Il sait. L'oisiveté est la mère de tous les vices, répète tout le temps le vieux prêtre. Ah, pour être vaillant et fier, il l'est. Sa conscience n'a rien à redire; ses enfants ne connaissent pas le flânage. Seul dans ses pensées, il se dit qu'il essayera encore. Son tourment atténué par le joyeux gazouillis des petits oiseaux printaniers nouvellement arrivés et le murmure jovial de ses enfants, bien assis derrière lui dans son express, saupoudre du baume sur les tracas de sa conscience si peu élastique. Ce dimanche engorgé de soleil, prend de plus en plus des airs de déchirement. Il entre à la maison troublé.

— M. le curé a dit...

— Je sais ce que M. le curé dit, Odilon. Pas utile de le renoter à midi. Faisons not'bénédicité et mangeons not'soupe. À soir on va prier pour lui.

Prier pour lui! Le mot fatal est lâché. Odilon rage. Prier pour M.le curé. Un qui est bon dans la paroisse, c'est ben lui!

— Oui, à soir on va prier! Mais pas pour M.le curé, ma femme, pas pour lui, c'est certain!

Annette, docile, travailleuse et grande chrétienne malgré les apparences, ne permet aucune allusion malveillante sur quiconque. Elle évite autant qu'elle peut de répliquer à son mari, s'efforce de semer du recueillement dans sa prière lente et respectueuse, en flagellant du regard ses petits, forcés d'écouter et d'obéir.

Au pied de la statue toujours illuminée du Sacré-Coeur, le soir entreprend sa route. Il récite le chapelet en famille. Le jour a passé sans parler. Tout le monde a vécu à l'intérieur de sa tête. Annette et ses enfants agenouillés en éventail derrière leur père, le corps droit, les mains jointes appuyées sur le dossier d'une chaise, suivent Odilon replié sur un siège, qui déboule les dizaines d'*Ave*, d'une voix répétitive et monocorde. La prière des agonisants, longue à n'en plus finir, ensevelit le reste du jour et les courbatures dorsales des petits. La garantie d'une porte ouverte au ciel leur procure une assurance tranquille.

Derrière les yeux clos d'Annette, la lettre de Christine se tient droite, comme un soldat appuyé au mur de ses pensées; ses pensées tout emmêlées d'*Ave* et d'inquiétude. Sa crainte lui descend parfois

dans les genoux. Elle bouge et prie son mari du regard qu'il se dépê-
che d'en finir avec sa prière. Ce soir, si elle s'écoutait, elle fuirait à la
course jeter sa masse humaine tout habillée, sur sa paillasse renouvelée
de paille fraîche d'hier. Hélas! Un long parcours de labeurs lui interdit
d'obéir à ce désir. Autour d'elle une nichée d'enfants dociles et obéissants l'attend.

* * *

— Dépêchons-nous Érika, ça sent le pain.

— Mon sac d'école est trop pesant, Pierre.

Sans l'attendre, il s'envole le nez dans le vent, ouvre ses
narines toutes grandes. Le gourmand! Il veut garder pour lui toute
cette merveilleuse odeur. De deux ans son aîné, il a dix ans. Annette
dit qu'il a dix ans en sagesse et cinq en gourmandise. Yeux bleus et
cheveux bruns, de corpulence semblable, ils sont inséparables. Il n'arrête pas de prendre soin des plus jeunes. À côté d'elle se trouve Christine, la chigneuse. Plus haut, trône l'aîné: Réjean la baboune. Éternel
mécontent contre tout et rien, il aura bientôt douze ans. On le dirait
pas, déclare la brave mère de famille. En dessous, Bruno le taquin et
Julie, le bébé. Christine, maigrechine, pleure pour tout et rien. Annette
croit qu'elle est malade et qu'il faut lui faire attention. À cause de cela,
Bruno lui remplit ses souliers de sable le dimanche matin. Elle pleurniche de voir aussi noir, ses beaux bas blancs.

— Tu seras haïssable toute ta vie, constate Annette désolée.

Haïssable est bien son nom, des fois.

Dans le ber usé, marmonne Julie.

— Bababa, gagaga, manpa, manpa.

Elle mouille sa couche aussitôt qu'elle boit son lait. Elle ne
boit que du lait et mouille plus que sa couche. Autrement, elle dort.

Le midi Érika doit la bercer pour sa sieste. Deux berceaux,
l'un dans la cuisine près de l'escalier et l'autre dans la chambre de ses
parents, l'attendent. Celui de la cuisine ne berce presque plus ou
seulement par coups saccadés et secoue le bébé en le roulant d'un côté
et de l'autre. Annette prétend qu'il a trop bercé. Même Odilon a vu le
jour dans ce vieux berceau. Fatigué de résister, il se laisse ronger peu

à peu. Malgré le repos promis à chaque bébé, il n'a pas encore sombré dans le désespoir. Celui d'en haut berce comme sur des roulettes. Alors, couchée dans le grand lit, un pied posé sur le bord du berceau, la «grande» sœur emporte Julie au pays du sommeil.

Ce lit douillet, comme par magie, la réchauffe, l'endort et enrubanne ses rêves les plus farfelus. Il faut que chaque fois, cette vilaine chipie de grand-mère brise ces beaux romans d'aventure. Debout au pied de l'escalier, elle la revoit qui s'époumone.

— Érika, lève-toi! Une fille de ton âge dormir le jour, pendant que ton père a besoin de toi au champ? Vilaine paresseuse, debout!

«Vilaine paresseuse!» crie le souvenir de sa grand-mère. Une pincée de tristesse humidifie ses yeux. Pourquoi ne garder que ce souvenir?

Des voix la ramènent à la réalité. Tête basse, son sac d'école en bandoulière, elle gravit les marches de l'escalier. Son nez la saisit par le bras et l'entraîne à l'assaut des parfums que sa mère a semés dans la cuisine. Debout, dans l'encadrement de la porte, elle la regarde les aimer. Grande et mince, propre avec ses longs cheveux bruns retenus par sa toque et son large tablier fleuri plissé à la taille qui enveloppe sa robe brune. Elle plonge à grandes mains dans l'odeur du pain chaud. L'odeur qui se répand jusque chez Anselme Dubois, l'autre voisin. Un voisin, aimable au point de venir une fois la semaine le mardi ou le vendredi, prendre le pouls des qu'en dira-t-on et qui repart, un pain fumant sous le bras.

— Le vlimeux! jurait Grand-mère.

Annette, penchée sur la huche à pain turquoise, pétrit la pâte. Inlassablement, par coups réguliers, elle enfonce le sol pâteux de ses poings fermés et bouscule sa terre blanche pour l'ameublir. Tout à coup, après une heure, le ventre de la huche se gonfle, se gonfle. Eux, qui ne sont pas plus hauts que cette huche, regardent, émerveillés, ce gros ventre blanc apparaître en laissant éclater des morceaux de sa peau. Ils tentent de deviner lequel de ces gros yeux disparaîtra le premier. Des fois, Bruno leur aide en les crevant de ses doigts. Annette se fâche alors et les envoie promener.

— Bande de tannants! Ôtez vos grosses pattes sales sur mon pain! Tornon de torvis!

Tornon de torvis, ça veut dire que leur mère n'est pas vraiment fâchée, ils le savent bien.

— Reste pas embâillée dans la porte Érika. Viens serrer le pain. Pis dépêche-toi d'aller chercher les oeufs au poulailler, j'les ai oubliés à matin. Pis déchange-toi. Pis...

«Paresseuse. Vilaine paresseuse! Debout!»

Chapitre V

Un dimanche après-midi

Annette, assise seule devant la grande table de sa cuisine, le regard coupable, hésite entre le devoir et le plaisir de rêver ou flâner un peu. Une pile de bas à repriser et un catalogue neuf se côtoient. Sa maisonnée vidée a déferlé vers l'érablière, cette immense forêt profilée au loin, figée à la paroi de son regard.

C'est dimanche après-midi.

Tu n'as pas le droit, lui indique une voix dans sa tête.

Je sais. Repriser est un travail défendu le dimanche. Je ne travaille pas en reprisant, je passe le temps. C'est différent.

Flâner n'est pas mieux.

Son corps s'appuie au dossier de sa chaise pour penser. Courir les érables, au moins M.le curé l'a toujours permis. Courir les érables. Jeune femme, elle adorait se faufiler de bonne heure le matin, sur la croûte croustillante de la neige saisie de froid. Maintenant, elle ne le peut plus. Trop de marmots courent autour de sa jupe. Dès qu'ils sont aptes à marcher solidement, son mari les traîne avec lui.

— Il faut leur apprendre à travailler et à rendre service. On est sur la terre pour être utile, pas pour flâner!

Il n'est pas douillet son Odilon. Au contraire. Le moule de la misère l'a endurci. On le sait. Son père mort d'un «retour d'estomac», il prend les cordeaux de la maison à douze ans. Le plus vieux, un frère ingrat parti sur un coup de tête à la guerre, a préféré le vaste monde à sa terre de roches. Sa famille éclopée par la grippe espagnole, il se retrouve l'unique homme de la maison, où poussent trois soeurs inutiles. Sa revanche prise sur sa solitude enfantine, il fait des enfants et des enfants. Comme le veut M.le curé!

Annette s'immobilise, captivée par le chant des glaçons qui s'allongent, petit à petit, près de son balcon. M.le curé...

— Chers paroissiens. Faites votre devoir d'état, de bon chrétien. N'empêchez pas la famille, répète Odilon, chaque dimanche, au retour de la messe, pour sa femme qui manque le sermon.

Pourtant la guerre est finie et la chanson continue, songe la brave Annette, aigrie de se faire rincer les oreilles.

— Mes chers paroissiens, suivez bien les préceptes de l'Église si vous voulez être sauvés, martèle-t-il de son poing vigoureux sur la chaire, pour réveiller les hommes cognant des clous effrontément devant ses saintes remontrances.

Fidèle à la parole de l'Évangile tombant sur sa tête, Odilon fait pousser un bébé, chaque année ou presque. Il éloigne les flammes de l'enfer, promises si souvent par le bon curé du village.

— Des enfants. C'est des bras pour plus tard, affirme son homme pour se convaincre qu'il a raison.

Annette se rebiffe, hoche la tête.

Le monde dépasse les bornes! Si je m'écoutais, tornon de torvis! lance-t-elle outrée, retroussant son bout de laine resté accroché à sa chaise.

Si tu t'écoutais. Qu'est-ce que tu ferais?

Si je m'écoutais... Je sais même pas ce que je ferais. C'est ça qui est le pire.

* * *

Le regard perdu, elle les devine à travers les arbres et les suit en pensée.

Les enfants seront, ou sont déjà trempés jusqu'aux os. Leurs bottes seront remplies de neige. Penseront-ils à se changer, au moins.

Prévoyante, elle avait ajouté une douzaine de paires de bas, en cas de nécessité.

La morve au nez des enfants coulera, comme à chaque printemps. Le commissaire d'école retontira à la maison parce qu'ils manquent l'école, et le Département de l'Instruction Publique menacera de leur enlever l'allocation familiale, comme il vient de le faire la semaine passée. Qu'est-ce qu'Odilon répondra pour la grippe et pour les absences? Non. Odilon ambitionne. Les petits ont besoin d'aller à l'école. Il devra s'accommoder des fins de semaine pour faire travailler ses enfants et moins entreprendre.

Annette pousse la pile de bas non reprisés et ouvre le catalogue Eaton. Faudrait que je me trouve une robe à me mettre sur le dos pour les noces à Ferdinand à l'été.

Son jeune frère faisait son nid.

J'ai aucune robe qui me fait, pense-t-elle. Je m'suis pas acheté un morceau de linge depuis belle lurette.

Un long soupir sort des entrailles de son renoncement. Une brassée de raisons monte le justifier. Ce fut la guerre, la Crise, le rationnement. Elle se souvient d'avoir fait des sous-vêtements avec des sacs de farine ou de sucre. Des grands sacs de coutil remplis de paille servaient de matelas. De la sauce blanche et de la blanquette, ils en avaient mangé à en avoir presque des nausées.

Elle avait remisé si profondément en elle ses désirs et ses rêves, qu'aujourd'hui, sortie de cette noirceur, elle n'arrive pas à en faire jaillir la moindre étincelle. Elle soupire de regrets.

Des robes à jabots captent son attention un moment; des robes en crêpe, de belles robes... trop longues, trop minces, trop voyantes. Ses yeux tombent sur sa taille. Elle referme le catalogue vivement, très lasse. Lasse d'une si longue lassitude qu'elle n'arrive plus à en trouver la source. Sa taille. Quel catalogue ferait des robes pour un ventre-tonneau? Aucun!

— Pourtant, faudrait bien que je m'en trouve une.

L'idée du plaisir lui est si étrangère, qu'elle n'arrive pas à le pressentir. Avoir à défricher ses désirs lui donne mal à la tête. Elle enfile son aiguille.

Repriser des trous de bas le dimanche après-midi à l'aide d'une ampoule électrique; voilà un plaisir de sa vie, répond le fil de son monologue intérieur. Eh oui!

À travers le carreau de laine tissé sur le trou du talon d'une chaussette, elle glisse sur la rampe du souvenir jusque derrière son mariage. Des personnages s'animent sur le trou qui se referme.

Elle aime en silence un garçon dénommé Félix, la coqueluche des filles de son entourage. Elle rêve de l'épouser. Un espoir impossible, car elle se croit laide.

Des années plus tard, Christine, sa meilleure amie, lui écrit qu'elle a rencontré, à Sainte-Clothilde, un dénommé Félix Beaubien, soldat en permission au Canada. Ils ont passé une fin de semaine ensemble. Elle en est follement amoureuse. Il est reparti pour le Front en Europe.

De dépit et de rage, Annette pleure contre sa timidité qui l'a paralysée partout, pendant toute sa vie. En lisant la lettre de son amie heureuse, elle soupire, désoeuvrée. Cette fille lui émiette sa peine et son désarroi, inconsciente de la douleur secrète qu'elle inflige à Annette.

Odilon, le jeune frère de Félix, croisé au hasard sur la route de son destin, ce vaillant garçon aux jambes arquées a accentué ses visites et s'est fait tendre et attentionné. Elle l'a marié, faute de mieux.

Pas surprenant qu'Odilon aime tant faire de la selle. Avec les jambes qu'il a! se déclare Annette amusée en regardant ses photos de mariage.

* * *

La vie et la guerre continuent.

Le soir, les oreilles collées au silence des cuisines, chacun écoute la voix radiophonique déballer son coffret de nouvelles tristes ou inquiétantes. L'une d'elles, plutôt curieuse se fait envoûtante. Le gouvernement du Canada offre des terres pour des miettes, aux aventuriers du monde entier qui voudront s'assurer un avenir meilleur. Les parents de Christine partiront donc sous peu pour l'Ouest canadien: la précieuse terre promise.

Christine lui écrira souvent. Ses parents ouvriront un petit commerce, qui deviendra vite florissant et grugera son ennui, promet-elle confiante.

Avant son départ de Montréal, Félix a une permission. Christine jubile. Par une plume de Winnipeg, Grand-mère, tante Justine et la famille reçoivent des nouvelles de l'infâme déserteur du clan familial. On l'aime malgré tout. Annette sélectionne les nouvelles à sa guise, distribue les demi-vérités. Une nouvelle missive leur apporte des pleurs. Retourné en Europe, il est blessé, puis transporté à Chesterfield en Angleterre, d'où il sera décoré.

Christine se garde d'avouer à Annette qu'elle est enceinte et pas mariée. Un désastre. Quoi faire? À qui en parler? Comment réagir? Elle apprend qu'Annette attend un autre enfant pour l'été.

Les parents de Christine sont prospères. Ils envisagent d'ouvrir un autre commerce ailleurs. Christine affolée, désespérée décide d'apprendre la nouvelle à Félix, qui la laisse tomber. Acculée au pied du mur, elle doit avertir ses parents qui, le choc résorbé, la colère dissoute, élaborent un plan.

Annette, anéantie par la mort de son père, sombre dans la maladie. Les couches nombreuses, le travail harassant, la fatigue accumulée pétrissent son corps et le contaminent. Le docteur prescrit un changement radical pour un certain temps. Elle ira séjourner chez tante Ida à Montréal.

— Inquiétez-vous pas, Annette, confie tante Justine. On va prendre grand soin de vos petits, assure la vieille compréhensive, ses mains recouvrant celles d'Annette un brin inquiète et dépourvue par ce qui lui arrive.

* * *

Odilon, la mine basse, regrette de l'avoir mise enceinte une autre fois. Il n'ose plus affirmer que le devoir passe avant tout. Le corps rempli des larmes de son coeur, il aide Annette à partir et l'entoure de millions de mots anodins, enrobés d'amour inexprimé.

— Fais attention à la marche en descendant. La toilette est là si tu en as besoin. Ôte tes souliers si t'as mal aux pieds. Si t'as fret ou si t'as chaud, faut pas se gêner, faut le dire. Tantôt y va faire noir, tu vas pouvoir dormir.

Odilon trop ému pour continuer, plonge son regard dans le tapis de mouches se dorant effrontément au soleil.

— Regarde-moi donc cette trâlée de mouches sur le quai de la gare!

Se dandinant sur un pied, sur l'autre, il ajoute, soucieux, as-tu tes timbres? Pis ton crayon?

Attendrie par de si simples attentions, Annette se retient de pleurer. Un si brave homme, son Odilon. Au fond, il possède un coeur d'or. Oui, il avait pensé à tout. En cachette, il était allé au village et avait bourré sa valise, de barres de chocolat de l'épicerie du coin, qu'elle avait si souvent examinées dans les vitrines. Il avait acheté une planche entière de timbres, et des enveloppes, et des bas de soie, et des allumettes. Tant de choses inutiles pour habiller son amour et sa peine, qu'Annette dû lui dire de cesser. Elle ne partait pas pour la vie, mais pour quelque temps seulement.

La cloche du train se fâche et la bête mécanique se raidit. Odilon secoue sa main fébrile et regarde fuir la couleuvre métallique emportant celle qu'il aime. Pressé, il salue les badauds de la gare et court vers sa jument qu'il harangue. Sur la route, sa bête remise au pas, il aura tout son temps pour laisser se déverser son fleuve de tristesse.

* * *

Christine reçoit une lettre d'Annette froissée d'inquiétude, qu'elle lit à haute voix à ses parents.

— Écris-lui, ordonne son père, un sourire mesquin aux coins des lèvres. Réponds. Réponds-lui tout de suite. C'est notre chance. Prenons-la tandis qu'elle passe.

Christine bouille, les yeux de son père sèment du grabuge. Elle n'a pas le choix. Se plier aux exigences de cet affreux homme ou partir. Elle écrit à Annette et lui demande la permission de lui rendre visite, chez sa tante Ida à Montréal. Ses parents contactent soeur Marie-de-la-Trinité, des Soeurs de la Providence, (une tante maternelle), pour le succès du plan que son père a élaboré pour la sortir du pétrin. Pas question de garder cet enfant. Il sera donné pour adoption si l'idée conçue ne fonctionne pas.

Par un matin pluvieux, l'âme inquiète, Christine quitte Winnipeg en compagnie de son père détestable et renfrogné. À Montréal, elle s'empresse de rendre visite à son amie.

Annette ouvre grand les yeux en l'apercevant. Christine est enceinte et ne lui a pas soufflé un mot de la chose. Il y a anguille sous roche, se dit-elle.

— Ma foi, Annette, tu es grosse! Tu en as deux là-dedans, affirme Christine désinvolte, en tapotant le bedon gonflé à bloc de sa grande amie.

— Je ne pense pas. Je suis trompe-l'oeil, me dit le docteur quand il m'accouche à la maison. Tu sais, l'un n'attend pas l'autre. J'ai deux fausses couches à mon crédit. Le savais-tu? Mon père est mort. En as-tu entendu parler? Damnée misère! La Dépression l'a emporté cette fois-ci. C'est pas rose, Christine. Non, pas rose pantoute. Je me demande comment on va s'en sortir. Damnée misère! Le docteur dit que je suis tombée enceinte à cause d'elle. Voir si j'avais besoin de repos en ce moment. On a beau essayer de ménager, c'est comme rien. Tu sais, au fond, je ne suis pas à plaindre sur la terre. On ne crèvera jamais de faim. La faim, je l'ai vue trop souvent dans les yeux des quêteux. Si tu as le malheur d'en coucher un chez vous, le lendemain, il en vient une armée. Non, ce n'est pas rose, Christine. Comment ça va finir? On n'en sait rien. Personne n'en sait rien.

Honteuse, cette dernière écoute son amie vider son coeur du trop plein d'aigreur accumulée et se demande où trouver le courage de continuer sa vilenie.

— Tu comptes retourner à la maison pour ce dernier? insiste Christine intéressée.

— Tout dépend du docteur. J'avoue que l'hôpital me fait peur. À la maison, on est bien et à la portée de nos choses.

Christine baisse la tête honteuse. Que de courage chez cette femme. Préférer la maison à l'hôpital pour mettre au monde un enfant, lui semblait impensable.

— L'hôpital coûte cher, allonge son amie, la voix triste.

Christine agrandit les yeux. La peur d'Annette avait la couleur de l'argent. Elle reconnaissait bien son amie, allez! Le renoncement total incarné. Un horrible frisson glacial parcourt son échine, devant l'ignominie que son père prépare à cette femme naïve, bonne et généreuse. La fureur paternelle l'oblige à poursuivre.

— Tu attends les sauvages, toi aussi?

Christine sourit, gênée, penche la tête. Un sourire forgé, ulcérant d'inconfort balaie le plancher.

— Je te raconterai. Continue. Tu m'intéresses.

Annette reprend son masque d'incertitude. Son regard se fige quelque part sur un de ces buissons stériles, aux contours pleins de chardons, dont son coeur est rempli. L'image de Félix surgit.

Elle ne serait pas enceinte de lui, par hasard?

— Tu devrais rester à Montréal cette fois-ci. La Miséricorde est à deux pas. Justement je dois aller visiter ma tante cet après-midi. Si tu venais avec moi? Tu verrais comme tu te trompes.

* * *

Annette retombe dans sa cuisine. Combien de temps perdu à ressasser le passé? Elle ne le sait pas. L'aiguille s'agite autour des trous de bas. Un point en dessus, un point en dessous.

Qu'est-ce qu'il y avait au juste sur ces papiers? Je ne me souviens plus très bien.

Elle jette un oeil à l'horloge fatiguée, appuyée au mur vert foncé de sa cuisine. Elle scrute la route où personne ne se montre.

J'ai peut-être le temps.

Elle dépose le bas sur la table et va dans la chambre vide de Grand-mère, s'arrête devant la vieille commode branlante, prend la statue de Notre-Dame-du-Cap que lui avait donnée l'hôpital de Montréal et l'examine.

Je pourrais l'ouvrir. Si elle s'émiettait? Personne ne connaît l'existence de ces papiers.

Un craquement la fait sursauter.

Si on me surprenait? Voyons Annette, t'es toute seule dans la maison. Comment la recoller? L'horloge sonne ses quatre heures. Ils sont sur le point d'arriver. C'est mieux de ne pas savoir. Vierge Marie, un jour je vous ai confié ces papiers à la hâte, oubliant même de lire le montant de la police d'assurance que m'a donnée le père de Christine. Faut croire que c'était mieux ainsi. Vous choisirez le jour favorable pour en informer la petite. Je vous fais confiance Sainte Vierge Marie.

Elle dépose délicatement la précieuse statue qu'elle a baisée religieusement. La maison transie frissonne. Elle va renflouer la fournaise de la cave. Le bruissement de ses marmots s'accentue. Les grands arrivent. Une brassée de bois remontée, elle les retrouve trempés jusqu'aux os. Le premier a renversé sa botte sur le plancher et laisse couler le surplus de neige transformée en eau. Le second se tient les orteils toutes fripées par ses bas mouillés. Annette, débordée, se lance à la rescousse des plus désespérés. Ceux dont les pieds gelés versent des larmes. Elle les frotte, frotte et les enfonce sous ses aisselles ou entre ses cuisses. Le coeur d'une mère se fout des moyens à prendre pour adoucir la douleur.

— Vous n'avez pas changé de bas?

— Oui, mais même ceux-là aussi sont trempés, explique Pierre. Regardez ce sac rempli.

— Vous faites exprès! Être mouillé comm'ça n'a pas de bon sens, voyons. Tornon de torvis! Je le savais donc, je le savais donc..!

* * *

Un matin, la radio coupe le souffle du monde entier.

Hitler est mort! Les Alliés entrent dans Berlin. Le calendrier indique le 30 avril 1945. Un jour merveilleux illuminé de mots neufs. Roosevelt est mort depuis deux semaines. Truman lui succède. Les événements se bousculent. La radio éclate. Les sons nouveaux la font trembler de joie. Annette s'émeut. La guerre est finie. Odilon la prend dans ses bras et la fait danser. Ils rient. Tout le monde rit, sans raison. Le chien aboie. Le chat saute sur la table. La maison branle de bonheur. La guerre... finie! Finie, ne cesse de répéter leur père. Tout le monde répète finie, finie et court sans devant derrière. Puis les bruits se taisent. La maison prête l'attention aux nouvelles, dégringolant les ondes à des vitesses vertigineuses. Les jours suivants, des récits d'horreurs leur glacent les veines. La découverte des ghettos nazis plonge le monde dans la désolation. Leurs têtes n'arrivent pas à imaginer l'énormité des récits entendus.

Dans la campagne et sur la vie, un vent soyeux s'amuse à nettoyer le printemps et sème partout sur son passage des bouquets d'espérance. Espérance de revoir un disparu, un blessé, un rapatrié, un survivant. Finis les tourments. Finis les désespoirs sans fin. Finies les fuites. Sauvés les déserteurs. Ils pourront descendre des clochers des églises, sortir des greniers de maison, des fenils de grange du dessous des ponts. Libérés les prisonniers. Dénoncés les «Spoteurs». Envolés les Provost de l'armée. Déchirés les livrets de rationnement. Libérée la liberté.

Grand-mère et tante Justine sont mortes trop vite. Félix qui reviendra. Reviendra-t-il? Grand-mère l'avait dit; marié. Comment agir? Le revoir ou l'éviter? Et Christine qui promet de venir sous peu. J'ai perdu l'envie de la revoir. Comment le lui dire? Avoir réglé ses bêtises n'a pas suffi? gribouille la tête déréglée d'Annette.

* * *

— Prions pour nos morts tombés à la guerre, soumet M. le curé. Évitons de les compter. D'ailleurs, morts ou vivants, ils sont tous sauvés.

Les compter? Le pays l'a fait pour vous M. le curé, songe Odilon qui s'essuie une main, de la pluie qui vient de lui tomber de la chaire. On dit que le village en a eu cinq, M. le curé. Ce n'est pas les gros chars. On a pas de quoi se tordre les bretelles. Quant au pays...

La première guerre a organisé 533 unités formées de 1000 soldats et plus, dont 155 unités furent envoyées en Angleterre, soit 156, 000 hommes. Les effectifs canadiens visés par l'appel aux armes se sont enrôlés dans une proportion de 90%. Cette première guerre terminée a enterré neuf millions de morts sur la planète. On parle maintenant de quarante-neuf millions de pertes humaines, dont dix millions de déportés en Allemagne pour cette deuxième guerre, a dit l'autre matin l'annonceur à la radio.

Odilon doute de l'affirmation du bon prêtre.

Pourquoi? Pour qui?

Garder sa liberté, répond la radio.

Et le Japon qui s'obstine à continuer de tuer. Il semble à Annette que le monde a changé. Ces quelques semaines ont mûri les hommes. Qui sait. Peut-être que M. le curé cessera de parler de bébés? Il encourage les hommes aux vices. Henri en a six. Jos Morin douze. Ti-bert cinq. Il a été obligé de mettre du sien le Ti-bert, sa femme mettait trois ans à lui en donner un. Elle en perdait deux en chemin. Pamphile... Pamphile en a quinze! Partout, il manquait de parrain et de marraine. Le restant des cennes noires, c'est Phydime Blanchet qui les a. Pauvre Manda! Elle en a eu vingt-six. C'est pas des farces! Des jumeaux en voulez-vous en v'là. Le treizième, selon la coutume, a été donné au curé de la paroisse pour le faire instruire en temps voulu. Manquable qui sera prêtre comme lui.

— C'est bien du moins! se déclare Annette tout haut, sous la faible lueur d'une ampoule électrique lui arrachant les yeux, quand tout va mal, le soir, dans sa couture.

— Damnée lumière qui n'éclaire pas!

Odilon n'apportait pas d'ampoules trop fortes, le compte monterait trop.

— Damnée lumière! Tornon de torvis! Tant de culottes à rapiécer et rerapiécer! marmonne son impuissante frustration à sa famille endormie et indifférente à ses propres misères.

* * *

Ce soir, ce soir elle cesse de boucher les trous pour remplir ceux de sa tête. Ce soir, l'envie de tout jeter au poêle trotte dans sa cocologie. La guerre est finie. Des volées de désirs nouveaux frôlent les fenêtres de ses pensées. Ce soir, si elle s'écoutait, des pages entières du catalogue elle commanderait.

Grand-mère apparaît à l'écran de sa mémoire. Elle grimace. Elle se passerait de cette rabat-joie.

«Les temps sont durs. Il ne faut surtout pas gaspiller. Le calcul vaut mieux que l'ouvrage. Songez-y Annette. Songez-y gros ma fille.»

Songez-y. Elle n'avait fait que cela songer, depuis si long-temps. C'en était devenu quasiment une deuxième vie. Ce soir, son intérieur se rebelle. Secouée, elle n'ose laisser couler sa rivière de violence comprimée en elle et recouverte d'un tapis de renoncement. Comme ces cailloux sortis de terre et remisés sur les tas de roches semés dans ses champs, noyés dans la nuit; elle ne sait plus si elle doit sortir ces cailloux de sa terre intérieure ou les laisser enfouis dans son âme ciselée de don de soi. Demain lui donnera peut-être cette réponse. Car tout était changé. Le ciel était plus bleu. Même les champs semés poussaient mieux. Le bon Dieu avait sûrement fini de les chicaner, maintenant que le monde avait décidé de faire la paix. Le devoir d'état serait, peut-être, un peu moins exigeant. Qui sait? Cette dernière pensée la met en grippe. Elle enfonce son pied à pleine puissance sur la pédale de la machine à coudre et commence machinalement à faire le tour d'un trou de genou à l'air.

Perdre une bonne habitude est aussi difficile que de l'acquérir.

Chapitre VI

Visite de tante Krystine

Quatre saisons ont enroulé leurs fils autour de la terre depuis la fin de la guerre. Le temps a amassé un grand panier de faits exceptionnels ou monotones. Des soldats sont rentrés au bercail et des messes grandioses ont été célébrées en leur honneur. De lourdes peines ont creusé leur nid chez du monde qui avait cru à la fin de leur misère. Ils accueillaient leurs blessés ou enterraient leurs morts. D'autres apercevaient soudain au coin de la route un garçon ou un mari vivant, pourtant porté disparu.

Que d'étranges fleurs renfermait ce panier.

Une voix monocorde envahit la cuisine d'Annette et fige le bruit: la guerre est finie au Japon.

— La fin de l'année a vu fleurir le silence des fusils japonais. Le premier janvier de cette année 1946, a donné au Japon une ère de libération nouvelle sans précédent. Six mois plus tôt, le 15 août, les Américains sont débarqués sur ce sol hostile, blessé par deux immenses cratères nucléaires inconcevables: Hiroshima et Nagasaki, décrits par la radio.

Annette, recourbée, colle ses oreilles à la boite parlante, elle écoute les nouvelles.

— MacArthur ordonne une nouvelle constitution. Il leur impose entre autres, l'égalité des sexes. Un bouleversement sans précédent. Finies les dépendances de ces femmes esclaves de leur mari despotique. Dans le futur, elles découvriront l'ampleur de la grandeur de cet homme et de la race qu'il représente. D'un coup de vent, leur vie est épurée. Les feuilles mortes de leur culture vieillotte se sont envolées au large de leurs fies. Comme un magicien, il les dépose dans l'ère moderne, revêtues de liberté. Libre à elles de l'assumer.

Annette sourit, pensive. Elle referme la radio. L'idée de voir ces femmes heureuses réchauffe son coeur et le meurtrit en même temps.

La liberté. Un mot insaisissable pour Annette, incapable de le déchiqueter. Elle ramasse la nappe en nid et pousse la porte de son genou, enfoncée dans ses ténébreuses pensées, un brin vexée de comprendre à demi-mesure, alors que ces femmes le seront peut-être plus qu'elle. Embarquée dans une vie d'abnégation et de ressentiment, de contraintes et d'oubli de soi, elle soupire.

— C'est quoi la liberté, hein? crie haut son dépit, à la volée d'oiseaux plongeant dans les graines du repas, qu'elle libère de la nappe nichée dans ses mains.

Sa nappe pliée, elle les surveille un moment, amusée de leur babillage. D'un trait, ils nettoient son devant de porte et repartent.

Il y a peut être rien que les oiseaux qui l'ont la liberté. Le monde est trop lourd de toutes sortes de choses pour l'attraper?

Oui, de bien étranges fleurs renfermait ce panier.

Un matin, pareil à un autre matin d'hiver, une lettre cachée dans la pile d'enveloppes se pointe le nez. Krystine a décidé qu'elle viendrait, enfin. Les enfants l'attendaient depuis six mois, usés à la corde et décolorés par l'impatience.

Annette, nerveuse, s'essuie les mains dans un coin de son grand tablier. Cette fois, pas moyen d'éviter le piège. Il faut plonger à pleine tête dans l'embarras, en souhaitant que tout marchera sur des roulettes, comme elle l'a pensé.

Félix se fait muet. Que lui est-il arrivé?

Si grand-mère vivait. Je la ferais écrire. Mais j'y pense. La pauvre vieille savait à peine tenir un crayon. Odilon non plus. Très normal, pourtant. Le monde de son temps quittait l'école à neuf ou dix ans quand il avait la chance d'en avoir une. J'aurais composé la lettre pour elle et j'aurais signé à sa place. Aider les autres n'est pas péché?

T'en es sûre, demande-t-elle?

Son corps se cabre, comme s'il protestait.

On aurait eu des nouvelles? soumet sa raison chevrotante, son âme moisie de honte. Je saurais à quoi m'en tenir avec lui. Tandis que là, je ne sais rien. J'espère qu'il ne m'arrivera pas comme un cheveu sur la soupe. Empêtrée dans ma surprise, je suis capable de faire des bêtises. Je dois me faire à l'idée qu'il viendra peut-être un jour, sans prévenir. De cette manière-là, je ne pognerai pas les nerfs. En attendant. En attendant, prends un trouble à la fois Annette. Christine s'en vient? Pars pas en peur, se répète-t-elle, inconfortable.

— Sainte Vierge, ne me lâchez pas, supplie son coeur craintif, habillé d'incertitudes et de peurs tenaces.

Prie, Annette. Prie! intercède sa radio intérieure et laisse-la se pointer le museau.

* * *

Les vacances et le temps des fraises arrivés, la maisonnée se trémousse. Enfin, les enfants connaîtront la main qui fabrique une si étrange écriture et donne le fou-rire à leur mère.

Odilon, satisfait de lui-même, entre en faisant claquer la porte de «passe» et va boire un coup d'eau.

Le temps propice, les champs fournis et prometteurs de bons jours d'hiver, s'annoncent depuis le début de l'été. Partout la terre déverse l'abondance de ses multiples parfums. Comme si elle prend plaisir à l'événement qui se prépare et se permet de fleurir les abords de la maison, pour la venue de cette fameuse tante promise l'année précédente.

— C'est l'heure de partir, ordonne Odilon nerveux. Les enfants, embarquez-vous?

Avoir pu éviter cette intruse, songe Annette anxieuse, inconfortable dans ses souliers.

Odilon interroge l'horloge et surveille sa femme bourdonner plus qu'à son habitude. Quinze minutes suffisent pour se rendre au village. L'autobus passe à six heures. Le silence embarrassé d'Annette amplifie le suspense et distrait la ponctualité.

— Faut pas être en retard, Annette. Partir dix minutes avant, serait ben d'équerre, affirme Odilon.

— Pierre, attelle la jument brune et va tirer les vaches! ordonne Odilon, agité autour d'une manche revêche de sa chemise.

Le garçon consent de la tête, tout occupé qu'il est à essuyer le fond de sa soucoupe du jus de fraises fraîches à l'aide d'une bouchée de pain.

Vingt et un voyages de foin entrés! Tout le monde en parle autour de la table. Jamais on a tant travaillé. Odilon se relève, s'étire le bras et prend à nouveau le plat de fraises.

— Du bon foin vert! Pas une goutte de pluie dessus! Les animaux vont être gras cet hiver, dit-il avec fierté.

Sa réussite efface trois années de vaches maigres, où il avait fallu tirer le diable par la queue. Oui, il en était fier; très, très fier.

Le monde attablé savoure en silence cette fierté, en dégustant les bonnes et grosses fraises juteuses un peu surettes, englouties dans de la crème épaisse comme de la mélasse en janvier. Un moment, Odilon, ému, couvre de sa pensée, les ventres creux soudain rassasiés de ses marmots. Non! Aujourd'hui, ni le rationnement ni la guerre ne viendra ternir leur désir légitime de gourmandise. Ailleurs on a travaillé à se tuer, chez lui on se tue à travailler, affirme la vaillance de son coeur heureux.

— Allons les enfants, ne les mangez pas toutes! dit Annette, une main cachée dans un coin de son tablier. Laissez-en pour mes confitures!

Annette badine. Elle adore se faire supplier. Voir les siens le ventre plein remplit son coeur de joie.

Le gris et le noir de la vie s'est transformé en rose. La paroisse entière jardine de meilleurs jours.

Quels changements! songe Annette, soudain enrobée d'une sournoise tristesse alimentée par de sombres souvenirs.

Déjà cinq heures trente! Son inquiétude monte à mesure que l'heure cruciale approche.

L'arrivée de Krystine ternissait l'éclat d'un jour flamboyant de bonheur. En elle, un étrange combat se déroulait. Des vagues de joies et de craintes se confrontaient et déferlaient sur sa plaine intime, en un ouragan d'angoisse. De quoi venait se mêler cette bonne femme, devenue presque une inconnue avec le temps et la vie. Lui avoir réglé son problème ne suffisait pas? Cette ambiguïté qui lui faisait si peur, tout habituée qu'elle était, à sa vie simple et limpide comme la source coulant derrière sa maison, la paralysait certains jours.

Limpide?

Le silence l'enrobe d'un trait et l'emporte, loin de son monde, sur des plages internes ornant des îles mystérieuses de sa pensée. D'un seul coup, la vie; sa vie recule de dix armées. Lasse, ses épaules tombantes, une étrange sensation l'envahit. Comme si soudain, elle devait porter seule, la terre entière. Son coeur se serre et sa gorge s'assèche. L'eau avalée à la hâte atténue sa souffrance. Elle prend un objet sur la tablette du Sacré-Coeur. En route, elle dira son chapelet. Sur le mur de ses pensées, comme un soldat, une question a remplacé la lettre. Comment la recevoir?

La jument attelée s'immobilise près de la cuisine.

— Embarquez les filles, ordonne Odilon, installé sur le siège les cordeaux en mains.

Les filles s'enfilent tant bien que mal, jambes pendantes, à leur place préférée sur le derrière de la voiture.

Une chaleur lourde et humide colle les vêtements aux cuisses. Un vent folichon annonce l'orage. Le ciel sort ses écheveaux des boules à mites et les étire au soleil.

— Annette, tu vois les pieds-de-vent au nordet? Demain, il va mouiller.

Annette tourne la tête, muette, troublée par l'inconfort de l'événement, incapable de communier aux inquiétudes de son mari, dont la vie entière tient aux fils capricieux des jours. Elle grimace et amplifie sa prière courant entre ses doigts.

Non, demain il ne faudrait pas qu'il fasse un mauvais temps. Sinon mon plan sera à refaire.

La joie enfantine, un moment évaporée sur ses tourments, se mêle à travers la beauté de la route et capte son attention. Elle écoute et sourit.

— *Valderi, valdera, valderi, valdera,* ha, ha, ha! chantonne le trio assis sur des planches rugueuses au fond de l'express.

Amédée, le lent, peste après son troupeau de bêtes à cornes.

— Maudites vaches!

Rien de plus stupide qu'une vache à dépasser. Elle court devant, sans jamais déroger de sa route. Si elle décide de prendre le milieu, elle le fait. Gare à ses gestes imprévus! Mieux vaut souvent s'armer de courage et de patience, et attendre la fin de cette lente et idiote promenade.

Des fermiers pressent le pas et la fourche. Le foin coupé doit être engrangé avant la nuit. Des bourrasques subites emportent les odeurs affolées de la campagne, en spirales vertigineuses et insensées. Au village, des berceuses et des mâchoires, on joue à l'indifférence.

Odilon immobilise le cheval dans la cour de l'église. Le bedeau se presse. Les Beaubien surveillent, amusés, les immenses cloches battant à toutes volées l'Angélus de six heures du soir. Le vent emporte leur musique mélancolique et la répand sur la campagne lasse d'un jour si lourd.

Érika baisse les paupières, soucieuse. Une étrange sensation inconfortable l'envahit. Comme si quelque chose d'important se préparait à arriver, sans pouvoir l'identifier ni le découvrir. Elle devine l'autobus à l'entrée du village. Cette mystérieuse tante doit être aussi nerveuse qu'elle. Au loin, la voix du gros véhicule se fait entendre. La joie surgit de ces ténèbres et explose dans tous ses membres.

— L'autobus! L'autobus arrive, crie la petite Christine sautillant de plaisir.

L'autobus bleu et argent, enfin, s'immobilise devant la salle paroissiale. Il s'ouvre la bouche et crache du monde. Leur attention un moment plantée comme une clôture, retient les multiples yeux sur une des cinq personnes qui s'amènent. Sans bouger, Érika prend le temps de la voir, cette femme! sur toutes ses coutures. Des cheveux bruns ondulés, des épaules carrées et imposantes, des pommettes saillantes, un front dégagé encadrant des yeux foncés comme la nuit, rieurs et pénétrants, imposent le respect. Un léger tailleur vert clair accentue ses rondeurs. Sa bonhomie simple et généreuse dilue leurs coeurs et leurs doigts. Elle s'approche d'Annette très émue et l'embrasse. Un flot de mots muets, intimes, déferlent dans la croisée de leur regard. Piqué de timidité devant tant de désinvolture, Odilon se contente de hocher de la tête en prenant sa valise.

Elle a vieilli et grossi du visage, songe Annette, figée dans son inconfort. Puis augmenté des fesses? Son poitrail! De quoi retourner Odilon à l'envers. Ouais. Faudra-t-il que je surveille en plus? Voyons Annette. Quelle chanson tu te chantes-là? Odilon est le meilleur des hommes. Mais elle. Quelle sorte de bétail elle est? Dans le temps on a eu beaucoup de plaisir mais asteure... on a changé. Tout a changé. J'ai changé Christine. Tu vois? ...me reste rien que la peau et les os. Toi, tu n'as pas manqué de vivre. A plein, à ce que je vois. Tu n'es plus reconnaissable, exceptée ta bonne humeur. Tu l'as cultivée pas pour rire, parce que tu es avenante, sans bon sens. Et ce sourire creusé dans tes joues. As-tu vécu sur une autre planète? Le monde n'a pas été drôle depuis qu'on s'est quittées. Tu devras tout me raconter, Christine. Tu parleras. Tout le temps, sans t'arrêter! Comme autrefois. J'écouterai. T'écouterai. Sans me lasser. Un matin, pense Annette, tu devras repartir, sans savoir laquelle de Christine ou d'Érika est ta fille. Mon plan marchera. Devra marcher à tout prix. Vierge Marie, je vous en ai fait le serment.

— Annette. Chère Annette, échappe le torrent de son attendrissement.

Krystine, estomaquée par la maigreur de sa grande amie, éclate en sanglots. Des sanglots surgis du passé si longtemps refoulés, des sanglots parsemés de sourires, du bonheur de la retrouver, de la tristesse de la découvrir si maigre, de la joie de connaître, en chair et en os, les personnages des lettres d'Annette, si longtemps imaginés dans sa tête. Des enfants timides comme leur père et si jolis. Un monde d'émerveillement à apprivoiser.

— Vous êtes notre nouvelle tante? ose affirmer Christine, la fillette la plus bavarde d'entre elles.

Son rire sonore et éclatant enrobe leurs gestes maladroits, omis ou déplacés. Il déride leurs visages muets d'inconfort. Elle se penche vers elle.

— Voilà. Une nouvelle tante. Une tantine si tu préfères.

Tantine. Ce surnom sort spontané de sa bouche. Porté par leur mémoire, il se répète un long moment comme un nouveau son à apprivoiser porteur de mystère, d'inconnu et de joie. Une tantine qui n'en est pas une. Une tante pour le «fun». Tantine. Un nom qui simplifie le fait d'avoir deux personnes portant le même prénom dans la même maison. Celui d'une soeur toute petite comme Érika et d'une tante empruntée.

— Et toi, comment tu t'appelles? continue la dame penchée vers la petite.

— Réponds quand on te parle, rétorque Odilon.

— Chut! Laissez-moi deviner insiste l'amie d'Annette les pointant du doigt. Toi, tu es Érika et toi... Christine, allonge la dame accroupie devant elle et qui la scrute comme on examine un veau à trois pattes. Voyez. Mais voyez donc cette amour d'enfant! alors que sa main lui caresse l'épaule. Tu es Christine et je suis Krystine, reprend sa langue fourchue.

— Krystine, tente de prononcer la gorge de la petite, dans le curieux accent. Le fou-rire d'Annette l'empêche de savoir si elle a réussi.

Qrrrrr. Qrrrrr. Qrrrris. Christiiiiine. Criiiiistine. Krisssstine essaie de prononcer Annette. Quelle étrange manière de s'appeler. La seule vraie qu'elle connaisse est Christine et elle ne changera pas.

Ses pensées, comme un écho, se répercutent dans chaque tête de la famille amusée. Le monde boit la nouveauté à profusion.

— Pas de doute, toi, tu es la plus belle, assure son doigt sous le menton rose du bébé, dont la tête creusée dans l'épaule de sa mère s'esquive. Tu es Julie, hein?

Captivée par le regard clair de la petite, l'étrangère colore ses joues par un baiser brûlant. Julie se morfond, impuissante, pressée d'en finir avec cette brusque intrusion affective imposée.

Le langage noie le retour et le trot du cheval. Krystine renoue les liens tissées, jadis, entre elles. De minces liens disparates, fragiles et étrangers se tendent. Elle ramasse les restes d'une amitié émoussée par une absence prolongée. Krystine mange tout le décor, parle et parle. Annette l'imite. Odilon se tait. Il s'abreuve de ces peccadilles dans un silence pudique. La voix nouvelle, suave et douce se fait chaude à ses oreilles attentives. Plus que la côte à Anselme Dubois, le voisin, dont l'aspect miteux des bâtiments porte la décadence ou l'agonie de sa vie. Apparaît leur univers étendu et florissant. Alors l'écluse d'Odilon regorge de mots. Il pointe, décrit, explique: ses terres, sa ferme, sa vie. Émue, Annette se tait quand son homme livre son âme engluée de pudeur. Que de fois, il rêve de ses champs après la pluie ou le soir à la brunante, sa marche, maintes fois interrompue par sa tête trop pensive ou par son regard perdu au loin. Il fixe une chose apparue insolite, tire deux ou trois bonnes pipées et repart. Au retour, il se couche content. Ses plans tirés, l'endroit de ses prochains labours ou d'un nouveau champ de pacage ont pris forme.

— Woo! Wooooo! On est arrivé!

La jument comprend tout. Le monde descend. Vidée, remisée au hangar, l'express soulagée de sa monture attendra une autre raison de sortir.

Les garçons rongés de curiosité, se piquent dans les portes de l'étable pour confronter la tante de leurs rêves et celle de la réalité. L'image réajustée, ils retournent à leurs préoccupations.

Érika voudrait lui parler de son poney Rifi, mais les mots s'enferment en elle à double tour. Déçue, elle monte se «déchanger» et court vers la sécurisante présence de ses frères.

* * *

Seules ou presque, accoudées à la grande table de cuisine, deux femmes s'interrogent, se taisent, se terrent ou se retranchent dans leurs nébuleuses retrouvailles. L'une insiste, l'autre se désiste.

Annette, aux prises avec sa politesse personnelle imposée, souhaite ardemment que son plan fonctionne et qu'elle reparte sitôt la semaine terminée, rejoindre les souvenirs disparus de son passé. Un passé mort et enterré sur lequel elle a planté une pierre tombale, où elle a inscrit: «À Félix, un amour envolé dans les vagues de l'oubli».

Krystine, inconfortable dans une telle simplicité, espère pouvoir ouvrir la cellule verrouillée, sur ses incessantes questions, qui ne trouvent pas de réponses. Cette semaine, elle la veut fructueuse. Elle doit savoir une fois pour toutes, qui est son enfant. Ensuite, elle repartira soulagée, rassurée. Elle ne s'imposera plus dans la vie de cette grande amie incommodée par sa présence. Envers et contre tous, elle saura. Doit-elle briser cet étrange lien qui les unit. Vaincre l'entêtement d'Annette, défricher les réponses par de multiples enquêtes subtiles sur le terrain, pendant qu'elle y est.

Ses yeux grand ouverts dans la chambre de bois peinte en beige, elle ne trouve pas sommeil. Le calme encombrant de la plaine entre par sa fenêtre ouverte, la fait se tourner et retourner sous les couvertures légères. Le silence de la nuit trituré par un criquet, la fait trembler. Il l'oblige à se recroqueviller en elle. La clarté de sa conscience interrompt le danger, de blesser cette femme à la générosité sans pareille. Quoi faire? Comment s'y prendre?

La nuit entière lui prête son concours. Durant des heures, les visages d'Érika et de Christine lui rendent visite. Elle tente d'y déceler la route incertaine de ses gênes. À l'aube, fourbue, vaincue par l'incertitude, elle s'endort lasse et tourmentée.

La nature a tapagé toute la longue nuit. À travers les lames de lumière, les enfants ont déménagé de lit en lit, s'entassant les uns près des autres. Au matin, la fournée sort de son sommeil tout croche, les bras engourdis, les jambes ankylosées. À l'aube, le soleil assoiffé boit la rosée d'un trait et assèche l'air humide. Du sol mouillé monte une profusion de parfums de la campagne propre. La toilette matinale de la nature est à son meilleur. Toutes taches ont disparu du miroir céleste. Le décor regorge de couleurs ravivées par la besogne endiablée de la nuit. Tout est clair, neuf et plein de vie.

Krystine se berce sur la longue galerie servant de corniche à la maison. Elle écoute Odilon, occupé à organiser la journée. Envoûtée par la splendeur du jour, la douceur du vent caressant sa joue, l'immensité de la plaine offerte à sa vue, le gazouillis incessant des oiseaux sur les branches garnies des grands arbres devant elle, l'aboiement du chien courant l'un d'eux et la force tranquille d'un bonheur tout simple, elle s'interroge. Envieuse, elle se demande comment la laide Annette pouvait mériter une telle bénédiction? Qu'avait-elle fait pour obtenir un tel sort? Elle tait la réponse montée en elle. Sa vie tombait en lambeaux, malgré elle. Le bonheur ne collait pas à ses souliers. Pourtant, du chemin elle en avait parcouru, usé des vieilles semelles. Du sien, elle en avait donné amplement. Beaucoup trop! Vraiment trop! On lui avait vidé le coeur. Personne n'avait songé à le lui remplir. Une belle femme, certes disent les regards; mais malheureuse. Très! Trop! Pleine de richesses trompeuses! Un compte en banque qui déborde, infect et nauséabond. Contagieux au contact, comme la grippe espagnole qui a tué un demi-millions d'Américains. Logée dans une grande ville qui l'étouffe. Une voix la sort de son inconfort.

— Les garçons, vous allez chercher le foin sur l'île. Je l'ai fauché hier. Le foin est clair, il sera prêt vers onze heures.

Île. Foin. Rosée. Cheval. Voiture. Racler. Faucher. Les repas. Le coucher. Que de mots redécouverts, depuis quatre jours, montés de son enfance oubliée. Que de souvenirs d'une lointaine jeunesse pauvre, délaissée et triste. Cette vie en symbiose avec la nature ne mène qu'au bonheur, songe un coin de son coeur fripé et de sa tête polluée. Se souvient-elle d'avoir été, une seule fois, heureuse? Si. Félix... Peut-être...

— Sur l'île, c'est le fun! Amène-nous, Réjean.

— J'ai pas besoin d'enfants tannants autour, à matin, soupire le grand frère qui les fait languir.

L'île. L'unique endroit, la seule occasion de travailler en s'amusant. Tout le monde attend l'événement. Que d'heureux souvenirs. Un coin minuscule planté au milieu de la rivière, qu'Odilon fauche au début de l'été, afin d'éviter les broussailles. Un après-midi de plaisir lié à l'ivresse et l'imprévu de l'aventure. Car, l'imprévu monte dans la voiture chaque année. Chacun se demande ce qui leur arrivera cette fois.

— Amenez-les donc, insiste sa mère, compréhensive. Vous avez seulement la moitié d'un voyage de foin à rapporter.

— Bon, embarquez! Mais attention à la côte. Je n'attends pas ceux qui se mettront le derrière dans l'eau. Compris?

— Compris, clame le choeur agité autour des chevaux.

— On amène Tantine, dit Bruno en sautillant.

Annette hoche la tête.

— Certainement, je veux y aller, assure Krystine enivrée par l'activité fébrile dont elle est enrobée.

Annette sourit. Son plan se défile à merveille comme une balle de laine bien enroulée. Les enfants ont pris d'assaut leur tante et l'ont éduquée, comme il se doit.

Plein de joie se déverse dans le coeur d'Érika. Elle lui prend la main et ils partent. Assise proche, elle ose.

— Vous n'avez jamais fait les foins? C'est drôle.

Tout le monde sait faire les foins voyons, avait assuré sa mère un jour à un passant vendeur de linge, qu'Annette appelait: guenilles. Des infirmes, ceux-là. La terre; c'est la vie. La vie, c'est dans la nature qu'on la trouve. Nulle part ailleurs.

Le bonhomme hautain avait rabaissé son nez, était reparti bredouille comme il était venu.

Le bonheur d'avoir une telle mère, en elle gloussait.

— Si, mais il y a longtemps. Tous ces chevaux, tant de machines; je ne saurais plus. Chez nous tu sais, il n'y a que des maisons, des rues, des avenues, des boulevards, c'est tout.

— C'est beaucoup. C'est où chez vous?

— Loin, très loin.

— Vos enfants sont tout seuls? s'inquiète encore Christine la petite curieuse.

— Je n'ai pas d'enfant. Je suis orpheline en quelque sorte.

— Afeline, âfeline, âfeline, répète une bouche enfantine pour comprendre et jouer avec ces nouveaux sons.

— Assis-toé Julie! ordonne Réjean fâché. Tu vas tomber en courant comme un veau, dans la voiture.

Les énormes pattes garnies de longs poils des chevaux battent l'eau et provoquent des éclaboussures qui les sortent de cette douce emprise silencieuse, soudainement apparue. Ils doivent relever les jambes s'ils ne veulent pas être trempés. Enfin, la terre ferme.

Réjean distribue les tâches. Julie grimpe sur les ridelles avant, faire semblant de conduire les chevaux. Bruno ouvre les rangs. Érika foule le foin dans la voiture.

— Ah non!

Elle résiste au désir de voir les chanceuses s'envoler. Christine et Tantine fuient, main dans la main, ramasser des fraises ou piquer vers le bord de l'eau pour jouer.

Elle le foulera ce satané foin. Oui, elle le foulera. De rage et de déception!

La voiture secouée, entreprend le retour. Cette fois, rien de fâcheux ne s'est produit. Les étalons se désaltèrent avant l'élan final. Tantine crispée, ne cesse de les aider des épaules et des mains. Comme si ses efforts aplanissaient la route abrupte.

— Qu'ils sont forts! affirme-t-elle exténuée, une fois rendue sur le plancher des vaches.

Le voyage de monde et de foin entre dans la grange accueilli par une grande bouffée d'air frais. Pierre les glisse le long du voyage, amusé. Timide, il aide Tantine à descendre. Derrière elle, tombe une couleuvre longue comme son bras. Sidéré, le monde fige sur place. Tantine se tient les joues ou se frotte les fesses et recule brusquement en fixant toujours cette horreur que Pierre attrape et lance à bout de bras.

— Voyons les filles! Bande de peureuses. Les petites bibites ne mangent pas les grosses!

— Quelle aventure! s'écrie Tantine, remise de ses émotions.

— Une aventure! reprend Bruno en examinant ce nouveau mot.

Odilon arrive avec sa faucheuse. Les chevaux écument de la gueule et fument de partout. Ils balaient de la tête et de la queue, les ingrates bestioles noires et jaunes, rôdeuses et tenaces. Érika détourne la tête. Ce supplice la bouleverse. Elle voudrait être tout puissante et anéantir la terre de ces taons malfaisants et laids.

L'angélus du midi sonne au clocher du village. Annette, sur la galerie, lorgne vers eux, les mains en porte-voix.

— Le dîner est prêt.

L'odeur des omelettes court partout dans la modeste cuisine et vient à leur rencontre. Elle fait descendre des échafaudages, le peintre tacheté de vert. La faim les enveloppe dans un silence gourmand. Seuls, Odilon et le peintre en émergent, taquins, car à la table; on ne parle pas, c'est la coutume. Le récit de la couleuvre assaisonne la langue des adultes et enrichit leurs futurs souvenirs.

Le repas terminé, à l'ombre de deux immenses peupliers, Odilon se repose, allongé sur une couverture. Dans la cuisine, deux femmes mangent «en paix». Pierre pensif, assis dans une marche extérieure d'escalier, ronge un brin de foin, insensible au bruit que les petits font autour. La naïveté de Réjean boit les histoires farfelues du peintre et examine son ouvrage. L'homme s'applique à broder en vert, les boutonnières de la nouvelle robe en papier brun de notre maison.

— Occupé? A plein! Je ne sais plus où donner de la tête. Mon garçon, si t'as envie, ne te gêne pas, dit l'homme brassant sa peinture.

— J'aime mieux sentir le fumier que la peinture, réplique le jeune, le nez plissé sur le gallon vert. Au moins, avec du fumier, on fait pousser des fraises. Salut.

L'homme insensible, sourit. Il plonge son pinceau dans le liquide visqueux et reprend.

— Tiens, tiens. Tu prends du pic, mon jeune! T'as de la jarnigouine! Ouais. Ben gros de jarnigouine!

Sans preneur, la boutade stupide tombe morte sur le sol de son embarras. Réjean, retenu par la voix autoritaire paternelle, tend le corps, aiguise son oreille.

— Érika, vers deux heures, tu nous amènes la charrette à deux roues, ordonne son père, une fois son corps restauré, sa gorge désaltérée. N'oublie pas la perche et attache solidement la sangle. Fais attention, la voiture est longue et étroite. On va être dans la pointe à Morin. En traversant le champ de pacage, prends garde au taureau et referme bien la barrière.

* * *

Érika jubile. Conduire un cheval est pour la fillette un tel plaisir qu'elle court aux toilettes. Enfin! on la reconnaît à sa juste valeur. La prendre pour une enfant à neuf ans. Elle sait atteler un cheval depuis sept ans. Six ans même! Elle se souvient encore, combien elle avait mille misères à ce moment-là. Il lui fallait monter sur son banc pour tirer les vaches.

La superbe jument noire aux pattes blanches, se laisse guider, docile. Érika grimpe dans les ridelles pour amplifier sa grandeur. Elle repasse les instructions à la lettre, car elle doit être à la hauteur de la confiance de son père. Elle claque un cordeau sur sa cuisse. La jument répond. Le trio s'engage lentement dans l'allée qui conduit au champ. Le taureau broute sur la butte et les examine. Son corps à l'affût inquiète la petite conductrice.

Comment l'empêcher de nous voir?

C'est fichu. Le curieux s'amène lentement et les suit à l'intérieur du champ qu'elles doivent emprunter, le long de la clôture de broche lacée. La peur la rapetisse. Arrivé à la barrière, il se met à gratter, gratter en beuglant. Elle tient les cordeaux ne sachant quoi faire. Le taureau aiguise ses cornes, dans l'ouverture du pré clos. Deux planches cèdent. Elle veut retourner la charrette. La perche s'accroche dans la clôture et la fait renverser. Elle peste contre l'étroit sentier érigé en embuscade. Tantine, sa soeur et elle doivent sauter. La jument se retrouve dans une situation fâcheuse et une posture inconfortable. Un manchon de voiture lui écrase le dos et l'autre lui frôle les pattes droites. Les oreilles dans le crin, la bonne bête ne bouge pas. Érika bénit le ciel de sa hardiesse et de sa docilité, mais elle est paniquée raide. Le taureau mugit, creuse et creuse. Des mottes de terre leur passent entre les oreilles. Krystine s'avance vers lui pour le calmer.

— Non, non! Un boeuf enragé c'est dangereux, avait dit papa. Grimpons sur la roue. Si le taureau défonce la barrière, il ne pourra pas nous toucher, avance la fillette avec hardiesse.

— Julie, cours nous chercher le peintre, ordonne Tantine.

L'homme s'amène, fourche et pinceau en main. Il ose s'approcher de la bête, affairée à détruire le mur fragile qui les sépare. Mais la tête du taureau reste coincée dans une planche, qu'il fait aussitôt éclater avec fracas. Que fera le peintre? Il usera de la fourche? Mais non. Il peinture le museau du taureau, de long en large. Cet horrible animal renâcle et se retire, la queue basse, ses idées soudainement recouvertes du liquide vert libérateur. L'homme remet la voiture sur ses roues, ouvre les miettes restantes de la barrière et leur ordonne de traverser le piège en douce, sans s'arrêter. Quand il les sait en sécurité, il referme le trou tant bien que mal et reprend son gallon de peinture.

Le soir, leurs peurs évanouies, Tantine recueille les louanges pour sa bravoure. Mais Érika sait que ce n'est pas vrai. Elle ne connaît pas les taureaux.

— Qu'il s'en passe des aventures, ici! On ne trouve pas de place pour l'ennui, hein, Annette?

— Tu n'as rien qu'à revenir plus souvent, avance la maîtresse de maison, le cou raidi par le mensonge.

— On ne refuse pas de monde, surtout le printemps dans le temps des sucres! refile Odilon à travers le moustiquaire à demi éventré par des nez ou des mains.

— Ah oui? racontez-moi, dit Tantine, pétrissant le plaisir anticipé.

— Vous savez? On doit le vivre en personne, affirme Odilon, sa gêne amadouée par les cinq jours de cette joyeuse présence féminine.

Un rire amusé clôt le discours d'Odilon.

Par la fenêtre, entre le déclin du jour. Le travail terminé, tout le monde sort s'asseoir sur la rampe et sur la galerie jonchée de chaises berçantes invitantes. Odilon se berce ou se met à chanter en tapant du pied. Leurs poumons se vident en choeur. Odilon remplit sa pipe et badine. Annette, le dernier-né sur ses genoux, ronronne des mots d'amour à ses petites oreilles proches. Pierre aiguise sa ruine-babine et pique à fond de train dans la joie du moment. La lune levée, la marmaille se fond dans la brunante effondrée et tombe dru dans les draps moites de la nuit naissante. Le coeur submergé d'une paix profonde, fait languir Krystine en attente d'une Annette, montée coucher ses enfants. Ce soir encore, elle tentera de lui parler. Elle se morfond de voir fuir les jours de vacances, sans pouvoir lui arracher une seule réponse aux questions qui la préoccupent. Parviendra-t-elle enfin à briser ce mur érigé par Annette? Ce rideau fluide, glissant comme son savon du pays et qui la fait s'échapper, chaque fois qu'elle veut entreprendre une conversation sérieuse sur le sujet?

— Bon ben, je vous dis le bonsoir, annonce Odilon intimidé par le subit tête-à-tête nocturne. La lune se cache. Espérons qui mouillera pas demain?

— Bonsoir Odilon. À demain.

Seule, Krystine invente des scénarios, des détours, des embuscades à lancer à Annette quand elle arrivera. Le temps passe. Ses paupières s'alourdissent. Annette ne descend pas. Ivre d'une longue et lourde journée, la brave femme est tombée endormie sur son lit, en berçant son bébé. Plus tard, désolée d'avoir manqué une partie de la soirée, elle se dévêtira et retournera à son tapis de sommeil.

* * *

Le lendemain, il pleut. Toute la nuit, des tonnes de pluie sont tombées dru et abondantes. Forcée au repos, la maisonnée ralentit ses élans. Au souper, un arc-en-ciel irradie le ciel.

— Tantine, venez.

— Où, Julie?

— Courir dans les trous d'eau et dans l'herbe mouillée.

— Christine! Qu'est-ce que tu fais-là? Tu vas courir les trous d'eau à ton âge?

— Annette laisse faire. Mes vacances ne sont pas finies que je sache. Si Julie veut que j'aille courir dans l'eau avec elle? Alors c'est aujourd'hui que je vais y aller, ma chère!

Sans hésiter, elle enlève ses sandales.

— Nu-pieds?

— Pieds-nus, ma vieille. On verra bien qui court le plus vite, lance-t-elle, enfilant la porte, sa jupe retroussée.

Annette, seule dans sa cuisine, regarde ses enfants plonger dans le plaisir donné par cette femme libre, laisse sa bouche fendue jusqu'aux oreilles, offrir à son coeur fatigué, le plaisir de s'entendre rire aux larmes. Estomaqué, Odilon, planté au milieu de la route le menant à la grange, une chaudière en main, examine, incrédule, cette femme étrange occupée à faire l'enfant. Tête basse, l'homme retourne à ses occupations et se dit qu'il serait peut-être souhaitable, qu'elle s'en aille bientôt.

Samedi soir. Cinq heures trente.

La fin du plaisir sonne le glas. Tantine s'en va. Elle promet de revenir aux fêtes. Annette n'insiste pas, Odilon non plus. Une promesse est une promesse se disent les garçons.

Au fond des yeux d'Annette brille une flamme mystérieuse: celle de la réussite. Elle a vaincu la plus coriace des femmes. Elle sait que maintenant, plus rien ni personne ne lui arrachera son secret. Au passage, la Vierge Marie lui «sourit». Elle en a la certitude.

Krystine, sa déception dissimulée sous l'abondance des au revoir, repart triste, déçue. Elle n'a pu savoir laquelle, de Christine ou d'Érika, était sa propre fille.

Au loin, elle s'enfuit emportant en elle la richesse d'une semaine heureuse, glanée sur du bonheur si simple, qu'elle n'ose le ressasser de crainte d'en ternir le ruissellement.

Elle reviendra, c'est promis.

La semaine avait tronqué l'essentiel du quotidien.

Continuer de vivre s'impose.

Chapitre VII

Une noyade

Tiens... un nouveau printemps s'est levé.

Christine, la jumelle maigrichonne et pleurnicharde, meuble la vie d'Érika. Inséparables, toutes les deux, elles vont courir dans les champs, cueillir des belles fraises, des ronces ou des bleuets. Elles s'envolent, main dans la main, chercher les vaches le soir, attraper les chevaux le matin avec de l'avoine avant de partir pour l'école, les mettre au clos sur les ordres de leur père le soir, ou...

— Quand on en voit une, Laura, on en voit deux, badine Annette à sa cousine la sage-femme, venue la visiter.

Ensemble, elles font leurs devoirs, échangent leurs robes, subissent volontiers (Érika) la punition de l'autre.

— C'est encore toi qui a cassé cette vitre?

— Non maman. Aujourd'hui, c'est Christine.

— Tais-toi. Tu fais les mauvais coups, je le sais. Christine ne peut faire une telle bêtise. Elle est toute petite. Tandis que toi... Ce serait le temps que tu perdes un peu de ta graisse et que tu ramasses de sa sagesse.

Parfois, Érika se sent honteuse d'être si grasse et coupable envers Christine. Alors, elle encaisse sans rechigner. Il lui arrive d'en éprouver, certains jours, un étrange bonheur.

Le visage d'Annette semble avoir bien des facettes. Pour Christine, il ressemble à cette statue sur la corniche de l'horloge de cuisine: belle, souriante et douce. Pour Érika, ses yeux gros et grands, sont comme ceux d'un hibou changeant de couleur. Ses sourcils se gonflent et vont se rejoindre sur le nez. Ses cheveux alors deviennent raides, pareils au dos du chat fâché contre le chien. Ses mains lui paraissent rouges et larges, reliées à de longs bras, qui l'accrochent tout le temps au moment de ses sauvettes. Elle n'a jamais su combien elles étaient douces, elle n'a jamais pu les tenir dans les siennes. É-trange portrait que celui de sa mère. Déformée par ton imagination, lui dit sa voix interne. Pourtant...

* * *

Christine part un après-midi de printemps pour ne plus revenir. Après son retour de l'école, en compagnie de leur chien King, elle se rend faire une promenade le long de la rivière. Le chien enjambe d'un saut le littoral mûri. Elle le suit, insouciante. La débâcle soudaine surprend la fillette et l'emporte avec toute la force et le fracas dont elle seule a le pouvoir. Les glaces se cassent, s'empilent et se heurtent en balayant tout sur leur passage. Une lutte, sans merci, s'engage. Les eaux se gonflent et débordent dans une fureur inexplicable. D'autres sentiers d'eau se forment à travers le champ de glace labourant le sol de débris et de blocs vitreux. Ils joncheront la plaine jusqu'à la fonte des neiges. Au souper, l'absence de Christine les inquiète. Chacun la croit en compagnie d'un autre membre de la famille, jusqu'à ce que l'évidence les flagelle une fois réunis autour de la table. Elle n'est avec personne. Au loin, la fureur des éléments monte. L'appréhension mêlée à l'angoisse les gagnent peu à peu.

— Toi Érika, tu ne l'as pas vue? demande Annette nerveuse, les yeux en accents circonflexes, se frottant énergiquement les mains dans son tablier. Tu aurais dû aller jouer avec elle. C'est de ta faute si elle n'est pas rentrée.

Elle étudiait ses leçons... Mais à quoi bon expliquer.

— Faisons le tour des bâtiments, soumet Odilon, embusqué dans un silence oppressé.

La brunette sort, précédée de son père, tous deux mus par une même idée. Leurs pas se précipitent vers la rivière gonflée de colère, par ce jour de chaleur printanière exceptionnelle. Ils suivent une piste de chien toute fraîche. Les traces se perdent dans l'eau tumultueuse et déchaînée, dans cet enfer de glaces qui s'entrechoquent, en furie, sous leurs yeux. Elle frémit et pose un regard sur son père occupé à trouver des indices. Elle hait cette rivière autant qu'elle l'a émerveillée.

— Christine. Chriissstiine. Chriiiiistine. Kiiiing mon chien, viens, crie Odilon.

Aucune réponse. Seul, ce vacarme infernal les glace et les terrifie de soupçons.

Odilon longe la rivière. Des larmes inondent le jeune visage. Elle a mal au coeur. Odilon lui prend la main. Une main chaude, nerveuse, frémissante. Elle s'y accroche en la serrant très fort. Derrière, la maisonnée suit. Le soir tombe sur leurs craintes. Les amoncellements de glaces se mêlent à la brunante puis disparaissent du décor obscurci. Elle est transie. Le froid l'ankylose. La rivière reprend son lit. La muraille cristalline se dépose sur le rivage de chaque côté, d'où elle fondra lentement. Elle ne sait comment la nouvelle s'est répandue dans la campagne comme une traînée de poudre. Johnny, Pite le gras, le grand Jules, son père, Adjutor le forgeron, cousin Charles, Anselme le dur, Anaclet Longchamp et d'autres inconnus viennent à leur rencontre. Quelqu'un ordonne aux enfants de retourner à la maison. Réjean a les pires difficultés à la soutenir, tellement elle est gelée et morte de peine et de fatigue. Sa mère leur donne un gros bol de soupe chaude, mais la petite court la restituer dans la toilette. Elle se tait, accrochée à la nuit macabre qui tend son voile lugubre, à travers la grande fenêtre donnant sur la rivière et sur la plaine. Des larmes silencieuses coulent incessantes sur ses joues creuses. Elle n'entend pas le bébé qui pleure à fendre l'âme. Un lampion est allumé sur la corniche près de la statue du Sacré-Coeur. Érika monte à sa chambre et tente de se consoler. À côté d'elle sur l'oreiller, la «catin» de Christine dort à la renverse les yeux fermés. Elle la prend et la sert très fort pendant toute la nuit. Des affreux cauchemars l'envahissent. Ce trou vide dans son lit la poursuit sans relâche. On dirait qu'il a arraché une chose en dedans d'elle, en laissant ouverte une large déchirure tout le long du corps. Elle délire. Un lit; son lit devient bateau. Il glisse sur l'eau, plonge dans des remous insondables et refait surface. Un monstre surgit sur les draps blancs et se tient penché, prêt à la happer à tout instant, si elle a envie de fuir. Elle pleure et crie. Mais personne ne vient à sa rescousse. Des petits monstres mangent les pierres du rivage en sautant et sapant à faire vomir. Elle ouvre les yeux quand sa mère la secoue. Érika se jette dans ses bras, pleure et pleure, en sentant la caresse d'une main maternelle sur son cuir chevelu.

Le lendemain, au village, en bordure de sa maison proche de la rivière, déposée sur la rive, une femme découvre la tuque verte de Christine enfouie dans un tas de cailloux et de sable. Le doute n'a plus sa place. La rivière hideuse lui a volé sa soeur, son amie et son chien. Trois jours plus tard sous un pont à dix milles de chez elle, on retrace le chien vivant, resté là près du corps inerte de Christine. Elle avait engraissé, enfin! Sa mère devait en être fière. Ses grands yeux doux, ses longs cheveux blonds, son frêle visage radieux et souriant avaient envahi l'image de ses souvenirs et de sa mémoire. Ce spectacle, cette fillette si grasse n'est pas, n'est plus sa vraie Christine. La fillette garde jalousement celle de sa mémoire et se retourne, essayant de vivre avec son souvenir.

* * *

La mort a rempli le coeur d'Érika d'un grand vide. Elle ne parvient pas à combler ses jours. Un vent lourd de tristesse et de profonde mélancolie recouvre les pas et les heures. Plus personne ne parle entre les repas. Elle comprend son père, mais elle ne sait toujours pas comment le consoler. Elle ne sait plus à qui et comment jaser. Plus d'amie pour raconter ses petites joies, ses rêves et ses peines. Même sa mère ne la dispute plus. Et pourtant, elle aurait préféré. Son indifférence la blesse davantage. Son chien King et son poney Rifi apprennent à l'écouter. Ils deviennent ses compagnons fidèles. Ensemble, ils passent des journées entières. Elle cueille des belles grosses touffes de trèfle que Rifi avale avec gloutonnerie. Il la laisse monter sur son dos joufflu. Alors, les trois font des courses folles à travers les verts pâturages. Un jour, elle découvre une vieille pièce de monnaie datée de 1806. Rifi «l'interroge». Elle l'autorise à boire un bon coup pendant qu'elle scrute sa trouvaille et King prend un oiseau noir en chasse. Sa découverte coule sur eux, comme les petits poissons dans sa main.

— Eh ben! s'écrie Odilon, ébahi. Les Français auraient suivi notre rivière dans le temps? Il ne cesse de promener ses doigts sur la pièce sale et terreuse. Va la mettre dans le moutardier en argent. Oncle Paul nous dira ce qu'il en pense.

Oncle Paul vient souvent. Ils tirent du grand, lui et sa femme Bella-Rose, l'une des trois soeurs de papa.

Pourvu qu'il lui laisse, songe sa tête aux prises avec de détestables souvenirs. Enfoui dans l'objet vert-de-gris, derrière la cruche à vin dans le bahut du salon, le précieux trésor dormira tranquille dans les vagues de l'oubli de sa petite vie trépidante.

* * *

Deux mois plus tard, après la tragédie de Christine, Annette tombe malade. Cette fois, ce n'est pas la peine de faire des «accroires» aux enfants, ils comprennent pourquoi ils traversent la rivière. Au soir, la joie absente de la maison les accueille. Leurs yeux interrogent les murs colorés de silences complices et obscurs. Une voiture lente surgit sur la côte à Anselme Dubois. La jument brune ramène Odilon, parti reconduire le docteur et enterrer le bébé, mis dans une boîte vide de chaussures enrobée de coton blanc, au cimetière. Le trop petit garçon n'avait pu retenir la vie nouvelle, envolée en tornades impuissantes, malgré les mains habiles du médecin.

Le lendemain, Annette se lève et la vie recommence.

La porte navrante de la vie à peine franchie, voilà qu'Odilon impassible pose un profond regard sur sa femme et déclare.

— On se reprendra Annette. On se reprendra. Pauvre Émile.

— Émile?

— Mourir en hélicoptère, avance la mimique amusée d'Odilon.

— En hélicoptère? interroge en choeur la famille par la bouche d'Annette. Explique?

— D'après Odilon, le toit du hangar coulait. Samedi passé, debout sur le pignon, en transportant une planche de *veneer*, le vent l'a emporté, comme en hélicoptère.

En hélicoptère! Tout le monde pouffe de rire.

Dans la nouvelle chambre d'Érika, ce rire ressurgit. Qu'il fait bon. Comme il y a longtemps!

Merci, mon Dieu, pour cette étincelle de joie renaissante, gratifie sa prière.

* * *

Les vaches «tirées», la paille étendue dans les litières, les veaux rassasiés, le lait donné aux cochons, l'avoine distribuée aux chevaux, leur mangeoire foulée de bon foin, la famille revient à la maison. Les «pitounes», cuites sur le rond avant du poêle enduit de graisse que les recettes des grands livres de cuisine appelaient gaufres, ou les patates rôties et le rôti de porc, les cretons, la tête fromagée avalés, leurs frimousses nettoyées, leurs longs cheveux peignés et tressés, les Beaubien partent enfin pour l'école.

Le rassemblement se fait à neuf heures moins cinq. Un rassemblement de treize élèves répartis sur sept divisions. La maîtresse se découvre un chef-d'oeuvre d'imagination. Elle réussit à enseigner le catéchisme, les prières françaises et latines, l'histoire sainte, la grammaire, l'histoire du Canada, la géographie, le civisme, la bienséance, des chants dans les cahiers de la Bonne Chanson de Robert Gadbois et le dessin le vendredi après-midi. La fin de semaine, le devoir consiste à écrire une composition d'une page et plus. Sa débrouillardise doit préparer les enfants à leur première communion, dès l'entrée scolaire à sept ans et à leur communion solennelle, en sixième année. Un mois de printemps sert à marcher au catéchisme. Le vicaire tripote le code catholique dans tous les sens et sous toutes les coutures, afin de constater du sérieux de leur démarche et de la véracité de leurs connaissances doctrinales. Certains malchanceux se reprendront l'année suivante. Puis, le couronnement de l'enfance se déploie par la réussite du diplôme de septième année. Un test fatidique autant pour l'élève que pour la maîtresse. Car, du succès ou de l'échec dépend son futur.

Elle puise dans une revue mensuelle: La Petite École, les dictées nécessaires à son enseignement. Pendant qu'un grand fait lire les petits, un autre donne une dictée à un groupe et un troisième fait l'épellation etc. etc. Le silence rigoureux va de soi. Nul ne songe à gaspiller un temps si précieux.

Que d'héroïsme gratuit pour l'amour du don de soi.

Sur le chemin graveleux de l'école, entre deux voisins, se trouve un érable quasi centenaire vivant en solitaire. Un lieu de repos souvent transformé en toilette. Proche, se trouve un immense champ d'avoine. Les épis à mi-hauteur servent de paravent aux larcins de rhubarbe poussant dans un coin proche. Sa provenance rend Annette soupçonneuse.

— De cousine Laura, maman, ment l'un d'eux.

— Faudra que je la remercie dimanche, si je la vois.

Le lendemain, un Beaubien se précipite chez cette cousine, se faire donner un ou deux bâtons verts au cas où...

Plus haute que large, blanche au toit noir, l'école a deux étages. Une grande fenêtre à quatre vitres, retenue par deux grosses pentures, s'ouvre et se ferme à coups de poings. Une brosse à tableau mise d'un côté la tient ouverte l'été. Elle occupe la façade avec une énorme porte sans carreaux. Le perron penchant vers le fossé a déjà été gris. L'entrée forme un vaste corridor qui prend des allures de salle d'attente en période de punition. Un collier de crochets orne ses murs vert foncé. Tout au fond, face à la porte principale, se trouve une chantepleure et plus tard une toilette moderne.

Deux rangées de pupitres attachés sur des rails de bois, s'alignent devant une tribune surélevée, spacieuse, imposante, adossée à deux immenses tableaux remplis de travail pour les grands. Les bancs vissés à leurs rails essaient de remplir le plancher de bois usé, que la pesanteur de la maîtresse fait «pencher» vers elle. Les petits se placent en avant, les finissants en arrière, les autres au milieu. Le soleil entre à flots l'après-midi, par quatre grandes fenêtres sans rideaux.

Le chauffage central se compose d'un gros poêle à trois ponts en fonte noire. Le premier pont s'ouvre à l'avant et renferme l'endroit où se consume le feu. Le second sert à la cuisson. Troué sur la longueur sur son poumon gauche, il emprisonne la chaleur ambiante, par deux portes criardes et pesantes, rondes comme leur mère quand elle attend un bébé et sont incrustées de grosses fleurs boursouflées. Des sandwiches froids forment leurs dîners qu'ils associent à leurs bouteilles de thé habillées de bas de laine l'hiver et déposées dans le réchaud du troisième pont.

À côté d'un tableau face au poêle, se trouve une porte donnant sur un hangar à bois construit à même le mur de l'école. L'hiver, la neige s'introduit par les fentes et recouvre le bois de chauffage qui suffoque en pleurant, au contact du feu. Longeant ce mur, au fond, deux «chiottes» parsemées de mouches l'été, se mêlent à la senteur... La senteur insupportable et indigeste à la paresse, songe heureuse la maîtresse. La paresse habillée de mitaines de laine en hiver, si on veut y séjourner plus que nécessaire.

* * *

Le grand Jules est choisi pour chauffer le poêle. Il adore faire languir la porte ouverte au froid d'hiver. Le reste du temps, il travaille à ne pas travailler. Il montre à Érika des tas de trucs amusants. Comme il prend deux ans à faire une année d'école, elle sera long-temps avec lui. Il laisse tomber des billes sur le plancher qui roulent effrontées vers le gros pupitre. La maîtresse fâchée, ramasse les billes en montrant une partie de ses grosses cuisses qui se frottent l'une contre l'autre. Jules retourne de nouveau dans le corridor des man-teaux. Le matin, la place est au français; l'après-midi, au calcul. Le grand Jules accumule les fautes en un temps record et régulier de trente pour quinze mots de dictée. Son inattention lui vaut de monter les marches de l'escalier du deuxième étage à genoux, en écrivant deux fois le mot à chaque marche. Au faîte, une trappe termine l'escalier. Il est amusant de le voir tout recroquevillé à mesure qu'aproche la fin. Il ne termine jamais ni la copie de ses fautes ni la fin de l'escalier.

Cet étage renferme une foule de choses intrigantes à leurs yeux, dont la chambre à coucher de la maîtresse et le grenier. Une sor-te de pièce non finie, occupée par la moitié de l'étage, dont le bran de scie fait figure de plancher. Un jour, en l'absence de la maîtresse par-tie chez cousine Laura, la voisine de l'école, les grands décident de s'aventurer dans l'inconnu, laissant les petits, seuls en bas, penauds et frustrés. Envahis par des bruits insolites, des sons bizarres mêlés à leurs inquiétudes, des courses folles qui recouvrent leurs têtes de sciu-res tombant du plafond, ils tremblent de peur. Au retour, les grands achètent le silence en affirmant avoir vu le diable en personne. Pour cette découverte, les jeunes doivent nettoyer le plancher de toutes traces douteuses.

— Le diable?

— Comment il est?

— Il a la face rouge avec deux cornes sur la tête, longues comme mon bras, gesticule Henri le ratoureux.

— Comment il est habillé?

— Avec un grand manteau noir sur les épaules.

— Il a une fourche?

— Une vraie de vraie! Comme dans le grand catéchisme imagé, amplifie encore Henri, amusé de notre peur à son comble. Depuis ce jour, la maîtresse constate une grande amélioration dans les fautes de dictées.

* * *

L'inspecteur, arrivé à l'improviste comme il se doit, la gave de mots élogieux. Il la recommandera pour la prime de l'instruction Publique. Les commissaires se tapent dans les mains. Ils ont mis la main sur une perle. Enfin une bonne affaire! L'apparente docilité parsemée sur l'importante visite doit se payer. Car l'année scolaire continue. Il faut encore s'amuser. Où? La balade dans le corridor des manteaux; sécuritaire et enivrante. Puni, l'enfant s'affaire à mêler les bottes et les mitaines de chacun. Le coupable sortant vainqueur de ce branle-bas. Le fautif a eu soin d'éviter ses propres affaires.

Sous la planche de travail des pupitres, se trouve une autre planche de bois étroite, où sont déposés livres et cahiers. Le sens de l'ordre de chacun se mesure au nombre de fois qu'ils ramassent leurs livres par terre. Un des plaisirs favoris est de piquer le cou et le dos de l'élève en avant. Ce dernier sursaute, se retourne et vlan! Il écope d'une punition pour avoir fait la girouette. Le collet de chemise ou de robe sert de bureau de poste aux billets doux.

Un jour, le beau Jules poste un billet au mauvais collet; le cou de Jeanne. Elle se précipite, tout de go, au pupitre de la maîtresse, corpulente cette année-là.

— Jules! Venez ici.

Le ton de la voix relève les têtes.

— Puisque vous êtes si fort en français, vous allez m'écrire vingt-cinq fois au tableau noir, ce qu'il y a d'écrit sur ce papier.

Jules s'exécute, triste, embarrassé, le visage transformé en tomate.

Mademoiselle est une grosse tounne.

— Derrière. Cette partie du corps s'appelle le derrière ou le postérieur. Tounne n'est pas français, déclare la voix assise sur son large fauteuil essayant tant bien que mal de garder son sérieux.

Un éclat de rire général surgit, aussitôt anéanti par son regard colérique.

Il termine sa phrase.

Pouf elle pète.

— Éclate. Le mot éclate serait plus approprié, jeune homme impoli!

Une autre effusion de rires survient, que ses yeux ombrageux ne peuvent plus contenir. Et... c'est la fin de ce jour de classe.

À partir de ce jour, Jules n'écrira plus jamais de billet doux. Il sera retiré de l'école à son grand regret.

Débarrassée de cette verrue humaine, l'autorité reprend son cours et la maîtresse, son pupitre. Jules, lui, entre dans le monde des adultes avec un coup de pied au derrière. Sous le visage désapprobateur des commissaires, se cache un monde inexprimé de sympathie. La joie de voir filer un garçon gai, aimant la vie et semant des souvenirs, rend le monde compréhensif à son égard.

* * *

L'hiver donne des cauchemars à Odilon. Les garçons sont sur le point de quitter l'école, les filles seront seules dans les tempêtes. Alors, il rachètera un autre poney.

Bella-Rose s'y oppose. Odilon gâte trop ses enfants. Les enfants mous valent pas cher. Il faut tenir les cordeaux raides. Penser à la manière dont il a été élevé. Se souvenir de grand-mère et de sa poigne. L'examiner elle, et constater comme cette soeur a bien réussi. Par une bonne éducation stricte et rigide, on peut tout. Marcher. Les laisser marcher même par tempêtes. Le vent, la neige fouettent, nettoient les esprits. Marcher n'a jamais fait de tort à personne. Produire du bon bois d'habitant robuste avec les garçons et de la future chair de femme saine et productrice. Bella-Rose. Bella-Rose...

— Je la mettrais bien à la porte si je pouvais. On fera ce qu'on voudra. Si Odilon veut acheter un poney, c'est de son affaire, rouspète Annette le visage écarlate comme une betterave.

Odilon, un dimanche après-midi d'automne, arrive avec un nouveau poney. Soulagé, il se dit qu'au moins ses enfants ne gèleront pas en route. Depuis la mort de la petite, il ne supporte plus le froid. L'idée d'avoir froid lui crée une tonne de frissons. Il soupçonne comment sa Christine en a souffert. Souffert au point d'en mourir. Non. Il ne le supporte plus. Donc, il avait acheté plusieurs poneys. Des vites, des lents, des têtus, des minuscules, tous avaient pris d'assaut les tempêtes de neige. Il avait éprouvé un plaisir fou à les dompter. Rifi, le dernier, se montre à la hauteur des plus grandes espérances. Docile, doux, une saprée bonne affaire! Personne n'a à le conduire. Par mauvais temps, Odilon recouvre les enfants assis au fond du berlot, de l'épaisse peau de carriole et hop! Le tour est joué. Le poney docile et obéissant s'arrête à la porte de l'école, laisse descendre les enfants, revient seul à la maison et le soir, sans guide, il refait le parcours à la recherche des enfants.

Quel beau coup j'ai fait ce jour-là, se dit Odilon, sentant ses enfants en sécurité.

Que de moments inoubliables lui procure ce poney, ce père, mijote Érika la tête enfouie entre les joues de ses deux oreillers. Fatiguée, elle ferme les yeux et s'assoupit. Deux soupirs naissent de l'ennui ou du vide créé par l'envol de sa soeur Christine, puis elle glisse vers l'inconscient.

Elle s'endort profondément.

Chapitre VIII

En attendant Krystine

La vie devient un peu plus facile. La guerre terminée, la crise résorbée, le rationnement aboli, les armées passent en sourdine et le monde recommence à souffler. Des élections captent l'attention de tous. Odilon est libéral, mais il se garde de l'afficher publiquement. On a excommunié son père pour cette couleur. Puis, tout le monde est discret sur ses intentions de vote. Alors, les candidats se doivent de n'oublier personne.

— Je vous construirai des ponts pour vous damer des rivières, rigole Odilon les imitant.

La cabale se fait d'un bord, de l'autre. Arrive le jour de l'élection où tout le monde sort. Les hommes forcent les femmes à les accompagner.

— Pour qui tu votes? entend-t-on demander par les femmes dans chaque maison de la province avant de partir.

Soumises, elles suivent dociles, la consigne du mari qui connaît tout dans ce domaine.

Le soir venu, Odilon se terre. Toutes lumières éteintes, ils écoutent les résultats à la radio. Les bleus gagnent encore une fois.

— Damné Duplessis! Il va mourir assis sur le pouvoir, constate Odilon, morose et frustré. C'est pas mêlant le maudit, il a encore acheté les votes de quasiment tout le rang double. Les gros frigidaires neufs sont rentrés à plein camions au village la semaine passée. Pis, ils sont arrêtés chez Tancred Lachance, l'organisateur bleu. J'aime autant perdre la tête droite que la main croche et galeuse.

La honte de perdre son élection tient presque de la coutume, depuis le temps qu'il perd. Monter se coucher à la noirceur devient une chanson connue. Les fêteux arriveront bien assez vite pour lui faire des coups.

Pauvre papa. Je suis si fière de sa droiture. Je me demande pourquoi on doit avoir honte de perdre dans l'humeur et la propreté. Si je m'écoutais, je me planterais droite sur le balcon les bras croisés pour les recevoir, assure Érika

Eh oui! Vers onze heures, un immense feu de piquets de clôture brûle à l'entrée de leur maison marquée au fer rouge. Le monde doit savoir qu'Odilon a encore fait la croix à la mauvaise place. Un rouge bien identifié comprend qu'il ne devra pas espérer aucune faveur politique. Des travaux de voirie: c'est pour les bleus. Odilon laisse une semaine couler avant de se montrer au village. Les esprits se seront un peu adoucis.

Un vent de prospérité contagieuse souffle sur la province. Le monde bouge, achète, se modernise. Odilon entre dans la ronde. Il se procure un tracteur et des gréements. Une merveille. Pas un jour il n'oublie de parler de son tracteur.

— Tant de travail fait en si peu de temps.

Le monde concrétise leurs espoirs. Ils blanchissent à la chaux granges, remises et clôtures délavées par une longue disette. Tout devient propre et gai. Le soldat Lebrun a cessé sa complainte. Des chanteurs français envahissent les ondes: Rina Ketty, Tino Rossi, etc. Leurs douces mélodies courent sur toutes les lèvres et se promènent dans les campagnes. Des robes fleuries à larges frisons apparaissent. L'espoir coule à flot. De temps en temps, tombent encore des larmes à la messe le dimanche où le souvenir d'un disparu ou blessé de guerre s'accroche.

Odilon s'achète une trayeuse automatique et donne à sa chère Annette une machine à coudre électrique. Un bouleversement sans précédent les étourdit.

Achetons et payons à la mesure de nos désirs. La prospérité: les dettes. Les dettes: la prospérité, miroitent les slogans.

Ottawa instaure un programme d'évaluation laitière. Noter chaque jour le rendement de chaque vache et l'inscrire dans un grand livre. Un paquet de troubles qui stimulent les fermiers. La traite prend autant de temps que lorsqu'elle était faite à la «mitaine».

— Pas de changements, pas de progrès. Pas de progrès sans changements, radote Odilon, embarqué jusqu'au cou dans l'avenir.

Matin et soir, la traite des vaches se fait au rythme des voix d'enfants et d'un adulte. Un vrai concert harmonieux et gratuit. Le goût de rire et de s'amuser naît de partout.

Odilon songe à Réjean, son garçon, sur le point de quitter l'école. Il passe son certificat de l'Instruction Publique en juin. Le suivant aura son tour l'an prochain. Leur école finie, échafauder des projets pour eux est indispensable.

— La progéniture: voilà le plus grand potentiel d'une ferme! disaient les vieux.

* * *

Annette balaie la cuisine. Des mouches mortes gisent à profusion. Elle a aspergé du DDT, une trouvaille sensationnelle. Odilon a arrosé l'étable d'un liquide plus fort. Pas une mouche ne vient distraire les animaux. Annette entend bien relever le pari pour sa cuisine. Si seulement ce poison était permis pour la maison.

— Vilaine porcherie! si proche de la maison.

Elle se remet lentement de la terrible tragédie du printemps et de la glace de l'hiver. Seule, à la grange et à la maison, elle a trouvé le temps dur.

— Que voulez-vous. Odilon a la piqûre. La piqûre... de la glace. Une vraie maladie contagieuse qu'il attrape chaque hiver ou presque. Il doit aller à la glace!

Il commence à dire: «Je pense que c't'année, j'irai pas. Et patati et patata».

Il tourne en rond pour se trouver des raisons: les portées de cochons sur le point d'arriver, le foin à jeter du fenil deux fois par jour pour alimenter les bêtes, les moutons à tondre, etc. etc. Deux ou trois jours plus tard, il sort de son mutisme obscur ou accusateur et ordonne à Annette d'écrire à Zéphirin Cloutier de Saint-Évariste.

— Pour voir...

Puis, première nouvelle, il est en route pour la glace. La démangeaison lui prend toujours quand il va chez Cato, le barbier.

Quand il en revient, il dit que c'est la dernière fois qu'il va se faire couper les cheveux par un barbier si lent. Mais Annette sait bien que Cato n'est pas lent. C'est seulement son Odilon, qui est le placotteux. La langue la mieux pendue de tout le village! se retient-elle de dire.

* * *

Elle a reçu une longue lettre de Christine; Annette refuse de prononcer son nom autrement, lui annonçant sa visite pour le prochain Noël. Malgré la joie volubile des enfants, elle demeure perplexe. Cette femme colle à sa vie, multiplie ses lettres. Elle préférerait garder muet et mort ce passé, où elle fut une victime incontestée d'une épreuve qu'elle a assumée entièrement. Cette injustice imposée par le père de Christine a fait pousser des germes de jalousie et de vengeance envers sa vie ingrate. On lui a jeté dans les bras, un bébé de l'homme qu'elle a aimé et qu'une autre a porté.

Christine a mis au monde sa petite fille huit heures avant Annette, à la Miséricorde de Montréal. Son père accompagne sa fille et rend visite à Annette quand elle est en douleurs et lui propose un marché incompréhensible.

Annette, seule, dans une chambre blanche et frigide, entourée d'individus vêtus de blanc, qui vont et viennent en automate, étrangers à ses peurs et à ses inquiétudes, n'ose se confier. Qu'il est loin ce lit chaud où elle accouche en compagnie de cousine Laura, la sage-femme du rang. Elle prépare elle-même sa couche. Des pages et des pages de journaux qu'elle recouvre d'un très vieux drap rapiécé, qu'on jettera tout de suite après la naissance. Elle place tout ce qui sert au docteur: serviettes, bassin, savon, alcool bien en vue sur le coffre en cèdre, rempli de linge de bébé et attend le jour «j». Odilon marche pas loin, prêt à accourir au moindre désir du docteur. En attendant dans la cuisine, il fait bouillir de l'eau.

Couchée dans ce lit d'hôpital, elle se retrouve seule, loin des siens et de sa tante Ida trop âgée. Elle se garde bien d'exprimer ses sentiments.

Le père de Christine, cet homme grisonnant au visage dur et au regard impassible, qui ne cesse de souiller de sa présence la pureté de ses douleurs, se tient droit près d'elle, parle et parle. Elle accepte de la tête, sans comprendre, pour se débarrasser de lui. Il lui donne une enveloppe, parle d'argent, de beaucoup d'argent, de police d'assurance, de baptistère. Enfin, penché vers elle afin de bien lui imprégner dans le crâne ses ordres, il avance: «Vous ne devez plus jamais, vous entendez? chercher à revoir ni parler à ma fille Christine. Je l'amène aux USA, dès mon départ. Je suis formel. Cette histoire vient du passé et doit retourner au passé. Je suis clair!»

Annette examine les énormes narines pointues de la bête humaine et ferme les yeux. Inutile de rencontrer cet homme pour espérer enterrer son passé. C'est à sa fille qu'il devrait parler de la sorte.

— C'est compris?

Il enfonce la main dans son épaule, crispée par le nouvel enfantement.

— Ooooouuui, répond Annette faible, tout enrobée de son intense solitude douloureuse. Une infirmière lui vient en aide et ordonne au monsieur de se retirer. Sans le voir, Annette soupçonne l'infamie écrite en lui et se sent soulagée de le savoir disparu.

— Au lieu d'un bébé, Annette, vous en aurez mis deux au monde. C'est simple, résonne la voix hideuse de l'homme envolé.

Simple? Elle sait que ce n'est pas si simple. Christine aime son enfant et se voit forcée d'exécuter les ordres ignobles de son père implacable devant la peur, la honte du scandale. Annette téléphone à sa tante la nouvelle foudroyante.

— Tante Ida, j'ai eu des jumelles. Faites le savoir à Odilon, lui apprend-t-elle apathique.

Elle cherche un nom. Celui qui vient. L'une s'appellera Érika et l'autre... l'autre Christine. Le prénom de sa voisine de chambre, une femme douce, effacée, qui a atténué sa solitude.

Elle apprend à aimer la petite comme la sienne. Odilon, heureux, jubile.

— Quand y a du manger pour une, y en a pour deux.

Son amour pour Annette n'en est qu'agrandi, solidifié. Elle s'est permise un double. Ouais. M. le curé va être content, en pas pour rire! Son grand coeur ne se doute de rien. Annette découvre qu'elle aime profondément ce «grand» homme. Quand à Félix, il peut venir autant qu'il veut; ce sans-coeur. Il n'aura pas la fille qu'il a rejetée. Annette redoute les gestes de Christine. Jusqu'où peut aller l'amour maternel d'une femme? De cette amie soi-disant évaporée aux États. On lui a donné une fille, elle se jure qu'elle tiendra parole. Deux filles pour un seul accouchement valait bien le trouble du voyage!

Un jour, une lettre lui parvient des USA; elle signe Krystine au lieu de Christine; Annette est choquée. Que venait faire dans sa vie une femme qui changeait de nom comme de chemise? Un mois plus tard, elle répond que les filles sont en bonne santé, que ses jumelles sont adorables, rien de plus. Krystine, déçue du peu de détails sur sa fille, se reprend. Annette met deux mois à répondre. Odilon a eu la main gauche écrasée entre une bûche et le tronc d'un arbre, il s'en remet. Les animaux sont dehors. Le choléra a presque tout emporté la relève des veaux. Les garçons grandissent. Son frère Ferdiand est marié et tout le monde l'embrasse. Pas un souffle ne transperce sur sa fille. Alors Krystine conclut qu'elle vogue vers le néant et n'insiste plus. Quelques années plus tard, elle décide de se rendre sur place. Annette manoeuvre si habilement qu'elle n'en apprend pas davantage. Un jour, Krystine reçoit une lettre d'Annette qui la laisse hébétée, sans mot et sans voix. Une des «jumelles», la petite Christine; a été emportée par la débâcle au printemps.

Était-elle sa fille? Mystère, mystère.

* * *

Annette relit la lettre. Christine reviendra. Une mouche tombe sur l'enveloppe. D'un coup de bras vigoureux, la vilaine intruse est rabattue par terre. La chaleur torride affaisse son coeur qui semble flancher depuis quelque temps. Elle va se rincer le visage. Un voyage de foin passe devant la cuisine. Il faut aider à le décharger. Dehors elle se sent mieux. À l'ombre, elle fait la criée entre le cheval qui tire la fourche au bout de la grange et son Odilon qui pique dans le voyage à l'intérieur. Elle entend ses fils se plaindre de suer à se tordre les côtes. Qu'à cela ne tienne, ils sont forts et en santé, songe-t-elle, enveloppée dans ses pensées.

J'en aurais besoin à pleines poches, de la santé. Je me sens si mal du coeur. Tiens... la Rapportée a étendu son linge, constate Annette, lasse, appuyée au mur du bâtiment, son regard captif de l'autre rive de la rivière à des hardes battant au vent.

Une voiture s'amène. Elle fait la moue. Le boulanger entre une brassée de pains.

— Combien? crie la voix tonitruante d'un jeune homme.

— Quatorze.

— C'est pour payer? qu'il demande, comme une rengaine.

— Pour faire marquer, répond inlassablement la voix fatiguée d'Annette.

— Faudrait changer cette poulie, fait remarquer Odilon, s'essuyant le front de sa manche de chemise en éponge.

Annette ne bronche pas. Odilon échafaude encore des plans. Il a la piqûre des choses neuves, des achats à crédit. Selon lui, tout est à transformer. Au début, Annette tombait dans le panneau. L'enthousiasme de son Odilon imbibait sur elle. Son ardeur s'est estompée quand un jour elle a vu descendre d'un immense camion, un cheval de course. Oh là! Une tempête épouvantable s'est abattue sur le couple. De ce jour, est née une Annette à l'oeil vif et au coeur en alerte. Elle bougonne et se rebelle. Elle manque de tant de choses. Les paillasses à changer pour des matelas convenables. Les enfants devenus grands, le danger de mouiller le lit a disparu. L'évier! L'évier grand comme une chaudière à lait, et bas à s'éreinter chaque fois qu'on fait la vaisselle. Le prélart à renouveler, percé par endroit jusqu'à la planche. Les assiettes de tôle à remplacer par du Melmac. Un bon «set» en couleur, incassable assure le vendeur. Des souliers neufs, des beaux manteaux pour les filles. Avoir à porter toute sa vie le linge apporté par la tante Bella-Rose. Annette rouspète. Odilon, silencieux, répare la poulie en attendant que cesse la tempête verbale féminine.

Le temps fuit, les saisons s'égrènent, discrètes. La vie glisse sur le corps et le plisse. Les jours apportent leur lot de fatigue que la nuit rafistole et le cercle recommencera demain.

Petit à petit, la neige tombe fine sur les cheveux et sur la terre. Les odeurs du bonheur ont un peu perdu de leurs parfums et le goût de la vie son effervescence. Mais, par leurs yeux entrent des repas aux couleurs neuves. Un «set» de vaisselle bleue clair en Melmac étincelle et aiguise leurs estomacs insatiables.

Odilon vient de faire un superbe cadeau de fête à sa belle Annette. C'est peut-être sa façon de lui dire, je t'aime?

Et tante Krystine n'est pas venue encore cette année.

Chapitre IX

La corvée

— As-tu ton égoïne, Odilon? Et ton marteau? Les p'tits gars, faites attention de ne pas tomber.

La grange de quelqu'un brûle.

Annette, amaigrie par la perte de sa fille l'année passée, remonte lentement le courant de la vie. Les fêtes se sont écoulées comme le début de cette année: moroses et tranquilles. Janvier fringuant a retroussé ses manches et s'est mis au travail. La neige a neigé à profusion. La saison s'annonce rude. De sa fenêtre de cuisine, elle surveille, inquiète, la flamme qui monte au loin et s'agite autour de ses «hommes».

— Odilon, qu'est-ce qui brûle là-bas?

Son mari a sursauté et est venu vérifier les insinuations de sa femme. Annette disait vrai. Il y avait un feu, quelque part.

— J'vais aller au village pour savoir.

Il avait su. Tout le monde avait su. La désolation passait de visage en visage. La campagne entière s'était endormie cette nuit-là, des images de terreur plein la tête. La nuit se morfondait en lenteur. Demain, oui demain, la corvée se mettrait en branle.

Penchée sur le rebord de la galerie, elle cache ses joues de son large col de manteau bleu marine et plisse le front sous sa tuque de laine naturelle. Elle prodigue ses conseils et soumet ses inquiétudes. Ses «hommes» vont à la corvée chez Herménégilde Lafleur au village voisin, reconstruire la grange passée au feu, avant-hier. On ne comprend pas comment c'est arrivé. L'été, c'est fréquent par les orages électriques, mais en plein hiver. Par un froid pareil! Les animaux ont presque tous péri dans la «boucane». Ils ne voulaient pas sortir. Gus à Médé a même failli y laisser sa peau. Paraîtrait que du méchant foin rentré encore mouillé aurait chauffé et aurait pris en feu.

— C'est douteux cette affaire-là, soumet Odilon. Du foin prendre en feu en hiver, j'ai jamais entendu parler d'affaire de même. Annette, bouleversée, insiste.

— On doit aller aider à ce monde-là. Du si bon monde, à ce qui paraît. Si éprouvé!

Avoir deux infirmes dans la maison, c'était bien assez. Lui qui vient tout juste de se remettre de la mort de sa femme. Quand le diable te court il ne te lâche pas, affirme Annette pour elle-même. Aller donner un coup de main à cet homme ne nous appauvrira pas, impose la largesse de son coeur, à la tombée de ce triste jour.

Cette idée fouine longtemps dans la tête de l'homme couché près d'elle et l'empêche de fermer l'oeil. Enfin, sa décision prise, Odilon dépose le corps lourd de sa femme endormie sur sa large poitrine et s'endort le nez inondé d'odeurs de cuisine incrustées dans les cheveux longs et noirs d'Annette.

Après le déjeuner, Odilon attelle ses juments blondes et Pierre, les pur-sang noirs. Ils achemineront le bois coupé au moulin vers les charpentiers. Annette a envoyé des pâtés à la viande et des beignes. Tant pis si elle doit renflouer sa provision pour Noël.

Félix s'est joint à eux.

Pour une fois qu'il fait quelque chose de ses dix doigts. Gros parleur, petit faiseur! songe Annette offusquée, gênée d'avoir aimé ce fainéant.

Pensionnaire chez Théophile Bernier, l'hôtelier, il passe son temps à jouer aux cartes, quand ce n'est pas à l'argent. Un jour, cela lui jouera un vilain tour. Arrivé depuis quelques mois, Annette se demande comment elle a pu tomber dans les pommes pour lui, dans le temps. Un beau-frère dont elle se passerait volontiers. Une peste pour les femmes du village qui ne savent plus comment retenir leur mari d'aller chez Théophile. Il prend un plaisir fou à s'amuser avec les filles d'Odilon.

S'il savait que l'une d'elles est la sienne!

Bon vivant, fin causeur, il remplit toute la maison quand il s'amène. Une tache! Annette se demande comment espacer ces visites trop bruyantes, imposantes et ennuyeuses.

Ennuyeuses?...

N'empêche que le coeur d'Annette, blottie sous les tisons enfantins formant une cuirasse épaisse, se laisse envahir de doux souvenirs paisibles. Mais ses petits ont grugé sa vie et se sont installés dans son coeur à jamais.

Le matin où il est arrivé, fracassant le silence de sa cuisine, elle a oscillé un moment sur ses pieds mais elle s'est vite remise d'aplomb. Silencieuse, elle le regardait, l'écoutait fendre l'air de son arrogance et ne le reconnaissait plus. Au fond d'elle montait une répugnance, insoupçonnée la veille et inconnue de son coeur. L'image de Christine lui écrivant la nouvelle de la naissance, de l'attente d'un enfant de lui, régurgitait sur ses souvenirs et sentait les oeufs pourris. Une nouvelle qu'il avait rejetée du revers de la main comme on chasse une mouche tournant sur la soupe. Non, elle ne voulait plus, ne pouvait plus le sentir. Seulement le tolérer, pour l'amour d'Odilon, excité par son arrivée.

Un long regard sur sa famille réchauffe son coeur parfois aigri.

S'il avait seulement pris le temps de faire attention à moi dans le temps. Il aurait vu.

Vu quoi? insiste une voix muette en elle.

Vu que je l'aimais. Que je l'ai... aimé. Aimé, répète Annette.

Et maintenant? commente encore sa tête. Maintenant?

Cette parcelle de sentiments obscurs la fait tressaillir. Analyser ce qui la trouble? Elle ne le peut pas. Prendre le temps de faire le vide et d'entrer en elle? Elle ignore le sentier à prendre. Un enchevêtrement de sentiments flous, indéfinissables surgissent et la mélange sens dessus dessous. Elle ne connaît pas les mots pour se dire. Se raconter. Nommer son intérieur? Un monde trop compliqué. Des mots trop... trop... des mots sans mots, sans noms; des mots vides. Les siens, ses familiers en sont de discipline, d'ordre, de valeur morale, de générosité, d'engagement, de réconfort et de pardon. Un tissu journalier d'oubli de soi se façonne sur ses lèvres. Non. Parler d'elle, lui est inconnu et impossible.

Elle repousse et piétine cette petite flamme qui a osé s'échapper un instant de son coeur. Les visages de ses enfants, vite replacés autour, elle éteint ce sentiment de doute qui a osé jaillir à l'improviste. Odilon, son Odilon, si simple, si tendre. Cette image secoue toute lueur malsaine survolant son âme et la fait sourire. Nul n'égalera la générosité de son Odilon, qui a pris ses responsabilités, lui! Qui a nourri une fille appartenant à un autre, lui!

J'ai assez de ma famille, sans venir me faire des châteaux de cartes avec Félix et m'empêtrer dans des problèmes inutiles. Non. Félix est seulement un beau-frère, décoré de guerre peut-être, mais indigne de porter le nom de père de son enfant que j'élève, marmonne-t-elle une fois seule. S'il l'apprenait? S'il s'avisait de trop questionner?

— Tu as des yeux qui me rappellent quelqu'un que je ne peux me souvenir, disait-il souvent à la petite en la regardant intensément, et qui se dandinait de plaisir.

S'il fallait qu'il soupçonne, qu'il trouve ce visage, qu'il questionne Krystine. J'en doute. Il a perdu sa trace. Qu'il ne compte pas sur moi pour lui donner. Il ne faudrait pas qu'elle vienne en ce moment. J'ai eu peur l'autre fois. Heureusement qu'il ne s'est pas montré le bout du nez de la semaine. L'été, il disparaît on ne sait où. Ben croire que la Sainte Vierge fouine là-dessous. Krystine ignore qu'il a été démobilisé et de retour au village, heureusement.

Annette jette un coup d'oeil au cadran.

Elle relance le balai immobilisé un moment pour réfléchir.

S'il partait... s'il s'en allait loin; très loin. Assez loin pour ne plus revenir jamais. Si j'avais de l'argent. Lui payer un voyage pour Vancouver, retrouver sa femme qui l'a laissé, est souhaitable. Comment lui en parler. Il n'en dit jamais un mot. Les exploits de guerre, nous rabâche sans cesse sa bouche, racornie par le radotage. Je dois trouver un moyen. Quand il saura, je ne suis pas mieux que morte! Saura-t-il? De qui? La Vierge Marie garde le secret. Elle ne me trahira jamais. Non jamais! Odilon parle moins. Un homme fiable, mon homme. Oser se vanter d'avoir laissé sa femme. Une honte! Qui nous dit que, ce n'est pas elle qui l'a laissé? Paraîtrait qu'elle s'ennuyait de l'Angleterre d'où elle venait. Que croire? Un sans-génie! A-t-on idée de prendre une femme si loin, quand les plus belles sont ici, chez nous? Du«flash!». De la vantardise! Une honte! Une vraie honte!

Annette bouscule le balai, immobilisé une seconde fois. La lourdeur de son secret mine sa confiance et son humeur au point de se sentir insupportable.

Tiendra-t-elle le coup?

Il le faut, lui souffle une voix intérieure. Odilon ne saura jamais. J'en ai fait le serment. Je l'ai pas trompé. J'ai simplement caché un secret de famille, honteux. Puis Félix. Félix qui caressait ses bretelles en nous racontant son divorce. Cette fois, Odilon lui avait enlevé les munitions «raide-là», quand il avait ordonné aux enfants de taire cette histoire pas disable, que Félix racontait comme une drôlerie. Odilon comprendrait-il la mienne? Orgueilleux comme il est. Être le premier en tout. La plus grosse famille, la plus grande ferme, non payée... tant pis! Le troupeau le plus nombreux, le meilleur, des machines agricoles modernes et tout, et tout. Il pense à acheter une auto. La première du village et de la paroisse. Une autre dépense inutile. Huit chevaux dorment dans l'étable. Forts, pur-sang, que le monde vient voir par curiosité ou par envie, le dimanche après-midi.

Annette étudie son balai usé qui nettoie un prélart troué. Tout va pour le dehors. Pour se montrer. Le vrai portrait de sa mère. Pendant que je fais des bobettes dans des sacs de sucre, de farine ou de graines de semence. Acheter, acheter! Mon mari rêve debout. C'est incroyable, il en perd le sommeil. Sa mère, puis sa soeur Bella-Rose en peinture! Non, il ne comprendrait pas ce que j'ai fait. Je ne donnerais pas cher de ma peau ni de celle de Félix.

Tiens bon! Annette. La Vierge te revaudra bien une petite récompense dans le détour.

Dépêchez-vous de m'aider bonne Vierge Marie, parce que ma patience à un bout, monologue-t-elle, craintive.

* * *

L'Avent à peine écoulé, il restait encore en janvier dans le coeur des habitants des élans de générosité inassouvie. Ce temps de pénitence, de recueillement et d'oubli de soi, propice à la corvée était encore frais en mémoire. Ils allaient le prouver.

Une marmite humaine mijote autour des échafaudages qui s'alignent à vue d'oeil. La grange brûlée reprend forme et renaît de ses cendres malgré le froid et le vent. Des inconnus partagent leurs outils, leur savoir, leurs mains à une même tâche gratuite. Des amitiés circonstancielles se créent, des échanges se font, des opinions s'émettent.

— La corvée: une fournaise bouillonnante d'échangés mutuels où chacun y trouve une forme d'expiation de ses fautes, dit le curé au sermon du dimanche.

Des femmes du rang sont venues mettre les mains à la pâte et s'affairent autour du poêle, dans les armoires inconnues, à la recherche des «airs» de la maison.

— Pauvre diable. Il devrait se remarier! Un homme seul dans une maison n'a jamais été d'adon. Tous ces plats et ces chaudrons pêle- mêle, constate l'une.

— On devrait lui trouver une bonne veuve.

— Ou une vieille fille.

— Pas une vieille fille! C'est trop piquant, trop pointu. Elle pense à rebrousse poil tout le temps.

Une femme brassant la chaudronnée de soupe indique une chambre des yeux.

— N'oubliez pas celui-là, l'infirme.

Les racontars en avaient créé deux.

— J'ai un cousin qui est marié à une vieille fille. Il ne s'en porte pas plus mal.

— Une fois n'est pas coutume, concède une grande mince.

— Dans le rang de la montagne, j'en connais une, dépareillée, reprend la première mettant la table.

— La femme de Nézime Vaillancourt?

— Pourtant vrai, assure la mince. Son garçon se marie et prend le bien paternel. C'est son dernier. Les autres sont tous mariés.

— Herménégilde est un homme avenant qui a encore de l'allure. Ben de l'allure, songe mi-rieuse la femme à la soupe.

— Qui a perdu un gros morceau quand on a enterré sa p'tite femme. Une femme éduquée fait des enfants bien élevés. Les siens mangent un pain sur la tête de ceux d'Arthur Labonté. Des vauriens, concède la première de sa langue bien pendue.

— Lui trouver une femme est ben beau. Avez-vous pensé à lui, l'infirme, reprend encore la mince, agitée par le flot soucieux de ses pensées.

Une femme s'étire le cou vers la fenêtre où butinent les hommes et cherche Herménégilde du regard. Elle le connaît si bien cet homme. Ils ont été à l'école ensemble. Délicat, timide et droit comme du hêtre. Comploter dans son dos lui semble une injure à l'amour qu'il a eu pour sa défunte.

Brusquer les choses ne mène à rien. Cracher dans le visage d'une morte dans sa propre maison, lui donne froid dans le dos. L'impression de commettre un sacrilège coule dans son âme. Changeons de sujet.

— Aie! Les femmes, dit-elle, préoccupée. Taisez-vous, voilà une brassée d'hommes qui s'en viennent dîner. Dépêchons-nous.

* * *

Félix s'est improvisé pourvoyeur. Ses mains ne savent que «discarter». Plus de pratique à l'ouvrage et moins de placotage lui eurent fait grand bien, affirmerait Annette. À tout travail noblesse oblige. Il se sent enfin utile.

La guerre lui a labouré le corps et volé ses plus belles années. Donner une bonne journée d'ouvrage se veut une chose du passé. Il profite de ce triste événement pour vérifier de nouveau ses capacités. Il suit la file des hommes du village attirés par le désastre. Il fera ce qu'il pourra. Fournir les hommes en bois, en clous, en outils divers, peu importe. Homme à tout faire est un beau métier quand le temps presse et que le froid transit les os.

Un menuisier de dix ans son cadet, mesure les colombages et se raconte. Distrait un moment par la buée sortie de la bouche de cet homme volubile, Félix se sent soudain emporté par le récit invraisem-

blable. Ce vétéran, blessé de guerre débarqué comme lui en Normandie dans le même bataillon, a été affecté au ravitaillement et au transport des blessés.

Cet homme remaille, sans le savoir, le chaînon manquant à
Félix quand il tomba sur le champ de bataille européen.

— Tu m'en diras tant. Continue.

— Eh oui! Je me souviens de votre transport vers l'Angleterre.
J'étais là quand vous êtes tombé.

— C'était pas beau à voir à ce qui paraît. Les obus avaient
troué plusieurs soldats.

— Pas beau. Pas beau du tout! Le champ de bataille ressemblait à un terrain nouvellement défriché. Les corps donnaient l'impression de multiples bûches fraîchement coupées. Des bras et des jambes
gisaient, çà et là, comme des branches émondées. Vous, cloué au sol,
le bataillon complet perdait son courage. Vous étiez aimé. Très aimé.
Le saviez-vous?

Félix esquisse un sourire songeur. Aimé? Il avait fait son
boulot de son mieux dans cette guerre interminable. Soutirer de ses
hommes le maximum et le meilleur d'eux-mêmes avait été son but. Cet
homme lui apprenait qu'il avait réussi. Il redresse les épaules, donne
des clous à son interlocuteur et continue. D'un coup, il a grandi de
quelques pouces.

— Puis?

— Anselme, mon cousin, s'affairait autour de vous comme une
mouche à miel. Je me demande pourquoi?

— Anselme? Anselme Francoeur?

— Le vrai. En personne.

— Il n'était pas touché?

— Heureusement. Sinon il ne serait jamais devenu mon cousin.
Il a marié ma cousine.

— Je vois.

— Un sapré bon homme!

— Tu le vois souvent?

— Plus maintenant. Dans le temps, c'était le bon temps. Nous
deux, on s'est raconté des histoires de guerre, à vous dresser les che-

veux sur la tête. Il m'a fait voir l'autre côté de la médaille.

— Explique-toi.

— Quand je l'ai retrouvé un jour dans les tranchées à moitié mort.

— Aaaaah oui?

— Il touchait le fond. Je lui ai remonté le moral et depuis ce temps, on est devenus inséparables. Mon idée sur les gradés de l'armée a bien changé.

— Raconte.

Soudain, la bouche du vétéran-menuisier se fait généreuse, acerbe, tranchante, venimeuse.

— Anselme m'a dit...

Anselme, son ancien compagnon de tranchées, lui a raconté les délires, les secrets intimes, les messages aux siens recueillis sur les lèvres d'un officier blessé à mort. Selon lui, Anselme n'a jamais retrouvé la famille de cet officier.

— Tu connais son nom?

— Anselme n'a jamais voulu me le dire.

Il croit que l'enfant bâtard qu'il a fait à une fille de passage lors d'une permission, se trouve quelque part dans une famille d'une paroisse environnante.

Félix sidéré, immobile, la bouche mi-ouverte écoute le mot à mot de sa propre histoire. Le froid et la besogne camouflent le trouble qui l'envahit. Il doit savoir.

— Où reste Anselme maintenant? demande-t-il avec une curiosité démesurée.

— À Saint-Évariste. Il a été un bon homme un bout de temps. Pus asteure, étire l'homme énigme devenu soucieux, le corps un moment figé dans son monde intérieur, vite secoué par les francs coups de marteaux de son voisin.

— Qu'est-ce qui est arrivé? insiste Félix anxieux.

— Il s'est gelé les pieds un jour en bûchant du bois, enfile encore le suspense du vétéran cogneur de clous.

— Raconte.

— Sa jument lui a tiré un arbre sur les jambes.

— Pis? continue l'impatience exacerbée de Félix.

— Il est resté là des heures avant qu'on vienne le secourir. Pis ..., dit l'homme comprimé dans son émotion, incapable de continuer.

— On l'a trouvé mort? conclut Félix penaud, accroché aux paroles qui ne veulent plus sortir.

— Il s'est fait couper les deux jambes à cause de la gangrène. Il est presque chaviré depuis ce temps-là. Il dit qu'il entend de la musique quand il ouvre la bouche. C'est pire avec la pleine lune, enfile d'un trait la coulée de mots soudain intarissable.

Félix, tête basse, n'entend plus. En automate, il dorme les clous ou les planches désirées, l'âme en déroute et le coeur bouleversé. Le menuisier improvisé, qui continue l'histoire de son compagnon de guerre, s'entête à maintenir le récit perdu dans la plaine aride et froide de l'hiver et balayé par les vagues neigeuses endiablées sur la terre et dans le coeur de Félix.

Chaviré, chaviré reprend Félix, incrédule et perplexe, comprimé dans sa stupeur. Cette histoire de guerre est pourtant vraie. Cet enfant, le mien! serait dans les parages? Comment savoir qu'il dit la vérité? C'est impossible. Christine vivait à Montréal. J'aurais dû lui damer signe de vie. Je ne serais pas devant un doute pareil. Une histoire invraisemblable, si sensée pourtant. Retrouver Anselme...

— Raconte-moi tout sur la guerre, insiste Félix l'homme hautain rapetissé, les oreilles noyées de nouveau dans l'histoire inimaginable coulant de la bouche de cet ouvrier.

Félix, dorénavant, écoute plus qu'il ne parle. Ses jours et ses nuits seront lacérés par ce doute incessant. Trouver la vérité.

Du jour au lendemain, il se transforme.

Odilon s'inquiète et en parle à Annette qui trouve que son mari exagère, puisque les oreilles de tout le monde s'en portent mieux. Odilon n'est pas rassuré pour autant. Longtemps il songe que peut-être une maladie sournoise le ronge.

— C'est peut être la guerre. La guerre laisse des traces tôt ou tard. Ne l'oublions surtout pas, Annette!

Pour rien au monde il voudrait perdre son unique frère enfin établi à ses côtés et... décoré de la croix Victoria. Un honneur unique dans la province et du pays entier. Qui sait?

Une fierté qu'il entretient dans les coeurs et les mémoires, portée à se laisser sabler par le temps.

Noble famille. Oui, une très noble famille!

Chapitre X

Un grave accident

Enfin. Parmi les nombreuses cartes de Noël se trouve celle de tante Christine.

Attroupés, les marmots essaient de lire le visage de leur mère.

— Elle va venir, les rassure-t-elle imperturbable, rangeant les lettres sur la tablette de l'horloge.

— Quel jour?

— Mardi prochain.

Leurs pensées suivent la longue marche vers ce mardi prochain. Tout ce temps à écouler. Comment y arriver? Pourtant, une autre année est sur le point de tourner la page, songe Érika en regardant la main maternelle ranger la missive dans l'armoire de ses tracas: la pile de comptes usés. Aurèle est né en août. Réjean et Pierre ont fini l'école. Angélique a été malade en juillet. Une diarrhée d'un mois a inquiété tout le monde. Ses robes ont pris de l'ampleur. Julie grimpe à vive allure sur ses trois ans. Bruno a commencé sa troisième année. Elle fera sa communion solennelle au printemps. Odilon parle d'acheter une auto pour aller à l'église le dimanche. Oncle Félix viendra peut-être fêter Noël.

— Pourvu qu'on ait fini nos boucheries, soupire Annette lasse, interrompant le monologue intime de sa grande fille.

Trois longs jours qui n'en finiront plus de s'étirer. Tantine qui revient. Tant d'années à attendre pour rien.

«N'oubliez pas. Je reviendrai. Une promesse est une promesse», avait-elle déclaré lors de son départ.

Une semaine! Elle avait passé une semaine chez les Beaubien et le monde avait changé. Comme le souvenir d'un événement bouleversant qui marque et suit la vie entière. Pourtant, il ne s'était rien passé, ou si peu. Krystine pas Christine qu'elle disait, avec de curieux roulements dans la bouche, qui la rendaient si étrangère et captivante à la fois.

Annette avait jasé bien des jours sur cette façon de prononcer son nom. Du dédain sur les lèvres, elle avait affirmé que ce n'était pas la manière à suivre, ni l'exemple à donner. Leur donner! Quelle idée de renier son passé, en sautant de Christine à Krystine. Pour leur mère; Annette elle était, Annette elle le resterait.

Le temps, l'oubli usant son dessein, Krystine disparaît sous la besogne à accomplir. Devenue presque une légende, ressuscitée aux jours névralgiques ou nostalgiques comme à la période des Fêtes.

Cette fois, oui cette fois-ci, la légende se ravivait. Elle prendrait enfin vie ce Noël.

— L'école c'est assez tannant, dit Bruno. Je veux rester pour vous aider, maman.

— Va à l'école, garçon. Je n'ai pas besoin de personne.

Je veux être seule pour réfléchir.

— On va inviter oncle Félix, hein maman? ose émettre Érika, joyeuse de goûter un plaisir amplifié par ces deux personnes si chaleureuses et spéciales.

Félix? reprend le silence ténébreux d'Annette. Qu'il ne s'avise surtout pas de se montrer le nez pendant les Fêtes, celui-là. Il va faire de l'air tant qu'à moi, pense-t-elle, sa main vigoureuse essuyant le tapis de table à l'user. Odilon a parlé qui passerait Noël à Montréal ou ailleurs. Si j'avais fait attention. Je le saurais?

Le torchon ramasse maintenant les miettes, qu'une de ses mains creuses recueille. En elle-même, les graines de ses pensées circonscrites, elle échafaude déjà les ficelles à utiliser devant tout événement fâcheux ou subit. La Vierge sera sa gardienne. Son paquet d'inquiétudes enfoncées au coeur de la statue de Notre-Dame-du-Cap par sa foi, elle se soulage et se soustrait de tout souci. Une main heureuse salue ses enfants partant pour l'école en poney.

Mardi. Les yeux à peine ouverts, les cous s'étirent pour voir dehors.

Une tempête! Une tempête leur tombe dessus.

— Pas d'école! crie la marmaille endiablée d'Annette.

Faisant contre mauvaise fortune bon coeur, pensive et muette, elle sourit. Longtemps derrière, une petite fille avait également crié sa joie devant le plaisir de manquer l'école. Annette Veilleux de son nom, un jour congelé d'hiver, était restée chez elle, heureuse.

Le regard absent piqué dans la fureur de la nature, elle laisse courir ce souvenir surgi de son enfance, en bruissant le froid de gros quartiers de bois d'érable partis à l'assaut du feu ardent du poêle de sa cuisine.

* * *

Tante Christine parvient enfin à pénétrer leur oasis, rapetissée et triste, en retard de deux jours.

Julie tourne autour de ses deux valises brunes qui la dévisagent, plantées en plein milieu de la pièce. La belle fouineuse voudrait pouvoir explorer le contenu. Sa mère lui interdit des yeux ce désir inexprimé.

Comment fait une mère pour tout deviner? interroge sa tête confuse, hébétée. Cette question la dépassait.

Leurs joues garnies de baisers féminins parfumés enivrent leurs pensées. Sur les ordres d'Annette, l'objet envoûté s'envole vite dans la chambre d'invités.

Le temps s'étire et leur mère revient.

— Pourquoi Tantine ne sourit plus?

— À cause d'un homme Érika, reprend-elle évasive.

La vue de deux grands frères plantés devant elle comme des échalotes, la rend maussade.

— Vous autres les garçons, vous êtes rien que bons à faire de la peine aux filles!

Pierre lui sourit.

— C'est ce que tu penses? On va voir!

Il la prend en chasse dans les deux escaliers de la maison. La vitesse donne le fou rire à la petite. Il l'imite. Sa main l'agrippe, la jette sur le lit de leurs parents et l'installe confortablement sur ses genoux pour une bonne fessée.

— Dis que c'est pas vrai! Dis!

Chaque phrase se rythme et retentit sur son postérieur. Elle se débat en riant... en vain. Un bref regard à la Vierge pendue au mur bleu de la chambre de sa mère, lui donne l'impression qu'elle se rit d'elle. La capitulation est éminente. Elle doit ravaler ses paroles. Par la main, ils redescendent à la cuisine. Pierre se sauve à l'étable, il est en retard.

Les jours suivants voient ressurgir les montagnes de beignes emmagasinés dans un grand coffre de bois sur la galerie, qu'Annette parfois appelle la «glacière». En cachette, des doigts s'allongent et piquent à la vitesse de l'éclair. Surpris, crampés dans la confiture et le sucre à la crème, ils récoltent les gifles maternelles.

— Sais-tu Christine qu'ils deviennent moins obéissants avec le temps? On devrait pourtant être témoin du contraire!

Tantine s'esclaffe joyeuse. Elle raconte des choses qu'Érika ne comprend pas.

J'ai hâte d'être vieille! soupire son ignorance vexée.

La veille de Noël a surmonté l'attente de tout le monde. La pipe d'Odilon s'agite. La famille s'enveloppe d'un manteau de docilité et de silence.

— Tiens, c'est nouveau, élève la voix d'Annette. On dirait des anges.

La journée se traîne la patte. La nuit se languit de venir. L'arbre de Noël coupé par Réjean la semaine passée, attend, endimanché, dans un coin du salon vidé pour la circonstance. Les personnages se recueillent. Jésus, seul dans le noir, couché sur une pile de serviettes neuves, a été mis de côté dans un tiroir du buffet. Il doit attendre l'heure de sa naissance promise pour minuit.

Huit heures.

Odilon ordonne le repos. Mais le sommeil est parti chercher le père Noël loin, très loin. Si loin qu'il manque de temps.

Dix heures.

Dociles, silencieux, creusés, au fond de leurs rêves et de leurs lits, les yeux grand ouverts, ils attendent la promesse de leur mère. Un merveilleux moment tant attendu. Une fois l'an, grâce à elle, la désobéissance est de mise. Le plaisir de rester debout comme des grands le soir de Noël, bouille en eux. Ses pas magiques s'amènent, sa voix douce, chaleureuse, complice du moment, s'élève fragile près de leur tympan. Annette les «réveille». La musique du temps des Fêtes s'incruste partout dans les coeurs, les têtes et les désirs.

La nuit douce, calme et fraîche se gonfle de mystère et de féerie. La lune invente une multitude d'étincelles et dépose un manteau de diamants sur la neige, où elle se promène. C'est la fête.

Noyée dans ce fabuleux paysage nocturne, Érika s'arrête, subjuguée de splendeur et désolée de réaliser que, par son sommeil journalier, elle a manqué ce spectacle chaque nuit. Son bonheur déborde. L'astre dessine les pirouettes qu'elle invente. Elle se sent légère, légère. L'extase s'empare d'elle et la fait frémir.

Odilon s'amène avec sa voiture des grandes occasions. Tous s'entassent ou s'empilent sous l'épaisse peau de carriole, dont un côté est en fourrure. Annette ne vient pas. Le bébé dort. Sa silhouette floue à travers la vitre glacée, les salue. La *sleigh* à patins s'ébranle aux sons des clochettes et grelots. Bientôt, un long cortège s'aligne et se dirige vers l'église. Plein de grelots cadencent le trot des chevaux. Du fond de la nuit leur parviennent des airs de Noël, qu'ils refilent en avant. Ce long défilé d'espérance et d'amour se rend à l'église payer un hommage à Dieu, notre Sauveur, le remercier pour les bienfaits reçus de l'année qui se meurt et demander des faveurs devant celle qui entre dans leur vie.

L'église pleine à craquer, chante. Un ciel de cristaux lumineux courbe sa voûte. Elle a revêtu ses plus beaux atours.

— Un grand rêve naît dans l'esprit de la brune enfant rêveuse.

Elle se reporte à la naissance de Jésus sous l'étoile de Bethlehem. On lui a dit qu'il n'y a pas de neige là-bas. Dommage! Cette année, son village aurait été choisi pour l'événement. Son poney remplace l'âne. Le taureau de son père, plus gros, réchauffera davantage. La Vierge lui demande de prendre son bébé un moment, pour mieux le couvrir. Le crépitement des chapelets des paroissiens se transforme en une multitude d'étoiles venues réchauffer l'Enfant. Rien n'est plus bê te que d'avoir froid. Elle s'est déjà gelé les pieds, elle sait de quoi il s'agit. Christine, sa défunte petite soeur, vêtue en ange, tient l'étoile de Bethlehem au-dessus de la crèche. Un mélange de tristesse et de félicité l'envahit. Odilon joue du coude sur son épaule. C'est la communion, assurent ses yeux. À regret, elle sort de ce monde imaginaire si fabuleux. Ses larmes inventent un halo autour de chaque cristal de l'immense luminaire éclairant le sanctuaire. Ce débordement religieux ne suffit pas à éponger la tristesse de son coeur esseulé. Christine, sa petite soeur adorée, n'est plus. Elle dormira à jamais inerte sur un tas de sable et de cailloux, au bord de cette rivière ignoble.

Au retour, la lune s'est endormie sous le charme des chants de toutes les églises de la terre. Emmitouflés sous leur manteau de silence et de recueillement, ils ont envie de l'imiter.

Enfin le trot endiablé du cheval cesse. Annette les attend silencieuse, enveloppée dans le mystère. Ses yeux rougis qu'elle camoufle dans son regard en fuite, ne trompent pas. La peine d'Érika a couru se réfugier chez elle pendant la communion. Une magnifique table est dressée pour le réveillon. Mais avant, ordre est donné de se rendre au salon, selon la coutume.

Jésus est né.

Le pied du sapin encombré de cadeaux, est disparu. Des oh! des ah! sortent des bouches éberluées et de leurs coeurs heureux. Jamais l'arbre n'a affiché cette allure. Toujours la crèche y a trôné seule. Leurs cadeaux se limitaient à étendre leurs bas à la file, sur les crochets à manteaux le long du corridor menant à la chambre de grand-mère, au dernier de l'An, pour les revoir le lendemain matin, remplis d'une pomme, d'une orange pas mangeable et de quelques bonbons.

Cette nuit, Ah! Cette nuit!

Les valises aux trésors de tante Christine se sont vidées. Ces débordements inhabituels la comblent de joie. Ses yeux s'habillent d'étincelles et de curiosité amoureuse, à voir ces enfants plongés dans ce plaisir intense.

— Tu n'aurais pas dû, Christine. C'est trop, ne cesse de s'excuser Annette, bredouille, fascinée par l'ampleur du bonheur jailli à flots de ces valises généreuses.

— Chut! Tais-toi Annette, regarde. Mais regarde-les donc! Ils sont si contents! Laisse-moi savourer cet immense plaisir. Je suis une grande égoïste, tu sais.

— On ne peut pas les gâter autant, les moyens manquent. Tu comprends?

Krystine donne des tapes d'amitié sur le bras de son amie si humble et insiste pour qu'elle se laisse vivre. Les laisse vivre.

— Alors tais-toi. Ce côté-là, je m'en charge, lui murmure-t-elle à l'oreille.

Odilon, amusé, sourit, hausse les épaules et se tait. Quand on a de l'argent, c'est pas difficile de faire plaisir.

Le plancher transformé en un champ de bataille en papier, se voit soudain désert.

— La soupe est servie, annonce Annette heureuse, la soupière des grands jours en mains.

— J'ai faim, claironne Odilon dénouant sa cravate.

Des pas sur la galerie se font entendre. Annette fait de la lumière. Deux visages connus surgissent de la nuit. Oncle Paul et tante Bella-Rose s'amènent. Les yeux se tournent vers leur père. Malgré lui, ils sentent bien qu'il espère cette visite, que sa tête est partie ailleurs les chercher. Il se lève et les accueille.

Un coup de silence balaie d'un trait le festin, arrache les sourires et la gaieté.

La plus vilaine tante vient de briser la fête. Elle donne une boîte de cigares à papa. À eux, rien. Son habitude.

— Bonsoir tout le monde!

— ...soir ma tante, répond le choeur poli, le nez plongé dans leur assiette.

— Bella-Rose, venez vous asseoir. Je vous sers de la soupe? demande Annette, son aimable sourire couvrant sa déception.

— Regardez notre belle tante Christine, dit Julie.

— Bonsoir mademoiselle, répond la bouche carrée et le cou empesé, dans la grandeur du personnage hautain qui étire un voile de méfiance entre elles. Il me semble vous avoir déjà rencontrée. Vous êtes de la parenté?

— C'est que...

— Elle est notre tante neuve, explique encore Julie la bavarde.

Krystine, ennuyée, sent monter le rouge de son inconfort sur ses joues ombragées par la colère montante. Elle se lève. Bella-Rose froide, l'apostrophe au passage.

— Vous venez d'où? insiste la voix naïve étudiée.

— ... de Montréal, madame.

— De Montréal? De Montréal! dépose la bouche dédaigneuse pour son mari, assis près d'elle.

Depuis qu'elle était déménagée à Québec, Bella-Rose avait l'impression que la métropole, où elle avait crevé d'ennui, se devait d'être au bout du monde. Un bout du monde si loin des siens; le plus inhospitalier, le plus froid qui soit. Elle fait la moue et chuchote, sa main remuant sa soupe.

— Il faut en avoir envie. Venir de si loin! Pouah! grimace Bella-Rose la pointue en déposant sa cuillère. Cette soupe est froide.

— Érika, va chercher un autre bol de soupe pour ta tante, ordonne Odilon désolé.

Oncle Paul enregistre les pitreries de sa femme, honteux. Oncle Paul est la bonté même. Nul n'égalera sa gentillesse. Il prend un malin plaisir à les taquiner ou leur claquer les fesses. Il leur donne de l'argent en cachette de sa femme. Le dimanche, il paie vingt-cinq cents celui qui lave son auto. Un salaire mirobolant pour des garçons sans le sou. Ses élans affectueux cachent la tristesse de ne pas avoir d'enfants. Glouton pour les tartes à la ferlouche d'Annette, il n'a jamais réussi à engraisser. Il mange des yeux, l'énorme assiette de bûche de Noël servie par elle, heureuse du plaisir de le voir glousser de gourmandise.

Annette aime cet homme doux et jovial. Au moins, y en a un qui apprécie ce que je fais.

Tous heureux et rassasiés, la famille s'amène au salon montrer ses trésors à tante Bella-Rose. Tante Bella-Rose essaie de chasser un chat dans sa gorge.

Annette se retire sur un bout de sa table de cuisine, pour manger seule son bol de soupe. Enfin, elle peut respirer. Krystine la rejoint. Ensemble, elles échangent leurs secrètes et communes pensées. Sous l'avalanche de mots incohérents parvenus du salon, elles captent des bribes aiguës d'une voix acariâtre dictant ses ordres.

— Voyons Odilon. Tu laisses faire ces insignifiances, toi! grimace Bella-Rose pour son frère. Tu ne vois pas qu'elle est en train de les gâter? Quand les mauvais plis seront pris. Qui les défera? Tu verras. Puis, cette grande fille qui joue au bébé. C'est honteux! déclare-t-elle la voix haute et détestable.

Érika serre sa belle poupée sur son coeur; sa première vraie de vraie. Les yeux d'Odilon s'arrondissent. Sa colère monte.

Le salon se vide sur-le-champ. Le cercle se refait autour d'Annette affairée à laver la vaisselle. Tantine a disparu. Érika se rend à sa chambre. Doucement, sans bruit, elle se glisse sur son lit près d'elle, sa poupée solide sur son coeur. Quoi dire? La gêne l'emprisonne. Tantine passe son bras autour de son cou. Ses cheveux l'enivrent. Sa bouche collée n'ose pas céder les mots. Des mots jamais prononcés qu'elle voudrait avouer. Dans le noir, elle croit entrevoir son sourire.

Ne vous occupez pas de cette tante. Maman dit qu'elle est méchante parce qu'elle est déçue de ne pas avoir d'enfants et qu'elle se venge sur nous. Hélas! ils restent coincés dans son gosier.

Elle quitte l'étreinte chatoyante et affectueuse, d'un coup. Être couchée avec une poupée pendant que les autres travaillent est vilain. Aider maman s'impose. Sa gêne la prend par le bras et la sort du lit. Elle dépose sa poupée près d'elle et referme la porte sans bruit. À sa place, ce précieux cadeau dira tout ce qu'elle n'a pas osé avouer à Tantine; elle le sait.

La nuit douce et affectueuse se creuse un nid rempli de rêves mirobolants dans des petites têtes enrobées de la générosité de cette femme peu ordinaire. Dans chaque chambre, dans chaque lit le sourire s'est figé sur place. Annette borde ses petits, le coeur débordant de reconnaissance pour son incomparable amie.

— Maman?

— Quoi Bruno?

— Quand est-ce qu'on va voir grand-mère Veilleux?

— On va voir grand-mère? feint d'entendre Annette qui plie des linges de vaisselle.

— C'est une promesse! rappelez-vous.

— J'ai promis? Vrai?

— Vrai de vrai, reprend Bruno entêté; la semaine passée.

Annette baisse la tête, honteuse d'avoir osé exprimer un désir si farfelu et compliqué. Elle devine le regard compréhensif de son amie posé sur elle et se sent confuse, non rassurée. Son inconfort exige une diversion.

— Érika, va voir au bébé qui pleure en haut, dans son ber. Ce doit être sa couche.

Sa fourmilière tenace ne bronche pas et attend sa réponse.

— Bon. Vous demanderez à papa au souper, entend Érika à travers les larmes inconfortables d'Aurèle, son dernier frère.

— C'est loin pour aller chez grand-mère, assure Bruno enjoué pour Tantine intéressée.

— On ne va pas souvent voir mémére Veilleux. Seulement au Jour de l'An quand papa veut, continue le petit bout d'homme sérieux.

Annette reprend son sourire et rentre en elle. Quand papa veut. Son Odilon ne consent pas toujours. Son humeur massacrante, lui a parfois volé ce cadeau de Noël. La grand-mère également. Et sa soeur Bella-Rose, qui un jour, avait décidé de venir au Jour de l'An, plutôt qu'à Noël comme d'habitude. Il y avait eu la naissance d'un petit. Elle se souvient avoir passé quatre ans, sans voir sa mère. Quinze milles de route, c'est long. Une année, Odilon avait ramassé des pitons pleins de gourme comme chevaux. Des bêtes tout juste bonnes pour la charogne. La charogne ne fait pas quinze milles de route en plein hiver. On risque de mourir gelés sur le fossé ou de ne pouvoir revenir à temps, ou d'avoir, peut-être, à acheter un autre cheval en chemin. Alors, Annette s'abstenait d'émettre ce désir inutile et passait les Fêtes le nez dans la pâte et la tête dans ses souvenirs. L'école recommencée, elle se remettait sur ses deux pieds, se félicitait d'avoir tenu le coup contre ses désirs et tenu tête à ses enfantillages.

Aujourd'hui, Annette brasse sa soupe et suit le babillage enfantin d'un oeil amusé. Agitée par le plaisir de revoir sa mère, occupée à atténuer les vagues de fond montant de son abîme intérieur se déferlant en elle à profusion, elle laisse couler le flot de mots joyeux de ses petits sur son silence. Revoir sa mère une fois l'an, lui procure une telle joie! Sinon elle se sent comme une source puissante comprimée qui ne trouve pas d'issue. Elle vit sa période des Fêtes, que pour ce voyage annuel. À mesure qu'aproche le jour, sa tête s'envole ressasser le voyage précédent. Les enfants complices, instinctifs, la ramènent au bercail. Ils savent combien sa peine est grande si elle en est privée.

Annette ne peut s'empêcher de sombrer dans la nostalgie de sa propre enfance. Ses tantes paternelles, de grosses Irlandaises juteuses avaient trouvé mari dans la haute classe. De leur piédestal, elles arrivaient à la maison, se mettaient à parler l'anglais avec son père, honteusement marié à une Acadienne sans statut, qui ne savait causer à leur mesure. Alors, comme elle le fait pour la famille de son mari, sa mère se retirait, rapetissée par tant d'intruses, insensibles à ses besoins, à ses désirs. Georges, le mouton noir de la famille, ne cadrait pas dans leur fastueuse vie mondaine. Il n'était que le laitier de la grande ville. Annette écoutait ce langage étranger à leur vie, que leur père déposait dans un tiroir, une fois ses soeurs retournées à leur monde étrange. Soulagé, il se remettait à remplir sa voiture de bouteilles de lait en sifflant. Le soir venu, il s'assoyait près de sa femme et laissait courir une rivière de mots, comme si rien ne s'était passé. Seule, la déception de ne pouvoir converser avec ces étranges créatures appelées «tantes» courait, entre eux, un long moment.

Par bonheur, elles sont toutes mortes, se dit Annette soulagée.

* * *

Le temps des Fêtes, c'est la visite chez grand-mère.

Adossés au devant de la *sleigh* à patins, parmi les crissements de la voiture, les petits écoutent le trot régulier du cheval qui semble aller à reculons. Sur la neige durcie, les lisses font onduler la voiture par sauts et par buttes. Blottis dans leurs souvenirs, ils suivent dociles, l'envolée du cheval vers des heures inoubliables, à l'horizon.

La voiture étant devenue trop exiguë, ils y vont à tour de rôle. Puis, on ne peut quitter la ferme une journée entière. Les tuyaux éclateraient par le froid, et le pis des vaches par le volume de lait donné deux fois par jour.

— Manquer d'eau l'hiver, affirme Odilon, c'est infernal.

Chacun s'inquiète, s'analyse. Lui est allé la dernière fois, elle non, elle oui.

Ce sera mon tour, pense Érika.

— Quand partez-vous? insiste Krystine pour Annette incertaine.

— Je ne sais pas. La besogne est grosse et le bébé petit.

— Va Annette. Ne manque pas cette occasion. Je resterai ici à tout surveiller. Laisse-moi les grands et tout ira.

— De toute façon, on y va jamais tous ensemble. Qui s'occuperait de la maison à chauffer, de la grange... des poules?

— Puis ta maison que tu ne veux pas quitter, réplique Krystine amusée à secouer les craintes injustifiées de son amie, la bonté incarnée.

Annette hésite encore, la tête dans ses regrets; quasiment une habitude. Tant de branle-bas pour un plaisir d'un jour superflu. Parfois, elle se sent égoïste de causer tout ce paquet de désagréments. La présence de Krystine la rassure.

— Je te laisserai Érika qui est très fiable. Et Angélique, si tu veux. J'amènerai le bébé. Aurèle ne boit pas encore de lait de vache. En tout cas, on demandera à papa à soir les enfants, conclut Annette ennuyée, pour sa marmaille attentive et pendue aux savoureuses paroles maternelles.

— Le bébé s'est endormi Érika?

Oui le bébé dort! Puis j'ai tout entendu. Puis je suis fâchée. Puis je rage. Encore moi! Toujours moi! Pourquoi? (Elle est fiable). En retour, il faut rester à la maison! Belle récompense! Quand t'as été deux ans sans avoir vu ta grand-mère. Ouais. Elle aurait dû rester à Montréal, cette tante! J'aurais peut-être eu mon tour? hurle la rancoeur sourde et profonde d'Érika.

Le Jour de l'An frôle l'horizon. Dans deux heures, le monde se tortillera de plaisir ou d'émotion.

Le déjeuner terminé, la bénédiction paternelle s'étend sur eux. Leur père prend des airs qui font pleurer.

— Papa, voulez-vous nous donner votre bénédiction, s'il vous plaît? demande Réjean, agenouillé devant nous, et embourbé dans son inconfort.

La main paternelle dessine une croix et des mots humides sortent de sa bouche.

— Je vous bénis au nom du Père et du Fils et du Saint-Esprit.

Debout, des mains se serrent et des bouches goûtent le salin des larmes sur chaque visage. Érika ne comprend pas. Il faut pleurer, c'est la coutume. Chacun lui souhaite d'être une bonne fille toute l'année. Elle doit être malcommode! Elle ne trouve pas.

La radio fredonne ses *reels* et ses rigodons d'autrefois. Odilon, en nouant sa cravate, emporté par le sentiment brumeux qui le noie, fait des «steppettes» en accrochant l'un et l'autre pour *swingner*. Comme le veut la coutume, qu'il s'est inventé le dimanche en se faisant la barbe avant la messe. Le voir aiguiser en chantant, la lame de son rasoir sur sa «strape» d'une main si habile, nous donne envie de l'imiter. En eux, soudain, les chansons radiophoniques prennent vie.

Le branle-bas du départ enfin pointe à l'horizon. Tout le monde s'affaire, s'agite, se cherche et s'emmitoufle à ne plus finir pour le long périple en voiture à cheval qui prendra des heures.

— Avez-vous pris la température? interroge Odilon sérieux.

— On annonce une tempête pour demain, dit Pierre, assis sur une marche d'escalier au bout de la table.

— On passera à travers. J'en ai vu d'autres, dit Odilon à Annette, un long moment accrochée à l'inquiétude montante de cette question. Annette, rassurée par la sérénité de son homme, reprend le fil de ses occupations: s'assurer que tout le monde soit à l'abri des avaries de l'hiver sournois et parfois traître.

— Attache-toi mieux que ça, Julie. Avez-vous vos trois paires de mitaines tout le monde? Vos crémonnes?

Une fois sa prudence satisfaite, il ralentit la voix. Depuis la mort de Christine, Odilon ne tolère pas les engelures, c'est bien connu.

— J'ai préparé un bon thermos de bouillon de soupe chaude pour nous réchauffer en route. Les enfants, vous le mettrez entre vos pieds, au fond de la *sleigh* à patins, insiste Annette en leur donnant la bouteille habillée de plusieurs pelures de laine bleue.

— Réjean, prends les briques chaudes dans le fourneau et mets-les dans le fond de la voiture. Toi Pierre, surveille la vache noire qui va vêler. Attention à la grange, à la pompe à l'eau, au feu, implore papa. En voiture! lance-t-il soudain joyeux, son sac de recommandations vidé.

Pierre silencieux, songe. La vache noire est, en fait, une taure à son premier veau. Pourvu que tout se passe bien, interroge sa tête soucieuse.

La ronde des becs sucrés bouclée, le reste de la famille les surveille s'emmailloter d'ici à demain. Un dernier et bref regard d'Odilon vers eux et vlan! Le coup de cordeaux donné à la jument grise qui patiente, répond par un coup de collier qui arrache la voiture collée à la neige criarde de froid.

Dans sa tête, Érika suit le cortège et sourit. Tantine tourne la lavette sur les assiettes sales. La fillette s'approche pour l'aider.

— Va. Va jouer avec ta soeur, ma fille. Tu as congé.

Congé. Congé..? Elle n'a jamais entendu ce mot. Elle sourit, heureuse, en l'étudiant. Angélique et elle retournent à leurs étrennes où, enfin, les attend un univers inventé rien que pour et par elles, sans égard au temps et à leur âge. Une journée pleine d'elles, d'elles seules. Une journée à incruster dans leurs futurs souvenirs comme une des plus belles et des plus vraies de leur existence.

Tranquille, la nouvelle année levée, change aussitôt de cap. Comme promis, la tempête en colère fait rage. Elle gesticule plus qu'à l'accoutumée. Au réveil, la maison est devenue une vraie glacière.

— Ne chauffez pas le poêle cette nuit. Pierre, avant de te coucher, mets la grosse bûche d'érable que j'ai placée près de la fournaise. Ce sera assez pour la nuit. Couvrez-vous bien, avant de vous endormir; les couvertures ne manquent pas.

— Oui maman, ne cessent-ils de lui répéter pour la rassurer, toute honteuse qu'elle était de penser à elle une fois l'an.

Le sens du devoir à accomplir envers et contre tous primait dans sa vie comme l'air qu'elle respirait. Elle n'y pouvait rien.

— Que j'aime donc pas ça, reprend Réjean pour lui-même.

— Qu'est-ce que tu n'aimes pas?

— Quand maman me prend pour un bébé.

— Tu en es un.

— Explique-toi, Érika. Sinon.

— Sinon?

— Je ne réponds pas de ton derrière.

— Tu es le premier bébé de la famille, Aurèle est le dernier. Pas vrai?

L'esquisse d'un sourire sur les lèvres de son grand frère, détend la brave fille empêtrée dans une escalade injuste, dont le prix à payer penchait vers la plus faible. Elle se dit que Tantine aurait tôt ou tard, réglé cette éventuelle bataille fraternelle, dont seuls, ses frères prenaient un plaisir fou.

L'aube se lève sur un jour tourmenté.

Réjean, frileux, attise la fournaise. Son doux crépitement les envahit peu à peu et dénoue leurs muscles tendus de froid. Toute la journée, la neige rage. Les grands peupliers craquent et pleurent. Le fouet déchaîné du vent les meurtrit. Le ciel et la terre se marient de blanc. La neige nouvelle danse sur celle durcie. C'est l'hiver sur son pays. Les filles surveillent les garçons revenir de l'étable. Ils enjambent le banc laiteux et nacré qui s'amoncelle, la tête en biais et le corps en bouclier. Puis, plus rien. La tempête se joue d'eux, ils disparaissent et réapparaissent. Elles courent leur ouvrir la porte. Des vieux! Leur toupet et leurs cils sont tout blancs.

— Ah! ah! deux pépères, s'écrie Angélique.

— On va t'en faire des pépères si on t'attrape, reprend Pierre amusé.

Ils se secouent, heureux d'entrer au bercail, enfin.

— Érika, on a soigné les poules et les chats. T'auras pas à sortir à matin, lui dit Pierre, compréhensif.

— J'espère que papa ne décidera pas d'entreprendre le voyage de retour aujourd'hui. Pareille intempérie! ajoute Réjean, le corps soulagé de ses pelures enneigées pendues au mur de la garde-robe de cuisine, servant maintenant également de caveau à bois. Le cheval ne tiendrait pas ben ben longtemps. Le vent écornerait les boeufs.

— J'espère qu'ils ne vont pas s'inquiéter de nous, reprend Pierre, soucieux.

— On a un autre veau, annonce Pierre enthousiaste. Presque tout engraissé.

Un autre veau. Pierre n'allait pas leur expliquer la misère qu'ils avaient eue à le mettre au monde. Il n'allait pas leur apprendre qu'ils avaient dû attacher les pattes après une planche protectrice d'une fenêtre et qu'ils avaient mis le poids de leurs deux corps pour arriver à le faire naître, après une heure d'effort soutenu. La vache délivrée s'était mise à trembler et ils avaient eu peur de la perdre. Non, les femmes «étrangères» n'ont pas besoin de savoir ces affaires-là. Les enfants non plus. Son père les retourne à la maison quand une vache se prépare. Ce qu'il fait, est bien fait.

— Ici, bien au chaud, avec de la nourriture à revendre et deux hommes solides à nos côtés, on est capable de passer l'hiver sans broncher. Hein, les enfants? renchérit la brave Krystine, comme pour s'entendre dire de vive voix ce qu'elle tente de s'assurer en silence.

Angélique, perdue dans son monde, laisse couler le temps, le nez collé à la vitre, insouciante. Les flocons de neige affolés arrivent par millions, pêle-mêle. Érika s'agenouille à la fenêtre et l'imite.

— Les vois-tu danser, Angélique?

— Ils viennent d'où?

— Du ciel.

— C'est loin?

— Très loin. Dans l'infini.

— L'infini, c'est quoi?

— L'infini n'a pas de fond ni de plafond.C'est toujours l'infini.

— Qui fait tomber la neige?

— La neige se fait toute seule. Elle tombe des nuages quand ils sont trop pleins.

Krystine s'approche lentement, prête l'oreille. Il lui semble les savoir tellement proches à ce moment présent qu'elle n'ose ternir cet instant privilégié entre les deux petites, leur front collé à la vitre et leurs cheveux entremêlés; leur unisson est émouvant. Elle retourne à ses occupations.

— Qui la met en morceaux?

— C'est une goutte d'eau gelée.

— Qui la dessine?

Je ne sais pas et puis je n'ai pas envie de continuer, répond le silence imposé de la grande soeur qui commençait à ne plus avoir de réponse.

Angélique, restée sur son appétit inassouvi, se remet en marche dans son imaginaire enfantin et s'y perd un long moment, en tentant de comprendre comment et qui les construit ces fameux flocons de neige. De guerre lasse, elle met ses joues dans ses deux mains et part en voyage en elle.

La neige. Les tempêtes. Une profusion de souvenirs passés surgissent. Érika revoit ses parents affairés au départ pour la glace. Elle reste songeuse. Pauvre maman... Tant d'ouvrage...

Janvier.

Annette reprend le collier de la famille. Il faut remplir les coffres en bois de mangeailles. Odilon part pour la glace.

— Tiens. Remarque Odilon, assure-t-elle un doigt pointé au centre, une main retenant le couvercle.

Penché, attentif, il écoute la voix amoureuse de sa femme lui montrant tout ce qu'elle a placé.

— Tu as les pâtés à la viande dans ce coin-là. Là, tu as la tête fromagée. Les tartes sont au centre. J'ai placé les pains tout le tour. Dans ce plat, tu as du beurre. Veux-tu du café?

Annette connaît son homme. Le café instantané selon Odilon, valait deux cadrans et l'aidait à se réveiller. Pourtant le réveille-matin sonnait si fort, que le monde du premier étage de sa logeuse s'en plaignait, ils l'entendaient chaque matin. Elle soupçonnait un brin d'orgueil à la pointe de ce caprice. Personne ne buvait de café à la maison. À moins que ses compagnons de glace lui en avaient fait la remarque et qu'il voulait faire comme tout le monde.

Chaque année, le scénario se répète.

Érika aime ce départ parce que c'est un des rares moments où elle voit ses parents s'embrasser.

La mi-janvier arrivée, il s'ennuie et tourne en rond. Il a la bougeotte. Annette attend, moqueuse, la phrase cruciale. Il commence par dire que cette année il n'ira pas et patati et patata, puis tout vient.

— Écris donc à Éphrem pour voir...

Il arpente la cuisine en attendant la réponse. Une lettre entre. Ses amis de glace indiquent le jour où ils passeront chez Anaclet de l'autre côté de la rivière. S'il arrive que l'un d'eux décide de ne pas entreprendre le voyage, on le voit très désappointé. Pendant six semaines, il part comme en vacances. À Noël, il décide de ne pas y aller. En janvier? peut-être. Au début de février, il est déjà parti ou sur le point. Quel chambardement que ce départ! D'abord, il vérifie chaque attelage qu'il apporte chez le cordonnier. Ensuite, il l'enduit d'huile et le noircit. Puis, il prépare les *sleighs,* change les lisses usées des voitures, fixe de nouvelles chaînes sous la plate-forme faite de quatre longues pièces de bois carrées de seize à vingt pieds de long, reliées sous elles par quatre lisses alignées, les unes à l'avant, les autres à l'arrière et retenues par ces chaînes. Au retour de chez le cordonnier, les attelages sont frottés au *brazo* où toute boucle, tout rivet doré doit briller de tous ses éclats. Ce long travail occupe plusieurs samedis des enfants. Les attelages sont ensuite accrochés au grenier dans l'entre-toit; une sorte de grande garde-robe à chevaux, en attendant le départ, car ils ne servent qu'à ce travail. Chaque jour, l'après-midi, il brosse les bêtes et peigne les crinières. Les portions d'avoine sont augmentées pour lustrer le poil davantage.

Souvent, l'été, le dimanche après-midi, il visite le maquignon. La concurrence est forte. Il aime choisir les *teams* les plus fabuleux, peu importe le prix. Il vend des vaches pour les acquérir. Annette boude et Odilon continue. Cette passion indomptable le ronge. Parfois, ses achats leur semblent bien étranges. Il doit dompter des bêtes sauvages superbes, leur tête recouverte d'une poche de moulée vide. Huit magnifiques montures tirent quatre énormes et longues voitures. Il ajoute toujours une *sleigh* supplémentaire en cas d'avarie. Il engage trois hommes du rang en attendant que ses garçons soient assez grands.

Au jour convenu, le cortège se met en branle. Annette retient pour la dernière minute, le coffre de nourriture qui servira de siège à son mari. Un autre sera plein de couvertures pour tous. Un troisième est utilisé pour les gréements de tout genre, du fanal à l'épingle à linge en passant par la boîte à reprisage. Le dernier coffre rempli de bas, de mitaines, de foulards, de camisoles, de caleçons, des vêtements qu'elle a fabriqués de ses mains, assoira son conducteur. Huit couvertures à chevaux fabriquées de quatre épaisseurs de poches d'avoine, doublées, contournées de cuir robuste, font figure de coussins momentanés à ses précieux sièges.

Annette prend plaisir à ce départ. Était-ce des vacances pour elle? Un besoin de se retrouver seule maître de son destin, de sa vie?

La famille passe le reste de l'hiver en sa compagnie, bravant les tempêtes pour aller à l'école, tandis qu'elle s'affaire. Vaches à soigner, naissance de porcelets, de veaux à surveiller, même la nuit.

— On ne doit pas en perdre, ordonne Odilon au départ.

En perdre, songe Annette frustrée. Facile de quémander, puis de partir sans souci. Souci d'avoir à faire moudre l'avoine au moulin, souci de rendre la crème à la beurrerie chaque mardi, souci pour les enfants. Souci, souci. Sans les garçons...que ferait-elle?

Un jour le feu a pris. Pendant une heure, Annette a enroulé le tuyau du poêle de guenilles mouillées que lui donnaient ses enfants.Le feu enfin maîtrisé, Annette tremblait. S'il avait fallu que le vent gagne le pari. C'en était fait d'eux.

Une fois arrivés à Éverel sur la rive nord du fleuve, un Mr. Holden attend Odilon Beaubien et ses hommes pour remplir des immenses hangars tenant lieu de glacière. Les morceaux de glace énormes coupés à même la robe du fleuve, sont emmagasinés en hiver, pour être recoupés en été et distribués en voiture à cheval, à chaque citadin de la ville de Québec. Une aventure fabuleuse! Nichés dans un logement rudimentaire proche, ils vivent de risques, d'ambition, de jalousie, de haine au gré des caprices des hommes et des soubresauts du grand fleuve Saint-Laurent.

Un matin de fin de février, une truie nouvellement mère avale une partie de sa nombreuse progéniture. Annette appelle le vétérinaire. Comble de malheur, Odilon s'amène à l'improviste. Il a perdu un cheval tombé à l'eau qu'il a dû faire abattre. Ah! ce fleuve. Le commerçant lui en a loué un autre. Devant le désastre porcin, il se fâche. Il dit qu'Annette n'a pas assez surveillé.

Érika est rouge de colère. Parler de la sorte à maman qui se désâme pour être à la hauteur de toute situation. Lui, lui! Pourquoi il vient? Parce qu'il a perdu un cheval? Alors...

A son départ, elle reste dans sa chambre et économise ses baisers. Désolée, elle le surveille disparaître à l'horizon, triste d'avoir un père aussi... aussi...

«J'aime autant pas le dire», crie le dépit d'Érika.

Mars se pointe le museau.

Les hommes brunis par le soleil et le froid s'alignent. La caravane remonte en surface. Chaque hiver écrit son carnet d'aventures racontées pendant des jours et des mois. Prendre le bateau de la traverse à Lévis rend le capitaine dans tous ses états. «C'est une perte de temps et d'argent», assure-t-il grognon. Seulement quatre voitures peuvent occuper l'espace du bateau par traversée ou presque, tellement elles sont longues et encombrantes. Une journée entière pour quinze *sleighs*. De quoi rendre fou le commun des mortels. Les usagers gueulent et rebroussent chemin. Pas question pour Odilon de prendre le pont de Québec, le pavé grugerait les lisses des voitures.

Une industrie subite et prospère, vite envolée le printemps arrivé. L'hiver suivant sur les bavures de Beauport, réapparaît la chaîne ininterrompue de transporteurs de glace, venus gagner l'achat de leur semence du printemps, ou des machines aratoires neuves, ou des chaudières rutilantes à piquer aux érablières.

* * *

— Les enfants à table.

Tantine arrache les deux fillettes à cette envolée intime où, blotties toutes deux, elles avaient laissé leurs pensées les emporter loin au pays de l'évasion, des souvenirs surgis de la mêlée blanche enchevêtrée qui se fracassait en furie sur la fenêtre de cuisine. La tempête tempêtait encore.

L'odeur du déjeuner les précipite à table. L'électricité manque par coup. Réjean se rend à l'armoire à débarras retirer la lampe à l'huile. Au cas...

Quatre heures. La noirceur s'installe confortable.

Les garçons sont à l'étable depuis une demi-heure. Érika a encore droit à un autre congé. Décidément, ces frères sont du sucre à la crème! Le silence les habille, les nourrit. Dehors le vent hurle. Le doux crépitement du feu retient l'attention. Tout à coup, plus rien. Le noir total.

Assises par terre face aux yeux du poêle, elles se redécouvrent. Du souvenir remontent ces images d'antan où, en l'absence de l'électricité, ils amusaient les murs de dessins fantasmagoriques. Leurs visages prennent des allures colorées, curieuses. Une réalité oubliée. Derrière Érika, la noirceur étend son manteau mystérieux et le vent, sa main glaciale sur son dos. Elle a peur. Un frisson parcourt son échine. La maison tremble sous la colère du vent. Le vent amplifié par ses craintes; elle se recroqueville davantage. Angélique se fait une place entre ses jambes et ses bras. Un énorme bruit fracasse leurs silences obscurs.

— Tantine? Tantine vous êtes là?

L'étrange silence de Krystine la rend curieuse. Pas un mot n'est sorti de sa bouche la journée durant. Elle apparaît, cachant de sa main le bout du globe de la lampe à l'huile que le vent veut atteindre. La veilleuse posée sur la table, elle les examine, les rassure.

— Je suis là.

— Ce bruit vient d'où? dit Angélique, intriguée.

— Une branche du peuplier cassée, probablement.

Plein de bon sens, dit la tête embusquée d'Érika, réconfortée par sa présence empreinte de sécurité.

Ses yeux étranges, noirs, captivants les intriguent. Elles sont là immobiles à la contempler, comme si elles la découvraient pour la première fois.

Elle est belle notre Tantine! silencieuse aux portes de la nuit.

Émerveillée et surprise, son attention se tourne vers la flamme qui continue de jouer avec les coups du vent. La neige a peinturé en blanc la grande fenêtre de la cuisine. Plus moyen de surveiller les garçons. La tête d'Angélique lui est donnée à explorer. Réinventer les ombres oubliées use son attente. Au bout de la table, dans la berceuse en marche, Tantine lit le langage de la lumière dansante sur elles, l'âme absente. Enfin du bruit. Des pas secoués; la porte ouverte, vite refermée détruit cette précieuse intimité, interrompue par la colère de la nuit envahissante qui fouette la maison et veut la tordre. Parfois, le vent se creuse un chemin on ne sait où et caresse la flamme de la lampe à l'huile. Érika frissonne.

— Pourvu qu'on manque pas de lumière trop longtemps. Sinon, les animaux vont avoir soif demain matin, constate Réjean, songeur.

— Je n'ai pas envie de charroyer l'eau de la rivière non plus, affirme Pierre connaisseur. Avec cette neige, les chemins à retracer... Non, j'ai pas envie de manquer de lumière longtemps.

La soirée écourtée par l'huile qui s'envole, la maison se retire et se tait, enroulée et intouchable dans ses entrailles. La nuit rugira tant qu'elle voudra, rien ni personne ne la vaincra.

Un jour nouveau se lève, clair, calme, sans soleil, coiffé d'un chapeau gris clair. Épuisée, la tempête dépose les armes. Les peurs effacées, les coeurs remis à l'endroit, ils respirent. Pierre attise la fournaise de la cave. Une pénétrante chaleur les enveloppe peu à peu.

Enfin Érika met le nez dehors. Elle va donner à manger aux veaux, aux chats et au poney. Les garçons donnent de la neige aux animaux assoiffés en attendant que revienne l'électricité.

Un mur de neige construit dans la nuit sépare la maison de la grange. Ils ne voient plus que le toit de tôle fraîchement repeint d'aluminium, l'été dernier.

— Après déjeuner, dit Tantine, on ira glisser. Voyez-vous? Juste en avant la montagne inventée exprès pour nous!

— Je ne veux pas.

— Pourquoi Angélique?

— J'ai peur.

— On glissera ensemble. Je te tiendrai très fort. Tu vois!

À grandes pelletées de plaisir, l'avant-midi se fraie un chemin fleuri d'insouciance et revêtu d'une blancheur immaculée. Angélique sourit, heureuse. Son but est atteint, sa crainte est maîtrisée. L'enfant entend des sons. Elle s'immobilise. Sa tuque enneigée lui tombe sur les yeux.

— Une voiture! Une voiture arrive. Ils s'en viennent.

— Mais non, Angélique. Le cheval de papa est noir.

— Ah! fait-elle déçue, reprenant la main de Tantine.

— Tu as le front plein de neige. Attends.

Krystine penchée vers l'enfant replace le bonnet rouge torpillé par une folle envolée en traîneau.

Le cheval s'immobilise. Une voix d'homme se fait entendre.

— Bonjour Érika. Tu t'amuses, hein?

— Ce sera bientôt le retour à l'école. Ne l'oublie pas, ma fille! enfile la dame blottie sous un igloo de couvertures. Tournée vers Tantine, la maîtresse d'école ajoute:

— Nous en avons eu toute une! cette fois. On a annoncé un grave accident hier soir à la radio. Quatre ou cinq morts tués par un train.

— Nous manquons d'électricité vous savez. Forcément, on n'est pas au courant.

— Ah! pour être au courant madame, on a besoin de la lumière, ricane l'homme amusé du lapsus.

Krystine l'interroge.

— Où a eu lieu l'accident, savez-vous? insiste encore Krystine, curieuse.

— Je ne peux pas vous le dire, constate la femme emportée par le cheval affairé à enjamber péniblement les bancs de neige durcie.

Des joies insouciantes enrobent l'avant-midi. Réjean et Pierre, exténués, prennent le déjeuner à dix heures.

— Damnées vaches! On aurait cru qu'elles ont manqué d'eau durant toute l'année, déclare Pierre, fourbu.

Les voitures recommencent à passer. La nature se remet de son cauchemar. Des hommes s'agitent à réparer les fils électriques cassés tout près. De vrais écureuils! Leur manège les amuse. La lumière enfin apparaît. Les garçons essaient de charger la pompe. Donner de l'eau aux bêtes est urgent.

À peine les garçons ont-ils fini leur dîner que quelqu'un frappe à la porte. Un homme caché dans un «capot de chat» entre.

— M.le vicaire! déclare Érika surprise et amusée par sa visite inusitée.

— Entrez messieurs. Prenez une chaise, invite Tantine au curé embarrassé.

L'un tourne son capuchon dans ses mains, l'autre se tient les doigts croisés comme une prière.

— Quel bon vent vous amène M.le curé? demande Réjean, mal à l'aise, impressionné par leur prestigieuse et imposante présence. Sûrement pas le plaisir de faire de la voiture après une telle tempête!

— Qui sait? Qui sait, répond le vieil homme énigmatique. Vous êtes madame... mademoiselle... ?

— Krystine Lavertue M.le curé. Une amie de la famille. Comme ils sont en visite du Jour de l'An chez leur grand-mère, je suis restée pour ces malcommodes! affirme Tantine, affectueuse, serrant «ses» filles contre elle.

— Mes parents doivent être à veille d'arriver, ils sont partis depuis trois jours, conclut Pierre.

Le prêtre se lève, prend les épaules de Réjean, cherche à se débroussailler un chemin jusqu'à son coeur.

— J'ai peur qu'ils... ne reviennent pas aujourd'hui... qu'ils... ne reviennent... plllllus...

— Qu'est-ce que vous dites? demande Pierre.

Érika s'avance et lui prend la main. Une main moite et froide. Froide à glacer les os.

— Vous savez quelque chose? continue l'aîné incrédule. Vous êtes venus nous annoncer une... nouvelle... une mauv...

— Oui, les enfants. Une... mauvaise nouvelle, dit l'un. Il faut être courageux, renforce l'autre.

La maîtresse, la radio, un accident, un train. Krystine n'ose parler de l'idée prémonitoire venue brutalement le matin à la vue du cheval blanc. La couleur blanche dans un rêve nocturne nous indique toujours un malheur. Que faire?

Sa vie défile ses péripéties brutalement. Elle a surveillé cette enfant si rébarbative en se demandant sans cesse, si elle était la sienne, ou si l'autre dormant au cimetière sortait de son sang. Elle n'a pas osé fouiller les papiers d'Annette ce matin. Un geste risqué portant à suspicion. Pourtant un brûlant désir de savoir l'a poursuivie des jours et des jours. Une vie jonchée d'amertume, de rancoeur et de résignation s'est traînée derrière elle. Puis, elle a rampé, s'est effacée sous l'orgueil, l'autorité de son père ambitieux.

— Tu as été, es, seras notre honte à tous. Avoir mis au monde une bâtarde! J'ai décidé quoi faire avec toi. Tu iras travailler au magasin général de Freddy en Alberta. Je lui ai écrit. Il t'attend. Tu aimes les affaires et tu veux apprendre. Il n'y a jamais eu d'autres raisons que celles que je viens de te dire. Pour lui, et pour tout le monde, y compris les membres de la famille. Enfonce bien cela dans ton crâne. C'est clair? ordonnent les mots, les yeux ivres de colère, les doigts qui entrent dans la chair des épaules et qui meurtrissent, meurtrissent jusqu'au coeur, jusqu'à l'âme. Des paroles empoisonnées qui tuent le regard pendant que maman pleure, anéantie.

Elle part chez oncle Freddy une semaine plus tard. Frère aîné de son père, il possède un magasin. Le seul baume de sa vie lors de son séjour chez cet homme remarquable est qu'il lui donne le goût des affaires. Elle jure de ne pas se marier. Pourtant, enchevêtrée dans un tumultueux engrenage fabriqué par son père, elle marie le fils de Harry Griffin, l'associé du paternel. Elle hérite d'un piètre mari et d'un génial homme d'affaires. Ils n'ont pas de rejeton, au grand dam de son cher papa.

Une vengeance instinctive et fort probable de ma part, songe-t-il, hargneux.

Malgré elle, contre vents et marées, ils deviennent fortunés. Son père, rempli de dépit à son égard, de malchance par un fils fourbe et malhonnête, perd son magasin et meurt quelques années plus tard. Une suite ininterrompue de jours fades et insipides s'égrène sans joies sur sa vie.

À force de se le répéter, elle finit par se convaincre que le bonheur n'existe pas ou qu'il n'échoit qu'à ceux qui écrasent les autres en les dominant, bafouant ainsi leurs aspirations légitimes.

Le fruit d'être femme extirpée de sa chair, ses racines les plus profondes de son être enlevées, une cicatrice indélébile pullule dans son coeur. Elle se jure de ne jamais avoir d'enfant.

Grugé de remords, moribond, son père la fait venir pour lui parler, pense-t-elle.

— Krystine, tu sais cette police d'assurance que j'ai donnée à cette... à ton amie. Essaie donc de la récupérer. Elle suffira amplement aux vieux jours de ta vieille mère qui en a besoin. Une partie pourrait servir à ton frère Gilles. La caution... qui le sortirait de prison. Une autre partie serait nécessaire pour récupérer le magasin. Tu pourrais vendre le tien et revenir à Winnipeg t'en occuper.

Aux portes de la tombe, il pense encore à la tripoter. Une innocente petite fille paiera pour ses erreurs. Le goujat! Triple Goujat! Manigancer l'avenir à ses fins sur la tête d'une inconnue reniée lâchement lui donne la nausée!

Krystine ravale les vomissures empilées dans sa gorge. Elle s'approche de son lit et lui crache au visage la puanteur de ses pensées. Sur le champ, elle fuit la laideur paternelle incarnée.

Dépassée par son geste et les événements, elle cherche à fuir ce cauchemar. Le manteau ouvert, une course folle la pousse dans les rues, anéantie, incrédule. Des autos l'évitent et l'injurient. L'une d'elles la happe, heureusement. Sa course prend fin.

Au sortir de son coma, on lui apprend que son père est enterré depuis trois semaines. Tant mieux, bon débarras! se dit-elle soulagée.

Elle retrouve un mari le visage ravagé par la crainte de la perdre, souriant de bonheur. Cet homme mérite l'amour d'une femme qu'elle n'est pas. Elle pleure amèrement sur la sécheresse de ses sentiments. Kurny la prend dans ses bras. La douceur de ses gestes jette un baume sur sa blessure morale. Il pense que la mort de son père se veut un moment horrible et insupportable. Il lui propose de vendre ses affaires aux USA et de venir s'installer à Winnipeg. Elle refuse. S'il savait.

Malgré lui, par son attitude, son père rallume la flamme maternelle jamais éteinte. Un unique désir l'habite. Retrouver sa fille. Elle prend contact avec Annette.

Cette Annette, faite de générosité sublime, qui avait dû souffrir une atroce solitude devant ces tristes événements, incapable de trouver un refuge à la confidence, un appui aux incertitudes. L'ampleur du secret ne lui permettait aucune défaillance face à toutes les situations. Quelle femme de parole! Quelle force de caractère! Si forte que je me retrouve devant un mur infranchissable. Je n'arrive pas à savoir laquelle, de ses jumelles, est vraiment ma fille.

Elle vient voir sur place. Nulle clé, nulle astuce n'ouvre la porte du secret. Elle rage. Parfois il lui semble lire dans les yeux d'Annette quelques lueurs de vengeance. Comme elle la comprend, allez!

Sa pauvreté contraste avec l'opulence de ses vêtements. Elle s'imagine je crois, que je passe ma vie à nager dans la réussite et le succès. L'envers de ses rêves, ses rêves détruits par sa réalité aride. Comment lui dire, lui expliquer qu'entre ses mains coule le bonheur qui me fuit?

Comme il fait bon vivre chez elle. Palpant l'amitié à pleines mains, l'affection, la camaraderie, l'humour, l'amour véritable à bout de bras, fécond comme la moisson de sa terre, de ses entrailles. Comment lui décrire ou lui démontrer le vide de ma vie artificielle si mouvementée? Comme est douce, l'odeur de naïveté de ses enfants! Suaves, ses yeux pétillants sous le babillage du feu! Apaisante, la solitude brutale de l'hiver! Grandiose, l'instinct de survivance!

Aurait-elle su que je l'envie qu'elle se serait moquée de moi? Me traiterait de folle? Je suis folle. Folle de continuer cette vie sans but, sans ambition. De la fortune? Soit. Mais un faux-fuyant, un passe port pour gens blasés. Ce but, il se trouve dans cette merveilleuse enfant qu'elle a façonnée. Là, à la portée de ma main. Est-il si proche? Elle si distante et inaccessible. Que mijote sa petite tête d'enfant? Sait-elle qui elle est? Comment l'interroger sans éveiller de soupçons, si c'est l'autre, la morte, qui est ma fille?

Krystine en est à ce carrefour de sa vie quand le curé entre. Le vicaire baisse la tête, implore le ciel pour son curé.

Qu'il est difficile de lacérer le coeur, comme ceux des enfants. Le vieux prêtre courbé se signe la tête.

— Il faut être courageux.

Tantine prend Angélique dans ses bras.

Rivés aux lèvres du prêtre qui n'en finit plus de noyer leurs coeurs de silence, ils attendent. Attendent au quai de la vie, que rudoie la bourrasque.

Le soleil radieux tapisse la terre. Dehors, lié à son gros bloc de ciment, le cheval s'impatiente. D'un violent coup de souffle, la bête se nettoie le nez.

Comme la morsure du froid, les mots percent leurs coeurs, embrument leurs esprits affolés, en déroute.

— Hélas, mes enfants! Chers petits enfants. Votre père n'est plus.

— Oh n n n n o o o o o n n n! hurle Pierre déchirant le silence, s'effondrant sur une chaise.

— Et maman? Je veux la voir.

Le vicaire se penche vers Érika.

— Elle est partie avec ton père au paradis du bon Dieu. Ils sont tous rendus au ciel.

— Tout le monde est mort! soupire Krystine abasourdie.

Le plus gros des deux personnages fait signe que oui.

— Non, non. Non! Papa... Maman... Maman... Je veux maman et Bruno, crient les entrailles déchirées de la petite brunette. Légers petits bateaux sur un océan de souffrance, ils marchent ou se tordent le ventre. Réjean, la tête sur la table, sanglote. Pierre en fait autant.

Le vicaire anéanti prie.

Pierre frappe le mur de ses poings.

Angélique crie maman, maman, dans les bras nerveux qui la

serrent.

— C'est pas vrai? C'est pas vrai! crie la douleur de Réjean.

Comment vont-ils faire tout seuls maintenant? Ce matin encore, ils avaient presque perdu la taure et espéraient ardemment l'arrivée de leur père pour demander des conseils?

Des entrailles de cette vache déchirée par le don de la vie, naissait la réalité de leur inexpérience. De la déchirure des entrailles de leur coeur, surgissait l'insécurité à l'état pur.

— Qu'est-ce qui est arrivé? demande enfin Tantine.

— Ils ont été happés par un train à un passage à niveau sur la grande route, raconte à voix feutrée le vicaire navré.

— Ils ont souffert? larmoie Réjean.

Souffert? Il analyse, émiette, décortique en silence ce mot porteur de douleurs, de déchirements.

Pierre, mains en poche voit s'enrouler la trame de sa vie jusqu'à sa naissance. Tout au moins, à son plus vieux souvenir d'enfance. Des parcelles de joie, de peine, de gestes oubliés s'agglutinent sur un visage tourmenté qu'il revoit dans la voiture à fumier vide que son père a pris avant hier. Il voudrait toucher la fourche restée piquée là, qui attend. Il souhaiterait saisir les derniers pas, le dernier au revoir, les dernières paroles de cet homme qu'il aime tant et les immortaliser.

— Je ne crois pas qu'ils aient souffert, chuchote le prêtre à l'oreille féminine attentive. La voiture a volé en éclats. Le cheval a été traîné par le train sur une assez bonne distance.

Une voix d'homme infiniment bonne supplie lentement, le dos voûté. Que le chemin d'un vieux curé grimpe abrupt parfois sur les sillons de la vie. Comme une prière, il demande désolé:

— Quelqu'un doit venir avec... nous, s'il le peut. Pour l'identification des personnes.

Personne ne bouge.

— Julie. Je veux Julie. Et le petit Aurèle. Mon bébé Aurèle. Aurèle? implore Érika, en proie à une vive crise de nerfs.

— Cinq! M.le curé. Le bon Dieu a vidé la maison. Est-ce possible? demande Krystine, anéantie.

— Non, ç'est impossible. Papa n'est pas mort. Ni maman!

— Je ne veux pas. Réjean, dis que ce n'est pas vrai?

— Viens t'asseoir ici Érika.

M'asseoir à côté de ce vicaire? Jamais! hurle sa haine incommensurable.

— Réjean, mon grand. Tu peux venir avec nous?

Les deux frères se lèvent. L'un pour s'habiller, l'autre pour remettre son dîner à la toilette.

Le vicaire s'approche de Tantine.

— Devez-vous les quitter bientôt?

— Je devais retourner chez moi en fin de semaine où mon mari m'attend. N'ayez crainte, je ne quitterai pas ces enfants dans un pareil moment. Je vous le promets.

— Vous êtes bien bonne madame, assure le curé. Ils sont bien jeunes pour supporter un tel malheur. À vous, je peux dire qu'ils sont tout déchiquetés. On dit que le père a eu le crâne renfoncé par une des briques chaudes qu'ils avaient mis au fond de la voiture, pour diminuer les risques de gelures aux pieds des enfants. Ils n'auront qu'à identifier des pièces de vêtements, des morceaux de carriole. La fonte des neiges, certes, les leur remettra probablement.

— Si elle leur remet, reprend le vicaire réaliste.

— C'est horrible! confie Krystine la voix étranglée de tristesse.

— Avez-vous besoin d'aide? insiste encore le vicaire.

— Ici, tout ira. Enfin, je crois. Je l'espère. Pauvres garçons. Si braves. Si courageux. Pourvu qu'ils ne se révoltent pas, dit-elle, angoissée. Vous leur parlerez?

— Nous les soutiendrons par nos prières. Croyez-moi, la paroisse entière sera solidaire de ce triste événement. L'homme trouve dans l'épreuve la source insoupçonnée de courage, vous savez.

— Des enfants, M.le curé. Des enfants. Peuvent-ils avoir ce courage? interroge Tantine, effondrée.

Une question perdue dans un regard sacerdotal silencieux qui sait qui a vu, côtoyé des drames, découvert diverses souffrances surhumaines, surmontées par la seule intervention divine. Il sait que s'écouleront des jours noyés de profonds désespoirs, des moments de détresse infinie, des nuits blanches noyées de larmes. Il sait que des procédures interminables, lourdes, trop lourdes pour ces garçons projetés dans la vie d'homme, traîneront leurs supplices. Qui leur aidera? Leur famille? Il ne les connaît pas assez. Des chicanes se sont installées, si souvent, dans des moments semblables.

Mon Dieu préservez-les, prie le prêtre compatissant.

— Nous accompagnerons ces braves garçons partout aujourd'hui madame. Surtout, ne les quittez pas.

La pâleur des deux jeunes visages soudain apparus fait frémir Krystine et taire le prêtre.

— Bon courage. Nous prierons pour vous. Vous verrez tout ira.

Le vicaire s'approche d'Érika.

— Courage ma grande. Dieu te comprend. Parle-lui.

— Allez-vous-en! Je ne veux pas vous voir. Je ne veux pas avoir de courage. Je veux papa, maman, Bruno et...

Elle pleure à torrents en s'élançant dans les bras de Réjean.

— Je veux aller avec toi. Je veux voir maman. Amène-moi Réjean. Je t'en supplie, amène-moi.

Il la serre très fort en pleurant.

Le prêtre les sépare délicatement.

— Vous! Ne me touchez pas!

Tantine la retient dans ses bras pendant qu'ils sortent.

Érika rage contre tout. Elle déteste ce soleil radieux trouant sa fenêtre. Il semble se rire de sa peine. Dans sa tête et son coeur tout est comme un océan en colère rempli de gouffres, de remous qui s'entremêlent. Elle se sent ballottée sur cette mer de peine funeste. En face d'elle, les champs endormis sous la neige ont cette même image. Elle revoit ces poussins qu'un jour, une roue de charrette a mutilés ou écrasés à mort. Ils agonisent en lançant des appels désespérés à leur mère insouciante qui picore au loin. Ils ressemblent à ces poussins. Écorchés vifs, amputés, errants, ils hurlent de souffrance devant le mur infranchissable que la mort a rabattu sur eux, en éraflant leurs visages, leurs coeurs, leurs vies. Elle a envie de sentir la chaleur de leurs bras absents. Elle aurait dû leur dire des millions de fois qu'elle les aime.

Elle touche, sent la veste de grange de son père dégageant le fumier, l'odeur d'animal: parfum de miel, de fraises d'été. Des ruisseaux de larmes inondent sa robe brune en étoffe. Elle grimpe l'escalier pour s'étendre sur le lit de sa mère. Sa jaquette est là, froissée sous l'oreiller. Ultime lien qu'elle voudrait éternel. Elle enfouit sa tête et laisse pénétrer la senteur de ce corps absent jusqu'à ses entrailles lacérées. À côté dans le berceau, la poupée neuve de Julie attend. Elle la prend. Au creux de sa main, la vieille suce d'Aurèle se cache. An- gélique arrive et se couche près d'elle, insouciante à sa peine. Elle la serre dans ses bras. Elle a si mal en dedans, son intérieur saigne de partout.

Tantine au pied du lit, pose sur elles son visage de détresse, de compassion. Que faire? Où trouver les mots?

Érika grelotte de peine.

Tantine remonte les couvertures et appuie ses lèvres sur le front brûlant de «sa» grande qu'elle essuie avec dédain. Elle n'en peut plus de pleurer. Une voix douce s'élève dans son dos.

— Érika, ma chérie. Il faut essayer de ne plus pleurer. Tu seras malade.

Elle veut être malade pour les rejoindre.

— Il faut avoir du courage, continue Tantine le corps penché sur son épaule. Juste pour leur prouver que tu les aimais.

Oui, je les aime, mais il est trop tard pour leur dire. Puis, je n'ai pas toujours été une bonne fille. Maman me le disait souvent. Je ne peux plus lui demander pardon, crie sa culpabilité.

— Tu sais Érika. Tu ne seras pas seule. Il y a tes frères qui te protégeront toujours. Tu le sais. Dis? Et ta petite soeur qui a tant besoin de toi en ce moment. Elle ne comprend pas ce qui arrive et souffrira beaucoup de cette absence.

Le visage déformé d'Angélique filtré par ses larmes s'offre à ses yeux. Elle l'embrasse et se creuse un trou à ses côtés.

«Je te laisserai Érika, elle est très fiable», avait dit sa mère la veille du départ. Fiable. Elle mérite d'être en vie parce qu'elle est fiable. Elle n'avait pas envie d'être fiable ce jour-là.

La voix apaisante de Tantine, mouillée et chaleureuse, survole son désarroi sans fond.

— Je serai là. Comptez sur moi. C'est réglé.

Elle devrait lui dire merci. Or, c'est sa mère qu'elle veut. Cette femme semble prendre sa place si facilement et si vite. Érika se retourne sur l'oreiller. Cette horrible étrangère: une Rapportée! Elle ne veut plus lui voir la face!

Tout à coup, plus rien.

À son réveil, un homme écoute son coeur et prend son pouls. Il remet des médicaments à Krystine.

— J'ai un malade à voir après-midi dans le rang d'en haut. Je reviendrai voir cette belle fille, lui dit-il en lui tapotant le bras avant de la quitter.

Cinq tombes fermées, deux grandes et trois petites reposent dans le salon.

Grand-mère Veilleux a placé les photos d'Odilon et d'Annette sur les deux grosses. Sur les autres, on voit les visages de Bruno, Julie et... Christine. Érika est fière.

Tant qu'à en mettre pourquoi pas toutes les mettre! Bien en vue! ces trous creusés dans leur famille. Vous avez oublié Aurèle le bébé. Sa photo est restée coincée dans le *kodak* de tante Bella-Rose, se dit-elle révoltée.

La mort remplit le salon qui déborde. Il a fallu placer les tombes de travers. Ils sont réunis une dernière fois. Mais la mort veille. Surveille. La surveille, plantée comme une dinde au coin de la porte. La nuit, elle la voit, la sent; sa tête penchée vers l'escalier, qui la guette. Que lui veut-elle?

Érika ne sait pas. Elle lui a volé ses parents, ses frères, ses soeurs, sa grand-mère et sa tante Justine. Huit. Elle en a avalé huit. D'un coup, elle en a fauché cinq. Cinq, arrachés de sa vie, de son coin de planète. Elle la hait pour sa puissance. Qui viendra-t-elle encore lui voler?

Elle ne va plus à la toilette car elle doit passer trop près. Possible qu'elle l'agrippe à son tour.

Elle s'est permise de lui cacher jusqu'à leur visage. Les tombes sont fermées. Elle aurait tant à leur dire, mais n'ose pas. Si... à son insu. Le jour quand elle s'envole faire d'autres ravages ailleurs. Assise sur une marche d'escalier, Érika pense.

Beaucoup de monde se promène partout dans la maison. Des figures inconnues, venues d'on ne sait où, l'examinent. On se croirait dans une salle paroissiale le dimanche après la messe. Ce jour-là, la «boucane» se cherche, en vain, un trou pour sortir. Les pipes n'arrêtent pas de placotter.

Dans la chambre d'invités, deux seules paires de bas recouvrent maintenant le grand lit vide de grand-mère, enterrée également un matin d'hiver. Grand-mère Veilleux la fermera à clé: «Pour éviter de refroidir la maison», assure-t-elle.

Réjean et Pierre ne sont pas retournés à l'étable. Des voisins s'en chargent. Le chien n'a cessé de se plaindre depuis. Il entre dans la maison les oreilles basses, les yeux tristes, inquiets, et se terre derrière le poêle, abattu, la queue tombante.

Un matin, pareil à un de leurs souvenirs du passé, un cortège se forme sur la pelure fraîche de la neige neuve et s'ébranle. Sauf qu'ils sont tous présents derrière Odilon et Annette. Au loin, le glas communique leur peine. Une seule voiture suffit à les transporter. Enfermés dans leur chagrin, ils ne voient pas que l'église étouffe. Partout, c'est noir de monde. Oncle Joseph, le missionnaire, chante le service. Arrivé du fond de l'univers, c'est un peu le monde entier qui salue l'entrée de leur famille au paradis. Sur terre, un seul banc d'église occupe le reste de leurs enfants. Quatre! Ils sont seulement quatre maintenant à affronter la vie, main dans la main et si solitaires.

Le choeur de chant grégorien entonne l'ouverture du service, ouvre la porte du ciel aux cinq tombes alignées devant la nef. En elle, un autre choeur monte du souvenir: Odilon et eux, chaque soir en «tirant» les vaches, alors qu'un concert prenait vie. Lui d'un côté de l'étable, eux de l'autre, ils s'aiguisaient la voix et le coeur. Jamais ce moment ne parut plus grandiose à Érika que ces petites voix d'enfants s'élevant parmi celle d'un homme, porteur de bonheur. Ce travail répugnant pour tant de monde, devenait pour eux un précieux moment d'affection et d'amour réciproque. Comme une sorte de dessert venant effacer les inconvénients ou les disputes de la journée, pardonnés entre eux, par cette montée authentique des élans du coeur. La prémisse d'un soir grandiose en perspective. *Valderi, valdera. Les Cloches du Hameau. La Chanson des blés d'or,* qu'Érika terminait seule, tellement c'était haut. *Y mouillera pus pantoutte, pantoutte, la compagnie des parapluies a fait banqueroute. Les vieilles filles ont du poil aux pattes comme des vieux soldats. La Veillée rustique. Viens t'asseoir près de moi petite amie, dis-moi sincèrement que tu m'aimes. Le Credo du paysan. Martha, blonde aux yeux bleus. Alouette. À la claire fontaine.* Et ces canons qu'il inventait. Dieu! que sa souffrance est grande en écoutant ce choeur d'église respectueux et grandiose à la fois. Il n'égalera jamais celui de son père.

Au fond de son coeur bouille une rage, une haine effrayante contre Dieu. Dieu infiniment si, infiniment ça et qui lui a tant enlevé, tout enlevé. Dieu peut tout, assure la maîtresse. Dieu est tout-puissant. Dieu vient nous chercher comme un voleur. Soyons prêts.

Elle ne veut plus parler ni voir personne. Courage, courage. Personne ne la comprend!

Oncle Félix est absent. Elle en éprouve du chagrin. Lui l'aurait comprise.

Elle a peur la nuit. Des cauchemars remplissent son sommeil.

Grand-mère Veilleux décide d'occuper la chambre de ses parents «virée à l'envers». C'est à peine si elle reconnaît le lieu quand elle se blottit sur son sein la nuit.

Tantine a monté le berceau au grenier. Enfin, le pauvre prend sa retraite. Bien méritée!

À leur insu, des tiroirs, des garde-robes se sont vidés et sont allés remplir les coffres de cèdre au grenier. Des portes de chambres se sont fermées. Tantine a défait l'arbre de Noël que quelqu'un avait déposé à la hâte dans la chambre de grand-mère.

Inutile. Ce brouhaha n'éteint pas son ennui. Bruno, le tannant, lui manque. Julie, la bavarde, lui parle sans cesse. Le bébé lui sourit en s'endormant. Le camion de Bruno, étrenne de Noël, la suit tout le temps. La couverture de Julie ne la quitte pas. La bouteille vide d'Aurèle, accrochée à sa vieille suce, attend. L'attend pour être remplie. Au matin, elle aura disparu.

Angélique, taciturne, pleurniche à tout bout de champ, sans raison apparente. S'arracher des racines de l'amour parental procure de tels déchirements, on ne sait plus où donner de la tête. L'appel d'Angélique lancinant et plaintif pour sa mère, les détruit. Dans chaque coin, dans chaque pièce de la maison coulent des larmes. Le froid glacial de l'hiver amplifie leurs misères. Un océan de peine a remplacé le feu crépitant et vif de cette demeure. Aux fenêtres enneigées s'ajoute la buée de leurs yeux, de leurs inquiétudes et de leur anéantissement.

Les jours suivants, ils assistent silencieux aux chicanes entre tante Bella-Rose et grand-mère Veilleux à propos de choses qu'Érika ne comprend pas. Cessions... successions... testament... Ces deux femmes la dégoûtent. Elle s'en va voir Rifi, son fidèle compagnon de ses pensées. Il l'accueille les oreilles à l'affût. Son silence ne trahira jamais ses confidences. Elle se serre contre lui pour avoir moins froid.

Une incessante question martèle son esprit. Elle ose, un soir, alors que Tantine lave Angélique au verbe intarissable.

— Maman, quand elle va revenir?

— Elle ne peut plus, mon enfant. Elle est rendue au ciel.

— Je veux aller au ciel avec maman, affirme la blonde enfant, grimaçant sous la torture du lavage d'oreilles.

— Tu ne le peux pas. Il faut d'abord mourir.

— Je veux mourir, je veux mourir, crie Angélique se trémoussant d'impatience, les yeux lourds de désespérance.

— Seulement quand Dieu le voudra, ma chérie.

— Tantine. C'est vrai que Dieu est tout-puissant?

— Oui, ma grande. Il peut tout.

— Pourquoi il n'a pas arrêté le train, d'abord?

— Érika. S'il ne l'a pas fait c'est que leur heure de quitter la terre était arrivée. Dieu a des manières d'agir, incompréhensibles à nos yeux. Évite de chercher à comprendre. Tu te fais beaucoup de mal. Accepte!

— Si Dieu peut tuer! Moi aussi je suis capable d'être puissante.

Krystine abasourdie par la profondeur de ce ressentiment, frotte rigoureusement le dos d'Angélique d'une main nerveuse, creusant son enfance où se trouve la base de sa foi qu'elle pratique si peu. Où trouver une réponse?

Le visage d'Annette expliquant les dogmes, montrant le catéchisme le soir, surgit d'elle. Des paroles sages sortent de sa bouche.

— Érika. La vie se trouve entre les mains de Dieu. Elle est un don gratuit, prêté en quelque sorte. Dieu en dispose comme bon lui semble selon son désir, sa volonté, tu comprends?

Les paroles d'Annette s'estompent. Elle comprend. Que ce... Que ce Dieu est un tyran! Que tout est injuste! Qu'il aurait dû attendre qu'ils soient grands! Qu'il est capricieux! Au gré de son désir ou de sa volonté. Qu'il... Qu'il... qu'elle lui en veut. Qu'elle ne l'aime plus!

Le soir s'enfonce dans la nuit. Le bleuté des fenêtres s'est enrobé de noir opaque. La vie étend son voile malgré tout.

Allongée, Érika est absente du babillage d'Angélique à ses côtés. Elle enfile du regard les emboîtures des planches du plafond à la recherche d'on ne sait quoi. Telle une souris prise au piège, elle longe chaque planche. À chaque bouture, elle s'arrête et saute péniblement la ligne, pour arriver sur la seconde planche où fuient ses yeux qui tombent de fatigue. Le sommeil tente de résoudre cette énigme qui la hante. Cette incapacité de sauter d'un bout de planche à l'autre... Serait-ce que le futur est trop lourd à envisager ou est-ce son retour à l'école, prévu pour le lendemain?

* * *

Vendredi, jour de beurrerie.

Prétexte, subterfuge? Érika l'ignore. Ce qu'elle sait, ils sont trois pour aller à l'école. Pierre va porter la crème au village. Tantine dit aller s'informer pour l'horaire des autobus. Elle et grand-mère Veilleux doivent les quitter bientôt. Tante Bella-Rose, retournée chez elle prendre ses affaires, a décidé de rester avec eux, pour quelque temps.

Assise entre eux, Bruno et Julie n'y étant plus, elle se regarde parcourir ce long chemin dorénavant seule. Seule, enfoncée dans une voiture trop grande, elle frissonne. Son regard plonge dans la plaine comme diversion.

La nuit a saupoudré un manteau blanc, léger et ouaté. Elle a coiffé les piquets de clôture de tuques pointues. S'il fallait que le vent tempête dans cette neige folle, elle resterait à la maison?

L'amour de l'école se heurte à celui de protéger sa soeur blessée de peine et d'ennui. À quoi, à qui lui servira d'aller à l'école? Sa mère disait que bien du monde arrêtait en sixième année, même avant. Surtout les garçons, pour aider. Alors...

L'école est en vue. La maîtresse, qui les a reconnus, leur ouvre grande la porte et la presse contre elle amoureusement. Érika a laissé pénétrer un nuage de tristesse qui se répand dans la classe toute silencieuse, recueillie et qui attend. L'attend. Jules vient prendre sa boîte à lunch en silence. Une amende honorable à la nouvelle maîtresse, l'a fait rejoindre les bancs de l'école. D'autres la reconduisent à son nouveau pupitre. Elle fait partie maintenant des grands de la classe. Les uns rangent ses livres sous la tablette du pupitre, les autres s'occupent de ses vêtements et retournent à leur place les yeux baissés, afin de respecter l'ampleur de l'effort qu'elle déploie. Des trous dans les bancs d'école, laissés par les siens, la noient.

Un jour triste, enrobé de chaleur humaine si intense, qu'elle se surprend à le trouver supportable. Seule désormais, elle aura à apprendre le prix de la solitude et la lourdeur de son poids.

Au retour, un ami l'attend. Elle le comprend à la manière qu'il renâcle en entendant sa voix. Rifi pique ses oreilles en avant, se brasse la queue et lui «sourit».

L'odeur du bonheur tente une faible percée sur ce jour, tout chatoyant de compréhension humaine.

Chapitre XI

Une rencontre mémorable

Félix, transi et las, de retour de la corvée du feu de grange, remet les guides de la vieille jument louée, à son propriétaire. Obsédé par l'odeur familière de la bonne soupe chaude d'Amanda, la grosse femme de Théophile, l'hôtelier-restaurateur, et la caresse de ses pelures de laine sur son lit, il presse le pas. On le dit: pas «sorteux» en hiver, mais il cache des raisons valables. Des plaques de métal ou d'argent au genou droit, à l'estomac et derrière une oreille: médailles de guerre, le font souffrir atrocement du froid. Les moqueries anticipées l'ont fait s'armer de courage pour se rendre à la corvée. Il a mis ses longs bas de laine pure, deux paires de caleçons sous ses grosses culottes d'étoffe, des chandails à ne plus finir mais cela fut inutile. Le froid l'a envahi. Odilon a insisté pour le garder à coucher mais il a refusé, prétextant la fin de la location du cheval. Or, la peur du ridicule l'emportait. Éviter de montrer les épaisseurs de linge qu'il portait, lui semblait une nécessité devant la bravoure de son frère et de ses enfants. On lui a assez ramoné les oreilles sur sa situation de nonchalant, de paresseux, de mollusque. Ils savent tous pourtant qu'il a été à la guerre. Et la guerre parfois, ne pardonne pas. Elle emporte des éclisses d'os à bien des endroits.

Une senteur familière de fumée et de cuisson engouffre la porte qu'il ouvre. Des regards insouciants ou amis se portent vers lui. Le glouglou proche d'une bière brune versée par Ti-Fred au comptoir, distrait son attention du *juke-box* jouant une chanson du soldat Lebrun. Ses bottes retirées, il s'achemine fourbu à sa chambre, enlever les nombreuses pelures de son corps. Amanda l'invite à se presser, car, déjà, on l'attend à la table à cartes. Il fait la moue. Ce soir, rester seul à jongler serait son plus cher désir. Or, sa popularité dégouline à contrecoeur, sur ces murs. Elle l'empêche de reculer, car on l'espère pour une partie de poker. Il s'y met pour quelques brassées et fuit vers dix heures, les yeux gluants de fatigue.

— Sacré Félix va, dit Éphrem brassant les cartes. Qu'est-ce qui a bien pu l'amener dehors par un temps pareil! Lui qui ne sort presque jamais l'hiver?

Cette question, étendu sur son lit, Félix se la pose sans cesse. Il n'aurait pas appris cette histoire invraisemblable, ne serait pas plongé dans un doute affreux, ne se creuserait pas les méninges pour des cancans, ne chercherait pas s'il valait la peine d'aller à Saint-Évariste chez cet Anselme, ne ressasserait pas le passé. Passé qu'il croyait mort et enterré.

— Damnée vie!

Il avait rencontré une... une dénommée Christine lors d'une permission à cette seconde guerre, l'avait trouvée très aguichante dans sa robe blanche à pois rouges et verts, l'avait amenée faire un tour de voiture à la campagne, s'était amusé à faire galoper le cheval à coups de fouet, avait aimé son rire franc et frais comme une poignée de trèfles au matin valsant sur l'air chaud de l'été, avait découvert un immense champ de fraises dans un bosquet invitant, s'était allongé près d'elle sur le dos, le visage grisé de soleil, avait tressailli sous l'odeur féminine douce, enivrante et trop proche, puis avait osé, osé, avait regretté ensuite, d'avoir peut-être... été trop loin... Le soir et le lendemain, il avait espéré n'avoir laissé aucune trace de son passage et s'était embarqué pour outre-mer, sans y réfléchir davantage.

Lui, Félix, l'aîné d'une famille pauvre, né sur une terre bonne à cultiver les cailloux, décide, jeune, de partir pour le Klondike, au Yukon où, paraît-il, l'or fuse comme les cristaux sur la neige. Vite désenchanté de ne trouver qu'un espace aride inhospitalier, garni de misères, de querelles internes, et de multiples frustrations payées par d'infimes pépites du précieux métal, il songe. Si je descendais dans l'Ouest?

* * *

Dans son pays, sous Clifford Sifton de Winnipeg, le puissant ministre de l'intérieur dans le cabinet Laurier fait entrer un flot incessant d'immigrants, qui s'égrainent sur les immenses plaines de l'Ouest désertiques, mais prometteuses. Ce Sifton a fait publier des dépliants en vingt langues et envoyé à sept cents journaux américains et européens, une annonce vantant l'offre alléchante du Canada, de venir le peupler.

Les quinze années de pouvoir de Laurier voient déferler vers ces régions, plus de deux millions de gens de toutes races et de différents continents. Ces fruits ouvrent les entrailles du pays de l'espoir d'où surgissent deux nouvelles provinces. La Saskatchewan et l'Alberta se fraient un chemin à travers le tapis doré de la prairie prometteuse de fertilité.

Une journaliste américaine écrit en 1907, son opinion sur le Canada en ces termes: «Le Canada débute sa maison parmi les nations de la terre, comme s'il avait tous les tapis persans sous ses pieds».

En 1913, quatre mille immigrants franchissent les barrières canadiennes, enfilent le tourniquet du chemin de fer à peine refroidi des coups de massues de ses constructeurs et s'essaiment, çà et là, dans la terre promise.

Autant les nuages de guerre obscurcissent l'Europe de cette période, autant il devient clair que du Canada sous Laurier, naît un jeune géant, qui prend une part de plus en plus importante dans l'histoire du monde.

Hélas! La guerre déclarée, porteuse de gênes hostiles, n'épargne pas le Canada. Cette nouvelle, porteuse de malheur obscurcit les visages. La vie précaire, à peine installée, s'évapore sur tout le pays. Cet événement maléfique en ternit le ruissellement.

Félix, ivre d'aventures inconnues et téméraires, décide de piquer son étoile, vers des lieux plus cléments ou hospitaliers que la vie au Klondike. Dès l'appel des drapeaux, il s'enrôle dans le Yukon Machin Battery et part pour l'Angleterre, gonflé à bloc par l'occasion rêvée. Guerre ou pas, peu lui importe. Avoir le pied sur le vieux continent, c'est tout ce qui compte.

La guerre.

Un mot inconnu qu'il tente d'apprivoiser. En lui, montent des tas d'images biscornues et irréelles sur le sujet, incapable d'en saisir la notion, ni le sens. Pour lui, la guerre semble un jeu d'enfant qu'il jouera amusé et naïf, pour ensuite rentrer au bercail, heureux, enrichi, glorieux. Quand il signe son papier faisant de lui un soldat, il fige de stupeur lorsqu'on lui remet un fusil à tuer des hommes. Autour, des jeunes comme lui, le visage sérieux, le regard inquiet, lui font réaliser soudain l'ampleur de son geste irréfléchi. Tant pis! Il n'est pas un «lâcheux». La tête haute, la botte lustrée, il fonce dans son destin comme un poisson plonge dans l'eau. Sa jeunesse, sa naïveté font de lui un soldat vaillant, vif et coloré. Il apprend dans les tranchées qui fleurissent les environs de morts, le décès de son père. Plus tard, tandis que son fusil vise les ennemis, la grippe espagnole happe plusieurs des siens.

Sa famille ainsi rétrécie, il ose penser qu'ils mangeront mieux, étant moins nombreux.

* * *

1919.

La guerre est terminée. Devenue inutile, l'armée se démantèle et les casernes se désertent. Les bateaux lourds de souvenirs entassent des légions de soldats maigres et fatigués. Seule la flamme de leurs prunelles nourrit les joies anticipées de leur futur retour au pays natal.

Félix est démobilisé. Après un bref séjour auprès de sa famille rapetissée, il retourne dans l'Ouest.

Quelle transformation a subi le sol de son pays, depuis son départ. Maintenant de retour à Winnipeg après ces longues années, Félix sent renaître du sol, le goût de vivre. Il ouvre un commerce au détail près de la gare. Un choix judicieux qui s'avère lucratif. Seul, il s'ennuie. Sa belle Anglaise rencontrée un jour d'entraînement dans la campagne anglaise, le poursuit. Il décide de lui écrire. Elle répond!

Un flot de lettres pesantes de mots précieux et chatoyants comme du velours, chevauchent l'océan. L'amour lui donne des ailes.

Un jour, elle arrive. Le ministre protestant les unit. Personne ne sait, ne doit savoir la couleur de ce mariage consacré dans la splendeur de mai 1920.

Une honte! Une horreur! crierait sa mère éplorée.

L'oncle Joseph, missionnaire de Saint-Sulpice prendrait les grands moyens, ferait des démarches pour l'excommunier? Non, personne ne doit savoir.

La belle richissime Anglaise se lasse vite de cette vie, hélas, si peu bourgeoise. Des querelles souillent l'atmosphère lourde. Elle se morfond de ne pas avoir d'enfant et se meurt d'ennui.

La gare de triage devient à l'étroit par la construction d'un second tronçon de voie ferrée. Félix accepte l'offre mirobolante d'expulsion pour démolition. Il signe les papiers le cinq août, un mois avant le krach boursier du mardi noir, le 24 octobre 1929, qui marquera le début de la grande Dépression, terminée dix ans plus tard par la Seconde Guerre mondiale.

Les valises lourdes d'argent et de chance, il déménage à Calgary. Le bonheur espéré l'attend... quelques années.

* * *

Arrive la grande noirceur qui débute en 1936. L'effroyable sécheresse étend son manteau. Envolé le tapis doré. Éteint l'espoir. Anéanti le pognon. Resurgit l'instinct de survivance vorace et animal. Disparue avec les bourrasques de sable toute civilité. Le sauve-qui-peut général s'installe en maître. Après les bêtes mortes de faim, après les jardins décimés, après les chiens anéantis du territoire et camouflés dans la maigre soupe journalière, puis bientôt occasionnelle, les oiseaux ont leur tour. Vient ensuite la vermine avalée sans scrupule. On raconte que des mères courageuses ont osé raccourcir les souffrances de leurs enfants, en leur faisant avaler du poison à rats. Quand la plaine sèche et aride, nettoyée de toutes vies les nargue, traîtresse et hallucinante, vaincus, ils osent enfin s'aventurer sur la route désertique menant souvent à la mort.

Félix, peu enclin aux sacrifices, se voit reprendre ses pénates et les déposer à Vancouver. Au moins, l'océan regorge de poissons.

* * *

La guerre de 1939 éclate.

Félix est promu major. Sa bien-aimée se sent grisée d'orgueil. Comme si un pan de sa bourgeoisie, soudain, renaissait. Le voir ainsi vêtu lui aiguise l'appétit. Mais il manque des médailles pour orner sa poitrine, d'autres galons à coudre sur ses épaules. Elle encourage son départ avec des élans mal dissimulés. Il repart.

Est-ce l'éclat des étoiles posées au bras de l'uniforme ou l'envie de voir disparaître l'homme en dessous qui lui donne ces airs d'empressements? songe Félix triste. Ce trouble lui apesantit le coeur.

Sa hantise d'un mariage fichu l'obsède. Sa «chère» femme l'accuse d'être un impuissant. Cette conviction crée en lui un doute pernicieux. A-t-elle des preuves? Traîne-t-il quelque part en Europe ou en Angleterre un enfant né de son sein? crie le doute ombrageux en lui. Des vents orageux ont secoué leur demeure depuis dix-neuf ans.

L'annonce de la guerre et sa promotion fournissent une bouée de sauvetage frêle au bateau coulant de partout et sur le point de faire naufrage. Pendant qu'au Québec, le monde regimbe à hauts cris contre la conscription, il part soucieux. Loin des yeux, loin du coeur... ?

Peu de temps après, il est blessé sur le champ de bataille et ne peut répondre à ses lettres. Sa déesse anglaise a promis de se montrer à la hauteur et de prendre soin des affaires. Seule, elle déchante. D'ailleurs, le Félix d'antan a disparu. Un changement total s'est effectué en lui. La guerre sans doute, se disait-elle. Le merveilleux soldat rencontré un jour où elle se trouvait en vacances chez sa grand-mère Écossaise, ne possédait plus que l'apparence physique et affadie de son bel amour. Elle n'arrivait pas à identifier ce tel changement. Quel ennuyeux homme il était! Ce nouveau rappel des drapeaux lui donnait la chance d'aérer ses esprits. Elle comptait bien se le permettre.

Un matin, sans scrupules, une affiche est plantée devant sa porte. À VENDRE. Un mois plus tard, on la retrouve sur un bateau la ramenant en Angleterre. Ses nombreuses lettres à son mari restées sans réponses ont eu raison de sa fuite. L'insouciant! Il ne mérite pas une larme, dépite sa rage. Une rage insensée, car il est blessé sur un lit d'hôpital anglais. Avide de plaisirs oubliés remontés en surface, la belle et pédante Wilhelmine rencontre lors de sa traversée, un armateur qui lui vole son coeur. L'argent de Félix sert au coût du voyage et en frivolités. Enfin, un jour, Félix reçoit une lettre de sa femme. La dure réalité écrite noir sur blanc le jette dans une profonde dépression. Il est cocu!

On le renvoie en permission dans son pays, le Canada. Il flâne à Montréal, séjourne chez sa tante Ida, oublie sa famille, omet de les visiter et fait la rencontre d'une dénommée Christine, quelques jours avant de repartir pour la France. Ragaillardi par la lie de ses racines, il se sent mieux. La belle Christine, une occasion agréable, un vent de fraîcheur, une rencontre frivole, frivole et sans lendemain, pense Félix. Soulager ses pulsions intérieures n'a jamais fait de mal à personne!

Christine, une fille gaie, pétillante, insouciante, vit à l'insu des misères du monde, de son milieu, sous l'aile ouatée d'un père riche et généreux. Une fille curieuse, oubliée ou épargnée de la guerre et de ses souffrances. Une fille dont il ne parvient pas à en esquisser les traits, les gestes singuliers qui auraient pu s'imprimer dans sa mémoire.

Lui, Félix, homme marié, le vaillant soldat a retroussé un jour la jupe de cette jeune fille, comme on croque une pomme mûre du pommier en jetant le coeur d'un geste machinal. Il a reçu un midi dans une accalmie, une lettre d'elle. Il a répondu par convenance et raconté une suite ininterrompue de récits de guerre submergeant sa vie. Anselme, son meilleur ami, trouve qu'il néglige un si bon parti. Il devrait lui écrire plus souvent. Il ramasse d'un geste presque religieux, la photo tombée dans la vase, délaissée par Félix et laisse monter l'envie de rêver d'elle, lui qui ne reçoit jamais de lettres de personne. S'il ne veut pas écrire à cette fille, eh ben! Je le ferai à sa place, songe-t-il les yeux remplis d'espoir. Quoi de plus simple, puisque je lui dicte ses lettres. Vilain paresseux qu'il est!

* * *

Félix, recroquevillé dans le creux de son lit d'auberge, songe. Le souvenir d'Anselme, émergé de la multitude de ses souvenirs, valse entre les replis de sa chambre chaude de la maison de pension. Il déplace son oreiller et remonte sa couverture jusqu'à son cou. Il écoute les clous claquer de froid au grenier.

Dehors le froid fermente.

Anselme. Un brave soldat courageux et patriote rampe sous les barbelés en éclaireur. Sa froide et folle détermination frise la folie téméraire. Sa décoration de la croix Victoria en témoigne. Sous sa houlette, des centaines et des centaines de soldats épargnés, des pelotons ennemis entiers faits prisonniers. Oui, un homme d'honneur, un homme glorieux!

Une profonde tristesse envahit Félix. Finir aussi démuni donne le frisson.

Le courage des hommes ne se mesure pas au nombre de leurs galons mais à la témérité de leurs gestes.

Félix tourne et retourne sur son grabat où le sommeil fuit. Un épisode de sa vie qu'il croyait à jamais disparu se défriche lentement un chemin à travers les bosquets, les collines et les ombres sinueuses de sa mémoire et l'oblige à y faire face. Mais l'idée de savoir que peut-être... son impuissance serait fausse, l'électrise. Qui sait? répond son excitation survoltée. Peut-être qu'un enfant, son enfant porte la marque indélébile de sa virilité, quelque part, qu'il faut retrouver, que je dois retrouver, ne serait-ce qu'un instant. Le temps de me dire que je ne suis pas tout à fait un raté?

Le lendemain.

La vieille jument louée trotte depuis une heure, chevauche des vallons discrets et collines douces. Elle emporte Félix vers son destin.

L'hiver porte son fardeau de froidure capricieuse. Il la déteste.

Sise au creux d'une forêt, à l'abri des yeux indiscrets et inquisiteurs, comme un objet de honte enfoui au fond d'une vieille valise scellée, une minuscule ferme sommeille. La grange ploie sous le joug de sa vieillesse, de son délabrement et semble chuchoter ses secrets à la cheminée de la maisonnette à deux étages.

Qu'est-il arrivé à ce bonhomme pour être arrivé à un tel anéantissement? se demande Félix, penaud, attachant les guides à l'anneau rouillé planté à un coin du mur de la cuisine et posant la chaude peau de carriole sur le dos de l'animal.

Le flair d'un énorme chien jappant à l'intérieur, qu'un homme fait taire, accentue les battements de son coeur plus très jeune. Une vague intuition qu'il joue une autre tranche importante de sa vie flirte dans son esprit.

Une voix rauque, impatiente l'invite à ouvrir et entrer.

Le coeur serré, les mains moites, nerveux, il sourit à cette loque humaine que la mort a oubliée. Le chien se couche près de son maître, la tête sur ses pattes, les yeux clignotants, décidé à foncer à la moindre suspicion de son protégé.

Le feu qui butine sur les bûches du vieux poêle en fonte émaillée blanche, crée une impression de fausse hospitalité.

Félix se demande comment et par où commencer. Il tourne son casque de poils entre ses mains, cherche ses mots, des mots à dire, une idée ou un filet d'entretien.

Blotti au tréfonds de sa rancoeur que projette son regard hargneux, l'homme s'enveloppe d'un monde invisible et s'y perd. Il jette un coup d'oeil à l'autre, debout, décontenancé, qui s'éreinte à trouver des mots et il prend un malin plaisir à le voir souffrir de son embarras.

Les bien portants ne seront jamais, au grand jamais! à la hauteur de son affliction. Il baisse la tête et attend que l'autre se décide à parler. Une larme tombée d'un rondin fait siroter le feu, le distrait un moment.

L'homme est seul. Assis dans une vieille chaise roulante usée, incrustée de ses formes, dont les bras rembourrés semblent lui donner une dimension humaine; la sienne, il attend la fin de sa vie.

Félix voit que quelqu'un a chauffé le poêle, déposé de l'eau qui bouille lentement sur un rond épousseté, car tout brille. Tout est rangé. Un tablier de femme accroché à un clou sur un mur sombre de l'escalier montant à l'étage supérieur, attire son attention. Une femme... absente, qui voit et veille à tout, pense Félix soulagé. Il étire la main vers la forme humaine.

— Anselme Francoeur?

— Ouais. Cé moé.

— Félix Beaubien, consent-il à dire, replaçant sa main dans sa poche, que l'homme n'a pas voulu saisir.

Le regard piqué sur Félix, il remonte sa couverture, cache ses moignons atrophiés, creuse sa mémoire au point d'en grimacer. Un bref recul se répercute dans ses roues, quand il croit saisir le sens de ce nom.

— Fé... llllix Beau... bien? Pas le... traduit le visage hébété glissant dans le silence et l'incrédulité.

Félix penche de la tête en signe d'affirmation.

— Félix Beaubien? Félix Beaubien, le major! ne cesse de répéter l'infirme pour se faire croire qu'il côtoie la réalité invraisemblable. ...si longtemps. Si loin, songe Anselme, revenu de sa course dans ses souvenirs. En chair et en os?

— En personne.

L'homme momifié par la surprise se demande s'il doit continuer ou reculer, tellement le fantôme lui paraît invraisemblable. Il y a si longtemps, ...si loin.

En lui remonte le temps et il cherche dans les ciselures du présent visage, quelques traces, quelques facettes particulières. Il reconnaît le sourire, puis les yeux... pétillants et vifs d'antan.

— Ah, ben ça parle au diable! Le major Beaubien qu'on croyait mort et enterré dans un cimetiére d'Angelterre!

— Encore en vie comme tu vois, affirme Félix qui remarque la régression du langage de son ancien compagnon d'armes. Il s'amène vers lui, tire une chaise devant le malade afin d'être à sa hauteur.

Sous la longue frange garnie de ses cils, Félix recherche l'insondable regard fuyant, jadis trempé dans l'acier, dont les parois maintenant floues, empruntaient alors l'audace de l'iceberg.

Un silence lourd noie les mots envolés dans des attitudes inconfortables, des gestes embarrassés.

Anselme cache le trouble qui l'étreint, en détournant la tête que la flamme affaiblie du poêle retient captive.

Tant d'adversité pour si peu de mains.

Il déploie à regret, humilié, son monde anéanti à la face de ce grand ami, de ce compagnon si intrépide. Un moment pénible qu'il voudrait n'avoir jamais vécu.

Compagnon des premières heures de la guerre de 1914, la valise impérieuse du passé afflue, telle une tornade déchaînée. Il ne sait plus où se mettre, assailli d'une multitude de sentiments soudain jaillis des profondeurs de ses entrailles endormies.

— Anselme, tu te souviens de moi? filtre l'entrefilet de voix broyée d'émotion de Félix, ses épaules appesanties, prisonnières de l'instant électrifié.

Anselme, songe Félix, silencieux, sa main crispée sur un bras osseux. Toi, si grand, si brave, toi, maintes fois érigé en bouclier devant l'uniforme que je portais, semblable au tien, sauf pour quelques galons cousus à mes manches et sur mes épaules. Toi, qui m'as sauvé la vie et celle de tant de nos compagnons quand ton obstination ou ton courage refusait de les laisser derrière et que tu traînais de peine et de misère hors des eaux stagnantes ou des buissons clairsemés. On t'appelait le Craqué Frisé.

Fallait-il être fou pour porter en soi tant d'honneur et de bravoure! Dans les sarcasmes fusant de la bouche de tes compagnons qui te piquaient à vif, tu ne savais pas lire l'admiration infiltrée entre les mots, entre les coups d'épaules amicaux et les coups de poings affectueux. Non, tu ne savais pas. Tu n'étais pas beau. Ta bouche croche, démesurée, qui te faisait mal paraître, mal parler, te blessait et t'humiliait. Cher Craqué! Oh, Craqué! Quand la mort te frôle le tympan à tout instant, la physionomie et les belles paroles perdent leur éclat, crois-moi. Tu te croyais ridicule. Comme tu te trompais. Tous se racontaient tes actes héroïques dans les accalmies. On déclare que tu as été décoré sur le front même, en pleine bataille, par nul autre que l'amiral anglais?

Je me suis souvent demandé le jour où tu me sauvas la vie, si c'était moi ou les galons de mon uniforme que tu avais voulu préserver, tellement le sens du devoir collait à ta peau. Je ne le saurai probablement jamais. Qu'importe. Tu méritais les galons que je portais, seulement parce que j'étais bilingue. Je t'admirais sans te le dire. Que

t'est-il arrivé? Était-ce seulement les pulsions de la guerre qui te trans-
portaient ainsi? Où s'est enfui ton courage? Quelles bourrasques la vie
a-t-elle soulevées en toi? Ne méritais-tu pas un meilleur sort? Une
récompense juste? Je sens jaillir en toi, autour de toi le summum de la
laideur humaine dont tu te penses le dépositaire. Comme tu te trompes
Craqué. Comme tu te trompes!

— Félix, pose la voix de l'infirme sur le silence de la cuisine
modeste. Ses yeux mouillés, ancrés à ceux de son ami, s'attisent. Ils
s'étreignent en se berçant mutuellement. Une minute aux facettes
affectives infinies s'écoule dans ce long manteau de silence complice,
d'où s'échappe le tic-tac de l'horloge.

Hélas! La vie a brouillé le temps et tissé un rideau d'oubli sur
le passé qui ne parvient pas à se matérialiser comme le voudrait Anselme. Tout a été dit ou consommé.

Des hommes différents se font face. En eux, le passé patauge
dans les brumes épaisses et nébuleuses de la mémoire afin d'extirper
des clichés convenables du souvenir.

— Eh oui! Félix la couette, en chair et en os, reprend Félix secouant l'atmosphère émotive. La mort n'a pas voulu de moi. J'étais
trop coriace. De la vraie couenne d'Irlandais que tu disais. Tu te
souviens? Dis le Craqué. Tu te rappelles, nous deux... là-bas?

La voix intérieure de Félix embusquée dans sa mémoire soudain ravivée, surgit à profusion dans sa tête en ébullition. Elle explose.

Tu te souviens, songe Félix qui se relève, notre première rencontre sur le bateau nous menant en Angleterre. On partage, épaule
contre épaule, ces horribles nuits d'apprentissage du métier, sur un
coin de plancher dur de la cale nous menant sur un autre continent.

Soldat. Un beau métier que tu disais, des éclairs dans les yeux.
Ta parole enflammée avait goût d'héroïsme. Tu vainquais les obstacles
haut le pas. Tu leur montrais à ces Anglais et ces Français comment se
bat un Canadien. Tu te souviens, Anselme? La passion de l'aventure
brûlait nos veines. Je me revois comme si c'était hier.

* * *

Tout commence un 28 juin 1914.

Un nationaliste Serbe abat à Sarajevo, l'héritier du trône d'Autriche, alors en visite dans son pays. Cet incident ventile la goutte d'huile répandue, habilement, sur un feu allumé par des visées expansionnistes de l'Autriche et sur une Europe au bord du gouffre. Deux camps s'alignent. D'un côté, la triple alliance: l'Allemagne, l'Autriche et l'Italie, de l'autre la triple entente: la France, la Russie et la Grande-Bretagne. L'Allemagne passe outre la neutralité de la Belgique et l'envahit. La Grande-Bretagne l'enjoint de retirer ses troupes aussitôt. L'ultimatum sans réponse prend fin le quatre août 1914, à minuit.

La Grande-Bretagne entre en guerre, le Canada également. La mère-patrie enthousiaste, plonge dans le combat, l'optimisme débordant ses frontières. L'expérience promet d'être passionnante. Ce sera bon pour les affaires et le tout sera terminé à Noël.

Le Canada, presque une colonie d'à peine 3,100 soldats mal équipés, une marine à l'état d'embryon, ne laisse présager rien de valable. Qu'à cela ne tienne. Dans l'espace de quelques semaines, de tous les coins du pays, déferlent des milliers de jeunes Canadiens vers les centres de recrutement. Plus de 32,000 hommes se retrouvent ainsi rassemblés au camp Valcartier, près de Québec.

Juillet et août forment le plus important convoi à n'avoir jamais traversé l'Atlantique. Destination: l'Angleterre.

Ce magnifique Noël se passe au pays de la brume éternelle. Il s'ensuit un long et lugubre hiver, passé à s'entraîner dans la bouette et la bruine de la plaine de Salisbury.

Au printemps 1915, enfin, on nous juge aptes à suivre les régiments déjà engagés en France. Le coeur gonflé à bloc, on finira cette fichue guerre, haut les mains! Rien ne peut être pire que l'enfer de Salisbury, pense-t-on. Comme on se trompe.

En février, la première division canadienne foule le sol français. Initiés par les vétérans de l'armée britannique à la guerre des tranchées, on brûle du désir de montrer de quel bois on se chauffe. La division prend donc charge du front d'Armentières en France, long de quatre milles.

Nos rêves de gloire s'évanouissent rapidement au contact de la crasse, de la maladie et de la mort. La vie dans les tranchées, outre l'ennemi à surveiller, amène ses maux. Constamment obligés de patauger dans la boue et la pluie, le pied de tranchées, rhumes, grippes et puces forment notre boulot journalier.

Le défi se livre à savoir quel côté tiendra le plus longtemps en face de la mort et du carnage.

En avril 1915, c'est Ypres. Puis, Saint-Julien encore plus âcre. Et Saint-Éloi qui occupe la deuxième division. L'année s'enfuit et l'autre commence sans montrer le moindre signe de lassitude de part et d'autre. Seul, le sol valonneux jonché de morts et de blessés, porte à réflexion.

La troisième division, entrée depuis peu en action, se prépare à la fameuse bataille de La Somme.

L'année 1916 s'élève terne, lugubre, grise et désespérante. Le sol, enflammé de grenades et de gaz lacrymogènes, fume toujours.

Le premier juillet, 100,000 hommes surgissent d'un coup en plein jour des tranchées et prennent d'assaut à la course le *No Man's Land* français, en ligne et au coude à coude. Une véritable boucherie. En une seule journée, les Britanniques perdent 57,500 hommes.

Les quatre divisions canadiennes, enlisées dans les pluies d'automne, piétinent.

Les Alliés comptent 666,000 pertes contre 236,000 Allemands. Ces derniers surnomment cette bataille: *Le bain de sang.*

Un journal londonien rapporte les propos de LLoyd George, le premier ministre anglais.

— Chaque fois que les Allemands trouvent en face d'eux le Corps canadien, ils s'attendent au pire.

Félix sourit. Au pire. Le pire, je me suis fait blesser à un bras. Damné obus, que je n'ai pas vu! Par bonheur, une blessure minime qui m'enlève pourtant tout espoir de savourer la victoire survenue trois semaines plus tard, et de fêter sur mes deux pieds comme tout le monde. Une victoire acharnée, opiniâtre, téméraire clame le monde entier.

L'armistice du 11 novembre est un soulagement pour notre planète.

Un conflit sans précédent a entraîné trente nations et soixante-cinq millions d'hommes dont vingt-neuf millions de blessés, ou capturés, ou portés disparus.

Du Canada-colonie, la victoire de Vimy est célébrée comme un signe de maturité. Pour la première fois, des Canadiens passent à l'attaque ensemble et triomphent ensemble.

Quatre Canadiens, tous de langue française, méritent la Croix Victoria lors de cette bataille et le major général Arthur Currie, commandant de la première division canadienne, est nommé Chevalier sur le champ de bataille par le roi George V. La fierté du coeur canadien est à son apogée.

De ce Canada embryonnaire de 1914, surgit un pays fier d'une magnifique armée sous les ordres de l'un de ses propres fils. Arthur Currie, un homme d'affaire de la Colombie Britannique en service dans la Milice canadienne, passe de simple soldat à celui de commandant de tout le Corps canadien de l'armée.

La maturité fait du Canada un peuple en voie d'accéder au titre de nation. Un signe tangible lui sera donné sous peu.

Un Canadien sur dix ayant pris part à cette marche vers ce progrès, ne reverra jamais son pays. Le prix de leurs sacrifices vaut au Canada le droit de signer le Traité de paix avec les autres, en tant que nation autonome et entière.

Ce champ d'honneur a enrôlé 619,636 Canadiens en service à l'Étranger dont 66,655 sont tombés pour faire fleurir ce champ imposant, troublant et patriotique. Tant de morts suffiront-ils à bannir le mot guerre de la surface du globe?

Non. Car 1939 frappé d'amnésie recommence.

Cette fois, le Canada se souvient. Surtout le Québec français. Les corps à peine décomposés montent du souvenir. L'enthousiasme, le goût de l'aventure tiédis, la Conscription se fait à reculons. Le Canadien français ne marche plus. Les Provosts de l'armée, également appelés Spoteurs, recherchent les fuyards, les déserteurs. Tandis qu'en Europe on affûte les armes, ici, on s'arme d'astuces pour éviter de les porter.

Félix, lui, traverse dès le rappel des troupes. Anselme, sans le savoir, suit son pas. Ils se retrouvent en 1940 dans le même peloton. Or, ce second affrontement est différent. Les armes modernes plus meurtrières, dévastatrices et efficaces accélèrent les gains et les pertes. À peine débarqué sur le sol français, Félix gravement blessé, est transporté en Angleterre. Anselme sert donc sous la tutelle d'un Anglais froid et tranchant. Blessé à son tour, lors d'une mission de reconnaissance très périlleuse, il prend le sentier de la Manche où un grand anglais du bataillon, ennemi juré de Félix, l'accompagne.

* * *

Félix se frictionne le bras et regarde Anselme. Son esprit emporté au large depuis un moment, navigue en eaux vaporeuses sur la barque de ses souvenirs. Il a oublié que son bras l'a soutenu tout ce temps.

Une voix rauque le ramène au quai de la réalité.

— Félix. Le major Félix est encore vivant! étire l'infirme noyé de suspicion, qui esquisse lentement un bref sourire venu du fond des âges, aussitôt disparu. Il y avait si longtemps qu'il n'avait pas souri.

— Qu'est-ce qui t'est arrivé Craqué?

— Une longue histoire Félix. Une très longue histoire, assure l'homme, ramassant l'ensemble de ses pensées, qu'il examine dans le creux de ses mains ouvertes et froissées, déposées sur ses deux bouts de jambes.

Félix attend. Anselme se terre. Les stries de son visage se gonflent de rogne d'où perce un regard ourdi de méchanceté.

J'saurai ben reprendre mon bien un jour ou l'autre. Sale voleur! Je ne perds rien à attendre. L'heure viendra mon Félix. Tu cracheras. Tu te traîneras à mes pieds. Je t'en passe un papier! Enfin, justice sera faite.

Félix détourne son regard. Il frissonne.

Une senteur de moisi lui monte au nez. Le tapis blanc de la plaine se grise derrière son regard.

— T'as une belle ferme! T'es bien ici à l'abri du vent et des tempêtes de l'hiver. L'hiver tu sais, c'est une bibitte que je déteste ben gros.

— As-tu des nouvelles des autres?

— J'ai rencontré un jour le capitaine Murphy à Vancouver. J'ai su que Philippe Blanchet était retourné au Klondike chercher de l'or quelques années et qu'il était revenu aussi pauvre. Pit à Médé est mort l'année passée. As-tu entendu parler que le Gouvernement fédéral voulait amnistier les jaunes?

— On le dit, signe l'infirme, enfermé dans la raideur de son corps et de ses paroles.

— Une vraie honte! Des poules mouillées. Tu sais qu'il y en a une saprée gang qui s'est cachée dans les clochers d'église, pis sur les fenils des granges, d'autres ont liché le fond des fossés pis le dessous des ponts. Paraîtrait qu'une armée de feluettes ont mis les bancs à l'église le ventre à terre? Sans parler de ceux qui ont réchauffé les entretoits des maisons et des vieilles cabanes en bois rond au fond des bois.

— Maudits Canadiens français. Une gang de peureux! songe Félix, enfoncé dans son inconfort inexplicable. En tout cas, nous autres on a fait notre devoir. Pas vrai Anselme? On peut marcher la tête haute.

Toi marcher la tête haute? se dit Anselme en lui-même, rempli d'aigreur et de ressentiment.

— Ouais, fait-il indifférent. Es-tu retourné en Angelterre?

— Non.

— J'sais pas si l'hôpital a été rebâti? J'aurais aimé y retourner.

— On dit qu'à part quelques façades égratignées, y a plus rien qui paraît. T'as su pour les Allemands?

— Un massacre épouvantable! Qui aurait cru pareille chose.

— Pas surprenant avec c'te race de monde. Tu te souviens? Heureusement que Churchill a tenu son bout. Le vlimeux! Il avait vu bien avant tout le monde le jeu des Allemands. Un fou, cet Hitler!

Félix monologue fébrilement.

L'autre écoute, apathique ou distrait, le verbiage de son «ami» qui n'avait pas changé une miette. Une grande gueule pleine de vent! Il attend le moment précis pour attaquer. Moment qui tarde à venir. Quand Félix s'éparpille trop, il reloge la conversation au bon endroit et continue à se taire.

Félix sent s'amadouer l'homme revêche sous sa fontaine débordante de mots, puisés au puits de sa prodigieuse mémoire.

La maison enfin ne s'ennuie plus.

Anselme succombe. L'horloge parle. Surpris de voir pointer si tôt midi à l'horloge de sa cuisine, il ouvre une armoire, tire une assiette pleine et ordonne à Félix de fouiller son garde-manger afin d'apporter ce qu'il faut pour manger. Anselme va d'un «pas» si alerte que Félix oublie quasiment la chaise roulante. Devant le regard incrédule de Félix, l'infirme se voit forcer de s'expliquer.

— Blandine est partie au moulin. Les vaches et les poules manquent de moulée.

— Elle va au moulin seule? En plein hiver?

— Seule.

— Qui transporte les poches?

— Elle. À bat ben des hommes, su ce rapport. Cré moé. Depuis mon accident... enfile soudain Anselme, emporté malgré lui dans la confidence spontanée.

Félix heureux écoute cette première allusion tombée des lèvres vite refermées à double tour, de son ancien compagnon d'armes.Enfin, il saura. Espérant en savoir davantage, il laisse couler le temps dans le silence imposé. Hélas! La porte close laisse la parole se terrer.

Un mutisme épais plane sur le frugal repas. Chacun, rentré en lui, semble avoir perdu la route du dialogue.

Félix déçu de ne pouvoir percer la coque verrouillée de son ami, dessert la table bruyamment. Plus rien ne le retient. Les couleurs ternes et fades de leur rencontre donnent envie de fuir.

Dehors, le cheval s'impatiente.

Revenir à Christine, songe Anselme obstiné. Sa voix lourde emprunte une voie étudiée.

Félix le devance.

— Te souviens-tu de la fille qui m'écrivait?

— La fille...

— La noire avec une robe à pois.

— Je m'en souviens. Une belle photo.

— Une fille collante comme des maringouins!

— T'aurais pas dû la laisser tomber.

— Et pourquoi donc? laisse glisser machinalement Félix qui essuie les graines de table.

— T'avais intérêt à continuer, insiste la voix énigmatique.

— Continuer?

— C'était un beau brin de fille. Cé ben de valeur que tu l'aies laissé tomber. T'aurais pas dû. Non pas dû, tente d'insinuer Anselme.

Si Félix pouvait comprendre sans avouer. Sans avouer que lui, Anselme Francoeur, le «bon», l'«honnête» homme a continué à l'insu de son ami, la correspondance à la place de Félix. «De toute façon ce n'était pas grave, disait Félix. Une aventure passagère sans conséquence. Si tu veux te désennuyer, tu as la voie libre, mon vieux».

L'aventure tourne mal. Elle lui apprend qu'elle est enceinte de «lui» et demande des nouvelles.

Félix a d'autres chats à fouetter que celui d'écrire à cette fille. Son mariage éclopé et à la dérive prend davantage d'importance dans sa vie.

Anselme curieux, entretient encore le lien, il continue la correspondance. Une lettre lui apprend qu'il est «père». Un père ingrat immature qui a abusé d'elle et s'est esquivé ensuite devant ses responsabilités. Un homme qu'elle désire ne plus jamais revoir sur sa route.

Anselme a peur. Ce fichu pétrin créé volontairement pour son désennui tourne au vinaigre. Il cesse ses lettres.

Et Félix qui était hospitalisé quelque part en Angleterre? ... Comment lui apprendre ces nouvelles? Puis, après tout, qu'il se débrouille, songe Anselme, plongé en solitaire dans une tranchée engorgée de jambes boueuses et de corps, englués de vêtements humides ou mouillés, empestant de sueur et de crasse.

Le malheur de Christine coïncide avec une époustouflante nouvelle. Anselme est promu capitaine et reçoit la médaille Victoria pour sa bravoure: le trophée de sa vie. Anselme arrose le peloton d'eau sale et l'enrobe de vase. L'euphorie générale sème la contagion. Anselme, un des leurs, élevé à la plus haute appréciation militaire.

Cet événement le marque tellement qu'il change du jour au lendemain. Il perd son complexe de laideur et devient rêveur, évasif, passant des heures et des heures immobile à polir de sa main la médaille pendue à son cou, en se parlant à haute voix. Il s'isole dans un monde irréel où ses compagnons commencent à le traiter de vraiment craqué. Puis, une salve de balles inattendues le terrasse.

Ses compagnons accueillent comme une quasi délivrance, cette blessure qualifiée de très sérieuse. Un brancard rudimentaire le dépose sur un bateau qui le couche dans un lit blanc d'un hôpital anglais.

— Elle t'avait écrit une lettre.

— Ah oui? Et qu'est-ce qu'elle disait?

Anselme pose un long et profond regard sur Félix, qui évite l'intrusion malsaine.

L'heure de vérité sonne.

Il se roule vers sa chambre et revient une enveloppe jaunie en main.

Le coeur de Félix bat à se rompre. La gorge lui serre. Il ne comprend pas ce qui lui arrive. Un pressentiment? Il remarque l'extrême agilité de son ami et se surprend à penser que, peut-être, Anselme éprouvait-il un malin plaisir, une certaine complaisance à exhiber l'horreur qu'il provoque, une sorte de domination sur les êtres bien portants, sur la nature elle-même?

D'une main nerveuse, l'infirme tend la lettre ouverte à Félix. Le major écarte les parois lentement et sort une découpure vieillotte d'un journal jauni, où se lit la nouvelle de la remise d'une très haute décoration militaire par l'amiral de la guerre anglaise: Churchill.

— Ce n'est pas... dit Félix étonné.

— T'as raison. Cé pas la lettre de Christine qui t'annonce que tu es père.

— Tu savais et tu ne m'as rien dit?

— J'ai pas pu parce que tu sortais de l'hôpital quand j'entrais. J'ai été dans le coma un mois entre la mort pis la vie.

— Tu aurais pu faire des recherches.

— J'en ai fait mais pas pour la raison que tu crois. J'm'en sacrais de tes affaires de coeur et de tes troubles. Si t'as pas lu, lis encore le papier.

Félix s'exécute condescendant.

— Où veux-tu en venir?

— Cette médaille, je l'ai pu. On me l'a volée. Tu sais qu'il n'en mouille pas à toutes les portes des médailles comm'ça. T'as pas une petite idée où je pourrais la retrouver? lance les yeux enflammés d'Anselme, à son copain d'infortune.

Félix sent fléchir ses jambes. Il s'appuie au mur, hoche les épaules. La médaille, trouvée dans son tiroir peu de temps avant de quitter l'hôpital anglais, serait la sienne?

La colère fermentée d'Anselme répand son âcreté.

— Salaud! Menteur! Tu m'as volé cette médaille quand j'étais mourant à l'hôpital. Avoue!

— Anselme, voyons! Pourquoi et comment j'aurais pu te faire une chose pareille? Je ne savais même pas que tu l'avais gagnée.

— Hypocrite! Va. T'as fouillé dans mes affaires.

— Pourquoi j'aurais fouillé dans tes affaires, hein?

— Pour mettre la main dessus, quand tu as su.

— Pense une minute, Anselme. J'aurais pris la lettre avant la médaille, voyons. Un major ne fait pas de telles choses.

— Un major, non. Mais avec toé, tout est possible. La lettre. Fais moé pas rire, Beaubien. La lettre! Oubliée depuis belle lurette. La médaille sentait la gloire méritée ou non. L'orgueil à son meilleur. Du pétage de bretelles, tu as dû t'en payer à mes dépens, hein, mon Félix!

— Qui t'as monté un pareil bateau, Anselme? Tu me connais assez pour savoir que jamais je n'aurais été capable d'un vol pareil!

— Kurny m'a dit que tu étais capable, au contraire.

Félix estomaqué brode.

— Tu as cru cet écoeurant de Kurny.

L'infirme pourpre ravale le surplus de sa rancoeur au goût de moisissure.

— Si c'était lui, reprend Félix, qui te l'avait volée ou empochée en me mettant tout sur le dos, hein? As-tu pensé à ça? Qui te prouve que j'ai ta médaille?

— Kurny m'a dit qu'il t'avait vu rôder autour de moé, souvent.

— Souvent? On a été ensemble à l'hôpital quatre jours. T'étais inconscient presque tout le temps.

— Ben plus facile de rôder pour voler quand l'autre est dans les pommes, hein!

— Rôder et te voler, c'est deux.

— Y m'a dit qu'il l'a vu dans ton tiroir et que tu l'avais mise dans ton *pack-sac* en partant.

Félix sent fondre son assurance. Vrai. Il avait trouvé cette médaille, l'avait enfilée machinalement dans ses choses, distrait, dans sa hâte de quitter l'hôpital, et s'était rendu compte de son erreur une fois arrivé à Vancouver.

Dans l'état délabré où se trouve son ami, la confession semble néfaste. Le mystère de cette trouvaille curieuse le hante et l'incite à poursuivre. L'oeuvre de Kurny sans aucun doute.

— Tu sais que Kurny me haïssait au point de penser à me tuer ou presque? Il n'avait jamais digéré de se faire commander par un Canadien français. Tu le savais!

— J'le sais pas, justement.

Félix sent monter l'effervescence de son impatience. L'entêtement de cet homme ne servait à rien.

— Maintenant, si tu me montrais cette lettre, Craqué, invite la main qui tend l'enveloppe vide.

— Ne m'appelle pus jamais Craqué. T'entends! T'entends!! hurle la folie désordonnée de l'homme, emprisonnée en lui. Tu verras cette lettre, (qu'il n'a pas...) quand tu auras retrouvé ma médaille, pas avant!

— Va donc au diable! Craqué, dit Félix en refermant la porte bruyamment.

Il possède assez de détails pour engager ses recherches, sans ce fou. L'estampille de Winnipeg, apposée sur le coin droit de l'enveloppe, l'assure du résultat de sa démarche. Il partira sur le champ et trouvera facilement l'adresse de Christine.

Quand à la médaille, trouvée par hasard au fond de son tiroir de sa chambre d'hôpital, il ne l'a portée qu'une seule fois en compagnie de sa famille, pour le plaisir de les voir sourire et d'illuminer les yeux.

Aujourd'hui, il ne va pas tout chambarder sa vie, pour une simple médaille qui n'a, après tout, si peu d'importance.

* * *

Félix fouette le cheval noir, fuit ce fond de terre inhospitalière et promet de ne plus remettre les pieds chez ce craqué.

Derrière lui, s'étirent les éraflures d'une profonde amitié brisée qui suffisent à renfoncer davantage les rides multiples de son visage creusé par l'aigreur, la tristesse et l'anxiété.

Une phrase célèbre, prononcée un jour par Roosevelt et rapportée à la radio la semaine dernière, lui monte à l'esprit.

«Ne défends jamais le mensonge. Tôt ou tard, il t'aura».

Un brin raisonné, il se sent satisfait de sa performance. Son «ami» Anselme n'avait soutiré de lui que des incertitudes.

Renfoncé dans sa carriole noire lustrée, il dépose les cordeaux sur le devant, ferme les yeux et se grise des tendres rayons de soleil. Jusqu'à la nuit pure et froide, le cheval suit, docile et appliqué, la route perçant l'infini de la campagne blanche et ondulée. Félix rentre au bercail.

Sur un mur de sa modeste chambre, il observe que décembre a fait douze pas sur la page du calendrier. Il range ses choses, sort une valise. Tant pis si je manque Noël chez Odilon. Je reviendrai pour le Jour de l'An. Un de plus ou de moins ne fera pas grande différence.

L'ambiance des fêtes à Winnipeg flotte déjà dans sa tête, quand il s'endort, assommé de fatigue.

Chapitre XII

Départ de Bella-Rose

— Je sais tout!

— Vous savez tout?

— Tout de votre passé.

— Mon passé ne regarde que moi!

Érika, au retour de l'école, son sac d'école en main, surprend des bribes de conversation. Elle prête l'oreille avant d'ouvrir.

Deux femmes s'affrontent.

Krystine se défend contre un serpent hideux qui la pourchasse.

Bella-Rose, blessée par la peine et la déception, éjecte sa hargne sur l'intruse trop bien installée. Orgueilleuse, elle n'admet pas qu'une étrangère patauge dans la maison de son défunt frère.

De droit, de privilège, cette place lui revient.

D'ailleurs, cette maison est encore la mienne. Celle où je suis née. Le lieu de mon enfance. L'endroit où je passe tous mes dimanches d'été, dialogue sa tête silencieuse, décidée à revendiquer son bien.

Stérile, elle nourrit une certaine réticence à l'endroit de Paul, son mari, fils unique, qui crève de désespoir à la pensée qu'ils n'auront pas de descendants. Du mariage trop prolifique d'Odilon, son frère, grandit une profonde jalousie envers sa belle-sœur Annette.

— La mère lapine! s'amuse-t-elle à l'appeler, une pointe de méchanceté dans la voix, oubliant que son frère a une part de responsabilité dans la progéniture.

La mort d'Annette, endormie ou remisée dans un coin obscur de sa mémoire, sert ses ambitions inavouées. Le malheur des uns fait le bonheur des autres. Le moment de jouer ses cartes mûrit, se dessine. N'a-t-elle pas un reste de famille étêtée? Elle se servira d'eux pour ses besoins et ses fins personnelles, son habitude. Quelle joie de se fabriquer une famille, une vraie. Des enfants empruntés ou volés, peu importe.

Elle en rêve.

Du trône fictif de son haut savoir, Bella-Rose se voit dicter leur conduite. À souhait! Sans restriction. À la mesure de sa soif intarissable de commander. Redresser. Contredire. Quémander. Un peu tout et rien à la fois. Se sentir utile et plus apte à élever des enfants qu'Annette. Trouver la vie injuste devant de telles aptitudes non reconnues. Écouter. S'écouter parler, ordonner froidement, sans remords, ni regrets. Avoir la certitude de posséder la vérité. Être l'unique détentrice des seules réelles et vraies valeurs à inculquer à la jeunesse. Oui, trouver la vie monotone et ingrate devant un tel gaspillage de talents. En attendant...

Le dimanche, dans le passé, elle a pratiqué si souvent.

— Refaites vos lits les enfants, ils sont mal bordés. Vos oreilles sont crottées! Votre mère ne vous montre pas comment vous laver? C'est du joli pour plus tard! Odilon, tu n'as pas d'autorité. Si j'avais des enfants, je saurais les élever, les instruire. Je ferais du monde avec eux. Mauvais choix que cette femme molle. Pauvre Odilon.

Mue par un instinct vorace de méchanceté, ses ongles de bonne femme sept-heures grattent, grattent les oreilles aveuglément. D'un ton acerbe, elle ordonne et ordonne encore, sans réplique.

— Allons au bois cueillir de la salsepareille.

Triste sort pour des enfants si dociles obligés de filer à l'indienne la Bella-Rose pointue! pense Annette impuissante en les regardant partir, se grattant un coin d'ongle, honteuse de son silence.

Chaque plant, chaque feuille méticuleusement vérifiée par elle, s'entassent dans un sac usé, compagnon inséparable de ses promenades campagnardes dominicales. Ces herbes, transformées en tisane ou en cataplasme, servent à guérir une plaie purulente perlant à l'intérieur de sa jambe gauche, au-dessus de sa cheville. Elle a étudié son bobo dans des livres savants, écouté les guérisseurs, les herboristes, essayé tous les médicaments suggérés par ses amis; sauf ceux des médecins. L'un d'eux lui a administré une peur bleue. Un jour, vaincue de douleurs, elle est contrainte de se faire extraire une dent à froid sur le coin de la table de cuisine. Depuis, fini ces hommes qui attisent les souffrances au lieu de les guérir.

La hantise de cette plaie est telle, que Bella-Rose se prête à toutes les expériences susceptibles de la guérir. Sa tête bouille tout le temps.

Un dimanche, tante Bella-Rose décide de faire un nouvel essai médical. Sous les haut-le-coeur des enfants, elle graisse sa plaie de beurre et présente sa jambe au chien.

Pataud sent, lèche timidement puis allégrement le beurre sur la jambe trouée. Les petits grimacent. Elle sourit de soulagement. Pauvre Pataud! Il ignore que ce manège recommencera chaque dimanche. Plus jamais de salsepareille introuvable, ni de promenades au bois, ni d'interminables leçons de feuilles ne viendront troubler leurs dimanches... du moins le temps de sa guérison. Car le chien la guérit. Un jour, le trou s'est recouvert d'une belle pelure rosée, ce mal mystérieux repartait comme il était venu. Hélas! Un jour, elle réapparaît dans leur univers enfantin.

Flâner heureux se veut un crime! un péché en ces temps d'apprentissage à la vie d'adulte. Les hommes sont sur la terre pour détruire les défauts qui s'égrainent en eux si facilement. Le travail et le plaisir sont aux antipodes de la sainteté. Sauver son âme est le but de notre passage sur la terre. Les filles doivent s'effacer, cultiver la modestie, l'obéissance, l'oubli de soi, gages de futures épouses et de mères exemplaires, recherchées par les hommes, proclamées par l'Église. Dans le trousseau de la vie, les sept péchés capitaux du catéchisme comme l'orgueil, l'avarice, l'impureté, l'envie, la gourmandise, la colère, la paresse n'ont pas leur place. On devrait le savoir. Depuis le temps.

* * *

— Vous n'êtes qu'une putain dévergondée! clame Bella-Rose à Krystine, classant les lettres de condoléances d'un bras vigoureux arrosé d'orageuses secousses de colère.

Songez! Une femme en pantalon qui ose se découvrir les bras au soleil, qui préfère courir au grand air la tête nue quand les grands chapeaux de paille perdent leur forme à rester accrochés aux poutres du grenier, les doigts puant le rance, la cigarette au bec, les cheveux drôlement peignés, n'habite nulle part ailleurs que dans les bas-fonds. Bella-Rose se doit de déloger de cette maison propre, ce microbe installé trop facilement.

Putain dévergondée, Krystine bouille.

— Je ne vous permets pas de me parler sur ce ton, corrige l'offensée, pelant les patates.

Une main sur la poignée de la porte, le pied d'Érika frappe le seuil à la recherche d'une convenance. Elle écoute ces autres femmes reprendre le fil des querelles qu'elle a vécues entre sa grand-mère et sa mère. Le dégoût lui monte aux lèvres. Putin. Putain. Pu-teint. Punoire. Pu-rouge. De-ver-gondée. Déver-gondée. Des vers gondés. Vers gondés. Gondés, gond-dés. ...bête d'être si petite! Encore pire, être ignorante!

Un nuage de gêne s'étend dans la pièce et fige les visages de silence et d'inconfort, pendant qu'Érika cherche à comprendre les mots entendus à travers la porte compressée de disputes féminines. Elle jette le sac à bout de bras et court à la chambre de toilette se trouver une contenance.

Tante Bella-Rose l'interpelle.

— Érika, tu ne dis pas bonjour à ta belle tante?

— Bonjour! Érika économise ses mots dans sa course, brouillée par le bruit de ses bottes froides, frappant le mur derrière la porte.

La clé tournée dans la serrure, en sécurité dans son repaire clos intouchable, elle tire les fils de sa rêverie accrochée aux carreaux de la vieille fenêtre et part loin, très loin. Elle survole la ferme, les terres étendues jusqu'à la rivière, la longe, traverse la forêt dense couchée près d'elle, emprunte la voie ferrée, fige devant la découverte d'un morceau de carriole, ouvre la porte imaginaire de la voiture, s'assied bien au fond et monte jusqu'aux étoiles, les voir.

— Érika? dit une voix douce nostalgique à travers l'entrée de sa cachette.

Elle ouvre.

Tantine ajuste ses gants, replace le col de son manteau de fourrure noire, nerveuse, les joues gonflées d'une très lourde peine.

— Tantine. Vous partez? s'écrie-t-elle.

— Je pars Érika. C'est maintenant l'heure de nous quitter. Tante Bella-Rose restera pour quelque temps ici. Puis, tu prendras la relève, exprime son visage grave éclairé par deux yeux lourds d'inquiétude et la voix éteinte de déception. Elle cherche à percer un chemin vers le coeur de l'enfant où se logeront les mots qu'elle veut ensevelir à jamais. Elle lui prend les mains. La petite les sent crispées.

— Érika, les circonstances m'obligent à vous quitter. N'oublie pas une chose. Le noir inquiet de son regard écoute l'émotion les envahir. Le silence éteint, sa voix se lève belle, chaleureuse. Si tu as besoin d'aide, n'hésite jamais, t'entends? Cours vers Anaclet, votre voisin. Je lui ai parlé hier. Compris? T'as compris, dis? s'enlisent les mots de Krystine dans un discours qu'elle voulait autre.

La fillette chavire. Elle l'aime et la déteste à la fois. Le silence n'en finit plus de les émouvoir. Ses yeux se relèvent et décrivent sa pensée.

— Si tu veux, je reviendrai.

Un fougueux élan de tendresse l'enveloppe. Ses larmes chaudes humectent les cheveux de l'enfant. Son torrent émotif secoue ses épaules nouées dans ses longs bras brûlants d'affection.

Elle pleure et elle part. Tant mieux, tant pis!

Érika lutte contre l'étreinte et repousse les liens qui l'étouffent. Elle veut de l'air. Beaucoup d'air.

Sous une inexplicable indifférence, elle la salue et disparaît à la course dans l'escalier.

Ses amies à l'étable l'attendent. Elle leur apporte la bonne nouvelle. Désormais, il n'y aura plus de chicane à la maison.

Le soir réveillé, Érika dépose ses pensées au creux de son oreiller. Le sommeil troublé mijote. Brouillé par les événements, il enfile sa route et ébauche un rêve farfelu à travers les sillons de la nuit.

Partir... Oublier tout... L'autobus... Montréal... Le train... La retrouver. Connaître sa maison, son village, son pays. La suivre en catimini. Apprendre ce qui est laid. Sale. Secret. Tout le savoir des grands. Leur langage. Pu-teint. Oncle Félix au coin de sa rue, debout en uniforme, inspecte les environs. Que vient-il faire dans sa vie? Tantine, floue, se dirige vers lui. Tous se bousculent, se jettent sur elle. Oncle Félix, le regard vague, ne bouge pas. Ses énormes sourcils grossissent, grossissent. Son front noircit. Son visage emprunte la même teinte. Il a maintenant la figure bandée de noir, excepté ses yeux. Des yeux doux, immenses, remplissent les trous du bandeau qui les cache.

À l'horizon, dérivent quelques bateaux blancs qui se baladent silencieux, légers, insouciants du vécu terrestre. Des immenses yeux bleus scrutent la rue enveloppée de nuit, d'où sort une foule étrange s'empilant sur Tantine qui se tait, qui rit, rit. La foule tombe, elle reste debout. Son rire parvient jusqu'à l'intérieur de leurs maisons endormies. Dans le noir, oncle Félix pointe son fusil blanc et tire.

C'est la guerre: de la fumée... Tout est fumée. Les murs fument. Le monde par terre sur Tantine maintenant tombée, se recouvre de fumée. Oncle Félix pointe sur tous, une arme crachant des nuages gris. Le sol se couvre de corps gris, au ventre blanc. Des hommes mi-blancs, mi-noirs se roulent. Tantine se relève intacte, souriante et propre. Oncle Félix se fait statue. Elle vient à lui lentement, mais elle n'arrive jamais. Un cheval surgit. La jument blanche s'impatiente. Toute l'herbe autour d'elle est mangée. Félix, debout, raconte, rit, parle. Il tourne la poignée de la porte... la relâche, la retourne. Son père et sa mère rient. Tout le monde rit. La cuisine rit. Soudain, plus rien... Le sommeil usé de fatigue a laissé tomber son crayon.

Le chat rit, le chien aussi...

* * *

Samedi matin, on fait du ménage. À tort ou à raison, on dérange. Tante Bella-Rose s'est levée d'un pas alerte. Tout doit bouger.

Envahissons d'abord le salon. L'harmonium, déménagé par grand-mère Veilleux, a repris sa place d'antan. Le vieil album, retracé dans un tiroir du bahut au grenier, reprend son allure sur son tabouret branlant. En face de la porte, les arrières-grands-parents sont raccrochés au mur central. Encadrés des parents de tante Bella-Rose, le coup d'oeil ravive le passé. Sa famille, remisée sur un mur secondaire derrière la porte du salon, se cache de leurs regards. Érika en est peinée. En plein centre, ils auraient été si fiers d'eux.

Sa chambre retournée à l'envers, ses tiroirs vidés, rangés pour une troisième fois l'exaspère.

— Jette ça! Jette ça! crie-t-elle, sans cesse, en fouinant dans ses réserves secrètes cachées au fond de ses tiroirs de bureau.

— Non, pas ça! Non! Non! se dit-elle en voyant tomber ses précieux trésors dans le sac en papier de sa tante Bella-rose.

Des chaussettes trouées, des bouts de corde multicolores, une boucle d'oreille brisée qui brille et brille, des photos de sa mère qu'elle ne retient même pas.

— Je les garde!

— Allons, pas de niaiseries, décrète-t-elle lui enlevant les photos des mains et les déchirant.

— Oh non! crie son désespoir.

— Méchante, crie sa rancoeur ramassant les morceaux tombés hors du sac.

— Grossière! Je t'apprendrai, va! Les morts sont des morts. Il faut les oublier.

Ce geste la surprend. Elle n'est plus certaine d'aimer sa tante Bella-Rose.

Bella-Rose? Vieille-Rose! Sale-Rose! Rose-Ratatinée! reprend l'aigreur muette refoulée en elle.

Ce sale et vieux grand-père subitement laid, très laid, au salon qui la dérange. Ces tiroirs qu'elle a vidés pour rien.

Tu fais du progrès, avait affirmé Tantine à ce sujet.

Ce grenier épuré de ses souvenirs la blesse. Les draps neufs, achetés par Tantine, rangés dans des armoires de cet endroit et remplacés par les vieux rapiécés... par sa mère, la surprent. Surtout, surtout sa poupée cassée par elle et jetée au poêle!

Elle pleure en brûlant; elle le sent, le sait. D'abord, sa petite robe rose brodée de dentelle blanche, puis son corps, mangés par les flammes voraces.

Érika pleure avec elle aux pas endiablés du feu qu'elle surveille
à travers les trous de la porte. Dans cette danse apparaît tante Bella-
Rose... qui brûle par morceaux. D'abord elle voit sa langue pointue,
ses mains en griffes, ses jambes puantes. Sa plaie s'ouvre. Ses veines
éclatent. Son corps devenu une plaie vive, se tord et se consume. La
fillette sourit. Sa poupée s'enfuit dans le feu. Il ne reste plus que la tête... le nez... un oeil...

Sans cette présence, ce soir, un morceau d'elle manquera sur
les deux oreillers de son trop grand lit qui craque.

D'une main fébrile, Bella-Rose ouvre une lettre. Paul, son
mari, un ingénieur civil à l'emploi du gouvernement, travaille au
Congo depuis plus d'un mois. Des constructions de routes, de ponts,
d'irrigations de régions, susceptibles d'être une amorce de culture,
ingurgitent ses énergies.

Bella-Rose devait le suivre, n'eut été ce malencontreux événement qui détruisait tous ses plans. Seule, sans enfant, elle se devait de
leur venir en aide.

Paul avait suggéré d'aller «partir» Érika quelques mois au
roulement de la ferme et de la maison et qu'ensuite, elle viendrait le
rejoindre. Une idée peu reluisante pour une dame si distinguée.

La ferme: un travail avilissant remisé hors d'elle depuis longtemps. Le problème c'est les enfants.

Le fantôme d'Odilon l'aurait poursuivie sans relâche. Il fallait
se sacrifier un certain temps. D'autant plus qu'une détestable et intruse
inconnue s'immisçait trop facilement dans le décor. Il fallait surveiller.

Érika partie à l'école, elle s'amuse à songer au moment où elle
quittera ce coin de son enfance évanouie sous un monticule de difficultés et de dettes et brisée par tant d'épreuves. Fouettée entre ces cauchemars et le désir ardent de retrouver son mari, elle hésite. Est-il
humain de laisser ces enfants seuls?

La pile de comptes, qu'elle prend sur la tablette de l'horloge
chaque matin et qui se retrouve un peu plus tard au même endroit sans
avoir diminué, l'obsède. Que faire? Dieu, qu'elle aurait besoin du
raisonnement d'un homme mûr et sécurisant autour d'elle.

Cette ardeur nouvelle et enflammée de janvier a tiédi sous le paquet de troubles au cours de l'hiver. Elle se morfond.

La pompe à l'eau demandait à être renouvelée. Une nuit, un renard pénétrait dans le poulailler et égorgeait huit des quinze poules. Les moutons fraîchement tondus avaient été transportés trop vite à la bergerie, ils avaient pris froid et étaient tous malades. Trois chevaux avaient la gourme. Enfin, Pierre avait découvert les sacs en flanelle servant à filtrer le sirop d'érable, oubliés à la cabane à sucre, tout mangés par les mulots ou les écureuils.

La lettre de Paul qu'elle relit pour la xième fois, miroite de chaleur et de rêves. Il s'ennuie et espère sa venue qu'il prépare avec ivresse. Quoi de plus merveilleux que ce survol de mots au paradis lointain retenant son mari? Elle referme la lettre aux syllabes parfumées de mots doux et l'enfile dans sa poche.

Son souhait se concrétise. Un homme arrive. Mais une inquiétude persiste. Ces clous! Ces stupides clous qui poussent dans le cou de Réjean; pas moins que quatre. Le vrai cou du maire! ricane son intérieur en examinant dans sa tête, l'homme grassouillet et court assis à la table du conseil municipal, imposant dans sa carrure postérieure, et qui parle en gesticulant comme un boxeur qu'il avait déjà été. La tête de son neveu malade engouffrée dans ce gros collet rempli de couenne de lard salé, lui fait penser à celle de Jos Lafortune, le troisième voisin du rang: un cou, pas de tête. Bella-Rose projette de lui enlever deux germes mûrs à l'aide d'une bouteille de liqueur vide. Encore faut-il avoir cette bouteille. Ce n'est ni le jour du boulanger ni celui de la beurrerie. Reste le postillon.

— Érika, surveille les bords de la route en revenant de l'école. Anatole va sûrement jeter ses «corps-morts» sur le côté du chemin. Apporte-moi-z-en une.

— Une vieille bouteille? Pourquoi?

— Un jour j'ai vu un cousin de ton oncle Paul enlever les germes de clou à l'aide d'une bouteille. Demain je vais essayer.

— Comment vous faites?

— On fait le vide de la bouteille avec notre bouche et on la place sur le clou. Le germe sort comme par magie.

— Vous en savez des choses tante Bella-Rose.

La tante aspire le compliment d'un trait et s'étire la tête sur l'étranger foulant le sol de leur domaine.

— Quelqu'un s'amène, constate Bella-Rose soulagée.

L'étranger immobilise son cheval près de la grange. Par la fenêtre, elle surveille ses gestes en songeant anxieuse à sa profonde solitude, sa grande fragilité.

Pierre qui est à la cabane à sucre...

— Où vas-tu Réjean? demande soudain Bella-Rose.

— À la grange.

— Tu le peux?

— Je suis capable, ne craignez pas, assure le garçon défaitiste, averti par Anaclet d'une éventuelle visite.

— Les p'tits gars, avait informé Anaclet le bon voisin, des hommes du gouvernement vont venir inspecter votre troupeau.

— Des hommes de quelle place?

— D'Ottawa, à ce qu'on dit.

— Pour quoi faire?

— Inspecter nos troupeaux. On a eu leur visite la semaine passée. Demain, on aura les résultats.

— Les résultats?

— Paraîtrait qu'une maladie contagieuse court.

Réjean se rapproche les sourcils, s'assied les mains sur les hanches et remonte ses épaules en lui donnant des airs d'homme. Le ton amplifié, les gestes larges, il déclare.

— Personne va toucher à notre troupeau!

— Tu peux pas faire de même, p'tit gars. Quand eux autres viennent, y faut les laisser entrer; c'est le règlement.

— Règlement, règlement! Si on les écoute tous, on aura plus de temps pour travailler!

— P'tit gars, des fois c'est mieux de perdre du temps, pour en gagner ensuite.

La voix vieillissante et sage du brave homme désarme Réjean. Peu à peu ses épaules se dégonflent. Il ressent tout le fardeau de sa petitesse. L'homme d'expérience lui apprend le labeur de la vie et ses conséquences, parfois imprévisibles.

— Chus pas d'équerre à les laisser entrer, rapplique Pierre.

— Ruez pas dans les brancards, les garçons. Contaminer le monde ne serait pas mieux, vous comprenez? Souhaitons seulement qu'il n'en tombe pas trop.

Le soir éclos, Pierre revient de l'érablière. Il a engagé Jos Fortin, l'habitant voisin de la forêt, pour s'occuper de la cabane à sucre quand il est absent. Son fils, Robert, courra les érables avec lui. Jos, après tant d'années à amuser Odilon par ses farces et ses histoires serties d'un rire entonnoir qui n'en finit plus de s'amplifier, ce matin, l'air sérieux, prend charge d'entretenir la flamme vive et abondante du foyer. Toute joie disparue de la petite pièce rustique par la mort d'Odilon le désarme. Remplacer son grand ami à ce poste, quelle gratitude la vie lui fait. Comme Odilon, il refait les mêmes gestes si souvent examinés à travers ses fou-rires. Surveiller le «champion» (bouilloire), scruter le thermomètre, voir circuler le sirop bouillant filtré par un sac en feutre accroché au goulot d'un ancien bidon de crème, le comblent.

Le soin qu'il mettra à ce travail procurera une bouchée de pain supplémentaire à ces orphelins, il en est conscient.

Ce soir, assis sur la marche d'escalier, malgré sa jeunesse, Pierre se sent fourbu. La journée s'est avérée désastreuse. Le réservoir d'eau d'érable a ouvert. Il faudra le remplacer par un neuf. Compter deux jours pour le transport et l'installation. L'eau ramassée s'est répandue dans toute la cabane. Les «pannes» ont failli brûler sous la force du feu. Jos et son fils les ont remplies de neige pendant une heure. Le travail d'une journée, perdu. Se résigner à voir dégoûter les chalumeaux qui feront vite déborder les chaudières. Quel gâchis! Quelle perte!

— Une *bad luck* est une *bad luck* mon vieux, encourage Jos, le fermier charitable, lui tapant l'épaule en le quittant.

Le voilà maintenant qui tombe des nues. Réjean lui a annoncé la nouvelle dévastatrice. Les hommes d'Ottawa sont venus confirmer l'appréhension des oreilles étiquetées aujourd'hui. Quinze vaches sont condamnées.

La consternation afflue de partout. Tante Bella-Rose ouvre la radio, comme diversion. Rien à faire; sa tristesse déborde.

C'est la fin, songe-t-il anéanti.

Au même endroit, un après-midi d'hiver, il avait pleuré.

Un frisson parcourt l'échine d'Érika et lui serre la gorge. Elle s'assied près de lui et essaie de le comprendre.

Un gros camion, puis un autre arrivent. Ils chargent le bétail contagieux. La fièvre aphteuse, en traînée de poudre, a ravagé la paroisse.

Sortis rejoindre ces étrangers, les deux frères, mains en poches, subissent ces hommes monstrueux faire un grand trou dans l'étable.

Ils remontent le col de leurs chemises à carreaux d'où s'évapore leur détresse. À l'intérieur, pareille à la fièvre printanière qui les agite chaque saison, le reste du troupeau, troué par-ci par là, beugle. Sous l'atmosphère vite rafraîchie, on entrevoit leur respiration. Elles sont regroupées ensemble à l'abri des courants d'air printaniers. Précieuses comme des gerbes de moisson dorée à l'automne, ces dix bêtes restantes forment désormais les maigres bouchées du pain quotidien.

Le dos recourbé de lassitude, Pierre, toujours assis sur la marche d'escalier de la cuisine, couve son chagrin silencieux.

Sa vie rapiécée se découd de partout, son précaire courage se fracasse sur la dureté des événements et des gifles cinglantes des épreuves successives.

— Je ne tiendrai pas le diable par la queue tout le temps. Non merci! Il doit bien exister un autre moyen de vivre plus facilement? dit-il découragé.

Il se lève. En attendant, il faut s'accrocher, ramasser les copeaux qui restent, aller aider à Réjean, malade, qui n'arrive pas à lâcher prise aux bavures qui voudraient l'anéantir.

Enfermée dans un mutisme mélancolique, tante Bella-Rose ignore quoi faire, que répondre? Emportée par son désir de les quitter, elle se meurt de ne pas voir la fin du tunnel, qui, depuis trois mois, les enfonce implacables dans une misère irréversible et injuste.

Vendre et liquider les dettes. Une bonne affaire. Mais eux?

Que faire d'eux? On ne vend pas des enfants. Je pourrais en adopter un ou une... mais quatre! C'est trop, pense-t-elle troublée. J'ai peut-être été trop vite avec cette... cette femme. Comment la faire revenir? Je n'ai pas son adresse? Les garçons. Oui les garçons doivent l'avoir. Ou Mme Veilleux. Je ferai écrire Érika, mine de rien. Ouais... La solution se trouve dans cette fille, assurée. Dieu que j'ai été bête!

* * *

Anaclet, un homme élancé, aux cheveux de jais malgré ses soixante-cinq ans, se découvre un voisin de tous recours. «Un homme au coeur d'or comme y s'en fait pus», déclarait souvent Odilon.

Petit fermier, vivant seul avec sa femme Blanche, une très habile brodeuse des doigts et de la langue, aspire à une existence paisible. La culture, essentielle à sa subsistance, le comble et le satisfait. Humble, droit, désintéressé, les compétitions, les concours agricoles, les médailles coulent sur lui comme l'eau sur le dos d'un canard. L'unique but de sa vie consiste à être content de sa journée.

Le drame qui afflige les enfants Beaubien le touche profondément. Il leur permet de mieux le connaître, de puiser à même les ressources de son coeur et de son expérience, la droiture, l'honnêteté et la force dont ils ont tant besoin.

De retour chez lui, le lendemain, il attend, inquiet à son tour, le verdict sur son troupeau.

Deux vaches «tombent».

Blanche allume un autre lampion au pied du Sacré-Coeur.

— Un deuxième cette fois-ci fera pas de tort, hein Anaclet?

— Ben certain ma femme, coulent les mots à travers les quartiers d'érable tombés avec fracas dans le caveau à bois.

Il pense à la corde qui baisse et se rend à la fenêtre pour s'en assurer.

— L'hiver s'en va, ma vieille. Tant qu'il y a des bancs de neige hauts comme la maison, on ne peut pas dire que c'est le printemps. Le printemps, c'est quand on sème.

Quand on sème on peut plus traverser la rivière, conclut pour lui sa dernière pensée.

Affairée autour du poêle, Blanche écoute son homme en silence. Le fumet du ragoût jette un arôme particulier dans la pièce et invite Anaclet à s'approcher. Blanche sort sa tarte au sucre du four et met la table, un oeil sur son mari préoccupé.

— Tu jongles Anaclet.

Quelques gestes en zigzag du revers de la main dessinent un espace à travers la fumée dense de sa pipe. Il la retrouve.

Elle connaît assez bien Anaclet pour suivre en silence, sa jonglerie. Elle ose.

— Ces saprés gouvernements! Du monde sans allure! D'une main ils donnent et reprennent de l'autre. Ils trouvent toujours à redire. Après une affaire, c'est l'autre.

Insuffisant. Son homme demeure silencieux.

— J'sais pas ce que font les p'tits gars?

Cette fois il relève la tête. Elle touche sa corde sensible. Il ne pense qu'à eux depuis la mort d'Odilon et d'Annette, ne vit que pour eux. Le matin au réveil, il se rend à la fenêtre du nordet donnant sur la rivière et répète les mêmes phrases réconfortantes.

— Les p'tits gars sont debout, on voit de la lumière à la grange.

Rassuré, il enfile ses vieilles bottes, sa veste grise, son vieux casque de poil noir et sort à son tour. De sombres idées parcourent son esprit, ce matin. Bientôt, très bientôt la glace partira. La crue des eaux l'empêchera de traverser chez eux.

— S'ils ont besoin d'aide, qu'est-ce qu'ils vont faire?

Il a vécu autant de l'autre bord de la rivière que chez lui, depuis les fêtes. Il se sent utile en aidant à vêler les vaches difficiles, surtout les taures, à soigner la diarrhée des veaux, leur apprendre très bientôt à entailler les érables, tant et tant.

En eux, il retrouve les enfants qu'il n'a pas eus. Blanche le devine et l'encourage. Parfois, des tourtières ou des tartes au sucre qu'elle cuit à merveille accompagnent son mari. Le soir venu, ils parlent d'eux comme si rien n'a encore été dit. Il rapporte à sa femme le merveilleux courage de cette brave «Christine». Tant d'abnégation de la part d'une inconnue se veut un signe de la Providence. Il s'explique mal son départ subit. Il soupçonne Bella-Rose la vilaine, la capricieuse, d'une telle manigance. Hier soir, il a vu les deux camions chez eux. Il ne vit plus. Sa soupe pourtant délicieuse n'entre pas. Comme une prière, il consent à dire.

— Je pense que je vais aller faire un tour... pour voir.

Blanche attend cette phrase concoctée depuis une heure.

— Bonne idée, Anaclet. De même, on saura combien de vaches sont tombées.

Ces deux camions ont amplifié sa curiosité maladive. Elle se meurt de savoir.

Il n'entend plus rien car il est déjà rendu au pied du coteau.

Tout n'avait pas encore été dit.

* * *

Bella-Rose n'a pas dormi de la nuit. Des montagnes d'idées se sont bousculées. Elle a décidé du moment de son départ.

Elle voyait Krystine, à l'abri de ces tracas, se baladant à sa guise ou se berçant mollement dans la chaleur de son foyer et elle s'en rongeait les ongles. Si j'avais su...

— Dieu que j'ai été bête! se répète-t-elle sans arrêt. Que ferait-elle à ma place?

Aucune réponse ne se présente, sauf la certitude que cette horrible femme trouverait une solution, ce qui la met dans tous ses états. Qu'importe.

Elle avait imaginé bien différent ce séjour à la ferme de son enfance. Rempli de joies, de promenades dans les bois aux milles parfums de framboises et de bleuets sauvages. Elle avait rêvé de revivre ces longues randonnées à la rivière, à regarder les broderies de l'écume sur les gros cailloux. Elle songeait aux multiples mélodies des oiseaux qui lui avaient tant manqué en ville. L'été aux temps chauds, où les libellules venaient planer sur l'eau et gober les mouches et l'invitait à la paresse. Grâce à elle, le troupeau paîtrait mieux. Mensonge,

orgueil! Ce matin, la froide réalité désamorce à jamais ses rêves enru-
bannés, irréalistes. Elle se terre dans ses espoirs blessés, dans un
égoïsme à l'étroit, coincée. Insensible aux malheurs d'autrui, ceux de
cette... cette Krystine, l'affectent encore moins. Un moment, elle s'attarde sur sa lâcheté, vitement effacée par de bonnes raisons.

Un plateau de vertus tombe dans ses mains.

Je suis mariée. J'ai des devoirs envers mon mari. Je l'ai trop
négligé. M. le curé parle souvent de ce sujet le dimanche. Ma place est
à ses côtés. Érika est une grande fille à présent, qui se débrouille bien.
Pour elle, une cinquième année est convenable. À Pâques, elle arrêtera
l'école. Dès aujourd'hui, elle apprendra à mieux faire à manger. Sa
place est ici au milieu de ses frères.

Quand au troupeau...

Le tracteur et les gréements seront vendus pour racheter d'autres vaches. Ce sera du gaz de moins à payer. Les chevaux feront
l'affaire. Je montrerai à Pierre comment faire des chèques, lui dirai de
séparer la paye de la vente de la crème en petites tranches, pour clouer
le bec aux chialeux, l'avertirai de ne pas se faire rouler, tout et tout.

Qui sait? Cette... cette Krystine n'aura peut-être pas à mettre
les pieds ici?

Bella-Rose surprend les filles ébahies. Elle ne se rend pas
compte qu'elle fredonne gaiement.

Une idée mijote dans la tête de Pierre et chemine. Il ne passera
pas sa vie au derrière des vaches.

Hier, en refermant la porte sur sa brassée de pains déposée sur
la table, un des fils du boulanger lui a donné le filon. À condition que
Réjean accepte, bien entendu.

Bella-Rose, devant le visage accablé du jeune boulanger, s'empresse de s'informer.

— Pour l'amour du ciel, qu'est-ce qui t'arrive mon garçon? Tu
as l'air au bout de ta corde.

Le corps robuste et jeune tombe, avachi sur une chaise, les
bras suivent, ballants.

— Parlez-moi-z-en pas! Depuis la mort de papa, rien ne marche. Mes frères sont pas intéressés, pis l'ont jamais été. Ils travaillaient seulement parce que papa les obligeait. «La *business* s'en va en gandole». Ils sont tout le temps partis sur une brosse et maman ne sait plus quoi faire. Tout seul, j'y arrive pas. Pis papa a fait crédit à ben du monde, ben gros de monde.

Pierre baisse les yeux.

— Maman dit que tout va mal, continue le bon garçon au coeur débordé. Ah, si papa vivait.

Le costaud jeune homme laisse échapper un soupir. Il les quitte en haussant les épaules, résigné. Il disait vrai. Si son père vivait.

Son père, cet homme pieux et bon avait décidé un bon matin de faire un pèlerinage à Rome. Il se disait qu'après avoir travaillé pendant vingt ans sans jamais prendre de repos ni de vacances, il pourrait suivre la fièvre religieuse et se payer un beau voyage pour voir le Saint-Père.

Berthe, sa femme, que l'idée de quitter son foyer et la phobie de l'avion rendaient malade, ne l'avait pas accompagné. Le destin? Une intuition féminine? Qui sait?

Au retour, son avion frappe le flan de l'Obiou, se désagrège, entraîne dans la mort plus de cinquante occupants, dont son mari.

Le choc passé, il fallait survivre. Mais le coeur de ses trois fils envolés dans l'euphorie de leur jeunesse, n'avait su prendre racine. La boulangerie, jadis prospère, décline lentement et la rend dépressive. Seul le benjamin semble vouloir tenir le gouvernail désaxé. Mais la lourdeur de la tâche courbe vite son échine. Certains soirs, il découche à son tour.

La brutale réalité gifle le visage de la boulangère. Son jeune, étranglé par l'incompréhension de ses frères, raconte à qui veut l'entendre ses problèmes de famille, à l'insu de sa mère, honteuse d'avoir un tel fils indiscret.

* * *

Pierre, d'un violent coup de bras, retrousse les bidons de crème qui s'alignent sur le tapis métallique roulant, fuyant dans la beurrerie. Son attention reste captive par une conversation entre deux hommes.

— Paraîtrait que Mme Fortin est très malade, dit un homme maigrichon. Que va devenir la boulangerie? Du si bon pain. Sans pareil! Quelle tristesse d'avoir à traîner des garçons fainéants, grugeant ou ratatinant un héritage florissant.

Pierre ramasse les livres de beurre que lui présente le beurrier et file à la maison. Il ne porte aucune attention à l'autobus disparu au bout de son regard, qui ramène sa tante Bella-Rose, partie retrouver oncle Paul en Afrique.

Une profusion de mots colorés avaient coulé sur son départ. Sa lâcheté tentait une esquive. Tant de conseils, tant de morale prodigués giclaient sur sa fuite morbide. Les enfants, embobinés par ce langage abondant d'hypocrisie, agitent l'oubli. Pas dupes, ils la laissent dire et dire en silence. Elle empestait l'égoïsme. La porte refermée sur elle et son souvenir, un vent de libération envahit soudain la campagne verdoyante.

Pierre se surprend à siffler en route. Il se sent des ailes. Cette tante trompeuse pesait lourd sur eux. Cet étrange sentiment le suit jusqu'à la ferme. Trop nébuleux, il le laisse tomber au vent du large quand il aperçoit ses deux petites soeurs debout qui l'attendent. Il n'a pas jugé opportun d'avouer ses projets d'avenir à sa tante. Leur vie, leur existence échappe à cette femme. Un immense soupir de tristesse se décroche aux confins de son âme et le pénètre tout entier. Un tel désintéressement peut-il exister? Il ne lui est pas permis d'en douter.

Réjean le rejoint dans la remise, un marteau en main. Il aime ce frère qui sent l'homme. Sur ses traces, suent de partout la ténacité et le courage. Il vogue envers et contre tous, sans relâche, sans animosité. Réjean aime la terre, et la terre se fait tendre pour lui. C'est ici, et pas ailleurs, qu'il veut vivre et accrocher des marmots à ces grands peupliers ployés sur son toit.

Pierre cherche une fente pour fixer le clou de ses pensées.

— Réjean. Qu'est-ce que tu dirais si j'allais travailler à la boulangerie? Mme Fortin est très malade. Des hommes ont parlé au village. Le train est pas trop long asteure, il reste seulement cinq vaches.

Je pourrais payer le compte du pain avec mon travail. Dans un à deux mois, tout est effacé. C'est le temps que je fasse quelque chose de mes quinze ans.

Son discours vidé d'un trait, de peur qu'un refus, qu'une objection vienne saper son courage, il baisse la tête, gratte le sol de son pied, attend. Il attend derrière son cheval, le tapotant le coeur serré et la gêne nouée en plein milieu. Il n'ose soutenir le regard de Réjean, perdu dans un coin de sa tête. Sa réplique lente tarde à venir, lui fait perdre espoir.

— C'est dur de travailler à la boulangerie. Hervé m'en a parlé. Il faut se lever de très bonne heure, suer; suer tout le temps. Puis on a les cochons, les poules, les moutons à soigner, ici.

Pierre ne bronche pas. Il sait que ces arguments ne tiennent pas debout. Érika soigne les poules depuis un bout de temps, quand au reste. Son frère peut facilement tout gérer seul.

— Si tu penses que tu es capable, essaie, consent enfin à dire le grand frère. Je trouverai le moyen de passer à travers.

Le jeune homme avance, plonge ses yeux dans ceux de son frère et sourit.

— Tu sais, je t'aiderai. Ma journée finit quand la tienne est à mi-chemin.

— On verra, dit Réjean compréhensif.

Pierre, survolté, enfile l'avenue du courant d'air.

— Érika, cours pas si vite, attends! J'ai une nouvelle à t'annoncer.

* * *

La brune enfant remonte sur la pointe des pieds de ses treize ans, se retourne à l'appel de son frère qui s'époumone inutilement. Elle plisse les yeux noyés de soleil et continue à piquer des épingles à linge sur les vêtements mouillés de sa famille, qu'elle vient de laver jusqu'à la trame. Elle remonte du revers de la main une mèche de cheveux rebelle, espérant chasser du même coup la pensée de tante Christine, qui vient lui remuer la mémoire à la sauvette un peu trop souvent. Cette étrangère venue remplacer sa mère si bêtement, trop bêtement.

Cette femme qui se dit leur tante et qui n'en est pas une. Une putain, comme dit tante Bella-Rose. Et tante Bella-Rose sait de quoi elle parle, elle! Une femme à la langue roulée de sons bizarres. Une tante si collante. Si... qu'elle a envie de partir à courir, quand sa grosse bouche puante s'approche de sa joue. Une tante pleine de secrets clandestins. Sa mère disait que la vie doit être claire comme de l'eau de roche! Les secrets, c'est fait pour être versé dans les confessionnaux aux oreilles d'un prêtre.

Moi, je n'aime pas le monde à secrets. Ma vie, c'est de l'eau de roche! Je me sens bien contente de suivre les conseils de maman. Une autre? Personne d'autre ne viendra la remplacer. Le bonheur savouré lors de son départ précipité, provoqué par tante Bella-Rose, perd de sa saveur, de son piquant. Elle voudrait continuer de la haïr, qu'elle n'arrive plus. Cette idée la rend perplexe et la trouble. Une réponse se présentera un jour, se dit-elle.

Pu-tain... pu-teint...

— Érika, écoute. Mais écoute donc! J'm'en vas travailler au village.

Inutile. La porte de cuisine, brusquement refermée par le vent sur elle, laisse Pierre là, planté au pied de l'escalier, penaud et désolé. Tenu d'écouter le silence diluer son allégresse, il songe, ombrageux.

T'es donc haïssable Érika, des fois!

La vie a parfois de ces indifférences!

Chapitre XIII

Une ruade

Je suis seule, songe Érika.

Tante Bella-Rose est partie pour la ville. Tout lui fait drôle d'être seule. Le silence l'intimide. La maison s'agrandit. Sous ses pas craquent tout à coup plusieurs planches, elle recule. La cheminée de briques chantonne sourdement, pourtant c'est l'été. Érika referme la porte sur ses plaintes. Affolée, elle descend à la cuisine. Ses larges fenêtres regorgent de soleil et la rendent plus à l'aise.

À treize ans, je regrette d'être maintenant vieille. Être vieille, ce n'est pas drôle. Pas drôle du tout!

Érika monologue, assise près de la table, où l'attend une pile de bas troués qu'elle vient de jumeler, en se demandant comment faire pour les repriser.

Retourner dans mon enfance serait si fabuleux. Là, au moins, on riait.

Elle se revoit qui allait chercher les chevaux, le matin, un plat d'avoine en main, avant de partir pour l'école. Elle ramassait les oeufs et se faisait chicaner quand elle s'écrasait le derrière sur une flaque de glace, le panier soudain transformé en omelette. Elle prenait un malin plaisir à courir le coq, rouge de colère, mangeait à pleines poignées le blé dans les poches de jute réservées aux poules. Elle goûtait la sensation unique à plonger les bras dans la mer d'avoine conservée dans un immense carreau. Elle s'exerçait les jambes et les bras aux courses affolées des veaux dans les longues allées de l'étable, en allant les faire téter. Puis une voix s'élevait quand les enfants se racontaient.

— Ces enfants-là travaillent trop! constatait grand-mère Veilleux, navrée.

Elle se souvenait du plaisir de se trouver bonne, à extraire du lait de ces fameux trayons de vaches énigmatiques, insensibles à ses efforts et questionnait sa mère, assise près de l'une d'elles, remplissant sa chaudière de lait chaud plein de broue, les mains rouges et crevassées par l'eczéma. Elle en ressentait un tel chagrin. Un jour, elle avait osé en parler à son père. Soulagée de l'entendre dire, un bon midi, que pour Annette la traite des vaches c'était fini, Érika en avait ressenti une immense joie au point d'en frémir.

— Trop c'est trop! répétait tante Justine. Ces enfants travaillent vraiment trop!

Elle revoyait sa mère se pencher sur les nouveaux-nés grelottant de froid d'une truie, puis les coucher sur une poche vide de moulée, dans le fourneau tiédi du poêle et les remettre à leur mère, une fois sauvés.

Un jour, elle avait ri de son père affairé à tirer une génisse par derrière, parce que la jeune maman le ruait à pleines pattes rigoureuses et fortes. Elle avait rigolé de lui encore plus fort, quand elle vit la jeune vache déposer, à son insu, une «bouse» en pleine casquette et le voir intrigué de sentir sa coiffure, si pesante tout à coup. Ses mains avaient caché sa bouche trop joyeuse, en le voyant mettre les doigts dans l'étrange pâté chaud nauséabond. La peur qu'il grimpe sa colère d'un cran l'avait fait disparaître. Heureuse de l'entendre se dilater la rate avec Réjean et Bruno, elle les avait imités.

Les chevaux! Ah! les chevaux. Elle aimait les reconduire aux champs le soir avant de souper, en goûtant la force docile et gratuite donnée par de si grosses et fortes bêtes devant sa petitesse enfantine. S'enivrer de l'odeur chevaline à satiété. Leur caresser la tête d'affection. Se mirer dans leurs yeux immenses. Sentir sur ses joues le souffle chaud sortir de leurs larges narines. S'amuser le samedi à brosser leur robe lustrée. S'émouvoir devant leur imposant poitrail où loge leur force, affirmait son père. Leur tresser la queue, une fois devenue grande. Piquer une coquetterie rouge à travers. Se gonfler le torse de joie, en palpant le courage et la témérité de son père, devant ces bêtes sauvages à dompter, la tête enveloppée d'une poche de moulée. L'écouter raconter ensuite ses exploits à ses amis sur le perron d'église, le dimanche.

Les chevaux. Papa les aimait tant! songe Érika en regardant un trou de bas disparu. Moi aussi...

— Les chevaux! Odilon vire fou avec ces bêtes-là, maugréait Annette.

Et le printemps...

Se creuser le nez dans la laine frisée des moutons et surveiller, amusée, les agneaux frétiller leur queue avec entrain en tétant leur mère, était pour elle un plaisir intense.

Le matin, avant le déjeuner, en écoutant le bruit sec de leurs talons s'incruster dans la croûte pétillante de la neige figée par la froidure de la nuit, les enfants couraient de chaudière en chaudière pour cueillir le précieux filon des érables. Puis, ils revenaient à la maison prendre un copieux déjeuner et partaient ensuite, heureux pour l'école.

— Prendre l'air de bonne heure le matin donne de la santé! assurait Pélagie, la grand-mère, à sa soeur Justine.

Quand ils avaient la permission, ils allaient pêcher à l'aide d'un sac en jute rouge, vide d'oignons, les minuscules poissons aussitôt remis à l'eau parce qu'ils n'aimaient pas les manger. Les promenades à l'école en poney: quelle griserie! En juin, sur le chemin du retour de l'école, ils flânaient en écoutant chanter le petit ruisseau longeant la route. Le samedi, jeter dans la batterie un immense tas de paille pour la semaine «passait le temps».

— On a été mis sur la terre pour travailler, pas pour flâner! disait son père.

L'été...

Au poulailler, elle se demandait comment les poules pouvaient dormir chaque soir, ainsi juchées sur une étroite planche et passer la nuit, sans tomber. Les voir fouiner dans les cailloux environnants avec avidité la surprenait.

— Manger des cailloux donne des coquilles solides, avait expliqué sa mère.

À même la nature, elle saisissait les secrets de la vie. Elle et sa soeur Christine les surveillaient pondre des oeufs. Un par jour, jamais deux. Ce coq! Ce gros coq, le cou allongé jusqu'au plafond, qui faisait la loi et semait l'orgueil en s'époumonant à perdre haleine!

— La nature, c'est la vie, répétait souvent sa mère.

Un soir, Érika avait trouvé grandiose cette découverte de chiots nichés dans un coin reculé de la tasserie de paille. Elle avait examiné pendant des heures les yeux aveugles des chatons en se demandant s'ils voyaient. Elle leur avait inventé mille pièges pour en trouver la réponse. Elle avait surveillé la formation d'un immense nid d'hirondelles dans un coin du plafond de la galerie, fabriqué de leur bave et de terre. Un été, son père avait détruit un nid de guêpes à la fumée. L'automne, pendant qu'il labourait des champs d'un mille de long, elle s'amusait à compter les vers derrière lui.

D'autres images défilent leur nostalgie.

Raconter à son animal préféré ses gros chagrins à mesure qu'ils surgissent. Se mourir de langueur devant le feu dansant à travers les trous de la porte du poêle en hiver. Vivre en soi dans l'attente qu'il cesse sa magie. Surveiller recueillie, la tempête de neige gribouiller la campagne à sa merci, à son caprice. En sentir les soubresauts entre les murs frileux de la maison. Écouter le chant du vent, enjôleur et plaintif à la fois. Le voir jouer aux ombres chinoises sur les murs, soudain enrobées de noirceur. Toucher par la pensée la vie en elle qui butine les soirs d'orages.

Découvrir les trésors démodés du monde riche, enfouis au troisième étage dans les immenses boîtes en carton et en bois, remisés au grenier par tante Bella-Rose. Puiser de quoi se vêtir chaque été. Courir les vaches en robe de velours ou en soie brodée à la main. Chausser de magnifiques souliers en cuir véritable, à bout trop long et à talons trop hauts. Les couper à l'égoïne sur l'établi du hangar avant d'aller râteler le tour des clôtures à la main.

— Le travail ne fait pas mourir! ajoutait grand-mère Beaubien.

Un visage surgit. Tante Bella-Rose.

Elle trouvait juste l'opinion de son père sur sa sœur Bella-Rose. Une tante dont le grenier regorgeait de sa générosité: robes, souliers démodés, manteaux usés, Bella-Rose! Un nom qui lui convenait à merveille. Une tante hors pair. Elle était le vrai miroir de la vie en rose.

Elle revoyait sa mère glousser son amour en changeant la couche du bébé et la sentait heureuse de voir ses enfants manger ses tartes avec gloutonnerie. La voir sourire en devinant que papa s'était levé la nuit pour voler du sucre à la crème, le pied aussi léger qu'un oiseau et nier son geste le lendemain matin la bouche pleine d'ironie, la remplissait d'aise.

Rêver à ces souvenirs d'enfance. Ces visites inoubliables de Tantine, aux valises incrustées de surprises, dont le bonheur se multipliait d'une visite à l'autre, c'était le bon temps.

Pourquoi cette folle idée, cette hâte effrénée de grandir quand le nid du passé se voulait si velouté?

Vieillir. Hélas! Son souhait s'est exaucé.

Elle est maintenant seule... la seule femme de la famille: la famille la plus jeune de la paroisse. Le chef a seize ans et le bébé ne fait plus dans ses culottes... depuis peu. Au milieu, une branche coupée du tronc familial veut tenter de se bouturer au village dans une boulangerie. Quinze années de sève en terre familiale suffiront-elles à le nourrir? Érika, juchée sur ses treize ans qui viennent à peine de fleurir, est seule et déjà vieille.

Sa famille pique la curiosité le dimanche à la messe. Chacun se demande quand ces enfants vont lâcher prise. Des enfants prendre charge d'une ferme, on n'a jamais vu rien de pareil. Seuls en plus, c'est encore pire. Tant qu'il y a du grand monde chez les Beaubien, le monde espère. Ce matin, oui ce matin, tout le monde a vu la tante Bella-Rose prendre l'autobus, enroulée dans son inconfort, la tête affairée à ranger ses idées infectes sur ses bouts de souliers noirs et les mains crispées sur son grand sac à main. Le monde l'a vue enfiler la porte à vive allure pour s'enfoncer dans le coin le plus obscur de l'autobus. Oui, le monde a tout vu. Il s'est senti honteux d'être du grand monde.

Tante Bella-Rose est partie.

Depuis une semaine, elle n'a cessé d'être gentille. Elle a parlé. Tant parlé que leurs paroles se sont enfuies de peur d'être noyées.

— N'oublie jamais, dit-elle avant chaque phrase, comme pour se rassurer d'une crainte qui ne la quittait pas. Lave ta soeur chaque matin, surtout les oreilles!

Elle ne les a pas oubliées celles-là. Nettoie les chaudières de la laiterie, le centrifuge.

— Heurk! Pas besoin de me répéter ces corvées! Oublier ce travail qui lève le coeur? Jamais! soulève son aversion journalière.

Tout tournait autour de la propreté: son cauchemar.

* * *

Pierre s'achemine à la rencontre du postillon. Le soleil a basané son torse juvénile et beau.

— Whooo! crie la voix rituelle.

Pierre prend l'enveloppe.

— Rien qu'une lettre?

— Une. T'en attends une autre? De ta blonde, peut-être?

Pierre sourit, se tait. Pas la peine de répandre les niaiseries.

— Salut jeune homme! toussote le postillon grassouillet enlisé dans ses insinuations amicales roucoulées.

— Salut bien, lance-t-il, anxieux de connaître le contenu apporté ce matin.

L'homme lui tend une lettre et harangue le cheval. Son long parcours débute et le temps se rebelle.

Pierre tourne et retourne la lettre. Au bout de la table, ses mains nerveuses ouvrent la mystérieuse enveloppe.

Monsieur... Il cherche l'essentiel. À la suite de notre visite... Nous regrettons de ne pouvoir accepter votre sirop d'érable... Sincèrement vôtre.

Pierre, hébété, se tait. La missive entre les mains immobiles, il range ses idées.

— Pourquoi?

— Qu'est-ce qui se passe?

Il continue atterré.

— On comptait sur cet argent pour acheter des vaches. Ce doit être un malentendu. Pourtant on l'a réussi. Jos Fortin disait qu'il en a jamais goûté de meilleur. C'est la première fois qu'on nous refuse, constate Pierre, la lettre mille fois relue. Je ne comprends pas.

Il ignore les insistances et les arguments de tante Bella-Rose. Elle a tant tenu à son prix qu'ils lui ont laissé.

— Nous reviendrons, avaient conclu les hommes décidés à ne plus perdre davantage de leur temps, à faire plier une telle entêtée. Ce matin, il se retrouve sur le point de perdre cent gallons de sirop d'érable; le prix de quatre vaches.

Le soleil plombe sur la cabane à sucre, songe Pierre inquiet. Le sirop surira.

En proie à son angoisse intérieure, Érika surveille son frère disparaître vers la rivière où le troupeau est parti boire. La lettre entre ses doigts, elle prie le Seigneur que ses frères trouvent une solution à ce nouveau malheur à endiguer.

* * *

Juin tire à sa fin.

Sans certificat, elle ne figurera nulle part. La tristesse et l'amertume l'envahissent. Au loin, elle traîne la nostalgie des visages connus, rayés de son univers. Le soir, dans son lit, elle songe. Plus jamais de livres scolaires à palper, à découvrir, se dit-elle désolée.

Un coup de vieux amplifié la nourrit. Elle se sent ignorante. Quels jours longs, vides, routiniers et inutiles rempliront désormais sa vie, sous la tutelle de ses frères, responsable d'une petite soeur attendant tant, tout. Elle, qui n'a rien à donner, ou si peu. Que son possible.

Dehors, le jardin semé par tante Bella-Rose fleurit de toutes ses mauvaises herbes. Plus par crainte de la voir surgir que par intérêt, elle entreprend, un bon matin, de le sarcler. Angélique s'installe allégrement dans le carré de carottes et le nettoie... complètement. Par bonheur, il en reste un autre.

Érika décide donc que la petite fera plutôt la cueillette des oeufs. Sa joie à son comble, elle court au poulailler. Cette gaieté communicative entraîne aussi sa grande soeur. Elle se sent si proche d'elle. Tellement proche qu'elle court la retrouver. Par elle, malgré elle, Érika réussit à aimer son jardin, ses poules et ses fraises. Pas un jour, la petite ne manque de l'y amener. Sa curiosité débordante pique la sienne. Une pomme sortie d'un bourgeon, une petite fleur mauve, une fraise verte, un ver à gros noeuds, un limaçon si lent qu'il en bave. Que dire du jour où elle découvre une énorme fraise mûre au jardin. Érika devine qu'elle veut la manger. Elle se trompe. Placée au creux de sa menotte pleine, elle la dépose sur la table et la contemple, captivée. Une si énorme chose. Soudain elle relève la tête, le sort en est jeté.

— Pour Réjean et Pierre, au dîner, décide la mignonne petite bonne femme.

Un moment elle hésite, regrette sa générosité.

— Ils mangent des fraises?

Son regard l'invite au mensonge.

— Tout le monde aime les fraises, Angélique.

Alors la petite jupe de coton fleurie se dandine, grimpe sur l'évier, prend quatre plats à dessert, coupe la fraise et dépose un quart de fraise dans chacun des plats et la recouvre de sucre.

Le repas enrobé de bonne humeur arrose le babillage animé d'Angélique. Tant d'amour se devine dans ce brin de fille au coeur d'or, issu du don de sa fraise.

Le lion et la souris de Lafontaine lui murmurent:«nous avons besoin de plus petit que soi». Retiens-le, Érika. Retiens-le! Le jardin respire la prospérité. Elle voudrait que tante Bella-Rose le voit.

Elle ne vient pas, ne vient plus. Si, un jour. À son insu, elle lui fait la plus grande peine depuis la mort de ses parents.

Accompagnée d'un homme au volant d'un immense camion, elle fait semblant de s'intéresser au jardin. Pour lui plaire.., elle envoie Érika à la rivière, pareille à une petite fille stupide qu'elle n'est plus. Détestant l'engueulade, elle obéit. Angélique la suit, ce qui lui donne une mine réjouie et satisfaite. Sur son ignominie, elle parsème de l'intérêt à tout. Une seule bête l'intéresse. L'homme trouve le poney splendide. Il offre deux cents dollars. Une affaire en «or», extraordinaire, vite bâclée. Il dépose les billets verts dans la main hideuse et charge l'animal qui hennit en guise d'adieu. De la rivière, Érika l'entend, mais elle croit que Réjean l'amène brouter. Bella-Rose dépose les deux cents dollars à la banque, et s'enfuit. Une lettre, mise sur la tablette de l'horloge, leur explique les raisons de sa «bonne» action.

Vilenie!

Elle les aime et veut leur bien. Elle a bénéficié d'une chance inouïe et ne peut les attendre. Madame préfère suivre le même chemin du retour, pour ne pas les déranger dans leurs travaux.«Imaginez! J'ai trouvé l'argent pour l'achat de deux belles vaches. Cet argent plus rentable est mieux utilisé que la possession de cet animal inutile, qui mange et ne donne rien en retour. Pierre, consulte Anaclet, pour cet achat». Bella-Rose passe sous silence la peine faite à sa grande nièce, qu'elle effleure en ces termes:«Érika a trop d'ouvrage pour s'arrêter et perdre son temps à flatter un poney. Son devoir est de prendre soin d'Angélique et de la maison». Sa méchanceté suffisamment enrubannée, elle termine sans remords, les embrasse «affectueusement» et signe: tante *Bella-Rose*.

Un torrent de larmes entremêlées de sanglots, voire de haine, se déverse sur son oreiller. Proches, compréhensifs, ses frères assis de chaque côté de son lit, lui caressent la tête. Son coeur évidé, Réjean tente de la ramener à la raison.

— On comprend ta peine. Elle t'aime plus que tu penses.

Les yeux courroucés de la grande soeur le foudroient.

Il continue.

— Elle ne voulait pas te montrer comment c'était dur pour elle. Tu sais qu'on a besoin de faire réparer la pompe? Le moteur est fini. Faut éviter de manquer d'eau, tu comprends?

Pierre la soulève, la presse contre lui et demande.

— Quand est-ce qu'on mange?

La belle brunette sourit. Un sourire émaillé de larmes surgit des profondeurs de son amour fraternel invincible. D'un bond, elle est sur pied. Nourrir ses frères... Vilaine paresseuse, debout!

La saison des foins s'annonce belle.

Ses frères travaillent d'arrache-pied. Le foin des champs disparaît en un clin d'oeil. Ils jubilent. Le beau temps les a gâtés, enfin! La vente du tracteur a ramené cinq vaches. Le reste a servi à payer des contes pyramides, comme les graines de semences du printemps.

Enfin, se pointe un radieux soleil sur leurs vies. Sur le perron d'église, leurs visages illuminés se racontent. Le monde les entoure, amusé, ému de tant de courage juvénile. Ils apprennent de partout, par tous les pores de leur peau. L'un indique quand vendre les veaux. L'autre explique comment clouer de la planche «embouftée». Un autre s'avance et parle de foins, de moisson, de pacage, de labours. On dirait que tout le monde les regarde travailler chacun chez lui, dans sa tête. Puis, les femmes s'amènent et prennent d'assaut la pauvre Érika, abasourdie de tant de secours. Malgré elle, une experte en tout est née. Elle sourit, heureuse, les salue de la main, les remercie et leur donne rendez-vous au dimanche suivant. Elle a fait provision de chaleur humaine et d'entraide pour la semaine entière et davantage. Dans la voiture les ramenant à la maison, le choeur de chant paternel renaît de ses cendres, faible mais tenace.

À l'horizon de leurs succès et de leurs réussites plane un nuage. Un des quatre chevaux est malade: une vieille jument noire, docile, que le mal a rendu agressive. Sous son jarret droit, près du sabot, coule du pus. Elle désorganise la bonne marche du travail, car il faut deux bêtes par voiture. Jadis fringante, elle est devenue boiteuse depuis trois mois. Elle est misérable à voir et s'appuie à peine sur ce sabot, toute écrasée qu'elle est sur l'autre patte. La douleur accentue sa méfiance pour les étrangers. Chaque jour, sa plaie est arrosée d'eau tiède savonneuse. Ce traitement semble la soulager un brin. Il arrive que Réjean l'amène prendre l'air dans un enclos à sa mesure proche de la maison, là où le groin des porcs s'amuse à creuser des trous.

Un matin, ses frères l'oublient. Érika décide de lui faire voir ce magnifique soleil.

Réjean fauche la dernière «attelée» de foin de la fin de semaine, Pierre revient de la boulangerie sous peu. Son initiative les comblera: eux qui ont tant à faire.

À son joyeux hennissement, elle voit qu'elle sent le plaisir proche. Elle sourit.

Angélique, obéissante au refus d'Érika de s'approcher, joue insouciante à la balle sur la galerie. Son plan fonctionne comme sur des roulettes. Elle ouvre la barrière. Les cochons grognent leur mécontentement devant ses mains vides: tout glouton qu'ils sont. La jument se pique obstinée dans l'entrée et obstrue le passage que la «grande» fille ne peut refermer.

Son coeur donne du coude. L'inquiétude la gagne. Que faire? Les oreilles de la bête couchées dans sa crinière n'indiquent rien qui vaille. Les pourceaux chevauchent entre ses pattes à la recherche de l'issue libératrice tant souhaitée. Elle les surveille affolée, sa bouche cachée par ses mains. Comment faire bouger cette vieille entêtée. Déjoués, les porcs s'enfuient, frivoles, sur la route de la liberté. Que d'instants inutiles à les poursuivre en perspective. La jument fait quelques pas. Elle tire sur la corde, tire et tire. Un vrai âne! Peine perdue. Le cheval-barrière reste intransigeant.

Quelle embarrassante situation démesurée pour une jeune fille!

Elle enlève la corde du licou. Subitement, sans raison, la pimbêche avance vers le champ vert. Ses larmes de dépit arrosent son chandail troué des jours de semaine.

— Tiens, ça t'apprendra!

Érika lui assène une bonne fessée sur la cuisse de sa jambe malade. Une violente ruade la projette au loin. Sa vue s'envole en déboulant des pensées brisées, ébréchées. Tout tourne. La terre frémit. Devant, dansent les cochons en forme de cercle vertical.

Angélique... la rejoindre. Sans faute. La... clôture... L'atteindre. Une jument démesurée, déformée dans son regard broute lentement, insensible, insignifiante.

La tête lui élance, le coeur lui lève. Son oreille droite bourdonne. Elle sent un liquide chaud couler sur son front. Elle titube, se relève, tombe, retombe.

La clôture s'éloigne à la mesure de ses efforts.

Angélique... Angélique. Elle veut vomir. Angélique. Ne me laissez pas seule...

Elle ne marche plus. Elle est un singe à trois pattes. Elle titube encore. Difficilement, elle résiste à la terre qui ondule sous ses pas confus. La clôture, enfin. Une chaloupe ballottée sur un océan déchaîné. Érika s'agrippe à la chose, la traverse. Son estomac n'en peut plus et se retourne à l'envers.

La maison... là. Toute proche. Y arriver. Faire des efforts surhumains. Proche? Non, loin. Très loin. À l'infini de ses efforts. La clôture et elle forment un curieux couple. Lentement, par secousse, elles «marchent» ensemble, quand Érika ne vomit pas. Puis, les lilas, la balançoire à corde pendue à une branche de l'érable, la clôture du jardin... Que c'est long!

Enfin! La galerie se dessine, posée dans un trou noir et vide.

Sur la galerie, la petite Angélique, stupéfaite, voit tomber Érika. Sa figure ensanglantée la terrifie. Elle crie et pleure en tournant ses mains dans la jupe de sa robe jaune gondolée. Autour d'elle, personne.

Les pourceaux de malheur grognent partout en avant de la maison. Certains plus audacieux fouinent dans l'herbe du parterre. D'autres, sans égard tout à coup, sautent un peu partout et font tomber leur devanture en formant des mini-cercles ridicules.

Entre la terreur du sang sur le front d'Érika, plus horrible est sa crainte de ces gloutons. Le souvenir d'être restée prisonnière un moment dans une allée de la porcherie, suffit à la momifier. Vite, elle s'enferme dans la cuisine et surveille l'inconnu des événements démesurés à travers le moustiquaire, pétrifiée d'angoisse.

— Maman, maman! vocifère sa tête prête à éclater.

Érika, immobile, étendue, qui sue du sang, la propulse au faîte de l'inquiétude. Il faut l'aider. Les cochons pourraient la manger.

— Érika, dors pas. Lève-toi.

Une plongée vers les porcs disparus, la soulage. Comment résoudre un cauchemar d'adulte pour une fillette de deux ans?

Elle prend une débarbouillette et essuie le front rouge qui se salit à mesure. Ses pleurs se mêlent au sang qui coule. À genoux, près de sa grande soeur endormie bêtement, elle sanglote d'impuissance, de désespoir et de solitude.

— Maman... Tantine... Réjean... Pierre... Pierre, implore son tourment.

Des mots noyés dans l'immensité de sa petitesse.

Sur le bout des orteils, elle interroge le dessus de la rampe. Une voiture réelle ou imaginaire semble grossir au loin.

— Pierre, s'écrie-t-elle, élancée à sa poursuite, oubliant les porcs qui dansent un rituel douteux. Assaillie par eux, ils la clouent d'effroi à l'érable d'où elle s'agrippe, les yeux crispés à mourir. Ils dansent proche, loin, grognent à deux pas de ses oreilles, ne la touchent pas. Ses doigts blanchis par la terreur incrustés dans la pelure de l'arbre cèdent de douleur. Elle se retourne, pétrie de frayeur. Sa gorge asséchée n'émet plus aucun son. Les fous de joie, fanfarons débiles, épris de liberté, repartent vers la rivière.

Le corps enfantin cédant à l'emprise excessive de sa peur, court vers le secours sur la route graveleuse de l'espoir. Jos Drouin, le conducteur, accentue le trot de son cheval à la vue de la petite, échappée de la maison, courant à perdre haleine. Sous l'interrogation de l'homme lambin, Angélique piétine le sol, son bras agité pointe la maison. Un malheur est écrit sur son visage laiteux et dans son regard préoccupé. D'un bond, il empoigne l'enfant qu'il assied sur lui et repart en trombe. Angélique se tait, se terre entre ses bras robustes et chauds.

Le corps inerte qu'aperçoit l'homme est toujours recouvert d'une serviette, déposée malhabile sur la tête d'Érika par le petit bout de femme recroquevillée sur lui et qui pleure. Il descend de voiture, examine la fillette inerte, grimace et harangue sa bête.

À coups de fouet, le cheval retourne presque sur deux roues, ramène les occupants et revient d'un même élan avec le docteur.

Pierre le devance à peine. Un mouvement de recul passé, le grand frère, au visage éperdu d'inquiétude, fait galoper sa jument et va puiser de l'aide auprès de Blanche, la femme d'Anaclet.

* * *

— Aâââtthhh!

Un objet dur cause une vive douleur derrière l'oreille d'Érika. Dans la brume qui l'enveloppe, des visages déformés la scrutent par moment. Un vieil homme tient cet objet. Il tente de faire pénétrer une matière blanche débordant de la cavité crânienne.

Une dame questionne.

— Qu'est-ce que c'est docteur?

— La cervelle, répond le médecin préoccupé.

— La cervelle!!

— Oui madame, affirme la voix à peine audible. Voilà! Tout est replacé. Il ne reste plus qu'à attendre le temps et la volonté du bon Dieu, soumet l'homme, ridé par les interrogations profondes.

— Va-t-elle guérir docteur?

La pensée du médecin qui range ses outils, se fait muette.

Cette voix... qu'Érika entend... ne lui est pas inconnue. La femme du méchant boudin. Celle qui arrête le sang et qui vient quand sa mère achète des bébés. Oh! ma tête, ma tête!

Elle la cherche dans la brume épaisse de son regard. Elle parvient à peine à capter les voix proches chuchotées. Son mal de coeur s'amplifie.

De nouveau, le trou béant et noir s'ouvre. En elle, la vie sommeille.

Derrière le poêle, le chien «cile».

Blanche, inquiète, nerveuse au chevet de la frêle enfant, interroge le temps.

Les minutes, les heures s'éternisent.

Elle a succédé à Laura la sage-femme, sa belle-soeur, elle-même succédant à la grand-mère Veilleux effondrée d'épuisement.

La pâleur du mince visage blafard enfantin s'accentue.

— Qu'est-ce qu'ils font qu'ils n'arrivent pas?

Elle allume deux cierges encadrant le crucifix. Des heures graves et lourdes s'amoncellent. Cent fois, elle replace la boîte à bijoux au même endroit sur l'ancien chiffonnier de la défunte grand-mère Beaubien, trace le même trajet autour du lit, soucieuse, s'étourdit; son corps resplendissant de santé face à la mort couchée dans le grand lit et prête à bondir. Comment vivre cette... cette si affreuse chose? Elle s'était objectée, prétextant qu'elle devait aider Anaclet aux champs. Mais, Anaclet avait lui-même pris les cordeaux de la voiture et avait traversé la rivière pour la reconduire, lui ordonnant de rester le temps nécessaire. Avouer avoir peur de la mort, c'est faire preuve de faiblesse. Si un jour, on l'apprenait? Son orgueil dégringolerait au plancher. Non, il ne fallait pas montrer cette faiblesse. À petits pas, elle s'aventure dans la chambre, pour tenter de l'amadouer. Une si étrange chose. Un soupçon de chaleur l'envahit, la pénètre à la vue des cierges vacillants. Face au crucifix triste, contre la mort si proche, elle lutte, s'agenouille et prie à mi-voix pour la convaincre de fuir ailleurs. Un léger mouvement des draps la fait frémir. La mort aurait-elle étiré son corps au milieu du lit? Pétrifiée, elle n'ose se retourner. Des *ave* précipités déboulent de sa bouche crispée.

Qu'est-ce qu'ils font qu'ils n'arrivent pas?

Les garçons sont à l'étable.

Le silence lugubre dans la chambre de l'accidentée, s'infiltre partout dans la maison moite d'appréhension.

— Acte de contrition... De la poussière sur la tête rapiécée de la Vierge. Notre Père...

Sa main maladroite accroche la statue «maganée». En se fracassant, toute poussière a disparu. Elle aperçoit à ses pieds un papier enroulé, découvert sous la vieille fissure réouverte.

Un frisson glacé parcourt son échine et fige sa bouche restée ouverte. Hébétée, elle s'interroge. Toutes prières ont cessé.

Derrière elle, Érika et la mort se battent. Que faire? Érika ne verra rien, se dit-elle, souhaitant se soustraire aux soupçons.

Elle approche sa curiosité maladive du secret. D'une main nerveuse, d'un geste vif, elle ouvre le papier jauni.

Des pas dans le corridor dérangent son ardeur. Vivement, elle replace les morceaux de la statue et les appuie sur le rebord du chiffonnier aux pattes vieillies.

Pourvu qu'elle tienne bon. La pauvre Vierge semble se rendre à son désir et cache la brèche de son épaule, courageuse.

Innocemment, le papier insolite se retrouve dans sa poche de robe. Sa pensée, déjà en alerte, se met en branle.

Angélique apparaît.

— Ah, c'est toi?

Honteuse de l'avoir oubliée si longtemps, elle lui trace un sourire en guise de regrets.

Tranquillement, se glisse la muette enfant sous le couvre-pied d'Érika. Sa grande soeur a tant de chaleur à donner, pense-t-elle.

Blanche se frictionne les bras d'effroi. Comment une si petite fille pouvait s'étendre si proche de la mort avec tant d'insouciance?

Le regard fixé sur le visage immobile, blafard et émacié d'Érika, Angélique attend, espère l'impossible. Peut-être une parole, un signe? Alors, fatiguée de guetter, elle se rejette sur le dos. Une larme intermittente coule sur ses joues creuses.

Blanche, envoûtée par sa découverte, oublie la mort et se précipite dans la salle de bain. Le rouleau insolite entre ses mains, son regard mijote au loin dans un champ. Non. Pas tout de suite. Pourtant, il faudrait savoir.

Un bruit lourd éclate.

De ses mains, la feuille tombe. À nouveau, le secret retourne dans sa poche du tablier.

Angélique ramasse et range le cierge éteint par elle, poursuivie par un regard de femme, coupable, nerveux et courroucé.

Une voiture s'annonce.

Un homme en robe noire entre à pas discrets. Il tient un coffret rutilant dans ses mains recouvertes d'un long foulard blanc dentelé. Sur les genoux pressés, la frange dorée se dandine et retient l'attention d'Angélique. Il commence des prières ferventes. Je vous salue Marie pleine de grâces...

Quand est-ce qu'il va repartir? songe Blanche, distraite par sa découverte.

Enfin, le bon M.le curé daigne les quitter en marmonnant des litanies de réconfort, que Blanche accepte, la tête à cent lieux, pensant au fameux papier.

— Très bien. Vous reviendrez quand il vous plaira, M. le curé, lance-t-elle, son bras vigoureux claquant la porte sur le prêtre un brin vexé.

Sa tête remise à l'endroit, elle s'essuie le front, les mains et les pieds comme pour en extirper les doutes malsains dansant en elle. Blanche prête l'oreille.

Érika se meurt.

L'eau bouillante du robinet tombe dans le vieux plat à vaisselle de granit bleu et blanc écaillé. Sous la vapeur chaude, montée de la vaisselle souillée, Blanche recule. De l'index, elle lisse le tuyau qui suinte.

Malgré son attention soutenue aux plaintes, régulières et rassurantes, issues de la chambre du fond du corridor, son esprit divague au-delà du drame qui se joue sous ses yeux. Nul jour ne se perçut plus lourd pour elle et sa conscience. À la pénombre, elle a lu ce qu'elle eut désiré ne jamais savoir. Tout le mal répandu méticuleusement, étourdiment par elle, s'avérait réel, véridique. Que faire? En parler à son mari? Il ne la croirait pas. Au vicaire? Il la traiterait de chapardeuse d'idées!

Le vicaire. Un personnage horripilant qu'elle fuyait comme la peste. Pourtant, ce secret réhabiliterait sa réputation entachée à tort, croit-elle, de médisance.

Rampante sous la sensation d'importance éprouvée lors de sa nouvelle nomination comme maître-chantre de la chorale paroissiale, prise au piège, vautrée d'orgueil, elle brodait et dansait sur les mots comme sur son orgue.

Et puis après, se disait-elle. On peut bien s'amuser un peu. La vie est si courte. Tout le monde placotte.

Elle songea à Rosa, la putain, au Juif, le marchand usurier, au maire du village qui vendait son sang trente piastres la pinte.

Chapardeuse d'idées. Le vicaire l'avait bouchée net, ce matin-là. Elle baissa les yeux, fit mine de rire et s'enfuit à toute volée chez elle, chercher dans le dictionnaire la signification de ce mot.

Aujourd'hui, elle ne volait pas les idées de personne. Ce qu'elle avait à leur apprendre était pure vérité.

Du haut de son petit jubé, elle voyait ces gens se lever au *Sanctus*, se rendre communier à la sainte table. Alors, sans remords, elle descendait à son tour recevoir fidèlement la consécration de sa vie spirituelle.

Considérée comme la doyenne du potinage par le vicaire, qui ne manquait pas de la soumettre à la réalité, elle sut malgré tout prolonger l'histoire du forgeron agressif, finalement excommunié de l'église pour ses prises de bec avec le curé du temps, en pleine maison divine, contre l'achat d'un orgue monumental excentrique.

— Rien n'est trop beau pour le bon Dieu, avançait le prêtre.

— Le bon Dieu ne demande pas de nous saigner à blanc, pour lui! C'est de l'orgueil, osait affirmer l'homme bouffi de colère.

Blanche brodait et brodait.

Rodolphe, *brandy nose*, trouva les raisons de boire dans les principes légers de sa femme.

— Un cocu, disait Blanche, blanche de plaisir. Bonnes raisons de lever le coude. Qui n'en ferait pas autant? Grande courailleuse! Sa femme dort le jour et trotte la nuit. Au moins, le brandy empêche ce pauvre homme de se rendre compte qu'elle le trompe. À force de ramasser les dégâts de son Rodolphe, ce dernier va en venir à bout, un jour. Il finira bien par l'amadouer.

L'amadouer. Un mot que Blanche n'avait pas réussi pour son mari Anaclet.

— Des bâtards, jamais on en aura! Tiens-toi le pour dit! lui lance-t-il, un jour, convaincu de ne plus discuter ce sujet brûlant.

L'inévitable accepté, il avait conclu, amer et méchant.

— C'est toujours pas de ma faute si on peut pas avoir d'enfant?

Un violent coup de vent achève de pénétrer ces mots lapidaires au coeur de Blanche, par la porte refermée brusquement.

— Ça serait-tu de la mienne?

Bouche bée, Blanche le voit disparaître par le sentier longiligne où il se sent indispensable, dans le beuglement matinal des animaux. Pauvre homme!

À l'infini du sentier, elle continue sa route du souvenir. Il devient jeune, mince, timide, souriant. Il s'arrête au premier jour de leur rencontre.

Un soleil splendide taquine un vent doux, aux senteurs endimanchées. Elle a revêtu sa légère robe, en mousseline jaune, que bouscule le vent frivole. Elle enlève ses gants pour mieux renouer les cordons de son grand chapeau de paille blanche des grands jours. Par mégarde, elle en échappe un.

Anaclet, marchant à distance étudiée, ramasse cette chance inouïe, met le gant dans sa poche de manteau. L'après-midi de ce jour illuminé, l'heureux prétexte en main, il vient rendre l'objet retrouvé. Grisée de sa naïve timidité empreinte de douceur et de charme, ils s'unissent trois mois plus tard au pied de l'autel.

Il n'avait cessé d'être bon et beau, résument ses souvenirs.

Elle biffe, d'un trait imaginaire, la naissance du sourire pointé à ses lèvres et retombe sur terre. Ce matin, cet homme, son homme si blessant, à peine reconnaissable, souffre. Elle soupire, lissant ses cheveux. Il ne fut plus jamais question d'adopter un enfant.

Le temps atténue sa blessure mais jamais ne la cicatrise.

Éperdument éprise de la vie, elle décide de combler cette vie sans enfant. Elle achète un piano, agite ses doigts ankylosés, parcourt des cahiers poussiéreux.

Peu à peu, Anaclet prend plaisir aux sons harmonieux, tend l'oreille, ébloui. Sa femme possède un talent caché. Il l'amène un jour jusqu'à l'orgue de l'église.

— Joue, dit-il, disparu dans l'escalier, ne lui permettant pas de rouspéter.

Dans la nef, son chapeau roule dans ses mains et son oreille attend, patiente.

Au son de l'église, soudainement émoustillée, le bedeau surgit derrière la sainte table, s'étire le cou, froisse les yeux, porte attention, court au presbytère, revient avec le curé et Blanche se retrouve au clavier le dimanche suivant.

Depuis, elle joue.

Blanche, la femme d'Anaclet, apprend à bavarder des saisons, des foins, des maris des autres, des enfants des autres, tannants, détestables, mal élevés, que ses frivoles chanteuses du chœur de chant, astucieuses, expertes et méchantes dépeignent, sans remord. Elle joue de l'orgue et de la langue allègrement. La vie est belle.

Les enfants. Elle se méfie de ce sujet et se tait. De dépit, elle détourne la conversation et potine, rieuse, pour éteindre le feu de sa souffrance interne. Toujours piquer l'intérêt, pour éviter les questionnements, est sa devise.

Un jour, sur le feu de son emportement, elle raconte l'histoire de Jean le paresseux. Les yeux se pendent à ses lèvres, les oreilles s'aiguisent.

Où prend-elle toutes ces histoires? se demande l'une d'elles, jalouse. Elle, une Rapportée!

— J'aimerais donc le savoir, ose s'informer cousine Laura, d'habitude insensible aux cancans et aux mémérages du village.

La voix comédienne s'amuse, Blanche jubile.

— Un jour, le curé passait chez Jean pour sa visite paroissiale. Selon la coutume, il lui demande sa dîme ou une corde de bois, au choix. Jean le paresseux se lève, insulte le curé.

— Pourquoi je vous donnerais quèque chose?

— Le curé ne vit pas de l'air du temps, mon Jean.

— Pis moé non plus. Savez-vous ce que vous êtes? Un profiteur! Un quémandeur! Un inutile! J'ai pas besoin de vous pour vivre!

Jean, le paresseux, ne pratiquait pas.

Les voix s'élèvent. L'atmosphère s'échauffe, le bras de Jean gifle la sainte joue. Le curé, selon Blanche, pointe le ciel du doigt et lui promet le châtiment avant que le soleil fende le clocher de l'église.

Jean, le paresseux, orne sa porte de jurons diaboliques en poussant le curé dehors. L'après-midi, il se rend au moulin à scie chez Émile Boisvert. En racontant son histoire, il passe le bras un peu trop près du danger et vlan! Son membre est coupé net. Il se précipite dehors où il tombe et voit le soleil faire éclater le clocher de mille feux. Transporté à l'hôpital, il se retrouve seul et ne revient plus mettre les pieds au village. Depuis, il est disparu dans la brume du temps. On le dit mort aux États, conclut Blanche les bras en l'air, rouge de joie.

* * *

La brave femme retombe dans l'humble cuisine des orphelins Beaubien. Machinalement, Blanche range les assiettes essuyées. D'un va-et-vient absent, elle porte les derniers couteaux au tiroir de la table. Elle contemple Angélique assise au pied de l'escalier, qui ne la voit pas.

La petite, sur la pointe des pieds, s'amène au tiroir et bruyamment parvient à trouver un couteau. Pas n'importe lequel: le beau, le neuf, le plus coupant. Elle se dirige vers le coin de la grande table, la mine sérieuse, et entreprend de gruger de son «jouet» une patte de table jusqu'en bas, perdue dans son monde silencieux. Un geste si interdit, un manquement si flagrant, que quelqu'un la remarquera, enfin!

La femme, distraite, absente, pourchasse sa mémoire envolée dans une vertigineuse remontée dans le passé. Intruse, sinueuse, elle pénètre dans l'église.

Le piaillement des chanteuses cesse lorsque paraît Blanche. La pointant du doigt, l'une d'elles affirme.

— Blanche me le jure!

Importunée mais consciente de sa popularité, elle souscrit aux femmes bavardes et surenchère.

— Bella-Rose m'a tout raconté.

— Bella-Rose, celle du grand monde?

— Mariée à un professionnel?

— Pas de doute. Si Bella-Rose le dit, c'est vrai, affirme une grande mince, naïve.

L'heure propice aux aveux, Blanche laisse entrer le silence religieux avant d'ouvrir l'écluse verbale.

— Paraîtrait...

Blanche récite fidèlement les péripéties de l'accident mortel des Beaubien. La terrible nouvelle s'est faufilée en traînée de poudre dans toute la paroisse. Certains ont laissé leur travail, ont attelé un cheval, se sont rendus au village, chez un voisin, un ami ou un parent; afin de remettre du calme dans leur estomac bouleversé. La nouvelle prenait mille détours, s'allongeant, se recroquevillant, se déformant. Un tel enchevêtrement de racontars et de vérités fut bientôt impossible à démêler. Peu avaient cru bon se rendre à la source. Ils préféraient attendre l'opinion de Blanche le panier percé, qui donnerait la vraie version des faits.

Blanche se contente de raconter lentement le récit de Bella-Rose, sans ajouter ni changer un mot, au grand désespoir des chanteuses assoiffées de potins frais. Elle aimait Annette. Une femme réservée, discrète, peu bavarde et qui savait écouter. L'écouter. Une sainte oubliée sur terre. Oeuvrant du matin au soir pour sa trâlée d'enfants, souvent tard la nuit. Du mérite à revendre. Garder sa belle-mère! Une bonne femme détestable au possible, incapable de bonté. Blanche referme le robinet de paroles. Les chanteuses prennent leur place, ouvrent leur livre, s'apitoient sur la catastrophe, clament leur pitié.

Puis, les jours s'égrènent, glanent leurs histoires coutumières ou inusitées. Le vicaire constate que Blanche se transforme. Peut-être à cause de cette... , cette..., songe-t-il, incapable de décrire l'étrangère rencontrée le jour fatidique et de la nommer comme une femme.

Une énigme, le séjour de cette «Christine», cette inconnue à la fois fuyante et chaleureuse, insaisissable, revêtue de chics vêtements, assortis de son éternel sourire ambigu, impuissante à percer les us et coutumes de ces gens si simples, si différents du sien, qui rend tout le monde silencieux sur son passage.

On la surnomme La Rapportée.

Tels les nouveaux arrivants, venus s'établir dans la place. Des intrus; hélas! trop nombreux, juste bons à étouffer ou déranger les pionniers. Il n'était pas rare de voir que certains dans leur tombe, ayant vécu une vie entière sur un morceau de la paroisse, retournaient à la terre dans un rectangle près de l'église comme un Rapporté. Ils n'avaient pu franchir ce curieux mélange de possessions envieuses et de jalousies malsaines, entretenues dans leur coutume par les pionniers.

Cette femme offrit à Blanche d'intarissables racontars, de profondes questions irrésolues sur cette énigme.

L'ère du placottage renaissait de plus belle.

Devant la clé de cette énigme résolue ce soir, Blanche se sent perdue, dépassée. Une occasion unique, inouïe, s'offre à elle. Revendiquer les titres d'une telle histoire l'anticipe de gloire. MAIS. Il y a un mais. La mort est là, dans la chambre au bout du corridor qui la terrifie.

Dehors, la nuit se fait encre. Elle croit entrevoir l'image d'Annette à la fenêtre.

Heureusement, la flamme du poêle vacille, entretenant la vie. Au loin, au fond de la maison, cette plainte lancinante, inlassable, chante à son oreille. Parvenue de cette chambre de la mort, la noirceur du couloir se modifie en une main qui s'allonge, s'allonge derrière son cou et la saisit!

Un frisson coule le long de son épine dorsale. Elle ferme les yeux. Des petites mains frigorifiées s'agrippent à son cou. Angélique lui a sauté dessus à l'improviste. Elle ouvre la lumière, aperçoit les copeaux de bois par terre et la patte de table grugée par le couteau solitaire, honteuse d'avoir séjourné dans le passé si longtemps. Elle dépose Angélique sur une chaise berçante et entreprend à la hâte de faire disparaître son incompréhensible négligence. Puis, elle s'élance sur la mort qui, face à face, lui semble moins impitoyable que dans son imaginaire et gruge ce corps juvénile à peine issu du limon de la terre.

Érika poursuit son combat.

Sur sa chaise, Angélique berce sa détresse, sans que personne n'y porte attention.

Sans bruit, Blanche replace le papier dans la statuette qu'elle recollera à la nuit avancée, quand la maison ronflera profondément.

Chapitre XIV

Félix poursuit ses recherches

Félix gravit lentement la rue qui le sépare de la gare du CN au magnifique hôtel Fort Gary dont les carrures arrondies suscitent l'attrait des visiteurs. Le froid mordant et sec de décembre, dans l'Ouest canadien, roule sur la plaine en saccades effrénées, s'accroche à la ville, la saisit de frissons imprévus et sournois, qui la giflent.

Félix relève le col de son manteau de drap, recale son casque de poil et porte une main nerveuse à son genou. Les plaques de métal crissent sur ses os vieillissants. Il lève la tête, s'assure de l'endroit. La chaleur d'un lit douillet tuera la fatigue de deux jours de voyage en train et ravivera les forces qui palpitent en lui, quand il ouvre la porte. Enfin, il est arrivé. Le Winnipeg Free Press sous le bras, il congédie le *bell boy* au sourire figé et niais, d'un tintement métallique au creux de sa main et se jette, mi-dévêtu, dans le corps accueillant du sommeil. Il scrutera la ville, plus tard. Une fois restauré, debout, mains en poches, le visage noyé de soleil, il écoute monter la joie de se retrouver nageant dans une mer de souvenirs.

Winnipeg.

Une ville piquée dans la plaine blanche, l'hiver. Une ville embusquée par deux rivières: l'Assiniboine noire, suspecte et la belle Rivière Rouge sinueuse, capricieuse, qui veillent installées confortablement à califourchon sur leur quotidien. Le monde, issu de multiples races européennes semées dans la plaine sur l'invitation gouvernementale des années 1930, émiettées par hasard dans ce coin de planète grandiose ou mystérieux, agglutinées à l'espoir, pousse la vie. Des coeurs meurtris de ces hommes, souvent mités par les guerres du vieux continent, une vie neuve éclate, vive et enjouée. Son architecture européenne, aux couleurs tendres et claires enjolivent ses rues, d'où émergent ses habitants cicatrisés. Une délicatesse, une quiétude infinie sont

nées du passé et ont habillé les parois des édifices d'une couche prometteuse de confiance. L'étranger, vite plongé dans cette ambiance, se
sent familier et dépourvu de tristesse.

Félix aimerait finir ses jours, allongé quelque part dans ce sol.
Pourtant elle a changé, cette ville. Des édifices neufs sculptent l'horizon. Ses quartiers ruissellent dans l'immense plaine ouatée en essaims
gracieux. Elle a mis au rancart de ses rues ses manteaux noirs rapiécés, rougis de vieillesse et a garni ses épaules d'étoffes épaisses et
chaudes, puis, a revêtu ses têtes de pelures d'animaux luxueuses.

Dieu, qu'elle a changé cette ville!

En face de lui, il examine la gare du CN. Une immense fourmilière où s'étirent, un à un, des wagons interminables sur une route
de fer jusqu'aux confins de l'horizon.

Un cheveu noir sur une page blanche.

Son sol contient les pistes usées à peine perceptibles de Christine. Il les époussettera toutes. Il mettra tout son temps, le temps nécessaire. Au détour, il humera les infinités d'odeurs de chaque recoin,
rafraîchira son regard, renouera ses anciens souvenirs dans les bistrots
jadis familiers et cachottiers, dont les tables tremblantes aux vents et
marées du jeu, ont vu fondre des fortunes. Se griser en une nuit, des
têtes de geai. Se rider des visages crispés sous la montée fiévreuse de
richesses dérisoires et éphémères. Les cartes. Les cartes! Le poker. Le
vice infâme, indomptable. Jadis, il se grisait de cette euphorie électri-
sante, procurée par ce plaisir souvent coupable et malsain. Aujour-
d'hui, son but est différent. À travers ces carrés astucieux et imagés,
il épongera le passé et cherchera à l'épuisement s'il le faut, les traces
de cette femme-énigme: Christine.

Sur l'image imprécise de ce visage qu'il tente d'esquisser, se
dresse clair et précis, celui de Wilhelmine, sa femme.

Wilhelmine. Chère Wilhelmine! Une aristocrate lady anglaise.
Un monde. Un autre monde, qui m'est étranger, que j'ai tenté en vain,
d'apprivoiser.

Portage Avenue. Un îlot de bonheur enfoui sous les dédales de
son désenchantement. Son souvenir l'attriste.

— Bad weather, this morning, répètes-tu sans arrêt.

Comme si la température était devenue l'unique préoccupation de ton voyage. Je ne la trouve pas si mal vois-tu, à côté de cet affreux climat monotone, pluvieux, grisâtre et désespérant de ton Angleterre. Au moins, ici, la diversité des jours et des saisons assaisonne notre vie. Tu n'arrives pas à te sentir bien, chez toi, ni heureuse. En toi, l'ennui croupit et te ronge. Pourtant. Pourtant, nous connaissons la joie, l'enthousiasme, la fougue des jeunes amours dans cette maisonnette sobre de la rue Portage.

Je me souviens. Mes efforts pour te combler n'ont d'égal que la pauvreté de mon imagination. Malgré tout, tu ris. D'un rire franc, éclatant et narquois qui m'amuse. Un rire teinté de sarcasmes que je mets sur le compte de ton adaptation à cette vie dure mais trépidante, pour qui veut y mordre à pleines dents. Un moment, tu t'intéresses à notre commerce. Hors, la régularité de ton quotidien t'ennuie. Tu rêves de soirées mondaines, de sorties exotiques que je ne peux t'offrir. La hargne s'empare de toi. Une hargne profonde, acerbe, imprégnée de malice et de méchanceté. Je décide de vendre le magasin. Tu jubiles à l'idée de changer d'air. Vancouver. Nous déplaçons nos pénates à Vancouver. Pas un mot! Pas un mot tu ne prononces dans ce long périple à travers la plaine flamboyante dorée. Tu rêves déjà au monde réinventé par tes fantasmes frivoles. Winnipeg reléguée aux oubliettes, Vancouver t'ouvre ses portes. Des portes fastueuses à ta mesure. À ton monde, qui m'est inaccessible. Un univers fait d'hypocrisie, de suffisance mesquine, d'interdits stupides et incohérents.

La guerre, enfin, recouvre mon corps d'un éblouissant costume convenable à ton monde artificiel. Je te plais dans ces atours. Tu roucoules. Tu es belle, ainsi vêtue de convenances. Tu organises à la hâte de grandes soirées qui grugent notre maigre budget. Qu'importe. Je pars et tu célèbres... ce départ. On verra l'ampleur de ta grandeur, au moins une fois dans notre vie et la beauté de ton monde insipide qui m'attire, tellement il pique ma curiosité. Le monde doit être à l'image du tien: fou, insolite, léger. Tu déprécies l'autre monde ou le reste du monde. Idiot, ingrat, médiocre, te plais-tu à répéter. Cette mesquinerie m'agace mais je me dis qu'un jour tu t'assagiras. Forcément tu change-

ras. Foutaise! Tu emmures ma vie de flasflas et de porcelaine. Je
mange une nourriture fade, dans des assiettes étincelantes et je bois
mon lait dans du cristal de Chine insipide. Un monde futile et pailleté
enveloppe notre univers triste à mourir. Tu es une femme-statue enrobée d'écharpes chatoyantes, au centre vide. Je dois porter mon costume
de major pour tout et rien. Le prix de l'aristocratie. J'essaie en vain de
m'y conformer. J'espère que... peut-être. Un enfant arrangerait les
choses. Il n'en vient pas.

    — Se peut-il que tu sois minable au point que la vie à donner
te fuit? me déclare un jour ton dépit méprisant.

    J'en doute maintenant. Je dois être un raté, puisqu'elle l'a
affirmé. Elle qui savait tant, tout. Pourtant, Wilhelmine, je t'aimais.
Ton babillage m'amusait. Il reste en moi le goût de toi. Espérer qu'un
jour, je boive la dernière goutte de ce verre, la dernière succion et que
je le dépose une bonne fois sans y jeter un regard? Une sorte de fin
paisible. Une journée éreintante, mouillée d'un sommeil profond et
réparateur? J'aimerais vivre cet instant. Finir ma vie en buvant ce
verre. Fermer les yeux de ma mort, sans cette souffrance inassouvie.

    Un raté? Je ne suis pas un raté. Je te le prouverai.

* * *

    Le tintement de la monnaie au fond de sa poche ride son front
et obscurcit ses yeux. Les cartes. Faudrait bien les arrêter. En elles, sa
maison brûle à petit feu. Le trois-quart de la vente y est passé. Oui.
Faudrait les arrêter.

    Il porte une main à son genou droit douloureux. Damnée
guerre! Elle a retourné sur la berge de la vie des hommes tout en
morceaux. Une autre femme tente une percée.

    Christine a vécu ici, quelque part entre les néons clignotants et
les trous noirs des rues. Trouver une personne, une trace d'elle dans
cette ville ne sera pas chose facile. Tant pis! Il mettra le temps voulu.
Il fera les églises, les registres, les bureaux de poste, la mairie, tout,
tout. Canadienne française montréalaise... elle devait être catholique.

Là-bas, dans le monde de son enfance, il pleuvait des églises. Alors, il traversera le pont et prendra d'assaut Saint-Boniface.

— Tiens, justement, j'en vois une.

Un moment, le ciel revêt sa jupe rose dentelée de blanc. Il relève la tête, songeur. La voûte, soudain, change d'idée, enfile son écharpe bleu obscur et enrobe la plaine de son immense manteau noir.

Comment se protéger des traîtres soubresauts de la froidure de la nuit? Il accentue le pas. Les divers néons éclaboussent, en saccades, les fenêtres givrées. Il met la main sur son estomac impatient. La vie a coulé si vite aujourd'hui.

Ses projets continuent de tracer leurs lignes, dans l'infini de la nuit envahissante. Il se jure de la retrouver. D'elle, lui viendra la preuve de sa virilité. Il écrira à Wilhelmine lui annonçant qu'il est père, s'imposera à sa conscience, inventera une histoire, scrutera longtemps le ciel rejetant ses gros oiseaux de fer, l'accueillera à la passerelle, la cajolera, lui proposera le remariage, s'il le faut. Il a raconté qu'il était marié mais ce n'est plus vrai. L'enchevêtrement de sa vie personnelle serait trop long à défricher. Il ne s'y retrouve plus, lui-même.

Enfin, à nouveau réunis, il déposera ses os usés dans une vieillesse honorable, sous son ombrelle d'où seront absentes les cartes devenues inutiles. Ses fossettes se creusent. Que de joies en perspective! Sa main caresse un estomac affamé. Il cède et va souper.

Le jour se lève paré d'une humeur massacrante. Il fait un froid polaire. Pas moyen de mettre le nez dehors. Il entrevoit à travers le givre percé par son doigt, les passants pressés. Des robots sans nez, ni bouche. Les pauvres! Être obligés d'affronter ce vent, cet hiver brutal. Il commence à comprendre Wilhelmine.

Un calendrier de la Great West s'impose sur le mur gris près de la commode. Décembre. Dans deux jours ce sera Noël. Un autre Noël habillé de solitude et d'ennui. Un de plus ou de moins... il en a vu d'autres. Pourtant. Vivre le Noël familial de son frère lui aurait été chose facile.

Qu'est-ce qui m'a pris de fuir aussi vite? La peur? Un coup de tête? Oui, un coup de tête. Insensé! Ce qui est fait, est fait. Sa main intensifie la lueur de la lampe de sa chambre d'hôtel sombre. Tant qu'à niaiser, niaisons utilement. Il ouvre le bottin téléphonique et commence ses recherches. Son courage usé, il songe.

Si j'allais à la Légion.

Trois jours frigorifiés l'ont cloué au téléphone. Il porte une main lasse sur un front ridé, frotte son genou récalcitrant. Ses courses verbales dans la ville n'ont rien donné.

Sur la porte refermée, le froid radouci se montre moins rébarbatif. Il scrute, attentif, l'enseigne recherchée. La Légion n'a pas changé depuis le temps. Murs de bois emmiellés d'âge et de souvenirs, le lisse des cheveux de George VI intact, des photos de grandes batailles, de grands généraux canadiens statués de gloire, boutonnés de médailles, que de précieuses parcelles de souvenirs. Un mur entier est piqué de décorations de guerre prestigieuses. Un pincement lui sort du coeur.

Ces Canadiens anglais! Le culte de leurs héros, ils l'ont. Au Québec, ils n'écoutent plus mes récits, ne portent plus attention à mes médailles. S'ils le font, c'est empreint d'une sorte d'envie ou de mesquine jalousie.

Attablé devant un verre, il porte intérêt à ce mur distinctif. Il se souvient avoir vu une collection semblable de tous les chérifs de l'Ouest, dans la grande salle du CN. Serait-ce le ressac du passé tumultueux de ces immigrants européens venus prendre racine au pays? Hollandais, Allemands, Lithuaniens, Russes, Suisses, etc. Riche mixture de noblesse millénaire reconstituée.

Un livre posé sur une table, en retrait, capte son attention.

MEMORIES.

Une sorte de recueils renfermant les noms de tous les anciens soldats canadiens, résidents ou passagers. Le grand livre dévoile des colonnes de noms, l'endroit de leur service, leurs éclats de bravoure.

En lui, surgit une envolée de sentiments curieux. Une succession d'émotions renaissent par la surprise et le plaisir de cette découverte. Va-t-il lui confier son passé? Il hésite. D'un regard craintif, presque coupable, jeté autour de lui, il relit les derniers noms et referme le livre. L'ouvre; le referme. Il réfléchira à tête reposée, une fois le trouble estompé. Ne pas oublier Christine est important.

Un homme jovial cassant l'anglais piaille. Il déborde sur les autres, noyés de fumée âcre. Petit, bedonnant, les cheveux calés, il s'affirme. Debout, une jambe repliée sur l'autre, une main cireuse appuyée sur la table, il fixe sa montre depuis dix minutes, sans jamais vouloir partir. Manie? Félix le fixe. L'homme se tait, plonge dans le regard curieux du nouveau venu qui attise sa curiosité. Il s'amène.

— Salut *chum*, entame Félix.

— Salut.

— Temps frisquet?

— Ouais!

— L'hiver n'en finit plus dans votre province.

— T'es pas du coin à ce que je vois?

— Non.

— T'es d'où?

— Du Québec.

— Ah ben, par exemple! Moé itou.

Félix fait la moue. Un mauvais numéro cet homme.

— Tu restes à Winnipeg, continue Félix décidé à maîtriser la conversation.

— Ch'us venu voir des parents y a betot trois ans. Pis ch'us resté. Toé?

— De passage.

— T'as fait la guerre?

— Les deux.

— T'as-tu écrit ton nom dans le livre?

— Pas encore.

— Faut l'écrire. Icitte on y tient. Une sorte de remerciement qui disent, pour ceux qui ont combattu la liberté. Tu comprends?

— Je comprends.

— Tu restes où?

— Dans Saint-Vital.

— T'es là pour longtemps?

— Tout dépend.

— Tout dépend...

— Une cousine à retrouver.

Le fouineux esquisse un sourire énigmatique, complice et continue de lire dans les yeux de Félix.

— Han! Han. Je vois.

— Laisse tomber.

— Cé qui ta cousine? insiste-t-il toujours.

Félix prend la pile de vieilles cartes posée au centre de la table, examine un instant la poitrine généreuse d'une jolie fille piquée au mur, les mêle machinalement. Une diversion s'impose.

— Tu travailles où?

— Au CN, su la manutention. Cé dur, mé ça paye ben. Pis j'aime voyager dans les Prairies.

— Le travail est rare, ici?

— Pas si pire. Au Québec, je travaillais sur la construction, au pic pis à la pelle, du matin au soir, pour un salaire de crève-faim. Dans l'Ouest, cé mieux.

— T'as fait la guerre?

— Pas moé. Mon oncle. Celui qui est assis là-bas dans le coin. Cé un as. J'aime v'nir avec lui à la Légion. Entre moé pis toé, cé ma tante qui me le demande darriére son dos. Ch'us, comme qui dirait, son chien de garde. Tu comprends? Y boit un peu trop pour son coeur pis, y a d'autres choses.

— D'autres choses? insiste Félix intrigué.

Le curieux bonhomme se penche, chuchote.

— Les cartes. Tu comprends? Un moyen bétail! Pas tuable. Ma tante qui n'a pas d'enfants m'a promis, tu sé quoi?

— Quoi? interroge la curiosité affûtée de Félix buvant amusé les confidences si gratuites de ce jeune homme lourdaud et pas mal niais.

— Ma tante m'a promis de me coucher sur son testament, après sa mort.

— Ouais... ! allonge Félix songeur et distrait, prisonnier des aveux de son interlocuteur volubile.

— Cé tu assez fort, testament!

— T'es chanceux. Ils ont de l'argent? fait Félix intéressé de s'en faire un ami, en cas de besoin.

— À dit que oui.

— Puis... t'as pas fait la guerre.

— J'avais la couche aux fesses, affirme l'étrange personnage, inconfortable dans ses mensonges.

La couche aux fesses... ouais. Jusqu'à quel âge? Une famille retardée que la tienne mon vieux, songe Félix malicieux. Autant ignorer d'où tu viens?

— Pis. Duplessis.

— Duplessis? reprend Félix devancé par l'autre.

— Y mène-tu toujours la Province?

— Comme un bon.

— Pas tuable ct'homme-là, non plus. Du pareil à mon oncle.

— Pas tuable, en effet.

— Cé quoi le nom de ta cousine? P't'ête ben que j'peux d'aider? On sé jamais?

— Christine Lavertue.

— Christine Lavertue? dit l'homme enfilant un long visage pensif. T'es ben sûr de chercher au bon endroit?

— ...comprends pas?

— La vertu. Cé en haut, pas icitte, fait-il pointant le ciel.

— T'es drôle toi, reprend Félix, peu intéressé. T'oublie son prénom. Christine.

— Christine Lavertue. Son nom de fille ou de femme?

— Son nom de fille. Son père avait un magasin général dans le temps, quelque part ici.

— Ah, ah! fait-il se grattant la tête. J'connais parsonne de ce nom-là. En seulement, mon oncle y pourrait p't'ête ben t'aider.

— Tu penses?

— Possible. Mé pas aujourd'hui. Faut que je m'en vienne dré là. Tu comprends? ordre de ma tante. On se reverra demain si le CN le permet.

Félix sourit. Cet homme, empressé à s'assurer à tout bout de champ qu'on le comprend, tellement il parle mal, lui est sympathique. Il le trouve chanceux de pouvoir travailler dans cette immense compagnie de chemin de fer. Tant de gens espéraient obtenir leurs conditions de travail.

— Bonne idée, renchérit Félix gonflé d'enthousiasme. Je te retrouve où?

— Icitte, si tu veux? Faut que je te laisse maintenant, sinon ma tante va encore envoyer la police.

— La police?

— Cé arrivé deux fois. J'veux pus me faire pogner. La damnée tante m'a menacé de partir. J'peux pas. Tu comprends?

— Comprends pas.

— Testament que t'es dure de comprenure! Le testament. À cause du testament.

— Je vois.

— Bon ben, salut, à demain.

— À demain. Je t'attends. N'oublie pas. Parle à ton oncle.

— Demain ch'sus là. Crains pas.

— Si le CN le permet, dit Félix ironique lui serrant la main.

* * *

Janvier.

Félix se morfond. Les fêtes sont passées. De traces de Christine, il n'en trouve nulle part. Il a réveillonné à la Légion, s'est fait des amis. Son nom figure en lettres indélébiles dans le grand livre des héros légionnaires. Il a étalé les détails de ses décorations sur une page entière. Tant qu'à passer, aussi bien passer en se faisant voir. Un fait l'intrigue. Il n'a pas revu son «numéro» québécois. Pourtant, une vague intuition le porte à penser que ce garçon ébouriffé par la vie lui apprendrait des choses. Une absence curieuse, énigmatique.

Où le dénicher?

En l'attendant, ses recherches sont demeurées vaines. Des gens lui ont montré, ce qui semblait être l'emplacement de cet ancien magasin général disparu sous le pic des démolisseurs. Un quartier neuf a surgi, meublé d'édifices financiers et gouvernementaux. Au centre, trône le Parlement protégé par deux immenses bisons, la tête en bouclier, qui accueillent les gens dans le grand hall d'entrée. Partout, le progrès a piétiné le passé implacablement.

Ce matin, il se lève dispos. Des tours de passe inouïs lui ont presque redonné la fortune. Hier soir, il a joué gros. La chance soufflait de son côté. Il se dit que, peut-être il devrait s'arrêter maintenant. On ne vient pas au monde deux fois. Une trêve s'impose. Se mettre à fond de train dans les recherches de Christine menées sous l'égide de racontars et de ouï-dire, c'est faire preuve de naïveté.

Cet après-midi, j'irai à Saint-Boniface. Une visite que je retarde depuis mon arrivée. En finir et repartir.

Il descend à la salle à manger se payer un gueuleton rêvé. Un homme mûr, le visage en retrait, derrière de gros verres à demi-teintés, mange dans le coin retiré de la grande pièce majestueuse. Ses gestes lents, posés, sa conversation parsemée de longs silences, sa façon de s'essuyer la bouche à toute minute, lui indiquent qu'un Anglais, un pur, a fait une trouée dans le décor. Un curieux malaise envahit Félix. Une inexplicable intuition l'obsède.

* * *

Je devrais partir. Fuir ce mur de doute inconfortable.

Félix résiste. Cet homme mange tranquillement, sans se soucier de toi. Tu t'inventes des histoires à ton âge! C'est honteux. Faut pas. Reste. Tant pis pour l'imagination biscornue.

La traînée d'incertitudes ne le quitte pas. Il porte une autre fois la main à ce genou grincheux et détestable. Il le sait. Sortir l'hiver, ce genou ne le tolère pas. Il sirote son thé, en pointant des regards discrets du côté de l'homme, jasant, insouciant et paisible avec une jeune dame venue prendre place à ses côtés.

Ce doute énervant qui le poursuit... sans arrêt. Une plaie! Une angoisse pernicieuse, nouvelle, infiltrée dans son imagination.

Est-ce lui?

Depuis deux jours, il est filé. D'abord, il a cru se jouer du caprice du vent, de l'ombre frivole. Il n'a pas prêté attention à ces pas uniformes, surgis de nulle part, tenant son rythme. Il entrait dans une boutique, une tabagie, glanait un peu de sécurité et repartait. Ces mêmes pas reprenaient sa piste. Il s'arrêtait dans le reflet d'une vitrine et scrutait le monde derrière son dos. Personne. Il ne voyait jamais personne. Un soir, un homme attablé comme lui à la Légion jouant aux cartes, ressemblait étrangement à ce dîneur.

Coïncidence? Hasard?

Il a pris l'habitude de loger sa chance dans un coin retiré de la salle légionnaire. Il peut, en tout temps, scruter en retrait les allées et venues de tous et chacun. Ce soir, il retournera au club au cas où... D'un geste vif il se lève. Mais son genou le rassied d'un bon coup de douleur. Félix apprendra à éviter de l'oublier. Lentement, il va à sa chambre se refaire les idées. Une incertitude accrue monte en lui.

Depuis quand le suit-on?

La garde-robe est ouverte.

Tiens, tiens... se dit-il les deux mains chiffonnant ses cheveux. Une lampe de chevet est allumée. Pourtant, je suis certain de l'avoir éteinte. J'éteins tout, j'ai peur du feu. La garde-robe... Il me semble... C'est possible. Ma vieille manie de soldat aura refait surface à mon insu. Le soldat garde son vestiaire ouvert en tout temps. Les ordres. Une inspection à l'improviste. Obéir sans discuter. Wilhelmine détestait la garde-robe ouverte. Elle trouvait cette manie insupportable. Une inspecteure-garde-robe-fermée avait surgi sous mon toit. La correction prenait forme.

Je pense trop. J'ai trop gagné hier soir. J'aurai oublié cette porte dans l'euphorie du moment.

Le dessin d'une idée se griffonne.

Passer à la banque. Prendre l'autobus en tout temps et en toute occasion. Ne plus marcher seul. Jamais! Me noyer dans la foule. Les foules. Trouver au plus sacrant des renseignements sur Christine. Partir. Fuir. Exorciser cette peur qui me colle au derrière.

De quoi ou de qui as-tu peur Félix? lui demande sa tête.

Je ne sais pas. D'ailleurs, la ville a beau se faire belle, les jours s'allonger, le soleil se faire tendre, elle ne m'attire plus. Des amis? Je m'en ferai ailleurs. Je ne suis pas à plaindre.

Certain? réplique encore la voix intérieure.

Je n'ai pas le temps de te répondre là-dessus, ma vieille. Mieux vaut te taire et te creuser les méninges à retracer les parents de Christine une fois pour toutes! Cet après-midi, sans faute. Sinon? Et ce Québécois qui s'est volatilisé. Si j'allais voir au CN... Essayer ne coûte rien? Ma dernière planche de salut. Ensuite je partirai.

Saint-Boniface. Paroisse du Sacré-Coeur.

Un curé-cathédrale parle.

— Oui, ils ont existé. Le père et la mère sont morts. Un frère est absent du registre. Pas né ici. Pas marié. Christine non plus. Personne ne s'est marié ici. Si mariés; pas dans sa paroisse. Une adresse a existé mais l'endroit est maintenant démoli. Il l'a connue. C'était une brave fille. Autoritaire, décidée et de l'entregent à revendre, bien du chemin devant elle, il lui voyait. Ne sait plus ce qu'elle est devenue. Le magasin a changé de nom avant le pic des démolisseurs. Dommage! Un homme bon et charitable; un père exemplaire à qui appartenait cette grande-maison-magasin-général. Ils dorment sur un flan de l'église.

— Venez, allons voir.

Félix lit ému des noms aux sons doux. Les grands-parents de son enfant. L'homme, grisonnant, le dos courbé, enfonce un peu la neige grumeleuse de son pied et caresse la pierre froide et lustrée. Un passé refusé, regrettable, regretté. Il serre la main de la cathédrale humaine et s'effile dans le souvenir du prêtre, le regardant disparaître au coin de la rue.

Félix reprend l'autobus les épaules lourdes de déception. Trouver la suite. Me rendre à la gare.

Un homme sombre, botté, casquetté, l'avise que le dénommé Hector Bertrand est à Calgary. Il ignore la date de son retour. Une absence normale dans ce métier, assure l'employé affable.

Proche, la tête renfrognée dans un journal, un homme à lunettes demi-teintées est attentif aux questions de Félix. Pressé, déçu, Félix s'agite, se recule, s'accroche à un obstacle, s'excuse. Le pied de cet homme a traîné trop loin dans l'allée de la gare. Félix a failli tomber. Le temps d'un éclair, il a pu voir de près ce mystérieux compagnon de son silence, de ses nuits blanches pensives. Félix croit avoir vu ce regard quelque part. Il relève le col de son manteau de pensées. Il frissonne. Sans se retourner, il sort précipitamment.

Que faire à présent? Quoi décider?

Il arpente la devanture de la gare, indécis, clapotant dans le flasque de la neige sale, à l'abri du regard que lui paye un homme grattant le trottoir. Sa douleur a amplifié. Elle devient insupportable.

Je dois courir vers une saison conforme à cette capricieuse palette métallique et lui obéir.

La pelle s'immobilise devant lui.

— Find something, Sir?

— No... yes. Someone.

— A person?

— A person.

— In Winnipeg?

— Oui. Yes.

— Tu parles français?

— Je connais tous les Français de Winnipeg.

— Ah oui?

— Mon père avait un magasin de chaussures dans le temps sur la *Main*.

— Un magasin général? Curieux. Je cherche justement à retracer les occupants d'un ancien magasin général. Un dénommé Alphonse Lavertue.

— Phonse Lavertue! Si je connais. Ils étaient des amis de mon père. On était à l'école clandestine ensemble.

— Clandestine?

— Celle où l'on apprenait le catéchisme et le français gratuitement, en cachette, le soir après quatre heures.

— Vous avez connu Christine Lavertue? affirme Félix, heureux
de constater que son fantôme prenait chair.

— Christine Lavertue, fille de Phonse? Je la connais un peu
mais moins que son frère qui était du même âge que moi.

— Vous savez où ils vivent?

— J'aime autant ne pas en parler.

— De Christine?

— Non, de son frère. Christine est partie un jour travailler
chez un de ses oncles, le frère de son père, à Régina je crois. Je ne me
souviens plus très bien. Elle a marié le fils de Griffin, l'associé de son
père. J'ai perdu sa trace, vous savez, depuis longtemps.

— Peu importe, monsieur. Vous me sauvez du temps. Beaucoup de temps. Grand merci.

— Salut, brossent les lèvres de l'homme debout, appuyé sur sa
pelle qui lorgne distrait, l'homme boitillant grisé de joie par leur rencontre imprévisible, inespérée.

Griffin... Étrange. J'ai connu un soldat à la guerre qui portait
ce nom...

Mars.

Winnipeg. Hôpital de la Miséricorde.

Félix debout devant une fenêtre cuisante de soleil, jette un
dernier regard sur cette ville qu'il veut fuir. Il prend le train pour
Régina dans une heure. Le médecin s'est objecté à un tel projet, mais
il a argumenté qu'une «roomette» sur le train n'était pas plus inconfortable qu'un lit d'une chambre d'hôtel, que Régina n'était pas au bout
du monde, qu'il n'avait aucune parenté à Winnipeg, que des parents
l'attendaient dans cette ville, qu'il espérait tant les revoir. Enfin, le
médecin consent après mûres réflexions.

Le seau de mensonges déborde. Il a si peur qu'il ne peut plus
tenir le coup.

Félix Beaubien, alias Félicien Beaupré quitte l'hôpital et recouvre son vrai nom. Il remonte à rebours le fil des événements jusqu'à sa

rencontre avec le pelleteux et se laisse glisser au creux de ses souvenirs, comme une chaloupe sur une rivière limpide.

À son retour de la gare, il découvre que sa chambre a été visitée. Un mégot de cigarette laissé dans un cendrier sur la table bien en vue, l'a figé sur place. Il ne fume plus depuis deux ans!

Il songe, un moment, à la femme de chambre entrevue un matin, la tête enrobée de fumée. Un oubli rare mais possible, sensé. Il fait le tour de la pièce. Tout concorde. Il refrène sa peur et ses doutes au fond de sa mémoire, prend un léger souper et se dirige à la Légion déjà bouillonnante d'humeur. Son genou hurle mais il s'assied malgré tout, dans son coin privilégié et s'amuse à étudier les visages. Un lieu familier, amical et chaleureux où pleuvent les amis.

* * *

Johnny s'approche pour une partie de cartes. Il brasse nonchalamment, perdu dans des minutes sans nom, noyé dans son monde. Il retourne une carte. Huit de carreau. Démarches ou affaires embrouillées. Sept de coeur renversé. Troubles. Dix de pique. La nuit, événement prochain. Neuf de pique. Mauvais présage, deuil, ruine. Il classe les cartes éparses. Rebrasse, recoupe et les tend à son copain poivre et sel.

La soirée commence.

Ici, il ne joue que pour le plaisir. Un ami, un authentique lui a indiqué le chemin des vraies. De celles où l'on met son âme, sa vie. Ce soir, il sera sage. Son tonus nerveux éreinté, crie relâche. Un *charlemagne* conviendra. Il jette un regard au vieux coucou embusqué au mur. Dix heures. Comme les aiguilles du temps dansent vite quand il s'amuse. Pouvoir l'arrêter pour faire durer le plaisir. Il balaie la fumée devant lui une autre fois. Il remarque un homme, assis le dos à lui, portant des verres à demi-teintés. Il frissonne et se remet au jeu soucieux. Il reconnaît l'homme qui vient vers lui. Hector Bertrand, le niaiseux. Il remarque ses amis s'écarter à la vue de ce Québécois minable, comme s'il puait. L'homme ramasse les cartes et les ondule distrait.

— Salut Major!

Félix grimace. Cet accueil sent le vinaigre.

— Tiens, salut T'en a mis du temps!

— Ben gros. Le travail tu comprends? J'sus pas major moé. Faut que je gagne ma vie.

L'arrogance du regard et la sécheresse de la voix figent Félix, sur la défensive. Il s'est levé du mauvais pied, songe-t-il conciliant. Amusé, il réplique.

— Pis t'as trouvé?

— Trouvé?

— Ma disparue.

— Ah oui! Ta cousine. J'ai oublié.

Félix baisse les yeux déçu. Il s'était accroché à l'espoir suscité par cet homme à son arrivée, mais cette bouée coulait à pic, pareille au langage de ce crétin.

— T'en fais pas, allez. Tire ta chaise et brasse.

L'homme debout, immobile, continue son étrange manège qui amplifie le mystère.

— Ta cousine?

— J'ai une piste, assure Félix heureux.

— Les pistes, tu sais, c'est comme les médailles. Si on a le malheur de les perdre, y sont pus trouvables ensuite. D'autres les ramassent, les salissent, les empochent. Hein major!

Félix, sidéré, perd la voix. Voilà qu'à l'autre bout de son pays, le même refrain se fredonne. Coïncidences? Connivences?

Un malaise grandissant l'envahit. D'où sort cette histoire? D'instinct, il scrute l'horizon compact et cherche la tête aux lunettes dans cette ouate enfumée et sombre. L'homme a disparu. Il s'en assure une seconde fois, pas de bonhomme. Hector tapote des doigts sur la table, impatient. Un être insupportable, songe Félix agacé.

— T'en a gagné des médailles, hein major! Y sont ti toutes à toé, ces bijoux?

Félix reste muet.

— Cé rare, pis cé fort, tant de médailles. Au Québec, on doit être fier de toé. Hein?

— Possible. Comment va ton oncle?

— Le vieux? Mort la semaine passée. Pas une maudite cenne devant lui. La vieille m'a eu, la maudite. Mé à m'aura pus. Tu comprends? enfilent les éclairs de ses yeux. J'lé par le bon boutte asteure.

— Je ne comprends pas.

— La bonne femme va me payer toute le salaire que j'ai passé avec son vaurien de mari. Si faut, j'la traîne en cour. Tu comprends? Sa maison y passera, j'm'en fiche. Si y en a un qui doit crever, cé pas moé. Tu comprends? Un major plein de médailles comprend ben des affaires. Pas vrai?

Félix tente une diversion.

— Régina, c'est loin?

— Pas loin, mé ennuyant. Après mon coup à la vieille, je pars pour Québec.

Félix baisse la tête, l'écoute penser. Des courbettes pour avoir le butin, ensuite mangeons-nous les uns les autres, songe Félix réaliste. Où a-t-il pris toutes ces informations à mon sujet?

Ah! Le livre. Là, posé sur une table en promontoire. J'ai écrit dedans. Je me suis vanté. Aller le relire est urgent. Non. Pas pendant qu'il fouine autour. Attendre. Le surveiller, filer et m'élancer sur la page. Voir si je peux arracher la feuille. Espérer être le dernier sur la liste. Effacer toutes traces de mon passage. Ni vu, ni connu. Feuilleter, d'abord en parallèle, pour remonter l'âge du livre. En venir au but en sournois, le coeur au galop, les fesses serrées. Mon histoire. Là. Sur une page complète. La tourner. Voir un... nom. Défaillir. Relire cette signature.

Griffin Kurny soldier. Nick name: The English!

Refermer le livre doucement. Avoir des gestes étudiés. M'asseoir un instant. Me dire fatigué. Très fatigué. Penser à aller me coucher. Fuir. Fuir en autobus. Enveloppé dans la nuit, espérer passer inaperçu. Entrer dans ma chambre et la trouver, retournée à l'envers. Tomber inerte sur le plancher. Me retrouver, je ne sais comment, sur un lit blanc dans une chambre d'hôpital. Trouver très curieux qu'ils ne sachent pas mon nom. Inventer en vitesse une réponse. Félicien Beaupré. Je me nomme Félicien Beaupré, (un oncle). Trouver bizarre après plusieurs jours d'avoir perdu tous mes papiers. Ne pas questionner. Attendre. Attendre cette damnée douleur qui met tant de temps à guérir. Reclus dans cette chambre, espérer ne voir surgir personne pour me visiter. Surveiller le temps qui passe. Lentement. Trop lentement. Sentir, peu à peu, la vie sourdre de la terre, à nouveau. Assister impuissant à l'éclosion hâtive du printemps. Me languir des jours, des semaines, des mois qui s'éternisent. Puis, enfin. Enfin, voir le médecin arriver en porteur de bonnes nouvelles. Libre. Ne songer qu'au retour à la chambre d'hôtel. La surprendre propre et rangée, mes papiers sur le bureau sous une revue. Pleurer de joie jusqu'aux racines du sommeil. Passer deux jours en liberté et prendre le train pour Régina. M'inscrire incognito dans une maison de pension pour une semaine.

  Griffin. Un nom ou un prénom? Damnée médaille que je ne trouve plus! Damné livre que je n'aurais pas dû ouvrir! Maudite page qu'il aurait fallu éviter d'écrire! Griffin. Un nom ou un prénom? Le «pelleteux» a dit que Christine était mariée à un Griffin, le fils de l'associé de son père...

  Maudite guerre! Si j'avais su.

Chapitre XV

Une visite au marché

La voiture roule maintenant depuis une heure. Le soleil magnifique amplifie le bonheur d'Érika. L'été se fait plaisir. Le cheval gambille sur ses pattes en roulis régulier, continu. Il ne semble pas s'apercevoir qu'elles arrivent à la ville. Tante Christine jette un regard nerveux et suppliant sur ses fleurs flétries par le voyage, assoiffées de fraîcheur, les priant de tenir le coup encore un moment.

La brunette retrousse ses bas neufs, trois-quarts, pour la xième fois. Elle ne sait plus. Beaucoup de joie et de fierté surgissent dans ce geste. Un regard biaisé sur sa jupe brune et son magnifique chandail, serin comme ses bas, lui indique une allure impeccable. Ces vêtements flambant neufs jamais portés par personne, achetés par Tantine à Montréal, la portent au faîte de l'euphorie. Satisfaite, elle explore les environs. Des fermiers s'affairent à l'abri des ornières de leur cheval. Ils lui sont indifférents. Droit devant, jusqu'au bout du souvenir, ce jour lui paraît le plus serein. Elle écoute glousser son bonheur et se tait. Tantine lui sourit, elle en fait autant. Pour la première fois depuis son accident, elle lui permet une journée normale. Qui plus est, consent à la prendre du voyage pour sa vente de fleurs et de légumes au marché de la grande ville.

Un matin, lui raconte Pierre, à bout de ressources, il s'assied au bout de la table, écrit à Tantine aux USA. Il ne peut plus quitter son travail qu'il adore à la boulangerie et se sent coupable vis-à-vis de son frère débordé à la ferme. Il lui suggère de vendre un morceau de terre, mais Réjean, buté, se rebiffe. Envieux, ce grand frère ignore à loisir le lourd boulot de Pierre à la boulangerie. Ingrat, il méprise son ardeur à effacer la dette de la boulangerie. Il s'enferme dans un mutisme enfantin, se disant incompris. Une atmosphère lourde, grise, malsaine montre ses crocs. Le diable est aux vaches. Pierre décide de crever l'abcès. La plume en main, il étale leurs déboires d'un trait et poste le tout aux USA.

Un jour d'été, un éclair d'espoir s'allume. Tante Christine entre de nouveau dans le décor.

Il parle, se raconte, se confie à cette personne chaleureuse. Le coeur léger, il retourne à la boulangerie.

Krystine court, inquiète, vers la chambre muette. Un profond soulagement lui monte au coeur à la vue d'une enfant pâle, affairée à se refaire une tête.

Longtemps, son regard admiratif reste figé. Pierre, cet homme-enfant engouffré dans le sérieux de la vie et qui surnage, si habilement, l'émeut. Elle l'aidera à diriger son ambition, alléger ses ailes, le voir voler librement, se faire un nid doucement.

Dans son lointain pays, tout marchait rondement. Mais elle crevait d'ennui et se languissait dans une léthargie pernicieuse.

Aujourd'hui, son pied a franchi le seuil de cette demeure affaiblie par les intempéries de la vie, rien ni personne ne l'en délogera. Elle en fait le serment. Nulle part ailleurs, le sel de la vie ne la ranime.

Dans sa maison américaine, le silence furetait partout. Des idées moroses s'amoncelaient dans un immense cahier de certitude. Elle se morfondait de ne pouvoir les ratifier. Tant de mois sans avoir de nouvelles. La lettre de Pierre venait terminer son long monologue intérieur stérile. Elle écrit une note à son mari absent, explique la raison de son séjour au Canada et lui souligne que sa mère s'offre à tenir la maison, en l'attendant. Lui écrira et l'avertira, en temps et lieu, du dénouement de son entreprise en terre canadienne.

Divine belle-maman!

Ombilicalement bien ancrée à son fils. Un univers fade qu'elle liquidera bientôt, quand l'urgence se fera moins brusque.

Réjean avait ouvert à son tour les écluses verbales.

— J'ai du travail par-dessus la tête. Trop de travail. Puis l'argent n'entre pas assez. Je ne peux pas me fendre en quatre! Pierre n'aide plus comme avant. Avant, c'était le bon temps. Ensemble, tous deux à tout faire si vite. Il a déjà payé la dette de la boulangerie qui approchait les huit cents piastres. Ben facile dans son cas. Ben chanceux!

Krystine, sans sourciller, boit le fiel de ce «fils» enclin à un profond découragement, attentive à son tourment et à ses inquiétudes.

— Vous êtes deux chanceux. Tu aimes la terre, mais tu es surchargé de travail.

— En plein dans le mille, reprend Réjean, allégé par les confidences.

— Allons, viens t'asseoir et faisons le tour du jardin.

— Plus que trois chevaux... Le quatrième a été tué après l'accident d'Érika.

— Je comprends.

— Le tracteur?

— Vendu par tante Bella-Rose.

Celle-là! songe Krystine, les pensées hérissées comme les poils d'un porc-épic.

— Y a le sirop.

— Le sirop?

— Le sirop d'érable. Tante Bella-Rose n'a pas voulu accepter le prix offert.

Encore elle!

— Si j'avais le tracteur, je travaillerais mieux et plus vite.

— Qu'avez-vous fait de l'argent?

— On a acheté des vaches, pis une pompe neuve pour alimenter le puits de la grange.

Les replis du silence les enveloppent un moment. Penser fort et juste occupe Krystine, le front froissé.

— Le sirop est-il encore bon?

— Allons voir à la cabane à sucre.

— M.Anaclet pense qu'il est récupérable.

— As-tu besoin des moutons?

— Non.

— Nous les vendrons.

— Dix vaches ont donné onze veaux ce printemps, gros, pé-
tants de santé. Je les ai tous vendus à gros prix. J'ai mis l'argent à la
banque au cas.

— Tu as besoin de tous les chevaux?

— Avec un tracteur, non.

— Nous en vendrons. Tu auras ton tracteur. Commence à le
chercher. Nous sèmerons des fleurs, beaucoup de fleurs, une quantité
de légumes que nous irons vendre au marché.

Pierre, qui vient d'entrer, se met à dégourdir l'atmosphère de
son rire incrédule.

— Des fleurs! dit-il la bouche ouverte.

Vraiment, sa tante tombait sur la tête.

— Des fleurs, reprend Krystine, sérieuse, indifférente aux sar-
casmes de ces deux jeunes premiers. La senteur vaut de l'argent.
Beaucoup d'argent. Nous les vendrons à la douzaine ou à l'unité.
Nous irons à l'hôpital.

— À l'hôpital? émet Réjean abasourdi.

Nous convaincrons les visiteurs du dimanche que les fleurs
remplacent les pilules.

— Vous croyez?

— En tout cas, elles ne tuent personne.

L'enthousiasme en branle, la demeure pétille. Un brin d'incrédulité, parfois, s'infiltre à la dérobée. Mais Tantine, revêtue de son
manteau d'aplomb et de confiance, écrase les doutes dans l'oeuf.

Les garçons élaborent un plan, trouvent le sol propice aux
fleurs. L'oeuvre se met en route. Le soleil brille à nouveau et la vie se
remet sur ses roulettes.

Que de travail elle a abattu, depuis son retour. Récupérer le
sirop d'érable. Le faire rebouillir sur le poêle de la cuisine, au fil des
jours. Tant besogner en une seule semaine!

Un matin, elle s'est assise, a écrit une lettre. Des hommes sont
venus, ont constaté, goûté, acheté le lot de barils de sirop d'érable
récupéré. Cinq vaches nouvelles renflouent le troupeau. Réjean pète le
feu. Ces hommes parlent d'utiliser ce produit dans la fabrication de

cigarettes et ils sont gourmands. La récolte future les intéresse. Ils font une offre alléchante. Des éclairs fusent dans ses yeux, quand elle refuse.

— J'ai une idée pour l'année prochaine, les assure-t-elle, voyant leurs mines déconfites et hostiles. Se faire berner par une femme une fois, va. Pas deux! Mes enfants, à nous la fortune! On n'a pas fini de surprendre. Vous verrez.

Tantine met le monde à l'envers avec ses idées de réussite. Leurs têtes ne suffisent pas à la suivre. La terre entière se brisera et elle restera soudée à eux, assurent leurs coeurs émus.

Le soir, les garçons boxent dans la cuisine. Tantine écume la joie donnée en se berçant silencieuse, un sourire énigmatique incrusté dans ses joues. Pierre taquine Réjean sur une certaine Pauline. Une autre ronde de boxe s'ensuit. Leurs rires se percutent en sons nerveux, contagieux, sur les murs vert foncé, aux yeux de la pièce ornés de mousseline blanche à pois multicolores et pénètrent en eux, subtilement.

La vie d'Érika, pavoisée de souffrances, ruisselle de gêne. Elle ne savait plus comment sourire. Ce soir, engloutie sous tant d'espoir, elle se surprend à les applaudir, la bouche fendue jusqu'aux oreille. U-ne clameur nouvelle monte, resserre les coeurs.

Le bonheur nicherait-t-il enfin chez eux?

Tantine croit rêver devant l'éclosion spontanée de ce moment intense, quasi inespéré et presque palpable. Elle soulève Angélique dans ses bras, la ramène et la presse si fort contre elle, que la petite a mal. Demain, tante Christine partira avec leur petite soeur. Ils l'ignorent. Hier, le médecin s'est entretenu longuement de Couquine. Il est formel. Angélique est muette. À la dérobée, sur les joues de Krystine, ce soir, se faufilent deux perles de celluloïd, qu'elle s'empresse d'effacer du revers de la main. Un traumatisme, leur expliquera-t-elle plus tard.

Dans l'atmosphère survoltée, le chien couché à plat ventre sur le plancher, bat de la queue. La nuit tombée, Tantine laisse couler tout sentiment retenu ou comprimé sur les ailes d'un piano rapporté un jour, de Montréal. Elle jouera jusqu'à ce que la maison se soit endormie dans ses entrailles.

À l'improviste, le calme et la sérénité les enivrent tous.

La tête sur son oreiller, mains jointes comme dans une prière, Érika écoutera cette douce musique, se mariant à cet étrange sentiment de sécurité ressenti dans ses bras. Elle quittera ce moment éblouissant, émouvant à faire pleurer, dans les odeurs familières de sa maison qui l'ont suivie jusque sous ses draps.

C'était au retour de Tantine.

* * *

Assise, jambes pendantes à l'arrière de la voiture, la revoilà allongée sur le dos. Sous elle, une vieille couverture grise la préserve de toute saleté. Elle a pris soin de camoufler un trou par un pli. Immobile, noyée d'odeurs parfumées qui l'entourent, bercée par la voix douce et prenante qui fredonne en avant sur le siège, elle s'enlise dans la mer bleutée offerte à ses yeux. Immense et majestueux, ce ciel. Pas un nuage. Du bleu à perte de vue. Dieu y habite. Elle le cherche, tente de le matérialiser. Tantôt, ses bras ouverts à l'infini, l'entourent et la réchauffent. Tantôt, il l'attend juché sur son trône doré, où traîne une mante scintillante à ne plus finir, ou Il la pointe du doigt accusateur. Elle s'est endormie et rêve.

Tu fais des péchés, Érika. C'est vilain. Corrige-toi! Obéis.

Des anges translucides se déplacent à la vitesse de l'éclair, pour le servir au gré de son désir. Un long escalier relie ciel et terre et s'arrête à ses pieds. Un temps indéterminable lui suffit pour monter les douze premières marches. Jules apparaît, le cahier de dictées en main. Il arrive au sommet de l'escalier de son école. Les enfants rient de sa fâcheuse position, tout recourbé qu'il est sous la trappe refermée. Dieu fronce les yeux. Désapprouve leurs sarcasmes. La maîtresse, d'une voix forte, leur explique l'image de l'enfer puisée dans le grand catéchisme imagé prêté par sa mère et donné par oncle Joseph, le père Capucin. Ce tableau leur apprend comment craindre Dieu. Ses yeux rivés sur l'horloge au mur de l'enfer indiquent ces seuls et horribles mots: *Toujours, jamais.*

Toujours y rester, jamais n'en sortir.

Le diable, hideux, cornu, fourche en main, rit malicieusement aux condamnés gémissants, suppliants. Le règne incontesté d'un maître sinistre et terrifiant. Surgissent soudain, des agneaux blancs qui envahissent l'immensité. Toute image diabolique a disparu. Baignée d'infini, elle se sent légère, légère. Ses paupières lourdes tombent. Le fond n'a pas de fond. Elle creuse dans le bleu longtemps, longtemps et rencontre une main nerveuse, inquiète sous les articulations lentes, laissant soupçonner une grande fatigue. La main la tire et tire. Elle est de plomb, couchée dans sa voiture terrestre. Elle s'abandonne à cette main cireuse, confiante. Elle écarte le bleu opaque. Un beau prince jeune, cheveux noirs frisés, lui sourit. Il cherche son autre main disparue. Semble déçu, consterné de ne rien trouver.

La fillette se gratte le nez.

— Qui es-tu?

Elle a peur quand il s'approche.

— Érika réveille-toi! Nous sommes arrivées.

— Ouch!

— Continue, lui dit Tantine rieuse penchée vers elle, en la voyant se frotter la main gauche engourdie.

Elle lève les yeux au ciel, avant de bouger. Là-haut, plus rien de son beau ciel bleu, de moutons blancs, de prince et de diable. Tous ont disparu. L'azur se grise. Tantine se presse. Elle n'a que le temps d'accrocher la dernière boîte, vide de fleurs, que déjà le cheval s'achemine seul au hangar et s'arrête.

À travers les fleurs qui boivent, la voix chaude et douce de Tantine s'élève.

— Va te déchanger, Érika. Les vaches t'attendent.

La «grande» sourit. Elle endosse sa vieille robe froissée qui gît, là, sur le plancher de sa chambre, depuis le matin. La poupée de sa soeur Angélique la surveille, docile sur son oreiller, et attend sa protégée, partie à l'hôpital. Une beurrée de cassonade, préparée en vitesse, l'attend sur un coin de la table et s'engouffre dans son estomac, d'un trait.

Elle est enfin à nouveau heureuse.

Elle recommence à aider. On l'envoie chercher les vaches au champ. Puis, ce sera le retour à l'école. Cet horrible lit de souffrances ne cassera plus son corps. Elle est guérie. Une multitude d'événements se sont succédés, sur l'année en cours. Seule l'absence d'Angélique les poursuit. Pierre met le cheval au clos, la tête accrochée au ciel qui craque de partout. Le cheval renâcle de joie par les deux bouts. Érika accentue le pas sur le sentier des vaches. Elles attendent la traite en mâchant de la «gomme» invisible. La plus proche vient à sa rencontre. Les autres se lèvent et la suivent. Presque toutes ont rejeté leur «gomme» par derrière. Certaines le font proprement, d'autres se permettent de ternir leurs jarrets.

Les salopes!

Angélique aimait courir ce sentier, poursuivre une grenouille, une sauterelle, un papillon, le chien, jeter de menus cailloux au ruisseau passant par là. Ah! si elle revenait.

Tantine, de retour chez nous, l'a prise un matin et conduite à la grande ville pour bien des jours. Au retour, elle a baissé la tête, oscillante. Ils ont compris. Angélique était vraiment malade.

De la voir ainsi éloignée d'eux lui fait peur, très peur. Tantine, intuitive, s'est faite réconfortante.

— Elle est dans le meilleur hôpital. Soyez sans crainte on la soignera bien. Elle guérira.

Guérir.

Un mot connu. Souvent, trop souvent entendu. Trop utilisé depuis la mort de ses parents. Un mot que tous voudraient n'avoir jamais à prononcer. Un mot plein d'épouvante, de peines, de souffrances et d'inquiétudes. Pouvoir le détruire... elle s'y acharnerait avec tant d'ivresse et de détermination, qu'il n'en resterait plus aucune trace, ni aucun soupçon.

Guérir.

Le monde entre à la maison souvent et les interroge.

— Pas de nouvelles d'Angélique?

— Pas de nouvelles.

Ils repartent soucieux, inquiets. Seule la communion de leurs pensées les soutient, les soulage. Ils ne sont pas seuls à implorer le ciel.

Tantine répond de sa voix calme et rassurante, que tout ira et qu'elle reviendra.

Chacun s'interroge sur la force indomptable de cette femme.

Que cache-t-elle dans ce regard franc et limpide? Où puise-t-elle cette rage de vivre?

Personne ne sait, ne doit savoir, que le soir dans le silence des murs, elle analyse ses soucis. Elle calcule des chiffres. Les comptes augmentent ou diminuent au gré de leur fantaisie. Une suite ininterrompue de tracas cachés stigmatisent son front, où s'est creusée une ligne verticale centrale profonde.

— Damnées vaches, avancez. La pluie prend!

Des clous se piquent, abondants, un peu partout sur la terre sèche. Elle sera trempée jusqu'aux os.

Pareils à aujourd'hui, ses souvenirs glanés sur ce sentier germent comme une sève abondante, un cadeau inestimable, une lumière jaillissante et chaleureuse; une source vive qui pétrit son coeur, souvent enclin à la tristesse.

— Ouch!

Elle vient de mordre à trop belles dents dans sa beurrée de cassonade. Son doigt y a goûté. De dépit, un coup de pied au petit caillou, là devant elle, le fait se diriger droit sur la cuisse d'une vache vieillotte. La douleur atténuée par un violent coup de queue, la bête continue, lente, sa marche vers la traite soulageante.

Érika a beau se dire que rien n'est changé, que seule l'absence de Couquine obscurcit ses pensées et ses jours, que tout rentrera dans l'ordre à son retour, que tout redeviendra comme avant: rien à faire. Outre la saison qui s'étire, la prochaine, horrible semeuse d'ennuyance, de brume, la ramenant à l'école. Sa vie change. Elle n'arrive pas à expliquer son trouble. Lequel est transformé? Pierre étudie l'anglais de Tantine. Réjean est tenu d'expliquer au souper les articles lus dans le Bulletin des Agriculteurs, Tantine l'exige. D'ailleurs, chacun doit subir cet entraînement. Peu à peu, sans tambour ni trompette, les Beaubien deviennent des gens exceptionnels. De futurs «leaders». Savoir s'exprimer par des idées claires, concises, dans un discours qui s'enchaîne et se tient, leur est acquis. Réjean ne vit plus que pour sa belle Pauline. Il a loué un grand morceau de terre. Tantine espérait le vendre, il s'est objecté. Heureuse de le voir prendre des décisions, elle s'incline. Moins embourbé dans son travail, il voit la vie sous un angle nouveau. La récolte s'annonce abondante. Le jardin regorge de légumes succulents. Les vaches payent la traite. Les comptes diminuent peu à peu. Pierre boulange de plus belle. La boulangère se meurtrit de déception. Elle n'en mène pas large et n'en fera pas long. Ses fils courent la vie, mangent le bien paternel. Dans peu de temps, elle devra vendre. Pierre le redoute.

Qu'adviendra-t-il de lui?

Le monde ne jure que par son pain. Tantine réfléchit. Des idées mijotent. Faut aider l'ambition à se concrétiser. Viendra le moment propice. Attendre n'a jamais fait de tort à personne. La maison paternelle vide traîne en langueur. Il faudrait refaire le toit. Réjean, après son travail, court rendre visite à Pauline. Tantine sourit et se tait. L'avenir tire ses ficelles.

Une ombre se dresse au tableau. Les fleurs n'ont pas donné le résultat escompté. Tantine, loin dans sa chaise américaine, avait songé à monter ce commerce pour Pierre. Il avait découvert une route différente. Un choix plein de sens. Les fleurs demandent tant de soin, d'art et d'amour. Inventer un commerce demande du cran, de la foi et un coin de planète propice. Choisir le pain, c'est faire preuve de sagesse.

— On réduira la culture des fleurs, mais on ira vendre nos légumes au marché de la ville, conclut tout bonnement Krystine.

La foule, la ville, une piqûre de santé mentale indispensable à son équilibre. Elle y tient.

— Tantine, de qui tenez-vous cet amour des fleurs? lui avaient-ils demandé.

— Au Massachusets où j'ai demeuré, notre voisin possédait une boutique de fleurs. Je me suis présentée un jour, il m'a engagée. À leur mort, j'ai hérité de leur commerce que j'ai vendu par la suite.

Ils boivent comme de l'eau de source les bribes de sa vie, qu'elle consent à leur livrer au compte-gouttes, et leur procurent un flot d'admiration. Se peut-il qu'une parfaite étrangère quitte tout pour montrer à des enfants qu'ils ne sont presque plus, à nager dans la vie? Une question, sans cesse ruminée dans leurs têtes juvéniles.

Mystère, mystère. Tout est changé. Érika ira à l'école compléter sa septième année. Un miracle inespéré. Impossible à croire quelques mois plus tôt. Tout change. Elle se transforme. Une sève nouvelle jaillit en elle. Sa poitrine se gonfle. Fierté et honte de cette nouvelle image s'entremêlent à la fois. Triste ou exubérante, elle vit seule ses idées obsédantes et curieuses. La peur du ridicule la blesse. Elle se déteste, sans raison. La honte. Tantine en a goûté l'âcreté la semaine passée. Elle l'a vue franchir cette barrière sans broncher, la tête haute et le corps droit. Elle n'a pas oublié, n'oubliera jamais! Comment fait-elle?

Assise à ses côtés, la grande fille regardait la marmaille villageoise, le fessier posé sur le trottoir, rire d'elle et la traiter de Rapportée. Il semblait à Érika que tous les enfants s'étaient donné rendez-vous au même moment pour les voir passer. Ses yeux se refusaient à découvrir ces monstres enfantins, que des adultes encourageaient, cachés par le pan de leurs rideaux de cuisine.

Pourquoi la détestait-on à ce point?

Érika cherche des raisons et n'en trouve pas. Le vicaire, peut-être? Il a un comportement si étrange en sa compagnie. Il ne cesse de la fixer, sans arrêt, du coin de l'oeil.

Elle comprend maintenant ses yeux rougis, son air pensif, son regard évasif pointé sur eux quand elle revenait seule de la vente du marché. Érika entend encore, la cruauté des enfants, chanter.

Noirette la Rapportée
S'en va au marché
Pas pour y vendre son blé
Mais ses carottes parfumées
S'en reviendra Ti-mé
Ses carottes ratatinées
Du marché j'te cré.

Tantine avait rudoyé le cheval qui enfilait le trot, aussitôt. La tête dans le vent, elle avait poursuivi son chemin, indifférente aux insultes gratuites, agrippée à son sourire perpétuel et au refrain fredonné en sourdine. Une opiniâtre obstination se lisait dans son attitude. Érika l'admirait, l'aimait. Oui, elle découvrait qu'elle l'aimait, enfin. Je cracherai sur eux un jour! J'en fais le serment!

Elle se renfonce dans le siège et se cramponne à la vitesse inhabituelle de la bête. Un silence indélébile naît entre elles. La brunette ravale le crachat ramassé par sa rage et se serre contre elle. Une larme glisse sur la joue de cette femme et est essuyée par le vent. Érika sait maintenant que, sous son courage, il pleut parfois des larmes. Sur la route poussiéreuse, les mêmes habitants du matin se repiquent sur leur manche de fourche, pour les examiner au retour. Ils se rient d'elle. Elle se moque d'eux. Ils perdent leur temps. Elle gagne du temps.

Le marché, c'est tout un monde.

Éclaboussé d'odeurs de marée, nué de coloris, piétiné sans relâche, il respire la nature, la terre, la vie fertile et simple de la campagne. Une sorte d'échange mutuel entre deux mondes. L'un produit, l'autre consomme. Fébrile, surtout l'après-midi, empiffré de victuailles saisonnières, il se laisse caresser, en faisant se pavaner le nez, la bouche et les yeux sous son ombrelle allègrement.

Baignée dans cette oasis mouvante, Tantine conquiert le monde. Asticieuse, elle l'apprivoise et y installe une clientèle. Caché dans leur sac plein d'odeurs végétales, elle enfouit un désir de retour par la promesse de superbes et succulentes grosses fraises, ou des fleurs splendides.

Sa visite au marché? Une journée consacrée!

Elle triomphe. Peu à peu, outré de son succès, piqué de curiosité, à l'abri des vents et des langues, chacun se met à fleurir son jardin. Un matin, lorsqu'elle voit Éphrem devenu fleuriste, sournois, appuyé à son étal du marché, elle pouffe de rire. La meilleure place lui est acquise, elle se fout du reste.

Ils vendront des fleurs? Je remplirai ma voiture du nouveau pain baguette que Pierre vient d'inventer, songe-t-elle entêtée.

Non, rien n'était plus pareil, chez les Beaubien.

Des fraises en abondance, des fleurs superbes amènent un matin, un surplus de troupeau. Réjean, d'habitude renfrogné, jubile. Il parle tout haut.

— Des maudites bonnes vaches! Enregistrées par-dessus le marché! M. Anaclet est un filou. Il a le nez fin; la main sûre. Impayable, ce voisin. Je n'en reviens pas comme il a le tour d'acheter n'importe quoi à son prix, affirme-t-il, encore sous le coup de la surprise et du plaisir.

Tantine se tourne une mèche de cheveux, écoute en silence se déverser la rivière de joies. Voir poindre en ce jeune homme timide, introverti, précocement trop sérieux, marqué du destin, un espoir de vie meilleure la comble.

Seul le tue-mouches, parti en guerre dans la main d'Érika, éclabousse le monologue.

Il a revêtu sa chemise légère qu'il enfonce d'une main habituée dans son pantalon brun. Il se prépare à sortir, une habitude dominicale nouvelle.

— Au printemps, on vendra des veaux pour la reproduction. Tout le monde veut des veaux de vaches enregistrées. Pis, si tout va bien...

— Si tout va bien..., insiste Tantine coquine en pensant à Pauline du rang Jean-Guérin, la fille de Phydime le maquignon.

— Si tout va bien, on remplacera nos vieilles vaches par des neuves. La production laitière sera meilleure.

— Réjean! crie Pierre exaspéré.

— Tais-toi, laisse-le parler.

— Les mouches! lui hurle encore son frère.

Entrebâillé dans la porte de «passe», l'aîné précise ses intentions, insouciant aux dires de Pierre, sur les infâmes bestioles que la «grande» s'évertue à détruire.

— Enregistrées. Ça s'peut-tu? se répète-t-il comme pour s'ancrer solidement ces mots inconcevables, il y a six mois. L'été prochain, qui sait? leur lance-t-il, le visage écarlate et gêné, le regard piqué sur ses souliers cirés.

Une idée identique passe de tête en tête et les illumine. Réjean s'amuse à les intriguer, se disent-ils, complices.

Le chien s'avance, demande à être caressé en balançant sa queue, les yeux piqués vers celui qui parle et obstrue la sortie.

Surpris d'avoir laissé percer ses ambitions intimes, Réjean sort brusquement, et le chien hurle de douleur par la porte à ressort vivement refermée sur sa carapace emprisonnée. Tantine s'élance à la rescousse du malheureux et reluque ce vaillant garçon s'éloigner, sachant qu'il ne réalise pas ce qu'elle devra accomplir pour lui venir en aide.

* * *

Le monde parle de fermer l'école du rang. Ils iraient tous au village dans le couvent des soeurs. Érika se demande comment tout le monde s'y rendra. Heureusement qu'elle finira cette année. Elle n'aime pas les filles du village. L'année passée, à sa communion solennelle, elles n'ont pas cessé de la taquiner sur son prénom.

— Érika?

— Je m'appelle Érika.

— Érika, répète en choeur le groupe esclaffé et ridicule qui l'encercle.

— Un prénom drôle, constate l'une d'elle moqueuse.

— Bizarre, assure une autre.

— Curieux, reprend une troisième.

— D'où vient-il? Ce n'est pas français, remarque une grande et grosse pimbêche.

— Maman m'a dit que c'est allemand.

— Qui c'est ta maman?

— La femme du docteur Leblanc, insiste l'ampleur de son dépit. Le docteur Leblanc, c'est mon père, continue à broder sa bouche mensongère.

Un nom allemand! chuchotent les «picouilles». Les Allemands, on les connaît. La radio nous a dit comment ils étaient méchants.

— Je ne suis pas Allemande. Je reste ici, voyons. Puis, j'aime mon nom, ose clamer sa hardiesse.

Le visage enflé de larmes secrètes de Tantine au retour du marché, criait vengeance. L'heure sonnait.

— Vous êtes des jalouses. Vos noms sont tous pareils, crache sa colère.

— Une Allemande, une Allemande répète le groupe en fuite, enrobé de railleries malveillantes.

Érika a pleuré un fleuve de hargne. Après Tantine, c'était son tour. Elle ne voulait plus faire sa communion solennelle. Le vicaire s'en est mêlé. Les filles ont pris leur trou. Elle a eu la paix. N'empêche qu'elles avaient raison. Elle se demande souvent, en quel honneur sa mère lui a donné un tel prénom. Où l'avait-elle déniché? Tantine croyait qu'il était espagnol. Elle l'ignorait totalement. Personne n'avait de réponse.

L'automne achève. Le bois est entré et cordé. Les patates arrachées, triées, séchées, remisées à la cave dans le caveau en bois. Le jardin labouré. Le ketchup rouge et vert embouteillé. La dernière tonte des moutons vendue, cardée et prête à être tricotée. La cheminée ramonée. Le troupeau entré. Les labours retournés. Les carreaux des fenêtres, accidentés durant l'été, remplacés et mastiqués. L'hiver s'installe en tigresse.

Noël arrive à la course. Tantine les quitte aux Fêtes.

— Je reviendrai en janvier croyez-moi, assure-t-elle devant leurs figures déconfites. Je dois aller voir mon frère Gilles. Celui qui est venu à l'été. Il est malade. Grand-mère Veilleux arrivera demain.

Tous viennent fêter Noël ici. Le frigidaire est rempli. Érika, ma grande, je sais que tu seras à la hauteur.

On croirait entendre le discours de leur mère.

— Pierre, n'oublie pas la cachette du Père Noël. Réjean, si tu invitais Pauline au réveillon?

Réjean rougit de plaisir. Vraiment, Tantine lisait dans les pensées. Elle se surpasse au-delà de ses espérances.

— Amusez-vous bien, les enfants. J'avais pensé prendre l'avion à Québec, j'ai changé d'idée. J'irai d'abord à Montréal voir Angélique avant de partir.

Leurs visages s'effondrent, tandis qu'elle s'éclipse doucement du nuage gris venu envahir leurs pensées.

Angélique... ah! Si elle était avec eux.

— Confiance. Il faut toujours garder confiance. La médecine progresse. Un jour, elle reviendra guérie. Demandons à Dieu ce cadeau de Noël.

Krystine, surprise, se tait. Dieu marche sur ses lèvres une première fois. D'où lui vient cette interception? Expliquer, va de soi.

— Vous lui avez tant donné un certain Noël. Pourquoi ce ne serait pas votre tour? Hein?

Leur tour? Pourquoi pas. Dieu s'était emparé de la tête de l'arbre familial. Même une branche s'était blessée en route. Un miracle. Oui, il faut demander un miracle ou rien! ordonne sa tête dure de Beaubien.

— Attention au feu. Soyez sages, résume son au revoir.

Au revoir tante Chris... Krystine.

* * *

Seule, assise au bout de la grande table de cuisine recouverte d'*arborite* jaune, il lui vient l'envie de relire la lettre de tante Bella-Rose reçue ce matin. Une lettre insérée dans une enveloppe curieuse, bordée de couleurs et très légère. Tante Krystine dit que le transport du courrier par avion demande du papier spécial. Érika tourne et retourne la drôle de missive comme pour s'imprégner de sa texture, de sa senteur, de son originalité et du contraste de la grosseur de l'écriture. Elle reprend les feuilles bleues, minces, presque translucides. Tante Bella-Rose raconte des tas de choses si différentes qu'elle a peine à suivre son récit. Pas de pluie. Du soleil à revendre. Une chaleur insupportable. Une vie sous des ombrelles dans la brousse congolaise. Une terre rouge et sablonneuse à l'infini. Des animaux fabuleux qu'elle contemple depuis longtemps dans son dictionnaire à l'école. Une vie rêvée. Tante Bella-Rose s'ennuie de la neige.

— Est-ce possible? crie sa voix incrédule.

— Du temps gris, maussade, surgit sur l'âpreté de la vilaine température des automnes canadiens.

— Impensable! enfile encore sa tête. Personne ne lui fera aimer les jours sombres de novembre. S'ennuyer de l'automne. Vraiment, ma tante a des trous dans la tête.

— De la pluie. Enfin! proclame-t-elle sur le bout d'une ligne.

— Elle est malade!

Elle pense revenir. Oncle Paul adore son séjour en terre africaine. Il se morfond de ne pouvoir choisir entre son travail et l'ennui de sa femme, la très chère tante Bella-Rose.

Qu'elle est bête! Si j'étais là, je saurais moi. Je vais lui écrire. Oser lui dire ce que je pense. Puis, il est temps qu'elle sache pour Angélique. Une grosse colère lointaine en perspective, je le sais. Des lions ou d'elle, qui rugira le plus? Tant pis! Je me sentirai mieux de tout lui raconter. Papa n'aimait pas les cachettes. Érika, installe-toi et fais ce que dois. Malgré l'objection de Tantine, écris!

Réjean, la mine basse, entre et s'assied sur la marche d'escalier, distrait et nerveux. Son attitude la rend perplexe. Pourtant, c'est dimanche. Et le dimanche, il prend le large comme une queue de veau. Que lui est-il arrivé?

— Réjean. Tu es en retard.

— Retard?

— Fais pas le niaiseux.

— Érika, j'suis pas un niaiseux. Tu le sais.

— Ta Pauline va t'attendre?

— Parle-moé pas des filles. T'as compris?

Sa colère le fait monter l'escalier et se jeter sur son lit, désolé.

Hier soir, il avait vu sa Pauline rire aux éclats en compagnie d'un garçon inconnu. Il les a, ensuite, remarqués main dans la main, partir en auto. Son coeur avait chaviré de douleur et sa tête avait pris une décision. De Pauline, il n'en serait plus question.

Sur la route de la vie, il pleut parfois des orages électriques violents et subits, que seul l'arc-en-ciel sait en faire oublier les traces.

Érika, pour la première fois, constate les ravages causés au coeur par la peine d'amour. Elle songe, navrée, à l'ampleur de son impuissance et se demande si elle en sera épargnée. Sa mère racontait que dans son temps, il n'était pas question de laisser les jeunes à leur sort. Les parents, les oncles, les tantes savaient mieux que quiconque arranger les mariages selon les qualités et les richesses de chacun. Ainsi, son oncle trouva le mari de sa soeur, un jour d'enterrement de son voisin.

— Tiens, Alfred. C'te fille-là t'ira comme un gant. Travailleuse, honnête, de bonne famille, avenante à plein, pis bien tournée sur les bords. Mon homme, avec elle t'as tout ce qui faut pour te préparer une bonne grosse famille.

Adrienne, la soeur d'Annette trouva le garçon un peu laid, trop petit, «les oreilles en portes de grange», mais elle se dit que c'était mieux que de rester vieille fille.

Vieille fille! Personne ne voulait être affublée de ce patois ridicule et irrévocable, une fois incrusté en elle. Vingt-cinq ans. L'âge fatal à ne jamais franchir seule. N'importe qui plutôt que cet état indigne.

Adrienne prenait ce cap dans trois mois. Le temps pressait. L'occasion se montrait le bout du nez. Elle avait sauté sur le garçon, comme on mange une belle pomme rouge et juteuse, en remerciant le ciel de l'avoir épargnée de la disgrâce.

Sa reconnaissance à Dieu, sa fidélité, son obéissance à l'homme trouvé seraient éternelles. Pour le meilleur et pour le pire, avait prononcé M. le curé, la voix grave et l'oeil sérieux. En espérant que le pire ne se présente jamais «la fraise», s'était-elle dit.

Érika, de retour dans sa cuisine, reprend la ligne de sa lettre, là où elle l'avait laissée au départ de Réjean et continue de tracer le fil de son écriture à sa tante Bella-Rose, en Afrique.

Dehors, la nature s'amuse à décrire la beauté d'un dimanche dans la campagne québécoise en hiver.

Chapitre XVI

Un voyage à Montréal

De ses petites mains, de sa petite vie, Angélique a creusé un grand vide dans la maison. Leurs pensées et son souvenir n'arrivent pas à le renflouer. Partout, elle est absente à la fois. Des morceaux de tristesse se lient à ceux de l'ennui, en de longues lianes d'amertume ou d'inquiétude. Ils tissent une profonde nostalgie sur leur quotidien. Souvent, son rire enjoué et communicatif monte du souvenir et se perd dans des silences infinis.

Que va-t-elle devenir?

Le printemps s'écoule lentement. L'été flâne dans l'ombre. La terre se barbouille de verdure et les arbres de cheveux. La vie reprend de partout. Réjean s'agite et pique des graines dans la terre ameublie. Pierre multiplie son aide. Mais la boulangerie l'accapare énormément. La boulangère est morte, en février. Ses garçons se disputent l'héritage. Sous peu, la boulangerie sera mise en vente. Tante Bella-Rose a écrit et promis son retour pour l'été. La nouvelle de la maladie d'Angélique a accéléré ses plans. Elle a mis le pied en sol québécois la semaine passée. Trois jours avant sa lettre. Sa voix aigre a résonné dans le tympan d'Érika, un matin avant son départ pour l'école. Les garçons l'ont engueulée. Elle n'aurait pas dû lui apprendre l'envol d'Angélique pour un hôpital de Montréal.

Le téléphone! Vous avez le téléphone? Une sottise! Depuis quand? Qui vous a permis? Quel gaspillage!

Le téléphone. Érika s'est rappelée la mort de sa poupée, le sort fait à ses souvenirs, aux photos de ses tiroirs, à ses secrets, tous déchirés dans le sac brun en papier. Elle aurait dû penser plus long que son nez, avant de lui raconter leur vécu. Ses frères avaient raison. Tant pis! Elle aurait, forcément, tout appris un jour. Alors...

Le téléphone.

Une invention du tonnerre installée depuis l'automne. Une boîte plantée au mur, munie d'un cornet noir en plastique, et d'un écouteur relié à un gros fil pendu sur son côté gauche, qui fascine. Ils sont dix sur la même ligne. Une mine d'or pour Blanche et ses placotteuses. La consigne exige que, dès l'ouverture de l'écouteur, il convient de refermer si occupé. Libre; une voix charmante achemine les appels. Un défi nouveau agite la campagne, jadis fleurie de multiples ruches familiales repliées sur elles-mêmes. L'heure de la discrétion ou du secret sonne le glas. Le monde vit fébrile, l'oreille collée à l'écouteur collectif. Une ligne téléphonique à dix oreilles curieuses. L'appel acheminé parvient à chacun par des sons différents. Tous entendent en même temps chez qui sonne le téléphone. Un appel attend dix têtes intéressées. L'intimité anéantie plonge en disgrâce. Vive le téléphone à ligne commune! Les affaires de coeur du maire, étalées. Les dettes du boulanger, connues. Les troubles de famille de Dollard Boucher, semés à tout vent. Les courailleuses à Pit Morin, montrées du doigt le dimanche à la grand-messe. La colère de tante Bella-Rose, portée sur le perron de l'église. La fraude de la Caisse Populaire, ballottée par le vent du large. Le changement de M.le curé, déchiqueté en mille morceaux. Le nouveau, émietté avant même d'avoir ouvert la bouche.

— L'as-tu vu? Armandine. Tout le contraire de l'autre. Un bec sec qui en dit long.

— Pis un nez fin qui sent trop.

— Tu parles à travers ton chapeau, Gracieuse.

— Tu verras. J'ai ma petite idée là-dessus.

— Sa soutane est usée à la corde et rougie par le temps. Je ne sais pas qu'est-ce qu'il va nous donner à digérer?

— Rien de bon à mon idée. En tout cas, on va attendre dimanche à la messe pour voir quel sermon va sortir de sa bouche. On ne le voit plus depuis deux jours. S'il continue, ce sera un évangile qu'il va nous pondre!

Armandine amusée fixe la pensée de son amie à la sienne, lui sourit et penche la tête.

— Je crois bien qu'il n'y aura pas de farces à faire avec celui-là. C'est bien connu les grands secs ont un caractère de chien. J'en sais quelque chose, mon mari est un deux-par-quatre.

— Le mien est un bardeau. Un bedeau-bardeau! À peine capable de ramasser la poussière sur le tabernacle. Quant aux honneurs, il ne manque pas de les récolter. Bientôt, je pense bien que j'vais être obligée de sonner les cloches à sa place. Son manque de pesanteur va le faire monter dans le clocher, du coup. Lui et M.le curé sont capables de me donner les deux jobs en même temps. Tu me vois servante et bedeau?

Les saintes femmes éclatent de rire.

— Quand même Gracieuse. Attends avant de savoir. Tu es ben placée au presbytère. Arrange-toi pas pour perdre ta place. Je vais la surveiller en tout cas. J'ai toujours désiré travailler au presbytère. Il me semble qu'on devient bon, rien qu'à regarder ces hommes de Dieu. De la manière que tu bavasses. Tu n'as pas levé les yeux sur eux souvent!

Gracieuse hausse les épaules et file son chemin, amusée. On voyait bien qu'Armandine ne connaissait rien des curés. Si elle le voulait, des choses à faire dresser les cheveux sur la tête courraient les grands chemins.

Mieux vaut me taire, reprend une page de sa pensée. Cette Armandine veille, me surveille un pied sur le seuil de la porte, une main sur le tablier tandis que je dégringolerais les marches, tête première, la langue ensanglantée par la colère du curé. Gracieuse. Non. Fais ce que tu dois faire. Motus vivandi et bouche cousue! disait le bon curé Sans-chagrin. Le pauvre! Il est mort muet, rigole la servante enveloppée dans ses souvenirs cocasses, insouciante aux gens qui la saluent, surpris de cette nouvelle et bizarre attitude.

* * *

Krystine la Rapportée dérange, inquiète. Une femme du dehors reprend le cornet téléphonique. Étrangère l'a été, étrangère le restera. Curieuse de femme! Incapable de s'habiller comme tout le monde. Qui fume. Un mauvais exemple à éviter. Pauvres enfants. Par chance qu'ils ne sont pas d'elle. Eux ne fument pas. Du bon bois. Du bois d'habitant. D'Odilon et d'Annette. De parents dépareillés.

— Combien de temps tiendront-ils le coup dans ce mauvais exemple? piaille Ernestine, la femme de Pit Morin.

— Heureusement qu'à monte le piano, constate Valéda sa voisine. Y a toujours ce geste-là de bon.

— Les riches en profitent, au moins.

— Les mêmes qui ont touttes.

— Paraîtrait qu'à sait l'anglais?

— On a pas besoin de ces foleries icitte nous autres, pour tenir la queue des vaches. J'espère qu'à nous écoute au téléphone, à matin. Elle va savoir de quel bois on se chauffe!

Tantine n'a pas su.

— Perdre son temps à écouter les racontars crochus? Non jamais! a insisté la voix outrée devant l'insistance des «siens» à entrer dans le jeu. La vie est trop courte pour la gaspiller en salive, mes enfants. Agir, c'est se grandir. Parler dans le vent, c'est perdre une partie de sa vie. Retenez-le. Son message ancré en eux, elle s'était levée d'un trait, biner le jardin.

N'empêche que le monde jasait d'elle en abondance.

— On raconte que Pierre apprend l'anglais? Une de ses idées de fou. Pour servir à quoi? Aller au marché? Le marché a pas besoin de c'te langue-là pour vendre ses carottes. Encore moins de la présence d'une femme. Une déplacée! D'autres suivront. Faut pas.

Le forgeron et Anaclet s'objectent. Le prêtre les résume.

— Une femme incomparable qui a pris en charge une famille en péril. Que ceux qui en font autant se lèvent. Prennent la relève. Une sacrifiée. Une perle rare dans un tas de grenouilles grogneuses. Une sanctifiée, énonce le curé en privé à Gracieuse, sa servante, intéressée à remplir son cahier de succulents potins.

— Ouin! rouspète Blanche, le nez levé d'ici à demain. On sait bien, avec lui tout est bon.

Le téléphone: une invention du tonnerre!

— Réjean, ce sera ton cadeau de Noël, avait affirmé Tantine une fois le téléphone installé.

— Chère Tantine. Adorable grande femme. Sans pareille, décrit le grand frère à Pauline, la première flamme de son coeur, empêtrée dans le magnétisme insoluble de cette inconnue mystérieuse, qui garnit un peu trop le discours de son bien-aimé.

— Une dépense inutile! Du superflu! grogne tante Bella-Rose courroucée. Vous allez m'enlever cette chose laide accrochée au mur. D'abord, il nuit à l'ouverture de la porte. Il n'est pas installé au bon endroit, puis il dérange quand il sonne, puis, puis... D'ailleurs, le téléphone ne devrait servir qu'aux gens de la ville. Les délurés.

Pierre pique du nez. Sa salive goûte le fiel. Il ravale, silencieux, le vinaigre de ses pensées.

— Nous aurons des nouvelles d'Angélique chaque semaine, avait conclu Tantine. Des voyages à Montréal espacés et des dépenses en moins. Faut penser à tout, mes enfants. Surtout ne jamais négliger cette chère petite. Éviter le gaspillage. Ramasser des sous pour payer l'hôpital. Sept mois bientôt... Compter sur personne pour nous venir en aide. Songer aux USA pour la guérir, si nécessaire. Les USA, un vaste pays rempli de savants. Tout mettre en oeuvre pour son retour. Chercher des moyens pour faire de l'argent. Une nécessité. Le compte de l'hôpital arrivera sous peu. Se creuser les méninges en attendant. Éviter d'avoir peur de donner son idée. Penser fort. Très fort. Tout le temps. Quatre têtes valent mieux qu'une. Ensemble, avoir une confiance inébranlable en Dieu. Voir surgir la lumière au fond du tunnel. Ne pas; ne plus jamais se laisser intimider par tante Bella-Rose.

Enchaîner Tantine au gouvernail, continue à dire la voix intérieure d'Érika. Jeter la clé à la mer. Étendue sur le pont du bateau, se laisser griser au soleil, confiante entre ses mains. Partir pour Montréal.

Laquelle de ces deux joies la comble le plus? Voir Angélique ou prendre le train? Elle ne saurait le préciser. Si. Enfin elle! Son tour. Depuis le temps qu'elle attend. Sapré accident venu tout contrecarrer. Trop faible. Trop long voyage. Trop épuisant. Trop de monde. Trop dangereux pour sa santé fragile. Attendre le verdict du docteur. Trop attendre. Trop! Un mot à rayer du dictionnaire. Se mourir d'attendre ce moment féerique. Pourrir d'ennui. Remonter la pente lentement à la manière de sa vieille jument grise, lui dit-on. Se frayer un chemin dans la vie cicatrisée. Sortir un peu. Aller à l'église. À l'école. Au marché. Palper les résultats. Ne plus avoir de trous de mémoire. Éviter de justesse l'amnésie redoutée par le médecin. Renforcer. À la mesure des jours qui passent. Prendre sa place. Toute la place. Partir enfin, la confiance en poche et l'ivresse au coeur. Écouter les garçons lui raconter le drame. Son drame. Recoller les bouts de sa vie, manquants. Les écouter, captivée, remplir les cellules vides de sa mémoire en attendant de partir.

— Le retour de Tantine? C'est mon idée, explique Pierre se claquant les poumons de fierté. Je lui ai écrit, plutôt qu'à tante Bella-Rose.

— Pourquoi?

— Les USA, c'est plus proche que l'Afrique, pas vrai! Sitôt appris la nouvelle, sitôt la tante arrivée. Cousine Laura, madame Blanche n'en pouvaient plus de te voir nonchalante dans ton lit à te faire dorloter. Tu comprends?

— Comprends pas.

— Cesse de la taquiner. Elle était inconsciente, reprend Réjean soucieux.

— Inconsciente?

— Dans les pommes pendant trois semaines. Ma fille! À ta place j'en aurais fait une indigestion.

— Que personne n'aurait voulu ramasser? Non merci! Je vous connais, allez!

— Tu venais à peine de quitter ton coma quand elle est revenue. La course, ma vieille! Oui, la grande course tu lui as fait faire pour se rendre dans ta chambre. Mais.

— Mais quoi?

De précieuses images naissent. Ils se taisent, les laissent se répandre en multitude sur ce coin de tapis rocailleux de leur mémoire. Leur tante fabuleuse s'anime. Les curieux agissements d'Angélique retiennent son attention. Elle fronce les sourcils, borde Érika et s'attarde à étudier Couquine. Pas un bonjour, ni aucun son ne sortait de la bouche de l'enfant au regard inquiet.

— Des niaiseux. On était rien que des niaiseux!, réplique Réjean vautré de colère et de déception. Ne pas se rendre compte qu'Angélique ne parlait plus!

— Des sans-génie. Oui de vrais sans-génie! constate Pierre qui tente d'expliquer. Tout le monde tournait autour de mademoiselle Érika.

— Pourquoi?

— Tu étais dans les patates, les patates! On vient de te le dire! La mort pendait à ton cou depuis trois semaines. Tu avais rempli tous les racoins de nos têtes. Tu nous as fait marcher, vlimeuse!

— Ce n'est pas de ma faute. Ah! Tant mieux si je vous ai fait peur. Maintenant vous allez faire attention à moi.

— Bien obligés. Quand on a la tête percée on peut perdre la cervelle. Comm't'en as pas à revendre...

Réjean s'invente un visage moqueur, pince les lèvres et lui pince une joue.

Pierre reprend.

— Angélique passait des heures dans un coin de la maison. Tu sais, le trou noir sous l'escalier?

À l'abri des regards du monde, inaperçue, tenant sa poupée dans ses bras. Des fois, ils l'apercevaient dans la tasserie de paille ou dans le carreau d'avoine à surveiller les chats guettant les souris. Souvent, ils la retrouvaient collée à la joue ou au dos d'Érika, les yeux fermés. À leur vue, elle explosait en gestes inusités et pirouettes incompréhensibles.

— Connais-tu quelque chose de pire, que du monde qui ne veut pas voir, Érika? Je te le demande, insiste Réjean, navré.

— Pense donc. Vingt jours! Vingt jours, sans nous rendre compte de rien. Des niaiseux. Pire que des niaiseux. Branleux qu'on était!

Angélique, l'enfant muette, cherchait par tous les moyens à montrer son embarras; personne n'y portait attention!

— Vouloir tout le temps se coucher près de toi. Elle tirait sa poupée sur le mur, cachait nos mitaines, échappait sa cuillère, pilait sur la queue du chien! énonce Pierre, un moment retenu par l'émotion nouée dans son cou.

— Non. Pas des farces, quand on y repense. Vois-tu Érika? T'avais engorgé nos têtes comme la rivière au printemps. Tu nous suivais partout, tente de comprendre Réjean le regard envolé sur la plaine enceinte.

— Belle Couquine, filtre la voix de Pierre, noyée du trouble qu'il ravale en grattant le coin d'une marche.

Les mots lourds de peine ou de honte se taisent. Le soleil de plomb amplifie cet événement jamais raconté, fermenté en eux et qui coule aride sur le sol de leur quotidien. Seul le regard ose s'infiltrer en intrus et le ravive. Le courant intime, enfin libéré de ses mots douloureux, coule abondant. Se raconter leur fait tant de bien.

Elle boit leur confidence, heureuse, grandie. Autour, on entend parfois la cigale strier le silence pénible. Les pétunias multicolores se dandinent dans la brise chaude et légère du midi torride et les distraient. Le soleil plisse leurs yeux humides, d'où se terrent leurs souffrances du coeur. Pouvoir s'étendre et paresser.

Chacun leur tour, appuyé au poteau de la galerie ou assis côte à côte, sa petitesse les séparant, ils se reposent de leur rude avant-midi sous la douceur du peuplier géant et tissent pour elle, le vécu effacé dans sa tête. Une position adorable. Des colosses la protègent. Leur dialogue époussette son esprit confus.

— Te souviens-tu?

Aiguiser sa mémoire, la remplir d'événements perdus en route lui est difficile. Elle a beau essayer, rien n'y fait. Un trou noir, le néant. Une gêne indéfinissable l'envahit, sans savoir pourquoi. Elle s'enfuit dans son regard frôlant la terre complice. Où s'est réfugié son souvenir? Quel processus a endormi sa tête à ce point? Va-t-elle la voir renaître? Ses frères. Oui, écouter ses frères la secouer fortement. Boire leurs confidences sur cette période obscure de sa vie. Les encourager à raconter, sans cesse, le bout de fil déchiqueté par cette fâcheuse ruade. Se taire et manger les paroles avidement.

— Seule Tantine pouvait découvrir aussi vite le trouble d'Angélique, affirme, offusqué, le gros bon sens de Réjean. Elle l'a amenée le jour même chez le docteur. C'est assez fort, hein! Elle l'a d'abord serrée dans ses bras puis embrassée, puis chatouillée sous le menton ce qui la faisait rire aux éclats. Tu te souviens?

— Non, je ne me souviens pas, crie sa colère devant de tels événements effacés par son accident.

— Angélique... plus un mot de son corps! continue la voix masculine perdue dans son souvenir pénible.

L'enfant tenta de sortir des bras de Krystine. Le front plissé, elle la déposa par terre lentement. La petite courut à la recherche de sa poupée. Krystine s'assied près d'Érika, songeuse.

— Par chance que cousine Laura était avec nous.

— Pourquoi?

— Tantine posa mille et une questions à ne plus finir. Elle tomba soudain sur une chaise. Tu n'avais plus aucune réaction et Angélique était devenue muette.

— Ton visage blanc comme un drap faisait peur, reprend le jeune frère.

— Pierre! Tu avais peur de moi?

— Pas peur peur, mais...

Réjean finit de gratter la terre collée au creux de son talon de bottine de cuir jaune, silencieux. Il nettoie d'une branche la marche d'escalier usée et pourrie à un bout.

Faudrait la réparer, songe-t-il ennuyé.

Le cheval attend, en affirmant de la tête on ne sait quoi. Il les amènera à la gare. L'attente s'allonge. Son poids change de pattes. Tantine fait ses bagages. Réjean commente leurs pensées.

— Ouais... des fois... Si on ne l'avait pas?

Le trio familial retire la parole, entre en lui-même, médite.

— Après... reprend le fil d'Érika.

— Après quoi?

— Je suis curieuse. Pour Angélique. Continue.

— Tantine est revenue toute mélangée. Le docteur, absent, se trouvait dans le rang Trait-Carré avec un malade. Le lendemain, à huit heures, il arrivait presque sur une seule roue.

— On respirait enfin!

— Comment ça, Pierre?

— Le supplice prenait fin.

— Le supplice?

Tantine les bombardait de questions depuis son retour. Ils regrettaient de l'avoir fait revenir.

— Si fins! Qu'elle répétait en brassant les chaudrons d'un bras vigoureux. Si vaillants! Plein de bon sens! Comment avez-vous pu? Blanche? Laura? Le docteur? Le docteur! Laissez-moi lui parler à celui-là. Il n'a pas fini avec moi, je vous l'assure. On va assister à du brasse camarade!

Jamais le balai ne s'était baladé sur le plancher de la sorte. La fatigue de cousine Laura ne fut pas épargnée.

— Quelqu'un devait la coucher, cette enfant! Et lui donner à manger grand Dieu! jurait son inquiétude.

La voix de Réjean refait surface et tente d'expliquer.

— Aux repas, personne ne parlait. Le soir, on la retrouvait endormie sur le divan ou dans son lit avec sa poupée.

— Ta face nous épeurait, avoue Pierre, malicieux.

— Le docteur a dû manger toute une raclée?

— Le docteur, enchaîne Pierre souriant. Le pauvre homme n'en menait pas large.

Un moment, le silence enrobe le souvenir, d'où émergent des images moroses, sans couleur. Le passé se recoud au présent. Un passé où les secondes tombaient lourdes sur le tic-tac de l'horloge. Tout le monde s'en prenait à la queue du chien battant le plancher.

Enfin, le brave docteur consentit à ouvrir la bouche.

— Elle est muette.

— Muette! s'écria la maison en choeur.

Tantine, du coup, attrapa la maladie du silence. Sa bouche ouverte gobait les mouches.

— La perte de l'usage de la parole chez cette enfant, madame, est probablement causée par un choc émotif ou un traumatisme profond, émit le guérisseur sans conviction.

La colère affûtée de Krystine s'envolait en poussière à mesure que la voix médicale laissait couler sa science.

— A-t-elle eu un accident quelconque, ces derniers temps?

— Pas à ma connaissance docteur, constata, impuissant, Réjean, le fils aîné.

— Il faudrait le découvrir. Le seul endroit propice se trouve à l'hôpital. Je connais de bons spécialistes, des neurologues hors pairs. Montréal, affirmait-t-il, tandis qu'il déposait ses objets dans son *satchel*. Le vieux sac de cuir sur ses genoux, le médecin continua. Oui, Montréal nous sauvera du temps. Le temps presse. La maladie doit être diagnostiquée de toute urgence.

L'écluse médicale refermée, il se leva et partit visiter la femme d'Onésiphore Breton du rang Grande Grillade, que leur grand-mère appelait à tort Brise Culotte, en laissant derrière lui, l'infamie de ses paroles et l'écorchure du moment.

Réjean se lève et s'appuie au peuplier.

Il est debout, lointain, pensif. Érika imagine l'ampleur de son chagrin. Elle le voit marcher, de long en large, mains en poches, la tête absente, ou posée sur Tantine quand le médecin déverse le flot de paroles explicatives. Ces mots, ce langage bourdonnent à ses oreilles encore aujourd'hui, comme le piaillement ennuyeux et journalier de son poulailler. Elle le voit étaler sa pensée par la fenêtre, sur ses gros arbres puissants plantés au milieu de son univers et des siens. Ils collent à sa peau comme à sa chemise. Une couverture sécurisante. Racines, sèves, branches, son miroir. La force endormie en lui, matérialisée dans la puissance de ces arbres. Il détourne les yeux. Il voit la rivière se courber devant l'église où dorment à jamais, les germes humains de sa force. Sa rivière belle, à nulle autre pareille. Familière, coulant au pied de la terre, dont il en connaît les secrets. Fragile, ployant sous la crue. Mystérieuse, aux mille détours et multiples astuces. Fuyante, dans sa course inlassable vers le grand fleuve. Il voit

Angélique frêle, petite, si petite dans l'immensité d'une grande ville inconnue, effrayée, perdue, privée des siens, de son chez-soi. L'en soustraire? Il frissonne.

— J'ai refusé, dit-il après un moment de méditation.

— Il le faut, a insisté Tantine.

— Nous la soignerons. Vous êtes là, docteur!

Émus, stupéfaits, ils baissent la tête. Sorties comme un boulet de canon, ces deux phrases; encore aujourd'hui courent entre eux et cherchent où se poser.

— Pierre boulanger, Angélique partie, toi malade. À ce compte-là il ne restera personne à la maison dans six mois. Autant lâcher les cordeaux tout de suite que je pensais, explique le grand frère sérieux.

— J'étais furieux contre Réjean, Érika. Vouloir garder Couquine avec nous. Muette. Muette pour la vie par notre entêtement ridicule. La soigner à la maison? Par nous autres? La médecine? On n'en connaît pas plus long que le bout de notre nez. Hein?

Réjean soutient longuement le regard de Pierre, qui baisse pavillon.

Pierre se lève, fuit le visage glacé de son frère.

La soeur aînée devine la cruelle douleur de ce dilemme. Ils s'en voulaient. La raison de leur mutisme réciproque coulait, soudain, claire comme de l'eau de source. La guérison d'Angélique se languissait par la faute de l'un d'eux. Érika résolut de redoubler d'ardeur dans ses prières. Fallait obtenir un miracle, sans faute. Elle en parlera à Saint-Joseph à l'oratoire de Montréal. Tant se morfondre, tant se meurtrir par l'amour d'une petite soeur la chagrine et la bouleverse. Saint-Joseph ou quelqu'un de ses amis doit agir. Elle les torturera à son tour ces saints! On va voir s'ils sont aussi bons qu'on le dit.

Sa curiosité la pique partout. Elle s'approche de Pierre, debout, assis en plein mitan de son silence, captivé par un manège inusité d'une hirondelle cajoleuse, tournant, en rase mottes autour d'eux.

— Ensuite...

— Ensuite?

— Angélique. Raconte-moi la suite.

— Le docteur s'est approché d'elle. Accroupi, il lui a parlé.

— Ma fille, qu'il lui a dit. Tu es une grande maintenant. Tu comprends qu'il faut te soigner à l'hôpital où tu pourras de nouveau parler. Angélique dessinait de curieuses bêtes aux dents longues pointues, sans écouter l'homme qui s'attarda un instant sur le drôle de dessin et reprit. Des médecins très très gentils t'apprendront.

Le crayon de l'enfant tomba de ses doigts. Sa poupée contre elle, Couquine l'examinait, effrayée. Le sourire de Réjean l'attirait. Elle se blottit contre lui, comme un chat blessé et fragile. Le docteur intervint.

— Réjean, tu es un homme. Tu dois comprendre. Je ne peux que retarder sa guérison, ici. Je suis trop occupé. Je n'ai pas les instruments nécessaires.

Réjean resserra l'étau sur le corps d'Angélique docile. Le ton du docteur monta d'un cran.

— Désires-tu voir ta sœur muette le reste de sa vie? Allons, fiston. Négligerais-tu de tout tenter pour la sortir de cet enfer?

Réjean, muré dans sa souffrance, englouti dans sa peine, resta songeur. Il se sentit incapable de s'en séparer. De toute sa vie, il n'avait ressenti une telle douleur. Comme si son large panier de souffrances accumulées, piétinées par orgueil, ne pouvait se retenir de se renverser. Doucement, il la déposa par terre, lui ramassa sa poupée, la reprit dans ses bras et s'enfuit dans sa chambre la placer délicatement sous ses draps et l'étreignit à sa guise si fort, si fort qu'elle sera obligée d'en crier. Mais il ne sortit aucun son. Comme une bête en détresse, elle se laissait enlacer en silence et souriait. À travers ses cheveux dorés, un fleuve de peine se déversait orageusement. Réjean pleurait à torrents, impuissant à déraciner les parcelles de l'enfant tapi encore en lui.

— Je n'en pouvais plus, refile Pierre, de voir une tête aussi dure ne rien comprendre au gros bon sens. Je suis parti à la grange. Parlant de grange, il faut que j'aille voir aux poules.

Réjean, rentré boire un verre d'eau, revient s'asseoir près d'Érika.

— J'ai raison. J'avais raison. Montréal ne donne rien. Tu vois? Au-dessus de six mois qu'elle est partie. Pas de changement. La même réponse à chaque visite. Jamais de changement. Je comprends. Elle vit avec des inconnus. Passer des jours, des semaines entières enfermée dans une ville. Que j'aime donc pas la ville. Les chats ou les chiens l'auraient peut-être fait parler? On le sait pas. En tout cas mon idée est faite. Couquine ne passera pas un autre été dans ce trou-là.

— Pourquoi tu l'as laissée partir, Réjean?

— Tantine me l'a demandé. Avec elle, on peut pas dire non. Je ne sais pas comment elle s'y prend? Elle a parlé de vitesse, d'une guérison certaine si les soins commençaient bientôt, qu'on irait la voir aussi souvent qu'on le voudrait. Je pensais qu'elle mentait. Qui va tirer les vaches? Faire les foins? Tout, tout? Fais-le pour elle. Là-haut, tes parents sont de ton bord, qu'elle répétait. Elle m'a eu. J'ai cédé. J'ai signé le papier du docteur. Il est parti la tête basse.

— Ensuite?

— Érika, tu n'auras donc jamais fini de questionner? Tu te rappelles du reste?

— Du reste?

— Voyons, rappelle-toi. La nourriture...

Les jours suivants, Krystine frisa la folie. Un gros rôti fut mis au four, une palette de boeuf mijota, des galettes à la mélasse cuites fumèrent, elle roula des tartes, parla, parla tout en jetant un regard constant vers un certain corridor. Elle bousculait tout. Le lendemain, le docteur avait une bonne nouvelle. Angélique ne partirait pas tout de suite. Elle devait d'abord passer des tests à Québec.

— J'étais assez content! Tu ne peux pas savoir.

Les semaines passèrent, sans résultat. Angélique refusait de voir le docteur. Le frère aîné l'encourageait. Pierre la conduisit à son tour. Un matin, le cher monsieur déposa un papier sur la table. Une adresse griffonnée s'y lisait. Un hôpital de Montréal.

— On a dû aller la reconduire à l'hôpital à deux cent milles! Tu te souviens?

— Je me souviens! hurle l'enthousiasme de ses yeux. Je me souviens! La veille, Tantine avait vendu le sirop rebouilli. Tout le monde était si content.

— Contents? ...pas le mot! affirme-t-il la joie réapparue sur le visage de ce grand frère impayable.

Érika referme l'écoutille de sa mémoire afin de ne rien perdre. Les trous sont comblés. Les paroles de son frère volubile coulent impénétrables sur son silence. Ses oreilles empruntent un autre sentier. Elle écarte les grosses mouches noires qui répandent les microbes, partout sur les marches chaudes. La voiture de Timé s'immobilise devant le peuplier. Le cheval maigre bouille. Sa vapeur monte droite et se perd dans l'air chaud. L'homme mince descend de voiture, d'un pas nerveux.

Maigreur et minceur vont de pairs. Tel homme telle bête, jugerait son père.

Réjean lui indique le chemin de l'étable. Il vient chercher son veau promis. Dérangée par cette visite et par l'attente interminable du départ, la «grande» n'arrête pas d'aller voir l'heure. On dirait que l'horloge fait exprès. Tantine achève de tout ranger. Il lui reste encore deux heures à égrener. Comment faire? Elle reprend sa place sur la première marche de la galerie grise. L'ombre se mêle au vent chaud venant du sud et soulève un peu sa jupe neuve à carreaux rouges et verts. Un énorme papillon jaune et noir flirte avec une rose rouge. Le firmament bleuté se dore au soleil ardent. La tête sur les genoux cachés par sa robe, le nez gourmand, les bras noués autour de ses jambes, elle entre dans le luisant de ses souliers neufs et s'y perd. Érika part en voyage dans le passé.

De son lit de convalescente, elle écoute, amusée, les voix qui s'élèvent.

— Vous savez faire cuire des patates. Ne chauffez pas trop le poêle. Ramassez les oeufs chaque jour. Mangez la salade fraîche du jardin. Les fraises. Pensez à cueillir les fraises. Pierre, tu iras à la banque jeudi.

Ses parents seraient-ils ressucités?

— Je ne sais pas combien de temps je serai à Montréal. Surtout. Surtout songez à Érika. Chère petite, elle prend du mieux. Enfin!

Érika doit se lever et lui montrer que c'est vrai. Lentement, hors du lit, elle époussette de sa longue jaquette le corridor et s'enfonce doucement dans la chaise berçante brune, proche de la garderobe de cuisine. Elle cache ses jambes chevrotantes et tente de calmer son coeur aux abois.

Soudainement silencieuse, Tantine porte son regard distrait à la forêt lointaine. À quoi, à qui songe-t-elle? Enlisée dans son monde, elle ne l'a pas vue arriver. Érika sourit et la contemple à loisir. Ses traits tendus luttent pour cacher ses inquiétudes. Assis devant elle, les garçons déjeunent, soucieux. La froidure de l'ambiance la glace. Angélique mange dans l'insouciance des événements qui se préparent. Par la fenêtre, le soleil arrose la table matinale. On dirait que toute vie a cessé, que tous attendent, pendus au départ imminent d'Angélique, que cesse le supplice des déchirures, des macabres envolées. Tantôt, elle les quittera pour longtemps. Une profonde intuition le laisse présager. Les garçons ne cessent de lui sourire. Elle leur rend. Un sourire ulcérant où toute joie exubérante a fui par le trou de souris derrière le poêle. Krystine aperçoit l'enfant blafarde.

— Érika! Toi, debout de si bonne heure? Va te recoucher ma petite, insiste Tantine. Tu forces la note. Tu as entendu le docteur? Ne pas te lever plus que dix minutes par jour. Allez. Va, ordonne la main féminine, pleine de tendresse, lissant son dos glacé.

Sait-elle qu'il arrive des moments où obéir est surhumain? Ramassant son courage dans les plis qu'elle fait dans sa jaquette, la tête en veilleuse, elle retourne à son carcan d'ennui. Les millions d'étoiles affolées sur le mur, qui la suivent, lui donnent raison. Elle doit écouter. Obéir. Toujours se montrer docile. Une éternelle enfant. Elle se déteste et pleure.

Du fond de la maison grouillante d'activités, creusée dans son refuge, s'échelonnent des murmures familiers, anodins, nourris de douceur, de bonté, d'attachement. Une trame lointaine de vie fébrile se noue. Elle prête l'oreille distraite par ses sanglots.

— Pierre, demain tu iras chez Anaclet demander à Blanche, si elle ne pourrait pas traverser.

L'objet de ses inquiétudes, captées à la dérobée ce matin, dans sa lointaine envolée intérieure, était elle. Sa petite personne. Elle, impotente depuis un mois, ancrée pendant trois semaines au quai de l'inconscient. Elle, la grande de la famille devenue si petite et fragile. Ah! si elle pouvait avaler à grandes gorgées la santé. Que de seaux, elle boirait!

— En pleine période des foins! lance-t-elle de dépit.

— Ces damnés foins! rapplique une voix masculine au loin, comme si son frère avait lu ses pensées.

Damnés foins, elle le sait. Le champ, sous ses yeux, se sillonne à perte de vue. Le rentrer est urgent. Le beau temps les presse. Tantine ne peut compter sur l'un d'eux pour l'accompagner à Montréal. Angélique se glisse sous ses draps. La malade entend des pas. Elle lui ferme les yeux.

— Faisons semblant.

— Eh, venez voir! crie Réjean du corridor.

Deux endormies gagnent du temps. Des pas lourds et précieux s'amènent. Il ouvre la porte.

— Les paresseuses. Debout! lui lance-t-il, pinçant son oreille à travers le drap.

Érika saute de rire. Couquine, le bras autour de son cou, feint de ronfler. Sa petite jambe tente désespérément de s'accrocher à la hanche de sa grande sœur, sans succès. Le bruit du plancher la fait se retourner. Elle installe ses deux pieds sur son ventre, se gratte le nez. Réjean cherche son orteil, s'assied tout près, lui frotte le dos, les yeux évasifs. Un désespéré accosté à un bois meurtri, pour se sauver.

— Au moins, toi tu vas mieux, tente-t-il de se convaincre, que tout n'est pas perdu.

Son regard, d'une tendresse timide, l'attendrit et l'agite. Il apporte avec lui un flot d'humidité affective. Il caresse sa tête à demi-cachée sous le drap. Son regard ne la quitte pas. D'un geste brusque, il la prend, la serre, la berce et pleure, la tête cachée dans son épaule, trop petite pour contenir une telle cervelle. Par elle, c'est Couquine qu'il retient. Il sait qu'elle comprend. Sa douleur l'empêche de la prendre dans ses bras. Un autre bras du tronc qui cède. Il la laisse choir sur le lit et quitte la maison brusquement. Il la surveillera partir par une fente du mur du fenil, accroupi dans la paille, noyé de chagrin et entouré de chats ronronnants, son chien serré contre son coeur, pour moins souffrir.

Un oiseau blessé que l'ardeur au travail tentera de cicatriser.

Pierre, de retour de la gare du village, se dirige vers Réjean et laisse tomber la dernière phrase de Tantine.

— Pas de gaspillage les enfants; pas de gaspillage!

Comme le souvenir de la vieille aiguille du gramophone à ressort qui grinçait, cette phrase résonne dans leurs têtes à l'infini. Il leur a fallu du temps pour en saisir le message.

Ils devront payer l'hospitalisation d'Angélique.

L'argent ne courait pas les routes, encore moins leurs tiroirs.

* * *

— Aie! La fille. Sors de la lune! Secoue ta jupe. Elle traîne par terre. Tu devrais faire attention!

Érika relève la tête. Une voiture passe lentement devant la maison. Un jeune veau fringuant, attaché au fond, tire du bacul et rue dans les brancards. Cette réalité la remet sur pied. Elle avait presque oublié qu'elle part dans quelques minutes, pour Montréal.

Réjean salue Ti-mé de la main, ouvre son poing fermé et compte le prix de sa vente. Il sourit.

— Où vas-tu? rétorque-t-il surpris de son empressement.

— Voir Noireau une dernière fois.

— Tu n'as pas le temps de t'amuser avec le chat, Ti-Jos arrive.

En effet, le «taxi» range sa voiture près de la cuisine. Vu le travail pressant de la ferme, il s'est offert à les amener à la gare. Pierre a réussi à se libérer de la boulangerie pour ensemencer. Car la magnifique journée ouvrait ses entrailles.

— Fais attention à Montréal, Érika. Écoute Tantine. Si tu te perds... Nous, on sème aujourd'hui. On n'a pas le temps de courir après les chevreux, lui lance Pierre tapotant sa joue.

— Tiens, tiens! Des conseils, des conseils! Vous me prenez pour qui, hein?

— Pour une vraie fofolle qui n'arrête pas de se dandiner. Si tu continues, tes semelles vont se percer!

Elle sait. Ils ne veulent plus de malheur. Elle sera docile allez! La misère doit reprendre sa route. Ils l'ont assez engraissée!

Réjean se tait, baisse les yeux. Les départs le chavirent. Il enfonce la terre du bout de son pied, comme pour faire un puits et enterrer toutes ses peines en une seule fois. Elle bénit le ciel de le voir se retrouver avec Pierre. Que ferait-il seul dans leur immense maison à trois étages, six chambres doubles et deux balcons? Elle se le demande. La réponse lui fait peur.

Faudrait que j'en parle à Tantine, un jour. Elle sait tant de choses. Connaît tant de réponses.

— Savez-vous Tantine? avance le garçon pensif.

— Quoi? reprend la femme posant les valises sur la galerie.

— Depuis si longtemps que Couquine est à l'hôpital... Je pense pas qu'à va guérir.

— Tais-toi Réjean, lance Pierre. Comment peux-tu penser, tout de travers?

— Je n'en ai pas parlé, mais à mon dernier voyage, je l'ai trouvée si maigre, si pâle? Angélique est seulement muette, vous savez!

Son dépit, sa rancoeur affûtent ses mots crus et se dressent entre eux.

— Explique-toi! lui dit Érika.

— Angélique n'est ni blessée ni infirme. Elle n'a pas été malade comme toi, Érika. Être muette ne l'empêchera pas de grandir ni de jouer quand elle en a envie. Votre idée de la laisser à l'hôpital me rend malade. J'avais raison. Vous la faites mourir d'ennui dans cet endroit de fous. Je vais parler au docteur la prochaine fois. On ne dira pas que Réjean Beaubien est un sans-coeur ou un sans-dessein. Non monsieur!

La froidure de son regard perdu au loin, donne froid dans le dos, alors que la rage enflamme le coeur.

— Être muette est une maladie. Tantine le dit. Le docteur le dit. Tout le monde le dit!

— Érika dit vrai Réjean, coule la voix calme de Pierre. On doit la laisser à l'hôpital.

— Les docteurs savent ce qu'ils font, voyons.

— Pas certain.

— Réjean. On laisserait personne à niaiser pour rien, loin de leur famille!

Krystine en retrait, immobile, suit la discussion orageuse, déçue. Secouer l'atmosphère est urgent.

— En tout cas, je me ferai une idée à mon retour. Si je me suis trompée, Réjean, j'en paierai la note. Tu as ma parole.

Les deux valises posées près de lui bouclent le débat. Il les prend et les range derrière le siège et enfouit ses mains dans ses poches, songeur. Toutes paroles se sont envolées dans le vent doux de la matinée superbe à son déclin.

— Ne semez pas des graines de carottes à la place de la luzerne, les garçons. Sinon, il faudra changer vos vaches pour des lapins.

D'un trait la joie surgit, enjolive les lèvres amusées. Loin, la discorde roulait déjà sa bosse. Tantine, le regard en coin, maquille son visage et soupire. Une autre tempête terminée, par bonheur, en queue de poisson. Elle salue d'une main fébrile et s'enferme en elle à double tour.

J'en paierai la note Réjean, tu as ma parole.

Les mains s'agitent, son bonheur déborde. Érika n'arrive pas à saisir le penaud des visages masculins plantés comme des piquets de clôture, rapetissant derrière elle. Les sentir tristes ou émus de son départ fait frissonner son coeur de plaisir.

Montréal, le train, la ville, l'hôpital, Angélique. C'est trop. Beaucoup trop pour un petit être qui a failli flancher au printemps.

Elle prend le bras vigoureux de celle qu'elle aime et se creuse un nid au milieu de son épaule. Le fleuve de ses émotions reprend son lit et s'apaise.

* * *

La voiture disparue, les garçons entrent boire un coup d'eau. Le soleil rayonne à pleines brassées.

— Allons semer, Pierre, le temps tourne au beau. On annonce de la pluie pour la fin de semaine. Ce serait une bonne idée de finir le champ du péché pendant que t'es là.

— T'as hersé? insiste le puîné un brin curieux, une main sur la bride du cheval.

— Hier.

— Puis?

— Puis quoi?

— Il ne s'est rien passé, si c'est ce que tu veux savoir.

Soulagé, Pierre dételle le cheval pressé de recouvrer sa liberté. Une montagne de travail l'attend.

Ce champ: un cauchemar annuel!

Capricieux, il ne se laisse dorloter qu'au gré de sa fantaisie. Argileux, il happe les machines et les engouffre, sans merci. Deux bonnes semaines de soleil et de vents continuels arrivent, à peine, à l'assécher.

Un morceau du diable! défriché par le péché, jurait grand-mère, dans le temps.

— Je mélange les graines de semences et je te rejoins Pierre. Les sacs d'avoine sont prêts dans la batterie.

Pierre époussette les pensées emmêlées au bout de ses bottines de travail.

Huit saisons se sont écoulées depuis le départ de son père. Soudain, une flambée d'ennui lui pince le coeur. Déjà deux ans. Il manque toujours à la barre de son foyer. Chacun se fouette avec ses souffrances, pour éviter de se noyer, aux jours pluvieux rasant parfois leur coeur. L'un bouscule l'autre sans merci, animé d'une inconsciente fraternité filiale qui les oblige à continuer de vivre.

Ce champ. Un morceau de terre maudit, affirmait son père. Cette terre damnée lui rappelait la blessure d'Érika l'été dernier. Un coin fauteur de troubles. Imbibé de malédictions, ajoutait encore grand-mère qui les surveillait en égrenant son chapelet, quand ils astiquaient ce lopin ensorcelé, selon elle.

Paraîtrait qu'un excommunié a brûlé dans sa cabane, sur cette terre. Enterré hors du cimetière; une calamité léguée de père en fils. Grand-père avait ri des placottages et avait acheté ce morceau que personne ne voulait, pour une bouchée de pain. Pourtant, qui leur dit que grand-mère parlait à travers son chapeau?

Chaque année, fallait sacrer contre tous les saints pour venir à bout du sol: une terre coriace, pas manoeuvrable. Odilon perdait son cheval dans le marais et des charrues. La semeuse se bouchait. Le feu prenait en plein été dans la cheminée, leur assurait grand-mère. Le monde s'écrasait un membre, un doigt ou un pied. Une terre de chien-dent! Du chiendent, c'est l'invention du diable. Pourtant, chacun semblait oublier le malheur de l'année précédente, quand ils décidaient de le travailler de nouveau.

Le souvenir surgissait, une fois les difficultés passées.

L'année dernière Érika, Angélique à matin...

— Des sornettes de vieilles, affirme Pierre pour se sécuriser. Il secoue la poche d'avoine vidée dans le ventre de la semeuse. Réjean s'affaire autour des chevaux savonnés de sueur. L'heure fermente sa méditation.

* * *

L'été dernier.

Des paroissiens, des voisins et leurs bêtes, il en venait, ce jour-là. Pierre, touché, les bras pendants, les avait regardés passer devant la maison et se rendre au champ.

Une vraie procession de la Fête-Dieu. Comment oublier! De toutes parts, comme par magie, les uns sur leur faucheuse, les autres voitures et fourches en main; une longue file ininterrompue de quatre jours venue tout engranger. Finis, les foins.

Ce souvenir chaleureux gonfle son coeur de bonheur, il s'é-
meut. Des paroles lui montent aux lèvres.

Du monde pas piqué des vers. L'oeuvre de M. Anaclet. Tante
Krystine. Chère tante Krystine. Si elle avait su. Elle ne serait jamais
partie?

Elle pensait avoir tout prévu avant son voyage à Montréal.
Les garçons fiables veilleraient à tout. Blanche, que Pierre irait chercher, ferait le reste de la besogne. Or voilà. L'imprévu se pointait le
doigt. Blanche absente, Laura malade, grand-mère Veilleux convalescente, personne ne leur venait en aide. Et Tantine qui devait rester dix
jours à Montréal.

Anaclet. Brave Anaclet. Comme il avait regretté l'absence de
sa femme partie au chevet d'une soeur. Le coeur plein de regrets, il
avait promis d'agir.

Eh comment! pense le semeur guidant ses bêtes dociles et laborieuses.

Le rang avait été tourné à l'envers. Une formidable corvée
avait surgi de nulle part et de partout. Des hommes donneurs de joie.
Des jours inoubliables. Ti-Pit fauchait, Anaclet raclait, Anselme Lebrun, ses deux gars et ses juments, Ti-mé et son plus vieux, toujours
aussi lent, Antonio et ses étalons belges: des pétards de beaux spéci-
mens, Maurice le fainéant, ses bêtes maigres aux harnais rafistolées de
bouts de corde, Émile le grand sec sur son râteau, ses garçons condui-
sant leurs chevaux; tous avaient pris d'assaut les champs à engranger.

— Du monde incomparable! parle tout seul Réjean, le sourire
en coin.

Les travaux prenaient l'allure d'une ruche d'abeilles. Occupés
à surveiller Érika à tour de rôle en préparant des goûters, les deux
jeunes frères regardaient ébahis cette nichée humaine, l'âme pleine de
reconnaissance. Silencieusement, d'un pas religieux, les hommes
franchissaient le seuil par respect pour la malade, étanchaient leur soif,
demandaient des nouvelles, et la procession se reformait. Le soir venu,
les uns à pied laissaient leurs voitures au champ, les autres sur leur
machinerie retournaient chez eux. À peine quatre jours avaient suffi
pour tout nettoyer.

— Ouais, du monde dépareillé, affirme Réjean de la tête. Whoooo! crie-t-il à ses chevaux impatients. Érika, sur le dos, en train de mourir l'année passée, aujourd'hui guérie et partie en écervelée à Montréal avec Tantine. Heureusement que les jours se suivent et ne se ressemblent pas.

Le team s'immobilise. Un conduit de graines est bouché. Surgit du souvenir, son père refaisant le même geste.

— Papa, vous seriez content de nous! certifie sa pensée enjouée. Oui, bien fier, reprend sa voix intérieure empressée de reprendre la route du sol à fertiliser.

* * *

Quelque part sur la route de la campagne verdoyante, une petite fille douce, allongée et amaigrie, assise près de sa tante, jase de tout et de rien. Elle s'emplit les yeux d'images neuves et le coeur de sensations rares. Le roulis du train l'amuse. Petong! Petong! Petong! Un flot de questions martèlent Érika. Son front et sa source de curiosité embrouillent son regard. Elle réussit à peine à s'assoupir.

Krystine profite de ce moment de répit, pour ouvrir la dernière lettre de Kurny, son mari. Il lui apprend l'achat d'un autre hôtel, lui offre d'acheter sa pleine récolte de fleurs, a fait l'acquisition d'un camion réfrigéré à cet effet, répète qu'il n'a pas compris pourquoi elle a tout quitté pour s'isoler dans le fond d'une campagne minable, perdue dans cette province, dans ce pays de neige et de froid. Il assure que sa mère va bien, qu'elle a été malade et qu'il en a pris grand soin.

Sa mère! Il est tenace. On ne devait plus en discuter? Fallait oublier ta mère quand ce fut le temps.

Enfin seule, à l'abri de tous les regards, ses muscles se relâchent. Une quiétude intense l'envahit. La rêverie la prend sous son aile et l'emporte loin sur un nuage de réflexions. Trois fois, elle a relu la lettre empreinte d'amour et d'affection. Elle ferme les yeux.

Sa mère.

Elle compte le nombre de fois que son mari a parlé d'elle. Onze fois. Impossible! Il n'a jamais pu la quitter. Couper le cordon ombilical une fois pour toutes? Non. Un geste impensable pour cet homme. Peut-on aimer une femme et une mère également? Non. Il a choisi sa mère; qu'il la garde. Je ne suis pas partie. Il m'a chassée du nid. Elle! Je devrais dire. Tu me traites de foreman, femme de fer, général, comme tu veux. Sais-tu tout l'amour qui se cache sous cette carapace, mon mari? Ta mère m'a gratifiée de cette armure contre moi-même. Je ne pouvais me laisser dominer par elle. Un suffisait. Un triangle insoutenable. Tant d'années à souffrir, sans but, incapable de fuir. Puis un jour, la raison du sang a surgi. Je chercherais ma fille et vivrais désormais avec elle, pour elle. Tu me crois folle?

Un oeil posé à la sauvette sur la brune enfant assoupie, la ramène à la réalité.

Tu as de bonnes raisons de me croire basculée. Un but? Une chimère? Depuis le temps que je cherche la réponse. Pire. J'ignore encore si cette enfant est de moi. Étrange Kurny. J'ai tout chambardé la maison. Je suis allée au presbytère. J'ai écrit au gouvernement; sans succès. Malgré tout, je ne quitterai pas ces enfants. Pas maintenant. Ils sont ma raison de vivre. Un essaim de bonheur s'est tissé entre nous. Comprends-tu Kurny? Un amour filial immense, intense, quasi indissoluble. Pas un amour de seconde main comme le tien. Ah! S'il n'y avait pas eu cette femme! Mamy, comme tu l'appelles. Il faut m'oublier Kurny. Cesse de m'aimer. Tu ne comprends pas? Rien n'est à comprendre, tu le sais. De second violon, je n'en serai pas. Tu entretiens tes espérances? Tu m'aideras? Je t'en sais capable. Ces fleurs, ce camion. Des prétextes à garder le pont ouvert. Le sera-t-il toujours? Plus tard. Qui sait? L'usure aura effacé les sillons et les mites rongé les piliers. Des blessures nous nous infligeons. Tu ne veux pas céder. Accepter ce choix personnel découlant d'un secret que tu ignores. Mon passé ne t'appartient pas. À quoi bon te le redire. Tu es têtu comme une mule!

Tristement se déroule le paysage de ses pensées. Le coeur de Krystine en est broyé.

Soyez heureux ta mère et toi. Au fond, je t'ai triché. Le lien du sang endormi en moi ne s'est jamais tari. Je me suis assoupie sous ta houlette en attendant son réveil. Je suis une lâche, Kurny. Le crois-tu? Le miroir de mon père. Tu ne me mérites pas. Faudra un jour que tu le réalises mon amour. Deux minables souffrances. Entends-tu? Deux misérables souffrances, nous sommes.

D'un geste lent, elle replace la lettre dans un coin secret de son sac à main. Sa tête tombe sur le côté, lourde d'une profonde amertume. Ses longues franges foncées ont eu raison de son cauchemar.

— Oh? Tantine dort.

Érika sourit. Elle se lève et file lentement explorer à nouveau les toilettes dont la manoeuvre l'amuse follement.

Enivrée de nouveauté, son coeur renverse d'émerveillement. Son siège repris, elle examine les gens. Une vieille dame laide tricote. Une autre, plus jeune jase très fort en gesticulant. Elle répète deux fois la même chose, comme si sa voix tonitruante ne suffisait pas à se faire entendre. Un monsieur se déplace pour mieux mettre les pieds sur le siège de velours rouge. Il lui sourit. Timide, elle détourne les yeux. Les joues de l'homme imitent des bajoues de porc. Son voisin, richement vêtu, se décrotte le nez à l'aide de son petit doigt recourbé à l'intérieur de sa main, en pensant que personne ne l'observe. Étonnant est son voisin de droite. Quelle curieuse manie, que celle de garder son chapeau qui retombe presque sur son nez en lisant son journal. Un visage baigné d'ombre. Un regard furtif, impénétrable, louche, aux aguets, imbibé dans des yeux durs et méchants. Il semble plus absorbé à tenir son corps droit pour que tienne son chapeau en place, que sa propre lecture. Ses jambes se croisent et se décroisent nerveusement. Sa tête se pique vers elle. Érika se retourne vivement. A-t-il envie d'aller aux toilettes? Est-il gêné de se lever? D'affronter les regards? Les enfants sont parfois intimidés par les yeux des grands. C'est son cas, quand elle a envie de pipi. Pas les grandes personnes. Curieux?

Une fillette court partout. Elle se cache entre les sièges, fait semblant d'être prise et crie tout le temps *help*! *Help*! *Help*! Petong! Petong! Petong! répond le train. Son jeu la fascine. La timidité ne lui colle pas aux fesses, comme aux siennes. L'immense boucle rouge nouée dans ses cheveux noirs crépus, emprunte la couleur de son pantalon voilant le noir de sa peau. Elle l'attire et la repousse à la fois.

Sa mère de race blanche la surveille tout en feuilletant une revue. Elle voudrait lui parler, s'approcher de ce langage curieux. Pouvoir s'asseoir devant elle et apprendre à jouer... Jouer. Un monde inconnu. Grand-mère n'a jamais toléré les voir jouer. Du temps gaspillé. Perdu. Inutile. Les enfants ne jouent pas quand le père a tant d'ouvrage. L'oisiveté amène le vice. On doit occuper les enfants. En tout temps, à tout moment. Le travail renforce, donne du caractère. S'il leur arrive de glisser dans les nombreux coteaux ciselant la rivière, elle bavasse à Odilon et vlan! La fessée tombe plate sur leurs postérieurs. Elle ne sait pas jouer. Perdre du temps. Voir cette fillette si gaie, la rend nostalgique. Toutes ces jeunes années perdues à travailler. Faudrait qu'elle se reprenne. Qu'elle apprenne.

Tu as un problème Érika. Tu es trop grande, réplique son cerveau effronté.

La beauté des prunelles de l'enfant capte son ravissement. Elle n'a jamais imaginé des yeux si noirs. Enfermée dans son monde, indifférente au temps qui passe, insouciante au milieu qui l'entoure, l'autre se fabrique du bonheur comme le ferait sa mère pour son pain. Absente de son environnement inhabituel, la splendeur du ravissant paysage ne l'affecte pas. Elle en a vu d'autres. Des voyages, une farce pour elle.

— ...du monde chanceux! soupire sa déception.

Sa mère ne la voit pas du même oeil. Une fille si gâtée par son père, accaparante à souhait, fatigue et déçoit, constate-t-elle ennuyée par ses caprices tenaces et insignifiants. Elle la rabroue par un bras. L'enfant se calme un moment. Recommence. Ses cris, son arme affûtée, ont raison de sa mère, vaincue.

Érika est renversée.

Une enfant qui conduit sa mère? Est-ce possible? Elle n'a encore rien vu de tel. Faudra qu'elle se mette à voyager...

Un bébé pleure. Ravies, ses oreilles entendent avec nostalgie ce son oublié. Le chant d'Aurèle. Elle écoutera chanter les pleurs d'Angélique, une fois arrivée à Montréal.

Un noir costaud passe et repasse, attentif au bien-être des gens.

Un blanc, grassouillet, jovial et rassurant, vérifie les billets piqués aux porte-bagages. Au passage, il lui caresse les cheveux. Les problèmes du voyage dans ses mains, vogue la galère.

Le moment qui passe est savoureux.

Un bouquet de joies nouvelles.

Érika essaie de deviner la vie de ces gens, leur famille, leur village, leur maison. Elle joue à les déplacer. Ceux des villes iront traire les vaches en souliers vernis. Ceux des villages en souliers de boeuf, culottes d'étoffe et chemises à carreaux iront diriger des compagnies. Le noir chaussera la casquette du conducteur, le seau à laver tombera dans les mains du maître à bord. Elle est folle, folle. Son intérieur se meurt de rire. C'est peut-être ça, jouer?

Tantine, à côté, dort toujours. Ses traits tirés sillonnent son sommeil.

Le train s'immobilise. Elle étire le cou.

— Drummondville, crie le conducteur.

Des passagers s'alignent devant la gare le long de la voie ferrée. Une mère recule un garçon trop aventureux. Ce vacarme des freins qui crissent, entrebâille la porte du sommeil de sa tante qui se tourne la tête. Elle l'analyse à sa guise. Le rouge de sa robe, ornée d'un large collet blanc, la rend plus ravissante encore. Des boucles naturelles sillonnent son front et cachent ses rides creusées au centre. Ses joues tombantes depuis peu, gardent les traces de son sourire ancré jusqu'au fond de son âme. Ses longs doigts effilés ne réussissent pas à se détendre. Un vif désir de la caresser monte, jaillit. La «grande» dépose lentement sa main sur la sienne. Chaude, osseuse, énergique. Tante Bella-Rose est disparue de sa tête depuis son arrivée. Elle ferme les yeux et goûte l'étrange sensation ressentie. L'impression d'entrer dans son coeur l'habite. Je l'aime. Ces mots lui créent une paix intérieure insoupçonnée et la comblent. Le visage sérieux de sa mère se dessine. Elle cherche le souvenir d'une main maternelle sur la sienne, d'un instant de tendresse, d'amour, il n'en vient pas. Étouffée, ses yeux s'humectent. Malgré elle, des larmes souillent ses paupières. Sa main se retire. La révolte gonfle sa gorge. Elle plisse ses yeux profondément et tente de refouler les larmes intruses. Refermer le couvercle à double tour est urgent. Personne ne doit découvrir une chialeuse de son genre.

Peut-être qu'elle n'avait pas le temps? répond sa tête.

— Possible, concède son coeur désolé.

Une étrangère lui apporte l'essentiel que ses parents ont oublié dans leurs bagages vides de sentiments. Elle revoit son père, soucieux, le regard tranchant, agité. Sa mère s'affaire autour de grands coffres de bois à remplir. Ils pensent à eux. À lui. Ses paroles sentent l'autorité immuable, l'obéissance aveugle. Avoir des enfants pour aider, servir. Précieuses; les vaches, la ferme. Polir le troupeau toujours et toujours, voilà le but de la vie. Regarder leur père, les caresser de plaisir. Posséder le plus fabuleux, le meilleur troupeau de la paroisse. Le voir se griser d'orgueil. Les enfants? Du monde utile, nécessaire au bon fonctionnement de la vie de campagne. Les éduquer à se donner, se soumettre. Se taire. Obéir. Les qualités de l'obéissance. Simple, droite, prompte, entière. Grandir dans la crainte. Trimer du matin au soir, à la mesure de leurs bras minuscules, non à l'abri de l'aigreur d'une mère fatiguée de la vie, d'elle-même, de s'être trop démenée, trop donnée, de tout. C'est l'hiver, le temps de la glace a sonné.

* * *

Sa tête a voyagé dans son enfance. Une main robuste frôle son épaule. La réalité reprend les rails du présent. Ils quittent les prés verts, pour voir se succéder à une vitesse vertigineuse, des maisons, des rues, des boulevards. Le panorama s'est considérablement rétréci.

— Nous entrons dans la métropole, assure un homme heureux d'arriver.

— Tiens... Montréal, dit à sa voisine enrobée dans sa graisse, une femme affairée à plier son chandail vert.

Montréal. Ses yeux ne parviennent plus à assimiler les images bousculées, la bousculant. Une curieuse maison en triangle foulera les autres, se tiendra droite à l'entrée de sa mémoire jusqu'à la gare centrale.

Le monde se secoue, étire leurs jambes.

— On arrive, ma fille.

— Bravo!

Sa soif d'embrasser Couquine la pique partout.

Le gentil conducteur ramasse les billets. Le train arrête. Les passagers descendent et s'enfilent dans une porte. Plantée au milieu de l'immense bâtisse, noyée dans la foule pressée, elle analyse le curieux endroit, examine les lieux, la tête à la girouette. Des invasions de questions s'accumulent aux portes de son cerveau. Sur le haut des murs autour de la gare, d'immenses dessins représentent chaque phrase de l'hymne national de son pays.... *De fleurons glorieux...* Elle continue, émerveillée, le couplet dans sa tête.

— Ma tante?

Tantine ne l'écoute pas. Tant de choses à voir. Ouvrir grand les yeux. Se souvenir. Apprendre. Faudra lui expliquer bien des choses. Voyager pour comprendre. Oui. Sortir de son trou. Observer les millions de mains du monde s'entrechoquer d'amour et de chaleur humaine.

Tantine la tire par la manche.

— Viens-t-en. Tu vas attraper un torticolis les yeux en l'air, de la sorte.

Faudra qu'on lui explique ces immenses dessins sur les murs... Un jour, elle saura le pourquoi de tant de gestes inusités posés par les adultes. Elle, c'est sur une feuille de papier qu'elle dessine, non sur les maisons.

Des rues. Des autobus. Encore des rues. D'autres autobus. Surveiller les noms de tous ces chemins carrelés. Monter. Descendre. L'aînée féminine des Beaubien s'amuse comme une petite folle.

Une immense maison à plusieurs étages s'impose à ses pensées, englobant quasiment toutes les maisons de son village. Ouf! Elle écarquille les yeux et fige de surprise.

Réjean, ne crains rien, je colle à Tantine.

Hôpital Sainte-Justine, est écrit en gros, sur la pancarte devant la porte.

Son coeur bat à se rompre. Elle serre la main sécurisante. Réjean a raison. Une trop petite fille pour une si grande maison. Elle s'assure de n'avoir pas oublié le cadeau. Plein de monde sort, entre sans parler. Un grand hall. Un corridor. Un ascenseur. Un corridor. Des chambres à ne plus finir. Des numéros, des numéros sans fin. Un autre corridor. Puis, un autre.

Réjean avait raison. Couquine est perdue.

Encore des numéros. Elle a la gorge sèche. Elle reluque Tantine inquiète. Qui sait? Elle est perdue et ne veut pas lui faire peur. Elle cherche son chemin. Sa main mouillée glisse de la sienne. Elle l'interroge du regard et comprend. Faut avoir une bonne santé pour affronter ce casse-tête. Des hommes vert pomme, la tête enveloppée d'une même couleur, un carré blanc noué au cou tenant lieu de collier; des femmes blanche-vêtues, coiffées d'un curieux chapeau, vont, viennent. D'étranges lits roulants se promènent. Des enfants frêles, blêmes ou faibles assis sur des chaises à roues parcourent les corridors poussés par des gens pressés.

Réjean disait vrai. Faut la sortir d'ici.

Des voix sortent des murs. Des cloches stridentes sonnent.Un monde de fous. Couquine vit avec les fous.

Une senteur nouvelle, puante, rôde partout.

Tantine va, sûre d'elle-même. La fatigue envahit Érika un peu plus à chaque pas. Elle a peine à la suivre. Sait-elle où elle va, ou se montre-t-elle brave? La «grande» tire la patte. Pouvoir s'asseoir un peu. Reprendre son souffle. Si Tantine voulait lui permettre... Non. Relever la tête. Cacher sa faiblesse. Être à la hauteur. Si Angélique le peut... Important, de ne jamais flancher dans une maison pareille.

Tantine ralentit le pas. Son pouls s'accélère. Elle s'arrête devant un poste de garde. Un doigt étranger pointe un autre étage. La course reprend. Elle vérifie des numéros, lentement, lentement. Du dedans leur parviennent des voix enfantines toutes menues. Elles entrent. Une grande salle remplie d'enfants éclopés, s'offre à leur regard. Elles cherchent Angélique.

Pas de Couquine!

Sa chambre. La trouver dans sa chambre.

Personne!

Les interroger. Prendre d'assaut le bureau central de l'étage. Les femmes en blanc blanchissent ou haussent les épaules, intriguées. On dirait que Tantine parle une autre langue.

L'odeur des secondes s'empuantit. Réjean, je comprends. Ces murs gris à perte de vue. Tu dis la vérité, mon frère. Étrange. Tantine dit que les murs sont blancs et les tentures des fenêtres éclatantes de couleurs. Je ne trouve pas. Je déteste le jaune orange. Réjean, Angélique notre petite soeur doit sortir d'ici.

La directrice, les yeux recouverts de leurs chassis doubles, ouvre un livre, interroge des pages, lève les yeux par-dessus ses lunettes, questionne de sa voix autoritaire tous les murs, tous les coins et recoins de l'hôpital et implore le ciel qui lui tombe dessus.

Angélique est disparue!

L'hôpital éclate de stupeur.

Réjean, seras-tu content?

Un champ du diable, disait grand-mère...

Chapitre XVII

Félix à Régina

L'ombre de la voûte aux poils hérissés, aux bajoues gonflées d'humidité, tombe, apaisante, sur la terre. La plaine rutilante, bientôt s'estompera.

Félix ne s'habitue pas aux soirées ensoleillées, aux couchers de soleil tardifs à n'en plus finir. L'aube matinale écourte les nuits humectées de sueur. Les saisons dans l'Ouest canadien chevauchent les extrêmes. Une Sibérie, un Équateur; aucune différence.

L'infini de l'espace terrestre se colore de miel et d'argent. De-ci, de-là, tournent tranquilles, perdues et piquées dans la plaine, des roues encastrées dans de bizarres échafaudages. Du sol, elles sucent la fortune; le pétrole. D'immenses silos à grains foisonnent. Le courage de ces Canadiens transplantés a vaincu la disette et en récolte le prix. Le fermier de l'Ouest a beau lever sa tête, mettre son bras en oeillère sur son front, son voisin; une tache minuscule dans le décor, se perd dans l'immensité de son domaine. Des fermes prospères, ultramodernes fermentent le long de la route et accompagnent la voie ferrée.

Félix déplie une jambe, croise l'autre. L'inactivité l'incommode. Il range le journal maintes fois relu, dans le sac à déchets. Noyé dans cette mer ondulante au vent, mûrissant au soleil, le train n'avance pas assez vite pour lui. La chaleur impose sa sieste.

* * *

Régina.

L'avant-dernier arrêt de son périple se laisse désirer. Il relit une adresse griffonnée sur un papier plié, remisée dans la poche noire à l'intérieur de son veston. Mince filet de renseignements sur une Christine introuvable. Quelques jours ici et il partira ensuite pour

Vancouver la capricieuse, sa préférée. Une ville nonchalante assise au flan des Rocheuses, les pieds dans l'eau.

Félix, sa folie imaginaire désamorcée, rumine son étrange comportement des derniers mois.

Cet homme qui le poursuit à califourchon sur sa route de Winnipeg... Une pure coïncidence inventée de toutes pièces par tes idées excentriques, répond son écho intime. Avoir eu peur d'une poursuite irréelle, non fondée. Quelle insignifiance de ta part mon vieux! Tu vieillis Félix. Une histoire à ne raconter à personne. Surtout pas à Odilon. Encore moins à tes neveux. L'oncle fabuleux dégringolera les escaliers jusqu'au purgatoire et peut-être, aux enfers. Finies la comédie, la gloire empruntée. On te découvrira un homme ordinaire, minable sur les bords et faible dans certains recoins de ses entrailles. Tais-toi Félix et continue ta route. Cela vaut mieux.

Pourtant, le doute gruge encore son écorce de certitude.

Si cet homme était vraiment Kurny, l'Anglais dont a parlé Anselme? Qui dit que cet homme l'a reconnu? Comment savoir, que ce soi-disant compagnon de guerre songe à une médaille militaire, après ces longues années?

Vraiment Félix, tu ramollis, émet sa tête exaspérée. Croire au monde inventé par ta caboche sera ta perte, mon Félix. Songes-y sérieusement. Très sérieusement. Cet homme était certes un retraité, qui se trouvait sur ta route par hasard, arpentant les mêmes places que toi pour se distraire.

De qui? De quoi? D'où te vient cette peur? avance encore son cerveau. De la laideur de ta vérité ou de tes mensonges? De l'éclaboussure anticipée rejaillie sur ta famille? Du devoir de ramasser les morceaux de ta statue émiettée par le scandale? De la douleur à ne plus pouvoir regarder ton faux visage, une fois le miroir cassé? De devoir plier l'échine, honteux de constater qu'Anselme possède la vérité?

Il se lève, son corps craque de partout. Aller boire un thé lavera cette infâme tête insidieuse à l'excès. Son intérieur restauré, il reprend son siège, silencieux. En attendant, il s'accroche à l'or de la plaine et laisse sa vie butiner, indolente, sur l'ampleur de son présent reverdi de l'empreinte du passé.

La gare, enfin!

Le train suinte et demande grâce. Des robes légères dansent dans la brise chaude. Des visages ruisselants se pressent. Vaut mieux travailler que voyager, pense Félix, abattu, s'épongeant le front, hélant un taxi.

Des rues, lasses de monde, engourdies par un soleil de plomb, s'alignent, fuyantes, dans la plaine brûlante. Des édifices naissent. Félix va, sa gerbe de pensées en tête, dans son vase corporel ambulant et clos, que l'air frais du climatiseur offusque. Le chauffeur du taxi indique un hôtel minable au centre du quartier qu'il veut explorer.

— Good night and have a good trip.

— Same.

Félix ouvre la porte, se surprend de l'arrivée subite du soir, issu du jour embrasé qui le happe et le noie. Pressé, il s'engouffre dans le hall et demande une chambre au premier étage. Les escaliers lui ont toujours donné la nausée. La propriétaire; une imposante Italienne enrobée de noir, l'invite à choisir. Moites et sombres, les chambres imbibées d'odeur d'ail et d'épices le répugnent. Il opte pour la première donnant sur la rue. Un choix qu'il regrettera, ensuite. Trop proche du bruit d'un club nocturne voisin.

L'été torride et nonchalant l'assomme. Empiéter sur septembre de la sorte; une honte! se dit-il, fatigué. L'hiver, songe-t-il, l'hiver, son froid, sa neige, la terre endormie sous une pelure d'hermine lui impose le retrait, le retour bénéfique en lui. Oui, mais. Il y a un mais. Les boulons de ses vieux cartilages grincent par temps froid. La fraîcheur de ses pensées détend son corps renversé sur son lit. Le soir rosé sème une légère brise à travers la voilure de fine dentelle blanche ornant sa fenêtre. Un souffle d'espoir pour une nuit meilleure. Sous sa vision, accrochée à la toile au mur d'un peintre inconnu et sans talent, son esprit voyage. Frais et dispos demain, il ira trouver cette nouvelle adresse. Qui sait? Christine s'y trouvera-t-elle? Ensuite, il ira humer l'air salin du Pacifique proche. À deux ou trois cent milles? Une bagatelle!

Il se lève, se rend à la fenêtre agrandir l'ouverture. Pas de moustiquaire? Les mouches doivent fuir le soleil. Dans l'ouverture libérée, il s'avance à demi, piqué par la curiosité et médite.

Alignées en bordure du trottoir, un mélange de maisons de style européen le dévisagent. Saisi, il recule. Comme s'il essuyait un vieux miroir de guerre décapé par le temps et sali par la vie. Sa tête reprend le fil. Il tente de les identifier. Ukrainiens, Allemands, Polonais... Étrange, songe-t-il, affairé à fouiller son passé, comme les racines sont coriaces. On se croirait en Europe.

Une femme, cheveux lissés, robe sombre, lourde, arrose un petit carré de pelouse vert émeraude. De jeunes adultes perdus dans leur monde irréel entrent au club.

Félix fonce les sourcils. Neuf heures. Il sort prendre l'air pour amadouer le coin. Un restaurant dessèche sa gorge et alimente son estomac. De curieux inquisiteurs le dévisagent. Un intrus vite repéré, se dit-il. Puis on passe son chemin. Il s'amuse.

Le soir agonise. La voûte ploie sur le torrent de chaleur. En veilleuse, la pleine lune se lève ronde sur la ville avachie. La plénitude d'un jour, à son apogée, se déploie. Enfin, le soleil consent à se retirer.

Félix, ravi, se laisse envahir par les douces caresses de la brise. Il déploie son corps, écoute les bruits citadins. Un criquet triture le silence ambiant. Le club ravive ses cendres à peine refroidies et s'anime. Le tapage s'amplifie. Le sommeil se fait attendre. De dépit, il se lève, ferme la fenêtre, consent à sacrifier la plénitude du soir au repos assoiffé du corps.

Le jour a ouvert sa porte depuis belle lurette lorsqu'il articule ses paupières. Un jour plein d'entrain et regorgé d'énergie. La brise légère a fait le guet à sa fenêtre toute la nuit. Il s'emplit les poumons à satiété. Le repos a vivifié sa carcasse ramollie. Il s'étire à n'en plus finir. Assis sur le bord du lit, il allonge ses jambes, vérifie les os de ses pieds par des demi-cercles. Ses membres secs craquent de partout. Revêtu de légers vêtements, il part à l'assaut du jour. L'aborder d'abord par l'estomac avant de circonscrire le quartier.

Aberdeen Street.

Son coeur bat. Longer la bordure architecturale lentement. Une rue habillée de coquetterie: le portrait de Christine. Comment la reconnaître? Une image imprécise surgit et le déçoit. Que dire? Comment l'accoster? Trouver un moyen de causer en tête-à-tête. Lequel?

Son pas ne suit plus son monologue distrait. Il ne se rend pas compte qu'il s'est arrêté.

Mariée? Sûrement. Quel énergumène partage son lit? Assailli et sur la défensive, ce sentiment le surprend. En serait-il amoureux?

No: 756. Il s'arrête. Son coeur en déroute se frappe au mur corporel. Une immense demeure l'envoûte à pleines fenêtres inconnues et mystérieuses. Une pieuvre tentaculaire. Il frissonne. Entrer? Hésiter. Reculer? Fuir? Une pieuvre pierreuse, grise, majestueuse. De riches colliers dentelés, d'autres de velours lourds ornent ses fenêtres. Une pieuvre aux multiples yeux maquillés de secrets. Une grande pelouse piquée de fleurs. Deux garages. En retrait, un yacht se couvre d'ombre.

Que faire?

Une dame de la haute classe. Une grande dame. Des domestiques, peut-être. Un monde étranger, inconnu. L'inconnu rend perplexe, nerveux. Monter lentement les marches. Une à une. Sans faire de bruit. Christine, enfin! Là, toute proche, derrière cette porte. Son coeur veut se rompre. Sa main tremble. Scruter sa tête. Inventer une histoire. Écouter les secrets de la brise sortant de la fenêtre ouverte. Composer avec ces indiscrétions. Attendre avant de sonner. Espérer rencontrer une domestique. Reculer. Fuir. Oui fuir. Ne pas savoir. Suivre le continu de la vie. Du pareil au même. L'inconfort rapetisse.

Être père... ?

Tant pis. Après tout le destin suivra son chemin avec ou sans lui. Je veux savoir! Et après... Une curiosité orgueilleuse qui l'embête depuis plus d'une saison. À quoi lui servira de connaître la réponse? Puis ses os refusent de suivre. Il n'est plus jeune. Plus d'un demi-siècle vécu sans peser le poids de cette rencontre, dans le paisible du passé. Oui, se retourner. Reculer. Redescendre sans bruit l'escalier. Filer en douce, pendant que la maison roupille. Prendre le train au plus vite pour Québec. Reprendre son trône dans le château de cartes ensorcelé. Oui. Continuer à descendre les marches qui s'allongent sous ses pieds. Revoir la famille d'Odilon. Sentir leurs bras chaleureux autour de sa carapace boursouflée et rabougrie. Boire à se saouler la sérénité d'Annette. L'entendre rire de ses histoires à en dormir debout. Goûter à en baver ce suc affectueux. Se rasseoir dans sa vie tranquille à l'hôtel de Théophile Bernier. Recouvrir son passé de bruits tumultueux nécessaires à son oubli. Enfin, sentir la fin de cet escalier de malheur. Plus que deux... une...

La porte clique derrière. Une voix féminine le surprend, suspend sa fuite lâche et impudique.

— Sir? Want something?

Il se retourne, bafouille.

— J'hésitais... Je pensais qu'il n'y avait personne... J'ai sonné deux fois...

Ce n'est pas elle. Ce n'est pas Christine, crie le répit de son coeur soulagé.

— Come in, sir.

La dame courtoise exécute un large geste de la main qui l'invite à remonter l'enfer des incertitudes. Ses manières gracieuses accentuent la beauté de son visage de jeune femme grande et mince, élégante et heureuse. Elle sourit de nervosité et d'inconfort. Le coeur de Félix tombe plat. Il le prend et le remet à sa place, soulagé. Cette femme n'est pas Christine.

Ces gens ont acheté la maison d'un vieux couple sans enfant, incapable de garder un si grand domaine. Un mari avocat rangé et cossu partage le lit de cette délicieuse inconnue.

Pas étonnant, songe Félix. Le yacht. La demeure. Son regard s'accroche au mur. Des lettres dorées sur une plaque noire illuminent le centre d'une porte close du corridor. *James Krieger, Lawyer.*

Un avocat influent. De l'argent plein les poches. Une rencontre utile en cas de besoin. Remercier et en finir. Retourner à sa chambre, fourbu.

Des voix féminines saupoudrent une pièce lointaine de la riche demeure. Il prête l'oreille. Une nausée âcre lui monte au coeur, reprend le fil de son monde surexcité, l'oblige à s'interroger.

Qu'est-ce qui lui prend tout à coup? D'où lui vient cette crainte de se trouver en face de Christine? Ces gazouillis dans son coeur... étrange. Très, très étrange.

En serais-je amoureux?

Voyons Félix, cogne le marteau de sa pensée. Amoureux? À ton âge? Reviens sur terre mon vieux. Ta vanité te barbouille le coeur. Côtoyer les nuages en plein jour est malsain pour toi. Retrouve le plancher des vaches, Félix. Range ton coeur de côté, continue ta route. La tête à l'endroit, cherche cette Christine, comme prévu. Évite de faire un fou de toi. Debout Félix. Tiens-toi debout! Rappelle-toi, comme autrefois, dans l'armée. À l'attention. La tête dans le collier et les oreilles dans le crin, dirait Odilon.

Le quartier de la petite ville n'exige guère de clairvoyance, pour s'orienter. Déjà, son hôtel se pointe. Une curiosité réciproque obstrue la rencontre des gens. La brise se confond à peine dans la chaleur montante. Le soleil lentement s'aligne plein sud. Des vieillards, des femmes pressées, des enfants flâneurs longent les rues, sacs de victuailles dans les bras. Félix songe, amusé. Le marché européen journalier transplanté chez nous.

Midi sonnera bientôt.

Félix pousse la porte centrale grincheuse, tourne la clé dans la serrure de sa chambre, se laisse choir dans un fauteuil, soulagé d'un poids imaginaire encombrant.

Une forte odeur ressurgit du fond du couloir et filtre partout tandis que des voix italiennes mastiquent des mots inintelligibles à son oreille. Il repousse la porte du bout du pied. Le journal parcouru en quête de désennui, tombe vite sur le bras du siège encombrant.

L'écheveau enchevêtré de ses sentiments le rend perplexe. Retrouver le bout du fil conducteur le menant à l'enroulement de la pelote de laine en gestes uniformes est très important. Enlever l'eau trouble, épurer la confusion, voir jaillir à travers le filtre de la réflexion, le sens réel de sa démarche déroutante, si inconfortable. Le but de sa recherche: Christine? Non. La preuve de sa paternité. Pourquoi? Vanité? Non plus. Le temps en a desséché les faibles repousses. Sa femme? Reconquérir sa femme? Il ne sait pas. Ne sait plus. Ce doute amplifie son inconfort. Il se gratte la tête de son petit doigt.

Revoir Wilhelmine? Lire ses yeux? Écouter son corps?

Le temps, l'oubli ont détruit les traits de son visage comme l'empreinte d'un pas emporté par le vent sur la grève. Une image imprécise s'échappe, s'envole. Des miettes d'un souvenir flétri. Diverses images se superposent. Elle a vingt ans, trente ans, cinquante ans. Des rides. Pas de rides. Des cheveux noirs. Des gris. Des blancs. Teintés. Maigre. Grosse. Grande. Toujours aussi grande. Un cou de soldat. Une allure de général. De longs doigts accrochés à des mains flétries. Une voix muée, mûrie. À quoi, à qui ressemble-t-elle? Quelles facettes ont émergé de son éducation aristocrate et bourgeoise? A-t-elle trouvé le bonheur? Curiosité futile ou nécessaire de ma part?

Qu'ils reposent en paix, monte une voix d'outre-tombe. Laisse les morts avec les morts, les vivants avec les vivants, Félix.

Les absents... ?

Remuer les cendres attise le feu. Serait-il bon de la revoir?

Être père. Qu'est-ce qu'être père d'une enfant qu'on a quittée sans crier gare? Troubler, sans motif, une vie enfantine. Pourquoi?

Sa pelote de pensées s'enroule lente et ardue. Maintes fois le fil accroché se bute à un noeud, un amas de laine emmêlé. Parfois, il doit casser le fil conducteur, le rabouter. Une vie filandreuse, émaillée de solitude et d'ennui. Plus il cherche, moins il trouve. Las d'idées confuses, il se lève et sort manger.

Fish and chip, l'accueille à deux pas.

Une ligne maîtresse est tirée. Il poursuivra sa route, son but, malgré son ambiguïté.

Fuir la vieillesse naissante, courir les chimères d'une jeunesse évanouie, seraient aussi les raisons de ce voyage? lui murmure la logique à son oreille.

D'un pas courageux il ira voir le presbytère, le bureau de poste, la mairie et se rendra à la gare, prendre son billet de train pour

Vancouver et reviendra à sa chambre, attendre la nonchalance des heures, passer.

Un homme robuste et grand l'accoste. Prendre plaisir à étirer la conversation, perdre des heures, flâner, parler de souvenirs. Pourquoi pas?

Son estomac gargouille. Sur le souper dégusté, il appose sa réflexion. Point de Christine. Elle a effacé sa trace dans son envol. Il interroge sa montre. Inutile de paresser ici plus longuement. Il part. La journée a fui à vive allure, il ne l'a pas vue passer. Déjà neuf heures. Son idée glisse vers la fenêtre. Le soir déplie son ambiance enchanteresse et l'étend sur la pénombre lente à approcher. Plus d'une heure avant le départ du train. Il rentre à l'hôtel.

* * *

Brusquement la nuit a surgi de la plaine.

Dans le hall d'entrée de son hôtel, deux jeunes hésitent à se quereller à haute voix. Ils semblent attendre la dame absente du comptoir de la réception. Le jeune homme, le regard violent, lâche le bras de la jeune fille à la vue de Félix. Elle pose son regard affolé et suppliant sur cette bouée inespérée qui s'avance vers eux. Félix étire le temps, tourne le dos, agite la clé dans sa porte, laisse couler le silence lourd et tenace, derrière lui. Avant de refermer sa porte, il examine à loisir le curieux couple, espérant les voir changer d'attitude. De longs cheveux huileux pendent sur de larges épaules masculines enrobées de peau d'animal. La main gauche du jeune homme gantée de cuir noir attire son attention. Il sent la peur rôder autour de la jeune femme nerveuse. Il laisse sa porte entrouverte. Le regard du jeune homme piqué sur lui, tente de l'évincer. La jeune fille s'appuie au comptoir. Le garçon détourne la tête, interroge le fond du couloir vide. Ils se heurtent du regard. Le silence n'en finit plus de se languir.

Félix ne quitte pas des yeux le visage féminin traumatisé. L'autre tapote le comptoir du bout de son gant, l'oeil aux aguets.

La propriétaire se laisse désirer. Insolente!

Félix hésite entre refermer sa porte et secourir la jeune fille.

Comment faire? Il jette un coup d'oeil à sa montre. L'heure passe en dégringolade sur le temps suturé de mystères. Trouver un moyen.

Une revue. Aller chercher une revue. Là. Sur la table devant la fenêtre, près de la porte. La feuilleter en diagonale. Remplir la pièce de sa gênante présence. Surveiller encore, l'heure. Être contraint de se presser. Revenir à sa chambre. Préparer ses valises. Suivre le mystérieux couple des yeux, par la porte entrouverte.

La jeune fille s'immobilise à la fenêtre, à deux pas de la porte. Le garçon s'agite. Le cliquetis de ses poches s'amplifie. Il revient vers elle, protège la sortie de son corps, d'une fuite anticipée.

Félix promène sa pensée satisfaite sur sa chambre vidée dans sa valise. Il faut aider cette fille d'une manière ou d'une autre.

Il longe le couloir menant aux cuisines. Un homme brun aux lèvres charnues, le regard englouti sous des arcades sourcilières garnies, le corps «bariolé» et encerclé d'un tablier blanc, essuie une table maculée de ketchup.

— Sir, insiste Félix penché vers le monsieur bedonnant.

— Yes?

— Someone is waiting for you in the office.

— Yes Sir, répond l'homme qui ne bouge pas. Sa préoccupation première passe par la propreté des alentours.

Félix s'impatiente.

Le temps fuit.

L'homme suit en s'essuyant les mains dans son tablier qu'il tire sur une chaise du bar. De retour à l'office, le couple a disparu. Félix penaud s'excuse en vaines explications.

Les jeunes envolés, le temps cesse de courir. Félix relaxe. La clé grince dans sa porte. L'autre retourne à son tablier.

Appeler un taxi, songe Félix soulagé. Quoi faire en attendant?

Les cent pas, répond sa tête ironique.

Il pousse le voile de la fenêtre pour mieux scruter la nuit. La lune usée et décroissante se dresse en gendarme sur la terre engourdie de sommeil. La rue déserte longe la file de maisons assombries et dégoûtantes de sueur. Le club reprend vie.

Une sirène d'auto soudain déchire l'air doux. Une ambulance s'amène, lui passe sous le nez et tourne au coin de la rue. Un accident vient d'arriver.

La mort aurait-elle envahi un soir baigné d'une telle félicité?

Des images sanglantes effacent, un moment, le rayon de lune tapi sur le rebord de sa fenêtre. Le taxi s'annonce. Félix s'y engouffre, soucieux. Le clignotant du Creek Hotel retient longuement son attention, avant de disparaître au coin de la rue.

Devant lui, le secours presse le pas. Des hommes déposent sur une civière un corps inerte, le roule dans la voiture blanche. Des photographes clignent de leur appareil le sinistre du lieu. Un policier examine le contour à la craie qu'il vient de tracer sur la route. Au passage, Félix croit reconnaître la jeune fille désespérée de son hôtel. Une vague de déception tripote son ventre. Il aperçoit une dame exaltée, penchée à sa fenêtre, qui gesticule. Il ordonne au taxi de s'arrêter, ouvre la vitre, écoute.

La femme affolée raconte l'événement dans un langage châtié. Le bruit d'un corps lourd qui tombe, l'a fait accourir. Elle voit une femme étendue par terre et l'entend gémir. Elle se précipite dehors. Autour d'elle, pas une âme qui vive. Une plainte monte de la femme grimaçante de douleur, le visage contre terre. La dame se penche, supplie, implore l'appel de la vie prête à sortir d'elle à tout moment. Un filet de voix égrène des mots inintelligibles. Elle croit en saisir deux, dans le flot de sang qui coule de sa bouche.

— C.. ree... K..... F f f f f i i i ive.

La dame la soulève, tient sa tête entre ses mains, supplie le ciel de lui envoyer de l'aide. Un homme l'a devancée.

Une auto de patrouille plisse le vent nonchalant et déchire le silence de la nuit. Un drame vient de se produire.

La dame, au chevet de la vie blessée sur le sol encore chaud, tremble. Son récit se déverse par saccades successives incohérentes. Les instants urgent. Le mouvement perpétuel du corps se dérègle. Le pouls tâtonne.

Policiers et ambulanciers maquillent l'assaut en gestes professionnels routiniers. Raturer les indices. Prodiguer les premiers soins.

Jeter sur papier les points de repère du choc initial. Insuffler tout filtre médical au corps prostré. Noter l'atmosphère, l'environnement, les confidences instantanées. Fuir vers l'espoir de sauver la vie. Porter un jugement sommaire, plausible. Heureux mélange d'hommes au service de son semblable.

Félix rentre la tête dans la voiture. Au passage, l'air chaud caresse son visage soucieux. L'école d'entraînement de la Police Montée lui passe sous les yeux sans l'émouvoir. Dommage qu'il parte. Il aurait aimé connaître le dénouement de cet accident.

En gare, le train freine essoufflé. Il se précipite. Dans la foulée, flâne le souvenir de ces yeux effrayés de jeune fille traquée qu'il n'a pu aider.

Une autre image l'obsède. La main gantée de cuir noir du jeune homme au regard froid tapant sur le comptoir nerveusement, colle à son esprit.

Une main gantée par une telle chaleur!

* * *

Dans un garage désaffecté, blotti dans le noir, un garçon enveloppé de nuit reprend son souffle. Sa main gantée retire une cigarette d'un paquet. Assis dans un coin, il camoufle la lueur du feu et retient son haleine au son de pas dans la rue.

La lune pointe une sournoise indiscrétion vers son terrier. L'ombre de deux amoureux glisse doucement dans le rayon de lune, trop curieux à son goût. Il se fait ombre dans la nuit. Peu après un chien errant urine sur le coin de sa porte.

Manquerait plus que lui, songe sa colère retenue entre ses dents.

La bête l'a flairé.

— S'il fallait qu'il jappe.

Le chien musèle le garçon de son nez scrutant diverses senteurs, pistes ou traces. Un curieux va-et-vient d'indices l'amène vers lui. La bête sent l'objet déposé près de lui.

— Réduire cet animal au silence brusquement et en sourdine, me servir du revolver une seconde fois.

Le chien sent le danger. Il se fait timide, rampant. La queue basse, il sent l'homme momifié et porte un regard sur le jet de lumière camouflé entre ses deux jambes, repliées près de son corps. La main libre ramène la cigarette aux lèvres et caresse le chien attendri. La bête aux aguets assise sur le derrière jette un regard sur les environs, attend je ne sais quoi, tourne le dos, poursuit son chemin. Le jeune homme relâche ses poumons comprimés et s'étire les jambes. La détente favorise un meilleur raisonnement. Il dépose le précieux objet retenu dans le cuir humide, le long du mur. De macabres images se superposent en multitude dans son crâne.

— God dam! Pourvu que j'aie tiré à la bonne place. Une nuisance. Fallait lui couper la langue à cette garce! Dam yah!

— Ton père est un cocu! Je le sais.

— Si tu ne me remets pas mon argent, je parle à ton père. Je lui raconte que mon père, le docteur Marston, est l'amant de ta mère.

— Si tu oses, je te tue!

— La maudite! Elle voulait de la drogue. Toujours plus de drogue. La vache!

— Mensonge! crie le fantôme de la blessée en course contre la mort. Tu prenais cette drogue que je payais.

— J'ai tout raconté à ma mère, résume la mémoire de ce jeune homme traqué. Apeurée, honteuse, maman m'a fourni la drogue demandée. Elle s'approvisionnait à même les tiroirs de son mari, le célèbre directeur de l'école de la Gendarmerie Royale du Canada. Du chantage qui marche! J'achète le silence de ma mère, et vive la Police Montée du paternel!

— Ce soir, j'en avais plus. Tant pis pour elle. La chienne! Ne fallait pas me forcer le bras. Dam yes!

Parmi les objets appuyés au mur dans l'autre coin du garage qu'il entrevoit à la faveur de la lune, il aperçoit une pelle. Il vérifie les environs et peste contre l'astre nocturne railleur, appliqué à lui pointer sa lampe de poche sur son épouvantable assaut.

S'il y avait des nuages au moins.

Un soir unique. Autour, toute vie s'est enveloppée de lenteur nocturne, de paix. Le silence court sur la plaine en fanfaron, à la poursuite des couche-tard.

De sa pelle, il troue un coin du garage et enfouit profondément le revolver, replace la terre sèche, la tape de sa main gantée, tâte le niveau du sol, essuie le travail une seconde fois afin de s'assurer que rien ne paraît, enlève du revers de sa main la sueur qui perle à son front. Des voix rompent le silence et s'approchent. Se faire négatif. De marbre. De verre. À la vue des deux hommes en uniforme, son coeur se glace, son sang se fige, ses prunelles éclatent.

Deux Polices Montées! Quoi faire?

Le corps durci, la main sur le manche de pelle, il se prépare à les accueillir. Ils l'auront voulu ces bougres.

D'un pas nonchalant, elles passent près de lui comme si de rien n'était. Il voit l'un d'eux s'arrêter devant le mégot de cigarette encore allumé, qu'il vient de jeter. Les sinistres secondes tombent lentes et lourdes sur l'instant de sa vie. Que feront-ils?

Que feront-ils?

Captivé par la conversation de son copain, l'homme écrase machinalement, le bout de cigarette lumineux devant le garage et repart, d'un pas rassuré et calme, insouciant à l'idée que la mort vient de lui frôler l'échine en sueur.

— Good luck!

Le garçon délie de nouveau le ressort de son corps, dépose la pelle sur la terre déplacée, range les autres objets dans le même coin et sort.

Au loin, une silhouette s'amène. Sous le lampadaire, il reconnaît un adolescent. Mains en poches, il suivra le garçon du regard et le verra passer entre le garage où il était et la maison, pour entrer chez lui.

— Good luck! répète-t-il à la lune le dévisageant, effrontée. Il botte fermement un caillou sur sa route et s'essuie le front d'une sueur froide imaginaire.

— Yah. I am lucky!

De retour chez lui, le bruissement de la clé de porte soulage ses parents. Sa mère somnolente sous ses draps collants, n'écoute plus le discours fade de son mari.

— Enfin, il rentre tôt, constate-t-elle soulagée. Il revient sur la bonne route.

Roger, leur fils, un restant de prison, une graine empoisonne leur existence. La raison de leur prochaine rupture. Un faiseur de troubles. La main longue d'ici à demain, juste bonne à soutirer des choses de comptoir.

— De ta faute s'il a mal tourné, crie à sa femme, le directeur embêté. Tu ne sais pas comment élever les enfants. Tu ne l'as jamais su.

— S'il avait eu un père comme tous les enfants. Mais non. Ton travail passe avant tout. A toujours eu la première place! Pas surprenant qu'il se soit révolté, reprend sa femme écarlate.

— Compte-toi chanceuse d'avoir eu un mari qui t'as fait vivre. À ta place, je n'oserais pas m'aventurer sur ce terrain. Ton fils est un fainéant de ta race.

— Notre fils! L'oublies-tu? Ma race est peut-être moins chanceuse que la tienne, mais elle est honnête, elle! Les explosifs ne sont pas dans leurs tiroirs, mais dans les tiens! La pauvreté vaut mieux que le vice! Lequel, de nous deux, riait quand ton frère racontait à voix grasse ses exploits douteux pour obtenir sa drogue. Hein?

— Et le poseur de bombe, reprend le mari blême, qui a entraîné Roger sur ce rail de chemin de fer pour le détruire. Hein? Au lieu de réussir, ton fils en a payé le prix en perdant trois doigts. Ton écoeurant beau-frère voulait tout faire sauter, simplement parce qu'il avait perdu son job au «Canadian Pacific».

— Il a payé sa dette! Tu l'as mis en dedans.

— Il paie, mais les doigts de Roger, qui va les lui rendre? Pour cacher ta honte tu l'as pourri en lui donnant tout. Tout ce qui n'aurait pas dû lui être donné. Une carapace de mou. Voilà ce qui l'enveloppe. De ta faute si on nage dans le trouble. Rien que de ta faute! J'ai voulu l'entrer dans la Police, mais tu as mis les bois dans les roues, prétextant qu'un policier dans la maison était assez. Tout ce que j'ai entrepris tournait au ridicule dans ta bouche. Alors, ton fils tu l'as? Eh! bien, garde-le!

Le mari part en claquant la porte. Sa femme penaude, claque la sienne à son tour et entreprend le tour du monde. Roger, le fils malheureux se retrouve donc, seul maître de sa vie. Il erre et fait la connaissance d'une fille mystérieuse et riche qui l'entraîne dans son monde évasif et faux. La drogue entre chez lui, comme était entré le mal de vivre.

Sa mère, de retour, lui propose une cure conditionnelle. Il accepte à reculons. Les rechutes se succèdent au rythme des absences de son père distant et froid. Sa petite amie lui apprend que sa mère a un amant. Il tombe des nues. Le piédestal cassé, il reprend le chemin de l'évasion momentanée et retrouve sa riche copine. Ses parents font un voyage. Le calme semble refleurir sur les discordes. Il se réjouit enfin et songe à s'assagir. Jusqu'à ce soir. Ce malheureux soir de dispute entre lui et son amie. Las, il entreprend sa première nuit comme meurtrier.

Dans leur chambre, ses parents continuent leur murmure.

— Roger entre, déjà? Il s'assagit, soupire la mère rassurée.

— Espérons-le, ma femme. Espérons-le, conclut le directeur recroquevillé dans le sommeil envahissant.

Une trêve, avant l'horrible cauchemar qui l'attend demain matin. Les journaux lui apprendront le décès de la fille unique du docteur *Marston*.

Au matin, son fils, le visage ravagé par une nuit blanche, boira, abasourdi, la nouvelle ahurissante entendue à la radio locale matinale. Sa victime a fait des aveux. La gorge nouée d'angoisse il constatera son mauvais travail, tentera d'émailler le guet-apens dont il s'est lui-même précipité, laissera choir le journal à ses genoux et se verra forcé de tout avouer à son père, pendant qu'il est encore temps.

L'homme prestigieux, installé aux commandes d'une cellule du plus célèbre corps policier du pays, devra résoudre le drame de sa vie. Effacer toutes traces du meurtre crapuleux et gratuit exécuté par son unique et ignoble fils, dont tout Régina se souviendra, sans jamais en connaître le meurtrier.

* * *

Un train bondé de monde, appesanti par le sommeil, perce une route miniature, aussitôt effacée dans l'immensité de la plaine par l'ombre épaisse de la nuit.

Félix cherche le rôdeur nocturne qui le conduira dans les bras de Morphée. Il s'émeut à la vue du travail qu'il vient d'accomplir, au poupon refermant les yeux, au soulagement de tout le compartiment.

L'encre de la nuit à la fenêtre lui retourne son image. Un pensif au faciès osseux, aux tempes laiteuses, aux joues creuses, au front dégarni par l'usure. Il tente le rôdeur en fermant les yeux. Arrogant, le sommeil endort tout le monde, excepté lui. Il fixe la petite veilleuse piquée sous le porte-bagage. Se fatiguer les yeux l'aidera peut-être? Il ouvre une revue, la referme aussitôt. Pouvoir dormir. Oublier *Creek Hotel*, chambre five. Celle qui donne sur le hall. Effacer à jamais, ce regard terrifié d'adulte-enfant. Permettre au souvenir de parler à son gré, à sa mémoire. S'enfermer à double tour dans le lit douillet du repos, que le rôdeur consentira, enfin, à lui offrir. Ses pensées le réconfortent. Il a signé sur le registre de l'hôtel: Félix. B. Labonté. Le nom de sa mère. Un caprice. Une pulsion circonstancielle inexplicable. Un tour qu'il s'est joué. Joué... ? Caprice... ? Le souvenir de sa rencontre avec ce soi-disant Griffin... ?

Il grimace, se retourne sur le côté, en quête d'une meilleure position.

La peur de... Griffin?

Mieux vaut dormir. Winnipeg est toujours plus loin. Une simple coïncidence que cette rencontre. Qui traîne pourtant dans le décor, qu'il faudrait bien chasser d'une façon ou d'une autre.

Saprée médaille! Perdue. Si seulement je l'avais encore. Tout serait si facile. Je retournerais voir Anselme et lui expliquerais tout. Il comprendrait. Comprendrait-il? Il a l'air tout renversé. Comment lui dire que je l'ai trouvée dans mes bagages un jour, ne sachant ni comment, ni à qui elle appartenait. Une si belle médaille! Fallait pas la laisser rouiller dans un fond de tiroir.

La guerre finie, les galons étaient de mise. Autant en profiter. Damnée médaille!

Griffin m'a-t-il repéré ce soir-là, au club de cartes? On dit souvent:«Si tu ne m'avais pas donné ton nom, je ne t'aurais pas reconnu». Cet homme qui buvait mon récit sur la page de ce livre avec tant d'avidité. Était-il Griffin? Tant de questions sans réponse. Tant de réponses à trouver. Trop d'énigmes à résoudre.

Se rendre à Vancouver. Emprunter les traces ensevelies de ce côté de ma vie effritée par les tempêtes et devenue difforme par le temps. Aller cueillir dans ses promenades sur le quai, le recueillement propice à la gestation d'un choix.

Il ouvre les yeux. Le supplice du rôdeur lui insufflant le sommeil au compte-gouttes, devient insupportable. Il porte un regard sur le wagon jonché de corps ensommeillés qui file, monotone, sur une ligne droite et pousse un long soupir, découragé.

Si je pouvais dormir!

Il étire un cartilage rapiécé lui servant de support corporel et le surveille reprendre son poste.

Dehors, la nuit a saupoudré un nuage de fraîcheur qui s'infiltre doucement par les fenêtres ouvertes et enrobe les dormeurs.

Près de lui, le bébé dort toujours à poings fermés. Une confiance béate se lit sur ce fragile visage velouté, envers les bras maternels qui l'entourent.

Un enfant. Il aurait eu un enfant pareil, un jour. Un enfant rejeté, oublié dans les rafales des balles siffleuses dans l'air européen. Une fille, a dit Anselme. Un bébé qui a poussé tout seul quelque part en terre riche ou dans le sable dans les mauvaises herbes de la vie, par sa faute. Il ne sait pas. Elle non plus.

Pourquoi? J'avais de bonnes raisons. Mais elle... ? Quels motifs l'ont amenée à céder un bébé comme on vend du bétail? Une fille de rien? J'aurais semé la vie dans une terre inculte? Pourtant, elle me semblait empreinte de bon sens et d'allure?

Toi Félix, plaide la voix interne déconcertante. Qu'as-tu fait pour cette enfant? Rapetisse ta pierre que tu veux lui lancer, mon vieux. Réfléchis! Analyse!

Réfléchir. Analyser. Il en devient fou à ressasser le passé. Cette permission dominicale. Ce plaisir dérobé à la vie bouillonnante prête à jaillir. Cette lampée de vin entre deux coups de canons. Cette soulageante croquée de pain pour un ventre flasque et vide d'affection.

Tout pour la guerre et la guerre avant tout.

La semence d'un bébé? Un souvenir enterré par le bruit infernal des obus qui sautent. Des avions piquant en rase-mottes. Des chars d'assauts fonceurs. À la nuit venue, des chansons nostalgiques sortant des entrailles de la terre, par des tranchées surgies aux heures d'accalmies. De cette chicane orageuse collée à la peau de sa mémoire entre sa femme et lui. Un bébé? Une minuscule bulle vite éclatée sur la surface de la vie, dans un coin d'une tente ou d'une tranchée en grillant une cigarette. Survivre: nourrit les idées, les rêves, les minutes, les instants. Rien d'autre, n'importe. Être emporté par le tourbillon infernal de la guerre c'est vivre. Un bébé? Voyons, ce n'est pas important.

Un bébé, un vrai! Une grande fille: la sienne, quelque part rit, pleure, chante, fabrique son destin sans qu'il en soit témoin. Et qui s'interroge peut-être? Vivant hors des bavures du monde, abritée sous l'ombrelle de parents qui l'aiment. Qui sait? Alors, à quoi lui servirait de la perturber? Pourtant il doit savoir comment elle vit. À qui elle ressemble? Retrouver sa mère est urgent.

Christine. Chère Christine, où te caches-tu?

Il doit poursuivre son voyage dans son passé. Remettre ses pas dans ses empreintes et la suivre. Continuer de chercher. Garder cette précieuse adresse dans sa poche et se rendre aux USA, si nécessaire.

En attendant... Petong! Petong! Au matin, il débarquera.

Vancouver.

On dit que cette ville a retroussé sa jupe. L'Ouest d'antan? Fini. Mort et enterré. Paraît qu'elle est agrandie, étirée, allongée dans tous les sens, engraissée de partout, défrichée, garnie de visages épanouis regorgés de confiance et d'espoir. Sa vallée s'est ouverte aux hommes amoureux de sa fertilité. Sera-t-il déraciné? Il verra bien. Attendre la levée du jour derrière les Rocheuses pour constater si la ville, sa ville le reconnaîtra. Ensuite, il décidera.

Ses méninges éreintées de fatigue courbent l'échine. Un certain rôdeur invisible viendra-t-il enfin coller ses paupières tombantes?

Une heure.

Une heure, trente.

Le train endormi coule doux, paresseux et monotone, sur la voie qui se faufile aveugle parmi les champs dissimulés dans l'univers nocturne. Son flegme bruyant envahit les bancs sablonneux, les villages blottis sous un manteau de lune, soudainement, apparue. La vie va.

Deux heures.

Le repos vient. Félix sent ses paupières lui fausser compagnie. Son visage se déride subitement.

Félix. B. Labon... té...

La fausseté de ses dents blanches se cache sous son sourire, qui disparaît peu à peu.

Qu'est-ce qui lui a pris de signer.. ce... nom... sur... ... le...
...

Le rôdeur a, enfin, daigné le couvrir de sommeil.

Chapitre XVIII

Angélique en fugue

Si tu penses que je vais me mettre à tes genoux et me rendre chez toi Bella-Rose; tu te trompes!

Krystine de retour de son voyage à Montréal, explique aux garçons les causes de sa rage. Elle a résisté aux supplications d'Érika, obstinée à se rendre chez sa tante pour voir Angélique. Elle rage parce qu'Érika a osé l'affronter et douter d'elle. Elle rugit de s'être fait damer le pion par cette femme ignoble. Elle brûle de se voir seule, à tenir le coup envers et contre tous. Elle s'offusque de sentir le vent souffler du côté de Bella-Rose. L'intruse, la méchante, l'ignoble! Elle rage. Le sourire suspendu et heureux de Réjean la bouleverse. Serait-elle sur le point de lui ravir sa place dans le coeur de ces enfants, cette femme? Renâcler est urgent, dirait Odilon.

— Imaginez que votre tante est allée de son propre chef à Montréal, sortir Angélique de l'hôpital, sans (ma) votre permission et sans vous en souffler un mot! C'est incroyable. Une simple tante, quand vous autres, ses frères n'avez eu vent de rien, invective le pourpre du visage de Krystine.

Réjean se réjouit. Il détourne la tête, analyse le geste dans une fleur orange et bleue du prélart qu'il ne voit pas. En lui, la parole glousse. Vous y allez un peu fort. Une simple tante! Au moins, une a compris le bon sens.

— Où allons-nous? N'importe qui se donne des droits, des permissions, clament les bras agités de leur protectrice, en suppliant le ciel de lui venir en aide.

Krystine, l'estomac à l'envers, prend un verre d'eau.

Le silence de plomb tombe lourd sur les Beaubien dont les pensées enterrées sous le bout de leurs pieds, demandent à être éclaircies. L'orage verbal frappe et blesse les coeurs.

Krystine ravale le vilain tour que sa rivale vient de lui jouer. Elle voit Bella-Rose rendre visite, mine de rien, à Blanche la pie, où des échafaudages calomnieux surgiront de ces bouches venimeuses. Le serpent scabreux de leur langage glissera partout sur leurs talons et salira de leurs bavures, les endroits propres du village. Krystine a mal d'injustice et de médisance. Une contre deux. Elle ne se sent pas de taille. Le fleuve mensonger de ces langues se déverse sur les cailloux de ce sentier pervers, qu'elle ne foulera jamais. Elle en a la certitude.

Prendre une marche drue, saccadée, détend les nerfs. Aller chercher les vaches déridera les méninges. Les fouetter avec une branche s'il le faut. Se ressaisir. Reprendre ses esprits. Cacher sa haine pour cette... cette femme. Éviter ce spectacle honteux à ces enfants innocents. Garder sa tête froide. Maîtriser la situation. Les dompter tous. Les réduire à néant par son assurance. Oui, vaincre cette tante infâme sur son terrain.

Le troupeau se lève, s'aligne sur le sentier moins rude pour Krystine dépouillée de ses émotions vives. Lentement, les bêtes passent devant la maison, entrent à l'étable. Les oubliant, elle bifurque vers la maison pour préparer le souper. Le tempête intérieur a cessé.

Demain est un autre jour.

Une lettre, arrivée pendant son absence, attend sur la tablette de l'horloge. Une écriture familière, celle de son mari, la déçoit. Elle grimace. Faut voir tout de même.

Elle déplie les pages sorties lentement de l'enveloppe bleue. Les phrases lui montent aux yeux.

Ma chérie quand reviens-tu? Maman est malade.

Oh non? Maman est malade! Pauvre elle, soupire l'ironie restée captive derrière ses lèvres closes et silencieuses. Le petit garçon à sa maman a du chagrin. Il fait pitié. Où trouver une épaule compatissante? Quelle piteuse mine il fait. Le toutou à sa maman pleure. Chère maman alitée dans un hôpital loin de son chérubin. Quel dommage! Quel désastre!

Elle reprend le fil de ses pensées dévié par le sarcasme intérieur qui l'habite, à mesure que se déroule le tapis de doléances posées
sur la feuille blanche. Elle repique un regard attentif sur sa lettre.

Maman s'est cassée un bras en descendant un escalier. Une
voisine venue lui rendre visite, l'a trouvée inconsciente dans le hall
d'entrée. Puis, il y avait la chantepleure qui dégoûtait dans l'évier de
cuisine au trois quarts plein. Songe Krystine! Songe un peu, depuis
quand était-elle demeurée inerte sur le plancher? Que serait-il arrivé si
l'eau s'était répandue? Je n'ose y réfléchir Krystine. Pauvre maman.

Elle se serait réveillée, idiot! L'intelligence a des limites, la
connerie n'en a pas.

Je ne sais plus quoi faire? continue la lettre. Impossible de la
laisser toute seule après ce qui vient d'arriver. Pourrais-tu revenir?
Maman parle souvent de toi. Elle a changé tu sais.

Maman a changé. Pas possible.

Elle s'ennuie. Tu lui ferais une bonne compagnie.

Krystine relève la tête d'où sort un rire sarcastique éclatant.
L'égocentrisme à son meilleur. L'ironie à son comble. J'irais tenir
compagnie à la maman du petit chérubin inquiet pour son cordon
ombilical usé et sur le point de céder? Des allures de chien battu le
guident. En bonne idiote que je suis, je courrais vers elle, me jetterais
au pied du lit, m'agenouillerais à son côté, lui tiendrais la main en disant: «Là, belle-maman ne crains rien, je suis proche». Je te verrais
mourir, toi, l'artisane de mon désastre matrimonial. Je te fermerais les
yeux et soutiendrais ensuite, le bras de ton fils anéanti par le fléau qui
l'affligerait?

Eh ben, non! figure-toi. Non, triple fois non! Je n'irai pas.
Plus jamais. C'est fini. Meurs seule. Peine tant que tu voudras. Je ne
te suivrai pas!

Elle referme la lettre, ouvre le rond du poêle et la jette dans la
flamme crépitante.

* * *

L'été a effeuillé un long cortège de nuages grisâtres et confon-
du la chaude saison. Un temps pluvieux a perturbé la campagne. Ré-

sultat: une récolte miteuse, rougie par la pluie dans des champs clairsemés. Un dur hiver en perspective.

Or, ces contrariétés ne semblent pas affecter les fermiers
habitués aux caprices du ciel frivole et libertin. La sagesse tranquille
de ces gens surprend toujours Krystine. Elle qui aime prévoir, planifier
les moindres projets, les bévues réelles ou circonstancielles.

Angélique, de retour à la maison, s'amuse avec son chat.
Réjean lui consacre des heures, accroché à un espoir téméraire. Il
forcera sa guérison s'il le faut. Comment? Il n'en sait rien. Jouer.
Jouer sans cesse. Provoquer son rire maintes et maintes fois. Un jour,
le son suivra.

Appuyée à la table de cuisine, debout devant eux, Krystine s'é-
meut de tant d'amour. Impossible qu'un miracle ne se produise pas!

Réjean se lève, consent à la quitter. Son tracteur neuf l'attend
pour traverser au moulin à farine.

Tantine a suggéré de vendre des terres. Travailler de la sorte
sans goûter de repos ne mène nulle part. Il a refusé. On ne fragmen-
tera pas l'oeuvre tenace d'un père si facilement. Krystine l'a deviné.
Elle propose alors d'en louer une autre partie. Le temps de mieux
planifier l'avenir. Réjean trouve l'idée superbe. Soulagé, il possède
toujours le bien paternel et son travail est allégé par ses machines
modernes qui ont quadruplé ses journées. Il voit surgir les fins de
semaine, le coeur rempli d'une débordante joie de vivre.

Krystine ne songe plus à ce grand. Il est casé et comblé.
Pierre l'inquiète. Il travaille à la boulangerie et n'a qu'un salaire de
crève la faim. Sa pâleur laisse deviner qu'il fait le boulot de deux
hommes. Elle le jurerait. Le couvercle, à double tour vissé sur ses
pensées, la tourmente. Le garçon enjoué s'est envolé je ne sais où.
Elle a vu l'annonce sur le coin de la boulangerie marquée: À VEN-
DRE. Debout à quatre heures, on a beau avoir la santé et la jeunesse;
tout s'use à la longue. Ce commerce est en faillite. Des comptes de
pain, impayés depuis plusieurs années, s'amoncellent. Krystine, silencieuse, mijote des choses en tournant ses feuilles de thé dans sa tasse
vide. Elle secoue son embarras et se lève. Sous la soupape de ses
pensées, des phrases s'échappent et se perdent dans le bruit des casse-

roles sales qu'elle dépose sur l'évier en arborite jaune, oubliant que Pierre se décrotte les ongles assis sur une marche d'escalier au bout de la table.

— Faudrait changer les mentalités.

Pierre intrigué relève la tête.

— Changer quoi?

— Les mentalités.

— Qu'est-ce que ça mange en hiver les mentalités?

— Transformer le monde. Leur façon de voir les choses. D'acquérir des biens. Achetons maintenant, faisons marquer. Payons ensuite, quand on le pourra. Qu'est-ce qui arrive hein, si on ne peut pas payer? D'abord, on achète les grosses machines qui flattent l'oeil et le nombril, puis, blessent l'orgueil du voisin. Ensuite vient le troupeau et son confort. Quand il ne reste plus que les miettes sur le chèque: la nourriture et le pain. Le pain; le dernier! Faudrait changer de manière un jour. Comprends-tu?

— Ouais. C'est difficile à faire ce que vous avancez-là.

— Tout changement demande des sacrifices, des rajustements.

Krystine voit poindre une lueur dans les yeux du jeune homme amaigri.

— Aimerais-tu être boulanger toute ta vie?

— Ben certain voyons! J'ai peur d'être mis à la porte, n'importe lequel jour. La faillite approche vous savez. La boulangerie est à vendre. Les garçons sont partis et le dernier s'en va quand tout sera vendu. Pas rose. Non pas rose pantoutte! répond la voix juvénile, lasse.

— Si on l'achetait? disent les yeux énigmatiques de sa tante essuyant la dernière casserole.

— L'acheter? Comment?

— Laissons liquider la faillite par la Caisse Populaire, ensuite on la rachètera pour une bouchée de pain.

— Avec quel argent?

— Sois sans crainte, je me charge de ce problème.

Pierre tombe assis de surprise, muet comme une tombe. L'impensable sort de la bouche de cette étrange femme, infiltrée un jour dans son nid brisé et qui s'accroche depuis, sans motif apparent.

Sa débrouillardise ne cesse de surprendre. Il a peine à retenir ses idées bousculées, ses pensées biscornues prennent d'assaut son cerveau hébété.

Un commerce à moi! Je serais propriétaire d'une boulangerie! Il n'en revient pas. Déjà son nom clignote en lettres lumineuses sur l'enseigne qu'il fera faire par Odilon Pouliot. De l'argent! La fortune à mon âge?

Deux idées intruses, cyniques et vilaines, lui collent aux fesses, grimpent sur son corps, entrent en lui, montent à son cerveau. La peur et le doute se magasinent une chambre d'hôtel.

— Je suis pas mal jeune? Je manque d'expérience. Les affaires vous savez...

— Ne t'inquiète pas. J'achèterai la boulangerie. Je louerai la maison attenante que nous séparerons en logements en attendant tes vingt et un ans.

— Comment vous rendre cet argent?

— La rente de mes logements me remboursera. Puis, si tu te montres à la hauteur de la situation, quand tu seras majeur nous ferons des arrangements. De très bons arrangements. Tu verras. Je les indiquerai sur le contrat que nous passerons chez le notaire. Pense à ce que tu veux y mettre de ton côté.

Pierre va dans l'humble cuisine de ses misères qui lui semble tout à coup flamboyante, illuminée par les rayons de soleil affaiblis et en fuite dans l'automne naissant, la tête enfouie aux étoiles du bon Dieu. Rêver en plein jour et voir ses rêves prendre forme sous ses yeux si facilement, ne lui est pas arrivé souvent.

Notaire. Contrat. Des mots inconnus, étranges, sérieux, magiques. Un monde à découvrir. Pense à ce que tu veux y mettre. Il ne sait pas. Tant pis! Tant mieux! Il apprendra.

La joie gargouille dans son estomac gonflé d'excitation, monte en inondation dans sa gorge, se heurte à un mur indescriptible de gêne si longtemps refoulée et quasi infranchissable. Il a mal de ne pouvoir rire, rire à en pleurer, de ne pouvoir crier, de restreindre l'enfant en lui, de s'élancer vers cette chère tante, de la serrer jusqu'à ce qu'elle hurle de joie.

La voix féminine coule, douce, sereine comme l'été de sa rivière et le ramène sur terre.

— Rien ne sera facile, Pierre. Ici entrent en jeu les mentalités.

— Qu'est-ce que vous voulez dire?

— Tu auras à faire face au plus grand risque de l'affaire, au plus grand défi de ta vie. Tu ne devras plus faire crédit à qui que ce soit. Quitte à perdre des clients.

— Ouais... fait-il se grattant les bras poilus.

Surpris par cette idée inattendue, Pierre reste songeur. Il se souvient d'avoir mangé du pain à crédit pendant bien des années, grâce à son boulanger. Sans lui, aurait-il mangé à sa faim? Il voit Ovide, le livreur, obligé de dire à ses clients que le crédit, c'est fini!

Krystine suit son cheminement intérieur et reprend.

— Si Ovide ne fait pas l'affaire? Tu devras songer à le remplacer. En affaires, il n'y a pas de place pour les attendrissements. Observe un peu autour de toi. Le monde achète des machines à des prix fous. Le téléphone colle au mur de presque toutes les maisons, même des plus pauvres. Examine les fourrures, les chapeaux, les chapelets en cristal de roche longs comme mon bras, de bien des femmes qui n'ont pas les moyens. As-tu compté les autos de promenade servant à se rendre à l'église une fois la semaine qui se détériorent au soleil?

Plusieurs, songe Pierre sans voix. Vraiment, sa tante le déboussolait à plates coutures.

— La nourriture, le pain? Pas important, reprend la logique féminine. Le boulanger, l'épicier devront attendre le bon vouloir du monde. Marcher par du bon vouloir ne nous mène pas loin. Faut pas. Faut plus. T'entends! Ils vont te bouder une ou deux semaines? Tu les auras de toute façon, parce qu'il n'y a pas d'autres boulangers dans les environs. Tu t'appliqueras à leur fournir le meilleur pain qui soit.

— J'ai essayé une nouvelle idée l'autre jour. Un autre pain baguette. Une sorte de gros pain doré à l'eau qui se croque tout seul tellement il est bon. J'ai vu dans une revue, un pain tranché par une machine et emballé dans un papier spécial.

— Je sais. Nous verrons à ce que tu aies cette machine dès que le marché sera stabilisé. Il faudra aussi trouver un nom à ton pain.

— Baptiser mon pain!

Pierre tombe des nues. Que dira M. le curé. Pas trop catholique cette manigance.

— Pourquoi pas. Les autos portent des noms. Chrysler. Dodge. La soupe aux tomates porte un nom. Aylmer. Vos animaux ont des noms. La jument noire, le King. Si le fédéral vous a obligé à trouver des noms à vos vaches. Quoi de plus naturel pour le pain?

Vrai. Sa tante parle comme un grand livre. L'impatience fourmille dans les jambes du jeune homme gonflé de bonheur. Il doit courir à la grange.

Krystine sourit amusée.

— Est-ce que je peux en parler à Réjean?

— Seulement à lui. Tu comprends? Éviter d'ébruiter tes affaires est important avant la transaction. Il ne faut jamais vendre la peau de l'ours...

— Avant de l'avoir tuée, conclut Pierre, des fourmis dans les jambes.

Érika brise le dialogue intime par un violent coup de vent faisant éclater la porte brusquement.

— Enlever cette porte-moustiquaire avant l'hiver est urgent mon Pierre, indique Krystine, complice de leur secret.

— Je le fais demain matin sans faute, Tantine.

Il sort pressé et s'envole vers le hangar trouver Réjean affairé à remiser ses gréements d'été.

Dehors, il pleut des feuilles multicolores. Krystine s'attable songeuse et prend son crayon. Recommencer à compter lui sera indispensable.

En entrant, Érika a accroché son frère.

— Hé! Hé! Pas si vite la fille! Attention à Monsieur, ton frère, quand tu le rencontres, ordonne Pierre, ironique, la tenant affectueusement par les épaules.

Elle se dégage, le dévisage, plisse un côté de son image, grimace ironique et s'enfuit dans sa chambre; repliée dans son monde irréel, silencieux, absorbée à remiser ses objets dans le tiroir du passé. Recueillie dans ses gestes précurseurs de rupture, elle amoncelle un tas de choses, de vêtements usés qu'elle range dans son bureau délabré. Son silence nourrit une profonde mélancolie d'avoir à quitter ce monde. Son monde enfantin, douillet et facile. Elle prend la vieille boîte à bijoux de sa mère. Assise sur le bord de son lit, elle l'ouvre. Une à une s'accrochent sur sa robe ou à son cou juvénile, ces pierres neuves, étincelantes et démodées. La coquetterie n'a jamais étouffé sa mère. Elle s'en souvient. Son miroir compile le mirage minutieux de sa naissante séduction. Un brin de fille futée, vivante et belle plantera son épée dans les coeurs épris des garçons. Une sève nouvelle regorge dans ses veines, la bouleverse, l'inquiète et porte le flot de ses embarras sur un plateau de fantasmes ébauchés maladroitement. Tant d'intrus se faufilent en elle, que parfois sa tête en chavire et son coeur se gonfle de craintes injustifiées. L'espace d'un éclair, elle passe de la mélancolie à la joie hilarante.

Sous peu, elle partira. Tantine l'a mise pensionnaire chez les soeurs du village voisin. L'enthousiasme de la tante et son désir de continuer ses études ont accentué sa hâte de quitter ce coin d'enfance. Connaître des visages neufs, se faire des amies, apprendre les bonnes manières, devenir une vraie demoiselle enjolive ses rêves.

Des phrases lourdes de mystère, prometteuses de plaisir, colorées de succès, sorties de la bouche de sa tante adorée, gravitent autour d'elle et valsent dans ses nuits comme des papillons multicolores. Seule l'idée de quitter encore une fois Angélique ternit son ardeur.

Elle soulève le gros couvercle courbé de sa valise de bois pleine de linge neuf étiqueté à son nom et dépose le précieux coffre à bijoux au milieu, bien enfoui entre les vêtements pliés et lisses comme le tapis de table. Puis, elle referme doucement cette malle qui la suivra sous peu. Un léger pincement au coeur la chagrine. Cette senteur de linge neuf lui est si peu familière, elle plonge sa tête brune dans son oreiller blanc à plumes et hume cette vieille chose nourrie d'odeurs connues, sécurisantes, compagne de ses descentes au purgatoire ou de ses randonnées au firmament bleu du bon Dieu. Sur sa vieille courte-pointe multicolore, maintes fois réparée par sa mère, attend un album de photos ouvert qui sera du voyage. Une ficelle sans fin d'où se pendent, acteurs essentiels à son destin, ces regards d'hommes, de femmes et d'enfants parsemés derrière elle. Sa famille rejoindra les inconnus jonchés sur le futur de sa route.

Angélique surgit dans sa chambre jaune pâle et s'arrête dans l'embrasure. Main dans la main, en coup de vent, elles fendent l'air et se retrouvent parmi les chatons nés hier, qui marchent à tâtons dans la paille et cherchent le moyen d'affronter les obstacles sans heurt les menant aux mamelles foisonnantes de liquide chaud nourricier.

Réjean a beaucoup hésité devant ce départ. Émietter la famille les uns après les autres ne lui a jamais plu. Ils vont et reviennent allongés, transformés, différents et il a mille misères à les reconnaître ou entrer en eux.

— Une famille est une famille, déclare-t-il, incapable d'expliquer qu'il parle de noyau, de liens.

Krystine lui fait voir l'envers de ses pensées.

— Personne ne doit sacrifier sa vie à des fins égoïstes ou destructrices. Chacun doit tracer son destin selon ses aptitudes et ses désirs légitimes. Tu aimes la terre? Les autres respectent ton choix. Pierre aime pétrir la pâte? Sa voie file sur cette ligne. Nous devons tout mettre en oeuvre pour l'aider à s'accomplir. Érika adore l'école; ses succès le prouvent. Elle doit continuer. Perdre son temps ici, serait une faute, un péché.

Réjean écarquille les yeux.

— Un péché!

— Un péché, insiste Krystine cognant sur le clou. Il est facile de l'utiliser pour nos besoins immédiats. Elle est docile, ouverte à nous (vous) rendre service en tout temps. Un jour, tu te marieras.

Il cache le rouge, apparu sur ses jours en baissant la tête.

Elle le sait et continue.

— Ta petite femme prendra la charge de la maison, comme il se doit. Que deviendra Érika? Où ira-t-elle? Que fera-t-elle? Y as-tu pensé?

Il n'avait pas songé à cet aspect. L'argent. Il avait seulement pensé qu'il faudrait payer sa pension et il ne savait pas comment la trouver. Il aimait trop Érika pour songer se l'approprier bêtement. Tantine le rendit songeur pour une semaine. Il en parla à Louise, la fille qui remplissait les espaces libres de sa tête et de ses fins de semaine. Elle trouva que sa tante parlait avec du sens. Elle ne se voyait pas subalterne de la maison qui deviendrait la sienne un jour. Réjean donna son approbation le dimanche suivant, ses mains garnies de ses inquiétudes.

Krystine rétorque qu'il ne fallait pas priver Érika du couvent pour de l'argent. Elle en trouverait. Il n'avait aucun doute là-dessus. Elle lui fait part d'une idée infiltrée en douceur en elle. Seulement, il lui manque la personne pour la concrétiser.

— Expliquez-vous?

— Tu sais, le sirop d'érable du printemps?

— Oui. Je ne vois pas à quoi vous voulez en venir.

— Tu sais comment il (je) s'est bien vendu?

— Ah oui! Pour la première fois de ma vie les tonneaux sont tous vides.

— Alors nous recommencerons de plus belle encore et encore.

— Qu'est-ce que vous voulez-dire?

— Nous achèterons du sirop. Beaucoup de sirop. Tout le sirop des environs. Nous le revendrons ensuite, dans les autres provinces. Sais-tu qu'il n'est pas connu dans l'Ouest? Un bon filon à exploiter. Seulement...

— Seulement quoi?

— Il nous faut trouver l'homme.

— L'homme? continue Réjean se sentant soudain ignorant.

— Le connaisseur qui testera nos achats. Un homme sûr, producteur si possible et disponible. Crois-moi. Nous aurons tous les sous que tu désires pour le couvent, la charrue à trois oreilles, puis la moissonneuse-batteuse que tu promèneras chez tes voisins en te faisant payer.

Réjean sourit, songeur, dépassé. Cette femme venait de la même souche que son père. L'ambition démesurée qui enrageait sa mère. Sauf que cette femme récoltait des fruits, elle! Son père, lui, empilait les comptes. Son grand coeur les faisait fleurir à profusion sur sa route de générosité ou de faiblesse. Son regard glisse sur l'orée imprécise de son érablière. Le crâne gavé d'un monde en ébullition. Il ne savait que penser. Malgré la prodigieuse aptitude de Tantine pour transformer tout en argent, cette fois le noeud se resserrait. Il fallait trouver cet homme.

— Ouais... Les cultivateurs sans travail sont rares, vous savez.

— Ne t'avoue jamais vaincu, mon garçon. Le temps arrange les choses et la nuit porte conseil. Ne doutons pas. La réponse viendra. Crois-moi.

Réjean jette sur sa tante un regard bleu, confus, nourri de gratitude. Désarmante de confiance, buvant à grands traits la vie, puisant à même sa source intérieure inépuisable, elle ne cesse de les étonner. Il devine l'esquisse qu'elle griffonne déjà pour chacun. Une ferme, une boulangerie, le couvent et quoi encore? Reste la petite Angélique qui doit commencer l'école l'année prochaine. La bonté de Louise garde au fond du coeur une place où se blottir à cette enfant marquée au fer par un destin défavorable. Il le sait et s'en porte garant.

L'écoutille entrouverte de son monde laisse filtrer des images verdoyantes et prometteuses sur son avenir. Il pose sa pensée consciente et troublée sur ce personnage unique venu de nulle part et saisit sous son éternel sourire, les traces fardées d'un visage tourmenté. Une question refusée de formuler depuis des saisons faute d'audace, refoule dans sa gorge. Il ravale.

Pourquoi fait-elle tant de choses? Pour qui? Personne n'en sait rien.

Tante Bella-Rose l'a expédiée loin, subito presto, à un moment critique. Elle a rebondi au premier appel de détresse sans sourciller. Grand-mère, les tantes, les oncles, les voisins, tout le monde s'est volatilisé à un moment donné, nous abandonnant à notre sort; tandis qu'elle surgissait, en vitesse, comme un geste normal se languissant d'attendre l'appel au secours.

La voyant finir de ramasser la saleté du plancher, il se lève, la devance, prend le porte-poussière, se penche, attend qu'elle le remplisse et le vide, maladroit, par la porte du poêle. Une sorte de remerciement gestuel que les mots ne savent pas exprimer. Puis, il sort scruter son champ d'avoine.

Krystine retient Angélique. D'abord faire les exercices commandés par le médecin. Deux visages, las d'un progrès absent, vont dans la salle à manger s'agripper à cet entraînement buccal presque mécanique, d'où ne perce aucun soupçon d'espoir.

Chère petite, songe Krystine, la fillette dans ses bras. Fragile petite poupée de porcelaine. Docile enfant. Enveloppée dans un état clos, hermétique à l'entourage. Un monde impénétrable, bouleversant, bouleversé, angoissant, fragile. Un monde angélique au noyau infernal qu'il faudrait atteindre. Comment? Krystine se le demande pour la millième fois.

Un défi de taille, à la mesure de ses petits bras qui se sont refermés solidement un jour autour de son cou en l'apercevant.

Ultime délice prodigué à un coeur humain. Instant suprême inoubliable. Gagné sur l'infâme Bella-Rose penaude, muette d'indignation.

La tête absente des blocs de construction que les menottes érigent en tour, ce souvenir se dessine dans la mémoire de Krystine pour mieux les cristalliser. Il nourrit ses moments de solitude profonde. Un vif plaisir de conquête, savouré comme un plat de fraises enrobé de sucre et de crème épaisse comme de la mélasse en janvier.

Une saison a glissé sur eux depuis cet événement, pourtant frais en mémoire comme si c'était hier. Elle se souvient.

Remises de leur surprise devant la directrice de l'hôpital déconfite du départ de leur patiente, Érika et elle retournaient sur la ferme, bredouilles.

L'admission confirmait qu'Angélique avait été confiée à une tante demeurant à Québec.

Le retour à la maison, pavé de larmes enfantines et de colères incontrôlables, les avaient bouleversées. Krystine s'était dit que ses frères iraient voir cette voleuse, sans elle. Le volcan de pleurs n'avaient pas ébranlé sa forteresse. Érika n'irait pas voir Angélique en sa compagnie. Cent fois, mille fois non!

Trois semaines s'écoulent sans pouvoir aller voir leur soeurette. Réjean appelle sa charmante tante qui l'assure que la petite se porte à merveille. Curieusement, Bella-Rose ne les invite pas.

— Faudrait bien aller voir Couquine, chante souvent le choeur fraternel au déjeuner.

Mais les semaines manquent de jours pour tout le travail. Ils remettent maintes fois leur visite.

— Au moins, elle n'est pas à l'hôpital notre Couquine, se rassure Réjean, comblé par le geste affectueux de sa tante Bella-Rose si compréhensive...

Confiant, il défile le temps en se disant que la saison nouvelle lui apportera amplement de loisir pour visiter sa belle Angélique. À la ville, tout va bien, il le sait.

* * *

À la ville tout ne tourne pas rond.

Angélique maigrit. Bella-Rose constate que cette enfant lui occasionne un lourd fardeau. Une brique discordante difficile à enlever dans sa vie frivole et mondaine. Fallut faire un choix. La vie sociale endiablée éclipse l'enfant. Angélique est confiée à des bonnes inexpérimentées. Bella-Rose commence à regretter une seconde fois d'avoir quitté son mari pour un, soi-disant, climat insupportable.

Quoi faire de cette enfant? se dit Bella-Rose.

Son mari prolonge de six mois son séjour au pays des Pygmées, l'informe une lettre. Sans cette emmerdante fillette, je retournerais vivre en Afrique. Voilà. Quoi faire de cette petite colérique, désobéissante et ennuyeuse? Une multitude de plaisirs renoncés pour elle.

Si j'avais su. Su qu'il est fatiguant de suivre les ordres de ce médecin trop empressé. Demain, je le congédie. Des enfants muets existent et ne s'en portent pas plus mal. Muette elle est; muette elle restera.

Sa conscience muselée, sa responsabilité piétinée, ses amis envahissent ses salons comme autrefois, dans le bon temps. La petite, refoulée dans sa chambre au deuxième étage, pleure dans son oreiller, sans surveillance.

Un homme mûr, un jour passant par là, se dit que cette fillette ne vivrait pas bien longtemps par cette pâleur extrême. Silencieux, il examine un moment la «mère» et sa fille affairées au jardin. Importunée par la ronde folle de son enfant, en course autour de ses carrés, la mère lui inflige une bonne raclée, la soulève par un bras et la dépose brusquement hors du lieu sacré. Il reprend sa route matinale abasourdi en se disant que les marâtres poussaient dans toutes les couches de la société.

L'ombre de cet incident traîne dans son sillage pendant des jours. Sa grosse femme lui fait remarquer qu'il est trop tendre et que cette mère éduquait son enfant de la façon nécessaire.

— Une fessée n'a jamais tué personne, conclut-elle, ennuyée par le trouble persistant dans la caboche de son mari, devenu taciturne. Elle l'emmène à la pêche pour lui changer les idées.

* * *

Un matin que le soleil irradie la ville, Angélique a une idée. Elle se réveille, descend à la cuisine, pousse la porte et sort dehors.

Bella-Rose ouvre l'oeil une heure plus tard. Les céréales déposées la veille débordent encore du plat. Elle songe que la petite dort encore. Donc, elle a le temps de faire quelques courses avant son réveil. Elle ne s'attarde pas davantage car la femme de ménage arrivera à dix heures et s'occupera de la petite, selon son habitude. Insouciante, elle quitte donc la maison pour ses courses.

La femme de ménage oublie son réveille-matin, manque son autobus, téléphone et constate qu'il n'y a personne. Elle remet son travail au lendemain.

Bella-Rose flâne, fume, passe le temps, essaie des robes, des chapeaux neufs, examine une bourse à rabais, dîne dans un restaurant en compagnie d'une amie rencontrée par hasard et rentre à la maison, comme convenu, pour recevoir une voisine de rue.

La caresse du soleil égaye les visages détendus se dorant sur leurs chaises longues, parsemées sur les pelouses ou les galeries de sa rue. Elle sourit, heureuse à la pensée que tout à l'heure, peut-être, elle les imitera. En entrant, Bella-Rose trouve le plat de céréales encore intact.

— Bizarre, émet sa voix criarde.

Mais elle ne s'en inquiète pas outre mesure. La femme de ménage a amené la petite à la ville avec elle, songe-t-elle rassurée. Angélique passerait sa vie dans les autobus si elle le pouvait. Les autobus. Pouah! Un transport minable qu'elle n'a jamais utilisé, rempli de monde qui ne se lave pas, qui s'habille comme la chienne à Jacques. Du monde ignorant, juste bon à travailler dans les usines, qui emmagasine leurs odeurs à l'année longue, qui porte le même linge leur vie entière. Non, l'autobus n'est pas pour elle. Son regard se porte sur sa longue véranda ombragée. Le soleil amplifie son enthousiasme. Bella-Rose s'éponge le front songeuse. Quelle étrange folie peut détraquer le cerveau de cette femme? Préférer cuire, en ville, au lieu de travailler tranquillement au frais à la maison. Franchement. Elle trouve curieux la nappe de poussière sur les meubles beignés de lumière.

— Elle aurait pu m'écrire un mot, au moins. Où est-elle partie trotter, cette fois?

La bonne-gouvernante prenait parfois des initiatives contestables, contestées. Mais le peu d'ardeur à entretenir cette fillette insignifiante, semblable à sa mère, excusait volontiers les écarts de cette fille légère et frivole. Bella-Rose n'osait la congédier, la fillette semblait s'amuser tant en sa compagnie.

Elle ouvre grand la fenêtre de sa chambre et se dit qu'une telle chaleur pouvait influencer n'importe qui. S'en accommoder et passer l'éponge sur ses explications farfelues, sera sensé.

Qui voudrait travailler par une telle journée? Pas elle assurément.

Pourtant une étrange et indéfinissable intuition persiste en elle. Comme si cette absence sentait l'étrange, le curieux cette fois. Pas un cendrier de touché, pas une revue rangée, la bouteille de lait pleine, chaude, presque sûrie...

— Où est-elle passée cette fameuse courailleuse? se dit-elle? Vraiment, elle dépassait les bornes de toute convenance.

À l'arrivée de son amie, les doutes sournois passent par la porte ouverte. Elle respire enfin. La solitude aura encore une fois bousillé sa confiance. Amusée, elle suit sa compagne au verbiage anodin. Ensemble, elles décident de se rendre voir ce chalet que cette amie désire acquérir.

Une fois dehors, Angélique, insouciante, hume l'air neuf du jour naissant. Elle boutonne tant bien que mal son chandail vert et court voir le saint-bernard du voisin qui s'étire de long en large. Ils prennent le déjeuner. L'un avec sa langue, l'autre avec son doigt. Le plat léché par le chien, précède celui, plein de lait versé la veille, par le voisin de Bella-Rose, propriétaire de la bête magnifique. Ils longent la maison silencieuse, se regardent, suivent une volée d'oiseaux atterris en tourbillon, étudient la situation sur le trottoir avant de choisir une direction. Devant le silence endormi des demeures de la rue, ils vont. Le chien décide du lieu à visiter. Au pas, ils prennent le large. Un laitier les évite de justesse, tout imbibés de nonchalance qu'ils sont. Accrochée au cou de son nouvel ami, blottie et confiante, la fillette va, heureuse, libre, se laisse vivre. Longer les rues. Écornifler les maisons muettes. Se rire des fausses colères canines. Traverser les rues, les boulevards au trot ou à la course. Arriver dans un grand espace vert, proche d'une immense maison large et haute. S'étendre l'un à côté de l'autre. Se reposer. S'abreuver de soleil. S'endormir sous un feuillage touffu. Vivre à ne rien faire. Courir vers une balançoire pendant que le chien fait le guet, la tête entre ses pattes allongées, l'oeil vigilant. Se laisser prendre sous les bras. Se sentir asseoir sur une balançoire par de solides mains très sécuritaires. S'enivrer de joies nouvelles en battant l'air de ses deux pieds. Répondre au sourire d'une femme. Ne pas pouvoir lui dire merci de l'avoir poussée plus haut. Se dandiner en demi-cercle. Sourire. Ne pas pouvoir répondre aux sons doux arrivant aux oreilles. Laisser croire à la gêne. Retourner auprès du chien ami. Courir, courir. Rencontrer un autre chien. S'amuser de les voir se faire la bise. Vivre une vie de chien toute la journée. Tomber épuisée sur un banc du parc. Écouter l'estomac piétiner d'impatience. Manger des yeux une pomme dans les mains d'un garçon. Prendre le fruit offert avidement et le croquer en deux bouchées pendant que les bêtes se courent et s'amusent. Voir partir le plus petit tout noir et frisé, vers la fin du jour. Surveiller amusée, le soleil tomber de sommeil en se cachant dans le dos des maisons. Surveiller le saint-bernard qui s'impatiente de rentrer. Le voir surgir du sous-bois. Le suivre dans la ville sous les yeux incrédules des passants. Un éléphant-chien et un bébé-femme. Revenir à la niche. Entrer. La trouver spacieuse. S'étendre au fond à l'ombre dans l'air chaud retenu par les murs. Sentir le long poil sur la joue et s'endormir écrasée de fatigue.

Bella-Rose ouvre la portière de l'auto, salue son amie de la main, tourne la clé dans la serrure et entre à la maison. Personne. Il n'y a personne dans sa maison. La table mise attend que le plat de céréales se vide. L'air frais de la maison close sur son échine la fait frissonner d'inquiétude. Oubliant que l'enfant est muette, elle appelle Angélique. Les coins et recoins de chaque pièce sont visités. Personne. Absolument aucune âme qui vive n'habite sa demeure.

Le lit n'a pas été refait.

Appelons la femme de ménage, insiste sa tête.

Absente.

Constater qu'elle n'est pas venue. Sentir la terreur couler dans son dos. Entendre ses tripes geindre.

Quoi faire?

Courir au jardin. Parcourir la pénombre envahissante, la vision voilée par l'angoisse, partout autour, ne rien trouver. Écouter des voix enfantines jouer dans une rue voisine. Espérer reconnaître «la voix» d'Angélique. Courir à l'intérieur.

Quoi faire?

Appeler de l'aide. Mon mari... ? Trop loin. Réjean. Pas tout de suite. Plus tard. Aller voir chez les Jobin. Je me souviens... ils sont au chalet. Les Perreault... de la lumière dans la cuisine. Bruno, le fils aîné, lui ouvre.

— Tu as vu ma fille?

— Votre fille? Vous avez une fille!

— Une petite fille haute comme ça, mesure sa main droite. Forcée d'expliquer, elle murmure. Angélique, ma nièce, n'est pas rentrée pour le souper.

— Ah?

— Il lui arrive d'aller chez les voisins sans ma permission. Tu comprends?

— ...pas vu. J'arrive tout juste de travailler. Sans ce chien encombrant que ma mère m'a ordonné de soigner, je ne serais pas ici. Vilaine bête sale! Je haïs les chiens!

— Je vois.

Bella-Rose recule, bredouille des excuses, salue déconfite et fuit. Fuir. Quitter tout. Attraper le temps qui passe et s'effrite. L'arrêter. Le retenir entre mes mains. Reprendre le soleil. M'en servir pour la chercher dans la nuit. Ma tête, oh! Ma tête. La tenir pour éviter qu'elle s'ouvre.

Quoi faire?

...du secours. Au secours. Où le trouver? Je sais. Appeler mon mari. Qu'importe l'heure, la nuit. Sa voix implacable aux confins de la terre rugit.

Quoi faire?

Me taire devant son horrible et incontrôlable colère devant mon étourderie.

Que dire? Comment lui expliquer et l'attendrir? Où trouver les mots magiques à son apaisement, à la compréhension de ma détresse?

— Paul, écoute-moi.

— Si tu n'appelles pas la police, je le fais à ta place.

— Non. Je te promets que je les rejoins tout de suite.

D'un bruit sec, l'appareil coupe la voix masculine. Bella-Rose verse des larmes éplorées.

— Paul, ne me quitte pas. J'ai tant besoin de toi. Paul, réponds. Réponds-moi! Je t'en supplie. Déchire ce silence obscur.
Horreur! Il a refermé la communication.

En butte à son effroi, elle songe, sa tête entre ses mains, accroupie dans une marche d'escalier en noyer et implore le ciel, ses
larmes faisant une tache rose foncé sur le tapis.

Avertir Réjean et Pierre. Boire une gorgée avant. Attendre
encore... un peu. Verser le reste du verre d'eau dans l'évier. Écouter
un bruit étrange dans la vitre du vivoir. Sortir dehors pour constater le
vacarme insolite. Apercevoir à la faveur du lampadaire, un oiseau
blessé dans le gazon qui tremble. Il s'est assommé. Mauvais présage.
À l'aide.

En elle dévale la multitude de ravins de son incroyable insouciance. De ses entrailles monte une clameur abjecte sur son humiliation
future. Le scandale. Le déshonneur. La perte de son mari, peut-être.
Tout.

Petite garce, va. Si j'avais su!

Sa main pianote sur la table en quête d'une issue, son regard
piqué à l'appareil téléphonique qui le dévisage.

Je dois appeler... Maintenant. Pendant qu'il me reste un brin
de courage. Autrement... Autrement tu es perdue ma vieille, reprend
sa jumelle intérieure. Plus tu attends, pire ce sera.

Dans un coin du boudoir, les aiguilles de l'horloge grand-père
dégringolent la pente du désastre rapidement.

— Police?

Anéantie, tremblante d'effroi, elle se glisse le long du mur,
fourbue, éreintée, éteinte. Elle dépose son corps recroquevillé sur le
plancher comme un chat blessé et attend l'arrivée du secours.
Consentir enfin à briser son intimité fut pour elle, le comble de sa
servitude aux événements insurmontables.

Des hommes fouillent partout. Autour, à l'intérieur, partout.
Un essaim de guêpes traîtresses la heurte, à petit feu.

Dehors, un énorme feu clignotant surplombe l'auto de patrouille, se noie dans la pénombre épaissie et encercle sa maison, sa rue.

Des curieux aux yeux orbités la dévisagent sur toutes les coutures. Des lampes de poche, fouinent dans les bosquets obscurs et les taillis sombres du secteur. Chercher sans relâche. Maintenant, la ville entière déferle sur son domaine, la compassion ou la haine au coeur. Espérer voir poindre le nez d'une fillette timide, muette dans la plus longue nuit qui lui est donnée de vivre. Éviter de subir l'humiliation d'annoncer la terrible nouvelle aux garçons.

Cette fameuse Christine... de retour. Qui rira jusqu'aux larmes de mon embarras.

— Ma tête. Oh! Ma tête!

Rejoindre mon amie Rolande. Elle déclarera que j'ai passé l'après-midi avec elle? Non. Tenir le coup seule. Crâner. Jouir du sombre de la nuit pour frissonner et pleurer sans être vue.

À bout de force, de ressources, rentrer avertir les garçons, sur la pointe d'un nouveau jour. Qu'importe les affronts. Les accueillir soulagée, anéantie, tant pis! Repeindre sur leur visage dans les stigmates à peine effacés, de nouvelles traces dramatiques dans les mêmes sillons. Boire le café réconfortant préparé par la chipie dans ma cuisine. Goûter son silence poli. Ne plus affronter seule le jour puant de splendeur. Écouter les policiers attacher les indices. Un homme les a vus dans une rue. Un laitier croit se rappeler de les avoir rencontrés au petit matin. Une fillette raconte leur avoir parlé près de l'université. Une dame âgée, un garçon, un automobiliste. Tant de monde venu raconter qu'Angélique se trouve nulle part.

Que faire?

La fente de son attention est si étroite qu'elle ne saisit rien de ces discours. Ces gens qui parlent au pluriel lui donnent pourtant la clé du mystère. Mais son esprit troublé ne capte plus le signal; tout obstinée qu'elle est, à courir à sa minuscule fenêtre de cuisine pour surveiller la maison des Perreault. Une sorte d'idée fixe incontrôlable, incompréhensive.

— Tiens, le chien des Perreault n'est pas debout ce matin? D'habitude, il attend son déjeuner assis sur ses pattes de derrière.

Bruno se montre justement avec son plat de nourriture. Elle le voit se pencher, appeler l'animal qui semble répondre car le jeune homme se relève et attend. La bête s'étire, montre ses crocs de non-chalance, se laisse caresser, gratter le cou et penche sa tête vers son déjeuner, tandis que Bruno le quitte satisfait.

Au fond de sa luxueuse niche, Angélique continue son sommeil à son déclin.

Bella-Rose surveille l'étrange stratagème du chien qui va et vient sans raison dans sa niche, en ingurgitant son repas. Puis, il retourne à l'intérieur.

Le matin du jour boit d'un trait la robe cristalline de la nuit, monte sur la ville affairée, en coudées franches abondantes et se perd dans l'infini de l'espace suspendu sur leurs têtes.

Krystine passe un doigt sur un meuble. Une infime couche de poussière épaissit la première. Ce détail insolite discordant à la personnalité de Bella-Rose plisse son front songeur.

Femme du monde impeccable, des bijoux de grande valeur aux doigts, une maison luxueuse, un jardin propret, tout contribue à mijoter ce détail inusité, à la mêler davantage.

Malgré sa bonne volonté, Krystine reste impuissante à dissoudre le mur d'indifférence dressé entre elles.

Krystine décide de prendre l'air, les laissant seuls en famille.

La maison reprend son calme précaire car les curieux volatilisés vaquent à leurs occupations coutumières et d'autres ratissent le périmètre sans cesse agrandi.

La ville se réveille au même diapason que la foudroyante nouvelle, qui garde les citadins rivés à leur appareil radiophonique. Chacun suit les instructions de l'annonceur, ouvre l'oeil, scrute les environs. Une chasse monumentale spontanée marche sur la cité ensoleillée.

Le récit de la disparition de cette pathétique fillette et de son éventuel compagnon; un énorme chien, ne laisse personne indifférent.

Emmurée dans sa souffrance, son humiliation, Bella-Rose espère un miracle, les yeux cloués au téléphone. Le nasillement de la radio lui tombe sur les nerfs. Il se tait. Peu lui importe maintenant la déchéance envisagée.

Enlever les visages livides et pâles mêlés de haine et de soupçons qui arpentent sa demeure, devient son unique but. Elle suffoque.
Trois enfants démunis, devant elle, attendent de sombrer dans
un gouffre par sa faute. Sa douleur, presque palpable la rend amorphe.

Krystine foule le terrain verdoyant de sa rivale, sans aigreur.
L'odeur douce matinale recouvre le sol à peine refroidi. Le gazouillis
des hirondelles organise la chaude journée en perspective. Elle s'approche du jardin, touche au passage la peau grise crevassée du gros
érable en veilleuse dans un coin, porte à son nez une rose à peine
ouverte, en goûte les arômes, contourne l'imposante demeure de briques brunes et beiges, l'âme et le coeur en suspend. Une sorte d'attente patiente d'un événement futur. Une fausse sérénité recouvre
l'amoncellement d'idées qui lui martèlent l'esprit. Faudrait planifier
l'événement advenant l'ultime épreuve. Des choses à dire, des gestes
à poser se rangent sur la tablette du jour, à la portée de sa main.
    Son regard se porte sur le minuscule jardin bien carrelé et pro-
pre. Une seconde fois, elle examine l'étrange manège du chien du
voisin assis à l'extérieur de sa niche, le corps en attente, l'oeil aux
aguets à l'entrée de sa demeure, les oreilles à l'affût, la queue nerveuse, qu'il surveille constamment le fond de sa riche maison canine.
    Sa réflexion relâchée, Krystine reprend sa route intime habillée
de silence fructueux.

À deux pas, Angélique franchit le seuil du réveil en s'étirant
longuement sous le regard heureux du chien qui suinte de la langue et
badine des oreilles, le siège sur le sol. Il se dresse sur ses pattes et
attend. Attend que cette vilaine paresseuse daigne quitter sa niche afin
qu'il puisse enfin vivre en paix.
    L'amie de Bella-Rose entre en bourrasque.
    — Ils les ont vus sur les Plaines, dit-elle, ouvrant la radio.
    — Qui?
    — Du monde les ont rencontrés, tard hier soir.
    — Tu dis les? reprend Bella-Rose abasourdi par ce qu'elle
vient d'entendre et de saisir.

— Une fillette et un chien.

— Un chien?

Elle se lève, pousse le rideau de mousseline verte et jaune et tombe inconsciente. La maison affolée trépigne de partout.

Dehors une scène indélébile se déroule.

Krystine, agenouillée, serre un petit corps pour le broyer et pleure dans la longue chevelure dorée, ébouriffée. Elle relève son toupet et voit combien elle aime cette enfant.

Bella-Rose reprend ses esprits et court dehors. Elle a tout vu. À la course, elle ouvre grand ses bras pour prendre la fillette mais les petites mains nouées refusent de se délier du cou de l'autre. Krystine comprend alors qu'elle a gagné la bataille. La tante Bella-Rose, le visage dévasté par les angoisses, laisse retomber ses bras lentement, près de son corps. Elle baisse les yeux et goûte, amère, l'ampleur de sa déchéance morale.

On rentre l'enfant, étouffée sous les multiples étreintes des siens. À la vue de la table dressée, Angélique s'assied pour manger.

Des sourires noyés de larmes s'enroulent autour d'elle si maigre et si pâle.

Honteuse, la femme de Paul dérobe son regard et grimace à la vue des intrus effrontés qui violent son monde démantelé. Comme elle voudrait se voir loin en ce moment. Loin et seule à vivre les meurtrissures de sa honte.

Dehors, deux garçons ne cessent de caresser un chien porté aux nues de la célébrité.

La police, en régiment, vient palper le précieux «objet» enfin retrouvé. L'incident clos, les enfants n'aspirent plus qu'à se retrouver réunis dans leur lopin de campagne. Mais la justice emprunte un autre sentier. Un séjour à l'hôpital est ordonné. La maigreur de l'enfant est scrutée à la loupe.

Une semaine plus tard Angélique revoit, enfin, la couleur de sa chambre pauvre et sobre peinte en rose, aux mille senteurs familières.

Le bruit de l'incident s'infiltre dans chaque maison, dans chaque bouche et ne permet pas à Bella-Rose de clore les rumeurs. Trop de choses louches restent à éclaircir. L'enquête poursuit son cours, implacable. La tante pointue est traînée devant les tribunaux et condamnée pour négligence. Paul, son mari, la laisse poireauter dans une indifférence morbide. Son avocate insatisfaite interjecte la condamnation et demande un autre procès.

Les garçons, penauds de la tournure des événements, réduisent la culpabilité de leur tante, par toutes sortes de prétextes. Se manger la laine sur le dos leur semble impensable. Mais Krystine les rappelle à l'ordre.

Pas de pitié pour les insouciants, les irresponsables!

* * *

Le chien sort, la porte claque. Krystine sursaute. Le voyage sur le chemin du souvenir prend fin.

Angélique range ses blocs. La mimique lumineuse de Pierre, revenu de son travail, annonce une bonne nouvelle.

— J'ai trouvé.

— Trouvé quoi?

— Votre homme.

— Raconte.

Pierre, malicieux, détourne, contourne la nouvelle, pétrit le plaisir ressenti en la gardant captive entre ses lèvres, entre ses mains qu'il enroule, coquin. À sa guise, il s'amuse des diverses mimiques de sa tante, goûte ses savoureuses répliques, éprouve un sentiment d'affection inégalé à l'écouter rire enfin, sent en lui se briser les chaînes timides paralysantes, se sent astucieux et en jouit. Il rit aux éclats. L'impatience brûle le corps de sa tante. Ses prunelles sombres scintillent. Sa colère bouille sous son couvercle, devant tant de lenteur. Il jubile. Un ardent désir de la serrer dans ses bras l'embrouille. Sa pudeur le retient. Mieux vaut jeter un peu d'eau froide et raconter.

— Au Rond-Point de Lévis, un homme se meurt d'ennuyance, à ce qui paraît.

En effet, un cultivateur retiré se morfond, s'interroge, rongé
par l'incertitude d'avoir fait un bon coup en vendant sa terre, pour
construire un immense garage et devenir un important concessionnaire
d'autos.

Krystine, satisfaite, n'écoute plus le beau Pierre, seul à rigoler.
Son idée s'ébranle, son âme s'émeut. Vite envolée, elle revient, un
manteau léger sur ses épaules et entreprend une incursion sur la route
de ses pensées et de celle creusée au centre de leur forêt. Au soir,
Réjean retrouve sa Tantine des beaux jours, heureuse et lasse d'une
longue promenade. La savoir habitée par cette quiétude sereine inhabituelle amplifie sa joie. Il se tait, mange sa soupe trop chaude en souf-
flant sur chaque cuillerée. Quand le bonheur frôle la maison de si
proche, taire le bruit, pour l'écouter pénétrer dans les sentiers tortueux
de sa jeune vie, est indispensable. Il pince les lèvres, agacé par le
train-train nerveux d'Érika qui ne tient pas en place. Elle a mis la table
à moitié. Chaque fois, il doit se «déranger» pour la laisser passer. Du
pain qui manque, la mélasse oubliée, le sel, le couteau à pain. Une
vraie girouette!

— Qu'est-ce que tu as mangé Érika à soir, du chevreuil?

Une taquinerie n'attend pas l'autre.

Krystine sort son poulet doré du four, sa tête engloutie sous le
sarcasme roulant en sourdine autour de la table. Jamais la joie ne les
avait caressés de si près. Des heures précieuses à remplir de bons
souvenirs avant le départ de «sa» fille. Des yeux vautrés de gourmandise accueillent l'oiseau à manger. S'ils pouvaient lire en elle. Ils
verraient le nuage sombre d'un autre départ s'étendre sur eux.

Krystine songe à les quitter un jour. Mais elle remet ce départ
depuis longtemps. Elle s'étourdit en tricotant mille projets. Prétendre
être indispensable la comble, la recouvre d'un manteau de gloire éphé-
mère ou pas. Un jour hélas! elle le sait, elle devra partir. Ils voleront
de leurs propres ailes. Pour certains, c'est presque fait. En retrait des
regards, elle examine la belle Érika, souriante et désinvolte. Elle s'a-
muse de la finesse de ses répliques à ses frères, de l'aplomb de ses
arguments. «Sa fille» prend sa place, enfin. La voir fleurir, timide

comme son frère aîné, l'eut déçue. Heureuse, elle les quitte et retourne à ses pensées.

Des jours, des mois et des années ont coulé sur sa chevelure sans pouvoir trouver de réponses aux questions qu'elle avait mises dans ses valises en débarquant sur cette «île» traître et tumultueuse.

Érika, une enfant transformée, certes, mais encore nichée dans le cocon de l'énigme. Impossible de trouver les vlimeux papiers prouvant qu'elle est sa fille légitime ou non.

Certains jours, des vagues de lassitude déferlent sur la vie de Krystine et lui donnent la nausée. Vivre la moitié d'une existence rude, accrochée aux mêmes questions toujours irrésolues, atténue l'enthousiasme.

À quoi bon continuer, sans jamais pouvoir savoir pour qui, pourquoi elle vit? Une vie antérieure ratée. Une famille décimée. L'aube d'une vieillesse, tout aussi fade, se lève. Finir seule une vie déchirée. Voilà ce qui l'attend, pense-t-elle, quand ses projets farfelus se termineront. En attendant, elle s'accroche. Ils ont besoin d'elle. Tenir le coup est important. Partir ensuite, sans tambour ni trompette, comme elle est venue. Remballer dans ses valises les mêmes questions restées sans réponse. Avoir au moins la sensation d'avoir servi à quelque chose.

Tout le monde s'est dispersé, quand elle se rend compte de l'heure. Elle ramasse la dernière gorgée de thé au fond de sa tasse, se lève, apporte son couvert à Érika, terminant la vaisselle l'air songeuse. Elle devine le brouhaha de son coeur chaviré. Ce soir, la grande fille sage range les couverts pour la dernière fois. Quand elle reviendra, elle sera transformée. Elle aura coupé une partie de son cordon ombilical. Laver la vaisselle aura perdu de son importance.

* * *

À mesure que les assiettes renflouent les armoires, Érika sent se gonfler son coeur de tristesse. Elle enfile ses derniers gestes routiniers sur un monologue intérieur noyé de sanglots étouffés. Son dernier soir. Elle met une application démesurée sur chaque geste, comme pour les incruster à jamais dans la vie de ceux qu'elle quitte, et sur les dernières pages de son souvenir d'enfance. Mieux essuyer le dessus du comptoir. Astiquer le temps nécessaire. Nettoyer à fond le dessus du poêle. Ranger les pots entammés au frigidaire. Balayer, balayer chaque coin et recoin une fois, deux fois, trois fois s'il le faut. Polir son image de grande soeur impeccable jusqu'à la dernière minute. Ne laisser aucune bavure sur son départ. Car, demain, elle partira. Elle quittera les siens, enterrera son enfance. Quand elle reviendra, une nouvelle Érika sera née de cette déchirure. Rien ne sera plus pareil. Qui sait? Sa place ici sera peut-être prise.

Son travail terminé, elle s'assied au pied de l'escalier, couche sa tête sur son bras lui servant d'oreiller et tente de remettre en place le flot de ses pensées emmêlées et tristes. En vain, le mur de ses yeux ne peut retenir la crue de sa peine. Elle éclate en sanglots. Partout, ses quatorze ans de vie sont incrustés profondément dans ces murs. Toutes ces années qu'elle range dans son coffre du passé, où dorment une quantité de personnes tant aimées. Sa mère, grande et mince, souvent malheureuse. Son père autoritaire, jovial et généreux pour les étrangers. Christine, sa soeur jumelle, emportée par la débâcle un soir de printemps. Bruno le taquin, né pour semer de la joie continuelle. Julie, sa petite Julie, douce et mignonne qui s'amusait avec des riens et ne dérangeait jamais personne. Aurèle, son petit frère lui apprenant à être mère comme il se doit. Grand-mère, méchante et bonne à la fois. Tante Justine, la plus formidable des tantes. Rifi, son poney, vendu par cette, cette... Sa belle poupée brûlée vive. Mme Blanche et ses tartes au sucre. Cousine Laura et son vilain boudin si gras qu'il faisait vomir. M.le curé avec ses beaux sermons comme papa les aimait. M.le vicaire à la mode. Oncle Félix parti depuis si longtemps... oncle Félix. Un puits d'ennui se creuse un coin dans son coeur.

Cher oncle. Que j'aime tant. Qui me comprend même sans parler. Qui est tout le temps de mon bord. Qu'il me manque! Que j'aurais besoin, si souvent, dans mes arguments contre mes frères. Oncle Félix. Pourquoi êtes-vous parti sans nous prévenir? Où vous réfugiez-vous? Pourquoi? On ne comprend pas, on n'a jamais compris. Vous sembliez vous amuser tant chez nous. Vous seul saviez faire rire maman aux éclats. Êtes-vous au courant qu'elle est morte depuis longtemps? Vous devez l'ignorer. Sinon, vous seriez revenu sur une «ripompette»! Je le sais. Comment l'apprendrez-vous maintenant? Viendrez-vous vous faire consoler à la maison? On s'y connaît allez! Si vous venez. Je n'y serai pas? Je vais vous écrire une lettre que Pierre vous remettra. Vous trouverez étrange cette tante empruntée. Étrange mais unique. Vous verrez. De l'or en barre. Puis de la crème à quarante-cinq pour cent, dirait papa. Vous verrez. Oui vous verrez comme on a bien fait de ne jamais la laisser aller.

Dehors, Krystine achève de secouer la nappe. Elle s'attarde un moment sur les magnifiques fleurs à leur apogée. La nappe pliée entre ses mains; elle entreprend d'en faire le tour. Comme elles sont belles, regorgeantes de couleurs et de parfums multiples. Elle aime les fleurs. Les a toujours aimées. Comme une sorte de reflets répétés à l'infini de ses richesses intérieures. Une multitude d'alvéoles donnée aux regards des siens, en guise d'amour. Le chat surgi du coin de la maison, la sort de son attendrissement. Elle refait le pli de la nappe et songe.

Je ferai les chèques pour les trois comptes restés sur la tablette de l'horloge, dès ce soir. Demain matin, je vais reconduire Érika au couvent puis je me rends voir ce cultivateur. Trois comptes. Plus que trois comptes à payer! Nous avons réussi. Les dettes sont effacées. Ce nouveau projet à mettre en branle, ensuite, je lèverai les pieds. J'irai où? Rejoindre Kurny? Sa mère est morte. Il a peut-être changé? Par la force des événements. Étrange. Je pense à lui comme à un vieux souvenir oublié au fond d'un tiroir. Un souvenir qu'on tient entre nos mains, palpe, contourne, s'attarde à sentir le jaillissement des émotions et qu'on replace ensuite dans le recueil de l'oubli. Kurny. Qui m'ouvrirait ses bras et ses goussets à profusion. Kurny, que j'utiliserais à mes fins. Que je tripoterais ensuite, selon mes convenances, mes caprices. En tricheuse que je suis. Non. Cette fois je résisterai. Une fois dans ma vie, je serai droite et franche. Pour nous deux. Pour le vide qui me reste. Le vide? Je ne sais pas. Comment savoir? Le revoir. Oui. Le revoir. Interroger mon coeur sur place. En avoir le coeur net.

En attendant, savourer l'assurance que ces enfants n'auront plus jamais d'automne pluvieux sur leur tête.

Demain. Oui dès demain je vais voir ce... cet homme de malheur.

Cultivateur de malheur, il ne sait pas, lui, ce qui l'attend. Il ignore à qui il aura affaire, quand il rencontrera cette femme exceptionnelle, qui lui fera plier l'échine sous la pertinence de ses astuces.

Tiens... on dirait des pleurs. Comme des sanglots? Krystine entre en dedans. Va sécher ces larmes, se dit-elle. Tu connais la source et les senteurs de cette peine. Pas vrai?

Sur la porte refermée, des pies, de leur musique plaintive, flagellent le silence du soir flamboyant. Un barème absolu de la température.

— Demain, on va avoir encore de la pluie, énonce Réjean le grand frère soumis, jetant son troupeau au champ.

Derrière les nuages flotte constamment le soleil.

Chapitre XIX

Blanche

Blanche, la femme d'Anaclet notre voisin, surnommée la pie humaine, relève d'une mauvaise grippe, suivie d'une pneumonie. Elle n'en mène pas large. La vie marche tout croche autour d'elle. Krystine a pris sa place à l'orgue de l'église et les ouï-dire, parvenus à son oreille, ne sont pas de nature à la rassurer. Une femme aux doigts de fée, à ce qu'on dit. La hargne ficelle son coeur un peu plus chaque jour. Se voir supprimée par une Rapportée, jamais! Mieux vaut en mourir sur le banc de musique, plutôt que de l'écouter. Dès dimanche je serai au poste.

L'hiver a passé comme du beurre dans la poêle. Le printemps, on n'en parle plus. C'est déjà l'été. Tant de choses ont changé. Tant de place la Rapportée a prise dans son langage. La Rapportée par-ci, la Rapportée par-là, a fait ceci, a fait cela. Un personnage infiltré dans toutes les têtes, sur toutes les lèvres. Blanche en a ras-le-bol.

— Bientôt elle sera dans nos assiettes! lance-t-elle de dépit à Anaclet, distrait par le chat lui frôlant les jambes.

Sans s'en rendre compte, elle dit vrai. Le pain qu'elle coupe sur sa planche appartient à la Rapportée. Une violente colère elle a piquée quand elle l'a apprise. Une «sainte» colère, nous dirait-elle.

— La Rapportée a fait du chemin, mon mari, pendant ma maladie, continue de soupirer sa fierté blessée. Trop vite, à mon idée. Une boulangerie, des logements loués à gros prix, du sirop d'érable acheté et revendu à Dieu sait qui. Un tracteur neuf, des instruments aratoires, une moissonneuse-batteuse flambant neuve achetée à un prix de fou! Que personne ne peut avoir. Oui, du chemin, bien du chemin Anaclet. La petite, pensionnaire par-dessus le marché. Quasiment une millionnaire, ma parole, cette femme-là?

— On dit qu'elle en a, consent à assurer son mari subitement sorti de son silence.

— Des accroires! Je jurerais que c'est rien que des accroires. Écoute-moi ben, Anaclet.

Anaclet sourit. L'entendre prononcer son prénom Anaclè, quand tout le monde l'appelait Anaclette, l'amusait beaucoup. Aujourd'hui plus qu'avant, sans savoir pourquoi. La tête en tour de *Pise*, il prête l'oreille, ému. Sa femme reprenait du poil de la bête. Buvait de la santé.

— Un jour, elle va craquer comme les autres, tu sauras me le dire. Un jour, le vent va tourner. Quand le vent tourne, on ne sait pas quand il s'arrête ni de quel côté il s'en va. Continuer comme elle le fait n'a aucun bon sens. Rira bien qui rira la dernière.

Anaclet, pas mangeur de prochain pour une miette, avale sa soupe en silence. Il entend marmonner sa femme depuis bien des années. Son chant ne l'impressionne plus. La voir manger le monde, le rassure au moins sur sa santé qui s'améliore. Le brave homme «file» mieux.

— Si Félix pouvait revenir. Bien des choses changeraient.

— Qu'est-ce que Félix vient faire là-dedans? Blanche.

— Je lui parlerais à Félix. Deux mots. Rien que deux mots je lui dirais. Tu verrais la différence.

— Je te défends de te mêler de ce qui ne te regarde pas, ma femme. Entends-tu?

— Si elle continue, on va la canoniser en vie! Paraîtrait qu'ils sont main dans la main.

— Qui?

— Elle, pis M.le curé. Rose-Aimée m'a laissé entendre que c'est possible qu'elle soit nommée la présidente d'honneur aux fêtes des Enfants de Marie. J'le prends pas. Entends-tu? On me l'a refusée parce que je n'avais pas eu d'enfants. Elle non plus! Pour cette place-là, il faut se marier et produire ensuite.

Anaclet repousse son bol de soupe vide, blessé. Son pied frotte le plancher vernis, lustré et tente d'effacer l'affront inconscient de sa femme.

— Ce n'est pas son cas, continue-t-elle encore.

Un fleuve de mots intarissable coule.

— Je le sais. J'en ai la preuve. La Rapportée est une fille-mère. Une vraie!

Anaclet écoute sa femme, incrédule, déçu. Quelle langue sale avait Blanche. Comme elle savait broder les mensonges.

— Une femme qui donne l'exemple en tout cas. Je serais prêt à pencher de son bord. Pourquoi tu regimbes si fort contre elle? Tu lui reproches quoi au juste?

Des affaires. Toutes sortes d'affaires. Elle est en train de voler ma place partout, songe le dépit d'Annette. Un silence s'étire entre eux.

— Je ne serais pas surprise qu'on la demande un jour au Conseil ou à la Fabrique?

— Une bonne idée, ma femme. J'y avais pas pensé. J'vais en parlé à Phydime.

Blanche grimace. Sa langue brûle de regrets.

— T'avise surtout pas de faire cette chose-là. Ben manque que du monde y pensera assez vite. Penses-y. Une Rapportée! Une vraie. Trop d'honneur pas mérité.

— Moi, je la trouve correcte.

— On sait bien, vous autres les hommes... On dirait que vous êtes tous tricotés serrés sur une même broche.

Blanche coupe une pointe de tarte au sucre, l'apporte à son mari et lui verse une tasse de thé. Elle cherche un moyen de l'attendrir; de le mettre de son bord.

— En tout cas, j'te trouve trop bon Anaclet. Oui, trop bon. Après ce qui t'ont fait...

Blanche cache son sourire mesquin, en lui tournant le dos. Elle vient de lui chatouiller la veine attristée de son coeur. Elle le voit se renfrogner et éprouve une certaine joie malsaine.

Anaclet sait que tout est changé depuis cette maudite histoire de louage de terrain. La «brouille» s'est installée entre eux et ne sait plus comment partir. Le locataire de la terre des p'tits gars a fait travailler le tracteur et une partie de sa terre reste inondée. Il en a parlé au bonhomme en question, mais tout est resté mort. Il a traversé voir les p'tits gars et leur a demandé de faire de quoi, mais rien n'a bougé depuis un an. Vivre en brouille, ce n'est pas drôle. Pas drôle une miette.

Un malaise achalant vit en lui, nuit et jour. Il voudrait bien s'en défaire mais il ne trouve pas les moyens. Un froid les enveloppe et le rend nostalgique.

Pouvoir faire la paix.

Blanche, en rogne, leur en veut depuis ce jour.

— Toi, qui t'es dépensé sans compter. Tu leur aurais donné ta chemise s'ils te l'avaient demandée. Un simple. Que t'as donc été simple! Tu vois où cela t'as mené, hein? Ils te chient dessus, asteure.

— Tu dépasses les bornes!

— T'as trop le coeur sur la main, Anaclet. Tu devrais t'en rappeler en temps et lieu. Si Félix peut enfin arriver. Les garçons seraient ben différents avec Bella-Rose. Pauvre elle. Une pareille histoire, sans allure, lui tomber sur la tête. Je ne crois pas un mot de ce qui se dit. Je serais curieuse de savoir si les manigances de la Rapportée ne sont pas derrière cette histoire-là.

Blanche essuie la table, ramasse les graines de pain dans le puits de sa main gauche et porte soudain un doigt à sa bouche pour le sucer. Elle vient de se casser un ongle. La douleur disparue, elle passe une couenne de lard salé sur les deux ronds du poêle et les lustre d'un torchon sombre, qu'elle replace dans le réchaud. Anaclet parfume son univers d'un nuage gris, sorti de sa pipée de tabac, et se berce.

— Une histoire à dormir debout! reprend-elle, occupée à analyser tous les aspects. Du monde raconte qu'elle a volé la p'tite Angélique à Montréal et qu'elle la gardait cachée dans une garde-robe, grande comme la huche.

— Ta bouche, Blanche. Ta bouche!

Blanche se tait, honteuse. Sa colère empêchait les vrais mots de sortir.

— Pourquoi faire? interroge soudain la berceuse intriguée qui vient de s'arrêter de fumer.

— On dit qu'elle avait peur de se la faire enlever.

Blanche tire sa berceuse un peu, constate qu'elle est trop près du mur, la replace et s'installe. Un dialogue qui se veut quasiment une inondation.

— Par qui?

— Voyons. Ça se dit tout seul, Anaclet!

Lui qui respire la bonté jusqu'aux bouts des doigts, l'entraîner sur ce terrain marécageux ne l'intéresse guère. La direction de sa pensée suit le courant de la rivière, enjambe l'île et traverse pieds nus, l'espace restreint qui le sépare de la terre des p'tits gars. Il se meurt d'ennuyance.

Si Blanche allait au village... J'irais faire une saucette chez eux?

Il porte un regard, conscient, sur sa femme effilée comme un manche à balai et grimace.

— Arrête de te gratter! lance-t-il exaspéré.

Blanche remet la main sur le bras de la berçante, gênée.

Il ne peut plus la voir enlever la gale épaisse qui s'agrandit à vue d'oeil depuis des mois sur le bord de sa bouche. Souvent, il l'enrobe de sa pensée en silence et son attention se porte sur cet étrange bobo qui ne guérit pas.

— Tu vas aller voir le docteur au lieu d'aller te promener en ville, ma femme. Là.

— J'ai promis à Bella-Rose d'aller la voir aujourd'hui.

— Bella-Rose attendra. Je n'aime pas trop te voir patauger là, si tu veux savoir.

— En voilà une bonne. Pour quelle raison?

— Les mauvaises langues, les racontars, le placottage; tu sais ce que je veux dire... ?

Blanche ne répond pas et continue sa marche berçante vers le poêle, l'âme absente et inquiète. Son homme ne comprenait rien à rien.

Anaclet éclate de rire en voyant sa femme se trémousser vers le fourneau chaud, l'air accroché dans le lointain. Il songe.

Vilaine chaise que j'aurais dû réparer cet hiver quand j'avais du temps sur les bras. Les barceaux sont tout mangés. Faudra que je me décide une bonne fois quand il va mouiller.

Ce qui semblait devenir un long tête-à-tête s'éclipse vite dans l'ombre de leurs tourments intérieurs; le besoin d'aimer et d'être aimé, de se sentir apprécié.

Anaclet se lève lourdement, malgré sa minceur. Il se dirige vers la fenêtre, pousse un pan de mousseline jaune à pois multiples et arrête son regard sur le mince filet d'eau sale déversé dans le ruisseau proche, enfoui dans le feuillage. Il lui semble que toute sa vie sort de lui et enfile ce mince canal. Ses inquiétudes, son labeur, ses tourments, son acharnement à rendre viable cette pauvre terre infertile, léguée par ses parents. Une image se substitue aux autres. Le visage émacié de sa femme. Cette opiniâtre incompréhension entre eux, ajoute à ses tourments. Que deviendront-ils? De détestables grincheux?

Les jours s'égrènent lentement, monotones et identiques. Blanche continue à gratter sa gale, de plus en plus belle. Un geste devenu inconscient et automatique. Anaclet évite de la regarder tellement elle met ses nerfs en boule. Au lieu de la disputer, il sort aussitôt le repas terminé et fume dehors sur la galerie.

Un dimanche à la grand-messe, Blanche reprend possession de son banc d'orgue, mais l'atmosphère d'antan s'est volatilisée. Un répertoire nouveau chante sur des lèvres étrangères. Elle n'arrive pas à rejoindre ces femmes devant elle, formées de sa main, de sa patience. Des visages allongés font la moue quand elle suggère de revoir l'ancien répertoire. Elle sent une sorte de résistance passive, puissante, lui tenir compagnie. Tant d'années de labeur pour en arriver à se sentir dépassée. Le dos tourné, elle se met à jouer, jouer pour enterrer sa déception, sa hargne. Tant pis pour la fausseté des notes, la discordance des voix soufflées sur ses épaules, qui essaient de suivre tant bien que mal. La pratique se veut une catastrophe. Toute musique, toutes voix cessent. Penaude, elle les remercie prétextant que tout est parfait. Seule, les larmes coulent abondantes et amères sur son désoeuvrement. Le puits de sa souffrance tari de liquide, elle retourne à ses chaudrons et ne touchera plus l'orgue où elle trônait naguère.

Le vicaire lui rend visite, tente de l'en dissuader, met ce moment de découragement sur le compte de sa récente maladie, promet un résultat assuré après un mois de repos supplémentaire.

Blanche acquiesce en souriant mais sa décision est prise. L'orgue et la musique sont morts et enterrés.

Le temps, les semaines passent sans anicroche. Elle colore ses joues sous l'ombre de son chapeau de paille à large bord qu'elle ne quitte jamais. Anaclet est heureux de la sentir là, quelque part dans le champ à travailler, râteler le contour des clôtures ou en faisant semblant. Il la surveille du coin de l'oeil, évite de lui montrer sa surprise, de la sentir si fragile et si faible.

Un soir, un vent du nord frisquet s'abat sur eux. Elle rechute. Le docteur lui ordonne l'hospitalisation, le regard tendu rivé à cette lèvre laide à voir.

Trois jours plus tard, la nouvelle de son départ, roulée par le vent verbal sur la campagne, sonne triste aux oreilles des Beaubien. Le lendemain, la surprise fige Anaclet sur place. Dans la porte ouverte, il regarde immobile, les mâchoires barrées, ceux qui se trouvent sur son perron plantés comme des dindes à la pluie.

Les p'tits gars!

En gestes maladroits, Anaclet porte sa main sur sa pipe dans sa poche qui roule par terre. Pierre la ramasse et la lui rend.

La paix vient de se sceller dans cette minute d'éternité.

— Comment va Mme Blanche? insiste Réjean, tournant sans cesse, inconfortable, sa casquette entre ses mains.

— J'en ai pas encore de nouvelles. Le docteur a dit que les examens prendront plusieurs jours.

Réjean pique du nez désolé. Mme Blanche malade, la paroisse entière s'inquiète. Il prend le bras de l'homme triste au dos courbé.

— Venez voir ce que je vous ai apporté.

Anaclet enfile le sentier de la grange. Une énorme machine ronronne en sourdine.

Curieux. Je n'ai rien entendu?

Tu as la tête mitée par les tracas, répond sa voix interne.

— Venez, allons dans votre champ pour voir...

En moins qu'il ne faut pour le dire, le champ entier est pressé et les balles de foin engrangées par Pierre courant derrière la presse à foin. Le cœur d'Anaclet flotte dans l'émotion. Pareil à un autre jour où il avait organisé la corvée pour leur venir en aide, les p'tits gars lui remettaient la monnaie de sa pièce.

Le support mutuel se tisse dans tous les sens, avait affirmé Tantine. Laisser seul cet homme tiendrait de la méchanceté.

Le soir venu, Pierre l'invite à venir essayer l'énorme moissonneuse neuve qui attend la dorure de la moisson. Anaclet consent, heureux, soulagé.

Krystine aborde l'épineuse question la première; fidèle à sa réputation de toujours prendre le taureau par les cornes dès qu'il se présente. Cette chicane insensée, moisie, devait cesser. Elle suggère de payer le travail du tracteur en dédommagement. C'était une solution souhaitable et inévitable.

— De cette manière, les deux terres s'égoutteront dans le même fossé à la rivière et votre pacage séchera.

Anaclet lisse ses cheveux noirs, content. Il accepte.

— Quand est-ce qu'il va venir?

— Le bulldozer?

— Comprenez, Blanche est à l'hôpital, et j'aimerais tant lui faire une surprise à son retour.

— Demandez-le quand il vous plaira. Parlez-nous donc de Mme Longchamp asteure, insiste encore Réjean soucieux.

Cette femme avait été un gros morceau dans leur vie de jeunesse. Ils ne pouvaient l'oublier.

Anaclet baisse la tête, tente de ramasser ses idées emmêlées dans son inquiétude.

— Mon gars, si j'en avais une idée. Mais j'en sais pas plus que vous autres. Ben maudit pareil, ce bobo-là. Ben maudit!

— Inquiétez-vous pas. Le bon Dieu est de votre côté M. Anaclet, dit Krystine confiante.

De son bord? Il n'en est plus trop certain. Mais sa foi lui interdisait de douter. Le soir, seul dans son grand lit, il égrenait les heures sur des dizaines de chapelet sans fin. Se nourrir d'espérance était son unique but.

Blanche, allongée dans son grand lit blanc, suit le procès de Bella-Rose sa malheureuse amie, et se morfond de ne pouvoir la rencontrer, de la réconforter.

Manda, la femme de Phydime le cordonnier, profite des occasions quand son mari se rend au marché, pour venir lui faire un brin de causette.

Se tenir au courant de tout, des rumeurs, des racontars, des histoires, surtout s'informer des fêtes des Enfants de Marie. Voir où est rendue cette folle suggestion de la femme du magasin général, de choisir la Rapportée comme présidente d'honneur. Utiliser l'influence de Manda, pour retarder ce choix jusqu'au printemps. Invoquer des raisons valables qu'elle dévoilera en temps et lieu, pas avant.

Fin août.

L'hôpital signe son congé. En taxi, Anaclet ramène l'oiseau blessé, assoiffé de son nid douillet. Sa femme avance lentement sur le plancher, se tient sur le bout d'une aile, d'une autre et se traîne la patte. Anaclet refoule au fond de lui, les mots tristes qu'il ne veut pas entendre. L'oiseau, son oiseau, sa Blanche ne volera plus.

De peine et de misères, la vie pendue à un fil tente de tenir le coup et d'éviter les blessures sur les écueils du parcours. Un immense pansement blanc recouvre une partie de son visage qu'elle change chaque jour à l'ombre des regards de son mari. Un trou béant a percé le bas de sa joue. Douloureusement piétiné, un sentiment de haine l'habite devant le perron de sa tombe érigé aux portes de sa vie, que lui rend l'image de son miroir.

Noël.

Pareil et différent. Blanche supplie le poêle de lui réchauffer les os frileux. L'hiver caresse le sol d'une fine neige poudreuse fréquemment balayée par le vent du nord. Blanche se plaint.

— Plus il a de la neige, moins il fait froid, il me semble?

La voûte grise, cynique, flâne sur leur tête et passe outre à leurs demandes. Les maisons frigorifiées craquent de douleur. Blanche, emmaillotée dans d'épaisses couvertures de laine du pays, grelotte. Le froid s'infiltre en elle jusqu'au coeur de son corps blessé et malade.

Anaclet sur sa berçante sue à grosses gouttes. La résistance du poêle, au feu déchaîné, l'inquiète.

Faudrait pas que le feu prenne dans un froid pareil, opine sa tête. Jour et nuit, il attise la flamme vacillante, belle et forte. Puis, il surveille l'effet, l'âme meurtrie d'inquiétude. ...tenir le coup. La sortir par ce temps? Impensable. Ce serait lui donner son coup de mort! Il remonte une couverture glissant sur le dossier de la chaise qu'il occupe et prie le ciel de l'entendre.

Il étire le cou. Trois heures, trente, affirme le tic tac de l'horloge piquée au mur de sa cuisine.

Blanche avale sa plainte et s'assoupit.

Tic... tac... Tic... tac... La noirceur se faufile déjà sur la fin du jour par les yeux de sa demeure silencieuse, repliée sur elle-même.

Dehors, le froid valse sur la plaine et arrive tout congelé d'avance.

— J'ai envie d'aller faire le train tout de suite, ma femme, supplie Anaclet sur le bras de sa Blanche. Te sens-tu capable de rester seule une demi-heure? Le temps de voir si tout fonctionne bien à la grange.

Tout perdre les animaux..., résume une voix préoccupée en lui.

— Bien sûr Anaclet, reprend la faible femme chevrotante.

— J'ai seulement cinq vaches à tirer. Les autres sont taries. Je les soignerai à moitié. Demain matin, quand le froid aura tombé, je prendrai mon temps, soutient le visage débordé de lassitude et d'angoisse.

— Va, va. Je suis capable de rester devant le feu pendant des heures emmitouflée comme je suis. Ne crains pas.

Il enfile des vêtements épais, rabat ses cache-oreilles, relève son collet de fourrure usé, met ses mitaines de cuir et sort précipitamment à l'assaut du froid, retenant le plus possible la nappe vaporeuse aux aguets d'une ouverture et harcelé par le remords de ne pouvoir se rendre à la messe de Noël qu'il n'a jamais manquée.

Le jour s'étire, se retire dans l'ombre subite et glaciale, parsemé de braves gens pleins de vie et de fougue revenus de la messe, ou en fuite vers la parenté pour le dîner annuel de Noël en famille. Ultime rencontre pour plusieurs, venus se ressourcer. Les montures à la gueule argentée garnie de longs glaçons givrés, vont les oreilles rabattues, au trot, pressées de reprendre leur souffle au chaud dans une étable.

Anaclet surveille le soir monter hâtif sur un si vilain jour de Noël. Pas de messe de minuit la veille, ni de réveillon, encore moins de dinde et de tourtières. Quant aux tartes? Inutile d'y penser. Devant sa table vide, il prend un pain, des cretons, se fait du thé chaud et encourage sa femme à venir prendre son souper de Noël.

Un festin inoubliable! songe Blanche misérable dans sa profonde tristesse. Les deux vieux, l'oeil dans leur assiette, ressassent leur solitude lourde de déception.

Le soir, disparu à l'abri des lumières trop révélatrices, Anaclet se sent mieux pour laisser courir, à son aise, son monde épouvanté, à l'abri des curieux fêtards endiablés, trop heureux pour le comprendre.

Janvier.

L'hiverd capricieux ne finit plus de geler tout le monde. La neige sèche, frivole, caresse le sol, furète à la recherche d'un abri.

Comme la morsure du froid sur son visage, Anaclet brûle du dedans. Cet hiver lui semble insoutenable.

Blanche, fondue, se morfond d'inquiétude dans l'attente de jours meilleurs. Elle l'inquiète.

Peu à peu, les jours rallongent et s'adoucissent. Anaclet s'étire les muscles, une première fois, depuis bien des jours. Ses os crient de partout. Il a eu si peur les jours de tempêtes. Il priait de toute son âme qu'elle tienne bon. La sortir, à ce moment-là, c'était la tuer raide! Il le savait.

Du coin de l'oeil, il l'examine, à la faveur d'un magnifique matin ensoleillé. Restée accroupie près du poêle, que le feu incessant a réchauffé tout l'hiver, elle a maigri pour quatre. Sa bouche devenue une plaie virulente, horrible, l'empêche de manger et la fait souffrir. Sa chevelure grisonne à vue d'oeil. Les soubresauts nourriciers du printemps en éveil, coulent insensibles sur son corps moisissant. Ses yeux s'emplissent souvent de larmes amères au goût de fiel.

La «Picouille», disent les mauvaises langues du village, expie par où elle a péché. Le venin répandu de sa bouche a percé sa capsule et se répand en elle. Qui crache en l'air, lui retombe sur le nez, préviennent les autres.

La rumeur s'enfuit en voltiges étourdissantes, au creux de la paroisse avide de sensation, et traverse les frontières voisines. Le retentissant procès de Bella-Rose ne trouve plus preneur que dans de discrètes opinions brassées entre les cuillerées de soupe en famille. Les histoires à dormir debout ne courent plus les routes comme autrefois. Le long du trottoir croche du village, quelques vieilles têtes blanchies, bien enracinées dans le placottage, osent faire courir leurs idées sur le sujet, aux oreilles distraites, piquées dans des visages cousus de silence. Une sorte d'attente passive recouvre le monde.

Blanche expie son péché. Tout se paye. Même la Picouille n'y échappe pas, songe chaque tête du monde endimanché sur le perron d'église.

Un matin de fin de printemps, sa voix s'affaiblit. Anaclet se presse. Il attelle la jument pour aller téléphoner à Pamphile, le taxi du village. La paroi de son regard terne cache des instants noyés de détresse humaine profonde. Que deviendra-t-il sans elle?

Blanche comprend que le chapeau de paille resté accroché tout l'hiver derrière la porte de la laiterie, le restera tant que son mari n'y touchera pas. Elle penche la tête, désolée.

En guise de diversion, Anaclet, la soutenant par le bras en descendant l'escalier, lui montre du geste le fossé neuf, profond, creusé par les p'tits gars pour irriguer leur terre. Il sait bien qu'elle ne saura pas de quoi il aura l'air une fois terminé. Elle jette un bref coup d'oeil par la portière de l'auto pour lui faire plaisir. Mais la volonté ne suit plus le désir. Devant eux, sur le pont couché sur la rivière, il aperçoit, accrochée à la façade de l'église, une énorme banderole. Son coeur se crispe, il grimace. Avoir pu lui éviter cette gifle.

Mai.

Fête des Enfants de Marie, trône en toutes lettres à son passage silencieux. Blanche songe.

Cette femme... Elle a oublié de s'informer si on a choisi la présidente? Puis, à quoi bon; elle a si mal. Tellement mal. L'odeur neuve montée généreuse sur la terre ne l'atteint pas. Les pommiers en fleurs n'ont plus d'attrait. Son jardin envahi par les mauvaises herbes, ne semble plus avoir d'intérêt. L'érable que son mari a planté l'automne passé pour lui faire de l'ombre dans sa cuisine en avant-midi, ne l'intéresse plus. Il s'en attriste. Elle se sent si... si faible. Si vide d'énergie et de force, que parfois la vie ne vaut... plus rien. Lasse, elle ramasse son châle en gestes lents et ardus et ferme les yeux, afin de ne plus penser ni voir ce qui s'enlise de ténébreux en elle et autour d'elle.

Un soir, le glas sonne très fort aux oreilles des p'tits gars qui rentrent du foin. La fourche piquée en terre un moment, ils se recueillent, s'interrogent du regard et se taisent.

Blanche s'est éteinte à la tombée du jour.

Ils se tournent le dos pour essuyer des larmes fuyantes sur leurs joues. En eux, ils pleurent un visage buriné par la souffrance, un coeur généreux porté sur la main et les mains fabricantes des meilleures tartes au sucre connues à cent milles à la ronde, entrées dans le souvenir et la légende.

Un chancre a emporté Blanche et le secret d'Annette.

La mort lui a épargné la déception de voir Bella-Rose purger sa peine derrière les barreaux lugubres et celle de subir la présidence de Krystine aux fêtes des Enfants de Marie.

La femme la plus discrète de la terre s'est endormie à l'ombre de l'église, jurerait son squelette encore frais dans ses entrailles, en songeant au secret d'Annette.

Chapitre XX

Un repas spécial

L'année voit s'éteindre le Roi George VI. Une grande et belle jeune fille monte sur le trône, où débute un règne que tous prédisent des meilleurs.

Le temps se faufile de soies de bonheur. Les sourires s'amplifient, chacun écoule sa vie, docile, imbu d'espoir et de confiance.

Krystine, la Rapportée, file sur une mer de réussite tout vent dans les voiles.

La boulangerie de Pierre reprend du poil de la bête. Son pain «Soleil» tranché fait fureur. Il engage un troisième homme et achète un autre camion. Lundi, il prendra d'assaut une autre paroisse voisine en distribuant gratuitement deux pains à chaque maison. Il profite de la stupeur des autres boulangeries, lentes à réagir, pour s'infiltrer dans leur marché.

Le soleil de la Floride s'est trompé de pays et flâne dans le coin, à la recherche de son chemin.

Réjean bombe le torse, nu, bronzé de santé, étale un large sourire de grande satisfaction. Une saison unique! Les pis regorgent de lait. Il achète une nouvelle trayeuse.

Krystine hésite sur cet achat mais elle se garde d'émettre son opinion. S'aiguiser les ailes un jour ou l'autre, quitte à s'égratigner un peu, donne de la confiance en soi.

Louise, la fille de Tancred, s'infiltre en douceur dans le décor. Une fille splendide! Vaillante, joviale, droite comme les peupliers devant la maison: du bon butin! affirmerait son père.

En plein ce qui faut à ce grand nerveux, songe Krystine heureuse.

* * *

Érika, de retour du couvent pour les grandes vacances, est transformée de partout. Sous sa pelure amincie jaillit une belle jeune fille transformée. Sa joie irradie sur son entourage. Les retrouver est si bon: Pierre l'homme d'affaire, Réjean l'amoureux, Angélique sa Couquine allongée et Tantine;sa chère tante Christine. Ce pont d'amitié entretenue par ce chenal de lettres, sans cesse alimenté. Tante Christine. Elle a souri quand sa tante a signé sa lettre du prénom de Christine au lieu de Krystine. Sa surprise avalée, elle n'a soufflé mot de cette découverte et s'est appliquée à intensifier son courrier, afin de vérifier si cette transformation n'était pas le fait d'un hasard ou d'une inattention. Mais Christine continua, à bien signer son vrai nom.

Maman doit rire un coup, se dit Érika. Elle qui détestait tant ces sons étranges quand elle prononçait Krystine au lieu de Christine. Un jour, elle décide de lui retourner sa lettre notée d'une amicale boutade. Christine répond par une boutade et continue à signer Christine. Dorénavant elle sera une Québécoise comme tout le monde. Le coeur d'Érika jubile. Sa hâte de la retrouver s'amplifie.

Ce matin, elle rentre au bercail, les idées bousculées et le coeur enthousiaste. Un bel été s'annonce.

Christine remarque le désintéressement de «sa» grande pour la ferme et s'en réjouit. La jeune fille sent venir le jour proche où une autre femme prendra sa place. Cette rupture facile aux amarres de sa maison paternelle la surprend. Elle qui avait rêvé si souvent à ce retour aux sources du passé. Surprise de sa propre réaction, elle songe, perplexe à cette réalité nouvelle. Sa vie n'est plus ici. À peine les vacances amorcées, elle songe déjà au retour au pensionnat. À l'écart, elle scrute les facettes striées du visage de sa tante. Ce flot incessant de questions en elle a tant de fois nourri ses marches solitaires. Que fait cette femme à la maison? Pourquoi s'accroche-t-elle à eux quand, ailleurs, quelqu'un pense à elle?

Une femme supérieure, bourrée de talents et de ressources insoupçonnées n'a que faire sur une ferme affairée à nourrir des animaux; un travail pas chinois pour une miette. Une sorte d'attente mystérieuse l'habite, comme le souhait d'un événement déclencheur à venir.

— Pourquoi vous restez avec nous, avait un jour osé demander Pierre curieux.

— Parce que je vous aime voyons. Espèce de grand fou, pourquoi veux-tu que ce soit?

N'empêche qu'ils doutaient quand même. Tante Bella-Rose les aimait également puis... Grand-mère Veilleux pensait à eux, triste et désemparée de ne pouvoir déménager sa terre à côté de la leur. Mais personne n'avait jamais songé à s'installer chez eux à demeure, les mains vides de son passé. Non jamais! Un jour, une indiscrétion forcée l'oblige à ouvrir son écaille. Pendus à ses lèvres, ils attendent heureux. Enfin, les enfants apprendront des choses. Hélas! Armand Brasseur, le cultivateur-concessionnaire-inspecteur-acheteur frappe à la porte.

— Sapristi! lance la déception d'Érika. On était sur le point de tout savoir.

* * *

Le contact du public a arrondi les contours rustres de ce cher Armand. Gros, bien bedonné, la tête imposante plantée sur de larges épaules, les mains planureuses aux doigts effilés comme un piquet de clôture, il s'anime et plaisante sur son travail. Des anecdotes salées ou sucrées coulent de sa mémoire prodigieuse et s'entreposent chez les Beaubien à chaque visite comme un fleuve de plaisir jamais tari, un bouquet de gaieté jamais fané.

Sa mine réjouie, porteuse de bonnes nouvelles, illumine la conversation insipide du moment. Il a presque tout acheté le sirop d'érable des environs.

— Pouvoir trouver un endroit pour le conserver.

— Mme Christine, je pense savoir où.

— Dites toujours, insiste-t-elle incrédule.

— Derrière mon garage, il y a une vieille grange qui tombe en «gandole». Un coup réparée, c'est la grandeur qui faut.

— Eh ben! là, M. Armand, vous m'avez eu, proclame Réjean lui tapant l'épaule.

Christine approuve. L'affaire se révèle une mine d'or.

— Demain, Armand, vous achetez cette baraque en douce.

— J'ai une meilleure idée.

— Laquelle?

— Le propriétaire me voit venir. Je pense que c'est mieux de passer par la bouche de mon frère Arthur, le forgeron. Étant inconnu, le prix sera moins fort. Ensuite, vous le rachèterez de lui.

— Pour une piastre, conclut d'avance la femme d'affaires impitoyable.

— Ouais... allonge le silence d'Armand incertain.

— Mettons vingt.

— Cé pas ben gros. J'sé pas s'il va accepter, reprend Armand filou.

— Cent piastres, pas un sou de plus. Je fais le papier que vous signez.

— Vos décisions ne prennent pas goût de tinette vous, Mme Lavertue! Pour être vite, vous êtes vite en p'tit péché.

— Battre le fer quand il est chaud ne tue personne, Armand. Tout ce qui traîne finit par rouiller.

Christine tire une chaise, se met en train d'écrire.

— Restera à écouler tout le stock que j'ai trouvé.

— Je m'en charge Armand. Je m'en charge.

Armand, bouche bée, se cloue le bec. Jamais prise à court d'idées, cette femme le dépassait.

Mon mari aux USA, Gilles mon frère de Winnipeg, tout est dans le sac, songe Christine en relisant le texte du contrat qu'elle s'apprête à passer avec ce bonhomme jovial et amusant.

— Armand, une fois l'affaire dans nos mains, vous réparez, isolez et vous recommencez.

— Recommencer?

— Garder notre marché est primordial. Dès cet été, vous visitez tous les producteurs de sirop des environs et des villages voisins et vous leur faites signer une promesse d'achat que je vous prépare demain. La prochaine récolte doit être à nous. Tenez, signez ce papier, en cas.

— Papier? interroge Armand au bout de la corde de surprise et d'étonnement.

— Tenez. Lisez.

— C'est quoi au juste?

Il ne savait pas lire.

— Une promesse que vous ne dévoilerez à personne nos projets, sous peine d'être traîné en justice.

Armand agrandit les yeux, estomaqué. En justice! Elle y allait pas mal fort. Sa figure froissée par la déception, en disait long. Personne ne lui a jamais manqué de confiance. Pour lui, rien ne valait une bonne poignée de main.

Christine brasse l'atmosphère nuageuse.

— C'est pour vous protéger, Armand. Personne n'est à l'abri des tireurs de vers du nez. Les voleurs d'idées existent autant que les voleurs de grands chemins, vous savez.

— Je me demande une chose, explique Armand, l'humeur radoucie, écrivant son nom sur la ligne noire au bas de la page manuscrite lentement, en pesant sur son crayon afin de bien dessiner la calligraphie, que sa grosse main malhabile arrive difficilement à tracer.

— Quoi donc!

— Si on ne serait pas mieux d'acheter le sirop encanné.

— Faudra le calculer, Armand. Comptez sur moi!

Christine grimace de plaisir. Elle n'avait pas songé à cet aspect. Voir son employé soutenir son oeuvre la soulage et l'enthousiasme. Toute porte intéressante trouvait une ouverture propice. Armand, heureux de son nouvel emploi le ramenant aux sources de sa vie active, se sent rajeunir. L'ennui prend la fuite. Ses affaires au garage vont bien, malgré le peu d'enthousiasme qu'il en retire. Julien, son second fils, par son ardeur, compense l'apathie de son père pour ce commerce immense, moderne et bien situé. Les autos, la vente; en plein son genre. Son fils aîné étudie à l'université Laval, en commerce. L'été, il met la main à la pâte et pratique, sur le tas. Le commerce de son père et celui de Mme Lavertue lui apportent de l'eau au moulin.

Érika apprendra à taper à la machine, songe Christine, tenue d'engager une secrétaire. Ce Raymond aura besoin d'elle. Un jour... Qui sait? Une secrétaire devenue femme; une femme en affaire, c'est bien.

Christine rêve d'avenir pour cette fille en devenir, le jour en plein soleil. Structurer les rêves ne vaut-il pas mieux que de les laisser se perdre dans les voûtes ténébreuses de l'oubli, de l'ambiguïté ou de l'improvisation? Elle le pense sérieusement.

Sous les jours incertains de son avenir, se glisse immuable le moment de son départ, comme le sel saupoudré en douce sur sa chevelure ondulée. Elle repousse cette idée depuis longtemps.

Réjean songe au mariage à coeur de jour. Il faut le voir feuilleter les pages du catalogue Eaton et prendre de longues soirées à jongler sur les meubles, à calculer les prix, la tête enfouie dans son monde niché au coeur de l'amour.

Christine devra partir forcément. Une place, une grande et belle place sera occupée par Louise. Ne pas faire l'erreur de sa belle-mère, elle le sait. Il répète qu'il ne laissera jamais Angélique. Il veillera sur elle comme la prunelle de ses yeux. Christine n'en doute pas. Une autre avenue la tourmente.

Pierre et Érika, où iront-ils? Louise acceptera-t-elle son beau-frère sous son toit? Ma maison... en attendant. Ma maison au village les logera. Je sortirai un locataire.

Soulagée, elle remise ses misères sous son oreiller et s'endort paisible.

*   *   *

Le postillon livre des parcelles de son immense coffre aux trésors et reprend sa route machinale. Le pont de l'univers ininterrompu se renoue. Des règlements d'élection municipale s'offrent en gros caractères. L'heure d'élire un nouveau maire sonne. Entre des annonces commerciales, une lettre de Kurny retient le regard de Tantine.

Assise sur la berceuse usée, Érika tente de lire sur le visage impassible la couleur des mots ou des phrases parcourues. Un masque de glace surgit du décor. Des mains nerveuses et vieillissantes refont les plis du message et le remettent au fond de l'enveloppe blanche. Pas moyen de savoir. Il faut oser demander.

— Une lettre pour vous ma tante?

— De mon mari. Il me raconte le service anniversaire de la mort de sa mère. Il viendra me voir dans quelques semaines. Pauvre Kurny. Au fond, c'est un brave homme qui ne ferait de mal à une mouche. Un gros morceau. Oui, une perte énorme; sa maman. Depuis le temps. Il ne semble pas s'en remettre. Un brave garçon que la guerre a transformé. La guerre! La dernière guerre! Une calamité que bien du monde tente, encore aujourd'hui, de cicatriser.

Un filet de silence enveloppe la pensée de Christine liée aux yeux d'Érika attentive. Une pose essentielle a replacé les images en multitude.

— Damnée guerre! reprend Christine désolée et triste, le regard enfoui entre les pages au creux de ses mains. Faut avoir des nerfs d'acier pour ne pas chavirer. Ceux de Kurny? De la guenille! À son retour du front, on se marie. Il exige de rester avec sa mère. Je n'en faisais pas de différence au début. Si j'avais su. Passer des heures et des heures à jongler ensemble elle et lui, la porte refermée sur eux à double tour n'avait aucun sens. Si j'avais compris!

Christine range un moment ses émotions, surprise de s'entendre se raconter. Les épaules tombantes, la tête recueillie dans son monde, elle aligne ses confidences, lasse. Éreintée par un si long monologue retenu, scellé au fond d'elle-même et ranci par l'aigreur et le temps, elle délie le ruban.

— Fallait être malade, conçoit-elle, réaliste. Comme s'il avait peur de quelqu'un ou d'un ennemi invisible. Ces innombrables nuits remplies de cauchemars d'où il sortait le visage en sueur. Comment ai-je pu m'être trompée de la sorte?

— Qu'avez-vous fait?

Christine, emportée par la crue de sa confidence éperdue, regarde sans voir, Érika au comble du bonheur qui se berce énergique, comme pour aider l'envolée des paroles de la bouche de sa tante. Le temps de prendre la place sur l'autre berçante plus confortable de la cuisine, la noble dame laisse se déverser la mer de souvenirs.

Il a vu un médecin et suivi un long traitement psychiatrique. L'année suivante il a été déclaré guéri.

— Tout à fait?

— On s'est efforcé d'y croire.

Christine se lève nerveuse.

S'accrocher à sa mère à un tel point? Est-ce normal? continue le fil de sa recherche intérieure.

Elle hoche la tête. Le bruit des casseroles à ranger referme l'album de ses pensées et essuie d'un trait la bourrasque venue la perturber. Le large sourire d'Érika la ramène au quai du jour. Entre elles, les mailles affectives viennent de se tricoter encore plus serrées. La jeune fille reprend le fil.

— J'ai hâte de le voir, de le connaître. Je souhaite qu'il nous visite avant mon départ pour le couvent. Dommage! J'étais absente l'année passée. Réjean n'a pas arrêté de m'en parler.

Érika intimidée par son audace baisse les yeux, gratte le plancher du bout de son soulier. Elle ose.

— Il vient pour... vous chercher?

Ces mots tombent lourds, lentement, et se répandent dans la cuisine dénudée de richesse, se heurtent à la douceur de la communication, allongent les secondes pendues aux lèvres silencieuses de sa tante. Érika se gronde d'avoir posé cette question cruciale, tellement la crainte de la réponse tend son corps. Ses mains s'agrippent au siège de sa chaise.

— Il ne dit pas qu'il vient me chercher. Je ne sais pas. Peut-être mon heure est-elle venue?

— On ne veut pas que vous partiez.

— Je ne le suis pas encore, ma fille.

— On le gardera avec nous. La maison est grande.

Érika, piégée dans son inconfort émotionnel, se lève, évite le regard de Tantine et s'approche de son cou par derrière. Un élan irrésistible, impossible à retenir, s'empare d'elle. Elle enroule ses bras autour de sa tante assise qui plie des linges à vaisselle et resserre l'étreinte à ne plus finir.

La maison est grande. Émue, Christine se tait. Oui, la maison est très grande, comme le coeur de ces enfants; comme Odilon, comme Annette. Comme Kurny qui ne veut pas lâcher prise. Comme Anaclet,

Blanche et tous ces gens qu'elle a appris à aimer. Grande comme la plaine courant à perte de vue. Grande comme la forêt moqueuse au printemps, habituée à se laisser tenter chaque année, pour céder son liquide si succulent. Grande comme ce chenal d'eau glissant en douce sur une épaule de la ferme pour ensuite fuir vers le monde, vers le futur. Grande comme les bras de cette petite qui lui serre le coeur et le chavire d'émotion. Au comble du trouble, elle bafouille.

— Voyons Érika. Pas d'attendrissements. Va chercher les patates à la cave, pour le souper.

Érika disparue, Christine noyée de sentiments, croise les bras, met les mains sur ses épaules pour en retenir un peu plus cette chaleur affective encore présente et ferme les yeux. Elle laisse couler chaude la trace de son immense bonheur, sur ses joues et dans son corps secoué. Elle songe combien il lui sera difficile de les quitter.

* * *

Brasser le tisonnier fait crépiter les étincelles et ravive le feu. Le souper s'enrobe de souvenirs d'enfance. Érika bat la marche, enjouée.

— Te souviens-tu? Vous souvenez-vous? Du rationnement. Des coupons. Du soldat Lebrun. Du chapelet. De la prière en famille. Du veau à deux têtes. Des camisoles piquantes de tante Justine. Du savon du pays jaune or, si doux qu'on prenait plaisir à le gaspiller. Du bélier empêtré dans la clôture. Des chevaux que papa domptait. De la truie qui mangeait ses petits cochons. De nos bas de laine pure, bleus ou rouges si chauds, si chauds! tricotés par tante Justine et teints par maman, qui montaient jusqu'aux cuisses. De nos «robbers» noirs à la bordure rouge que papa achetait à l'automne pour aller à l'école et qui nous faisaient un bracelet rosé, rugueux, aux chevilles sous nos bas, tellement ils étaient durs à casser. ...de la maîtresse au gros derrière, de l'autre, au nez pointu. De la jument noire enfoncée dans un marais que papa avait attachée au cou et fait sortir par les deux blondes. Des roches à ramasser, chaque printemps. Des chats que papa avait noyés dans une poche à la rivière. Des poissons, gros comme une suce, pêchés le samedi matin, quand papa le voulait. Du bout de doigt de Bruno coupé par une canne d'huile à moteur trouvée dans la rivière, que maman avait enveloppé de guenilles jusqu'à ce qu'il guérisse: croche. De la pompe à bras qu'il nous fallait recharger à chaque fois. Des trésors enfouis dans la noirceur du petit grenier. Du taureau qui écornait le monde. De la grosse chaîne accrochée à son nez, par papa, un dimanche matin, avant de partir pour la grand-messe. Des pâtés au suif de grand-mère Beaubien, recouverts de cassonade. De Charles Valin qui puait l'ail, à l'école. Du crachoir, rangé dans le caveau pour la visite de Jos Poulin. De sa façon de manger sa mélasse dans sa soucoupe renversée. De la quantité de chiens errants, échoués chez nous. Du ragoût à maman, de sa blanquette faite d'une vieille poule éreintée de pondre, qu'elle étirait avec de la farine blanche pour plusieurs repas. De sa tarte aux raisins, incomparable. Du bon pain de ménage. De la glace?

Chacun ajoute sa brique au mur du souvenir qui s'amoncelle devant Christine, ravie.

— Te souviens-tu du temps de la guerre, de Hitler, de l'arrivée d'Oncle Félix?

Christine se redresse sur sa chaise, et plonge les yeux dans la courbe de ses patates pilées de son assiette.

* * *

La mémoire de cet homme entrait par la porte latérale du souvenir, le même jour où elle venait de recevoir une lettre de Kurny, lui annonçant qu'il venait la chercher. Elle s'était abstenue de leur dire. Voilà que ce Félix s'incrustait, entre eux, pendant un banal repas quotidien. Un malaise indescriptible l'envahit toute entière.

Me ressaisir.

Elle se lève, fouine dans les chaudrons, avec grand bruit, se rend aux toilettes les oreilles rivées à la conversation bruyante des enfants. Un geste de la main et l'eau surgit du conduit.

Une douche d'eau froide au visage apaisera son trouble insensé. Revenir. Feindre l'indifférence.

Sa place à table elle reprend.

— Vous souvenez-vous du retour de la guerre d'oncle Félix? reprend Réjean.

Érika cherche à situer ce personnage intriguant dans sa tête. D'abord poussiéreux, gris, il s'amène à pas lents vêtu d'un beau costume où scintillent une rangée de médailles sur sa poitrine forte. Elle se souvient. Le retrouve. Les nouvelles de la radio. Un homme ignoble a fait mourir des millions de personnes. Odilon. Annette. Tout le monde l'oreille tendue attend la suite. Le bébé tapage, heureux dans son berceau.

— Taisez-vous. Écoutez!

Odilon explique à la sauvette, Hitler, la paix. Odilon toujours à table, dit tout le temps aux jeunes de se taire. La paix, assure une voix radiophonique. Il est onze heures et quart. C'est la paix. Il gesticule. La guerre est finie! Du bout du monde parviennent des éclats de joie. Les Beaubien crient sans comprendre. Ils dansent la paix. Plus tard un homme arrive, dérange le calme de la vie. Félix, qu'il s'appelle. Dans leurs têtes, il prend les couleurs de la guerre et de la paix. Oncle Félix. Ce magnifique parrain des jumelles, quasi sorti d'un conte de fée, rentre de la guerre.

Érika a sept ans.

La gloire de ses prouesses trône illuminée sur son thorax. Grand dans son costume couleur d'herbe roussie. Flanqué d'une splendide casquette à galons dorés qui a mille misères à contenir son abondante chevelure frisée qu'il tente de retrousser tout le temps, comme son sourcil droit. Il porte souvent sa main gauche à cette mèche rebelle et la fait disparaître sous son cache-tête, patient. Soudain, le casque se penche à gauche, il replace le chapeau militaire droit et la mèche reparaît. Éreintée de le voir, Annette lui ordonne d'enlever cet instrument de supplice inutile, puisque la guerre est finie; il sourit. La mer houleuse de mots reprend son lit, déferle sur les murs de leur demeure et fait taire Odilon pendu à ses lèvres en fumant sa pipe, jambes croisées, le coude droit appuyé sur la table. Plus l'oncle Félix monte la voix, plus la fumée s'amplifie autour d'Odilon. Un récit, une pipée.

Le boulanger transmet la nouvelle de son arrivée.

Chaque soir, durant un mois, la cuisine se noircit de monde. La tombée du jour rapporte le récit de leurs laborieuses journées d'hommes valeureux, leurs difficultés, les problèmes des autres à régler. Puis, surtout, ils viennent entendre ce revenant de guerre encore humide des combats.

Des soirs, son récit s'embourbe dans les commentaires tenus en sourdine au temps des «Sniqueux», que d'aucuns appelaient des «Spoteurs» comme on le sait. Ces hommes venaient retourner les campagnes reculées et paisibles de fond en comble, à la recherche des déserteurs. Alors, les voisins se hâtent de rassurer l'oncle Félix.

— T'as pas connu ce temps-là, toi!

Ou

— T'étais déjà enrôlé depuis un bout de temps.

On étiquette des histoires, appose des signatures.

— Te souviens-tu de Pit Larose tué en sautant la clôture de Patrick Lacasse. Pis de Jos Gagné, caché tout un mois dans le pignon de l'église. Le bougre pensait devenir fou à chaque Angélus. Sa soeur Marie-Louise, mariée à Alfred le bedeau, lui montait ses repas à même les cordes des cloches, sous les yeux aveugles du bon M.le curé qui ne voyait rien ou faisait semblant. Les «Sniqueux» l'ont attrappé quand sa soeur a acheté un bébé. Il n'était pas ben fort le Jos Gagné. Pis pas parleux non plus. Il n'avait pas grand génie, non plus. Mais il a gagné quand même, Félix. Sais-tu pourquoi? Jos Gagné avait les pieds plats.

La cuisine éclate de rire.

— Pis, les pieds plats, c'est rien de bon pour la guerre, reprend Amédé, le fainéant, une violente claque sur sa cuisse, en guise de joie.

Le fou rire s'étend à nouveau partout.

— Caché dans le clocher avec les pieds plats, reprend Félix tortillé de rire, les coins des yeux pleins de larmes.

— Les pieds plats! Eh oui! mon Félix. Des Jos Gagné on en a eu en masse tu sais, renchérit Odilon sérieux.

— Non, tu n'as pas connu ça, mon Félix, dit l'homme soudain devenu honteux de dire tant de bêtises. Comme si les déserteurs valaient plus que les conscrits.

Félix foudroie l'homme niais du regard et se tait. L'homme, incapable de soutenir la lourdeur de cet assaut, honteux, sort et retourne chez lui.

Le nuage de silence envolé, l'oncle Félix soude les ficelles. Qu'il en sait des choses... amusantes, intéressantes, effrayantes!

Odilon aime lui faire répéter l'épisode où il fut blessé d'un éclat d'obus, en pleine poitrine. Alors, en vainqueur il monte sur une marche et s'anime. Chaque parcelle du récit ou de l'action s'imbrique l'une dans l'autre. Le monde vole avec lui en plein ciel au coeur de l'attaque. Ils assistent impuissants à sa capture, son emprisonnement, ses souffrances. Son évasion en compagnie de deux camarades tient le monde en haleine pendant des heures. Enfin, il se retrouve rescapé dans un vieil hôpital d'Angleterre. La tombée de la nuit détend les muscles tendus par le suspense. Le monde, aux yeux alourdis par la fatigue, reprend la route nocturne, remplie d'images insolites et fantastiques créées par le si célèbre conteur, en se disant qu'ils reviendront demain.

Un soir, les récits s'épuisent. L'oncle Félix se tait et part vivre dans l'Ouest canadien.

Son image longe lentement la rivière du souvenir et se perd dans les méandres de l'oubli. Une page blanche surgit en elle, piquée au centre par une médaille mystérieuse donnée à son père le jour de son départ. Du fond de sa mémoire, encore maintenant, leurs voix s'élèvent, chaleureuses, amicales et enjouées. Érika les entend qui se parlent.

— Elle te revient, explique simplement Félix à Odilon, tout mêlé dans sa surprise.

Odilon l'accroche au cou de la statue de Notre-Dame-du-Cap, qui la perd à son tour, dans le branle-bas des saisons de la vie.

— Oncle Félix? feint de demander Christine, le nez en plongée, sa dernière bouchée de viande piquée au bout de sa fourchette.

— Notre seul oncle, le frère de papa, celui qui a fait la guerre et gagné une quantité de médailles de bravoure, rectifie Pierre son torse gonflé de fierté.

— Vous l'aimiez à ce point?

— Un oncle en or! Être sa filleule a été toute une chance, vous savez.

Une malchance, ma petite. Attends de mieux le connaître. Tu verras, mastique la pensée de Christine entre deux gorgées de thé.

— Un oncle qui a vu le monde entier, avance Réjean piqué de fierté orgueilleuse.

— Dommage qu'il soit parti si vite.

— Parti où?

— On ne sait pas Tantine.

— Oncle Félix restait chez Théophile Bernier, au village. Vous savez, celui qui est mort d'une pneumonie, au printemps. Son restaurant est devenu une maison de vendeurs d'assurance.

— Tout est changé, constate Réjean songeur.

— Tout a changé au village, depuis son départ. On dirait que la mort a passé en emportant le plaisir avec elle. Le monde se ramassait là pour jouer aux cartes, précise encore Pierre. Paraît qu'ils avaient du fun à plein.

— Je me demande pourquoi il est parti, examine Réjean.

— On l'aimait gros vous savez, crie le coeur désolé d'Érika.

— Dommage que vous l'ayez pas connu.

Si tu savais mon Pierre. Si tu savais...

— Vous l'auriez aimé j'en suis certain, affirme Réjean, une main qui termine le nettoyage de son assiettée de mélasse, à l'aide d'une bouchée de pain.

— Pensez-vous qu'il va revenir un jour?

Christine crève l'abcès et le vide. Tout savoir d'un seul coup. Questionner de long en large. Tenter d'apprendre des miettes supplémentaires. De le saisir. De comprendre cet ignoble personnage qui l'a laissée là, toute seule dans sa jeunesse, avec un problème gros comme le monde. S'il avait donné signe de vie, au moins. Son père n'aurait jamais donné son enfant à Annette. Savoir s'il connaît sa fille. Peut-être possède-t-il la clé de l'énigme?

M'armer d'arguments au cas où il viendrait. M'inventer une excellente raison pour expliquer ma présence au milieu de ces enfants. Me sentir forte. Très forte. Froide. À la hauteur. En tout temps. À toute occasion. Jouer à l'intrigue, si nécessaire. Évincer le doute, enfin. Préparer une stratégie pour le faire parler.

Christine se frotte les mains ensemble, de plaisir, écoute les bruissements de l'automne proche, le coeur rempli d'espoir. Une étrange intuition la courtise. Cette attente portera des fruits. Ce long et mystérieux chemin parcouru arrive à son cheminement. Bientôt. Oui bientôt...

* * *

Bientôt Érika retourne au couvent.

Angélique apprendra à suivre seule le sentier de l'école du village, dans une enfance transformée. Son entourage la surveillera, le corps noyé de sueurs et de frayeurs appréhendées. La petite bonne femme prendra l'autobus jaune, venu la chercher, droit devant sa porte. Un changement sans précédent qui rabote les têtes les plus endurcies. Réjean lui a confié un secret. Il se fiance à Noël.

Le noyau familial éclate en mille miettes.

L'heure des âges pousse la vie à changer de visages et de cap. Christine constate qu'il sera facile d'amener Pierre vivre au village. La fille du marchand général a de très beaux yeux. Kurny viendra chercher sa réponse. Une visite aux rebondissements insoupçonnés se devine. Il la forcera à prendre d'importantes décisions sur leur avenir. Faudra qu'elle se case. Sa place se restreint, chaque jour un peu plus. L'envol des enfants a trop réussi. L'ingratitude du succès lui pince le coeur. Elle doit en payer le prix. Un chuchotement à l'étage des chambres capte son attention.

— Mes deux «snorounnes»! Dormez bien! claque la main du grand frère sur une fesse de ses deux soeurs, content de les voir ensemble. Érika la belle et Angélique la secrète.

— Comment veux-tu dormir avec le feu au derrière?

— Je m'en vais. Bonne nuit, reprend la voix qui éteint la lumière, grisée de plaisir fraternel.

Christine debout un moment, silencieuse au pied de l'escalier, sourit et entreprend d'en évaluer le poids de sa longueur.

La flamme vacillante de la chandelle du jour meurt lentement sur un soir de plénitude naissante.

Une page du calendrier vient de tomber.

Chapitre XXI

Félix à Montréal

Félix, heureux, voit grossir sous lui, la ville de Montréal.

Un ciel, sans souillure, l'accueille. Enfin, il rentre chez lui... bredouille.

Quatre ans ou presque se sont écoulés depuis son départ à la recherche de Christine. Il a retourné l'Ouest canadien à l'envers, et s'est rendu aux USA, sonner à l'adresse écrite sur son papier froissé. Partout, Christine a laissé son empreinte, pour s'enfuir ensuite loin, toujours plus loin.

Cet après-midi, il revient au point de départ. Il espère qu'ici, ses traces seront plus évidentes. Ses chances sont plausibles et meilleures. Il se demande comment il n'a pas songé à venir explorer Montréal, d'abord. Revenir aux sources, aux paysages de notre enfance, est fréquent. Puiser aux endroits de nos racines, la sève des générations est salutaire dans bien des cas. Et Christine était née à Montréal, par surcroît. Elle avait connu Annette, lors d'un séjour chez un de ses oncles, voisin des parents de cette jeune fille candide, simple et timide. Dès cet instant, Christine sentit qu'elles deviendraient inséparables.

Alors, se dit Félix, songeur, je ratisserai la ville, dès demain. L'acharnement et l'efficacité en poche. Il cherche encore. L'efficacité? J'en suis moins certain. Je suis plutôt passé maître dans l'art des ténèbres, du brouillard et du oui-dire depuis longtemps. Il relève la tête, se demandant s'il ne s'était pas trompé d'itinéraire tellement cette ville paraissait transformée, agrandie.

Quatre ans.

Quatre ans! songe-t-il, subitement, à sa longue absence.

Que s'est-il passé depuis tout ce temps? Odilon et Annette auront augmenté la famille, forcément. Les enfants auront grandi. Les garçons seront devenus des hommes. Bruno approche ses seize ans. Érika se fait belle à croquer, comme sa mère Annette. Chère Annette! Si j'avais voulu... ma femme aujourd'hui. Odilon est bien organisé avec un pareil soutien. Wilhelmine... J'ai été fou. Bien fou! Aller patauger aussi loin. Pour récolter quoi? De la misère noire. On devrait jamais dépasser la clôture de la paroisse pour prendre femme. On attrape une chance de plus d'être heureux. Wilhelmine? Une incapable! Avoir mis l'épaule à la roue quand c'était le temps. Si j'avais été fin pour une cenne, ma vie serait autrement. Aurèle aura bientôt cinq ans. Un p'tit homme plein de jarnigouine comme Odilon. Qui sait? Ils ont probablement deux enfants neufs à me faire connaître? Quatre ans parti; c'est pas mal long. Qu'est-ce qu'ils vont dire? Quoi leur répondre? Parti quatre ans chercher une femme en course autour de la vie sans donner de nouvelles. Le monde va me prendre pour un fou tout habillé! Ils n'auront pas tort. Je ne connais personne capable de faire une folie pareille. Anselme rirait dans sa barbe s'il l'apprenait. J'ai peut-être été trop vite avec lui. L'infirme avait l'air d'en savoir gros; bien gros. Qui me dit qu'il ne connaissait pas son adresse? L'avoir cachée dans son tiroir de chambre! Le gueux! Pourtant, une idée sensée. Il m'attend pour me faire chanter, pour cracher sa maudite médaille! Que je n'ai plus! Que j'ai déjà eue. J'ai donc été bête! Courir si vite après le trouble et les casse-tête à ne plus finir, au diable vauvert partout en Amérique. Tandis que.

Tu as aimé ton périple. Avoue-le Félix! rétorque sa tête.

Pour être franc...

Les cartes, hein? Tu les as cajolées souvent! Ose affirmer le contraire!

Des bouts ont été plaisants, mais d'autres... Jamais je retournerai à Winnipeg. J'y laisserai ma peau avant. Ouais, je vais rendre visite à cet Anselme, en arrivant. Maudite médaille! Annette me donnera un coup de main, sans doute. Il l'aura probablement oubliée à l'heure qu'il est. C'est à souhaiter. Sinon? Sinon je n'ai pas fini de faire le détective. Quand j'arriverai chez Odilon, Annette me la remettra sans rouspéter. Sans rouspéter? Fine comme elle est, des questions pleuvront. Tant pis! J'irai ensuite lui coller sur le nez d'Anselme, sa maudite de médaille. J'aurai, enfin, la sainte paix avec cette histoire stupide d'homme entêté. En attendant. Je commence à chercher Christine tout de suite, où... ? Hier soir, j'ai gagné gros. Le *Jackpot*. Pas mêlant, j'en ai mouillé ma chemise. Un si gros pognon. Un moment, j'ai pensé qu'on me suivait.

C'est devenu une manie? insiste une voie interne... Que je devrais perdre, manquer de confiance de même, envers le monde.

Le monde oui! Mais les joueurs de cartes? Hein? Et les visages cachés derrière leurs lunettes. Hein? déforme sa voix interne.

Papa disait que la prudence est la mère de la sagesse.

Il est mort ton père. Mort d'une indigestion aiguë! Sa prudence alors?

Il ne croyait pas être si fatigué.

Sa sagesse, hein?

...pas à revendre de la sagesse. Rien qu'à penser à ce qu'il a couché sur son testament. Pauvre maman! Avoir à ramasser mille cinq cents piastres pour les donner en héritage à ses enfants. Elle, une veuve en 1918. Une vraie honte! Est-ce possible qu'un notaire laisse faire une affaire de même? Où sont allées ses cennes à lui! Tout juste si elle a eu assez d'argent pour l'enterrer. Prudence, sagesse? Ouais... Faites ce que je dis, pas ce que je fais. Quand j'ai su. Il a pris toute une débarque dans mon estime, le paternel. Oui, toute une! Pauvre maman. Toute sa vie, elle a coupé de la paille en deux pour arriver à exécuter ce damné bout de papier.

Laissez tomber, que je lui disais.

Pas question, qu'elle répondait. Un papier est un papier. Je ne voudrais pas qu'il se retourne dans sa tombe pour ensuite me mettre le grappin dessus.

Chère maman. Même mort, mon père avait conservé son autorité et son emprise sur elle. Un jour, elle a eu la chance de se sortir du trou. Mais non! Sa damnée conscience l'achalait. Elle a refusé de marier un bon parti aimable et fortuné. À cause que c'était écrit sur le testament:«Si tu te remaries, tu seras déshéritée». Déshéritée de quoi? D'une terre de roches et de broussailles? Mais non. Pour elle, la terre devait revenir à un garçon comme l'avait toujours décidé son mari.

Tant pis pour la misère. Elle serait fidèle à cet engagement imposé, jusqu'à la mort.

Une sainte, ma mère, que tu pries pas assez souvent... que je devrais implorer davantage. En attendant? En attendant, si j'allais grossir le pognon?

* * *

Rue de la Salle.

Tiens, en passant, je vais voir cette vieille tante Ida. Je n'ai pas goûté à sa poutine au pain depuis si longtemps.

Félix, lourd, marche d'un pas lent dans la rue de sa tante. La pesanteur de sa dernière randonnée et son combat intérieur pour le jeu lui donnent la nausée. Il ne se sent plus très jeune. Sa tante Ida non plus. Le vice des cartes a plissé son visage, aigri ses yeux et courbé son échine. Pourtant, malgré sa nouvelle richesse, il n'arrive pas à en goûter l'arôme. Cet étrange sentiment de désenchantement le rend perplexe et taciturne. Quoi faire de tout cet argent? Danser? Trop vieux. Courir les femmes? Mes jambes s'y refusent. Voyager? Ras le bol! Voir ma tante Ida, d'abord. Espérer qu'elle soit encore en vie. C'était une bonne tante, affirme une maille de son souvenir. Solide comme ses peupliers devant la porte de son enfance. Jamais malade! Des histoires à revendre à qui les désire. Une tante avenante au possible. Savoir si elle est dans le besoin. Lui faire plaisir autant qu'elle le veut. Il est si fortuné.

N° *623*. Comme dans le temps, se dit-il. Elle reste à la même adresse, dans la même demeure vieillie par l'usure.

Le cœur ému, il monte l'escalier, large à satiété, le bas évasé sur le monde. Cette entrée; l'image de sa tante sociable et bonne vivante, accueillante à profusion. Il frappe. Une dame d'un demi-siècle lui ouvre.

— Je suis bien chez Mme Arthur Laflèche?

— C'est bien ici, monsieur.

— Je peux voir ma tante, je suis son neveu.

— Certainement monsieur, venez.

Félix jubile. Les senteurs d'antan intactes montent en lui comme une sève si longtemps oubliée, qu'il se sent rajeunir. Il sourit, heureux de son initiative. La dame simple et discrète l'invite à le suivre dans une chambre piquée dans le corridor interminable. Une vieille assise, dit son chapelet, un châle crème sur ses épaules pointues. Son regard vif, immuable et inquisiteur, l'attendrit. A pas feutrés, il s'approche. La pièce aux parfums de sanctuaire retient ses élans prime-sautiers. Il s'agenouille, lui prend les mains, plonge au fond de son visage sillonné par la vie. Quelle noblesse!

— Elle aura quatre-vingt-dix-huit le mois prochain, vous savez.

— Quatre-vingt-dix-huit!

— Ma tante Ida vivra ses cent ans, si ce n'est que de moi.

— Votre tante? Je suis une nièce de la famille Laflèche. Vous comprenez? explique la femme devant l'homme muet de surprise.

— Ma tante est bien chanceuse de vous avoir.

— C'est la plus extraordinaire vieille que j'ai connue. Elle a encore sa mémoire. Vous verrez. Je vous laisse. Vous êtes... ?

— Félix Beaubien le fils d'Onéziphore et de Pélagie.

Félix s'empresse de résumer son histoire, anxieux de se retrou-ver seul avec sa tante adorée. La dame disparue, il s'assied en face d'elle sur le pouf usé en velours tapissé et entreprend de renouer avec la vie de ses souvenirs. Le fil du temps recousu, il apprend des choses inconcevables qu'il ne croit pas véridiques. Un paquet de monde serait mort dans son village. Des noms lui parviennent tout mélangés.

Elle perd la mémoire, se dit-il, soulagé de refuser ce qu'il ap-prend.

— Annette, mon Félix, t'aimait gros. Le savais-tu? Elle est venue passer quelque temps avec moi, il y a plusieurs années. C'était une femme fatiguée et malade; enceinte par dessus le marché. Elle est repartie avec son secret.

— Secret?

— Un secret que j'ai su, par la suite. Je n'ai pas connu per-sonne d'aussi généreux sur la terre, mon Félix. Aimer à ce point? Oui, elle t'aimait. Le savais-tu? émet la vénérable dame attendrie par cette chaleureuse attention parentale. Ses grandes mains décharnées et fripées déposées sur les siennes, infiltrent en lui de faibles frissons de vie qui le font chavirer. Son regard ne peut s'en détacher. Dévoiler les sentiments d'une autre personne aussi ouvertement, le trouble.

— Quel secret?

— Maintenant qu'elle est morte je peux te le dire.

— Morte!

— Emportée par la débâcle.

Annette est morte, emportée par la débâcle? Félix se tait et laisse couler les joyeux mensonges inventés dans la tête blanche immaculée envolée dans un autre monde. Laisser dire n'a jamais fait de tort à personne.

— Tante Ida, je vous aime. Continuez.

— Annette est venue accoucher à la Miséricorde proche d'ici. Elle a eu un bébé et en a ramené deux à la maison.

— Deux!

— J'en ai jamais parlé mais comme Odilon est mort... Aussi bien vider mon sac.

Félix pouffe de rire. Voilà que le couple était disparu. Tant qu'à y être, pourquoi pas la moitié de la famille.

— J'ai su qu'un homme était venu la voir dans sa chambre d'hôpital et qu'il avait fait un marché avec elle.

— Un marché?

— Une affaire croche, à mon idée. Annette n'en a jamais parlé. Chère Annette. Une fille en or, comme il ne s'en fait plus.

— Tante Ida, vous inquiétez de rien. J'arrange tout, en arrivant au village.

— Tu es bon, mon Félix. Tu savais qu'elle t'aimait bien gros? Son coeur saignait en silence, résignée dans l'abandon entre les mains de Dieu et sereine face aux événements futurs. Une femme droite, admirable. Elle faisait pitié. Tu le savais, mon Félix!

Non, je sais pas justement. J'ai vu le contraire si vous voulez savoir. C'est tout juste si elle ne me mettait pas à la porte chaque fois que j'allais les visiter. Tante Ida, ne craignez pas. Je vais éclaircir des choses en arrivant, émet le regard triste du neveu bouleversé et un brin incrédule. Il tente une diversion.

— Pis vous, ça va?

— Mon coeur; tu comprends? Après le chemin parcouru, il tire parfois de la patte. Toi, mon Félix. Que deviens-tu? Tu... Tu... allonge la voix chevrotante et menue.

Félix sent venir la soupe chaude. Elle connaît son vice. Éviter le piège est urgent.

— Tante Ida. Je suis maintenant riche. Regardez!

Il vide ses poches allègrement.

— Cent cinquante mille dollars!

La vieille dame agrandit ses yeux mi-fermés par la vie et par la surprise de voir l'épaisseur de la liasse de papiers verts retenue par un élastique qu'il remet insouciant dans sa poche, comme elle le faisait pour son mouchoir. De toute sa vie, elle n'avait vu tant d'argent. Sa pensée pointée au coeur de ce neveu coriace, elle songe. Les cartes! Il a encore joué aux cartes.

Le silence obscur de la vénérable dame le couvre de honte. Sa tante le connaît, allez! Une diversion s'impose.

— Vous connaissez l'histoire du pasteur protestant qui voulait *gambler?*

Ratoureur, ce vilain garçon, se dit-elle, amusée.

— C'est ce pasteur qui, un jour, s'en va à New York dans l'espoir d'assouvir son plaisir aux courses de chevaux. Il voit un prêtre catholique bénir un certain cheval et le voit gagner ensuite. Le manège identique se produit après la bénédiction sur le deuxième; le troisième. Il se dit que ce n'est plus du *gambling* alors et qu'il peut, en toute confiance, miser sur un cheval. Il s'approche du prêtre, examine la main qui bénit, voit le quatrième cheval gagner la course. Heureux, il surveille lequel sera béni par ce signe de croix magique et mise sur le cheval miraculeux. À mi-course, le cheval tombe raide mort. Il a perdu la fortune paroissiale et personnelle. Alors, il s'amène vers le prêtre, pâle, l'oeil livide et l'âme en déroute, s'informer de cette énigme.

— Vous n'êtes pas catholique, mon bon ami.

— Non. Pourquoi? Si vous l'aviez été, vous auriez su que je lui ai administré les derniers sacrements.

La dame moyenâgeuse se tord de rire. Un moment elle a cru rajeunir de vingt ans.

— Tu ne changeras jamais, Félix!

— Pourquoi changer ce qui donne du piquant à la vie?

— Tu es *smart* d'être venu me voir, reprends-toi. Compte pas les tours, je ne suis pas sorteuse.

Voilà Félix aux prises avec sa rate. Il se lève, salue sa vénérable tante, pose un baiser chaleureux et attendri sur sa joue flasque. Son coeur chavire à la transparence du regard bleu clair, limpide et profond, entrant en lui. Elle lui écrit en toutes lettres, sans parler, des mots d'adieu. Il sent que ce sera la dernière fois qu'ils se rencontreront. Une fois, seul sur sa route, il permet à l'intensité de ce regard de remonter en surface et de vivre la douleur qu'il crée. Troublé, il cadence son pas à son coeur et se dit qu'il faut diluer l'événement. Sous ses pas, Annette se faufile et refait surface à travers les insinuations de sa vieille tante. Annette. Une fille superbe au sourire perpétuel, timide et sage. Trop sage pour lui, le garçon frétillant, en ébullition des pieds à la tête. Annette... Une rencontre sans prétention. Une fille ordinaire, impuissante à briser les coutumes familiales, les conventions de son monde. Annette... Qui m'aimait? Je l'ignorais.

Que tu voulais ignorer, reprend sa tête. Tu la trouvais insignifiante. Rappelle-toi. Tu préférais celles qui retroussaient leur jupe à qui mieux mieux. Celles qui riaient en sentant le vin ou la liqueur forte. Avoue-le Félix. Annette? Une fille bonne à laver des casseroles et cuire le pain. Tu te souviens? Des casseroles et du pain, tu t'en foutais éperdument. D'ailleurs, elle était trop jeune, pas assez mûre pour toi. Ton heure sonnait un son de cloche différent. Tu aimais jouir de la vie, du moment présent, des châteaux de cartes inventés par ta tête. Tu irais loin; très loin. Tu n'avais que faire d'une femme laveuse de casseroles. Et tu courais volage de fleur en fleur à la recherche de ton plaisir instantané. La guerre? Un moment privilégié pour assouvir ta soif de sensations fortes. Et tu as plongé à pleins poumons dans cette aventure irréfléchie.

— Qu'est-ce qui a de mal, là-dedans?

— Courir le danger amène la fatalité.

— On est sur la terre pour être heureux? Le plaisir en fait partie?

— Le bonheur ne se trouve pas dans les jouissances passagères, mais dans le devoir d'état accompli sainement pour la gloire de Dieu.

— J'en ai que faire de la gloire de Dieu.

— Songe à ta rencontre avec ta tante. Tu verras.

Félix, las de ce combat indigeste avec sa pensée, change de direction. Si j'allais faire une petite partie? Seulement une. Demain, je commencerai à chercher.

* * *

Le club rue Saint-Denis, piaille fort. À l'ombre d'une épaisse tenture de velours sale, sous les clignotements d'une enseigne insignifiante, il s'assoit pour remonter son coeur fatigué par de si longues marches dans le temps. Des hommes brassent et fument au même rythme que leur passion. Un vieux s'amène et l'invite à une table. Ressaisi, Félix entreprend une nuit passionnante. Au matin, on le transportera à l'hôpital souffrant d'une crise cardiaque. Il est fauché.

Deux mois suspendent son désir de retrouver cette Christine, qu'il oublie momentanément. Il peut maintenant se lever et laisser courir son regard sur la ville au paysage devenu si familier. Il reconnaît l'hôpital de la Miséricorde proche, l'oratoire Saint-Joseph, qu'il faudrait aller implorer. Comment? Il ne sait plus. Saint-Joseph a d'autres chats à fouetter que ses bobos. Il a couru après les troubles, il est servi à souhait. Souvent, il se dit à quoi bon poursuivre ces recherches inutiles. Pour se découvrir un homme? Puis après. Aboutir à je ne sais quoi? Plus il songe, moins il voit l'utilité de continuer cette chimère en folie. Non. Quand il sortira; tout droit, il s'en ira dans son village, goûter le repos tant mérité. Sur un banc longeant sa rivière, il finira ses jours à méditer ce qui aurait pu être sa vie. Ce qu'il en a fait et comment il la terminera. Aussi pauvre que Job, c'est certain!

Pourtant, s'il avait un peu continué, la Miséricorde lui aurait prouvé que sa tante Ida disait vrai. Annette avait ramené chez elle deux filles. La sienne à elle et la sienne à lui.

— Aimer à ce point? est inconcevable, aurait affirmé tante Ida.

— Inconcevable, aurait-il répété.

Par un soir enflammé de mai, il défait sa route et retourne à son village. Son coeur frêle lui interdit dorénavant toute pulsion excessive. Amaigri, les épaules voûtées, il repart usé mais heureux. Les siens le reçoivent déjà à bras ouverts dans sa tête. Les yeux d'Annette lui prouveront si sa tante a brodé. Il a si hâte de savoir si c'est vrai. Que fera-t-il ensuite? Son front se plisse sous le trouble de sa pensée obscurcie. L'idée de tromper son frère effleure son esprit. Il toussote.

Voyons Félix. Fais-toi pas d'accroire, sans raison! Le temps des fraises est passé depuis nombre d'années. Laisse courir le désir, il mourra de fatigue. Tu as assez causé de troubles sans t'agripper à ton frère. Il te chassera par le chignon du cou si vite, que t'en perdras la vue et l'estime de la seule famille qui te considère.

Il redresse la tête et les épaules. Son idée est faite. Un clin d'oeil amical au portier rangeant ses valises, il prend un siège, content.

Petong... ! Petong... ! Petong! lui répond le train.

Chapitre XXII

Un miracle

La chaleur de mai plonge sur la terre, en flambée de violence, sur un autre printemps époustouflant. L'hiver, envolé avec les premières corneilles, a soulagé Christine. Elle déteste cette ignoble saison. Comprimé comme dans un étau, le monde vit au ralenti, hiberne.

Angélique revient de l'école, la mine réjouie. En marge de son cahier de devoirs, un ange blond aux ailes bleues et roses illumine la page. Elle cherche quelqu'un à qui montrer sa prouesse. La petite retient sa jupe fleurie que le vent sournois taquine un peu et hume une fleur orangée, sauvage, cueillie le long du chemin graveleux. La forte odeur lui plisse le nez. Érika l'appelait un pet du diable. Elle tire cette tige infecte à bout de bras et sourit. Sa grande soeur absente, griffonne son image rassurante, en elle. Elle aperçoit au loin dans la pointe de la rivière, un semeur. Son frère Réjean trace des sillons à remplir de graines, vite recouverts de terre cachottière. Derrière le semeur, un nuage de poussière s'élève et s'effrite en spirales. Elle chantonne dans son silence et grimpe les marches, en se frayant un chemin parmi une nuée de mouches.

Tantine, censée être de retour de son usine d'embouteillage de sirop d'érable, tarde encore à rentrer ce soir. Le flot démesuré du travail prend son sommeil d'assaut et cerne ses yeux. Le retour d'Érika du pensionnat serait bienvenu. Un dernier mois d'école à patienter. Les noces de Réjean arrivent à grands pas pour juillet.

Tant! Trop d'ouvrage, décèle sa fatigue collée à son échelle dorsale. Elle s'offusque.

Félix pourrait aider. Mais il ne faut pas compter sur lui. Grand fainéant! réplique la voix de sa pensée.

L'homme vieilli erre sans but, comme une âme en peine, ne sachant plus où aller. La fermeture du restaurant-hôtel lui a coupé l'herbe sous le pied. La perte de son unique frère, de sa belle-soeur et de leurs enfants happés par un train, l'a presque anéanti. Il va, vient, habité par un désespoir évident. Il se laisse dominer par la mort qu'il attend avec soulagement. En attendant, il souffre en silence. La découverte de Christine si proche, dans la maison de son frère l'a complètement déboussolé. Lui qui est parti courir le vaste monde à sa recherche, quand elle se trouvait si proche. Son désir de savoir où vit sa fille se heurte au mutisme obscur et tenace, sans cesse assaisonné par cette femme aigre-douce. Sa patience vaincra-t-elle la vengeance silencieuse de Christine? Il ne sait plus. Le temps émousse sa santé, comme les cartes ont ruiné sa bourse et sa vie. Un flacon de boisson, jamais vide, fatigue sa main droite, espace maintenant les soirées de cartes.

En filigrane, flâne la perte de la maudite médaille. Le cynisme d'un infirme pique son regard méprisant, en veilleuse sur les plaines rocailleuses de sa mémoire: la médaille d'Anselme. Il sait que ce bijou se trouve dans sa maison paternelle. Il profite de moments de solitude pour fouiner, à la sauvette, dans les meubles ou les armoires.

À l'usine d'embouteillage du sirop d'érable, le travail déborde. Christine, lasse, songe désolée, qu'elle ne pourra recevoir Kurny à la maison pour deux heures. Il devra patienter en se berçant. La porte n'étant jamais verrouillée.

* * *

Angélique ouvre la porte, attend que son chien entre et enlève son chandail. La plainte lancinante, venue du passage au fond de la chambre d'invité, ne l'atteint pas.

L'escalier reçoit avec fracas son sac bleu et ses souliers noirs. Heureuse, la visite de M.le vicaire à l'école, lui a procuré une heure supplémentaire de congé. Elle ouvre le tiroir à pain, le sent, grimpe, s'étire, prend une soucoupe, le pot de mélasse, une tasse, redescend, accroche le pain et s'installe au bout de la table. Ses gestes se figent en apercevant le gros chien la gueule ensanglantée, venir du fond du couloir. Elle se penche, caresse la tête de l'animal, trace une ligne sur la joue maculée. L'urgence de sa vessie la fait se presser vers la toilette. Son coeur se glace à la vue d'une mare rougeâtre écoulée de la chambre, en face d'elle. Elle pousse la porte à demi-fermée et jette un cri d'effroi en se tenant les joues. Deux hommes gisent inertes sur le plancher de la chambre. Une plainte, faible et lancinante, se dresse en terreur et se mêle à ses cris éperdus jetés dans la solitude de la maison. Elle court. Court à grandes enjambées, ses jambes à son cou, et tombe mille fois, se bute à un regard voilé de larmes, tient sa jupe, s'enfonce dans la vase, bifurque son chemin, perd un soulier dans un trou, continue, revient l'enfiler tout sale; tant pis! Elle nettoie son nez coulant du bout de sa manche de robe, crie et pleure à fendre l'âme, n'ose se retourner de peur que la plainte effrayante l'ait suivie. La fillette désespérée s'accroche à l'image lointaine de son grand frère qui s'éloigne au lieu de s'approcher.

— Réjean. Réjean?

Le temps semble éterniser la petitesse de sa course. Le semeur, enfin, remonte la plaine ameublie en lui nourrissant les entrailles. Tout à coup il s'arrête, prête l'oreille, voit sa petite soeur, lâche les guides et s'élance à la poursuite des cris inexplicables. Angélique se jette à corps perdu dans les bras ouverts et ne cesse de dire: Réjean en pointant la maison, le regard noyé de frayeur.

Réjean, rempli d'inquiétude devant sa petite soeur en sueur, se creuse les méninges.

— Couquine, dis-moi ce qui se passe?

Des larmes inondent des mots entrecoupés.

— À la maison... la mais... un homme... Viens. Viens!

Elle quitte l'étreinte, prend la main cossue, la tire en répétant sans arrêt.

— Viens ...la maison.

L'hésitation de son frère, noyé au fond de ses pensées, qui ne semble pas entendre ses supplications, la fait piétiner au point de faire une crise de nerfs. Il la prend lentement, tente de maîtriser ce petit corps transi de peur. Il l'amène sur la semeuse, harangue les bêtes et monte à la maison, la tête noyée d'appréhension.

À mesure qu'ils approchent de la demeure vieillissante, les doigts enfantins pénètrent dans le cou du jeune homme aux prises avec de terribles interrogations nébuleuses. Le regard de sa jeune soeur se perd dans une vallée de larmes diluviennes, d'où surgit une scène de terreur.

— Là, indique le menu doigt piqué vers sa demeure qu'il sent enveloppée de silence.

L'étrangeté du regard d'Angélique le fait tressaillir. Il ne faudrait pas perdre la boule, rectifie une page de sa tête, embusquée jusqu'aux racines des cheveux dans le mystère obscur et angoissant. Une chose lui aura fait peur. Le chien, la cuisine inondée, un matou étranger, la corde de bois déboulée dans la cave. Allons voir.

Il tente de déposer la petite par terre mais elle s'agrippe désespérément à mesure qu'il avance vers la maison. Il arrête les chevaux, descend, prend la main d'Angélique, ralentit le pas. Il tend l'oreille à travers la porte verte battante; rien. Silence, tout est silence. Il marche sur la galerie, inquiet, longe le mur de cuisine, son regard tenu en oeillère par ses mains, scrute l'intérieur de la grande fenêtre entre les rideaux de mousseline alignés de chaque côté de la salle à manger. Toujours rien! Il pousse la porte lentement et voit crouler sa hardiesse quand Couquine lâche prise et refuse de le suivre en criant.

— Non, non. Je ne veux pas entrer.

Sa raison obscurcie par l'énigme, tout à coup fouettée par les mots nouveaux sortis du silence funeste, le secoue. L'incroyable réalité le replace sur terre. Il saisit l'enfant, la scrute, pleure en la faisant répéter, répéter. Un miracle vient de se produire. Le regard éperdu de reconnaissance enveloppe son étreinte, mais la fillette se dégage, agitée et inquiète.

— Couquine, tu parles. Tu parles! Depuis quand? Comment as-tu fait? Tu parles. Mon Dieu est-ce-possible? Papa, maman; elle parle. Couquine parle. Vous avez exaucé ma prière. Merci. Oh merci!

Il s'essuie le front et les yeux de sa manche de chemise humide de sueur et ne cesse de caresser le visage pâli de sa soeurette, subjugué par l'ampleur du miracle opéré dans sa demeure. Toutes pensées lugubres ont fui à cent années-lumière, baigné qu'il est dans son euphorie. Angélique le tire de sa rêverie.

— Dans la maison, pointe encore le doigt minuscule.

Son visage revient sur terre, reprend son masque coutumier, effaçant à l'instant l'extase ressentie. Il cède à l'étreinte. Le corps minuscule et frêle recule et se cache derrière un énorme peuplier. Son pas lent masque la peur qui, soudain, lui tripote les tripes.

Un voleur... Quoi faire?

Ouvrir doucement. Ensuite passer par la porte de côté, prendre le tisonnier près du poêle et frapper ce qui bouge.

Dans la cuisine? Personne! Pas de chat ni de chien; un monde de silence nourrit le mystère ambiant. Avancer. Braver. Tenir le tisonnier prêt à toute éventualité. Entrer dans la salle de séjour; la trouver vide. Monter voir à l'étage supérieur. Ouvrir tout. Tiroirs, garde-robes, chiffonnier, coffre de bois, tout. Grimper au grenier. Du mystère à son apogée plane. Pas le moindre bruit court. La cave! Oui, descendre à la cave. Le bois! Examiner la fournaise, le moteur de la pompe à l'eau, le carreau à patates, les deux puits pour les bidons de crème. Tout est en place. Revenir déposer le tisonnier. Sentir un courant d'air suspect, en ouvrant la porte pour appeler Angélique. Songer d'où vient sa provenance.

— Couquine, viens. Il n'y a personne, n'aie pas peur. Viens.

La petite avance à pas incertains, lui prend la main et se dirige vers le passage, puis vers la chambre d'invités où s'est agrandie la mare de sang. Son cri déchire le silence et le traverse comme un couteau.

Réjean muet d'étonnement, agrippe sa soeur, pousse lentement la porte, reconnaît le pantalon, la chaussure de son oncle Félix, court au téléphone, décrit le drame à l'opératrice en des mots inintelligibles. L'opératrice demande la police, l'ambulance. Il sort précipitamment et voit les bêtes dociles, qui amendent pour être soulagées de la machine et de leurs attirails.

Tuer le temps autour des chevaux. Cacher ma peur. Surveiller la petite. Ne plus entrer dans cette maison, seul; en toute circonstance. Espérer voir surgir une personne. Tantine qui n'arrive pas. Pierre qui devrait être ici... L'appeler. J'en suis incapable. Revoir ce sang? Non merci! On gelait dans la chambre. La fenêtre devait être ouverte?

Une sirène fend l'air, enfin.

Il sort, se tient dans l'espace vide de sa grange, vient vers eux et leur indique l'endroit de son index. Les mots se sont enfouis dans sa gorge. L'homme en uniforme comprend, entre dans la maison le premier. Réjean s'assied près de la porte sur une berceuse de la cuisine. Il suit dans sa tête les gestes du policier parti au bout du corridor.

L'homme costumé retrousse son col. La fraîcheur s'amplifie. Il pousse la porte, voit la fenêtre brisée, béante, d'où s'est probablement enfui le malfaiteur. Son compagnon se penche, tâte les pouls des deux moribonds étendus, pêle-mêle, sur le plancher. La chemise humectée du premier, laisse croire qu'il a été atteint d'une balle. L'autre gît de travers, une statue brisée à sa tête, que pousse le soulier du policier et qui roule sous le chiffonnier.

— Fais donc attention à tes pieds Fred, lance l'autre mécontent. Il respire encore, dit l'homme penché sur son corps.

Le malade fuit en ambulance vers l'hôpital sous les yeux estomaqués des deux jeunes en retrait du drame.

À la vue de son oncle, Réjean sent couler un liquide chaud sur ses joues.

Mon oncle. Qu'est-ce qu'on vous a fait? Et ces policiers qui ne reviennent pas de la chambre. L'un d'eux a utilisé le téléphone plusieurs fois.

Le costaud, soudain, remplit la porte ouverte, séparant la cuisine de la salle à manger.

— Pourrais-tu identifier l'homme dans la chambre?

— L'homme dans… la chambre? tremblote la voix de Réjean au comble de la stupéfaction.

— Deux hommes se trouvaient dans la chambre. Tu ne le savais pas?

— J'ai poussé la porte un peu. J'ai reconnu mon oncle et j'ai eu peur. Je suis parti.

— Te sens-tu capable de nous aider?

Réjean, les bras enroulés autour de Couquine, ne bouge pas.

Ouais le sang…

Réjean interroge le visage imperturbable de l'homme, dans l'espoir de l'amadouer, sans obtenir de réponse.

— Je peux essayer. Je ne vous promets rien.

Il dépose Angélique sur sa chaise chaude, lui ordonne de ne pas bouger et marche derrière l'homme.

Le plancher est nettoyé. Il laisse couler un long soupir de soulagement.

Plus de traces rouges, songe Réjean soulagé.

La fenêtre, dont on a enlevé toute parure, renvoie la lumière à satiété. L'homme étendu sur le ventre, un coude relevé, s'écrase le nez sous son visage à peine retourné.

Réjean se penche, laisse sortir une exclamation.

— Oh non... ...!

* * *

Christine, distraite par la vitesse d'une sirène qui fend l'air et le cri strident d'une grosse ambulance passant dans sa rue, capte un instant sa pensée puis, revient à ses affaires. Des colonnes de chiffres aiguisent son sourire. Le retard valait la peine. Kurny sera content de la nouvelle. Les ventes grimpent en strates vertigineuses. Son succès inespéré la dépasse et la surprend. Tant pis, tant mieux!

Son crayon, un moment immobilisé par les bruits du dehors reprend son allure. Dans une heure, elle aura terminé. Le bilan du mois tirera sa ligne majestueuse.

Armand, l'homme-clé; l'usine, une ruche ardente, Gilles, son frère de Winnipeg, Kurny, son mari, des ficelles indispensables tirées aux bons endroits donnent des résultats. Le succès pétille sous ses doigts. Quand le bateau va, tout va!

Sa pensée se laisse entraîner sur la plainte d'une autre ambulance.

Pourvu que ce ne soit pas un trop gros accident. Trop de jeunes fous prennent le volant comme un jouet.

La trempe pondérée de ces deux jeunesses la rend fière. Réjean et Pierre, eux, sont des enfants uniques.

— Comme on n'en trouve plus, reprend le ton élevé de sa voix. Une race en voie d'extinction.

* * *

Réjean reconnaît l'homme figé dans la mort. Celui qui est venu visiter Tantine l'année passée et qui devait arriver aujourd'hui.

— Vous pouvez me donner le nom de cet homme? insiste le joufflu, les pupilles enfoncées dans deux orbites creuses et sombres.

— Il est le mari de ma tante.

— Votre tante?

— Ma tante Christine. Une femme qui... fait partie de la famille.

— Cet homme fait partie de votre famille?

— Non.

— Non? Explique.

— Son mari vit aux États. Elle; avec nous.

— Drôle de famille! Continue.

Loin de la sinistre chambre, le garçon s'assied au bout de la table dans l'escalier: sa place préférée. Retomber dans nos propres habitudes rassure. Angélique sur ses genoux, ses menottes cachées dans les siennes, il entreprend le récit de cette étrange femme échouée un jour chez lui, comme une seconde mère.

Le discours cesse sur la foulée de pas d'hommes vêtus de blanc, pressés dans le corridor, attendus à l'extérieur par une haie de curieux, debout, silencieux. Une brèche horripilante à l'intimité de Réjean. Le policier joufflu étire un silence, hausse les épaules, offusqué par cette intrusion malheureuse des voisins. Exposer, encore une fois, la maison des Beaubien; sa maison, à nu, sème en lui une colère intense, difficile à contenir.

Pouvoir les jeter dehors! en claquant la porte. Voir si j'avais besoin de la police! ...comme si j'étais un bandit!

Le jeune homme grimace de honte et de gêne.

L'homme tué par je ne sais qui, resterait allongé sur le plancher au milieu de sa chambre d'invité? reprend l'infâme voix en lui. Et Tantine qui ne revient pas.

Il va et vient dans la cuisine, en butte à une grande nervosité. Les hommes sortent le second corps, mangé de curiosité par les badauds.

— Les maudits senteux! S'ils pouvaient s'en aller? Il y a toujours un bout!

Les visages contrits des gens lui sont indifférents.

— Allez-vous-en! maudits senteux! J'en ai assez de vous voir la face! Déguerpissez au plus sacrant!

La porte, brusquement refermée par le courant d'air du carreau brisé, fouette les murmures venus de la chambre, fait disparaître les curieux tenus à l'écart et lui fait du bien.

Les policiers s'affairent et notent. L'un d'eux demande un marteau et une planche. Un autre recommence l'interrogatoire.

Le purgatoire doit moins chauffer que ce moment, songe le jeune homme à bout de nerfs.

Vidée de ses cadavres, nettoyée de ses mares de sang, la demeure retombe dans ses entrailles coutumières. Les habitants des environs désolés, partis aiguiser leur langue, laissent respirer un peu la maison. L'accalmie avant la tempête, se dit Réjean. Demain, l'assaut reprendra de plus belle, il l'ignore.

Sur la côte, surgit, enfin, la voiture d'Armand. Les policiers se préparent à partir. Réjean espère pouvoir parler à sa tante, seul. Mais le policier costaud s'éternise.

* * *

Christine submergée de lassitude, écoute ronronner le moteur et se tait. Armand prend part à ce silence. Ils rencontrent des ambulances gobant la vitesse à satiété.

— Qui cela peut-il bien être? confie Christine, lasse.

— On le saura toujours assez vite, vous savez. Ces nouvelles-là font boules de neige, constate l'homme, respectueux de cette femme adorable. Son récent veuvage a émoussé son coeur et fait palpiter les prunelles de ses yeux. La beauté féminine flagelle encore ses sens tenus en respect par de longues années de maladie de sa femme.

Le profil de la maison s'agrandit. N'aspirer qu'à une soirée tranquille, monte en eux.

— Tiens, émet Christine à la vue des voitures. De la visite! Des policiers? Armand. Pas un autre malheur? Mon Dieu! Lequel?

La porte de l'auto happée par l'élan de la femme sortie à vive allure, se referme avec fracas. Armand, triste, laisse fuir Christine et la suit derrière, à pas lents, dans la mystérieuse demeure.

— Pas encore un malheur!

Elle s'arrête sur le seuil, devant la pâleur extrême du jeune homme debout, muet et les hommes, assis jambes croisées. Puis elle jette son chandail sur le dossier d'une chaise, prête à l'assaut des nouvelles. Elle lance le journal du jour sur la table, ouvre ses bras à l'enfant souriante.

— Bonjour Tantine, lance la miraculée.

Christine frissonne. Ses mains caressent les joues neigeuses. Elle cherche dans les yeux une réponse aux questions portées par les sons célestes sortis de la petite bouche.

J'ai mal entendu. Je rêve.

— Angélique tu parles! Tu parles Couquine? Comment as-tu fait?

Elle prend l'enfant à bout de bras, tourne, tourne dans cette atmosphère momifiée, enrobée d'un silence douloureux et frigorifié en cette si belle journée de printemps. Son regard rejoint celui de Réjean imperturbable en apparence. Elle ne comprend pas ce qui se passe. Angélique parle et son frère s'en fout. Incroyable, se dit-elle anéantie. Il doit m'expliquer, sinon, je vais en crever.

— Réjean. Entends-tu Réjean? La petite parle. Parle! Pis tu ne dis rien?

Des yeux absents amendent la fin de l'effusion passagère, tandis que sa joie indescriptible tente en vain de les rejoindre. À bout de ressources, son bonheur dilue son effervescence dans la froidure de l'atmosphère tendue du moment.

Armand, debout, bras pendants, la bouche ouverte, attend incrédule, que l'absurde aboutisse. La petite parle.

— Dis papa. Maman. Réjean. Pierre. Maison. Cheval. L'école. Je vais à l'école.

Femme de peu de foi!

Angélique se prête amusée aux exercices vocaux dont personne ne semble en saisir la portée.

Une voix étrangère monte en surface.

— Vous êtes madame?

— Christine Lavertue Griffin, dit-elle en s'assoyant. La tête accrochée sur le silence incompréhensible de Réjean.

M'expliqueras-tu, à la fin? que font ces policiers assis comme des insignifiants, qui roulent leur casquette entre leurs mains. De vrais cocos!

— Angélique a eu un gros choc. Elle a vu des... choses, consent à avancer le jeune homme, prêt à défaillir, suppliant du regard les hommes de lui venir en aide. Le pire restait à venir.

L'homme joufflu laisse couler le récit, lentement, en phrases décousues, soupçonneuses, misant sur la clairvoyance de la femme qui n'arrive pas à saisir le curieux message.

— Si je comprends bien. Félix a eu une crise cardiaque. Il a été transporté en ambulance. Et puis après? Faut pas s'en faire. On le soignera. Kurny devait arriver cet après-midi. Vous ne l'avez pas vu?

Réjean lisse les poils dressés de ses bras, le coeur noyé. Le mot fatidique est lancé.

— Oui, il est venu.

— Alors, où est-il?

— Parti.

— Parti où?

— Il... il... balbutie sa voix brisée, incapable de piquer le glaive davantage. Il s'approche d'elle, pose ses mains sur les épaules de sa tante assise, l'horreur s'en vient.

Christine se retourne, examine le jeune homme accroché aux lèvres du costaud censé lui venir en aide. Ces attendrissements ne lui sont pas coutumiers...

C'est donc bien grave! pour que Réjean agisse de la sorte.

Christine se lève d'un bond et attrape le vieux couteau à patates déposé sur la table par Angélique à son retour de l'école.

— Votre mari, madame, est arrivé cet après-midi, comme convenu. Des événements, que nous ignorons, se sont passés. Une dispute peut-être? Que sais-je?

Elle tombe assise sur sa chaise.

Une dispute? Félix... et lui? Impensable. Ils se connaissaient pour avoir fait la guerre ensemble. Il me l'a dit. Kurny m'a toujours parlé de lui en termes élogieux. Il le citait en modèle de bravoure. Ils se rencontraient pour la première fois depuis la démobilisation. Comprends pas. Absolument pas. Il doit y avoir autre chose, tente d'analyser sa tête incrédule et déconfite.

— Il nous faudra découvrir le mobile du crime.

— Crime? filtre une voix stupéfaite, serrant les doigts rugueux sur ses épaules. Quel crime?

— Votre mari... est...

— Mon ma.. ri... est mmmmorrrrt? Kurny est mort? hurle-t-elle.

Les mots inconcevables la propulsent au faîte de la stupéfaction. Le visage livide, le regard pathétique, le corps secoué, elle ressent soudain un grand vide rempli d'insécurité. Elle, Christine, la forte, la riche, la volontaire, sombrait au fond d'un puits de solitude affective aride et profonde. Elle réalise combien elle s'était agglutinée à cet homme étrange et lointain. Cet homme en attente, se terrait en veilleuse. Elle le savait disponible et patient. D'une patience désarmante et conquérante; une pelure sécurisante et disponible contre le mauvais sort, s'il pointait son nez musclé. Elle pouvait marcher le vent dans les voiles, le sachant à l'orée, prêt à intervenir au moindre signe de sa part. Subitement seule, elle constate combien elle avait eu besoin de lui. Le poids de sa perte l'assommait. Désormais, elle sera seule au monde pour affronter la vie. Désolée, elle songe.

Dommage que la mort ouvre souvent trop tard les yeux des voyants aveugles.

Armand, debout dans la porte, craint qu'elle s'écroule. Il s'élance et la saisit par la taille. Lentement, elle retombe sur sa chaise. Pouvoir pleurer.

— Kurny est... racontez-moi.

Le choc initial passé, l'étrange trio se dirige vers la chambre verrouillée et se laisse emporter par des mots porteurs d'étrangeté.

Deux traces à la craie retiennent leurs regards sur le plancher. Christine, frisonne.

— Attention. N'entrez pas, ordonne le joufflu à Tantine. Les empreintes et les indices en seraient faussés. L'homme pointe l'index. Votre mari se trouvait ici le visage contre terre. Il a été atteint d'une balle tirée de très près. Là, entre le chiffonnier et le lit on a trouvé l'autre victime.

Empreintes. Indices. Victime. Meurtre. Christine croit vivre un cauchemar irréel.

— Félix est mort?

— Non madame. Pas encore. L'on vient de nous renseigner sur la gravité de son cas. Des médecins l'opèrent présentement. Le temps donnera la réponse.

— Vous avez le fusil? demande Armand.

Christine se sent frigorifiée.. Fusil?

— Hors, la fenêtre pose un problème.

— Lequel? perce la voix juvénile masculine.

— Il y avait un troisième suspect dans cette pièce.

— Un troisième suspect! clament les bouches en choeur.

— Comment savez-vous? reprend Armand.

— Cette fenêtre ouverte aux carreaux fracassés. Des invités ou des habitués ne brisent pas de fenêtres. À moins...

— À moins? poursuit le joufflu pour son copain.

— À moins que l'un d'eux voulait fuir l'autre. Surpris par je ne sais quoi. Pourtant, insiste-t-il se grattant la tête.

— Pourtant, continue le costaud, il ne serait pas tombé dans cette position loin de la fenêtre. Puis l'un d'eux aurait le revolver entre les mains. Félix est venu le premier dans cette chambre.

— Comment savez-vous?

— Son lit défait indique qu'il faisait ou a fait une sieste. A-t-il été surpris dans son sommeil? A-t-il amené votre mari ici? Dans un piège?

— Il y a eu bousculade, affirme le joufflu. Comment expliquer le chiffonnier de travers sur le lit?

— Pas forcément. Il a pu s'agripper au coin et le renverser dans sa chute ou en voulant se relever. Un fait demeure. Il s'est frappé la tête sur le coin du lit. Voyez.

En effet, du sang avait dégouliné le long du poteau.

— Cette porte. Reste-t-elle toujours ouverte? interroge le joufflu, montrant la minuscule garde-robe derrière eux.

— Jamais monsieur, affirme Christine. Ce vestiaire contient du lainage rempli de boules à mites, toujours accroché bien haut hors de portée des enfants. Voyez le crochet fixé au mur.

— La porte est ouverte. Quelqu'un dans la chambre l'a utilisé pour un motif que les inspecteurs et les détectives élucideront.

— L'a utilisé, émet le costaud, pour se cacher. Qui?

Les policiers posent un regard biaisé sur Réjean. Un malaise indéfinissable l'envahit. Se soustraire à leurs insinuations oblige.

On me soupçonnerait? C'est le restant de la terre en bois debout!

— Vous restez à la disposition de la justice, ordonne le costaud qui scrute le regard désemparé du jeune homme anéanti.

L'homme ferme la porte à double tour, enfile la clé dans un sac, puis dans une valise noire.

— Vous comprenez? C'est pour votre protection.

Christine hausse les épaules et sourit pour toute réponse. Un sourire nerveux, stupide, triste à faire pleurer.

— Des experts viendront demain cueillir les indices, tenter de reconstituer le... l'incident. Madame, racontez-moi votre histoire et celle de votre mari. Venez. Assoyons-nous confortablement.

Assoyons-nous confortablement. Idiot! Je veux voir mon mari. Vos questions ne peuvent pas attendre?

— C'est que.

— Que quoi, madame?

— J'aimerais voir mon mari, tout de suite. Il avait emporté des...

— Impossible, madame. Votre mari est présentement entre de bonnes mains. Vous le verrez quand l'autopsie sera terminée si vous insistez. Laisser la justice suivre son cours est primordial, madame.

Venons-en donc aux faits. Donnez-moi votre emploi du temps pour la journée.

— Monsieur, je peux aller voir ma soeur Angélique? implore Réjean, inquiet de l'absence de sa petite soeur.

— Allez mon garçon. Maintenant, dites-moi, madame.

Christine, exténuée, n'en peut plus. Bombardée de questions tricotées à l'endroit et à l'envers une heure continuelle, n'aboutit nulle part et la met dans une colère muette excessive. Elle se sent sur le point d'exploser.

Armand, pressé, donne son nom, son adresse, sa promesse de collaboration et lève l'ancre. Il suffoque.

Angélique, accrochée à la main de Réjean, marche derrière le troupeau qui beugle d'impatience de se faire soulager le pis.

Le répit du policier, interrompu par le vacarme des bêtes passant devant la cuisine procure un brin de repos à Christine, tendue comme l'arbre devant elle. Son regard se pose sur la valise, là, dans le coin du corridor.

Savoir ce que Kurny avait amené.

— Votre mari avait des bagages?

Christine bouille d'aigreur.

À croire qu'ils lisent dans mes pensées!

L'un d'eux porte attention sur la mallette sous la tablette du téléphone près de la porte. Le joufflu s'en empare, la tend à l'autre.

Christine le fusille de son regard d'acier. Vont-ils se mêler de leurs affaires personnelles en plus?

— C'est utile, cette valise?

— Simple précaution, madame.

Cette façon monocorde de dire, madame, horripile Christine.

— Vous la reconnaissez?

— Elle appartient à mon mari.

L'homme l'ouvre, lui présente l'intérieur rempli.

— Ces vêtements. Vous pouvez les identifier?

— Pas précisément.

Elle aperçoit des lettres dans la pochette du couvercle bleu. L'homme en sort une, lui présente. Elle brûle de l'ouvrir.

— Cette écriture. Vous pouvez l'identifier?

— De mon mari, reprend encore Christine serrant l'enveloppe sur elle, décidée de la garder.

— Donnez, madame. Vous inquiétez pas. Elle vous sera rendue, intacte.

— À demain, dit le costaud dans l'encadrement de la porte.

Christine se tait. La porte refermée sur eux, elle sent tout à coup fléchir ses épaules sous le poids d'une si lourde journée.

Si dure journée...

Armand prend de vieux vêtements, donne des ordres à ses employés, change de souliers, reprend la route du drame. On a besoin de lui sur la ferme. Il rencontre les deux autos de patrouille, apaisé. Enfin on la laissera respirer au moins. Il s'immobilise à côté de la bicyclette de Pierre qui remonte à la maison.

L'heure n'en finit plus d'accoucher de ses souffrances.

Pierre, estomaqué, écoute le récit d'Armand défiler comme un film au cinéma, incrédule. Il verra bien de lui-même. Angélique qui parle. Oncle Félix serait entre la vie et la mort. Le mari de Tantine tué par balles. Une gorgée difficile à avaler. Il ouvre la fenêtre de l'auto. L'air frais apaise la douleur qui lui fouette les tempes. Sa maison en vue, lui tord les boyaux comme un jour où il a aperçu Érika, sa petite soeur, étendue inerte sur la galerie, la tête ensanglantée. Christine, à sa vue, revient de l'étable à la course et s'élance vers lui. Le barrage de larmes s'effondre avec fracas.

— L'hôpi... tal a confirmé le décès, leur annonce-t-elle difficilement. Demain on devra rencontrer un directeur de funérailles. Pierre, supplie-t-elle, devenue une petite fille vulnérable et sans défense, je veux le voir.

— Embarquez! reprend Armand, sa gorge tordue d'émotion, torpillé par ses sentiments qu'il tente de cacher, si difficilement.

— Je dis un mot à Réjean et je reviens, ma tante.

Pierre se dirige à l'étable confus, ne sachant s'il doit rire ou pleurer. Sa soeur Angélique se tient aux portes de sa pensée. L'«éclat» du miracle surplombe la mort. Il court vers elle et s'adonne à l'effusion de son bonheur. Il la serre et serre, la vue embrouillée, incapable de prononcer un son. Trop d'émotions rend fou. Il étouffe. Réjean, immobile dans la porte, vient à sa rescousse. Enlacés, ils boivent à même un grand moment de leur vie, le vin de l'inconcevable réalité. Couquine a retrouvé la voix. Leur regard se pose sur leur tante empesée dans ses tourments, qui les dévisage triste, désemparée. Honteux, ils s'effacent. Accoudés à une fenêtre, ils discutent des gestes futurs à poser et des tâches avilissantes à accomplir.

— Pierre, tu arrives à point. Tante Christine voulait partir tout de suite. On ne tient plus en place.

— M. Armand vient d'arriver. J'irai avec eux. En passant, on va s'informer d'oncle Félix.

— Ouais. Ensuite, tous les deux, on ira faire les arrangements chez le croque-mort. On commence à connaître la route. Hein?

— Raconte-moi ce qui est arrivé?

— Plus tard, à ton retour. Amener Tantine à l'hôpital est plus pressant.

Réjean baisse les yeux, pousse une vache, se penche, ajuste la trayeuse en gestes mécaniques, absent, se relève et surveille partir son frère. Il songe.

Pour choisir des tombes... on est bon en bonyenne!

— Ne soyez pas trop longtemps, lance-t-il, dans le vent, à son jeune frère, sachant sa demande inutile.

La pensée qu'il doive rester seul en compagnie de la sinistre demeure qui le dévisage de travers, le fait frémir. Il retourne à ses occupations. Devant lui, Angélique parle à son petit chat comme si la journée avait été bien ordinaire.

Serais-tu un peureux, Réjean? taquine son imagination.

Pas peureux, pas brave non plus. Je voudrais te voir dans le noir, tout fin seul, avec une chambre ensanglantée par un meurtrier.

* * *

Dans un village voisin, une auto grise s'immobilise près d'une cabine téléphonique. Un jeune homme nerveux en descend. Propre, les cheveux frais coupés, le pantalon brun foncé et la chemise blanche en plein milieu de la semaine, il affiche des allures d'étrangers aux gens piqués de curiosité qui le dépassent sur le trottoir.

Un visiteur de passage, sans doute.

Sa nervosité tourmentée heurte une canette de bière vide en bordure du trottoir. Il tire la porte pliante de la cabine téléphonique avec fracas. Une main en poche, il en retire une grosse poignée de monnaie, la compte, la range sur la tablette en piles prêtes à être utilisées, signale l'opératrice. Un paquet de trente sous ingurgités par l'appareil, il attend l'oeil inquiet, la main agitée sur le fil. Des sons familiers, ourdis du récepteur, le font sourire. Il enfile un long et profond soupir soulagé. Un homme d'âge mûr répond.

— The job is done, Dad. Don't worry, précise sa voix. The case is over, now.

L'interlocuteur demande des précisions. La voix de son père se fait douce et apaisante pour son coeur en charpie. Pourtant, à Winnipeg, son paternel est fiévreux, inquiet. Avoir utilisé son propre fils pour éliminer un témoin gênant tient de la démence. Il le sait. Pourtant, c'était là le prix à payer pour anéantir à jamais toute accusation envers ce fils meurtrier. Sa victime avait parlé. Trop parlé avant de mourir, lui avait-on laissé entendre. Il avait peur; très peur pour sa réputation de directeur de l'école de formation du prestigieux corps de police.

Sa position ne devait être entachée d'aucune anomalie; encore moins d'un crime familial, quitte à prendre tous les moyens pour détruire les traces de ce meurtre gratuit, exécuté par son propre fils indigne et drogué. Avoir tué la fille du docteur Marston de Régina. Il n'avait pas le droit d'humilier son père à ce point. Il avait alors demandé une mutation dans une autre province. Ottawa avait acquiescé à regret. Les leaders ne pleuvaient pas les rues. Soulagé, le directeur prend le chemin de Winnipeg. De loin, il pourra mieux tirer les bonnes ficelles. Quand à son fils, il payerait d'une manière ou d'une autre. Maintenant qu'il avait un crime sur sa conscience, aussi bien se servir de lui pour en éliminer le témoin. Ensemble, ils avaient conçu un plan. Et le fils était parti l'exécuter envers et contre tous.

Au bout du fil, le directeur de la Gendarmerie suait à grosses gouttes. Il jouait à la roulette russe avec la vie de son enfant et la gloire de sa prestigieuse position.

— Dad I'm perfect. Everything is perfect. Dad, I'll come back as soon as possible. Listen Dad. We're saved, dit le fils à son père, devinant sa voix tremblante d'anxiété. Free. You Know? Completely free. Bye.

La chemise blanche de l'étranger ramasse les sous non gobés, les fourre vite dans sa poche et sort, empruntant des gestes de lenteur étudiés. Personne ne doit remarquer ses fesses serrées pétries d'angoisse et sa hâte de fuir ce maudit pays. Sa tête frétille, ressasse son succès. Leur plan a réussi.

* * *

Il fallait d'abord retrouver cet homme qui l'avait vu au *Creek Hotel* de Régina le soir du meurtre. Un homme d'un certain âge à la chevelure noire fournie, aux yeux bleus et à la démarche militaire.

Maudite salope! qui s'était ouvert la trappe avant de piquer du nez... Ouais, c'est réussi! songe le jeune homme revivant son aventure.

Son père, le directeur de l'école de la Gendarmerie Royale du Canada avait mené les recherches personnellement, une fois arrivé sur les lieux. Le gênant témoin localisé, le fils avait repris la relève de son père et avait suivi ce chien sale, encombrant. Des USA jusqu'à ce village insignifiant du Québec.

Le suspect enfin stabilisé, la stratégie planifiée commençait.
Il fallait d'abord louer une cabane abandonnée de l'autre côté de la rivière en face de la maison souvent fréquentée par le témoin. Trouver cet endroit idéal. Feindre de pêcher souvent. Me noyer au décor, à l'entourage pour éviter tout soupçon. Apprendre le français, seul le soir, à me brûler les méninges pour la durée du projet, à l'aide de cassettes achetées au village voisin. Poster des lunettes puissantes au centre de ma porte d'entrée. Étudier les allées et venues des occupants de la maison, de l'autre côté de la rivière. Calculer le moment propice. Traverser la rivière habillé en pêcheur en voyant arriver le suspect. Longer la ferme en catimini. Me cacher sous le plancher de la cuisine

d'été servant de remise à bois. Savoir que ce dénommé Félix sortira ramasser les oeufs au poulailler. Attendre ce moment. Entrer. Prendre les airs de la cuisine, de la salle, de la chambre d'invité où il dort habituellement quand il vient. Me surprendre de sa petitesse. Découvrir par bonheur la garde-robe coupée à ma mesure. Lever la toile, sonder la fenêtre. Ouvrir les volets intérieurs en prévision d'une éventualité fâcheuse. Voir le semeur faire un gros nuage de poussière. Sentir l'air printanier. Essayer d'ouvrir les volets extérieurs de la fenêtre. Ne pas en avoir le temps. Des pas se font entendre sur la galerie. Voir le lit à moitié défait. Songer qu'il est plus prudent de me terrer tout de suite dans mon poste d'observation. Attendre les minutes passer patiemment, la porte refermée sur moi. Jouir de la minute de vérité à portée de moi. Écouter le manège des pas perdus dans la multitude des secondes à écouler. Trouver curieux ce bruit d'un objet lourd déposé pas très loin de la chambre. Sentir les hésitations des pas. Deviner qu'il dépose les oeufs sur le comptoir. Entendre en même temps la chasse-d'eau de la toilette fonctionner. Commencer à suer des glaçons. Un imprévu se présente. Deux hommes sont arrivés au lieu d'un. Des hommes? En tout cas, des habitués puisqu'ils vont, viennent sans ennui. Trouver curieux qu'ils ne se parlent pas. L'un viendra se reposer. Il l'espère. Lequel?

Lequel? reprend l'écho de sa tête.

Les sueurs empruntent le sentier longiligne de son physique. Ne plus savoir quoi faire. Hésiter entre la fuite et son repaire. Frotter sa jambe ankylosée.

— Dam! jure sa tête gonflée à bloc.

Les pas de la cuisine s'approchent, s'approchent. L'homme souffle difficilement. La porte poussée lentement craque. Il devine que l'un d'eux s'allonge.

Quoi faire? Le moment est-il venu? Que fera l'autre? Ai-je le temps de fuir? Maudite fenêtre que je n'ai pas eu la veine de vérifier. L'autre sort de la toilette, marche le corridor, s'arrête devant le moustiquaire de la porte d'entrée. Il jongle avec ses pensées.

Celui du lit tend l'oreille, monte le ton.

— Il y a quelqu'un? demande Félix, appuyé sur un coude.

L'autre revient sur ses pas jusqu'à la chambre, pousse la porte, attend. La voix s'élève encore du lit.

— Monsieur? Vous désirez? Monsieur... ?

Il parle français. Voilà mon homme. Dam french! Enfin je te tiens!

Un silence mystérieux s'éternise. Retenir mon souffle. Penser fort. Que se passe-t-il? Que font-ils?

Les pas de l'autre s'amplifient. Une main pousse la porte de la chambre entrebâillée. Brusquement, le lit craque.

— Kurny? Vous ici? Dans cette maison? Qu'est-ce qui vous prend d'entrer ici comme si vous étiez chez vous? crâne Félix figé de stupeur, glacé de crainte, en reconnaissant son ancien compagnon d'armes.

Cet écoeurant, rencontré à Winnipeg, m'a retrouvé et veut me tuer, pense l'imagination de Félix aux portes de l'épouvante.

— MAJOR BEAUBIEN! Is it possible? Hello Major!

L'autre est un Anglais! songe hébété le meurtrier tapi dans son terrier-garde-robe. Que faire?

Kurny s'avance pour lui serrer la main, mais Félix se lève d'un coup, balbutie des syllabes saugrenues et songe qu'il vit sa dernière minute.

— Je regrette. Je ne l'ai pas... Je ne l'ai plus depuis longtemps. Je ne l'ai jamais portée cette médaille. Je le jure.

Le mari de Christine l'interroge des yeux, le supplie de changer de langue. Il fait un pas vers Félix qui recule.

— Kurny, get out of here!

— Is Krystine, my wife, here? insiste encore le visiteur insolent.

Félix tombe des nues.

— Christine ta femme? Tu es le mari de Christine?

Je comprends maintenant... Son mutisme, sa froideur... Ils sont de connivence.

— Out, Kurny. You and your big mouth. Go to Hell!!

Abasourdi, Kurny fait quelques pas, veut poser sa main sur l'épaule du major surexcité et hors de lui. Il tente de le calmer, de comprendre.

Félix debout, la raison embrouillée par la frayeur, accroche la statue de Notre-Dame-du-Cap pour se défendre, mais l'échappe, surpris par une vive douleur à la poitrine. Il s'affaisse et emporte le chiffonnier dans sa chute.

Le bruit sourd de l'homme en chute aiguise la tension chauffée à blanc du jeune homme enfoncé dans la garde-robe.

C'est le moment, songe le meurtrier raide comme un arbre.

Il ouvre la porte, se trouve en présence d'un dos d'homme.

Au diable les interrogations. Sauver ma peau ou la sienne. Il fait feu. L'homme vacille, s'écroule lourdement. Ses jambes de guenilles ne le supportent plus. Il jette un coup d'oeil au visage grimaçant, satisfait.

J'ai mon homme, croit-il. Fuir par la fenêtre. Obstruée! Que faire? Partir au plus sacrant. Oui, casser un carreau. Pas assez grand. En casser deux. Pousser, pousser. Voir enfin la liberté devant soi. Courir et rire à en mourir, lui suggère la fenêtre de sa pensée.

Au loin, la poussière de la plaine continue à monter derrière le semeur et ses bêtes.

Il se secoue, retourne sous la cuisine d'été prendre ses vêtements mouillés remisés un moment sur la corde de bois, reprend le sentier habillé d'insouciance trompeuse, traverse la rivière l'oeil aux aguets, ferme sa porte à clé, enlève les pelures trempées, plie armes et bagages et file à l'anglaise.

Mon gant? J'ai perdu mon gant de cuir noir? Tant pis, traduirait Christine à Pierre pour sa leçon d'anglais.

*   *   *

Christine, le regard absent, affaissée sur une chaise, déplace lentement les objets personnels de son mari, emportés dans la valise que vient de lui remettre le policier. Dans un étui de cuir noir, ouvert, elle découvre quantité de papiers. Beaucoup de papiers! Au fond, des enveloppes attachées par un ruban bleu. Elle reconnaît sa propre écriture; ses lettres. Toutes ses lettres. Sa pensée s'infiltre dans son regard givré de larmes.

Il m'aimait donc vraiment d'un si grand amour? Une vie à me satisfaire. Se grandir à mes yeux en engraissant ma fortune, encore, toujours. Ces nombreux contrats, ces actes de vente fignolés. Il s'apprêtait à tout liquider? C'était donc sérieux ce retour? Fermer une page de sa vie pour en ouvrir une nouvelle?

Une reliure cartonnée retient son attention. Elle ouvre le contenu. Un testament! Son testament!

Sans le savoir, il a tourné magistralement cette page. Elle parcourt des notes explicatives. Signe ici, indique une flèche. Les contrats signés et postés, la Verbross Inn Company et ses dix rejetons changent de mains.

Toute une vie à me rendre heureuse à sa manière, soupirent ses regrets. Les chiffres mirobolants qui défilent sous ses yeux ébahis lui donnent le vertige.

Quatorze millions!

Je suis riche de quatorze millions. Mais j'ai perdu l'hélice du gouvernail. J'exécuterai ton testament. Je signerai ces papiers. Je vendrai tout. J'irai te coucher au flan de ta mère à Harrisbourg, dès demain. Ne crains rien. Dors en paix. J'ai toute la vie et une fortune à dépenser pour trouver qui a troué cette dernière page de ta vie et l'a signée de ton sang. Je t'en fais le serment.

Lasse, elle referme le porte-documents, le place comme une précieuse relique au fond de la grande valise, range les vêtements du passé et monte à pas incertains et lourds dans sa chambre, se couvrir de sa mémoire.

Des nuages lourds de souffrance s'étaient crevés en passant sur ce jour torpillé d'épreuves.

* * *

Dans un lit blanc d'hôpital, un visage comateux remplit de silence la chambre foulée par deux neveux tourmentés par la rudesse de la vie. Tard, pressés par les infirmières, ils rentreront au bercail, exténués.

Christine les retrouvera au matin, endormis sur leur chaise de cuisine. Vidés de leurs émotions et de leurs confidences mutuelles, ils auront oublié le temps.

Le lendemain, le soleil a brossé un jour neuf éclaboussé de splendeur. Il monte chaleureux et porteur d'espoir, à l'horizon. Quel fanfaron!

Chapitre XXIII

La médaille d'Anselme

Une voix feutrée sort d'une chambre d'hôpital.

— Chrrissssstiiiiine.

Félix revient d'un monde inconnu, étrange.

Trois semaines se sont écoulées.

Ce matin, des intervalles de lucidité percent le voile du silence opaque dont il s'est entouré depuis le meurtre. Un vêtement brumeux recouvre son esprit. Le médecin s'interroge. Évaluer la profondeur des dommages est urgent. Le temps gruge l'esprit chaque jour. Ce fragile retour marque l'ampleur ou la petitesse du progrès de ce malade. Son âge diminue ses chances. Le médecin s'émeut en le voyant refaire surface, peu à peu.

La vie porte en soi son univers insondable même aux plus érudits, songe-t-il, la tête penchée sur le malade.

On s'affaire autour.

— Christine filtre la faible voix alitée.

— Il demande sa femme, reprend une préposée costumée de blanc.

— Appelons chez lui, affirme l'autre tirant les couvertures sur le lit nettoyé de germes.

— Elle est partie enterrer son mari, renseigne une grosse, plus large du bas, piquée dans la porte, qui tourne son crayon entre ses doigts.

— Son mari? interroge la pince-sans-rire.

— Curieux... reprend l'autre, secouant le thermomètre buccal.

Félix détourne la tête. Son regard terne glisse sur le fleuve Saint-Laurent à portée de sa vue.

Je veux lui parler, insiste sa tête embrouillée.

— Christine. Appelez Christine, ordonne sa main nerveuse, accrochée au bras du docteur.

— Elle ne peut pas venir aujourd'hui.

— Pourquoi?

— Des affaires aux États.

— Aux États? Je ne comprends pas.

— Son... mari. Son mari est mort?

Félix ferme les yeux. Il débroussaille l'enchevêtrement de ses pensées, un pli au front. Un travail pénible! Soudain, il semble saisir la portée de cette phrase. Le lisse de son front apparaît. La poigne de sa main abandonne le bras médical. Le globe oculaire oscille. La nuit comateuse reprend son cours.

— Un soupçon d'espoir renouvelable. Espérons-le, confie le médecin à l'infirmière qui range l'oreiller sous la tête figée dans l'oubli.

* * *

Érika, absente depuis Pâques, rentre au bercail. Les garçons jubilent. L'urgence du mariage prévu dans six semaines affole le monde.

— Si Tantine était là, émet Réjean, désolé de son absence prolongée.

— Quand est-ce qu'elle revient?

— Je ne sais pas, Érika. Peut-être bien qu'elle ne reviendra plus jamais?

Réjean écoute sa pensée monologuer. Quoi dire, que faire pour la faire revenir. Le mariage? Pas suffisant pour la revoir. Un repos bien mérité «en bonyenne!», se dit-il.

— Nous autres et nos histoires. Une n'attend pas l'autre. Passons-nous de ses services une bonne fois, concède Pierre. Prouvons-lui qu'on est capable d'agir.

Les garçons avaient beau s'encourager, envisager le mariage sans elle semblait inconcevable, insensé. Compagne, confidente, conseillère de nos malheurs, absente de nos grands bonheurs? Impensable. Réjean songe à son témoin.

Une femme... Une femme-témoin. Une raison valable à son retour... assuré. Qui ferait parler le monde à plein et jaunir d'envie le reste des placoteux. Réjean se tape la fesse de joie en songeant à ces «branleux», la langue constamment pendue, prête à bavasser de n'importe qui et de tout le monde en même temps. M.le curé... Ouais. Va-t-il accepter? L'air renfrogné, il sait que ce dernier ne sauterait pas en l'air à cette idée folle et insensée.

Le téléphone l'arrache à ses pensées farfelues. Érika, la mine épanouie allonge le plaisir anticipé.

— Envoie, accouche! ordonne Réjean pressé.

— Oncle Félix demande à parler à tante Christine.

— Pas vrai?

— Il est sorti du coma ce matin pendant quelques minutes. On présume une amélioration tangible dans les prochaines heures, annonce leur soeur, empesée dans son langage pointu artificiel de couventine. Réjean fait la moue. Il préfère son Érika d'antan. Celle qui parle comme eux et comme le monde du rang; avec des mots compréhensibles par tout le monde. Non, il n'aime pas ce changement.

— Nous tenons le motif pour la faire revenir, suggère-t-elle conquise par l'idée.

Le téléphone part au galop aux USA.

Une voix chaleureuse semble avoir attendu cet appel des jours et des jours.

Elle prend l'avion. Le fil cassé est renoué.

* * *

Félix perd de l'amplitude. Son pouls faiblit. Sa température baisse. Ses pieds enflent.

On s'en irait vers un enterrement au lieu d'un mariage? songe Christine, soucieuse et tourmentée, cousant le bas de pantalon neuf de Réjean.

La sonnerie du téléphone la fait sursauter. Elle déteste se voir si impatiente au bruit. D'un geste las, elle dépose l'aiguille dans l'ourlet de pantalon neuf à terminer. Une fois debout, la lassitude s'amplifie. Comme une digue usée sur le point de céder. Une mer de fatigue écrase ses épaules vieillissantes.

Avoir refusé, une bonne fois. M'être reposée, tout l'été. Être restée auprès de cet homme si bon, parti sans elle dans l'au-delà. Avoir osé penser à moi, une fois. Rien qu'une petite fois dans ma vie.

Le téléphone s'impatiente.

Une voix grincheuse pince son oreille.

Félix, conscient, la fait demander. Il insiste pour la voir seule.

Christine tente de démêler ses émotions et ses sentiments en cours de route, sans y parvenir. Le coeur chaviré, doucement elle pousse la porte de son passé.

Félix a demandé d'être assis pour cette rencontre. Nulle trace d'aigreur poudre son visage blafard à son arrivée. Juste le souvenir de ces immenses yeux d'azur creusés au fond de leur tanière. Une tanière à peine grisonnante, encore abondante, déposée sur son oreiller.

Christine s'avance, troublée. Des mots muets sortent de sa bouche close. Pauvre homme! Sa main chaude se pose sur le bras pileux. La minute de vérité sonne.

Félix cache cette main de la sienne, ordonne le silence des yeux. Le contact de cette peau oubliée, ravive ses souvenirs.

Vide le sac de regrets compressés depuis des siècles, et prêt à fendre, lui ordonne sa tête nébuleuse.

— Christine, tu ne changes pas.

La faiblesse de sa voix l'incite à se presser.

— Toi non plus, ment Christine le regard attendri.

— J'ai beaucoup à dire. Le temps presse. D'abord Christine, pardon.

— Chut! Tais-toi. Faut te reposer. Je resterai ici tout proche si tu le désires.

— Christine, l'heure approche. Je t'ai cherchée partout depuis que j'ai su que... que le... bébé avait été placé ici, quelque part.

— Ne parle plus du passé. Le passé, c'est si loin. Tant d'eau a coulé sous le pont depuis ce temps, Félix. Allez. Ne te fatigue pas. Tout est effacé. Oublié.

— Christine, laisse-moi parler. Il le faut. Je sais que tu es revenue pour elle. Tu n'as pas voulu me la faire connaître? C'est ton droit. Je t'en veux pas. Tu avais tout à fait raison d'agir ainsi. Notre fille ne gagnerait rien à découvrir son vrai père. Une loque comme moi. Un raté. Pourtant j'ai... J'avais espéré malgré tout que... Avoir pu voir ses yeux, seulement une fois. Une seule... Puis après je me dis: À quoi bon la troubler.

Félix se tait, tiraillé entre le pot-pourri de ses désirs et de ses regrets continuels. L'effort surhumain déployé fait ruisseler son front sillonné par une veine proéminente bleuâtre. Il ferme les yeux et supplie le ciel de lui accorder la force de ce répit.

Christine éponge son front, caresse son bras osseux, confuse. Quoi dire.

— Je suis peu être un raté mais un homme d'honneur. Un jour, j'ai trouvé dans mon sac de soldat, une médaille de bravoure militaire qui ne m'appartenait pas. Je l'ai gardée et... perdue. Elle se trouve chez Odilon. Quand tu mettras la main dessus va la porter à Anselme Francoeur à...

Christine, bouleversée, note soigneusement le nom et l'adresse, la vision obstruée par les larmes.

Félix sombre dans une extrême fatigue. Sa tête retombe sur son épaule. Sa voix s'éteint.

Christine se penche, passe sa main sous sa tête osseuse, approche près de son oreille.

— Félix, écoute. Je ne sais pas qui est notre fille.

Félix agrandit les yeux d'étonnement. Sa voix n'obéit plus à sa tête lourde de mots en multitude.

— Notre fille est chez Odilon. Je l'avais donnée à Annette. Tu sais, les supposées jumelles? Ta fille est l'une d'elles. Laquelle? Faudrait me le dire, Félix. Des fois, Érika ressemble tellement à la grand-mère Veilleux... Annette est morte en emportant son secret et sa vengeance... Qui sait?

Les yeux du malade n'en peuvent plus de se surprendre.

— Je com... prends pourqu... oi tu... restes là...

— Paraîtrait que des papiers existent. Demande-moi pas où ils sont? Je l'ignore.

Félix s'agite. Des mots doivent encore devenir confidences.

— Je savais pas que... tu avais marié... Kurny? Il m'a poursuivi... depuis des... années... pour cette... médaille.

— Kurny te poursuivre? Impossible. Il t'aimait trop. Tu as nourri ses conversations pendant des décennies. Jamais il a été question de cette médaille. Félix... Félix?

Félix cherche l'image de Christine, floue. Ses yeux se meurent. Des sons urgent malgré tout.

— Je n'ai pas... tu... é... Kurn...

Christine se penche, tente de saisir les sons infimes sur les lèvres tremblantes et crochues.

— Rrrré.. gi.... nnnnna. Cinq. *Creek*... ho...;..tel.

Un univers, exclus des hommes, vient de le happer une seconde fois.

Christine se laisse choir sur son lit et pleure l'ami qu'elle aurait pu avoir.

Dix heures tombent sur le soir sans couleur. Combien de temps les réminiscences l'ont tenue immobile dans cette chaise? Elle ne saurait le dire.

Soudain, le poids de la vie coule indifférent sur l'avenir, pèse lourd, courbe encore son échine, neige ses cheveux.

Un bras la soulève lentement. Pierre l'arrache à sa léthargie.

Une vie; des millions des gestes incohérents. Pourquoi? martèle son esprit.

* * *

Érika, la brave, ose pénétrer dans la sinistre chambre. Les autres s'abstiennent. Il est vrai qu'elle n'a rien vu du drame. Point d'images, point de peur. Le policier lui a remis la clé lundi.

Réjean projette de démolir cette maison moisissante et de construire la sienne à côté. Trop de cauchemars l'habitent.

Tout chambarder. En finir. Passer l'éponge. Planter sa pioche dans du sol nouveau. Neuf. Semer des jours heureux. Couler le futur sur de solides fondations, brode sa tête enthousiaste.

Érika s'attriste à songer à la perte de tant de souvenirs. Elle pousse la porte de la chambre terrifiante, curieuse et incertaine à la fois. La pièce sent le renfermé. La fenêtre réparée, rouverte, aspire l'air pur à profusion, comme autrefois quand elle s'accoudait pour rêver à de beaux et fabuleux garçons ou qu'elle venait jaser avec sa grand-mère en mangeant une bonne beurrée de graisse et de cassonade. Les rideaux s'ébattent au vent. Elle s'étend sur le lit et étale son monde bousculé. Dans sa tête, des hommes s'animent, décrivent la scène nébuleuse. La porte ouverte capte son attention. Cette garde-robe … un meurtrier? Elle frissonne, l'examine, se lève, scrute le fond, en referme la porte et met le crochet.

Faire un changement dans cette pièce pour les noces; une fichue de bonne idée, répond sa mijoteuse interne.

Déplacer le lit double. Le chiffonnier. Peinturer. Oui, peinturer. Commencer maintenant. Leur faire la surprise. Bouger le lit. Voir l'effet sous un angle nouveau. Le prélart est brisé dans ce coin? Pousser ce meuble-là sur le côté opposé à la fenêtre.

Tiens, quelque chose roule.

Elle se penche, ramasse un objet religieux. La statue de Notre-Dame-du-Cap… brisée! Elle prend la Vierge étêtée, cherche la partie manquante, ne la trouve pas. Elle examine les angles ébréchés, penaude.

Pouvoir la réparer.

Le regard sérieux de sa mère monte du souvenir. Elle s'y attarde un moment, émue. Une étrange sensation de vide, d'absence douloureuse l'envahit. Ses yeux s'humectent.

Maman. Votre statue préférée… Vous disiez qu'elle était miraculeuse. Personne ne devait la toucher; seulement la prier. Si vous êtes si puissante Vierge Marie, montrez-le, c'est le temps, implore, soucieuse la jeune fille. Tantine est noyée de chagrin. Elle ne le mérite pas. Puis… oncle Félix qui se meurt. Pas seulement un, mais plusieurs miracles il nous faudrait.

L'objet précieux de sa mère déposé sur le chiffonnier, Érika continue son remue-ménage.

Un jour, on la réparera si on peut trouver la tête. Tiens. Quelqu'un?

Réjean entre boire un coup d'eau.

...lui parler de peinture et de statue.

— Curieux que les policiers ne l'aient pas ramassée. Ils ont passé la chambre au peigne fin.

— Dis donc, Réjean! Qu'est-ce que tu dirais, si on rafraîchissait la chambre pour les noces.

— Bonne idée!

Pouvoir effacer toutes traces, le soulage. L'entrée de Louise dans sa vie le remplit d'espoir. Il s'y accroche éperdument. Demain, Pierre apportera un gallon du village.

— Un gallon de peinture bleu pâle comme les fleurs du prélart. Puis, j'achèterai de la mousseline rose pour garnir la fenêtre.

Réjean sourit. Les femmes; elles sont toutes des pareilles.

— Moi, les couleurs tu sais. J'aime mieux les taches blanches des vaches.

— Ou noires.

— Ou noires? Je ne comprends pas.

— Les vaches ont des taches blanches ou noires.

Réjean retient sa bouchée de pain, éclate de rire, amusé. Un rire que sa soeur boit comme elle mange du sirop d'érable; un rire, symbole de guérison. Elle reprend le sillon radieux à son tour.

Ma soeur s'en vient pas mal futée, songe Réjean attendri. Ouais. Pas moyen de se chicaner sur la couleur des vaches, c'est vrai.

— Quand est-ce qu'on mange?

Érika soupire. La vie des siens tourne autour de la table à garnir et regarnir sans cesse.

— La soupe est prête, installe-toi.

Réjean renoue le fil des jours passés. Savoir sa grande soeur proche pour ce grand jour, le grise de plaisir. Il va se laver les mains et s'approche. Entre eux, reconquérir le temps évaporé sur leur vie est primordial.

— Puis, as-tu mis du sel blanc et du poivre noir?

Érika, battue, apporte les condiments en silence, le fou-rire au fond du coeur. Réjean venait de lui prouver que l'école avait ses limites. D'un commun accord, ils garnissent la cuisine de gaieté réinventée.

* * *

L'apogée de l'été fend le clocher de l'église, quand le glas du soir annonce la mort de Félix. Un autre membre de la famille s'envole vers l'oubli.

Les jours gonflés de chaleur se succèdent, embrasés et tristes. Des habits du dimanche traversés de sueur suivent le corbillard, puis la tombe au cimetière.

Sa longue randonnée comateuse l'a mené au seuil du repos éternel. Il n'a pas retrouvé l'usage de la parole depuis sa conversation avec Christine.

— Un grand homme nous a quittés, affirme M.le curé du haut de la chaire. Un homme d'une trempe unique.

S'il continue, c'est moi qui va être trempé, songe le forgeron sous la chaire.

— Sa bravoure et sa témérité ont fait jaillir du sang de ses veines pour sa patrie. Un homme sauvé. Prenons son exemple. Entretenons sa mémoire, continue le discours du prêtre.

Un homme sauvé? Les cartes, les jurons salés... songe Imelda, dont le mari a tout perdu au jeu, assise dans le dernier banc d'église.

Le bon prêtre asperge le cercueil d'eau bénite.

— Ils vont le noyer! chuchote le barbier à son voisin.

Le cortège s'ébranle. Des larmes humectent le parcours. Du gravier est foulé. Une tombe descend lentement en terre. Le prêtre retourne à la sacristie. La foule se disperse. Les parents consentent à partir. Le fossoyeur reprend son cours. L'oubli entre en action. Un homme vieilli et usé qui n'avait pourtant que cinquante-huit ans. Ce jour gonflé de chaleur de juillet se meurt comme il est né.

Une médaille hantera maintenant Christine.

Réjean bout. Ses yeux percent d'un éclat inhabituel. Un garçon au faîte du bonheur se laisse admirer une dernière fois. Il tient en main un billet d'avion pour la Nouvelle-Zélande, que vient de lui remettre tante Christine en guise de cadeau de mariage. Un rêve insoupçonné, irréalisable, effleuré à la sauvette sur le coin de la table un dimanche après-midi, en feuilletant un article du Bulletin des Agriculteurs. Un rêve pourtant retenu par sa tante silencieuse, toujours attentive. La Nouvelle-Zélande! Le monde attroupé palpe le précieux papier et examine le couple en se demandant s'il pourra apprécier le geste à sa mesure. Du monde si ordinaire! Puis, les pensées se tournent vers cette mystérieuse femme magicienne et fabricante de bonheur, insouciante à ses tracas et ses inquiétudes. Ces enfants; les siens, enfin, apprivoiseront le plaisir et en vivront à plein. La noce perd de son élan. Un jour très réussi malgré le récent décès. Les gens, les parents ont semé de la joie sur la journée entière.

À la vue de ce fabuleux cadeau dans les mains de son mari, Louise pétille. L'éclat de sa beauté le bouleverse et le paralyse. Il s'emmêle les pieds et tombe dans son corsage abondant et regorgé d'odeurs exquises.

— Mange-les pas tout de suite garçon, ricane Jos Morleau, le cultivateur du troisième rang. Garde-toé s'en pour demain!

Réjean rougit et attrape la main de sa femme, confuse. Ce vieux déplaisant savait de quoi il parlait. Oui, Réjean avait maintes fois espéré voir, toucher ces magnifiques joyaux qui le rendaient fou. Mais, oser rentrer dans sa robe, c'était risquer de la perdre. La perdre à jamais! Louise ne permettait à quiconque de la toucher. Le respect, voilà ce qu'elle valait. Il essuie une larme de joie pendue à la joue douce, ému. Aujourd'hui, la licence officielle dans ses doigts; alors, que Jos Morleau et le monde entier aille au diable! Tantôt il verra, il palpera à sa guise le prix de ses attentes à en gémir. Cette pensée le tord de rire. Trop rire fait naître des larmes; il s'essuie les yeux.

Trop de joie comme trop de peine crève des nuages, fait déborder le courant et produit des embâcles, songe le notaire silencieux, désolé, un peu envieux. Dommage que le tout se dissolve. Volontiers, il aurait croqué cette belle femme.

Christine jubile. La fameuse médaille est subitement apparue au cou d'Angélique à la messe nuptiale, quand elle l'a sortie de l'intérieur de sa robe rose festonnée de riche dentelle.

— Angélique, la médaille! Tu as la médaille? Où l'as-tu dénichée?

— Dans les affaires de la huche à pain du grenier, chuchote la belle enfant.

— Enlève-moi cette médaille tout de suite de ton cou. Elle ne t'appartient pas. Tu n'as pas le droit de porter cette médaille, ma Couquine. Comprends-tu? adoucit le murmure féminin devant le visage apeuré de l'enfant, surprise et désolée, qui tient dans son poing serré le précieux objet.

— Pourquoi?

— Donne-moi cette médaille! Ne discute pas. Je t'expliquerai en dehors de l'église.

Rassurée, Angélique obéit. Sa moue ennuyée se dilue et laisse ressurgir la fillete épanouie et heureuse d'être nommée bouquetière la journée entière.

Christine serre la précieuse décoration enfouie au creux de sa main captivée par la curiosité et la grandeur du moment. Le servant de messe la rejoint avec la cloche de l'offertoire. Christine place l'objet au fond de son sac à main. Demain, elle ira rendre visite à un vaillant soldat.

Félix est sauvé.

Le soir venu, quand la paix enveloppe sa demeure, elle se fait reconduire au cimetière. Elle cueille une fleur, respire son parfum. Son regard plonge dans les entrailles de la terre, nouvellement recouverte de son tapis fané multicolore où dort un homme enseveli.

Félix, j'ai trouvé ta médaille. Dors en paix. Dès demain, je me rends la remettre à ce soldat.

Elle dépose l'objet sur la stèle, un moment. La vue embuée, un flot de souvenirs monte au rivage de son coeur. La porte ouverte à ses sentiments débordés, elle se laisse envahir, troublée. Comme si soudain, derrière le mur de sa vie ébréchée, elle voyait un homme différent.

Tu l'as aimé, dit une voix forte en elle. Tu es de même race. Tu as prêté ton corps pour ta patrie comme lui. Vous en avez payé le prix, à votre façon. Marié à un même idéal, c'est une manière d'aimer. Tu n'es pas un raté, Félix. Seulement un blessé par la vie. J'ai toujours respecté en toi l'homme des grands moments et l'amour que tu me portais. Veux-tu savoir, Félix? J'ai encore toutes tes lettres de guerre. Si tu avais seulement voulu répondre à la dernière... Il est des unions, si courtes soient-elles, qui incrustent une griffe indélébile sur le destin et en détourne le cours. Ce fut nos vies. Deux. Deux racines sont maintenant coupées de mon existence, Félix. Deux hommes que je n'ai pas osé aimer d'amour. Kurny et toi. L'heure est peut-être venue de prendre le temps? Félix. En attendant, dors en paix. Je reviendrai, car je sais que tu m'écouteras. Tu en as tout le temps.

Elle reprend la médaille et le quitte. Sa longue route s'habille de recueillement et de méditation. Le destin façonne des jours étranges sur le sentier de sa vie. Aujourd'hui fut le plus intime, se dit-elle sereine. Elle verrouille l'entrée du cimetière soulagée. Exécuter les dernières volontés de Félix atténuera l'ampleur de sa petitesse et augmentera sa gloire.

Conserver de tant de rancunes et d'hostilités tenait de la démence. Je suis méchante et hideuse. Après tout j'avais mes torts. J'ai goûté intensément ce plaisir charnel. L'odeur de ces champs me le rappelle. Allongé dans sa tombe, que m'ont valu ses souffrances morales? Son legs? La découverte de ma conscience corrompue. Je devrai cesser ce manège ne menant nulle part. Sinon, celui de justifier ce besoin de dominer, de haïr. Pourquoi? Je l'ignore.

Tu l'ignores? Tu refuses de creuser. Juste un peu. Tu trouverais si vite. Si vite... assure sa réflexion.

Christine, recroquevillée dans sa tourmente, tente de fermer l'oeil. Elle découvre le prix de la mort de Félix et tressaille.

* * *

Le soleil de plomb arrose le jour de sueurs humaines et se répand, polisson sur la vie du monde inondé et heureux. Le foin coupé sèche. Christine s'essuie le front. Le trot du cheval ralentit. Les prés essaiment de gens affairés. Le sol regorge d'une voluptueuse fenaison à engranger. L'été flâne sur la campagne agitée.

La ferme d'Anselme Francoeur surgit à l'horizon. Plein de moments inconnus mijotent dans la tête inquiète de Christine, quand elle aperçoit l'étrange propriété. Vers quel pétrin, se lance-t-elle cette fois? Elle examine les environs délabrés, ennuyée, inconfortable.

Un soldat-surhomme, avait affirmé Félix.

Une chaise roulante se poste en bouclier au milieu de son entrée.

Depuis longtemps, les voisins ont fui ce bout de rang isolé du monde. Elle stoppe le cheval, descend de voiture, s'amène la bride à la main vers l'homme renfrogné.

— M. Anselme Francoeur?

— Ouais.

— Vous avez deux minutes à me consacrer?

— Ouais, étire l'homme intimidé par une si belle femme. Attachez vot'cheval à la ferrure au coin de la maison et entrez.

Christine, le visage en retrait, surveille la surprenante agilité de la chaise monter le couloir de l'escalier, puis disparaître derrière la porte de «passe». Elle enjambe les marches et s'arrête. Un survol de l'horizon la surprend. Une mer de calme et de propreté. Au loin, une femme dans un champ coiffée d'un énorme chapeau de paille, ramasse avec un enfant, le reste du champ de foin. Le garçon, soudain la quitte et se dirige vers la maison.

Sa mère l'envoie en éclaireur, s'amuse-t-elle à réfléchir. Il est surprenant de voir la vie se ponctuer chaque jour de surprises. Une femme-fermier. J'ai encore des choses à apprendre malgré mon âge, se murmure-t-elle, une main qui pousse le moustiquaire ébréché.

L'atmosphère tout entière déverse la présence renfrognée de l'infirme, assis au centre de la cuisine. Pourtant la pièce regorge de couleurs vives.

Christine n'ose pas subir davantage le regard trouble de l'homme qui la défigure. D'une main décidée, elle présente la fameuse médaille qui tombe dans des mains diminuées, cireuses, ouvertes sur des moignons cachés.

Derrière, un petit bout d'homme entre en coup de vent.

— Tenez, monsieur, votre médaille.

— Ma médaille?

— Félix Beaubien vous l'envoie.

L'homme sent couler un nuage d'incertitude et de silence. Son regard médusé colle à l'objet terni retourné maintes fois dans ses mains. Il sourit à l'enfant brûlé de curiosité, penché sur la chaise roulante qui attend je ne sais quoi, les bras derrière le dos.

— J'la veux. J'la veux papa. Donnez-la moi.

— Pourquoi faire?

— Un collier papa.

Anselme caresse la nuque du visage anxieux et lui sourit. Il ouvre sa main d'où s'échappe le fameux bijou devenu sans valeur. Le garçon grimpe sur un tiroir de l'armoire. Tire un bout de corde, siffle à son chien, lui entoure le cou de la médaille et s'enfuit à travers la porte battant au vent.

Anselme relève la tête, plonge son étonnant regard sur la femme déconfite.

— Félix Beaubien? Qu'est-ce qui devient celui-là? Y as-tu trouvé sa fille au moins? coule les mots arrosés d'un rire sarcastique.

Christine revient sur terre, un coup de tonnerre sur la tête.

— Sa fille? continue l'étonnement démesuré de la voix féminine subjugée.

— Ouais. Sa fille, affirme l'étrange certitude de l'homme. De valeur qui soit pas venu en personne. J'avais des choses à lui jaser... Plein de choses. Pourquoi il vous envoie à sa place?

— Félix est mort. Mort et enterré le mois passé. Sans avoir connu sa fille, comme vous le dites.

— Aaaaaaah? J'suppose qui l'a pas retrouvée? Au fait, vous êtes madame?

Une valse d'hésitation gravite autour d'elle et grandit.

— Je suis quelqu'un qui le connaît bien, affirme l'ambiguïté mesurée de Christine empêtrée dans l'énigme jusqu'au cou.

Tout à l'heure la médaille... maintenant son secret... sa fille?

Tu vas cracher, mon homme. Ouais. Tu vas cracher des tonneaux de confidences, mon bonhomme. C'est juré.

— Qui vous a appris au sujet de sa fille? circonscrit Christine intriguée, enjôleuse.

L'homme étudie l'embarras de la femme suspecte et dévie le suspense.

— J'suppose que vous êtes de la famille, si vous savez qu'il est mort. De quoi au juste?

— De... d'une commotion cérébrale, allonge la voix attendrie.

— Cré bateau! Une maladie rare. Il a souffert?

... au moins, murmure en lui, sa pensée hargneuse.

— Pas du tout.

— Tant mieux, ment l'homme, le visage penché sur ses jambes absentes. La vie est drôle. Vous voyez? De nous deux, Félix était le meilleur. Voyez-vous ce qu'un éclopé de ma sorte peut faire d'utile dans la vie? Rien! Moins que rien! Tandis que lui... C't'homme-là a laissé sa santé au front.

— Au front?

— À la guerre. Fallait avoir une santé de fer pour survivre avec un corps rafistolé comme le sien. Je vous l'assure, madame.

Christine se sent coupable. Mort, Félix renaissait dans toute sa gloire. Honteuse, elle insiste.

— Vous l'avez bien connu, hein?

Le recueil de ses souvenirs extirpe un moment la réalité et le plonge dans les faisceaux ombragés de son passé mouvementé. Sa famille avait couvé un mouton noir, lui: Anselme. Fallait qu'il pense autrement des autres. Son père cachait ses garçons des «Spoteurs», et les empêchait de partir à la guerre ou de s'enrôler. Lui, Anselme, le troisième de la famille; le mouton noir, un soir s'évadait du nid familial et courait prendre l'uniforme, la tête enflée et enflammée par l'esprit aventurier qui le nourrissait. On le désigne au *Yukon Machin Battery*. Il écrit une longue lettre explicative à sa mère qui ne se présente pas au départ de ce fils indigne et ingrat pour ses parents. Une lettre sans réponse qui devient crève-coeur. La passerelle enjambée pour l'Europe, il part tout de même le coeur serré; une tristesse vite envolée par l'ampleur des expériences futures en perspective. Un monde d'amitié s'anime autour de lui, en lui. Des hommes valeureux bafouent la peur collée à leur peau. La guerre; une tranche de vie indélébile à supporter. La chaise de Christine qui frappe le mur, le ramène au moment présent.

— Si je l'ai connu! Bien plus que vous madame. Madame?

— Griffin.

Une Anglaise? Une Anglaise dans sa famille? Ah ben! C'est drôle. Pourtant, elle n'en a pas l'air...

— Griffin... Griffin. Ce nom me dit quelque chose...

L'homme scrute les escarpements abrupts de sa mémoire. L'ardu du manège électrise son cuir chevelu, arque un sourcil. De retour, il écarquille les yeux d'étonnement.

Pas la femme du soldat Griffin? interroge la tête d'Anselme pétrit les confidences passées. Beaudoin m'a dit que c'était lui qui m'avait volé ma médaille. Puis, qui l'avait mise dans le sac de Félix, pour l'incriminer. Il m'a juré l'autre jour qui n'avait pas la médaille. C'est peut être elle qui l'avait? Faudrait savoir. Ah tant pis! À quoi bon, quand des os font plus mal, rien ne sert plus à rien.

— Je suis Mme Griffin en personne, monsieur, allonge Christine devant le silence qui n'en finit plus de se répandre.

— Le monde est petit, reprend l'infirme la retenant du regard cherchant à comprendre le lien l'unissant à Félix.

Le cheval renâcle d'impatience.

Christine, la visiteuse, s'étire le cou en sa direction et voit la bête aux prises avec une ondée de taons jaunes en bataille autour de sa gueule. Elle esquisse un mouvement d'impatience sur le coin d'une patte de table. Offusquée de voir cet infirme tenir des parcelles importantes de son passé entre ses mains jointes plissées et ses lèvres mystérieuses et muettes, elle recroise une jambe sur l'autre.

Le suspense s'étire atrocement.

Elle se sent inquiète. Si cet homme connaissait son histoire. Forcément que d'autres savouraient son secret? Elle ravale.

Dans sa tombe, Félix lui retournait le calvaire infligé. Éclaircir cette affaire est urgent. Elle survole le paysage en proie à une colère montante. Une voiture s'approche.

Cette femme au loin dans le champ qui s'en vient... Lancer la ligne maintenant. Pêcher.

— C'était durant la guerre, hein? Vous étiez avec lui?

L'homme se recueille et affirme de la tête.

— Un jour, il avait rencontré une belle fille, en permission. Dans le temps, sa femme l'avait quitté.

Anselme rentre en lui, réfléchit et se tait.

— Aaaah? étire la voix féminine.

Christine se meurt de curiosité.

— De la peine; beaucoup de peine, vous savez. Il l'aimait gros sa femme. Mine de rien, le ménage s'est mis à tourner carré. On sait quand ça finit, mais jamais quand ça commence, ces histoires-là. L'armée lui a accordé une permission au Canada. Au retour, il nous a raconté sa rencontre avec une belle fille. Elle l'avait guéri d'une drôle de façon.

— Façon?

— Il lui avait fait un p'tit.

— Un bébé? Comment savez-vous?

Christine, pendue à ses lèvres, boit les mots lourds d'aveux donnés gratuitement et attend, éberluée, sa tête étourdie par les confidences. Attend... en vain.

L'homme se renfrogne, conscient de trahir un passé qui ne lui appartient pas. Il referme les écoutilles des confidences au grand désespoir de Christine, morte de désir de savoir.

— Elle s'appelait Christine, je crois, avance-t-elle le coeur chaviré, le regard brouillé, le corps baigné d'émotions incontrôlables et incompréhensibles. Elle s'assied.

L'infirme ému, se tait, s'éloigne dans le couloir et revient, une pile de lettres jaunies entre ses mains. Il lève la tête, pose un long et profond regard intuitif sur la femme muette d'étonnement.

— Oui, elle s'appelait Christine. Voici ses lettres. Tenez. La vérité, rien que la vérité.

Christine prend une enveloppe, redécouvre son écriture, se sent défaillir. Elle remet le pli dans une main chaude qui la retient.

— Je les ai toujours gardées. Il ne voulait rien savoir d'elle, de son histoire, de ses embarras. Je lui ai demandé de lui écrire à sa place. Une si belle fille! Si distinguée! De si bonne famille! Fait couler les aveux spontanés incroyables.

Anselme remonte le temps intérieurement. Une tranche de sa vie fabuleuse enrobée d'amour pour cette fille inaccessible. Une tricherie agglutinée sur ses jours fades et monotones. Un souvenir enseveli en lui, comme dans un écrin de bijoux serti de diamants bouclé à double tour afin de ne jamais en perdre les arômes, les facettes, le jaillissement.

— J'ai triché. J'ai triché parce que j'aimais cette fille, avouent les mots recouverts d'amertume ou de regrets, sa pensée cachée entre les lettres qu'il tourne dans ses mains blafardes, émaciées. Mû comme un ressort terminant son enfilade, il répète effondré.

— J'ai triché, madame, parce que j'ai toujours aimé cette femme... et je l'aime encore. Pas croyable! Vous savez. Je suis un fou. Un vrai fou!

Anselme, soulagé de pouvoir, enfin, partager un si lointain secret, tremble d'inconfort.

Christine, émue aux larmes, s'approche de lui, s'accroupit, plonge en lui par ses pupilles et laisse se déverser la confidence incontrôlable.

— Vous lui avez avoué votre amour, l'avez rassurée de votre soutien...

— Des paroles; rien que des paroles!

— Que vous ne pouviez pas tenir.

— Que j'ai laissé tomber à mon tour, par manque de franchise.

Les minutes, l'heure, le temps s'est arrêté. Autour d'eux, il n'existe plus qu'eux. Eux noyés dans les tourbillons effarants les emportant en mémoire, flagellés par le destin. Méconnaissables, ils se découvrent.

Christine, renversée par cet aveu, retrouve la force de son amour pour lui, vibre au rythme de son coeur effréné. Elle porte une main à son coeur pour tenter de cesser son emballement. Le souvenir de ses lettres lui montent à l'esprit. Portées à nues, elles giclent sur lui comme le parfum de son champ de trèfles, à l'été. Un murmure affolé, hésitant, sort de sa bouche nerveuse.

— Je t'ai avoué mon amour. J'ai promis de t'attendre ma vie entière. Je t'offrirai ce bébé. Notre bébé à ton retour.

Anselme, agité, scrute le visage éblouissant, proche. Si proche de la femme à genoux... Il a peur et croit en saisir le sens.

— Qui vous a dit? Personne est au courant de l'existence de ces lettres. Pas même ma soeur.

— ... soeur?

— Celle qui travaille aux champs. Le garçon est le sien. Une fille sans abri et sans argent venue m'aider en retour d'un secret bien gardé. Son enfant me prend pour son père.

Anselme, soudain saisi, se recule estomaqué, implore.

— Vous êtes...

— Christine.

— Christine? Tu es Christine! réalise Anselme transformé.

Étranglée d'émotion, elle affirme de la tête.

Anselme l'examine, éberlué. Il sent monter la couleur dans ses joues. Christine... elle est Christine ...pas croyable! Il écoute ces mots doux, doux à faire pleurer. Il ferme les paupières et l'étreint dans ses bras.

C'était donc toi, Christine. Ma Christine? Celle que j'ai attendue toute ma vie? ...Pour rien?

Une détresse incommensurable se lit sur son visage empourpré. Il repousse l'étreinte imaginaire et sort une photo d'une enveloppe.

— Regarde, comme tu es belle!

— Anselme. Anselme tais-toi. Je ne suis plus belle. Tu vois? Je plisse de partout.

— Où?

Ils rient, rient. Les murs en frémissent. L'air s'en imprègne. L'atmosphère en regorge.

Christine, la tête appuyée sur l'imposante poitrine, hume l'odeur de sueur mâle, sent la joie du coeur éclater en soubresauts incohérents, sous l'écorce masculine durcie. Il se penche, veut la prendre dans ses bras. La pesanteur de l'homme la renverse. La chaise crie sa joie. La voilà sous un homme démuni, à sa merci, qui tente de se relever, penaud. Leurs pensées se croisent, éclatent, s'enflamment. Leurs lèvres se scellent. La frénésie de leur déroute mutuelle les enrobe, emportés par la force de leurs émotions en broussailles. Soudain, Anselme se retourne. Christine replace la chaise, prend Anselme dans ses bras et l'assied, amusée.

— Qu'allons-nous devenir, Anselme? reprend Christine, fragile, la tête sur ses moignons vite recouverts de leur nappe de pudeur, la froide et rationnelle personne écrasée sous l'ouragan de l'amour.

L'infirme fige ses gestes, assomme le bonheur, rudoie la gaieté, reprend la route de la souffrance. Sa voix emprunte des sons acerbes, tranchants. Ses yeux la terrassent.

— Christine, relève-toi. Relevez-vous!

Christine, stupéfaite, ne bouge pas.

— Mme Griffin, debout!

Elle s'exécute, l'examine anéantie.

Il pointe la porte du doigt.

— Madame, partez!

— Anselme non. Pourquoi?

— Ch'us pas Félix. L'homme que vous aimez est mort. Mort et enterré comm'vous dites.

— Faux. L'homme que j'aime, que j'ai aimé, tient mes lettres entres ses mains. Je l'ai toujours considéré le père de l'enfant qu'un autre m'a fait. Qu'ensemble nous avons attendu, espéré. Anselme, ne me chasse pas maintenant?

— Tu dis des bêtises.

— Quelles bêtises?

— J'suis pas le père de ton enfant.

— Faire un enfant prend cinq minutes et moins. L'attendre et le construire entretient une vie.

— Tu perds la tête. Christine.

Christine s'accroche au langage intime qu'il tente de perdre et continue.

— Sais-tu ce que je suis allée raconter à Félix la semaine dernière, avant de venir te voir?

Anselme n'écoute plus. Son coeur se ferme à double tour. Il pique le couteau.

— Dans ta tête, l'homme que tu aimais se tenait debout.

— Tiens!

Il ouvre d'un geste brusque de la main, la couverture grise et fait voir l'horreur intégrale de son corps mutilé.

Christine effectue un mouvement de recul involontaire, le visage grimaçant.

— Maintenant, va-t-en. Ne reviens plus jamais!

Christine pousse lentement la porte de la cuisine d'été, le coeur ravagé par la tristesse. Un garçon arrive, près d'elle, en courant.

— Regardez madame, mon chien.

Christine n'a pu effacer les traces de chagrin visibles derrière son sourire. Elle se penche, prend la médaille accrochée au cou de l'animal qui dandine de la queue, l'examine un instant. Tant de tourments pour une décoration inutile.

— Tu sais ce que représente cette médaille?

— Oh oui! madame. C'est une médaille de bravoure méritée par mon oncle à la guerre. Mon chien l'a gagnée.

— Ton oncle?

— Je l'appelle papa pour lui faire plaisir. Il aime tant les enfants. Mon vrai père est mort à la guerre. Maman me l'a dit.

— Ton chien a gagné cette médaille?

— Un jour, il a sauvé ma mère. Un homme voulait la tuer dans la grange. Mon chien lui a sauté à la gorge et il s'est sauvé. Ne le dites pas à mon oncle, il serait fâché.

— Va le retrouver. Il a besoin de toi.

— Il vous a chicané?

— Au contraire, nous avons pleuré de joie. Tiens. Prends cette carte et donne-la à ta maman. Ne dis pas un mot à ton père. Tu vois? Nous sommes amis puisque nous avons un secret commun à garder. Promis?

— C'est promis.

La route s'enfile, longue, malgré le trot vigilant du cheval. Le soir effeuille ses rayons quand elle met le pied à terre. Emportée au gré de ses pensées, elle va, lente et soucieuse.

Que deviendras-tu maintenant? demande l'une d'elles.

La noirceur descend en elle jusque dans ses entrailles. Elle prend froid malgré la chaleur environnante. Habitent en elle une infinité de souvenirs jonchés de morts éparpillés sur sa route pensive, ailleurs que dans leurs cercueils. Son père, sa mère, Odilon, Annette, la petite Christine.

Sa fille, peut-être.

Félix l'inconscient, le coupable. Le coupable? De quoi? Par lui, j'ai découvert l'homme que j'ai aimé... que j'ai aimé.

Cette phrase, au passé, la surprend.

Que j'aime, que j'aime... que j'aime?

Tout est si confus en elle. Kurny... Pauvre Kurny. Un flot de compassion monte en elle à profusion. Je dois retrouver le meurtrier; je lui ai promis.

Tandis qu'elle essaie maladroitement de reprendre sa raison, sa pensée ne quitte plus cet infirme qui a fait tressaillir les profondeurs inconnues de son être. Elle monte ses mains à son visage. Il lui semble encore en humer son odeur masculine. Un plaisir de jeune fille refoulé en torrent dans son âme assoiffée. Ses pommettes rougissent. Honteuse de jouir et boire cette sensation suave et veloutée, Christine se réfugie dans sa chambre et dépose dans le coffre de son coeur chaviré, le cadeau que vient de lui offrir la vie.

Une grande retrouvaille!

L'amour. L'amour, parfois enfoui sous une montagne de sentiments pénibles.

Sur l'oreiller du soir, le soleil entreprend sa nuit. Une nuit constellée de bruissements nouveaux, venus renflouer le coeur fragile comme une immortelle, d'une femme au destin étrange et fabuleux.

Chapitre XXIV

Le gant

Tantine vous n'allez pas aider cet infirme?

Septembre.

Réjean est marié depuis deux ans. Il surveille le tracteur enlever les premières pelletées de terre de sa future demeure.

Au jardin, Louise s'affaire à rentrer les légumes et les fruits à conserve. Elle s'arrête un moment, émerveillée, pour admirer la réalité de leurs rêves prendre forme sous ses yeux.

— Si tu crois fermement à tes rêves, ils se réalisent toujours, dit maman.

— Notre maison va être belle, hein Louise?

— Très belle mon Pit, assure la femme amoureuse. Et grande! constate-t-elle une fois près de lui.

— Je suis content, Louise.

— Des garde-robes?

— Des garde-robes, et des armoires comme tu les veux.

Louise sourit encore à la pensée de tant d'espace rien que pour elle. Chez elle, il fallait se piler sur les pieds, plus souvent qu'autrement, tellement les places de rangement manquaient. Sa famille vivait tassée comme des sardines. Déjà, elle se voyait ranger ses trésors emportés dans son trousseau en se mariant, dans une immense maison à la mesure de ses ambitions et de ses rêves.

Érika termine son cours en administration. Pierre vit au village dans le logement adjacent à sa boulangerie, en compagnie de sa tantine efficace et effacée, souvent absente. Angélique débute sa deuxième année à l'école du village. Elle dîne chez Tantine et retourne à la ferme en autobus jaune. Partout, les chevaux sont remisés dans le passé.

Au village, Christine a ruminé sa décision pendant des jours et des jours. Jouer de la chaise berçante et des mâchoires sur le dos des autres ne l'intéresse guère.

Au moins, surveiller les affaires de Pierre m'occupera un bout de temps, se dit-elle pour tuer l'ennui.

Elle avait décidé, un matin, qu'elle pliait bagage. Pierre la suivrait.

* * *

Ce matin, en visite chez Réjean, appuyée à la vieille table de cuisine, Christine suit le travail de l'immense machine creusant le sol pierreux. Un survol autour d'elle renforce sa conviction. Vieux planchers usés, un chauffage millénaire, une cheminée prenant feu chaque hiver, pas d'armoires ni d'évier convenable, un poêle à bois en lambeaux et troué, le toit à refaire, des fenêtres à changer; un monde s'écroule.

Une maisonnée de disparus surplombe l'atmosphère. L'attrait d'une si grande simplicité vécue dans ces murs, l'émeut. Cette page sera difficile à tourner pour les jeunes. Une maison neuve à payer.

Comment feront-ils? Faudrait pourtant trouver une idée.

Angélique vacarme dans la chambre d'invités presque vide. Grimper sur le chiffonnier, sauter sur le lit malgré les interdictions des siens, l'amusent follement.

Les enfants évoluent, ils obéissent moins, pense Christine lasse. Je suis dépassée.

Un bruit sourd la fait courir vers la chambre au fond du corridor. La petite a renversé le chiffonnier et ramasse la statue de la Vierge en miettes ou presque. Deux papiers tombent dans les menottes fautives de la fillette penaude. Ses deux yeux foncés et désolés fixent le visage surpris de Tantine, captivée par la curieuse découverte.

Angélique s'accroche à la surprise pour tenter de s'esquiver d'une colère méritée. Va-t-elle me disputer? se dit l'enfant désolée d'avoir fait une telle bévue.

Christine, lentement, s'assied sur le bord du lit, déplie les papiers s'enroulant aussitôt. Son coeur bat à se rompre. Elle reconnait la signature de son père au bas de la police d'assurance. À la faveur de la surprenante découverte de sa tante, la petite Angélique se faufile entre les jambes pendantes et fuit le courroux anticipé. Les mains de Christine tremblent. À l'entrée du secret, elle hésite.

De quoi as-tu peur, Christine? monte une voix en elle.

Érika surgit à sa mémoire. Une belle jeune fille vivante et vraie lui sourit. Une femme superbe à l'orée de la vie. Savoir changera-t-il le cours de sa vie? De ma vie? De notre vie? Que faire? Je l'aime tant cette enfant... empruntée ou pas. Sa réponse soulage son inquiétude.

Le papier jauni, roulé se déplie encore. Un baptistaire... Mais c'est un baptistaire! Le regard embué, les tempes palpitantes, la voix brisée, elle lit et relit les lignes. Son visage s'illumine ou se crispe selon l'humeur des mots. Longtemps, elle reste immobile, les bras couchés sur ses cuisses, les papiers en mains, la tête piquée sur un coin de fleurs du prélart et songe. On la croirait envolée du décor, tellement elle est loin. Un dernier regard sur les lignes parcourues, sa décision prise, elle respire.

Un secret en terre ne blesse personne. M'obliger à remuer les cendres, tourmenter la famille, éclabousser la quiétude de la petite, expliquer l'histoire de Félix, la mienne, la saloperie de mon père, tout...

Elle ramasse la statue émiettée, la baise longuement et prie.

Le secret d'Annette ne sera jamais dévoilé, je vous en fais le serment Vierge Marie. Le geste d'Annette mérite ce respect.

Angélique entre en trombe. Les papiers reprennent leur forme originale au fond de la statue disparue dans les plis du couvre-pied en dentelle écrue.

— Ma tante?

L'enfant tient, du bout de ses doigts, un curieux vêtement, trouvé sous le plancher de la cuisine d'été servant de remise à bois, où elle s'était cachée.

— Montre-moi.

Christine prend le.. . gant noir en cuir, le tourne, retourne dans le silence et l'examine, attentive. Trois doigts manquent. L'annulaire et l'auriculaire droit ont été coupés puis recousus à la main solidement à l'aide d'un ligneux de cordonnier. Le troisième est coupé de moitié.

— D'où vient ce gant, Couquine?

— Je l'ai trouvé sur la corde de bois, derrière la maison.

— Curieux. En tout cas, il ne nous appartient pas.

— On le jette?

— Surtout pas. La police en aura besoin.

Christine ouvre le premier tiroir du chiffonnier et le dépose près d'une chandelle de cire.

Des pas s'amènent.

— Réjean! Angélique vient de trouver ce gant.

Le jeune homme scrute le curieux objet et hausse les épaules.

— Avez-vous une idée?

— Pas pour le gant mais pour autre chose, oui.

La joie entre en lui. Façonner son nid lui a donné des ailes. La mimique insinueuse de sa tante bien-aimée l'amuse et l'attendrit. Son étrange regard contient un monde de mystère, de profondeur, de bonté intangible. Il songe.

Quelle folie mijote encore dans sa tête?

Une troublante piqûre tord les entrailles de Christine, emmurée dans son village.

Surveiller Pierre... ouais. Pas intéressant. Placotter des autres non plus. Pouvoir rester ici quelque temps.

— Réjean. Dis-moi. Il me vient une idée. Si on partait une compagnie de distribution de lait en bouteilles pour payer ta maison?

— Une idée «pas piquée des vers» ma tante, renchérit Louise les bras chargés de légumes. Montrez-moi, je m'en chargerai.

Depuis, Louise distribue le lait chaque matin au volant de son camion réfrigéré. Un travail qui comble le vide du nid qui ne veut pas s'emplir.

La saison à peine terminée, Christine songe à Anselme.

— J'ai une idée, dit-elle, ironique, à Réjean, au dîner.

— Une idée? Je me méfie de vos bonnes idées, lance-t-il moqueur.

Elles aboutissent toutes.

Christine fend l'air de son rire glouton et enfile moqueuse.

— Aider Anselme.

Réjean fige sur place, hébété, la bouche ouverte comme si on venait de le paralyser.

— Aider cet infirme? Je ne vous suis pas Tantine.

Il savait sa tante si entêtée qu'aucun roc ne pouvait ébranler sa décision, une fois prise. N'empêche que cette fois-là, il perdait les méninges à trouver le pourquoi et n'y arrivait pas. Nous sortir du pétrin avait une certaine allure. Mais lui? ...

* * *

Christine danse de bonheur. Armand intensifie ses visites à Blandine, la soeur d'Anselme. Cette jeune femme a laissé vibrer son coeur endormi par un veuvage étiré en longueur. Sur le point de partir de l'usine, elle lui donne un message.

— Armand, dis à Anselme que j'irai le voir demain. De gré ou de force, je parlerai à cette tête de mule. Il va voir de quel bois je me chauffe.

Armand avait ri. Il ferait la commission, amusé, intrigué. Il échafaudait des hypothèses sur le dénouement de cette curieuse affaire. Une histoire qui ne donnait rien de bon, à son dire. Il aperçoit la ferme au détour de la route, augmente sa vitesse.

Blandine et lui... Si elle veut... Son petit garçon est si fin. Comme pas un... À Noël serait une bonne journée... Si Blandine est d'accord... il l'annoncera demain. Puis, ils se marieront à l'été. Enthousiaste, il rouvrira les persiennes de ses grands appartements et elle enjolivera ses jours futurs d'un bonheur insoupçonné. Il montrera à ce petit garçon comment faire des affaires. Rien qu'à y penser, ses jambes se mettent à piquer. D'un pas souple, il pénètre dans l'humble cuisine de celle qu'il aime, et s'attendrit au son lointain de sa voix, parvenue

du fond de la chambre creusée dans son quotidien de femme soumise
à un frère despotique.

Fidèle à son image, Christine monte, décidée dans la voiture et
disparaît à l'orée du bois. Anselme la recevra à rebrousse-poil, elle le
sait et s'en amuse. Armand a annoncé ses fiançailles pour Noël, et
Pierre astique l'idée concernant la fille du marchand général. Deux
futurs mariages à l'été lui donnent des idées contagieuses, effrayantes
et épouvantables pour une vieille femme. Le long chemin amoureux
parcouru entre elle et Anselme semble s'élargir de jour en jour. Il a
affronté des tempêtes orageuses, des vents hostiles, et des ouragans
dévastateurs. Or, le courant électrique magnétique tient toujours,
malgré les violents coups de tonnerre masculins. Elle a conçu un plan
pour l'hiver; Blandine est consentante. Son garçon frétille de plaisir à
la pensée qu'il va aller demeurer six mois aux USA avec sa mère et
son oncle Anselme, si le plan marche.

La grange déconfite tombe de vieillesse. Blandine a beau se
montrer une femme forte, voire virile, elle ne peut pas tout faire. Ses
bras manquent parfois de tonus.

Tôt ou tard, il devra partir... Impensable de le laisser seul, ici,
après le mariage, songe-t-elle, inquiète.   Comment faire entendre
raison à cette tête de mule, tout comme la mienne.

— Soit! On verra bien lequel de nous deux possède un crâne à
la hauteur de nos réputations. Wooo!

Le cheval s'immobilise content. L'empressement de la conductrice lui en a fait suer une bonne.

— Salut Anselme.

— Salut.

— Tu as bonne mine à matin.

Anselme hoche la tête, incertain, le regard bourru.

— Blandine t'as dit?

— Dit quoi?

— Pour Noël...

— Elle fait une folle d'elle.

— Pas folle, Anselme. Amoureuse. Comprends-tu? Comme toi
et moi.

— À son âge!

— Le nôtre, qu'est-ce que tu en fais? hein! On a dix ans de plus qu'elle.

— Pas une raison pour faire la folle. Qu'est-ce que j'vais faire tout seul?

Christine jubile. Le mot était lancé. Elle finit de faire le thé et lui en présente une tasse. Assise à ses pieds, elle se fait petite pour mieux le grandir. Grandir au point de le voir un jour, debout, qui marche comme tout le monde, aspire son rêve chimérique.

— Anselme, tu es mesquin.

— J'ai le droit! Après toute l'aide qu'elle a eue dans cette maison. T'oublie que je l'ai ramassée quand elle était dans l'chemin.

— T'oublie que, grâce à elle, tu es encore en vie. Tu te vois en train de faire les foins? J'en connais pas beaucoup des femmes de sa trempe, si tu veux savoir. Tu devrais en tenir compte. T'emparer de sa vie comme ton bien est laid, Anselme. Très laid.

— La chanson qui recommence.

— Tu as raison. Je change de refrain. N'empêche que je veux que tu songes à ce que je viens de te mettre sous la dent. Maintenant Anselme, je te soumets une idée qui m'est venue ces jours-ci.

Il sourit, ironique. Tout d'elle l'amuse, malgré lui. Que vient-elle lui servir, aujourd'hui? Il attend, une fois seul, de pouvoir rire à son saoul. Il s'abstient de lui prendre le visage entre ses mains et de le caresser des heures. Il piétine l'envie de l'embrasser comme la première fois, couchés tous les deux par terre comme des enfants. Depuis son retour, il ment tout le temps. Il se dit triste, ennuyé, prétend la détester, jure à tous les diables, déclare qu'elle est venue empester sa vie tranquille, se demande s'il s'en sortira vivant, regimbe sur tout et Blandine encaisse. En lui, la vérité le torture. Non, il ne s'ennuie pas. Il la désire ardemment. Il espère chaque jour sa visite, aime sa façon de faire le thé, savoure sa manière de s'asseoir et se faire petite à ses pieds, souhaite ne plus jamais la perdre. L'aime à en devenir fou, en perdre le sommeil et l'appétit. Jouer, se jouer d'elle aiguise son désir de vivre, avise la flamme ardente consumée en lui. Que va-t-il sortir de son crâne aujourd'hui? reluque sa pensée enjouée. Il se tait, s'enrobe d'obscurité et ouvre ses oreilles.

Une journée merveilleuse éclipse les nuages qui l'ont survolée. Il pose ses lèvres sur le rebord de la tasse et aspire lentement sa gorgée du liquide chaud. Sous ce liquide, il goûte sa bouche.

— Anselme, demain je pars pour Winnipeg. Je dois voir à mes affaires. Tu comprends?

Il écarquille les yeux. Il ne l'avait pas vue venir, celle-là.

* * *

L'avion soulève son flan de terre et grimpe dans l'immensité. Christine, absente du décor, se laisse dorloter, docile. Elle s'emballe. La beauté du décor n'a cessé de l'émerveiller. Aujourd'hui, elle va se rendre visiter ce directeur de la Police Montée au quartier de Winnipeg. Depuis deux ans que son mari est décédé et personne ne semble pressé de trouver le coupable. Deux ans à végéter, tâtonner pour la forme; sans succès. Ce soir, elle s'envole pour dépoussiérer le dossier et aiguiser les recherches. Elle a un élément nouveau. Ce gant noir en cuir amputé de trois doigts, et cette phrase de Félix sur son lit de mort. «Régina, chambre cinq, *Creek Hotel*». Les policiers disent n'avoir trouvé nulle trace de ce supposé suspect. Ce soir, elle se jure de se rendre elle-même sur les lieux et de visiter cet hôtel en personne. Qui sait? Ce gant l'aidera sans aucun doute. Elle interrogera le tenancier, scrutera la chambre cinq, tentera de saisir le message de Félix. Ensuite, elle accordera une visite longue et «amicale» à ce directeur, si grossier et répugnant au téléphone.

Le survol lui fait découvrir sa belle ville. Une cité envolée dans son essor quasi miraculeux, berceau de ses origines, ses malheurs, son passé enfoui dans ce sol inhospitalier qui la déconcerte, sans savoir pourquoi.

Son frère Gilles la reçoit, surpris, gêné. Il vient de divorcer et a négligé la succursale de la compagnie. Ses oreilles rabrouées, il promet de se remettre au travail sur-le-champ.

— Sinon...

— Sinon, je perdrai ma job comme président de cette branche de ta compagnie, petite soeur, lance-t-il, railleur. Je le sais. Christine, fais-moi confiance, je retrousse mes manches, dès aujourd'hui.

— Si je n'étais pas venue. Hein?

Gilles baisse la tête, honteux. Elle est futée sa soeur. Capable de rabrouer, de piétiner, de froideur impitoyable devant une décision. Personne n'évite ses semonces, lui, moins que quiconque. Il le sait. Elle arrive dans un moment fâcheux. Son dos se glace. Maintes fois, elle l'a sauvé du désastre et du déshonneur, gagnée par son coeur filial et le nom de la famille. Il ne peut, ne doit plus se permettre de fausses notes à son égard. Il la sent nerveuse, agitée, fragile, empressée par je ne sais quoi.

De mauvais augure, se dit-il, décontenancé.

Christine, brusquement, lui tourne le dos et entre dans le bureau du comptable.

— Dan Clark, je veux voir les livres.

L'employé respectueux et affable s'exécute volontiers. Sa confiance entière lui est accordée. Ils s'installent dans un bureau secondaire. Dan, sérieux, entreprend la lecture des chiffres. Demain, elle recevra le rapport de santé commercial souhaité.

— Si tout va bien...

— Je sais que tout va bien, madame. Les hommes débordent de travail.

— Puis... Gilles?

Dan Clark, le chien de garde de Christine, décrit la situation.

— Mme Griffin, j'ai votre frère à l'oeil, rassurez-vous. Il dirige, je gouverne.

Christine pouffe de rire. Cet employé fidèle et ambitieux lui plaît. Aiguiser cette ambition ne nuit pas, s'était-elle dit en le voyant évoluer de la sorte.

— Dan, si les livres de la succursale sont à point, je vous donne une augmentation.

Au tour du comptable, mince, grand, à la démarche rapide, de sourire. Un jour, la compagnie lui appartiendra, il en a la certitude.

En attendant, il la cultive à profusion. Détruire une telle opportunité serait de la démence, songe son ambition. La dame vieillit, le frère dépérit. Bientôt, très bientôt...

— Merci d'avance de cette augmentation. Elle tombe pile, ma femme est enceinte.

A travers la vitre de sa porte, Christine salue son frère occupé au téléphone et sort désolée. Avoir à faire espionner son unique et propre frère a de quoi se couvrir de honte. Ennuyée, elle reprend sa marche solitaire dans les rues de sa ville. Gilles la suit en pensée. Un homme instable, faible, fourbe, rampant. Un frère qu'elle voulait autre, façonné à son image. Un homme d'humeur comme Kurny et Félix. Un frère identique à son père; sans scrupule et insensible aux valeurs familiales. Cette pensée l'attriste davantage. N'avoir qu'un seul membre de sa famille vivant et si peu valeureux. Un frère qui ne peut se permettre de me trahir ou de me négliger. Sinon...

— Cette fois, il restera en tôle, le temps nécessaire, se jure-t-elle à haute voix pour s'en convaincre, sa marche soudainement ravivée.

Sa main ouvre une portière d'un taxi. Elle se rend à Régina, capitale de la Saskatchewan et centre de formation des recrues de la Gendarmerie. Une immense envolée au firmament et elle retombe aussitôt sur terre dans une autre province. Un autre taxi la dépose devant un hôtel ordinaire.

* * *

Creek Hotel.

Son faciès illuminé, elle pénètre heureuse et curieuse à la fois, dans la demeure adulte et proprette. Une grosse femme grisonnante l'accueille. Un homme grassouillet s'essuie les mains dans le coin de son vieux tablier de bar et l'examine. Elle exhibe l'objet inusité devant ses interlocuteurs. Le gant singulier tourne et retourne dans sa main, promené sous le nez du couple réuni derrière le comptoir. Christine enregistre les mimiques valsant entre la surprise, le doute, l'hésitation malsaine et la crainte larvée de leur regard mutuel. L'objet de son sourire, camouflé dans son sac à main, elle insiste pour voir la chambre cinq. Une petite chambre sise proche du hall d'entrée l'accueille. Rassurée, elle referme la porte, sur deux visages inconfortables. L'atmosphère sent le lourd secret inavoué, la peur des représailles. Les deux, soudainement devenus très nerveux et affairés à astiquer et à occuper le silence, que Christine s'amuse à incommoder. Elle tient un indice.

— Vous avez déjà vu quelqu'un porter ce gant, n'est-ce pas?

Chacun hausse les épaules, préoccupé à déranger le rangement.

— Un nom qui vous vient à l'esprit?

La bouche cousue, leur tête répond par la négative.

Sa découverte lui donne des ailes. Enfin, elle tient une piste. Kurny sera vengé. Une bonne fois, la justice parlera, avouera.

— Où est située la station de police?

Le gros s'empresse de l'amener sur le trottoir afin de mieux lui décrire le parcours, puis il rentre pressé.

Christine est reçue poliment. Le chef du poste 38 se fait affable et non surpris.

L'hôtel l'aura informé de ma visite, soupçonne-t-elle.

— Dommage madame! Notre enquête est terminée en ce qui nous concerne. Le dossier a été acheminé à la centrale de Winnipeg à la demande expresse du directeur général.

Christine calme insiste.

— Monsieur, ce gant vous rappelle quelqu'un?

Le policier debout, tourne et retourne attentivement le gant, songeur.

— La description du propriétaire du *Creek Hotel* sur un visiteur insolite, le soir du crime, renfermait, il me semble, la possession d'une paire de gants noirs portés par un jeune homme tatoué sur un bras. La femme avait remarqué ce curieux fait, par une soirée si torride.

— Vous avez le signalement de ce jeune homme?

— Nos recherches nous ont menés nulle part. C'est dommage.

— De quoi était accusé ce jeune homme?

— Du meurtre d'une jeune fille issue d'une famille paisible et riche de la ville de Régina. La fille unique du docteur Marston.

— Pas le propriétaire de...

— Exactement madame. Le propriétaire de la *Great West Company*.

Christine reste bouche bée.

— Nous aimerions élucider ce crime, madame. Mais le destin se joue de nous. Notre enquête fut remise au quartier général, l'an passé. Vous avez des soupçons? Ce gant aurait un lien?

— Je le crois. Les confidences d'un mourant le laissent croire.

L'homme demande le gant.

— Si vous le permettez, madame, j'acheminerai cet indice à Winnipeg et ferai part de vos interrogations à la haute direction. Je prends votre déposition.

— Voici. Un ancien militaire a donné des indications sur le meurtre de mon mari commis dans la province de Québec. Il a parlé de Régina *Creek Hotel*. Puis, nous avons trouvé ce gant curieux derrière la maison où s'est déroulé le drame.

Le chef, intéressé, boit la déposition enregistrée de Christine, la met dans son tiroir verrouillé, la vengeance aux abois. Il jubile. Enfin, il tient ce bandit de directeur crapuleux. Il attend le moment de le coincer. Depuis le temps! La job de directeur de Winnipeg lui revenait. Cet incompétent lui a coupé l'herbe sous le pied. Il attend la retraite de ce gros porc pour le boucler et prendre sa place. Ce gant activera le cours des événements, jubile sa vengeance morbide larvée.

— Le gant, madame?

Christine hésite. Éviter de perdre cette preuve est important. Elle examine l'homme et consent.

— Tenez, monsieur. Je retourne à Winnipeg. Si vous voulez, je puis le remettre au directeur? Je dois le rencontrer de toute façon.

— Ne vous donnez pas cette peine, madame. J'ai affaire au Manitoba et nous discuterons de ce nouveau fait. Vous savez, dans l'Ouest, la police de chaque province ne forme qu'une seule et même famille.

Ce chef est un menteur! Il a beau mentir puisque je viens de loin.

— Je vous salue, madame. Bon voyage de retour. Votre visite à Régina ne restera pas lettre morte. Croyez-moi. Vous avez frappé à la bonne porte.

* * *

Christine reprend la route du ciel, soulagée. Elle ira raconter sa visite au directeur général à Winnipeg. Elle verra bien s'il se foutra d'elle aussi impunément.

Le directeur la reçoit entre deux conversations téléphoniques et la relègue aux oubliettes une heure entière sur un banc de bois dans un corridor, en espérant qu'elle lâchera prise et qu'elle partira. Erreur! C'est méconnaître Christine Lavertue Griffin. Assise depuis une heure, elle a astiqué son plaidoyer, verni ses contours, élaboré ses détours, rangé ses soupçons, aligné ses découvertes. Elle est prête quand il la fait demander. Il écoute le discours connu d'un air désabusé, muet, patient. Imperturbable, il conclut.

— Mme Griffin, nous ferons enquête. Horn m'apportera le gant et nous verrons. Repartez tranquille, assure l'intrigant bonhomme. Horn est un policier hors pair. Il le pensait vraiment. Notre enquête progresse. Le dicton dit: petit train va loin.

La sonnerie du téléphone le soustrait, soulagé de cette encombrante personne. Il pose sa main sur le récepteur et attend que la femme le quitte, bredouille. En lui, il tremble. La pièce manquante, incriminante de son fils, vient d'être récupérée. Mais un autre écoeurant a parlé... et le gant se trouve dans une autre province.

Christine, restée sur son appétit, feuillette les pages jaunes du bottin téléphonique. Une agence de détective privée la reçoit. Ces messieurs ne seront plus seuls à faire la pluie et le beau temps.

Le soir venu, elle reprend son envol un peu déçue. Elle aurait tant aimé voir aboutir l'enquête qui s'effrite dans l'oubli. Elle sent qu'on lui cache la vérité. Quelqu'un a intérêt à la savoir loin. Très loin... Qui? Pourquoi?

Vous ne vous en sortirez pas aussi facilement messieurs. Je demeure loin, peut-être, mais quelqu'un sera mon ombre. Allez! Vous perdez tout pour attendre si longtemps. Tout! Un meurtre gratuit a été commis, le coupable doit être écroué. Peu importe le personnage. Je n'ai pas dit mon dernier mot, M.le directeur de la Gendarmerie Royale. Vous allez goûter à la longueur de mon nez et de mon bras, M.le grand «Chef» grossier et hautain. Si vous n'avez pas bougé d'ici peu... Tenez-vous-le pour dit!

Le corps gorgé de lassitude, elle s'enfonce dans son fauteuil et laisse monter le sommeil par une fenêtre de sa tête.

Sous ses pieds, le ciel a évaporé une mer de ouate, à l'infini.

L'avion ronronne et le soleil se couche.

Chapitre XXV

Maman Christine

Christine, cheveux poivre et sel, couchée dans un grand lit blanc d'hôpital, fixe le plafond nacré, absente, perdue dans un coin de sa vie d'où elle trône.

Dehors l'été flamboie.

Dans une chambre voisine, sur un lit semblable au sien, une jeune femme gît immobile entre la vie et la mort, des suites d'un stupide accident. Érika, sa petite fille, inerte, s'accroche au temps qui s'amuse à en tisser le lien au gré de sa fantaisie ou de son humeur. Les minutes se bousculent. Les heures s'effacent. Le silence se tait. Les médecins s'affairent entre eux. Ils tenteront la transplantation rénale. Une première médicale au Québec se prépare. Près de la jeune femme, Raymond, son mari, aux traits ravagés par l'inquiétude, supplie le ciel de l'écouter. Acculé aux portes de la mort, il ressent tout le poids de son indifférence pour sa femme. Un mariage de raison organisé par la vieille de l'autre chambre. La fameuse tante de sa femme. Christine Lavertue de son nom. Christine La Visse! serait plus convenable à sa personnalité, encerclant tout le monde autour d'elle. Un caractère de chien! Pire qu'une belle-mère, cette personne que le monde appelle madame gros comme le bras! Une dictateur! Une femme-régiment! Un monstre sacré! Une tête de fer! De mule! Ses proches? Des marionnettes tireuses de fils pour son fabuleux empire, jadis imaginaire, devenu réel et financier. Une gagnante. Présidente des municipalités de la province, vogue la galère. N'empêche que les habitants de son village ont décroché, depuis plusieurs hivers, l'ancre du bateau de cette Rapportée. La puissance de son gouvernail n'a pu égaler la fragilité des canots des habitants de sa région. Non. Ils la regardent passer, ironiques ou amusés, certains, hargneux ou désabusés, enfler son magot, et suivent leur bonhomme de chemin, à leur manière. Les hommes caressent leurs bretelles de fierté devant les industries, les usines qu'elle a implantées, le succès remporté. La Rapportée étire ses puissantes ramifications dans l'embauche d'une tête de quasiment chaque foyer de son village.

La Rapportée! Un nom coloré et respecté. Un spécimen rare! Unique! Digne de mention, d'admiration. Frotté au «braso» dirait Odilon.

* * *

Raymond Brasseur, le regard biaisé vers l'autre chambre, en retrait de sa femme silencieuse et fragile sous ses draps de coton, fait la moue. Il est incapable de s'attendrir devant cette vieille femme chipie. Fils aîné d'Armand, comptable agréé, poussé dans les bras d'Érika, malgré lui, il a vécu quatre années de vie terne, sans amour. Un mariage encadré pour le succès de la tante qu'il hait. Deux enfants sont nés. Amélie et Christophe. Deux bébés innocents de leur malheur et de leurs mésententes continuelles et pleurnichards à souhait. Avant-hier, ils se sont querellés. Elle est sortie à la hâte, a agrippé les clés de l'auto, a fendu l'air sur deux roues, a serpenté le Transcanadienne au volant de sa rage ou de son désespoir et s'est arrêtée dans un profond ravin.

Un terrible accident, décrivent les journaux. Inexplicable, par une si belle journée, affirment les autres.

Je sais que c'était une tentative de suicide, assure la boîte crânienne abasourdie de Raymond, son mari.

Raymond prend la main cireuse de sa jeune femme et se tait. Une profusion d'idées confuses, de sentiments très contradictoires s'entrechoquent en lui, embrument son esprit. Tout est changé. Au seuil de la mort, il ne veut plus perdre sa femme. Deux frimousses l'attendent, l'espèrent.

Sans elle, la vie perd son sens, crie le désordre de son coeur nébuleux.

Et la couleur de l'argent... réplique la voix de son monologue.

Son pied essuie le sol, sous le lit. Effacer sa dernière pensée est urgent. Il scrute le corps d'Érika dans l'espoir d'y trouver un signe d'espérance

— Érika, murmure sa voix à l'oreille froide. Sors de ce fichu coma si tu veux qu'on te sauve. Ta tante est prête à te donner un de ses reins. Réveille-toi, ma brune. Ouvre les yeux.

Par la porte ouverte, il surveille la tante dans l'autre chambre qui, maintenant, sommeille et songe.

Une vraie perle! ne cesse de répéter à qui veut l'entendre, son père, Armand Brasseur, le bras droit de Christine Lavertue: la Rapportée. Son père a poussé l'audace à l'extrême, en épousant cette... cette Blandine insignifiante et laide, venue d'un village voisin, que cette tante a amené dans son sillage. Quelle idée saugrenue que ce mariage! Le comble! Une veuve avec un enfant de treize ans maintenant. Un peu trop; pas mal trop effronté, à mon goût. Une honte! Un déshonneur!

Raymond se rend compte qu'il se gruge un ongle.

Une insécurité pour toi mon Raymond, avance une voix interne. Hein? Tu penses souvent, très souvent à cet héritage qui pourrait te glisser entre les doigts si ce blanc-bec se mettait dans la tête de faire des courbettes à ton père... Pas vrai? T'oublies que ton frère Julien est gérant général du garage concessionnaire de ton père? T'oublies Mimi et Évangéline, tes deux soeurs étudiantes? L'ambition et l'envie te rongent, mon Raymond. Elles te perceront les entrailles si tu n'y prends garde, mon vieux. Une fois percées, tu couleras à pic, allonge son intérieur insipide et fade.

Une calamité! continue sa rancoeur devant les événements précipités, bousculés par son père à moitié fou et tombé sur le dos quand ce n'est pas sur la tête. Avoir marié la soeur de cet infirme. Élever un autre enfant, à son âge. De la démence pure! En autant qu'il ne s'avisera pas de le coucher sur son...

La tante s'agite dans son sommeil et le ramène à la réalité. Érika reste murée dans son silence opaque, injuste. Une infirmière prend la relève. Il lui faut retourner à la maison, sinon, il tombera à son tour.

De jalousie et de haine, concluent ses pas appesantis.

Une chance que tante Bella-Rose veille. Elle leur rend souvent visite. Érika, enfin, a changé de sentiments envers elle. Grâce à lui! Malgré tout, elle la sent hésitante encore trop souvent, quand elle rencontre la Christine horripilante qui ne possède d'autre langage que celui des affaires.

Bella-Rose. Cette tante de sa femme est sortie de prison l'année passée. Une pauvre innocente qui a été victime du mauvais sort. Deux femmes qui ne s'encensent pas. Leurs rencontres provoquent des odeurs de puanteur. Bella-Rose la dévorerait tout rond, si elle le pouvait. Tante Bella-Rose; une femme formidable! De la classe! Du panache! Que j'amènerais partout sans honte. Qui sait vivre. Son mari l'a quittée après sa condamnation. Un malheur n'attendait pas l'autre. Une femme transformée. Bonne et charitable, habile à sélectionner ses amis. Son monde. Capable de se mettre en évidence au moment opportun. Qui étale au grand jour ses gestes envers autrui. Elle fait la charité à ceux qui rapportent du capital. Pas les va-nu-pieds, les gueux et les malappris. Non. Ils n'en valent pas la peine. Du temps perdu! Du monde sans génie! Elle déteste cette sorte de monde. Avec eux, il faut constamment recommencer à zéro. Du temps gaspillé! Une tante astucieuse, calculatrice, avisée, qui remontera la côte vite, très vite.

Tu exagères, mon cher Raymond. Oublies-tu qu'elle a été condamnée pour négligence? Qu'elle a fait de la prison en bonne et due forme? Qu'elle a enlevé une fillette dans un hôpital, sans autorisation? Qu'elle a laissé Érika, ta femme, seule à treize ans, pour fuir les responsabilités et courir vers son mari en Afrique pour faire la grosse vie! Oublies-tu?

Érika ne s'en est pas plainte, au contraire. Ce fut une chance de prouver ses capacités.

Tout de même. À treize ans...

Deux enfants accourent à son arrivée. Il leur ouvre les bras, attendri.

* * *

Dans sa chambre de malade en devenir, la brave Christine vit en sursis. Le temps sur sa tête impose sa lourdeur, sa solitude insupportable. Elle ouvre les yeux et jette, inquiète, un regard vers la chambre voisine en biais, remplie de personnel médical. Une infirmière sort précipitamment, la salue et marche son chemin.

Reviens sur terre, Érika, avant qu'il ne soit trop tard. Combats. Fonce. Piétine les embûches comme je t'ai montré. N'aie pas peur. Je suis là, proche, prête à te donner un de mes reins, un peu ratatiné, mais en forme. Ma vie achève. La tienne commence. Je suis sur mes derniers rouleaux. J'ai trouvé le bonheur sur le tard et la mort implacable est venue l'anéantir.

Le bonheur et l'amour? émet sa voix interne.

Christine déplie son corps raidi, se gratte une main, s'attarde soucieuse, sur cette idée.

Il a glissé entre mes mains solides comme la couleuvre du voyage de foin dans la grange d'Odilon. J'ai vécu pour toi, qui ne sait même pas que je suis ta mère.

* * *

Six ans déjà se sont écoulés depuis que Réjean a construit sa maison. Une maison noyée de la joie perpétuelle de cette femme incomparable, petite et intelligente. Louise, heureuse dans cet espace neuf, fait à la mesure de ses rêves, peu exigeante pour la vie. Réjean a vu sa vie transformée par elle. Christine soupire, soulagée. Elle aime cette jeune femme, aux milles facettes endormies dans son enfance, rétrécie par un père autoritaire et dictateur. La tendresse de Réjean ouvre ses pétales. Elle s'affirme, prend racine.

Les digues de sa pensée laissent tomber dans le silence de la pièce des fragments de sa vie comme des îlots de glace détachés de la chute ou de la débâcle au printemps et se brisent dans les remous écumés de sa mémoire.

Pierre, marié depuis deux ans, caresse la chevelure blonde d'une charmante fillette. Son grand-père, le marchand général du village, soude le lien parental des deux compagnies. Une vie simple et confortable en perspective se profile à l'horizon.

Érika a lié sa destinée à Raymond Brasseur, le fils d'Armand; un mariage inévitable et bien assorti. Elle soupire enfin!

Christine se gratine le coeur devant le succès apparent de ses enfants. Un essaim coloré et magnifique; une vie à amplifier la ruche, toujours et toujours retient sa pensée. Semer du bonheur gratuit sans cesse et le voir fleurir à satiété, n'est-ce pas merveilleux!

N'eut été ce stupide accident, reprend-elle inquiète.

Ses yeux, soudain s'agrandissent. Érika bouge. Personne n'est à son chevet.

Je devrais appeler l'infirmière.

La voix d'Armand se fait entendre dans le corridor. Elle ferme les yeux, détourne la tête, feint de dormir. Ils rendent visite à Érika. Hargneuse, elle songe.

Je ne veux plus discuter de la décision que j'ai prise. Le docteur a amplement décrit les craintes et mesuré les risques.

Une voix féminine butine pas loin. Christine reconnaît Blandine, la femme d'Armand.

Effacez de ma vue ces gens heureux. Je les ai assez vus! Ma vie entière, j'ai fabriqué du bonheur autour de moi sans jamais le découvrir, sans que personne ne me le serve ou m'en fasse cadeau!

Sous son oreiller, ils verraient que son poing fermé est blanc de fureur intense.

Tu te trompes, Christine. Oublies-tu ces enfants? Anselme? Anselme...

Des voix captent son attention.

— Elles dorment. Ne les dérangeons pas. On reviendra. Pauvre femme! Pourvu qu'elle s'en sorte, chuchote Blandine pour son mari, proche du lit de Christine. Mme Lavertue est plus forte, sa santé passera à travers sans hésiter. Cette femme est incroyable. Quand va-t-elle finir de nous surprendre? Elle en a assez fait, il me semble, sans venir se faire coupailler le corps de la sorte? Qu'est-ce qu'elle veut prouver. Le sais-tu Armand? chuchote Blandine au creux de l'oreille attentive.

Armand hoche la tête, se contente de penser, ému. Le courant d'air humain évaporé, Christine ouvre les yeux. Vrai. Après ce geste, je me retire. Vivre pour moi; pour moi seule, sera mon but. J'irai aux USA. Je trouverai une île déserte à l'abri des vents froids des années passées. Oui, je m'en irai. Comme je suis venue ; en douceur, sans tambour ni trompette. J'irai apprendre à goûter les arômes de la solitude, sentir les parfums des souvenirs multicolores, entendre couler mon intérieur, voir mes îles intimes et me reposer sur l'une d'elles, me laisser emporter par le courant de mon existence paisible et mourir, satisfaite malgré tout, de cette famille empruntée que j'ai fait fleurir.

Alors, le bonheur ressenti, qu'en fais-tu? reprend son coeur fragile.

Le bonheur? Existe-t-il?

Comment en douter, Christine. Comment?

Christine fait un tour dans l'horizon restreint qui l'enveloppe. Une tache bleu pâle au plafond blanc de sa chambre d'hôpital capte son regard perdu dans l'imaginaire. Qui produit cette tache? Un blanc immaculé soudain se tache d'ombre à certains endroits. De la saleté? Un manque de peinture? Des ombres de la fenêtre?

Elle se soulève, scrute le lointain, brisé par l'invasion du modernisme architectural environnant. Rien. Pas un arbre ne vient obstruer sa vue. Elle se laisse choir sur le dos, repique son regard au plafond.

Les taches réapparaissent. Des événements tristes s'y accrochent comme s'ils obstruaient des parcelles de son champ de vision. Elles semblent imprégner des bouts de vie qu'elle s'applique à oublier. Ses yeux courent de tache en tache.

Réjean, sans enfant, brouillé avec son frère.

Stupide jalousie! Être si pressé! Si jeune! Une vie devant lui à bâtir! Des millions de jour à espérer un petit! Être si pressé!

Son regard plonge dans une autre tache.

Érika malheureuse.

Je le sais. Le nie. Un monde s'étale au service de mon pouvoir, ma puissance. Je suis ici pour me racheter. Advienne que pourra. Tiens… une grande tache grise.

Anselme.

Toi que j'ai aimé éperdument. Qui n'est plus. Tu es mort. Plein de morts tournent autour de moi.

Ce jour-là, lors de notre première rencontre, quand tu me jettes dehors, humilié, ton si grand pouvoir de souffrance piétine la beauté de notre amour redécouvert. Caché dans un coin du rideau de ta porte, tu me regardes partir les yeux humides. Je le sais. Tu te crois à l'abri de la vie, enveloppé bien au chaud dans tes couvertures de pitié et de complaisance. Tu te trompes royalement, Anselme. De mes griffes, nul ne s'échappe. Tel que convenu, entre ton neveu et ta soeur Blandine, je reçois leur visite et prends de tes nouvelles, plusieurs fois, à ton insu.

Armand, charmé par la simplicité droite et fière de Blandine, attise ses cendres intérieures, remue son coeur, couve de l'espoir.

Un jour, tu apprends la terrible nouvelle. Blandine et Armand se marient!

Quel boeuf enragé tu dois être! devant cette épouvantable et épineuse réalité nouvelle, imprévue. Imagine! Tu n'auras plus de femme servile à la somme de ton chantage mesquin.

Entre-temps, des orages tumultueux nous flagellent. Tu pourris dans ton nid recouvert de fausse compassion. Je fouette ta pitié, meurtris ton indolence. Tu regimbes et prétextes que tu désires finir tes jours seul, oublié du reste du monde. Tu chéris ta douleur, comme la mère pour son bébé et ma belle-mère pour son fils. Inutile d'insister, nous dis-tu, car tu ne marcheras plus jamais! Ta décision est irrévocable. Je ris dans la barbe que je n'ai pas. Et je rue dans tes brancards. Tu détestes l'inconfort de ta souffrance sécurisante, secouée. Sans répit, Blandine te martèle l'esprit et concrétise notre projet.

Un matin, tu pars enfin pour les États, te faire soigner dans un hôpital de mon choix.

Ma victoire me soulage. Le torrent de ta colère déferle en imagination sur moi et me comble. Je ris de te savoir écarlate de rage. Comme tu dois être beau! Loin de toi, en pensée, je te suis nuit et jour, la tête et le coeur accrochés aux nuages. Tu me hantes, me nourris et me grises. Qu'il est bon d'être amoureux.

Blandine me décrit ton comportement dans ses lettres animées et joyeuses. Tes pensées se modifient. Lentement, tu te détaches de ce trou ignoble au toit délabré où tu t'es enterré vivant. Tu prends goût à la vie. Tu penses aux autres. Tandis qu'Armand, furieux, piétine d'impatience et se morfond de te voir sur pied le plus tôt possible.

Un matin, le médecin t'ouvre les auvents de la liberté. Tu marches le dos droit, comme un chêne, à l'aide de prothèses.

Ma patience t'a sauvé.

Fier comme un paon, un jour tu consens à me recevoir. Ce moment, tant désiré, serait-il arrivé? Mon coeur chancelle. Un prisme de sentiments divers m'habite. La main hésitante d'une pucelle, je frappe à ta porte. Debout, la démarche saccadée comme une marionnette sous ses pieds, tu viens m'ouvrir.

Où trouver mieux qu'aux USA pour s'enivrer d'amour? Encore fragile sur tes jambes, tu es beau, grandi par ton courage, ta transformation. Ta barbe blanchie, ton esprit épuré, tu es devenu un grand homme. Dieu, que ces moments sont courts! Ils vivent en nous, comme des images fantastiques se répétant à l'infini, portées sur des tapis de velours entreposés au centre du coeur.

De retour au Canada, Blandine se marie. Tu vends la ferme, t'installes dans un bel appartement et je te courtise. Je courtise de toute mon âme l'ivresse de l'amour réinventé, incarné dans ta chair. Les enfants rient de moi, les gens de nous. Qu'importe! Je tiens le bonheur à pleines mains; impossible de m'en détacher. Un midi, tu sors faire une commission. Une auto te happe et te tue.

Du monde chuchote.

Valait mieux finir ainsi. On n'avait pas d'allure. Moi, une millionnaire et toi un infirme.

De la peccadille! De la foutaise!

Ils ignoraient que la veille nous nous étions fiancés.

Mort, tu emportes en terre ma ferveur, ma joie, mon désir de vivre. Et le joyau inestimable que tu m'as donné, l'amour.

Je sombre dans le désespoir.

Le monde s'agrippe à moi comme des sangsues. On ne veut pas me perdre. Tu imagines, perdre un tel atout pour le village... Tant d'argent! On s'acharne sur ma peine pour l'adoucir. On m'oblige à travailler. On me confie le poste de mairesse du village. Puis présidente de l'Union des municipalités.

J'ai les compétences? Peu importent mes interrogations; l'argent comble les doutes qui me tenaillent. Prestige, argent vont de pair.

Ce furent des moments de bonheur, Christine.

Ses prunelles voltigent sur une autre tache très sombre, piquée dans un coin de son plafond, au coin de sa fenêtre de chambre d'hôpital. La plus sombre, se dit-elle.

Elle ferme les paupières. Ne plus penser. Dormir. Me reposer. À côté, Érika sommeille inconsciente, rattachée à la vie par une multitude de fils. Prendre de la force. Beaucoup de force. Accroître leurs chances de réussite par une forme superbe. Ne plus penser. Ses yeux s'ouvrent.

L'horrible cercle sombre est là; toujours là. Comment l'éviter? Fermer les yeux. Oublier. Effacer l'horreur du dernier voyage à Winnipeg.

Comment?

L'ombre au plafond dresse son profil, assemble les cauchemars, propulse les mots couleur de honte et d'horreur, délie les pensées, provoque la mémoire, assaille la parole à se dire.

Le souvenir recule le film du drame, le début surgit. Affluent les fantasmes déchirants et réels. Elle se frotte les yeux pour chasser son monde intime en ébullition, touche son front, l'essuie d'une main lasse. Peine perdue, les images dominent la tache suspendue en plein milieu de son regard. Courageuse, elle plonge dans la macabre histoire afin de s'en libérer.

C'est le soir d'une épouvantable journée, comme il ne s'en trouve plus sur le calendrier. Seule dans son appartement, ses enfants partis chacun dans leur nid, elle aspire à une nuit calme et reposante. Armand, son fils Raymond le comptable, les usines de transformation, tout s'imbrique dans le progrès. Elle arrive d'une importante réunion des municipalités, vive et houleuse comme elle les aime. Du choc des idées jaillit toujours la lumière. Elle songe à Winnipeg. Dan Clark a pris la compagnie en main depuis la bêtise de son frère, Gilles. Un frère qu'elle regrette d'avoir aidé et soutenu. Un frère qui mérite la récompense de ses actes immondes une fois dans sa vie. Pourtant, elle se sent tiraillée par sa voix qui la visite la nuit et lutte contre son désir de lui porter secours, une autre fois.

Comment se sortira-t-il de ce bourbier, cette fois? se demande Christine, triste.

Les racines de ses veines humidifient ses cils. Elle pleure à torrents, comme jamais elle n'a pleuré. Elle pleure les larmes, retenues par l'orgueil ou la volonté, les liens réels jamais créés, le vide autour d'elle; ignoble solitude oppressante. Elle pleure les parents qu'elle aurait aimé avoir, les amis qu'elle n'a pas eus, les enfants qu'on ne lui a pas donnés. Elle pleure pour pleurer, sans savoir pourquoi. L'ouragan percé, elle enfile sa robe de chambre, soulagée d'un poids traîné depuis des siècles et se prépare une tisane. Le téléphone sonne. De Winnipeg, lui parvient la nouvelle transmise par Mᵉ Kinon, l'avocat chargé de la cause de Gilles. Ce téléphone ne la surprend plus. Le torrent liquéfié et tumultueux de son intuition coulant par ses yeux, l'avait précédée.

Gilles Lavertue est condamné à être pendu jusqu'à ce que mort s'ensuive.

L'homme ne cesse de s'excuser de son échec, d'expliquer la sentence et son impuissance devant le fait irrévocable et les preuves incriminantes de son malheureux client.

— J'ai tout tenté, Mme Griffin. Croyez-moi. Tout!

— Mᵉ Kinon. Vous aviez à défendre une cause perdue. Vous ne pouviez faire d'un coupable, un innocent?

— Il désire vous voir une dernière fois. Pouvez-vous venir, vendredi?

— Attendez-moi vendredi.

Christine raccroche l'appareil, interdite. Son intuition, sa peine incontrôlable et incompréhensible ne l'avaient pas trompée. Gilles ne pouvait s'en sortir. La froidure de cette fin glace son échine. La réalité de la pendaison la momifie. Tout de même, son frère... se dit-elle, terrassée. Gilles était allé trop loin dans la perversion. L'image de cette innocente femme morte gratuitement aux mains de ce frère la poursuit. Tout l'argent du monde entier ne le sauverait plus de la corde. Elle caresse ses bras hérissés. Elle va dans son armoire se verser une vodka nature et l'enfile dans son gosier en grimaçant. Christine, ce soir, flanchait.

* * *

Gilles s'était épris de la femme de son voisin de rue. Une charmante Hongroise aimante et fidèle. L'amoureux insensé, impatient, se fatigue vite de ses refus répétés. Un soir, il la guette revenir de son travail, l'enlève, la viole et la tue en l'écrasant sous une pyramide de caisses de sirop d'érable. La croyant morte, il s'enfuit. Un piéton entend l'appel de détresse. Il s'approche du bâtiment, pénètre dans l'entrée à pas incertains, où brille la lumière d'une pièce adjacente. Une femme gît, le corps enseveli sous un amoncellement de boîtes renversées sur elle. Elle parle avant de rendre l'âme. Le message noté, il accourt au téléphone proche. La femme inconsciente est délogée. Le signalement du malfaiteur court jusque dans les greniers et sous les ponts. Gilles est retrouvé, deux jours après, dans un chalet au bord d'un lac à cent milles de la ville.

Il est foutu! Foutu, songe Christine triste, le récepteur raccroché lentement.

Bouleversée, elle regarde autour d'elle; il n'y a personne. Réjean est chez lui, Pierre à sa boulangerie, Érika auprès de ses enfants et Angélique à la ferme paternelle. Elle est seule dans ce logement agrandi par sa solitude lourde, très lourde en ce soir tumultueux. Quoi faire? Quelle décision prendre? Courir vers lui pour le sauver, encore une fois? Comme avant, payer? Toujours payer le prix de ses sottises? Comment? Un duel atroce la heurte et la blesse. Son unique frère vivant. Un vivant à moitié mort. Pas mieux que mort... Cette offense semblait trop grave. La mort d'une femme ne s'achète pas. Il devra faire face à ses responsabilités.

Pour lui, la liberté prend fin. Christine, tu devras laisser la justice suivre son cours, te taire devant la vengeance de cette femme, innocente victime. Tu attendras, angoissée, le verdict. Rien ne t'empêche de recourir aux services du meilleur avocat de l'Ouest, ma fille. Ouvre tes goussets et appelle Mᵉ Kinon. Ce qu'elle fit.

* * *

Une infirmière entre et la ramène à la réalité. Elle prend son pouls et s'informe, apathique. Le temps somnole d'insignifiance.

Quatre heures se pointent à l'horloge, le soir se devine en coulisse.

Au plafond de son univers, les taches ont disparu. Dans le lit de la chambre voisine, la malade bouge. La grande accidentée montre des signes de vie ou de résurrection.

Assise dans son fauteuil, elle se lève, se rend voir son Érika. La tension flirte à la grandeur de la pièce et se colle au lit. Les machines médicales cadencent leurs saccades régulières, monotones au rythme du corps, déboussolé. Elle surveille le moniteur écrire une ligne verte, parfois, tremblotante. Bip...! Bip...! Bip...! De belles mains ouvertes et neigeuses reçoivent la santé en liquide. Le membre, inerte et flasque de sa fille, qu'elle serre, la terrifie.

Lutte Érika. Lutte.

Elle revient sur ses pas, soucieuse. Ses bras posés sur les membres de son fauteuil reçoivent ses pensées. Dans une nuit, un jour ou deux, peut-être... songe-t-elle, regardant son corps en attente. Elle se frotte le dos. Ils sont là; bien vivants, ces deux reins, précieux comme la vie. Son corps intact deviendra un tronc mutilé amputé d'un organe vital. Elle extrapole les douleurs éminentes, suit le cheminement, le plan esquissé par le médecin. Des gouttelettes d'incertitude perlent sur son énoncé. Elle feint de les ignorer. L'opération réussira. Doit réussir, affiche sa mine décidée, résolue à vaincre le sort, quel qu'il soit. Le médecin entre, rassuré, rassurant. Tous les deux vivront une expérience unique. Tous deux se doivent mutuelle confiance. Ils en sont conscients. L'infirmière remet son stylo dans une pochette de son uniforme et sort en douce.

La pièce s'assombrit. Des cloches d'eau se brisent sur la vitre et forment des rigoles sur la surface poussiéreuse extérieure. L'averse s'abat dans un bruit de coquille cassée. La fenêtre se givre d'eau abondante et ratatine davantage le sombre de ses pensées.

* * *

Il pleuvait aussi, ce matin-là, quand elle entra dans le bureau du directeur de la prison. Une pluie fine et monotone à vous faire frémir l'échine.

Surprise, elle retrouve le même infâme directeur rencontré au bureau du quartier général, pour élucider le meurtre de son mari. Il l'introduit aimablement au personnel, comme s'il ne l'avait jamais connue.

Sale goujat! pense-t-elle, vexée. Directeur de la prison; un poste qui lui convient. Il pratique en attendant d'y entrer, je suppose? Il a, lui-même, enregistré sa déposition sur les doutes qu'elle entretient à son sujet. Tant d'années à chercher le meurtrier de Kurny. Tant de temps, sans avoir de nouvelles de ce gant qu'elle est venue porter en personne, comme preuve. Trop de temps à ne pas retourner ses appels. Trop, trop! Son détective privé l'a assurée que son propre fils était l'auteur des deux crimes.

Nous ferons sauter ce barrage imperméable érigé par cet homme, fossoyeur des innocents. Les coupables se lèveront; son fils inclus. Sous peu, dès que je retombe sur pied, ensemble, le détective et moi, nous fracasserons ces murs. L'injustice bureaucratisée sera étalée au grand jour. Fini le pouvoir corrompu. Kurny dormira en paix dans sa tombe. Et moi, je serai soulagée. J'aurai tenu la promesse faite sur son cadavre chaud. Il se croit fort. S'il savait que je suis aussi délurée que lui. Il pense que je me tairai, que Gilles me rend vulnérable aux critiques et insinuations. Il se trompe royalement. Le crime de Gilles est connu et sera expié sous peu, dans quelques heures. Le monde sera de mon bord. Du bord de la justice. Je le sais. Il croit mes atouts épuisés, détruits? Il se met un doigt dans l'oeil. Il ignore que toutes mes rencontres, en pays suspect, ont été enregistrées sur cassettes camouflées bien au chaud dans mon sac à main. Il ne sait pas que bien du monde a vu ce gant; du boulanger au curé de la paroisse. Une armée de personnes viendront le décrire. Le voilà qui affiche une ignorance crasse? Pas surprenant qu'il ait perdu une partie de ses cheveux... et blanchi le reste! Je mettrais ma main au feu que cet homme a les mains sales. Très sales. Plus sales que le monde s'imagine. Lui et sa face d'ange cornu!

— Madame, vous reconnaissez ces choses? demande le personnage dédaigneux et hautain, pressé d'en finir avec la soeur d'un condamné à mort.

Il ouvre un tiroir. Double surprise!

Le gant... ou un semblable, se tient aux portes du regard de Christine, là; dans un tiroir ouvert. Sa surprise éclate tout haut. Elle cache sa bouche impolie. Est-ce bien le même gant ou son double?

Mystère.

L'homme lève les yeux, estomaqué par ce qu'elle vient d'apercevoir. Il fuit l'interrogatoire muet qu'il lit sur son visage. Vivement, il pousse l'objet encombrant et cherche un semblant de convenance. Le gant camouflé, il referme le tiroir, en ouvre un autre, puis un troisième. Il revient au premier et tourne la clé, attentif à ses gestes.

Que faire? Parler? Interroger?

Elle est ivre de rage et vidée de courage. Gilles en a tout bu le reste.

Je ne suis pas ici pour ce gant mais pour... un crime à la fois. Christine, tu reviendras plus tard, conclut sa voix muette.

— Madame?

L'horrible voix la remet dans l'atmosphère.

— Il dépose, hautain, un porte-monnaie, une montre, des photos étiquetées qui tombent sur le grand bureau de chêne clair.

Son coeur se serre. L'héritage de son frère, qui lui est étranger. Elle hoche la tête.

— Les reconnaissez-vous? reprend le sarcasme sournois de la voix nasillarde, heureux de mon inconfort, pressé d'en finir.

Sa rage bouille et se répand.

Si je pouvais le brûler. Question idiote! Que me vaut une montre, un porte-monnaie usé et vide et une médaille de la Vierge.

L'homme piétine d'impatience. Il sort d'une armoire le reste des pelures de Gilles Lavertue.

L'urgence d'éparpiller ainsi, les biens de son frère, l'horripile. Il n'est pas encore mort, à ce que je sache!

Gilles. Ce cher frère qui, dès sa naissance, a poussé tout croche, entouré de broussailles et de chardons. Gilles, que j'ai tant de fois sorti de la misère et tant de fois, étouffé les scandales. Il avait dépassé les bornes permises par mon pouvoir. C'en était trop. Il devait payer.

L'ombre de sa mort se sent dans les murs de sa prison grisâtre. Des portes claquent. Des hommes hâtent le pas. Chuchotent. Ils triment. Vivent au rythme d'un jour fatidique. La tension monte à mesure que l'heure approche.

Le souvenir du gant de cuir est resté dans le tiroir du bureau de la prison de Winnipeg.

Je le regrette aujourd'hui.

Une fois sortie de l'hôpital, je retournerai voir ce monsieur emmailloté chaudement dans son mystère et sa lenteur. Il trouvera chaussure à son pied. Où...

Où, reprend la voix interne, tu devras attendre un nouveau directeur.

Qui doit être nommé, sous peu. Je suis patiente. Très patiente, quand il s'agit de me rendre au bout.

Christine referme le livre de ses pensées, dépose celui dans ses mains, sur son bureau de chevet et se rend à son lit d'hôpital. Son corps détendu sur les draps immaculés, son voyage dans la prison reprend.

L'atroce souvenir, frais comme du pain chaud, fait frémir ses bras. Elle retrousse la couverture légère sur son épaule.

Pauvre Gilles! Dans la nuit de sa cellule, elle l'aperçoit. Blotti dans un mutisme profond, le dos recourbé sur son crime, les mains jointes sur ses genoux, ses pieds trop courts pour le plancher, elle le retrouve. Ses yeux inertes l'effraient. Elle fond en larmes. Il est absent, parti, envolé. Un vivant-mort.

— Gilles?

Il vacille au son de sa voix, prostré dans son mystère.

— Gilles, mon frère. Parle-moi.

Il se laisse prendre dans ses bras, appuyer sa tête sur son épaule rigide. Bouleversée, elle écoute les palpitations effrénées de son corps et elle sait qu'il meurt de peur. La peur le momifie. Dans son regard, aucune animosité, juste une envie d'en finir. Christine se sent honteuse de l'avoir laissé s'échouer seul, sans bouée de sauvetage. Sa colère lui eut fait tant de bien. Il la dévisage, comme un souvenir. Elle n'existe plus pour lui...

— Gilles. Je t'en supplie. N'as-tu rien à me dire? Me Kinon, ton avocat, m'a dit que tu voulais me voir. Je suis là. Parle. Je ne te juge pas.

D'autres l'ont fait à ma place... songe le coeur de Christine.

— Je comprends la souffrance d'aimer. Allez!

Il pose sur elle son regard incrédule. Oser évaluer sa souffrance! Pour qui se prend-elle?

Le vide de ses yeux la brise en miettes.

— Oui, Gilles, je comprends ta souffrance. Garde dans ta longue marche ces mots: je t'aime. Tu es mon frère et seras toujours mon frère.

Il hausse les épaules, baisse le regard, fait un signe au gardien, demeure prostré dans son monde malgré l'insistance de sa meurtrissure. Un univers d'incompréhension les sépare. Les a séparés la vie entière. Me Kinon attend sa cliente dans une salle attenante au bureau principal. La douleur de cette femme et sa compassion ne trouvent pas de mots, ni d'issue. Le silence enveloppe leur attente suffocante, malgré l'automne superbe à l'orée.

Dehors, la pluie cesse.

Deux heures sonnent.

Un bruit sourd fend le sursaut de son corps crispé et tendu, comme un ressort. Un homme se balance dans le vide.

Un cri strident sort de ses poumons, déchire l'air asphyxié de douleurs. Son coeur éclate. Sa souffrance a vaincu les barrages érigés avec tant de courage avant de poser le pied sur le seuil de cette lugubre maison. Les dernières racines de sa vie se sont rompues.

— Gilles. Gilles! Non. Non!

Blottie dans un coin sombre d'une pièce de la prison, une grande femme souffre à en mourir. En elle, plus de femme, plus d'adulte. Juste une enfant seule au monde, engloutie dans le gouffre de son chagrin.

Mᵉ Kinon, bouleversé, la soutient, désolé, impuissant à alléger le flot de sa tristesse. Jamais, il ne lui a été donné de vivre un tel anéantissement. Il se penche vers elle, lui offre la main, la remet sur pied, la voit rentrer dans son corps de femme forte, repeindre son visage, sent gonfler son âme de courage. Surpris, admiratif, il lui essuie une larme perlée sous un large cil noir et lui offre le bras. Devant eux, la porte les affronte.

La pluie recommence de plus belle. Sa monotonie amplifie le désoeuvrement intérieur qui l'habite. Seule, entourée au plus de quelques amis, elle assiste à l'enterrement. Le corps de Gilles est déposé à l'ombre des vestiges de la vieille église de la cathédrale de Saint-Boniface, le long de son allée centrale, là où dorment les siens.

Le sentier de la vie continue.

Elle règle ses affaires, met la destinée de la compagnie entre les mains habiles de Dan Clark, retourne à sa chambre d'hôtel faire ses valises quand, brusquement, la nouvelle de l'accident d'Érika étourdit son tympan.

La voix radiophonique explique qu'un infime espoir subsiste, si le médecin ne trouve pas un donneur sympathique. Le problème s'amplifie du fait que sa mère est morte depuis quelques années, décrit l'annonceur.

Les fibres maternelles de Christine vibrent.

Sa fille se meurt! Sa main hèle un taxi.

Elle a l'impression de lui donner une seconde naissance. La sienne. La vraie. Portée à la face du monde. Marchant côte à côte dans la douleur, la souffrance exigée. Assister, consciente, à la renaissance d'une mère et d'une fille.

Par-delà les nuages laiteux alités dans le ciel, son coeur palpite d'émotion et d'espoir. Elle est heureuse, infiniment légère et heureuse. Tu l'as été toute ta vie, Christine. Cherche. Cherche un peu.

Christine prend l'avion, plonge dans l'immensité ouatée glissant sous l'avion et songe. Heureuse. J'aurais été heureuse, à mon insu?

Des images s'amoncellent à profusion en elle et la font sourire: sa première rencontre avec Annette, la pureté des yeux de ses enfants, leurs étincelles devant ses valises généreuses, la gêne d'Odilon, ses garçons adoptifs, formidables, sa flamboyante victoire sur Bella-Rose, l'amour inconditionnel de Kurny, son mari, les qualités de sa détestable belle-mère, le bonheur d'Armand, la souffrance orgueilleuse d'Anselme. Tant, tant! Subjuguée, elle se laisse submerger par le torrent impétueux, soudain débordé en elle et sourit. Oui, elle avait été heureuse. Dans les pires moments de son existence, surgissaient, comme des pépites d'or, de grandes secousses de bonheur, parfois subtiles, courtes, si courtes, qu'elle n'en avait jamais soupçonné ni les facettes ni le ruissellement. Elle se voyait, en train de semer et semer sans relâche le bonheur et réalisait avoir oublié de le mettre consciemment dans son panier journalier. Pourtant, il entrait malgré elle dans sa vie, comme l'air pur et l'eau claire de la rivière courant autour de la ferme d'Annette.

Un intense sentiment de félicité surgit en elle, gonfle son coeur et humecte ses yeux. Elle sourit.

J'ai connu le bonheur. Oui, j'ai été heureuse. On oublie trop souvent de l'identifier, de le reconnaître et de le cueillir où il se trouve. Comme des atomes, il gravite en nous, autour de nous et ne cherche qu'à se manifester.

Elle recroise ses jambes pour se ressaisir et se retenir de pleurer de joie. À l'horizon infini, le soleil danse sur les nuages et les font suer. Elle ferme les yeux, émue, attendrie. Érika entre dans sa pensée. La lourdeur de son geste et l'ampleur de sa décision, qui, il y a, à peine une heure, lui semblaient si imposantes, soudain disparaît. L'ombre de la mort se remise loin, dans les fêlures terreuses d'un cimetière, sous l'anxiété mêlée d'extase, d'une vie à sauver.

Le vrombissement de l'oiseau de fer sonne doux à ses oreilles. Montréal s'agrandit sous elle.

Valise en bandoulière, Christine s'engouffre dans un taxi, une main serrée sur l'ouverture de son sac à main contenant la statue de Notre-Dame-du-Cap. Sa présence lui est indispensable comme preuve à conviction médicale.

Depuis... elle attend.

* * *

Érika s'étire. Bâille. Le profond sommeil tapi en elle, quitte son corps paresseusement. Elle jette un regard à la fenêtre.

Le soleil matinal perce son oeil indiscret sur un coin de son mur de chambre. Des jours prometteurs naissent au coin de la belle saison.

Des cliquetis d'ustensiles sales du déjeuner chantonnent dans le corridor. Elle a mangé pour la première fois. Le temps se pavoise de confiance.

L'opération fut une réussite. Une première mondiale, déclarent les journaux. Le nouveau rein d'Érika fonctionne à merveille. Nul symptôme de rejet se pointe à l'horizon. L'éminence de son départ de l'hôpital se palpe au bout des doigts. Le docteur lui annonce la bonne nouvelle, aujourd'hui.

Malgré toute la joie débordante qui coule à flot autour d'elle et rejaillit sur l'hôpital et le médecin, Érika ne réussit pas à se sentir pleinement heureuse.

À trois chambres de la sienne, sa tante lutte contre les assauts incessants de la mort fureteuse. Ces pensées assaillent son corps en convalescence et blanchissent ses nuits.

Quels motifs ont poussé cette femme célèbre à risquer sa vie, pour en sauver une autre; la sienne?

L'héroïsme a des limites. Le monde a besoin d'êtres de sa trempe, de son empreinte.

Que suis-je, devant elle? Ma petitesse arrive à peine à la hauteur de sa ceinture. Elle ne doit pas mourir. Je sens rouler sur moi des regards de haine. Mon Dieu, gardez-la moi. Ne la prenez pas dans de telles circonstances. Laissez-moi lui dire ma reconnaissance, mon amour. Permettez-moi de me faire pardonner mes ingratitudes, mes ignominies face à son amour gratuit duquel j'ai souvent douté. Faites que j'en devienne digne.

Sa mélancolie se brise sur l'arrivée de Pierre venu lui rendre visite, entre deux entrevues d'affaire.

Le cri oppressant d'une cloche d'alarme capte leur attention un moment. Des blancs personnages s'agitent, courent, vont, viennent. L'heure est grave.

Pierre étire le cou dans l'ouverture de la chambre.

— Ils vont dans la troisième chambre, à droite.

— Tante Christine! On l'a déménagée dans cette chambre ce matin, en face du poste de garde.

— Tante Christine... se meurt!

— Allons-y.

— Soutiens-moi.

Ils s'effacent à peine devant la civière filant vers une salle d'opération. Une chambre vide les accueille. Érika vacille. Pierre l'assoit. Les minutes tombent en nuages de plomb sur l'attente insoutenable. Pierre tourne le dos à sa soeur et cache ses larmes à travers les lamelles plastifiées de la grande fenêtre ombragée.

Une vie glorieuse s'en va.

Érika retient son regard sur une vieille sacoche noire évidente sur la porte ouverte de la petite table de chevet de sa tante. Leurs regards se croisent, s'interrogent et se devinent. Pierre se penche, apporte le vieil objet dans les mains suppliantes de sa soeur qui palpe, pétrit sa curiosité portée à vif. Enfin, l'écrin s'ouvre. Les doigts effilés de la frêle dame retirent une statue familière de la Vierge étêtée.

— La statue de Notre-Dame-du-Cap de maman.., soumet Érika surprise, agglutinée à l'étonnement de son frère.

Soudain, la Dame de plâtre ouvre ses entrailles. De vieux papiers surgissent. Les yeux stupéfaits d'Érika, rencontrent ceux de son frère penché sur son épaule et parcourent un coin du document, le visage curieux. Érika lit à haute voix la précieuse feuille manuscrite, ébahie, effondrée de stupéfaction. Ses mains tremblent, les mots brisés enfilent les lignes jaunies, porteuses de réponses troublantes.

— Non. Non! Ce n'est pas vrai! Elle est ma mère? Ma mère!

Se jetant dans le lit encore chaud, elle donne les feuilles froissées à son frère, figé dans sa surprise, et pleure, le corps immergé de secousses douloureuses.

— Lève-toi, dit Pierre, livide. On doit aller la voir.

Ils longent le corridor, main dans la main, bouleversés. Au fond, une civière porte un visage ouaté dans une chambre avenante. Ils rencontrent le médecin muet, pâle. Il hoche la tête, baisse les yeux.

— Elle n'est... pas, ose Pierre.

— Hélas! affirme la voix attendrie. Son coeur a manqué.

— Oh non! s'écrie Érika, titubant, en courant vers le lit.

— Maman. Oh maman! Pourquoi? Pourquoi ne pas me l'avoir dit? Maman. *Maman!*

Érika caresse la figure chaude de la joue de la vénérable trépassée, essuie de temps en temps le ruissellement de ses larmes giclant sur la peau douce qui n'entendra jamais le plus doux mot de la terre.

— Maman.

— Maman, répète Pierre serrant à les broyer, les mains inertes de sa tantine.

Christine sort des vivants par la porte sublime de la bravoure, de la vaillance, du courage et de l'héroïsme. Dormait dans ses entrailles le bonheur d'avoir vécu deux naissances dans une seule vie.

Pierre relève Érika, la ramène à sa chambre, l'allonge sur son lit.

Il ne fallait pas tuer cette seconde naissance.

ÉPILOGUE

Sur le rebord de la fenêtre, une superbe rose offre sa magnificence.

Au loin, en promontoire, se dessine son grand domaine d'où trône sa demeure princière. En retrait, veille son immense usine de sirop d'érable signée de sa main.

Par la fenêtre ouverte, une pie annonce qu'il pleuvra. Sur le trottoir d'en face, des enfants joyeux, en tricycle, filent leur chemin, insouciants des drames de la vie.

Le fleuve coule, immense à l'horizon, d'une force profonde et muette.

La vie donnée cède la main à celle éteinte.

Pierre essuie les larmes douloureuses de ses joues. Il appelle Réjean. Pour choisir des tombes, on est bon en bonyenne! dira-t-il. Hein Pierre?»

Au bout du couloir, dans une chambre sombre aux rideaux tirés, la vie s'est retirée pour se recouvrir d'un linceul de paix et s'endormir dans son lit d'éternité. Son sillon prolifique quitte le bout de la route et se perdra dans l'oubli semant son abondance.

La valeur d'une personne se mesure, non pas à la quantité de ses actes, mais au degré d'amour et de persévérance pour les accomplir.

Les enfants. J'ai une idée...

SOURCES DE RENSEIGNEMENTS

P. 161 La journaliste: WILLIAM KILBOURN, *7he making of the nation,* p.37.

P. 171 à 174 Récit de bataille: MINISTÈRE DES AFFAIRES DES ANCIENS COMBATTANTS, OTTAWA, *souvenirs de vaillance,* p.2 à 8.

GLOSSAIRE

A	Accroires	Idées fausses
	A l'aise	Fortuné
	Asteure	Maintenant
	Au plus sacrant	Sur le champ
	Avoir son voyage	Être à bout de ressources
B	Baboune	Humeur maussade
	Bagosse	Boisson frelatée
	Barceaux	Châteaux (Belisle)
	Bavasser	Raconter
	Ben	Bien
	Ben manque	(Terroir)
	Bell boy (anglicisme)	Portier
	Berlot, berline	Voiture
	Bobettes	Sous-vêtements
	Bois bobé	Coupé
	Bonyennne	(Terroir)
	Boucane	Fumée
	Brouille	Discorde
	Blanquette	Met fait de morceaux de poulet allongé de farine
	Bluffer (anglicisme)	Feindre
	Brandy nose (anglicisme)	Nez rouge d'un ivrogne
	Branleux	Fainéant
	Business (anglicisme)	Maison d'affaires
C	Cangrène	Gangrène
	Capot	Manteau
	Capotée	Devenue folle
	Casser l'anglais	Parler difficilement
	Catin	Poupée
	Cenne	Sou
	Cheveux calés	Chauve
	Chevreux	Chevreuil
	Chigneuse	Pleurnicharde
	Chiottes	Toilette rudimentaire
	Chiquement vêtu	Vêtu avec goût

Chum (anglicisme)	Ami
Cile	Se plaint
Coat à queue	Redingote
Comprenable	Compréhensible
Conserves	Provisions
Cordeaux	Guides
Corps barillé	Vêtement donnant l'idée de baril
Corps morts	Bouteilles de bière vides
Couches	Accouchements
Courailleuse	Fille légère
Couverte	Couverture
Crémonnes	Foulards
Croquant	Muscle de la viande
Croquignoles	Beignes
Croque-mort	Embaumeur
Cuir patente	Cuir verni
D D'adon	Qui convient, sociable
Dans les moyens	Riche
Déchanger	Changer de vêtements
Décours	Déclin
Dépareillé	Unique
D'équerre	D'accord
Déranger	Changer de place, gêner
Dernière attelée	Dernière coupe
Diable au vert	Diable vauvert
Discarter	Distribuer les cartes
Donner du sien	Être généreux
Du vantage	Vantardise
E Ébouriffé	En broussaille
Endimancher	Porter des vêtements ne servant que le dimanche
Embouftée	Emboîtée
En gandole	A sa perte, sa ruine
Éplucher	Peler
Être viré à l'envers	Sans dessus dessous
Express	Voiture

F	Facteries (anglicisme)	Manufacture
	Faire des accroires	S'imaginer des choses
	Faire le train	S'occuper des animaux
	Faire une saucez	Rendre une courte visite
	Fait à la mitaine	Traite à la main
	Fermer le clapet	Se taire
	Filer mieux	Revenir en santé
	Flasher	Bien paraître
	Foreman (anglicisme)	Contremaître
	Frileux	Enclin à frissonner
	Froid de loup	Grand froid
	Fun (anglicisme)	Plaisir
G	Gambler\bling(anglicisme)	Jouer, jeu d'argent
	Gandole	Désuétude
	Girouette	Écervelée
	Glacière	Armoire à glace
	Goût de tinette	Mauvais goût
	Grand dam	Grand désespoir
J	Jackpot (anglicisme)	Gros lot
	Jarnigouine.	Intelligence
K	Kodak	Caméra
L	Langage sans queue ni tête	Incompréhensible
	Les airs de la maison	Faire connaissance des lieux
	Licher	Lécher
	Ligneux	Fil de cordonnier
	Lumière	Électricité
M	Magané	Amoché
	Maigrechine	Maigrelet
	Main (anglicisme)	Rue principale
	Mange le bien	Dilapide l'héritage paternel
	Manquer d'école	Longue absence scolaire
	Mène pas large	Sans entrain, ni pouvoir
	Mettre du sien	Faire preuve de bonne volonté
	Moé	Moi
	Montrer le bout du nez	Rendre visite
N	Nordet	Vent du nord-est
O	Oreilles en porte de grange	Grandes oreilles évasées

P	Pack-sac (anglicisme)	Sac à linge
	Par-dessus le marché	En plus
	Parleux	Parleur
	Partir sur une brosse	Accès d'ivresse
	Passe	Moustiquaire
	Pas d'allure	Aucun sens
	Pas d'équerre	Pas d'accord
	Perche	Longue branche d'arbre
	Pète le feu	Regorge d'énergie
	Picouille	Bavarde
	Placottage	Bavardage
	Plancher des vaches	Terre ferme
	Pogne	Empêtré
	Poutine	Pouding
	Prélart	Linoléum
	Prendre du pic	Être confiant
	Prendre le large comme une queue de veau	Courir à vive allure
Q	Quel bois on se chauffe	Étaler son opinion
R	Racoins	Recoins
	Ratoureux	Futé
	Renforcir	Renforcer
	Reprendre le collier	Vaquer aux occupations
	Rime à rien	Inutile
	Robbers (anglicisme)	Bottines en caoutchouc noir
	Roomete	Wagon-lit
	Ruer dans les brancards	Regimber
	Ruine-babine	Harmonica
S	Satchel (anglicisme)	Sac de voyage ou sacoche
	Serrer les bas	Ranger
	Set	Ensemble
	Sleighs (anglicisme)	Voiture d'hiver
	Smart (anglicisme)	Gentil ou futé
	Sniqueux	Surveillants
	Snorounes	(Terroir)
	Son bag (anglicisme)	Son boulot
	Sorteux	Sociables

	Steppettes	Quelques pas de danse
	Strape	Courroie de cuir
	Swinguer (anglicisme)	Tourner, danser
T	Tasserie	Endroit où engranger la paille
	Team (anglicisme)	Couple
	Tête de linotte	Étourdi
	Tirer du bacul	Refuser d'avancer
	Tirer du grand	Faire le snob
	Tirer les vaches	Traire les vaches
	Tomber dans les pommes	Avoir un coup de foudre
	Trâlée	Plusieurs, en parlant d'enfants
	Travailler à la planche	Travailler sans relâche
	Trimé son saoul	Travaillé durement
V	Vaches maigres	Disette
	Vlimeuse (terroir)	

TABLE DES MATIERES

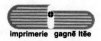

imprimerie gagné ltée